Aşk Güneşe Benzer

**Yarasalar rahatsız oluyor diye
güneş parlamaktan vazgeçmez**

*Bizim birbirimize söylediğimiz güzel sözleri,
şu beli bükülmüş gökyüzü saklar;
Bir gün gelir, taşımaktan yorulur da sırları yağmura söyler;
Gizlediğimiz sırlar yağmurla yeryüzüne dökülür de
Otlar biter, çiçekler açar, sırlar aşikâr olur.*

Mevlânâ

Aşk Güneşe Benzer
Fatma Polat

© Fatma Polat, 2012
© Paradoks Kitap, 2012

© Bütün yayın hakları BSR YAYIN GRUBU'na aittir. İzinsiz basılamaz, kopyalanamaz, çoğaltılamaz, kaynak gösterilmeden alıntı yapılamaz.

Yayın No: 27
ISBN: 978-605-5304-07-2
Sertifika No: 16092

Genel Yayın Yönetmeni: Mustafa Sabri Beşer
Genel Müdür: Yusuf Aydın
Editör: Rifat Özçöllü
Danışman: Cengizhan Yurdanur (Marmara Üniversitesi Öğretim Görevlisi)
Sayfa Düzeni: Adem Şenel
Kapak Tasarım: Ferhat Çınar
Baskı-Cilt: Ezgi Matbaacılık San. Tic. Ltd. Şti. Sanayi Cad.
Altay Sok. No: 14 Bahçelievler/ İstanbul
Tel: 0 212 452 23 02

1. Baskı: *Aynı içerikle Gel - Aşkın Kimya'sı Mevlânâ ve Şems-i Tebrizî adıyla,* Haziran 2011
2. Baskı: Şubat 2011

"Bu bir BSR YAYIN GRUBU ürünüdür."

BSR YAYIN GRUBU
Alemdar Mah. Çatalçeşme Sok. Gendaş Han No: 19/2
Cağaloğlu–Fatih / İstanbul
Tel: 0 212 528 22 06 – 0 212 528 02 72
Fax: 0 212 528 02 73
info@bsryayingrubu.com.tr / www.bsryayingrubu.com.tr

Aşk Güneşe Benzer

Yarasalar rahatsız oluyor diye güneş parlamaktan vazgeçmez

Fatma Polat

paradoks

*Bizim birbirimize söylediğimiz güzel sözleri, şu beli bükülmüş
gökyüzü saklar;
Bir gün gelir, taşımaktan yorulur da sırları yağmura söyler;
Gizlediğimiz sırlar yağmurla yeryüzüne dökülür de
Otlar biter, çiçekler açar, sırlar aşikâr olur.*

Mevlânâ

"O iki denizi birbirine kavuşmak üzere salıverdi."

Kuran-ı Kerim (55/19)

Şehrin merkezindeki Alâeddin Camii'nde cuma namazını kıldıran Mevlânâ Muhammed Celâleddin, Doğu Kapısı'ndan çıktığında oğulları, müderris, müfid ve muidlerden oluşan kalabalık bir öğrenci, mürid topluluğu arkasından geliyordu. Mevlânâ, kapının önünde durdu. Derin bir nefes aldı ve tepeyi çevreleyen surların üzerinden şehre doğru baktı. Yüksekliği itibariyle manzaraya bütünüyle hâkim olan bu tepeden şehre bakmak ve değişimleri izlemek hoşuna giderdi. Ama bugün üzerinde tarifsiz bir hüzün bulutu dolaşıyordu.

Gözleri, bütün şehri dolaştıktan sonra tam karşıda ufka doğru uzanan tepeciklerdeki gül bahçelerine odaklandı bir süre. Aslında babası Bahaeddin Veled'in kabrinin bulunduğu yere bakıyordu. 'O günler ne güzeldi' diye geçiyordu zihninden, farkında olmadan içini çekti. "Efendim, Emir-i Kubad Hazretleri" diye arkasından gelen Muid Necmeddin'in fısıltısıyla irkilip döndü ve kendisine doğru yürüyen Emir'le maiyetini gördü. Sadeddin Köpek, Mevlânâ'ya bir adım kala durarak soluk yeşil gözlerinin soğukluğunu örtemeyen bir tebessümle, "Molla Hazretleri, vaazlarınızdan büyük feyz alıyoruz. Ancak devlet işleri bazan bizi buradan uzaklaştırıyor malumunuz. Ama görüyorum ki babanız Sultanü'l Ulema'ya yetiştiğiniz yönündeki haberler tamamen yanlışmış," dedikten sonra bir süre durup muhatabının tepkisini ölçmeye çalıştı. Mevlânâ sadece sözün tamamlanmasını bekliyordu. Emir devam etti; "Maşaallah. Babanızı geride bırakmışsınız. İlimde de marifette de..." derken Mevlânâ sözünü kesmek zorunda kaldı: "Estağfirullah, ne haddimize..."

Oldu olası babasıyla karşılaştırılmaktan rahatsız olurdu. Çünkü onu ne bir rakip ne de aşılması gereken bir engel olarak görebilirdi. Ne yaparsa yapsın, ne kadar yükselirse yükselsin o, babası olarak hep üzerinde olacaktı. Ancak onun takdirini kazanmak başarı olurdu. Fakat Emir'in bunları düşünecek hali yoktu. İltifat edeceği insanları olumsuz cümlelerle yaptığı girizgâhlarla, cezalandıracağı insanları ise tam tersine hoş sözlerle açtığı konuşmalarıyla şaşırtmaktan garip bir zevk duyardı.

Bugünse az evvel gazabına kurban giden bir taş işçisinin kanlı hatırasını kafasından atmak hissiyatıyla sohbeti uzatıyordu belki. Sadeddin, caminin saraya açılan kuzey kapısından çıktığında avludaki sarnıç inşaatına gayr-i ihtiyari bir göz atmış, mimari dehasının ferasetiyle bir anda birçok kusur tespit etmiş ve derhal inşaatın iptalini, çukurun da doldurulmasını emretmişti. İşte o anda sarnıçtaki bir işçi, ustabaşının orada bulunmadığını kendilerinin de ona tâbi olduğunu izaha girişti. Sadeddin adamın sözünü bitirmesini bile beklemeden hışımla, "Hemen bu çukuru doldurun, ilk taş da bu adam olsun!" diye bağırdı. Emir Tolunga bir hamlede talihsiz işçinin başını bedeninden ayırınca sarnıcın dibindeki cesede bakarak "Bundan sonra bir işe yarar" diye mırıldandı. Sonra o hışımla dönerek avludan çıkıp içeride olanları umursamadan doğu kapısındaki cemaate doğru yürüdü. İnsanların bu ahmaklığına tahammül edemiyor, dirayetinin anlaşılmaması onu deli ediyordu. Mimarideki melekelerine hayran olanlar idarede de üstün meziyetlerini kavramakta geç kalmamalı, tuğlalarla oynadığı gibi insanlarla da oynayabileceğini bilmeliydiler. Ona gönülden boyun eğerlerse ne şaheserler inşa edeceğini, ne düzenler kuracağını göreceklerdi.

Bu düşüncelerden uzaklaşıp ayaküstü de olsa Mevlânâ'nın sohbetiyle ferahlamak isteyen Sadeddin onu bu konuda pek istekli görmese de karşılaştıklarında her zaman yaptığı gibi medresenin, dergâhın bir ihtiyacı olup olmadığını sordu. Sonra camiden çıkan cemaatin duyacağı şekilde devam etti. Şehirde olmasa bile gönlünün çok rahat olduğunu çünkü Konya'da çok değerli âlimlerin bulunduğunu söyledi. Hazret-i Peygamber'in hadisine dayanarak "Peygamberlerin varisleri âlimlerdir" diye inandıklarını eklemeyi ihmal etmeden sözlerini bitirdi. Şehirde, Sadeddin'in hanedandan olmadığı halde, tahta çıkabilmek için nasıl planlar yaptığı konuşuluyordu aylardır. Ancak casusların her yerde olabileceği korkusuyla açık alanlarda bunu seslendirmemeye azami gayret sarf ediliyordu. Camiden çıkanlar bu konuşmaları duyunca 'âlimleri kendi safına çekmek istiyor' diye düşündüler. Birkaç kişi kaş altından birbirine bakıştı.

Emir uzaklaşınca Çarşı Ağası Tahir Fahreddin, Mevlânâ'yı selâmlayarak cumasını kutladı ve bu akşam, Meram'daki köşkünde vereceği ziyafete davetli olduğunu hatırlatarak yerini sıradakilere bıraktı. Sonra maiyetindekilerle tepenin doğusunda yer alan İplikçikler Çarşısı ve yeni bedestana doğru yürüdü. Ağanın çevresindekiler arttıkça şikâyet ve dedikoduların da çoğaldığı kimsenin gözünden kaçmıyordu. Ancak ticari hayata çeki düzen verecek daha istekli ve yetenekli biri de çıkmıyordu bu sıralarda. Her zamanki gibi kendince sırasını bekleyen İhtisab Ağası Taceddin de Mevlânâ'ya hürmetlerini sundu. Asgari samimiyet ve azami nezaketi düstur edinmiş, mesafeli soğuk bir insandı. Mevlânâ ise herkese aynı içtenlikle gülümseyerek selâma da iltifata da fazlasıyla karşılık veriyordu. Aslında herkesin içlerini görüyor gibi tanımak, ona acı vermeye başlamıştı artık. İlişkilerdeki riyakârlık onu bunaltıyordu. Bu düşüncelerle, dışarıda kardeş gibi gözüken ama biraz daha kudret için her şeyi yapabilecek emirlerin, kadı'l kuzad olmak için birbirlerini ezecek kadıların, hırsları sınır tanımayan tüccarların, fikirleri çatıştığı halde menfaatleri için bir araya gelmiş müderrislerin içlerinde bulunduğu bu cemaatle selâmlaştı.

Herkes gitmişti. Mevlânâ ise hâlâ tepede, caminin doğu kapısında durmuş, babasının mezarına doğru bakıyordu. Muid Necmeddin'in bir işaretiyle katırının hazırlandığını, öğrencilerinin kendisini beklediğini unutmuştu. Yıllar öncesine, babasının elini tutarak yürüyecek kadar küçük olduğu o mutlu zamanlara dönmüştü. Şehri ilk defa geziyordu. O zamanlar Konya, bu tepenin etrafını saran iç kalenin surları içine sıkışmıştı adeta. Dış surlar Haçlılar tarafından yıkılıp şehir yağmalandığında, insanlar iç kaleye taşınmak zorunda kalmıştı. Hıristiyanlar, Doğu Roma'nın [Bizans] eliyle yaptıklarını Haçlıların eliyle yıkıp yok etmişlerdi. Selçuklular ise savaşlardan, taht kavgalarından, isyanlardan ve devam eden Haçlı seferlerinden, henüz bir şey yapacak zaman bulamamışlardı. Oysa Bahaeddin Veled çok ümitliydi; "Göreceksin" diyordu gözleri parlayarak, "bu şehir tıpkı Belh gibi, Buhara gibi, Semerkand gibi mamur ve muhteşem olacak." Küçük Celâleddin Belh'i, Buhara'yı, Semerkand'ı hiç hatırlamıyordu. Bundan dolayı bu şehirler hakkında ancak yazılanları ve anlatılanları biliyordu. Ve bir masal şehri hayal ediyordu çocuk kafasında. Ne var ki bu hayali, harap olmuş Konya'ya bir türlü giydiremiyordu. Fakat gerçekten kısa bir zaman zarfında Selçuklu ülkesi, Sultan İzzeddin tahta geçip siyasi istikrarı sağladıktan sonra Karadeniz'de Sinop'a, Akdeniz'de Antalya'ya uzanmış; kuzeyde Kırım, güneyde ise Kıbrıs Kralı Hugo'yla ticari antlaşmalar yapılmıştı. İzzeddin'den sonra kardeşi Alâeddin Keykubad'ın tahta geçmesi, Selçuklu için tam bir dönüm noktası olmuştu. Bir yandan sınırlarda güvenliğin sağlanması için sürekli savaşan Sultan, diğer yandan Anadolu'yu ve özellikle Konya'yı bir cazibe merkezi haline getirmek için çalışmalarını aralıksız sürdürüyordu: Kısa zamanda şehrin tamamı adeta inşaat şantiyesine dönmüş, medreseler, camiler, hamamlar, kervansaraylar ve büyük külliyeler, başta Konya olmak üzere, Selçukluların önemli şehirlerinde yükselmeye başlamıştı.

Konya artık, tam ortasındaki tepeyi çepeçevre kuşatan surları ve kapıları yenilenmiş, bu kapılara açılan büyük yolları dış surlara kadar bağlanmış, iki kale içinde emniyetli bir şehirdi. Sadece yazlık ve mesire olarak kullanılan, bağları ve akarsularıyla ünlü Meram, şehir surlarının dışında kalıyor, şehirdeki hayatın yorgunluğundan bunalanlara nefes aldırıyordu. Şehir ticari yolların kavşağında bulunmanın sağladığı üstünlükten de payını alarak zenginleşmiş; köşkler, konaklar, av köşkleri ile donanmış, öyle ki, hem Doğulu hem Batılı seyyahlar, "dünyanın en güzel şehri" demeye başlamışlardı buraya. Belki bunda Doğu'daki şehirlerin birbiri ardınca Moğol istilasına yenik düşüp yağmalanmasının, Batı'dakilerin özellikle Konstantiniyye'nin Haçlılarca talan edilmesinin payı da vardı. Bu arada Moğollardan kaçanlar Selçuklu kartalının kanatları altına sığınmak için soluğu Konya'da alıyordu. Âlimler, sanatkârlar, ticaret erbabı, hatta savaşçılar... Bu kadar olmasa da Batı için de aynı şeyi söylemek yanlış olmazdı. Selçukluların büyük toprak sahiplerinden vergi almaması ve tacirlere sağladığı imkânlar ve güvenlik, Doğu Roma'dan da birçok zenginin yaşamak için Konya'yı seçmesini sağlamıştı. Artık ticaret ve siyasetin odak noktası haline gelen şehrin nüfusu, zenginliği gibi katlanarak artıyordu.

Fakat bir süredir Mevlânâ'ya öyle geliyordu ki dışı ışık saçtıkça içi kararıyordu şehrin. Bedeni mamur edildikçe ruhu çürüyor, harap oluyordu. Yavaşça katırına bindi. Tepenin eğimli sokaklarından inerek, İplikçi Yolu'na geldiğinde, kuzeye dönerek medreseye yöneldi. Mevlânâ'nın çok dalgın olduğunu gören maiyeti ses çıkarmadan peşinden yürüyordu. Oğlu Bahaeddin ve Alâeddin Çelebi bir yanda, Muid Necmeddin ile müntesibi Hüsameddin ise diğer yandaydı. Son zamanlarda, Mevlânâ'nın yüreğine öyle bir his demir atmıştı ki bütün iyilerin birbiri ardınca gittiğine, kendisinin yapayalnız kaldığına inanıyordu. Babası bu âlemden göçeli on yıla yaklaşmış, birkaç yıl önce Sultan Alâeddin ölmüş, babasından sonra manevi olarak bağlandığı Seyyid Burhaneddin Tirmizî ise geçen yıl Kayseri'ye taşınmıştı. Artık bütün yük omuzlarındaydı. Henüz otuzlarında olduğu halde, kendisini çok daha yaşlı hissediyor, dünyayı daha farklı görüyordu. İnsanları tanıdıkça ve gerçek yüzleriyle karşılaştıkça hayata bakışı değişen herkes gibi, acaba önceleri de böyleydi de ben mi şimdi fark ediyorum, yoksa her şey çok mu hızlı değişiyor diye düşünmeden edemiyordu. Belki de düzen kurulup güçlendikçe riyakâr ilişki ağları her yana uzanıyor, ferdi ve cemiyeti zehirli kollarıyla sarmalıyordu. Bu zehirli sarmaşık kurbanlarını önce beslese de bir gün mutlaka boğuyordu. Bu durum belki her yerde, her zamanda geçerliydi ve Selçuklu payitahtında da hâkim olan renk artık buydu. Sultan Gıyaseddin, babasının yazlık olarak Beyşehir Gölü kıyısına yaptırdığı sarayda kalıyordu sürekli ve işret âlemlerinde olduğu konuşuluyordu. Oysa babasının ani ölümünün ardından, veliahd olan küçük kardeşine rağmen emirlerin ve annesinin desteğiyle şaibeli bir şekilde tahta oturmuş, o günden beri karışıklık ve kargaşa eksik olmamıştı Selçuklu topraklarında. Büyük toprak sahibi emirler, esnaf-tüccar ve asker üçgeninde çöreklenen, ulema ve fukahanın [âlimler ve fıkıhçıların] da çoğunluğunu sararak iktidarın görünmez sahipleri haline gelen bir zümre, zenginleştikçe zenginleşiyor, halk ise gittikçe fakirleşiyordu. Bu yüzden Gıyaseddin'in tahta çıkışının ertesi yılı, Baba İshak adında bir dervişin başlattığı isyan yayılarak birçok şehri sardı. Öyle ki bu ayaklanma binlerce insanın katledilmesiyle ancak bastırılabildi. Bu düşünceler aklında dolaşırken katırının başını biraz daha tepenin kuzeyine çevirdi. Bugün medreseye dönmemek, yolu uzatmak istiyordu adeta. Belki böylece yüreğindeki ağırlık biraz hafifleyecek, üzerindeki durgunluk geçecekti.

Oysa Gevhertaş Medresesi'nde heyecanla, Mevlânâ'nın cumadan dönüşünü bekleyen Kimya'nın kalbi kıpır kıpırdı. Uzun ince bedeni henüz çocukluktan yetişkinliğe geçiş aşamasında olduğundan sade kıyafeti üzerinde salınan, arasından kurdeleler geçirilerek örülmüş, Doğu Roma stili sarı saçları olmasa medresedeki erkek öğrencilerle karıştırılabilirdi. Okuduğu kitabı Mevlânâ'ya göstermek, zamanından önce bitirdiğinden hem övgü hem de yeni bir kitap almak istiyordu. Ancak namaz vakti epeyce geçmesine rağmen camiden dönen olmayınca genç kızın içini bir endişe kapladı. Elinde beklettiği kitabı göğsüne bastırarak Sultan

Yolu'na açılan cümle kapısına koşup başını uzatarak tepeyi çevreleyen yola kadar bütün caddeyi gözden geçirdi. Bir hareket göremeyince arkadaki dergâh kapısına geçip İplikçi'ye bağlanan arka sokağa da baktı. Ne tuhaftır ki medreseden birileri oradan da gözükmüyordu.

Sıkıntısı artan Kimya dergâhın yanındaki büyükannesinin konağına girip hızla en üst kattaki, tepeye doğru bakan cumbalı salona çıktı. Onun bu telaşına mana veremeyen hizmetkâr Teodorakis de peşinden ahşap basamakları tırmanıyor, bir yandan "Efendim bir sıkıntı mı var?" diye soruyordu. Kimya "Bi' şey yok Teo, babam geç kaldı, onu merak ettim. Buradan yolu görebilir miyim, bir bakacağım." diye cevap verince yaşlı adam ikinci katın sofasında durup biraz soluklandı ve "Merak buyurmayın efendim. Mevlânâ'yı görenlerin onunla konuşmak için kapılarında sıra beklediğini bilmiyor musunuz? Burada hakkında en son endişe duyulacak kişi odur herhalde." dedi. İçindense 'yavrucak henüz bebekken babası katledildiğinden, bu kadar emniyetli bir beldede, çok sevilen Mevlânâ için bile hemen korku duyuyor' diye düşünerek ayaklarının ucunda yükselip en uzağı görmeye çabalayan Kimya'yı "Belki bir yere uğramıştır" diye rahatlatmaya çalıştı. "Hayır! İşte ordalar! İplikçi'den Sultan Yolu'na dönüyorlar." diye sevinçle yerinde zıplayan Kimya, arkasından gelen Teo'yu kolundan çekip Mevlânâ ve maiyeti olduğu anlaşılan kafileyi ona da gösterdi. Yaşlı adam gözlerini kısarak bir süre baktıktan sonra "Evet efendim ama yolun ortasında onları bekleyen biri var bakın" deyince Kimya elini güneşe siper edip bir süre daha izledi, sonra hayretle "Haklısın galiba" diye mırıldandı. Sonra "Maşallah sen de uzağı yakından daha iyi görüyorsun" diye ekledi. Gördüklerine bir anlam verememişti. Bu yüzden olanlar hizmetkârın kabahatiymiş gibi sitemle, "Hani 'Onun yoluna kimse çıkamaz' diyordun Teo" diye sordu. Hizmetkâr yine genç kızı yatıştırma gayretiyle "Buranın adabını bilmeyen bir yabancı veya dilenci falandır efendim. Şimdi Muid veya Çelebiler gereğini yapar. Ya bir bağışta bulunurlar ya da densizin birisiyse haddini bildirirler." diye karşılık verdi Kimya'ya. Genç kız önce "Öyle yaparlar değil mi?" diye umutlandı. Sonra kendi kendine mırıldandı. "Ama kimse görmedi sanki, bak hâlâ bekliyor."

Bu bekleyiş ve izlemelerden habersiz olan Mevlânâ ağır ağır ilerken Emir Karatay'ın, Kılıçaslan Köşkü'nün kuzeyindeki düzlüğe yaptırmakta olduğu medreseye şöyle bir göz attı. Ustalar kubbeyi yapmaya başlamıştı. 'Bir medrese daha,' diye düşündü. Ne değişecekti sanki. Şehrin her yeri medrese, her yeri dergâh olmuştu. Ama toplum gitgide bozuluyordu. Savaş dönemlerinin tek iyi yanı, insanların bir düşmana karşı birleşip 'ben'lerin 'biz' olmasıydı. Oysa cenk bitince Hazret-i Peygamber'in buyurduğu gibi "asıl büyük savaş" başlıyordu; insanın nefsiyle olan mücadelesi... 'İşte en zoru bu' dedi içinden Mevlânâ. 'İnsanı hangi mihenge vurmalı ki saf altınla, kalp altın birbirinden ayrılsın. Daha da önemlisi, 'insan kendini hangi mihenge vurmalı?' diye düşünürken birden katırının durmasıyla irkilerek yuları tutan adama hayretle baktı. Oldukça eski Kalenderî dervişi kıyafeti giymiş, dağınık saçlı yabancı da kendisine bakıyordu.

"Belhli Bahaeddin Veled'in oğlu Mevlânâ Muhammed Celâleddin misin?" Bu tavır ve soru karşısında yabancının elinden yuları alıp, onu itmek için hızla ileri atılan Muid Necmeddin, Mevlânâ'nın bir el işaretiyle durdu ve başını yukarı çevirip üstadına dikkatle baktı. Mevlânâ gözünü yabancıdan hiç ayırmadan cevap veriyordu:

"Evet benim."

Derviş etraflarında her saniye artarak büyüyen kalabalığın homurtusuna ve muhatabının çevresindekilerin tehditkâr bakışlarına hiç aldırmadan konuşmaya başladı:

"Ey Müslümanların imamı! Bir müşkilim var: Hazret-i Muhammed mi büyük Beyazıd-ı Bistami mi?"

Sorunun heybetiyle bineğinden yere atlayan Mevlânâ, yabancının tam karşısında durarak, "Bu nasıl sual böyle?" diye haykırdı.

Kimya, kafilenin durduğunu ve çevredeki insanların adeta oraya aktığını görünce merakla izlemiş, hemen medreseye dönmemişti. Ancak Mevlânâ'nın bineğinden birden indiğini görünce korkuyla titredi. Teo "Düşmedi efendim, kendisi indi, herhalde yabancıya yardım edecek" dediyse de sakinleşemedi. Sonunda bir tabureye çıkarak damların arasından görebildiği manzaranın çerçevesini genişletti. Mevlânâ'nın yanından birkaç kişinin yabancının üstüne yürüyüp onu tartakladığını görünce heyecanla "Aa, Alâeddin adama saldırdı. Bak bak, şunlar da Muid'le talebeleri değil mi?" diye sorduysa da, etraflarını saran kalabalık o kadar artmıştı ki ne Mevlânâ'yı ne de yolunu kesen yabancıyı görmek mümkündü. Emektar hizmetkârının bütün iyi niyetli tahminlerinin hepsinden bir anda vazgeçen genç kız "Bu bildiğin yabancılardan değil Teo; ne dilenci, ne garip bir yolcu, ne de sıradan bir derviş... Her ne yaptı ne söylediyse adeta bütün şehri karşısına aldı. Sanki dünyaya meydan okudu." dedi. Ama asıl merak ettiği ise Mevlânâ'nın ne yapacağıydı. Bir şeyler görme umuduyla izlemeye devam etti.

Mevlânâ, sorunun ardından henüz bineğinden yere inmeden, yabancının yakasına yapışıp elbisesini yırtan Alâeddin'i, "Bu ne küstahlık böyle!" diye bağırıp adamı yoldan çekmeye çalışan Muid'i, "Edep Yâ Huu!" nidalarıyla galeyana gelen müridlerini, hatta yolun kıyısındaki dükkânlarından çıkıp "Mevlânâ'mızın yolunu kesen de kim; hiç yol yordam, adab erkân bilmez mi?" diye hadiseye müdahil olan esnafı, "Sorunun muhatabı benim!" diye sert bir tonda uyararak durdurup susturduktan sonra bütün vakar ve ciddiyetiyle bakışlarını dervişe dikmiş adeta 'sen ne söylediğinin farkında mısın' diyordu. İnsanlar yabancıyı linç etmek için izin istiyor, Mevlânâ'dan bir işaret bekliyor ya da sadece oradan uzaklaşmasının yeterli olacağını söylüyorlardı. Ama dervişte ne bir tereddüt ne bir kıpırdanma vardı. Tam tersine ne söylediğinin farkındaydı ve bakışlarını muhatabına dikmiş cevap bekliyordu. Mevlânâ derin bir nefes aldı; "Elbette, Allah'ın elçisi Hz. Muhammed bütün yaratılmışların en büyüğüdür." Adam daha da ileriye gitti. Etraflarında toplanan kalabalığın vahşi gürültüsüne, Mevlânâ'ya "aradan çekil yeter" diye yalvaranlara hiç aldırmadan devam etti; "O halde neden Peygamber, bu kadar büyüklüğü ile 'İçtim, içtim ama kanmadım, dolmadım. Yâ Rabbi seni tenzih ederim, biz seni layık olduğu vechile bilemedik' buyururken Beyazıd-ı Bistami, 'İçtim, kandım, doldum, taştım. Kendimi tenzih ederim. Benim şanım ne yücedir. Zira cesedimin her zerresinde Allah'tan başka varlık yok' demektedir?"

Kalabalığın uğultusu bir anda kesildi. Adeta kimse nefes almıyor, merakla Mevlânâ'nın ağzından çıkacak kelimeleri havaya karışmadan okumak istercesine dudaklarına bakıyorlardı ki cevap gecikmedi: "Hz. Muhammed müthiş bir manevi susuzluk ve aşk hastalığına tutulmuştu. Ne kadar içse de susuzluğu geçmiyordu. Zira 'Biz senin göğsünü açmadık mı' buyruğunca kalbi şerh edilmiş, genişlemişti, bunun için susuzluktan dem vurdu. O her gün sayısız makamlar geçiyor, bir makamı geçtikçe evvelki bilgi ve makamına istiğfar ediyor, daha çok yakınlık istiyordu. Onun gönül kabı o kadar genişti ki aşk denizinden ne kadar içtiyse doymadı. Beyazıd'a gelince o, elbette büyük bir veli idi. Ama Hz. Peygamber'e nazaran gönül kabı küçükmüş. Bir yudum içti ve susuzluğu geçti. Vardığı ilk makamın sarhoşluğuyla öyle söyledi."

Yabancı, bu sözler üzerine derin bir "ah" nidasıyla kendinden geçtiğinde, onu linç etmek için halkayı gittikçe daraltmış olan kalabalık geri çekildi. Mevlânâ yere eğilip onu kaldırmaya çalışırken, sayıklayan yabancının dudaklarından fısıltı gibi iki kelime döküldü: "Seni buldum..."

***

Kimya Mevlânâ'nın etrafında öbek öbek olan topluluğun dalgalanışını izlerken yabancının bayılmasıyla bir anda başlayan telaşı fark edince daha fazla dayanamayarak aşağı koştu. "Birine bir şey oldu, kesin bir şey oldu!" diye neredeyse bağırarak medreseye seğirtirken Teo'nun teskin edici sözlerini de işitmiyordu. O telaşla cümle kapısından çıkarken birine çarpmanın sarsıntısıyla durdu.

Gelen Sefaeddin'den başkası değildi. Kimya hayal kırıklığıyla yana çekildi. Sefa nefes nefese kalmış ama aksayan ayağına rağmen herkesten önce medreseye ulaşmayı başarmıştı. Yaşlılığından dolayı, artık Cuma namazına bile gidemeyen Mevlânâ'nın baba dostu ve lalası Bahtiyar Efendi'ye olanları aktarmak, onun bir numaralı göreviydi.

Genç kız "Lalacığım, Allah aşkına yolda neler oluyor? Babamın başına bir şey gelmedi ya?" diye sordu yalvarırcasına. "Yok kızım, başka biri bayıldı. Mevlânâ Hazretleri yardım ediyor sadece" diye cevap veren Sefa, Lala Bahtiyar'ın odasına doğru yürürken Kimya da onu takip eden Teodorakis de derin bir nefes aldılar. Genç kız ilk defa yaşlı adamı ne kadar yorduğunu fark ederek "Her şey yolunda Teo hadi dinlen sen, artık Lala Sefa'dan her şeyi öğrenirim ben" dedi ve Sefa'nın peşine takıldı. Bir yandan da "Bayılan kim? Babamın yolunu kesen adam mı? Ona o kadar yaklaşmasına nasıl müsaade ettiniz?.." diye arkası sıra aklındaki soruları sıralıyordu. Sonunda Sefa ardına dönüp "Kızım bari nefes almak için bir dursan vallahi hepsini cevaplandıracağım." dedi.

Kimya 'anlaşılan efendisinin huzurunda her şeyi anlatacak' diye düşünerek sabredip onu takibe devam etti. Soluğu Bahtiyar Efendi'nin odasında alan Sefa, yolda olanları bir çırpıda anlatıverdi. Aslında başka zaman olsa olayları uzatıp ballandırarak anlatırdı. Ama kimse gelmeden, Bahtiyar Efendi'yi her şeyden haberdar etmek istiyordu. Bu yüzden garip derviş kılıklı bir yabancının, Mevlânâ'nın önüne nasıl çıktığını, nasıl akla hayale gelmez, haddini bilmez sorular sorduğunu, nasıl bir tepkiyle karşılaştığını, Mevlânâ'nın verdiği dâhiyane cevabı duyunca nasıl kendinden geçtiğini anlattı. Oturduğu köşede, her geçen gün biraz daha küçülüyor gibi gözüken Bahtiyar Efendi fersiz gözlerini diktiği noktadan ayırmadan; "Kimmiş bu Kalenderî, öğrenebildin mi bari?" diye sorunca, Sefa maharetini daha iyi gösterebilmek için -şehre birkaç gün önce gelmiş bir yabancı hakkında ancak o, bu kadar malumat toplayabilirdi- önce alt dudağını diliyle ıslatıp, sonra garip bir iştahla söze başladı:

"Vallahi herkes bir şey söylüyor Lalam. Kalenderî olup olmadığı da belli değil, sadece öyle giyiniyormuş. Kalenderîler saçlarını kazıtırlar malum-ı âliniz. Ama bunun saçları omuzlarında neredeyse ve darmadağınık. Birkaç gün önce Konya'ya gelmiş. Şekerciler Hanı'nda kalıyormuş. Tebrizliymiş. Durmadan gezermiş. Onun için Şems-i perende, uçan Şems, derlermiş. Asıl adı Şemseddin Muhammed. Han odasının anahtarını tüccarlara nispetle boynuna takıp çarşı pazar geziyormuş. Ne tüccarısın diyene 'ilim ve aşk' diyormuş."

Sefa'nın ardında sessizce anlatılanları dinleyen Kimya, içinden ezberlemek istercesine tekrar etti: "ilim ve aşk tüccarı..." Sefaeddin derin bir nefes alınca, "Başka?" dedi Lala Bahtiyar. Haberi yeterli bulmamıştı. Zor takdir eden biriydi. 'Bu yüzden onun takdiri bazı insanlar için daha önemli oluyor' diye düşündü Kimya. Özellikle Sefa için böyle olduğu kesindi. Akşama kadar dolaşır, sonra da bütün havadisi Lala'ya yetiştirirdi. Aylardır yaşanan monotonluktan dolayı bugünkü haber için müthiş bir takdir bekliyordu herhalde. Hevesle devam etti:

"Kaldığı handa bazı kerametler göstermiş diyorlar. Hancı ağzı bozuk biriymiş. Yanında karın tokluğuna çalışan zavallı yamağını durmadan azarlıyor, dövüyor, hakaret ediyormuş. Şems ona 'Dilin şişsin inşallah!' demiş. Adamın dili birdenbire şişmeye başlamış. Öyle ki nefes alamaz hale gelmiş. 'Yazıktır dua et,' diyene 'Bu Allah'ın takdiridir, ben ancak cennete gitmesi için dua ederim' demiş ve çekmiş gitmiş. Zavallı hancı oracıkta can vermiş." Sefa bir daha soluklandı. Lala'nın heykelden hissiz gözüken yüzünde hiçbir kıpırdanma olmadı. Fakat Kimya meraklanmıştı. "Eee. Anlatsanıza başka ne yapmış?" diye sorunca Sefa devam etti:

"Aslında keramete falan saygısı yok bana kalırsa. Bir tüccar anlattı. Bağdat'tayken duymuş. Evliyaullahtan Şeyh Evhadüddin-i Kirmani Hazretlerine sormuş Şems, 'Pirim, şu günlerde neyle meşgulsünüz?' diye. Şeyh Hazretleri, 'Ayı, leğendeki suda görüyorum.' buyurmuş. Ne dese beğenirsiniz koskoca şeyhe; 'Boynunda çıban mı çıktı, niye başını kaldırıp ayı gökyüzünde görmüyorsun?' Kimya elinde olmadan bir kahkaha attı. Ama Lala Bahtiyar tam tersine surat asmıştı. Yüz hatları gerildi, kendi kendine bir şeyler mırıldandı. Kimya dikkatle bakmasına rağmen bir şey anlayamadı. Kendisine kızıldığını zannederek "Bir şeye mi kızdınız Lalam" derken hâlâ kıkırdıyordu. Kimsenin kızması da pek umurunda değildi ama saygısızlık olmasın diye kendini tutmaya çalıştı. "Sana demedim kızım" dedi Lala. Zaten haberlerle ilgili yorum yapmaz, yaptırmak istediklerini Sefa'ya yaptırır, bir şey söyleyecekse Mevlânâ'yı çağırır bizzat görüşürdü. Ama Sefa'nın söyleyecekleri daha bitmemişti. Ve müthiş haberin gümbürtüye gitmesini istemiyordu.

"Sen de gülüp durma kızım" diye Kimya'yı uyardı sonunda. Sonra tekrar yaşlı Lala'ya dönerek, "İşin garip yanı Mevlânâ Hazretleri yabancının başından ayrılmadı. Onu ayıltmaya çalışıyordu. Tepkileri mazur görmesini rica edip, onu ikna ederek kol kola buraya doğru geliyorlarsa şimdi, hiç şaşırmam. Zat-ı âlinizi haberdar etmek istedim."

"Allah razı olsun, sen bizim gözümüz kulağımızsın. Başka ne var ne yok, Sultan Hazretleri teşrif etmişler mi? Medresenin genişlemesi ve iaşesinin artırılması gerekiyor. Muid Necmeddin'i haberdar et, hiç olmazsa Emir-i Kubad Hazretleri ile bu konuda görüşülsün," dedi Lala.

"Emredersiniz Lalam."

"Sultanü'l Ulema zamanında böyle miydi? Ayrı bir huzur, ayrı bir bereket vardı," diye devam etti Lala.

"Efendim Molla'dan değil biliyorsunuz. Genç Sultan, babası rahmetli kadar âlimleri koruma ve kollama fırsatı bulamadı. İsyanlar, meseleler..." diye cevap veren Sefa, gözünün ucuyla da Kimya'ya bakıyordu. 'Kimse yokken Mevlânâ'nın aleyhinde mi konuşuyor bunlar?' diye düşündü genç kız. Sefaeddin'e bazılarının "topal şeytan" dediğini duymuştu. "Biliyorum Sefa biliyorum," diye kesti Lala "Ama talebe nüfusu, hoca sayısı arttı. Medresenin genişletilmesi gerekiyor. Mevlânâ, âlimler meclisinin başkanı, toplantılar burada yapılıyor. Dergâh dersen elhamdülillah dolup taşıyor. Misafir hiç eksik olmaz kapımızdan çok şükür. Vakıflardan gelenler -Allah bereket versin ama- yeter mi böyle bir medreseye. Neyse başka ne var ne yok? Namaza kimler geldi?" Sefa her hafta olduğu gibi, Cuma namazına katılanları, Molla'nın vaazını, çıkışta olanları anlattı. Kimya'nın ilgisini çekmiyordu. Şems aklına gelince yine kıkırdamaya başladı ve Sefa'ya dönüp "Lalam, Şems ne demek söyler misin? Daha önce böyle bir isim duymadım," diye sordu.

"Güneş demek. Arapçada şems, güneş; kamer, aydır. Duymuş olmalısın Kuran-ı Kerim'de de öyle geçer."

"A evet, şimdi hatırladım" diyen Kimya avludan gelen gürültüyü duyunca oraya doğru koşturdu. Cumadan dönenler avluya giriyordu. Mevlânâ ve misafiri, Molla'nın odasına doğru ilerlemişlerdi. Onlara doğru koşan Kimya'yı kolundan hafifçe tutan Bahaeddin durdurdu. Neredeyse fısıldayan bir sesle, "Sonra görüşürsün" dedi. Kimya ümitsizlikle suratını asmıştı ki Baha'ya bir talimat vermek için ardına dönen Mevlânâ'yı kendisini çağırıyor zannetti ve hemen yanına gitti. Bir sohbet açma bahanesi olsun diye çoktan unutmuş olduğu konuyu seçerek "Molla Hazretleri geçen gün bana vermiş olduğunuz kitabı bitirdiğimi söylemek istiyordum. İsterseniz beni imtihan edebilir yeni bir kitap verebilirsiniz." dedi.

"Yine beni şaşırtmayı başardın Kimya. Çok erken bitirmişsin. Ama bu kez seni, Baha imtihan etsin olur mu? Sonra sıradakini al. Hepsi bitince ben bakarım" diyen Mevlânâ talimatını hatırlayarak seslendi: "Baha, evladım buraya bakın." Kimya bu boşluktan yararlanıp çok merak ettiği misafire döndü. Heyecandan ismini unutmuştu ama hemen bir çare bularak, "Siz adının anlamı "güneş" olan dervişsiniz herhalde. Hoş geldiniz."

Şems biraz şaşkınlıkla baktı, "Hoş bulduk" derken Mevlânâ'ya dönüp "Geleceğimizi bilenler varmış," dedi. O da meraklı gözlerini Kimya'ya çevirince telaşla, "Vallahi ben bilmiyorum, Lala Sefa söyledi biraz önce. Sizden önce medreseye geldi ve yolda nasıl karşılaştığınızı anlattı Bahtiyar Efendi'ye" diye açıkladı genç kız. Mevlânâ, Şems'e dönüp "Baba yadigârı bir Lalam hayattadır. Belh'ten beri bizimle birlikte. Artık yaşlılıktan odasından bile çıkamıyor. Diğeri de onun talebesidir. Lala Bahtiyar'a duyduğumuz saygıdan ona da Lala deriz. Sefa olanları Lala'ya anlatmayı çok sever. Onun dışarıdaki gözü gibidir. Hâlâ beni koruma kollama çabasındalar. Küçük bir çocukmuşum gibi," dedi.

Onlar ayaküstü konuşurken genç kız merak ettiği konuğu baştan aşağı şöyle bir incelemek için kısa bir zaman buldu. Yabancının gür ve dalgalı koyu renk saçlarının çerçevelediği yüzünde ilk dikkat çeken, kavisli kaşlarının altında, siyah uzun kirpiklerinin gölgesini vurduğu dalgın bakışlı gözleriydi. O gözler kendisini taşıyan çehreye esrarlı ve garip bir çekicilik kazandırıyor, bakanlarda bu gözlere dalıp gitme isteği uyandırıyordu. Epeyce uzun boylu olan misafirin üzerinde, kaba dokunmuş bir kumaştan devetüyü renginde, tek parça, yıpranmış bir elbise vardı. Elbisenin etekleri, yakası ve kollarında yeni açılmış gibi gözüken yırtıklar göze çarpıyordu. Sanki az evvel sokaktan gelirken köpeklerin saldırısına uğramıştı veya bir kaplanla boğuşmuştu. Kimya 'acaba bunların hepsi biraz önceki arbedede mi oldu?" diye meraklandı. Üstelik elbisenin kumaşına da saçına da toprak döküntüleri, saman çöpleri yapışmıştı. Ama bütün bunlara tezat, sağ bileğinde

Kimya'nın daha önce hiç görmediği değişik değerli taşların, gümüş çerçeve içine oturtulmasıyla oluşmuş, haylice usta bir elden çıktığı anlaşılan çok güzel bir künye parlıyordu. Genç kız bütün bunları birkaç saniye içinde aklından geçirirken Şems hem kaçamak bakışlarla kendisini inceleyen hem de farkında olmadan gülümseyen Kimya'ya bakarak "Bize dair gülünecek şeyler de anlatılmış anlaşılan" dedi. Kimya birden irkilerek kendisini toparladı.

"Çok affedersiniz. Yanlış anlamayın. Bağdat'ta bir şeyhle aranızda geçen bir konuşmayı naklettiler. Ayı leğendeki suda görüyormuş hani. O konuşmanın zahiri beni güldürdü haddim olmayarak. Ben henüz her şeyin zahirini anlıyorum zaten, derinlerdeki manasını bilemem" diyerek acele bir şekilde, eteklerini hafifçe tutup dizlerini kırarak zarif bir reveransla onları selâmladı ve yanına gelmiş olan Alâeddin Çelebi ile oradan ayrıldı. Mevlânâ bir eliyle Şems'in kolundan tutup diğer eliyle odasının kapısını göstererek buyur etti. Yalnız kaldıklarında, "Kimya'nın kusuruna bakma, dedi ve devam etti: "Kendisi bizim medreseye komşu gayr-i Müslim bir ailenin kızıdır. Anne babası Konstantiniyye'deki karışıklıkta Haçlılar tarafından öldürülmüş. Büyükannesi onu buraya zor kaçırabilmiş. O yüzden Hıristiyanlara karşı içinde bir kin oluşmuş. Bizi merak ettiğinden bahçeler arasındaki çitten burayı gözetlermiş -o zamanlar avlu duvarı henüz yapılmamıştı- beş altı yaşından beri. Sonra bizim çocuklarla tanışmış. Sürekli buraya gelip dersleri dinliyordu. Her şeyi merak ediyordu. Müthiş bir hafızası ve öğrenme iştiyakı vardı. Bir gün, buraya evden kaçarak geldiğini öğrendim. Dindar bir Hıristiyan olan büyükannesinin buna rızası yokmuş. Ben de elinden tutup evlerine götürdüm. Büyükannesinden hakkını helal etmesini istedim. Durumdan haberdar olmadığımızı söyledim. Bir daha kendisinin rızası olmadan çocuğu eve ve medreseye kabul etmeyeceğimi belirttim. Kadıncağız bundan çok etkilenmiş. Bizim zorla dinlerini değiştirmeye kalkışacağımızı zannediyordu herhalde. Kimya da izin almak için günlerce yemek yememiş. Sonunda Madam Evdoksiya torununu kendi elleriyle getirdi buraya. Zaten kısa bir süre sonra hastalandı. Oysa Doğu Roma hanedanının Latin İmparatorluğu'nu yıkarak Konstantinopolis'i geri almasını bekliyordu. Ama son günlerinde ümidi bitmişti. Kimya'yı ve birkaç şeyi bize emanet etti. Başka bir yakını yoktu herhalde. Evdoksiya çok samimi bir dindardı. Bizi de anlamış, güvenmişti. Ben de Kimya'yı evlatlık olarak himayeme aldım. Çocuklar da onu kardeş gibi sevdi, benimsedi. Asıl adı Camilia idi. Biz ona Kimya dedik."

"Tıpkı İkonia'ya Konya dediğiniz gibi mi?"

"Evet, tıpkı öyle oldu. O da şu anda şark ve garbın bir karışımı. Bu şehir gibi; biraz Doğu Roma, biraz Selçuklu, biraz Hıristiyan, biraz Müslüman... Bakalım zamanla hangisi hâkim olacak. Büyükannesine söz verdiğimiz gibi dinine karışmıyoruz. Merak ettiği sorulara cevap veriyoruz, sadece o yüzden kafası biraz karışık olabilir. Bundan dolayı onun kusuruna bakma, ona kızma demek istedim."

"Hayır, ona kızmadım zaten, sadece Lalaların ne konuşmuş olduğunu sordum."

***

Nikia'da [İznik] Doğu Roma İmparatorluk Sarayı'nın merdivenlerinden kayarcasına bir zarafetle inen İmparatoriçe'nin ayakları sanki yere değmiyordu. Şövalye Marcos Arilesos, basamaklarda dalgalanan kırmızı pelerin böyle bir göz yanılsaması yaratıyor belki de, diye düşündü. Merdivenlerin bittiği yerde, atının yanında diz çökmüş ve bir yumruğu göğsüne bastırılmış olarak kraliçeyi selâmlıyordu. Yanında aynı şekilde duran Şövalye Nicolas Andropulos çok heyecanlanmıştı. Fısıldayan bir sesle, "Bizzat İmparatoriçe tarafından hiç uğurlanmamıştım." dedi. Zaten protokol dışı bir durumdu. İmparatoriçe, muhtemelen görevlerinin ne kadar önemli olduğunu hatırlatmak ve sürgün dönemi yaşadıkları için protokole bile ihtiyaç olmadığını vurgulamak istiyordu: "Doğu Roma'nın asil ve kahraman şövalyeleri" dedi, "kalkınız, göreviniz sizi beklemekte. Tanrı sizinle olsun." Borular çaldı. İmparatoriçe ayağa kalkan Marcos'a kısık bir sesle, "Onu almadan gelmeyeceğinizi biliyorum Şövalyem" dedi ve ekledi: "Size güveniyorum."

Şövalye ve refakatindekiler İmparatoriçe'yi son kez selâmladı. Şehri çevreleyen surların arasındaki Konstantinopolis Kapısı'ndan çıktıklarında güneş henüz yükseliyordu. Surlardan çıkınca Şövalye Marcos Arilesos ister istemez gözünü Konstantinopolis tarafına çevirdi. Bir süre umutsuzca baktı. Bir şey göremese bile oranın üzerindeki havaya ve bulutlara bakmak onu mutlu ediyordu.

Haçlılar şehri alıp Latin İmparatorluğu kurduktan sonra bütün çabalara rağmen Nikia'ya kaçan Doğu Roma hanedanı da Trabzon'dakiler de başkenti hâlâ geri alamamıştı. Bu işgalde hanedanın payı da vardı elbette. Çünkü Haçlıları şehre davet eden zamanın imparatoru Alexi Angelos'tu. İç karışıklığı bu şekilde halledeceğini sanmıştı ama yanılmıştı. Bu yanılgı, kendisiyle birlikte birçok Doğu Romalı'nın hayatına mal olduğu gibi şehrin, gece gündüz yağmalanıp kiliselerindeki altın kaplamaları dahi sökülecek kadar acımasızca talan edilmesine yol açmıştı. Doğu Roma Hanedanı ise bir süre, şehirde kalarak imparatorluğu devam ettirmek üzere çeşitli çabalar sarf ettiyse de sonunda bu şekilde başarılı olamayacaklarını anlayıp saltanat soyundan Teoderos Lascoris ve bir kısım Doğu Romalı kaçarak Nikia'ya gelmiş, imparatorluğu buradan yönetmeye başlamışlardı. Hanedanın bazı üyeleri ise Trabzon'da bir devlet kurarak Nikia'ya rakip olmuşlardı. Asıl amaç bir an önce Konstantinopolis'i ele geçirmek olsa da ikiye bölünen hanedan birbirleriyle kıyasıya bir mücadele içine girmişti. Konstantinopolis'te hayatının tehlikede olduğunu düşünen birçok Doğu Romalı siyasi eğilimlerine göre zaman içerisinde Nikia'ya veya Trabzon'a geçmiş, büyük bir kısmı da bu konuda tarafsız ve adil bulduğu Selçuklu Devleti'ne sığınmıştı.

Aslında bunların çoğunu uzaktan izlemişti Marcos. Haçlıların işgalini ve ardından gelen korkunç günleri bir çocukluk kâbusu gibi hatırlıyordu. Çünkü o korkunç gecelerden birinde babası tarafından uyandırılmış, Boğaz'da bekleyen bir gemiye bindirilerek bir keşişe emanet edilmişti. O gece sahile inen karanlık sokaklardan nasıl korkuyla geçtiklerini, saman arabasına gizlenerek surlardaki bir kapıdan çıktıklarını ve o gemi yolculuğunu hiç unutmamıştı. Yıllar sonra döndüğünde ise her şey hatırladığından daha kötüydü. Ailesini asla bulamadığı gibi onlardan en ufak bir iz de kalmamıştı. Marcos ancak o zaman, babasının kendisini o keşişe emanet etmekten başka bir çaresi olmadığını anlayacaktı. Diğer yandan, hanedan üyeleri birbirine düştüğü gibi Doğu Roma'ya bağlı komutan ve valiler merkezdeki çekişmeden yararlanıp kendi bölgelerinde özerkliklerini ilân etmişlerdi.

Marcos bir süre bu kargaşanın içinde yaşadıktan sonra bağlı olduğu Doğu Roma'nın geleceği için Nikia'dakilerin yanında yer alması gerektiğine karar verecekti. Ondan sonra özellikle Ortodoks Hıristiyanların desteğini almak için Avrupa'dan Moskova'ya dolaşıp durmuştu. Henüz birkaç hafta önce bütün umudunu yitirip tamamen geri dönmüştü. Avrupa'nın kimseye yardım edecek hali yoktu. Yoksulluk, salgın hastalık, cahillikten kaynaklanan akıl almaz vahşetlerle yaşamaya alışmış insanlar neredeyse insanlıklarını bile yitirmeye başlamıştı. Şövalye o kadar ümitsizdi ki ne yapacağını düşünerek günlerce Nikia'nın sokaklarında amaçsız gezindi. Saraya çağrılıp Doğu Roma için yeni bir umut doğduğunu öğrendiğinde sanki tekrar hayata dönmüştü.

Onu huzursuz eden tek şey, bu kez hiç bilmediği Doğu'ya gönderilmesiydi. Selçuklu sultanına, Doğu Roma imparatorunun değerli hediyelerini, ortak düşman Haçlılara karşı işbirliği tekliflerini ve geciken vergileri götürecekti. Ne yazık ki İmparator Manuel Kommenos'tan beri, Türklere yüklü bir vergi ödüyordu Doğu Roma. Sultan istediği zaman, belli sayıda asker gönderme zorunluluğu da vardı. Şimdi bu anlaşmayı biraz geliştirerek iki tarafın da yararlanacağı daha geniş kapsamlı bir hale getirmek istiyordu. Ne de olsa Türkler de Haçlılara karşıydı ve Konstantinopolis'i ele geçirmek için Doğu Roma'ya yardımı kabul edebilirdi. "Bu geçici bir dönem" diyerek umutlarını diri tutmaya çalıştı.

Marcos'u asıl heyecanlandıran artık rutin hale geldiği belli olan bu elçilik değil, İmparatoriçe'nin vermiş olduğu gizli görevdi. Uzun zamandan beri Şövalyenin içi ilk defa, umutla dolmuştu. Görevi çok önemsemediğinden mi yoksa elli yaşına merdiven dayadığından mı, içinde bu son işi olacak gibi bir his vardı ama canı pahasına da olsa hedefe ulaşmak istiyordu. Zira bu başarı Doğu Roma'nın geleceği ve Konstantinopolis'in tekrar ele geçirilebilmesi için çok önemliydi. Bu şehir, onun hayatında çok özeldi. Sanki hoyrat ellerce kendisinden koparılmış, kavuşamadığı bir sevgili gibiydi. Çocukluğundan beri şehrin silüeti, gerdanlık gibi boynunu saran surları, mücevher gibi parıldayan kiliseleri, saray kuleleri, eflatun tüller gibi uçuşan akşam bulutlarıyla mağrur bir dilberi andırırdı. Şimdi ise elbiseleri yırtılmış, mücevherleri gasp edilmiş, gerdanlığı parçalanmış, saçları dağılmış, buğulu koyu mavi gözlerini kendisine çevirmiş, hüzünlü bir bakışla kendisinden yardım istiyor gibiydi. Ama bütün bu duygusallığına rağmen gerçeklerin farkındaydı. Hangi yönden bakılırsa bakılsın Konstantinopolis güç demekti. Bu şekilde Doğu Roma en fazla kırk yıl daha varlığını devam ettirebilirdi. Ne pahasına olursa olsun bu şehri geri almaktan başka çareleri yoktu. Marcos çok iyi biliyordu ki Konstantinopolis'i ele geçiren dünyaya hükmedebilirdi.

"Efendim güneye dönmeyecek miyiz?" dedi Nicolas. Marcos neredeyse tam aksi istikamette gittiğini fark etti ve atının başını çevirdi. Artık şehirden çıkmışlardı ama mümkün olduğunca hızlı yol almaları ve taşıdıkları değerli eşyalarla geceleyemeyecekleri için ayarlanan konaklama yerlerine gün batmadan ulaşmaları gerekiyordu. Arkalarından gelen kafile sandıklarda Bezant [Doğu Roma parası] ve çeşitli kıymetli hediyeler taşıdıkları için yeterince hızlı gidemiyorlardı. Marcos her zaman şehre giriş ve çıkışlarda yaptığı gibi Maria'nın göl evine uğrayacak, yollarda ve şehirde olup bitenlerle ilgili haber alacaktı. Bu istihbaratın faydasını hep gördüğünden hiç ihmal etmezdi. Ancak göl evi deyince kendisiyle daha önce hiç yolculuk yapmamış olan Nicolas'ın ne düşüneceğini çok iyi biliyordu. Genç Şövalye daha önce Doğu'da bulunduğundan dil konusunda Marcos'a yardımcı olması için görevlendirilmişti. Şövalye Marcos ona nasıl bir açıklama yapması gerektiğine karar veremedi bir süre. Aklından birkaç uygun cümle kurup söylemek üzere derin bir nefes aldıysa da aniden vazgeçerek -ne derse desin onun fikrini değiştiremeyeceğini biliyordu- yol ayrımında atını durdurup en sert ses tonuyla, "Şövalye Nicolas Andropulos! Siz devam edin. Ben size yetişirim" dedi ve hiçbir cevap beklemeden atını mahmuzladı.

Nicolas kafileye, eliyle devam işareti yaptığı halde kendisi atını durdurmuş, ağaçların arasında kaybolmak üzere olan Şövalyeye bakıyordu. "Ah ihtiyar" dedi mırıldanarak, "böyle bir zamanda bile ihmal etmiyor..." Epeyce ileride at koşturan Marcos bunu duymuşçasına kendi kendine söyleniyordu. "Ah şu gençler, neden başka türlü düşünmezler."

Nikia Gölü'ne inen hafif eğimli yola gelince yavaşladı. Zaten göl kıyısında küçük bir saray kadar gösterişli bina gözükmüştü biraz ötede. Burası yolcular için şahane bir uğrak, Nikia'dakiler için ise güzel bir kaçamak yeriydi. Görünürde Roma hamamı olarak hizmet veriyordu. Ama gerçekte ne olduğunu herkes bilirdi. Elbette yoldan her geçene hizmet veren bir ev değildi. Seçkin ve zengin müşteriler buradan yararlanma ayrıcalığına sahipti ancak. Ama yine de birçok kişi hayatında bir kez olsun buraya uğramak için Bezant biriktirirdi. Maria için para biriminin önemi yoktu aslında. Çünkü göl evinin ünü batıdan doğuya bütün İpek Yolu'nu kat etmişti. Buradan geçenler gittikleri yerde konuştukça Maria'nın müşterileri artıyordu. Buna rağmen kadının hırsı sınır tanımıyor, yetiştirdiği kızlardan buraya uygun olmayanlar yol üzerindeki hanlarda ve kenar mahallelerdeki ucuz hamamlarda çalışıyordu. Yine de belki geçmişini bildiğinden Şövalye, Maria'ya hiç kızamazdı. Anlayamadığı bir şey de Maria'nın bu işleri adeta bir haber ağı olarak kullanıp her şeyden haberdar olmasıydı. Şövalye onun bu merakını anlamaya çalıştıysa da kadının her sorusuna olduğu gibi buna da cevabı hazırdı: "Bu da işimizin bir parçası Şövalyem, buraya sizin gibi haber almak için uğrayan da çok." Geçekten de bu kargaşada yollarda ne olup bittiğini bilmek çok gerekliydi.

Kapıdan girer girmez şarktan getirilmiş esrarengiz tütsü ile parfümlerin şarap ve insan kokusuna karışmış buğuları Şövalyenin başını döndürdü. 'Bu koku, bu garip buğu, günah gibi' diye düşünürdü hep Marcos; 'Hatta günahın ta kendisi bu; içindeyken çekip götürüyor seni ve dışarı çıkınca tiksiniyorsun.'

"Ah, Marcos Arilesos! Nikia ve bütün Doğu Roma'nın övüncü! Asil ve kahraman Şövalye hoş geldiniz, emrinizdeyim!" diye önünde abartılı bir reverans yaparak kendisini karşılayan Maria, dağınık kızıl saçlarının bir kısmını birkaç çiçekle yukarıda toplamıştı, kalanlar bukleler halinde yüzüne ve çıplak omuzlarına dökülüyordu. Aynı yaşlarda olduklarını bildiğinden her görüşte kadının güzelliğine biraz daha şaşırıyordu Marcos.

"Maria, benim gelişimi neden ilan etmek zorundasın her zaman. İstersen borazan çaldır!" dedi sitemle ve ekledi, "bazılarına uyguladığın taktiklerinin beni etkilemeyeceğini bilmiyor musun?"

"Biliyorum Şövalyem. Ama sizin tercihleriniz bazılarını etkileyebilir öyle değil mi? Biliyorum ki dostlarınız başka, düşmanlarınız başka sebeplerle sizin tercih ettiğiniz yerleri tercih eder." Güzel kadın, Şövalyenin koluna zarafetle girmiş ve onu çektiğini hiç belli etmeden odasına götürüyordu.

"Fazla dostum olmadığını bilirsin ama artık hiç yok sanırım" dedi şövalye onunla yürürken.

"Aa! Bu da nereden çıktı?"

"Boş ver Maria, nereden çıktı ben de bilmiyorum. Her şey o kadar kirlendi, çürüdü, kardeş ve dostlar öyle birbirine düştü ki..."

"Peki, boş verelim öyleyse şövalyem" dedi, işinin dertleri deşmek değil unutturmak olduğunu hatırlayan kadın.

Salondaki büyük ziyafet masası etrafında uzanarak yastıklara dayanmış kalabalık bir grup yemek yiyordu. Masada yağlı etleri ağızlarının kenarından damlatarak yiyen, her lokmada katılırcasına gülen sonradan görme tacirler, mirasyedi asiller, toprak sahibi soylular, haçlı yağmalarından zengin olmuş kontlar, lordlar ve benzerleri hiç doymayacak gibi gözüken bir açgözlülükle tıkınıyordu. Arkadaki Roma hamamına açılan kapıdan buharlar çıkıyordu. Hamamdan çıkanlar ziyafet masasının ilerisindeki havuza atlıyor, yeni gelenler görevli kızlar tarafından hamama götürülüyordu. Kirli ve oldukça eski kıyafetler içindeki birkaç şövalyenin hamama götürüldüğünü gören Marcos şaşırmıştı. Maria ikinci kattaki odasının basamaklarını çıkarken açıkladı.

"Öyle göründüklerine bakma. Onlar en zengin müşteriler: Tapınak Şövalyeleri. Son günlerde çok geliyorlar. Kudüs Meliki Âdil'in, Haçlılarla yapmış olduğu on yıllık sözleşme bitmiş. Türkler Kudüs'ü geri alma hazırlıkları yapıyormuş. Alacaklarına kesin gözle bakılıyor. Papa yine sefer çağrısı yapmış. Ama kimse itibar etmiyormuş. Artık herkes bıktı tabii. Başarı ihtimali de hiç kalmadı; kaçıncı sefer bu?"

"Yedinci olması lazım" derken aslında hiç saymamış olduğuna şaşırdı Marcos. Sonra öfkeyle ekledi; "Bıktıklarından ya da zafer istediklerinden değil, yağmalanacak bir şey kalmadığından... Çekirge sürüleri kendi mabedlerini yağmalayacak kadar aç!"

"Evet, ama Doğu'nun zenginliği yağmayla talanla bitecek gibi değil. Çünkü bu sadece maddi bir zenginlik değil. Çok gizemli, manevi bir zenginlik de var Doğu'da."

"Peki, bu zenginlik kimin karnını doyuracak? Buradan gidenler sefalet içindeki insanlar; güç ve şan kazanmak isteyen krallar, soylular..."

"Manevi derken bilgiyi kastettim. Doğu'dan öyle bilgiler, icatlar, aletler getiriyorlar ki sadece bununla servet sahibi olan insanlar var."

"Öyle mi bak şimdi meraklandım. Ee, başka ne haberler var Doğu'dan?"

"Daha yakın Doğu'dan bahsedeceksek, Galata'da bulunan Venedik ve Cenevizlilerle ticaret yapan Türkler o kadar arttı ki Türkia hakkında daha çok şey duymak mümkün."

"Türkler ya da Türkia hakkında başka ne biliyorsun?"

"Tam olarak ne öğrenmek istiyorsun?"

"Yolculuğum İkonia'ya olacak Maria. Türk sultanına imparatorun elçisi olarak gidiyorum."

"Ortak düşmanlara karşı işbirliği öyle mi?" diye soran Maria, aslında kimseye fazla soru sormaz, anlatılanla yetinirdi; böyle yaparak daha çok şey öğreniyordu. Bu yüzden merak etmesine rağmen hiç belli etmedi. Marcos'a bir şarap uzattı önce. Sonra güzel gözlerini süzerek anlatmaya başladı. "İkonia hakkında iyi şeyler duydum. Gelenler şehrin çok büyük, görkemli ve olağanüstü olduğunu söylüyorlar. O dillerden düşmeyen Binbir Gece Masallarındaki Bağdat şehri gibiymiş ama sultan şehrin dışında, bir göl kıyısındaki muhteşem sarayında kalıyor. Bir kez çinilerini yapan biriyle konuştum. 'Kesinlikle eşi benzeri yoktur dünyada' demişti. Neyse, kısacası zengin, güvenli, mamur ve müreffeh bir ülkeymiş. Ama alçakgönüllülükten midir bilmem, Anatolia'ya, neredeyse tamamı ellerinde olmasına rağmen Diyar-ı Rum diyorlar hâlâ. Oysa biz dâhil bütün Avrupa, Türkia diyor artık."

"Alçakgönüllülük değil, Doğu Roma güçlenince verdiği toprakları geri alır. Bunu onlar da biliyorlar"

"Hiç sanmam Şövalye! Gerçekçi olalım. Anatolia artık Türklerin ülkesi. Doğu Roma kendi başkentini geri alsın yeter. Onu da ne kadar elinde tutabilirse."

"Sen ne dediğinin farkında mısın Maria? Kimin tarafındasın?"

"Bunu bana sen mi soruyorsun Marcos? Şimdiye kadar taraf tutmamız ne kazandırdı ki acıdan, ihanetten başka? Elbette kendi tarafımdayım. Ama Doğu Roma'nın tarafında olsam da yorumum değişmezdi. Gerçekleri görmezden gelmenin faydası yok. Senin söylediğin ihtimal Romen Diyojen'den sonra vardı belki. Fakat İmparator Manuel'in Katolik Avrupa'yı dahi yanına alarak girdiği büyük savaşı kaybetmesi bu ümidi bitirdiği gibi Türklerin burada kalıcı olduğunu hepimize kabul ettirdi. O savaştan sonra haçlılar Selçuklu topraklarından geçmek istemedi, ya kıyıdan dolaştı ya denizden..." Marcos sıkıntıyla "Evet özellikle krallar..." diye ekledi.

"Elbette..." diye güldü Maria ve devam etti: "İngiltere ve Fransa krallarının, Roma Germen ve Doğu Roma imparatorlarının, bizzat hazır bulunduğu, sayısı yarım milyonu aşkın rakamlarla ifade edilen bir ordu, elli bin kişilik bir kuvvete yenilirse... Ama benim asıl merak ettiğim Sultan ve Manuel ne konuştular ki, o günden beri aramızda örtülü de olsa bir dostluk ilişkisi var?"

"Belki Şarlken'in 'artık Doğu Roma bitti' diye kendini tek imparator ilan etme isteğini Türkler kendileri açısından sakıncalı bulmuştur" diye düşüncelerini seslendirdi Marcos, sonra da oldukça sıkıcı olan bu konuyu değiştirdi: "Her neyse 'Tapınakçıları anlatıyordum. Türkler, Kudüs'ü alırlarsa ne yapacaklar dersin?"

"Tabii taşınacak yeni bir merkez gerekiyor ve büyük bir ihtimalle Kıbrıs'a geçecekler."

"Ben artık Avrupa'ya döneceklerini sanıyordum."

"Tam tersine! Güç, bilgi ve zenginliklerinin kaynağı olan Doğu'yu terk edemezler. Zaten birçoğu tamamen Doğululaşmış diyorlar. Hatta Müslüman gibi giyinip yaşıyorlarmış."

"Nasıl yani? Kutsal mabedin koruyucuları Müslüman mı olmuş?"

"Ah! Bilmiyorum Şövalyem bilmiyorum" diye fısıldadı Maria. "Bunlar tamamen bir sır. Belki öyle din değiştirdiler. Belki de değil... Bu sadece bir siyaset... Ama Doğu'da Horasan diyarında gizemli büyük bir şeyh varmış ona "büyük üstad, sırların efendisi" diyorlarmış. Kayalıklardan oluşan, kimsenin çıkamadığı bir dağın üzerinde muhkem, muhteşem bir kalede yaşıyormuş. Kendisine ölümüne bağlı yüzlerce adamı varmış. Sanırım bir yüzyıl önce Tapınakçıların liderleri bu gizemli adamla uzun görüşmeler yapmış ve o zamandan sonra her şey değişmiş. Belki de ondan büyük bir sır öğrendiler. Zira bu şeyhe bağlı olanlara da 'Esâsiyun, sır bekçileri' deniyormuş."

"Yapma Maria, hâlâ bu masalları mı okuyorsun? Hasan Sabbah bu, Avrupa'da bile konuşuluyordu. O bir asi sadece."

"Adını bilmiyorum. Ama haklısın Hasan Sabbah'la aynı kişi olabilir bu. Ama inan, bu benim Doğu efsanelerine olan merakımın ürünü değil, tamamen gerçek. Hem kimin asi olduğu, yönetimi ele geçirenlere göre değişiyor, bildiğimiz gibi. Bu Şövalyelerde çözemediğim bir sır var."

"Sen çözersin bir şekilde ama bana daha yakından haber ver. Yollarda durum nasıl?"

"Senin için sorun yok. Bir iki gün içinde Türklerin topraklarında olacaksın. O topraklarda tamamen güven içinde olursun, bir tehlike yok."

"Nasıl bu kadar emin olabiliyorsun?"

"Türkler elçilere silahsızlara, tüccarlara ve kendileriyle savaşmayana asla dokunmuyor. Başkaları da onların toprağına girmeye cesaret edemez."

"Nedenmiş o?"

"İyi savaşıyorlar da ondan. Ayrıca sultanın ülkesinden geçen her yolcu sultanın misafiri sayılıyor. Ne hoş değil mi?"

"Sen iyiden iyiye Türk hayranı olmuşsun Maria."

"Kimseye hayran olduğum yok, ben bildiklerimi anlatıyorum. Gençliğimizde de beni böyle suçluyordun, hatırlar mısın?"

"Evet, Romalı Prenses Anolya'nın Attila'ya olan aşkını savunuyordun. Kahramanlar hangi kavimden olursa olsun hayranlık uyandırır, diyordun."

"Sen de adını taşıdığım için prensesle kendimi özdeştirdiğimi iddia edip beni kızdırıyordun."

"Ya sen? 'Bir oğlum olursa adını Attila koyacağım'a kadar vardırmıştın işi. Kimse bu ismi kullanmaz deyince de 'Tillianus derim, kimse anlamaz' diye tutturmuştun. Olacak şey mi Tanrı aşkına?" Maria bir süre Marcos'un gülüşüne katılıp sonra birden ciddileşti. Gözlerinde ihtiraslı bir pırıltı belirdi ve "Olamaz mı sence?" diye sordu. Marcos "olmadı işte" deyip geçmek istiyordu ama muhatabını incitmemeyi seçti:

"Hayatta her şey olabilir tabii, fakat ben senin bu kadar rahat, kuralsız düşünmeni anlayamıyorum belki de."

"Ben de senin bu kadar zeki olmana rağmen kafanı daracık bir sandığa hapsetmeni anlamıyorum. İnsanları tanıma zahmetine bile katlanmadan haklarında karar verebiliyorsun. Sana ne öğretildiyse ona inanıyorsun. İnsan bazı şeyleri de yaşayarak öğreniyor. Sen buralardan o kadar uzak yetiştin ki bunları anlamak ya da kabul etmek istemiyorsun. O manastırda bütün Doğulu kavimleri düşman olarak mı öğretiyorlar size bilmem."

"Manastırla ne ilgisi var bunların? Ben oradan ayrılalı yıllar oldu. Neyse güzergâhı biliyorsun, başka dikkat etmem gereken ne var?"

"Fazla bir şey yok aslında. Hem sen zaten bir elçi olarak resmî misafirsin. Ama bu durumda yalnız değilsin elbette. Hızlı gidemeyeceksin, konaklama yerleri iyi tespit edilmiştir umarım. Bu akşama kadar Tekfur Mihael Yorgos'un kalesine yetişirseniz, ertesi akşama kadar Türk topraklarında olursunuz. Mihael'in kalesi o güzergâhtaki en büyük, en güvenli korunaktır, endişe etme. Mihael'i de çok seversin; dost canlısı, dürüst bir adamdır."

"Evet, bu gece orada kalmayı planlıyoruz. Mihael'i nereden tanıyorsun, o da mı buranın müşterilerinden?"

"Hayır, o da senin gibi uğrar bazen, sohbet ederiz."

***

Kadr-i dürr-i gevheri âlem bilir,
Âdemi amma gene âdem bilir.

Şems-i Tebrizî

"Bana kızdı mı sence?" diye soruyordu Kimya, Mevlânâ ve Şems'in yanından uzaklaşırken. Aslında uzaklaşmıyordu. Öyleymiş gibi yapıyordu. Onlar kapıyı kapatınca hemen geri döndü. Her zaman olduğu gibi Alâeddin'i de suç ortağı olarak yanında götürüyordu. Alâeddin, ilgisizce dinlediği konuşmaları anında unutmuştu. Neden geri döndüklerini de anlamamıştı.

"Kim; kızdı mı, niye?.."

"Kim olacak canım, babamın misafiri, adama bakıp bakıp gülüyormuşum, hiç farkında değilim, çok ayıp ettim."

"Niye gülüyordun ki?"

"Lala Sefa'nın anlattıklarından dolayı gülüyordum. Sana sonra anlatırım. Gel şimdi. Çok acayip biri değil mi, böyle birini daha önce hiç gördün mü Küçük Çelebi?

"Nasıl yani? Sefil kılığına bakmadan, bu diyarın en muteber âlimini en kalabalık yolda durdurup kendini dâra götürecek cinsten sorular soran birini mi? Hayır görmedim."

"Sen de kabul ettin işte. Kimsenin cesaret edemeyeceği şeyler soruyor ve yapıyor. Hem de büyük bir rahatlıkla. Demek ki herkesten farklı bir şey biliyor. Yolda başka ne konuştular?"

"Bayılıncaya kadar olanı biliyorsun herhalde, Sefa anlatmıştır. Sonra pederim başından ayrılmadı. Ayılınca neredeyse ona yalvardı, O kadar saygı ve hürmet gösterdi ki zannedersin tebdil-i kıyafetle bir sultan teşrif etmiş de bizim haberimiz yok. Neyse hepimiz yaptıklarımızdan ötürü özür dilemek zorunda kaldık. Sonra babam "Lütfen misafirimiz olun," diye ısrar etti. O da "Sen bizim kahrımızı çekemezsin," dedi. Pederim, "Elimden geleni yapacağım, hiç olmazsa bir tecrübe edin," diyerek, koluna girip buraya gelmeye ikna etti."

"Adeta sarılmış, bırakmamış adamı."

"Evet, aynen öyle oldu. Başka bir şey konuşmadılar, herhalde baş başa konuşmak istiyorlar. Belki, önceden tanıdığı biridir. Yoksa niye bu kadar hürmet etsin?"

"Ben de bunu merak ediyorum. Hadi gel, ne konuşuyorlar dinleyelim."

"Hayır olmaz. Ağabeyimden, kimseyi odalarına almamasını istemiş pederim. Hatta sen şeyle, onunla..."

"Onun adı, Güneş."

"Sen nereden biliyorsun? Yolda söylemedi ki."

"Sefa söyledi, şehre geleli birkaç gün olmuş, tuhaf biriymiş, insanların alakasını çekmiş."

"Öyle mi? Ama 'güneş' diye isim olmaz ki, Şems'tir."

"Ha evet, güneşin Arapçası demişti Sefa."

"Her neyse işte sen biraz önce Şems'le konuşurken Babam, yalnız kalmak istediklerini söyledi. Ne kadar uzun sürerse sürsün rahatsız etmeyin, dedi. Muid Necmeddin'in asabı bozuldu ama belli etmedi."

"Neden?"

"Neden olacak canım, babamın ondan gizlisi saklısı olmamıştır da ondan. Kendini ona en yakın müderris hatta onun kardeşi gibi görüyor."

"Aman canım, belki misafir öyle istemiştir. Sen şimdi Muid kırıldı diye babamın yanlış yaptığını mı söylüyorsun?"

"Elbette hayır, ama o bile odaya giremeyecekse..." derken Kimya sözünü keserek, "Aa biliyorum Küçük Çelebi biliyorum. Odaya girmeyeceğiz ki!"

Alâeddin, Kimya'dan ancak bir yaş büyüktü, on yedisine ilkbaharda adım atmıştı henüz. Ama bahçe çitindeki sarmaşıkların arasından medreseyi gözetlerken yakaladığı ilk günden beri ona nedense hiç hayır diyemezdi. Yine peşinden gitti. Mevlânâ'nın, iç avluya bakan penceresinin altına oturdular. Yanlarında bulunan gül ağacı onları, bahçeden geçenlerin ve özellikle Bahaeddin'in bakışından koruyacaktı. Ama Alâeddin hâlâ huzursuzdu.

"Sen şimdi o saçma soruyu sorduğu için mi bu yabancıyı bu kadar önemsiyorsun Kimya?" diye sordu fısıltıyla.

"Ama sen de kabul edersin ki öyle bir soru sormak büyük bir zekâ ve cesaret gerektirir."

"Deli saçması desek daha doğru olmaz mı? Bırak babam seviyesindeki bir âlimi, bir Müslüman'a o soru sorulur mu?"

"O yüzden mi adamın yakasını yırttın?"

Alâeddin biraz duraksadıktan sonra kelimeleri özenle seçerek "Kusura bakma Kimya, sen bunu anlayamazsın..." derken Kimya o kadar esefle baktı ki devamındaki cümleyi söyleyemedi. Ama genç kız sesindeki öfkeye hâkim olamayarak sordu: "Neyi anlayamam, Hz. Muhammed'in en yüce insan olduğunu mu yoksa son peygamber olduğunu mu? Sen neden bahsediyorsun açıkça söyle!"

Bu tepkiden ürken delikanlı "Yok, öyle demek istemedim. Sadece henüz bizim hassasiyetlerimizi kavrayamazsın her konuda, demek istedim" diye alttan aldı. "Öyle mi? Merak buyurma ukala küçük Çelebi! Ben Hz. Muhammed'in yolundan giden bir zatın kucağında büyüdüm. Bazı şeyleri anlamam için sizin kadar hadis ezberlemem ya da İslâm tarihi okumam gerekmedi. Hem derslerde benden ne kadar geride olduğunun da farkındayım. Muid açıklarını kapatmasa halin nice olur, bir düşün istersen." diye konuyu uzatan Kimya'yı engelleyebilmek için "Tamam haklısın, seni incitmek istemedim." sözleriyle teskin etmek istedi Alâeddin. Ama genç kız hâlâ hıncını alamamıştı. "Beni kırmak istesen acaba daha ne söyleyebilirdin? Senin bir soruya bile tahammülün yok. Üstelik cevabı da varmış. Bıraksaydınız babam rahatça açıklardı zaten. İşgüzarlık edip korkak hödükler durumuna düşmüşsünüz işte!" diye söylendi. Alâeddin hakaretleri görmezden gelerek münakaşayı uzatmaktan kaçındı: "Evet, o sorunun cevabı belli. Açıklayabilsek de açıklayamasak da biz Peygamber Efendimizi kimseyle kıyaslama âcizliğine düşmeyiz."

"O da Peygamberini kimseyle kıyaslamaktan korkma âcizliğine düşmüyor belki de. Hem baksana, babamız da onu yeni tanımasına rağmen ne kadar önemsedi. Sanki kırk yıldır tanışıyor gibiler."

"Ben de bundan rahatsız oldum zaten. Hepinize bir şey oldu sanki," diyen Alâeddin'i, parmağını dudağına götürerek sus işareti yapan Kimya durdurdu. Sonra başını pencere kenarına dayayan genç kız, "Hiçbir şey duyulmuyor. Duvar çok kalın, pencere çok küçük. Ne yapabiliriz?" diye sordu usulca.

"Kapıyı deneyelim" diye aynı tonda cevap verdi Alâeddin.

"Peki o zaman. Sen şadırvanın yanında nöbet tut. Bahaeddin veya Necmeddin Hoca gelirlerse öksürürsün, anlarım" diyen Kimya, hemen kapıya geçti, ayaklarının ucuna basarak. Medresede de evde de herkes dairesine çekilmiş öğle yemeği yiyordu. Avlu sessizliğe bürünmüştü. Buna rağmen kapıdan da bir şey duyulmuyordu. Kimya daha önceleri, ahşap işlemelerine hayran olduğu kapının kalınlığına kızıyordu içinden. 'Biraz aralasam gıcırdar mı?' diye düşündü. Elini kola doğru uzatırken kocaman anahtar gözüne ilişti. Yavaşça çıkardı ve kulağını deliğe dayadı.

Mevlânâ, "Sebepler zamana tâbi, daha vakti gelmedi" demiştiniz. Hâlâ zamanı gelmedi mi? Adınızı bağışlamayacak mısınız?" diye soruyordu. Şems:

"Demek hatırladın?"

"Hiç unutmadım ki."

"Sana bu kadar tesir eden neydi?"

"Bilginin doruğuna çıktım zannederken bilinmeyenin eşiğinde olduğumu fark etmek herhalde..."

"Eşyayı bütün cihetleriyle idrak etme kabiliyetin, meselenin özüne nüfuz eden bakışın, teşhisin, tespitin ve ifade gücün gerçekten takdire şayan. Ancak, yine de beni bu kadar kolay tanıyacağını tahmin etmiyordum. Hatta işini zorlaştırmak için küçük bir hileye başvurdum. Şehirde dolaşırken ve kaldığım handa seni araştırdım. 'Mevlânâ nasıl bir adamdır, neden hoşlanır, nasıl yaşar, onu nerede bulurum' ve sair. Hulasa, 'Çok şık, nezaket sahibi, bakımlı, titiz, ince zevkleri olan, sade ama masal şehzadeleri gibi giyinen bir adamdır. Kalabalıklar içinde bile parıltısından tanırsın' dediler. Handa yırtık pırtık eski elbiseler içinde bir derviş vardı. Ona kıyafetimizi değiştirmeyi teklif ettim. Saçımı başımı dağıtıp üzerime biraz toz toprak saçtım. 'Bakalım masal iklimi şehzadesi, toz toprak içindeki fakir bir dervişe nasıl davranacak' diye geçiyordu aklımdan. 'Herhalde şehrin müftüsü, âlimler serdarı, zavallı bir dervişe iltifat etmez, belki bir bağışta bulunur sonra döner gider' dedim."

"Biz gözü ve gönlü toz toprak içinde olanlardan usanmışız. Üstünüzdekiler bizi sizden uzaklaştıramaz. Ama eğer giyimim, kisvem, hayat tarzım hoş gözükmüyorsa siz de bunları üzerimizdeki toz toprak olarak görün, bizden uzaklaşmayın."

"Bu senin tahammülüne bağlı..."

"Yolda söylediğim gibi elimden geleni yaparım."

"Onu herkes yapar. Hayır. Sen bana tahammül edemezsin..."

Bir süre sessizlik hâkim oldu odada. Kimya 'neden sürekli bunu tekrar ediyor, yolda da böyle söylemiş...' diye düşünüyordu ki Mevlânâ'nın sesi duyuldu. Kelimeleri vurgulayarak emin bir tavırla, "İnşallah, beni tahammül edenlerden bulacaksın" dedi. Şems:

"Hz. Musa da bu kelâmı etti. Ancak Ulü'l Azim peygamber olmasına rağmen, üçüncü hadiseye kadar tahammül gösterebildi. Sen nasıl aynı iddiada bulunabiliyorsun? Farkında mısın ne söylediğinin?"

"Evet farkındayım. Hatta daha fazlasını iddia ediyorum. Çünkü biz Hz. Muhammed ümmetindeniz, dolayısı ile Hz. Musa'nın haberi bize geldi. Elbette ibret almamız için. Bu yüzden, sonuna kadar tahammül edebileceğimi söyleyebiliyorum. Ve tekrar ediyorum, inşaallah beni tahammül edenlerden bulacaksın."

"Öyle ise bunun bir akit olduğunu da biliyorsun."

"Evet. Tahammül ettiğim sürece sizi de bağlayan bir akit: Hızır-Musa akdi."

"Hazırlıklısın. Geleceğimi biliyordun. Bunda Burhaneddin'in payı var mı?"

"Kısmen. Gitmesine mani olmaya çalıştım bir süre. Sonra bana, 'Bir aslan gözünü buraya dikmiş geliyor, ben artık duramam' dedi." Şems gülümsedi:

"Burhaneddin'in kendisi bir aslandır. Ondan dolayı 'iki aslan bir ormanda olmaz' demek istemiş. Neyse, ilk soruna dönersek, evet zamanı geldi: Adım, Şemseddin Muhammed; künyem Ali bin Melikdâd oğlu. Tebrizli Türklerdenim. Tebrizli Şems diye bilinirim. Şems demen kâfi..."

"Sadece Şems mi?"

"Başka nâma san'a ihtiyaç mı var?"

"Hayır, nasıl arzu ederseniz. Ben sadece saygı makamında olmak isterim."

"Biz gönüllerin hangi makamda durduğuna bakarız. Peki, şimdi sen söyle, bugün karşılaştığımızda, Şam'da gördüğün -ki tam olarak görememiştin- kişi olduğumu nasıl, ne zaman anladın?"

"Aslında bineğimi durdurup bana baktığınızda, göz göze geldiğimizde diyebilirim. İki yıl önceki ânı tekrar yaşadığımı düşündüm. Sonra sorulan soru... Ve elbette 'Seni buldum' demeniz."

Şems derin bir iç çekişten sonra "Evet, seni buldum, sen benim yıllardır aradığım 'mağara dostumsun.' Adın bana rüyalarımda bildirildi. Şam'a da onun için geldim. Ancak tanışmamıza henüz izin verilmemişti. Bu dünya küçük bir mağara aslında ve herkesin sırlarını fısıldayacak bir mağara dostuna ihtiyacı var."

"Öyleyse manevi sırlarınızı bana açıklayın."

"Sana sırları açıklayamam. Ben birine, kendisinde 'ben'i görürsem ve kendisini onda görmezsem sır ifşa ederim. Şimdi ben, sende kendimi göremiyorum, başkalarını görüyorum."

Bu sözler üzerine derin bir sessizlik oldu. Kimya kulağından vazgeçip gözünü deliğe yaklaştırdı, bir süre baktı. Anlaşılan hiçbir şey öğrenemeyeceğim, sırlar açıklanmayacak diye hayıflanıyordu. Konuşulanlardan pek bir şey anlamamıştı. Şam'da ne oluşmuştu? Bir şey konuşmuşlar mıydı, anlayamıyordu. Daha önce tanışıyorlar mıydı, tanışmıyorlar mıydı? Aklından bu sorular geçen genç kız dikkatle baktı. Mevlânâ başını öne eğmiş düşünüyordu. Pencereden süzülen ışık huzmeleri altında beliren Şems'in yüzünde ise bir tebessüm göze çarpıyordu. Bir süre sonra Şems, derinden gelen o gür sesiyle tekrar konuşmaya başladı:

"Kaldır başını Celâleddin, bunları seni ümitsizliğe sevk etmek için söylemedim. Tebriz'den çıktığımdan beri gezmediğim İslâm diyarı, görüşmediğim şeyh, âlim, fakih kalmadı. Ama hep benlik, ilâhlık iddiasında insanlar gördüm. Gerçek bir kul görmedim. Sende bu cevheri gördüğüm için buradayım. Ama acele etme, kendine de bana da zaman ver."

Mevlânâ derin bir nefes alıp gülümsedi. "Nasıl münasip görürseniz, yine 'sebepler zamana rehinli' diyelim. Peki, ama şu Kimya'nın bahsettiği Bağdat'taki şeyh kimdi, aranızda geçen neydi?"

Molla, 'leğendeki ay' meselesini soruyordu. 'Burayı anlayacağımdan eminim' diye geçirdi Kimya içinden. Ama bu şekilde dinlerse medreseden kendisine doğru gelen biri olsa göremezdi. Hatta Küçük Çelebi'nin öksürüğünü bile duyamazdı, o yüzden sırtını kapıya döndü. Kulağı, delik hizasına gelinceye kadar dizlerini kırdı. Şimdi kulağı delikte ve gözleri avludaydı. Ve sesler netleşmişti.

"Evet, Evhadüddin'e, 'Boynunda çıban mı çıktı? Niçin başını kaldırıp, ayı gökyüzünde seyretmiyorsun?' dedim" diyordu Şems. "Ama benim niyetim Şeyh'e saygısızlık etmek veya kerametini küçümsemek değildi. Gönül erinin önce gerçeklerini görmesi gerektiğini söylemek istedim kendisine. Bu manevi çıbanı tedavi edecek bir tabip bul dedim. Böylece baktığın her şeyde gerçekten bakılmaya değer olanı görürsün. Kimseye de kendine de faydası olmayan kerametleri bırak dedim."

"Şeyh nasıl mukabele etti?"

"'Hekimim sen ol' dedi. 'Hastalığımı sen teşhis ettin, sen tedavi edebilirsin' diye yalvardı. Tövbe etti. Kendisini mürid olarak kabul etmemi istedi. 'Asıl şeyh arayan benim, müride ihtiyacım yok.' dedim, ancak ısrar etti: 'Hiç olmazsa arkadaşın olurum' dedi. 'Sen benimle arkadaşlığa dayanamazsın. Benim ne isteyeceğim, ne yapacağım belli olmaz,' dedim. 'Ne olursa olsun yaparım. Benim arkadaşım ol yeter ki' deyince, 'Bağdat pazarının ortasında benimle şarap içersen olur' dedim."

"Kirmani ile şarap içmek!" dedi şaşkınlıktan sesi çınlayan Mevlânâ. "Hem de Bağdat pazarının ortasında. Ona Bağdat'ın en büyük şeyhi diyorlar. Nasıl olur?"

"O da öyle söyledi. 'O zaman al gel burada içelim' dedim. 'Alamam' dedi. 'Bari birine aldır' dedim, 'Mümkün değil,' dedi. 'O zaman arkadaş olmamız da mümkün değil' dedim. 'Bana arkadaş olamazsın. Bütün müridlerini, aileni, öğrencilerini, şanını, şöhretini hatta bu dünyanın bütün namus ve şerefini, bir kadeh şaraba satamıyorsan bu aşk meydanına çıkma! Bu meydan şereften, şandan hatta sonunda candan vazgeçmeyi bilenlerin yeri.' dedim."

Şems konuştukça konuşuyor ancak Mevlânâ'dan bir ses çıkmıyordu. Hissiyatının, düşüncelerinin nasıl allak bullak olduğunu kendince anlayabiliyordu Kimya. Aziz ve dervişlerin benliklerini terbiye etmek için en acımasız usullere başvurmasıyla ilgili çok şey dinlemiş, okumuştu. Ama bu bambaşka bir şeydi. Aziz ve dervişlerin kendilerine uyguladıkları her türlü terbiye, perhiz, hatta işkence, toplumdaki yerlerini biraz daha yükseltirdi. Ama Şems, tam tersini istiyordu. 'Böylece bakalım, yaptığın ibadetleri, iyilikleri, toplumdaki mevkin için mi yapıyorsun yoksa ilahi aşk için mi? Toplumdaki yerini sıfırlayacaksın. Hatta onun da altına düşüreceksin ki saf aşk ortaya çıkacak. Aşksa sonsuz bir aşk... Arkadaşlıksa sonsuz samimiyet... Seni rezil etse bile arkadaş olabiliyor musun?' demek istiyor herhalde, diye düşündü genç kız. Artık dinlemeye dayanamayacaktı. Kafası zonkluyordu, dizleri de yorulmuştu. Tam doğrulurken arkasındaki kapı açıldı ve bedenini son anda yana çekerek sağlayabildi dengesini. Dışarı çıkıp kapıyı kapatan Şems, Kimya orada yokmuş gibi hiç ona bakmadan gömleğinin kolunu sıvayarak yürüyordu. Kimya bir an, beni görmedi mi acaba diye düşündü. Ama buna imkân yoktu. Elbette görmüştü. Çok utanan genç kız bir açıklama yapmak istedi:

"Bir isteğiniz, hizmetiniz var mı diye gelmiştim."

Şems olduğu yerde durdu, ancak yine Kimya'ya dönüp bakmıyordu. "Bizim doğru söylenmesi dışında bir isteğimiz olmaz" diyerek yürümeye devam eden Şems'in peşine takılan Kimya, durumu kurtarmak için söylediği uygun ve sevimli mazeretlerin daha önce hiç kimse tarafından yalan olarak nitelendirilmediğini düşündü. 'Demek yüzüme bakmaması da bir hakaretmiş' diye geçirdi içinden. Ve hemen doğru söylemekten hiç korkmadığını göstermek istedi. Ama önce karşısındakini incitmek istiyordu:

"Beni utandırmak mı istiyorsunuz?"

"Niye geldiğinizi ben sormadım."

"Ama illa söylemek istiyorsam doğru söylemeliyim öyle mi? Peki kapıyı dinlemek için gelmiştim."

Sonunda Şems tamamen ona dönüp hatta önüne kadar gelip "Sizi utandırmak istemedim, sadece korumak istedim. Sana verilmeyeni alma, sana söylenmeyeni duyma ve sana bildirilmeyeni bilme, olmaz mı?" Kimya dudaklarını sımsıkı kapatıp olur anlamında başını eğmişti. Ama Şems şadırvana doğru yürürken 'neden ama neden?' diye itirazlar yükseliyordu içinden. Ardına dönen Şems, "Çünkü" dedi, "erken; çok küçüksünüz, taşıyamazsınız."

Şems, şadırvana abdest almak için oturduğunda, onu selâmlayan Alâeddin, Kimya'nın yanına geldi. Medrese bölümüne geçilen taş kapıya doğru yürüdüler.

"Evet, Küçük Çelebi gördün mü? Dışarıdakilerden korkarken içeridekilere yakalandık."

"Mühim değil" dedi Alâeddin. "O kim oluyor ki. Gelmiş her şeye karışıyor. Sana şöyle yapma, böyle yapma diyor, sen de hiç ses çıkarmıyorsun. Başka birisi olsa 'babamın kapısı değil mi, dinlerim sana ne!' derdin değil mi?

"Evet, ama o babamızın misafiri biliyorsun. Nezaketsizlik olur" diye konuyu kapatan Kimya, duyduklarını Alâeddin'e asla anlatamayacağını düşünüyordu. Hayatında ilk defa böyle bir şey hissetmişti. Ve bu ona tuhaf bir acı verdi. Çünkü tanıştıkları günden beri her şeyini onunla paylaşırdı.

Ama şimdi bu şarap meselesini anlatsa belki de Alâeddin, Şems'in gerçekten şarap içmeyi seven biri olduğunu düşünecekti. 'Ya öyleyse!' dedi kendi kendine. 'Hayır, hayır o odada konuşulanlardan böyle bir anlam çıkarmak cinayet olurdu. Bütün konuşulanları anlamasa bile o havadaki kokuyu, aşkı hissetmişti. Alâeddin'e ne o kelimeleri ne o havayı ne de o kokuyu olduğu gibi nakledebilirdi. İlk defa ondan bir şey saklıyor bile olsa Şems'le ilgili bazı şeyleri anlatmaması gerektiğine karar verdi. 'Keşke bunları konuşabileceğim başka bir dostum veya kardeşim olsaydı' diye düşündü.

Bahaeddin Çelebi'yi çok sever, ona öz ağabeyi gibi saygı duyardı. Ama o artık yirmili yaşlara adım atmış, medrese tahsilinin önemli bir kısmını başarıyla tamamladığından sorumlulukları artmıştı. Zaten küçükken de yaşıtlarına göre olgun bir çocuk olan Baha, her işe koşturuyor Molla'nın büyük oğlu olarak yerini layıkıyla dolduruyordu. Müridler ve talebeler, dedesi Sultanü'l Ulema Bahaeddin Veled'e nispetle ona, "Sultan Veled" diye hitap edecek kadar saygı duyuyorlardı. Kimya ise özel konuşmalarında her ne kadar Büyük Çelebi veya Baha ağabey demeyi seviyorsa da medresede "Sultan Veled Hazretleri" diye hitap etmeyi tercih ederdi.

Alâeddin'e ise hep "Küçük Çelebi" diyordu. Kirmana Dadı, artık büyüdükleri için Kimya'yı, Alâeddin'e de daha saygılı ve mesafeli davranması için uyarmıştı. Ancak belki akran olmalarından belki de çoğu zamanlarını birlikte geçirmeye alışık olduğundan genç kız bunu bir türlü beceremiyordu. Kirmana Dadı aklına gelince olanları onunla konuşmak arzusu doğdu içinde. Tam medreseye girecekken geri dönen Kimya'nın böyle davranışlarına alışık olan Alâeddin "Yine ne oldu?" diye sordu. "Çocuklar gelmiştir. Hadi, ezberleri kontrol etmemiz lazım."

Üç ayların başında icazetler verilip, başarılı öğrenciler mülazım edilmiş ve medrese her yıl olduğu gibi Ramazan Bayramı sonuna kadar tatil edilmişti. Ama bazı ailelerin özel isteği üzerine küçük çocuklara, tatil aylarında da temel dersleri öğretmeleri için, medreseye komşu olan Kadı İzzeddin'in kızı Gülnihal, Alâeddin ve Kimya görevlendirilmişti. Mevlânâ, bu görevi ciddiye almalarını istiyordu. Bu yüzden Kimya bu işi hiç aksatmamıştı. Ama o gün bunu bile unutmuş gözüküyordu.

"Siz başlayın, Gülnihal zaten erken gelmişti, medresenin kütüphanesindedir" dedi Kimya. "Kirmana Dadı'nın cumasını kutlayıp dua almak istiyorum."

Tekrar ev bölümüne geçerek ikinci kattaki, dairelerin merdivenlerinden çıktı. Avlunun etrafını dolaşan şehnişinlerden geçip Kirmana Dadı'nın odasına yöneldi. Ancak içeride hiç kimse yoktu. Dairelerde temizlik yapmakta olan Gülhun Kadın'a seslendi:

"Kirmana Dadı yok mu?"

"Şeyh Sadreddin'in dergâhına, eşini ziyarete gittiler. Kerra Hatun'la birlikte çıktılar. Ben senin de gittiğini sanıyordum." Kimya, sabah Kerra Hatun'un söylediklerini hatırladı birdenbire.

"Unutmuşum, sabah annem söylemişti ama dersim vardı. Babam vazife vermişti" dedi meraklı kadına.

Sonra şehnişinin kenarına kadar gelerek çatıyı taşıyan sütunlardan birine sarıldı. Buradan hem medrese bölümünü hem evi oluşturan, avlunun dörtkenarında yer alan odaları görebiliyordu. Her tarafa göz gezdirdi. 'Acaba Şems nerede' diye düşünüyordu. Bu arada cümle kapısının önünde Sefa ile konuşan Mevlânâ gözüne takıldı, her ne söylediyse Sefa garip bir telaşa kapılmıştı. Ancak Mevlânâ gayet sakin bir şekilde cümle kapısından çıkıp gitti. Sefa ise panik içinde sağa sola koşturuyordu. Kimya merdivenlerden atlarcasına inip ona doğru yürüdü. Fakat Sefa çoktan Baha ve Muid Necmeddin'i çevirmiş, konuşmaya başlamıştı. Oradan geçenler de dinlemek için durmuşlardı. Sefa heyecanla anlatıyordu:

"Molla bana, 'Sen çok gezersin, bilirsin, şarap nerede olur Lala?' diye sordu. 'Yahudi mahallesinde' dedim. 'İyisi nerede olur?' diye sordu, 'Sille'de bulunur' dedim, etmez olaydım." Sefa etrafındakilere bir göz gezdirdi haberin etkisini görmek istercesine. Karşısındakiler hatta avludakiler mermerden heykele dönüştü sanki. Kimseden çıt çıkmadığı gibi bir kıpırdanma, hatta nefes alma belirtisi bile yoktu. Hiç kimse olayın devamını sormadı ama Sefa devam etti: "'Ben alıp geleyim' dedim, dinlemedi bile çıkıp gitti" diyen Sefa ağlamaklı bir sesle konuşuyordu. O sırada medrese tarafından avluya giren Şems ve Hüsameddin'i görünce onlara doğru seğirtti.

Sefa hemen, "Çelebi, Çelebi olanlardan haberin var mı?" diye anlatmaya başladı. Kimya içinden, 'artık Sefa sayesinde bugün tüm medrese, yarın da Konya hadiseyi duyar' diye geçirdi. Bir yandan da Şems'e bakıyor, adeta bu bakışla 'babama ne yaptınız' demek istiyordu. Fakat bir ara göz göze gelmelerine rağmen Şems hiç oralı olmadı. Konunun evveliyatını bilmediklerinden herkeste bir şaşkınlığın hâkim olduğunu gören genç kız, bir anlık tereddütten sonra gidip Sefa'nın koluna girdi. Ve onu tatil olduğundan nispeten boş olan, medrese bahçesine doğru çekiştirmeye başladı.

"Sakin olunuz Lala. Vaveyla etmeyiniz. Molla Hazretleri'nin bir bildiği vardır herhalde. Belki siz yanlış anladınız." Bir yandan Sefa'yı avlunun ortasından çekip götürüyor bir yandan Lala da işin içine karışacak diye endişe ediyordu. Son bir umutla, Lala'nın hastalanmasıyla Sefa'yı tehdit etmeyi denedi. Çünkü o, Lala Bahtiyar'sız bu dünyada ne yapacağını bilemezdi. "Canım Lalam, Hân'ım Lalam belli ki bir yanlış anlama var. Bahtiyar Lala'ya bir şey duyurmayalım. İyice hasta olur hafazanallah. En azından babam dönünceye kadar bu konuyu kapatalım olmaz mı?" Sefa olur anlamında başını sallayarak gitti. Fakat Kimya onun ancak akşama kadar susabileceğini, bunu söylemeden uyuyamayacağını tahmin ediyordu. Belki o zamana kadar bir şeyler yapılabilir düşüncesiyle ön avluya koştu. Oraya geldiğinde Muid'in, Molla'nın atını almadan çıktığını öğrenince araba bulamaması ve Sille'ye gitme ihtimalini göz önüne alarak Baha'yı atla göndermeye karar verdiğini duydu. Muid sinirli adımlarla avluyu arşınlayıp duruyordu. Şems ise hâlâ hiç olaylarla ilgisi yokmuş gibi görünüyor, konuşmalara katılmıyordu.

Kimya artık Şems'e hiç bakmıyor ama bir yandan onu babasının hayatına kastetmiş biri gibi görüp ondan nefret ediyor bir yandan kimsenin bilmediği bir sırrı onunla paylaşmaktan anlayamadığı garip bir haz duyduğu için kendisine kızıyordu. Ancak duygularını kendisi bile anlayacak durumda değildi. 'Belki de Alâeddin haklı. Bir yabancı gelmiş hayatımızı alt üst ediyor. Niye buna izin veriyoruz' diye düşündü. Belki Muid de öyle düşünüyordu. Ama bir şey yapabileceğe benzemiyordu. Sonunda hızla cümle kapısından çıkıp gitti.

Hüsameddin misafirlere gösterilen özen ve saygıyla Şems'i yine Molla'nın odasına götürüyordu. 'Acaba Baha, Necmeddin ve Hüsameddin ne düşünüyorlar, Şems'ten hiç şüphelenmiyorlar mı' diye merak etti genç kız. Birden durumun ne kadar da vahim olduğu gözünde canlandı. 'Biraz sonra, yüzlerce müntesibi, talebesi olan, emirlerin, kadıların hatta sultanların kendisinden fetva aldığı Âlimler Sultanı Bahaeddin Veled'in oğlu, âlimler meclisi başkanı, Mevlânâ Celâleddin, şu kapıdan elinde şarap testisiyle içeri girecek, dinin öğretildiği bu mekânda İslâm'ın haram kıldığı şarabı mı içecekti veya çarşıda, pazarda, bedestanda...' "Aman Allah'ım" dedi Kimya. Sonra hemen ağzını kapattı, birileri duyacakmış gibi.

Ama artık anlamıştı; Şems, Mevlânâ'nın sadece düşüncelerini karman çorman etmekle kalmamış, onu yüreğinden yakalamış, nereye isterse oraya sürükleyebilirdi. 'Acaba Baha, babasını, durdurma ümidiyle mi gitmişti. Yoksa hiçbir şey yapmayacak mıydı? Hayır, onu Şems'ten başkası durduramaz artık' dedi kendi kendine. 'Peki, Şems'i kim durdurabilir? Belli ki bildiğinden şaşmaz biri ama belki de babamın buradaki durumunu bilmiyor' diye düşünen genç kız ani bir kararla yerinden fırlayıp gelip giden misafirlerin ve mutfağa zahire çuvalları taşıyan dervişlerin arasından dikkat çekmemek için olabildiğince yavaş geçti. Tanıdıklarına gülümsedi hatta. Bugün bir olay daha olsun istemiyordu. Bir an önce bu konu kapatılmalıydı. Ne kadar her şey normalmiş, havası vererek yürümeye çalışsa da yüreği yerinden çıkacakmış gibi çarpıyordu. İçinden bildiği, duyduğu, okuduğu bütün süslü hitapları, selâmlama şekillerini, saygı ifadelerini geçiriyordu. Bunların Şems'e etki etmeyeceğini tahmin etse de denemeliydi, her şeyi denemeliydi...

* * *

Mevlânâ'nın odasına girdiğinde Şems'in, karşıdaki pencerenin önüne oturmuş dalgın bir biçimde düşünmekte olduğunu gördü. Sağ kolunu pencere önündeki yastığa dayayıp aşağı sarkıtmış, Kimya'nın hayran olduğu künyenin taşlarını elinde tesbih gibi dolaştırıyordu. Hüsameddin ise neredeyse kapı ağzında, gömleğinin yenleri içinde ellerini kavuşturmuş, başı önünde oturuyordu. Kimya kapıdan girerken onun bu halini görüp 'Çelebi gibi olmak varmış, babama bağlığından sanki hiçbir şeyi sorgulamıyor. Oysa Muid, ne yapacağını bilemediğinden gizli bir köşede sarığının tülbendini yiyorsa hiç şaşırmam' diye düşünmeden edemedi. Sonra bütün dikkatini Şems'e verip yürüdü. Bütün hazırladığı cümleleri unutup yerden biraz yüksekte, sekideki minderlere oturmuş olan Şems'in önüne kadar geldi ve dizlerinin üstüne oturdu. Aradaki seki olmasa dizleri neredeyse onunkine değecekti. Arkasında kalan Hüsameddin Çelebi'nin şaşkın bakışlarını görür gibi biliyordu. Ama başını hiç kaldırmadı. Tam tersine daha da önüne eğdi. Sadece karşısında oturan Şems'in, künyeyi tesbih gibi çeken elini görebiliyordu. Biraz bekleyip "Tanrı'nın selâmı üzerinize olsun, aziz ve bilge kişiler!" diye başladı. Aslında Hüsameddin Çelebi'nin de söylediklerini duymasını ve kendisine destek olmasını istiyordu. Ama Şems'in; zaten izinsiz duyduğu sırları bir de ifşa ettiği için tepki göstermesinden korkuyordu. Bu yüzden dibine kadar gelip oturmuştu. Ama oda ne kadar büyük olursa olsun içeride olduğu sürece Çelebi her şeyi duyacaktı. Sonunda derin bir nefes alıp "Çelebim müsaade buyurursanız Şems Hazretleri'ne bir maruzatım olacaktı" dedi.

Çelebi yavaşça doğrulup Şems'ten rıza almak üzere "Efendim, bir emriniz olursa kapının önündeyim" deyince bunun bir soru olduğunu anlayan Şems başıyla onayladı. Bunun üzerine Hüsameddin, Kimya'ya dönüp "Müsaade sizin evlâdım" diyerek dışarı çıktı. Çelebi'nin çıkması üzerine biraz rahatlayan Kimya söze girdi:

"Ey ilim ve aşk güneşi! Babamı geri çevir. Yalvarırım onu geri çevirin. Bunu yapabileceğinizi biliyorum. Ayrıca biliyorum ki bu sizin için bir nevî imtihan. Ama gördünüz işte o yüce gönüllü insan siz kendisinden istemeden verecek kadar cömerttir. Kınayanları umursamayacak kadar âşıktır. Tanrı bilmiyor mu? Siz zaten bunu bildiğiniz için burada değil misiniz?" Molla'yla ilgili söylenenleri başıyla onaylayarak dinleyen Şems sorulara, "Kendisinin de bilmesi gerekmez mi" diye cevap verince Kimya şaşırdı. "Dünya hayatı bunun için" diye açıkladı Şems. "Yoksa Tanrı ilminde her şeyi zaten biliyor." Bu Kimya'nın pek bilmediği bir konuydu. Tartışmak için kendisine güvenemediğinden, yön değiştirmeyi tercih etti.

"Evet, haklısınız ama o nasıl sevilen bir insandır bilemezsiniz. Buradaki bütün insanlar ondan feyiz alır. Birçok müridi, talebesi var. Herkes ona Mevlânâ diye hitap eder. Biliyorum bütün büyük bilginlerin adlarının başına 'efendimiz' anlamında 'Mevlânâ' konuyor. Ama bu onun ismi oldu artık. Mevlânâ dendiğinde Molla Muhammed Celâleddin'in kastedildiğini herkes anlar. Ağalar, emirler, kadılar, hatta sultan bile ona danışmadan iş yapmaz. İnsanlar üzerinde büyük tesiri vardır. O konuşunca herkes susar, kuşlar bile onu dinler. İnanın bana onun kadar çok sevilen, sayılan bir âlim yoktur Konya'da. O kadar çok müntesibi, seveni var."

"İyi ya, kaç tane gerçek seveni, bağlısı varmış belli olur işte."

Bu şekilde Şems'i ikna etmenin boyunu aştığını fark eden Kimya, 'gerçekten şarap içmeyi koymuş kafasına' diye geçirdi içinden ve başka bir yol denemeye karar verdi. En tatlı ses tonunu seçti:

"Eğer şarap içilecekse bunun yeri burası değil ki. Gördüğünüz gibi burası bir dergâh ve medrese. Ama bitişikte bana büyükannemden kalan ev var. Medreseye bağışladım. Ama babam dokunmadı, öyle duruyor. Emektar hizmetkârlarımız yaşıyor. Size her şeyin en âlâsını hazırlatırım." Şems, hiç konuşmadan öylece dinliyordu. Bundan daha da cesaret alan genç kız devam etti: "Meram'da da bağ evi var. Size tahsis ederim. Meram'ı duydunuz mu? Surların dışında, şehrin batısında bağları bahçeleriyle ünlü, yazlık mesiredir. Av köşkleri, bağ evleri, muhteşem konakları, içinden akan dereler ve gece eğlenceleriyle insanları büyüler. Öyle ki orada yasak ve haramların olmadığını söylüyorlar."

"Yeter!" Şems'in sesi kelimelerini bıçak gibi kestiğinde şaşkınlıkla başını kaldıran Kimya, kendisine kapının gösterildiğini gördü ve "Git odanda nakış işle!" diye sözünü bitiren adam, pencereden dışarı bakmaya başladı. Sonunda Kimya da kontrolünü kaybetmişti.

"Burada babamdan başka kimse, bana ne yapacağımı söyleyemez" dedi sesini yükselterek.

"Dinlediğin konuşmalardan bütün anladığın buysa, sana yakışanı söylüyorum."

"Asıl anlamayan sizsiniz. Çünkü kaybedecek bir şeyiniz yok. Neden sizinle arkadaş olmak için veya Tanrı aşkı için babam bütün şeref ve itibarını satacakmış. Tanrı böyle bir şey mi istiyor? Babam yanlış bir şey mi kazandı? İtibar ve şeref bir günde kazanılmaz ki bir anda vazgeçilsin. Sizin böyle bir şöhretiniz, şanınız olsaydı acaba vazgeçer miydiniz?" Kimya'nın asabı gerçekten bozulmuş ve artık neredeyse nefes almadan konuşuyordu. Sesinin gittikçe yükseldiğinin farkında değildi. Bütün adab ve nezaket kurallarını da unutmuştu. "Sen aydınlatmayan, ısıtmayan; yakan bir güneşsin!" diye bağırınca kapıdan eğilip bakan Hüsameddin Çelebi'ye Şems, eliyle "Mesele yok" anlamında bir işaret yaptı ve gülmeye başladı. Genç kız iyice şaşırmıştı. Oldukça saygılı konuşmasına rağmen hiddetlenen, bu sözler karşısında ise gülen adama soran gözlerle bakıyordu.

"Hani ben, 'ilim ve aşk güneşiydim' diye Kimya'ya eğilen Şems, hâlâ gülüyordu. Umursamazca omuz silken genç kız, "Kendinizi 'ilim ve aşk tüccarı' diye tanıttığınızı Lala'dan duymuştum. Öyle uydurdum işte" dedi. Şems, buna daha da çok gülerek karşılık verdi:

"Seni kızdırmadan doğruyu söyletmek pek mümkün değil anlaşılan. Peki, gerçek ne? 'Yakan bir güneş' öyle mi?" Tekrar genç kıza eğilip bir sır veriyormuşçasına fısıldarken yüzü birdenbire ciddi bir ifade almıştı:

"Yanmadan aydınlatamaz, ışık veremezsin!"

"Ama babam aydınlatıyordu."

"Işığı nereye kadar ulaşıyordu peki? Sadece Konya'ya mı, Selçuklu'ya mı, Âlem-i İslâm'a mı? Kimya, onun ışığı bütün dünyaya, âlemlere ulaşabilir." Bir süre sessizlik oldu.

"Tamam, haklısınız, size göre ben çok küçüğüm, her şeyi anlamıyorum. Siz öyle görüyorsunuz. Ama inanın bunu çoğu insan anlayamaz. Yani neden bir insanın rezil rüsva olması gerekiyor. İlle insanlar nazarında kötü mü olmak lazım?" Şems derin bir nefes alıp konuştu:

"İnsanlar için, gerçekle aralarında birçok perde vardır. Bazılarına bilgisi, bazılarına şerefi, bazılarına zenginliği perde olur. Bunlar kötü şeyler değil elbette ama onlar sana tâbi olursa... Sen onlara tâbi olursan o zaman rezil rüsva olursun. Çünkü insan hiç farkında olmadan bir süre bunları kazanmak için yaşar. Kazanınca da kaybetmemek için sürdürür hayatını. Bu perdeleri yırtmak lazım ki saf, halis gerçeğe ulaşılabilsin. Toplum, bu yüzden en büyük ayak bağıdır. O kadar ki seni taşlayana dek onların etkisinden kurtulamazsın."

"Ne, taşlanmak mı? Babamı da mı taşlayacaklar?"

"Çok mu tuhaf? Çok mu kabul edilemez bir şey sence. Allah'ın sevgilisi Hz. Mustafa'yı taşlamadılar mı? Hz. İsa Ruhullah'ı çarmıha germeye kalkmadılar mı?"

"Ama onlar, o toplumun putlarına karşı çıkmışlardı; Allah'ın emirlerini çiğnememişlerdi."

"Her toplumun her zamanın putu farklıdır. İnsanlar şeriatı puta dönüştürdülerse -ki Allah'a giden yol katı kurallardan çizilmiş şekillerden, kalıplardan, ibaret değildir- o kurallar zincirini kıracaksın. Put neyse onu devireceksin. Kendininkini de toplumunkini de..."

"Şimdiye kadar hiç duymadığım, okumadığım şeyler söylüyorsunuz. Yaşım küçük olsa da ben aklı, ruhu, anlayışı dar bir insan olduğumu zannetmiyorum. Hatta babam, bazı müderrislerden bile akıllı olduğumu söyler bazen. Buna rağmen sizi hakkıyla anlayamam. Siz o kadar büyük düşünüyorsunuz ki şaşkınlık içindeyim, beni affedin sizi rahatsız ettim. Ben yalnızca onu çok seviyorum, acı çekmesini istemiyorum. Biliyor musunuz, Mevlânâ benim öz babam değil. Hatta kendi babamı hiç görmedim. Ama onu tanıdıktan sonra da hiç görmek istemedim. İnsanlar onun hakkında en ufak kötü bir şey konuşursa dayanamam. Siz, taşlanmaktan söz ediyorsunuz..."

Sesi titreyen genç kızın gözlerinden yaşlar dökülmeye başladığında, Şems bir an için ne yapacağını bilemedi. Hayatında hiç böyle bir durumda kalmamıştı, her zaman içinden geldiği gibi davranırdı ama bu kez içinden geleni de bilmiyordu. Zaten çocuk mu, yetişkin mi adeta belirsiz olan, her an tavır ve fikir değiştirebilen Kimya'ya karşı nasıl davranabilirdi. Fakat Kimya hıçkırdıkça içinden ılık bir şeyler aktığını, onu susturamazsa hatta gerçekten teselli edemezse buna dayanamayacağını hissetti. Genç kızı omuzlarından tutup hafifçe kaldırarak yanındaki mindere oturttu. Dayandığı yastıkların üzerinden bir peşkir alarak yanaklarını sildi. "Bak Kimya" diye başladı; "Onu ne kadar çok sevdiğini anlıyorum. Gerçek bir sevgi için kan bağının şart olduğuna da hiç inanmadım. Onun için seni Mevlânâ'nın kızı olarak tanıdım, öyle kabul ediyorum. Belki o yüzden hiç kimseye söylemeyeceğim şeyleri sana söylüyorum. Ama sen de benim onu ne kadar çok sevdiğimi bil ve bu konu aramızda ebediyen kapansın. Ben onu yıllardır aradım. Allah'tan beni anlayacak bir dost istedim. Ben ona asla bile isteye zarar vermem. Belki bunu şimdi anlayamazsın ama ileride mutlaka idrak edeceksin. Madem bir şeyler duydun, ki bu da Allah'ın takdiriydi, bunu anlayabilir, taşıyabilirsin. Bu dünyada her şeyin bir bedeli olduğu gibi gerçek dostluğun da bir bedeli vardır. Ben bunu ödemeye razı oldum da ona geldim; bu baha can da olsa baş da olsa ben öderim. Babana bir şey olmayacak emin ol."

Genç kızın hıçkırıkları kesilmiş, küçük iç çekişlere dönmüştü. Nedenini kendine bile açıklayamadığı halde daha bugün tanıdığı bu yabancıya güveniyordu. Şems devam etti: "Bizim birden böyle yakınlaşmamız sana da bazılarına anlamsız gözükebilir. Ama dostluk çok önemlidir çünkü yalnızlık insanın tabiatına aykırı. Bazı insanlar birbirini bütünler. Bazıları birbirine basamak olur bazısı da diğerinin anahtarıdır. Biri diğerinin kuyusu da olabilir bazen. Ama biri de gelir, ip olur, onu çıkarır. Biri kandildir diğeri yağ. Birini diğerinden ayrı düşünemezsin. Bizi de babanla öyle görmelisin. Her şeyi anlayamaman tabii, senin kabiliyetlerini küçümsemiyorum. Tam tersine bizi birçok kişiden daha iyi anlayacağını hissediyorum. Dostunu bulan zevk içindedir. Acı duymaz. Sana acı gibi gözüken onun için zevktir, nereden biliyorsun? Kâğıt, kaleme bağrını açmıştır. Şerha şerha çizilir de ses çıkarmaz, haz duyar. En güzel kelimeler en güzel eserler böyle çıkar ortaya. Acı çekmesini istemiyorum diyorsun; ben isteyebilir miyim sanıyorsun? Ama acı nedir? Tat nedir? Zevk nedir? Her neyse, bu bahis uzun... Ama madem babanın çok akıllı, bilgili bir insan olduğunu biliyor ve ona saygı duyuyorsun, onun kararlarına da itibar et. Sen demedin mi Lala'ya 'O ne yaptığını biliyordur' diye. Yoksa söylediğine kendin inanmıyor musun?"

"İnanıyorum tabii. Sizin işinize karışmakla haddimi aştığımı da biliyorum ama..."

"Ama?" diye sordu Şems.

"Ama duramadım. Olacaklardan, konuşulacaklardan korktum."

"Ben babana bir şey yapmasını söylemedim. Sen de duydun. Biz sadece sohbet ediyorduk. O, bu sohbetten kendisi için böyle bir ders çıkardı. Çünkü bir anda önündeki perdeleri gördü ve çabucak yırtmak istedi. Ayrıca o ne yaparsa en iyisini, en doğrusunu, yapmıştır bana göre. Çünkü dostumdur."

Kimya bütün söylediklerinden utanmıştı. Babasına kendisinden bile daha çok saygı duyan bu insana söylediklerini, hatırlamak bile istemedi. Bütün samimiyetiyle, "Mevlânâ Şemseddin, belki mümkün değil ama bir kez daha beni affetmenizi istiyorum. Lütfen bütün söylediklerimi unutun" dedi.

"Affetmek Allah'a mahsus, ayrıca bize karşı bir kusurun yok. Babanı korumaya çalışmanı, ona olan samimi hislerinin göstergesi olarak takdir ediyorum. Ama onu kimden ve neden koruman gerektiği konusunda, daha isabetli karar vermeni bekliyorum."

Kimya biraz rahatlamıştı. Demek ki kendisi hakkında çok kötü düşünmeyecekti. Oysa kapıda yakalandığından beri her şey ters gitmişti. Hepsini bir anda silmeyi ne kadar isterdi onun kafasından. Tekrar söz aldı: "Müsaadenizle bir şey daha söylemek istiyorum. Daha önce hiç kapı dinlememiştim. Ama sizi çok merak ettim. Hakkınızı helâl edin, bir daha yapmam."

"Neden beni bu kadar merak ettin?"

"Lala'nın anlattıklarından dolayı... Daha önce tanıdığımız insanlardan çok farklıydınız."

"Ay hadisesini demiştin. Başka ne anlattı Lala?"

"Adınızı, memleketinizi, çok gezdiğinizi, babamla nasıl karşılaştığınızı... Ha, bir de handa olan vakayı."

"Hangi han?"

"Burada kaldığınız han zannediyorum. Hancının dili bedduanızla şişmiş. Dua etmemişsiniz. Neden etmediniz?"

"Aslını istersen benim bedduamla, duamla bir ilgisi var mı bilmiyorum. Hancıyı arı soktu, birden yüzü kızardı dili, boğazı şişti, nefes alamayacak hale geldi. Arı zehri bazı bünyelerde öldürücü etki yapar."

"Nasıl olur hiç duymadım böyle bir şey?"

"Medresede Ebu Ali Sina'yı okumuyor musunuz?"

"Ben henüz okumadım."

"Okuyunca görürsün. Bunun bir panzehri de yok henüz. Hancının günahlarının affı için dua ettim tabii ki. Ama Allah'ın takdiri karşısında ben ne yapabilirim. Bu haber getiren Lala, Mevlânâ'nın şarap almaya gittiğini haber veren adam mı?"

"Evet, babamın Lalası Bahtiyar Efendi'nin hizmetkârı, bütün haberleri o verir zaten. Çok işi yoktur. O yüzden şehirde dolaşır akşama kadar.

"Peki, Mevlânâ'nın oğlundan sonra kapıdan çıkıp giden âlim kim?"

"Muid Necmeddin... Aslında müderris ama araştırma tutkusundan dolayı öyle diyorlar. Babamın muidi olarak tanınmış şehirde. Babama çok yakındır. Gerektiğinde yerine vekâlet eder."

"Anlıyorum. Babanı çok sevenlerden yani."

"Elbette, babam onu kardeşi gibi koruyup kollamış. Bugünlere gelmesinde çok emeği varmış. Kendisi söyler bunu. O yüzden biraz endişeliydi fark ettiyseniz. O da benim gibi babamın başına kötü bir şey gelmesinden korktu herhalde" diye sözlerini tamamlayan Kimya, Şems'in başka bir şey sormayacağını anlayınca görüşmeyi bitirmek üzere ekledi: "Benden bir emriniz, isteğiniz olursa her zaman hazırım."

"Senden ne istediğimi daha önce söylemiştim ama unutuyorsun herhalde."

"Haklısınız, bundan sonra siz beni kızdırmadan doğruyu söyleyeceğim. Müsaadenizle," diye yerinden kalkan genç kız, Şems'in eline çarptı ve künyeyi düşürdü.

Hemen alıp vermek için eğildi. Ama uzattığı elin bileğini bir anda pençe gibi kavrayan el onu durdurdu. "Dokunma!" diyen Şems diğer eliyle tesbihi aldı. Kimya hemen elini çekti. Bir hata daha yapmak istemiyordu. Tesbihe de pek benzemeyen iri parçalardan oluşan bu tuhaf şeyin neden bu kadar önemli olduğunu anlayamamıştı. Fakat 'belki de kırılacak değerli taşlardır' diye düşünerek, doğrulup kapıya yürüdü. Tam çıkacakken geri döndü: "Peki, bu şarap meselesinin bir çeşit imtihan olduğunu söyleyebilir miyim insanlara?"

"Ne istersen onu söyle. Herkes kendi nefsine kıyas eder ve kendi kalbindekine inanır."

***

Kadı İzzeddin ile Emir Kemaleddin Turumtaş, Saray'dan çıkıp Karatay Medresesi'ne doğru yürürken neredeyse aynı şeyleri düşünüyorlardı. Aylardır çabalayıp çırpındıkları bir konu nihayet sonuca varmak üzereydi. Bu hassas, tehlikeli ve bir o kadar da önemli mesele, Sadeddin Köpek'in bir şekilde bertaraf edilmesiydi. Mevzunun halledilmesinde Selçuklu'nun ileri gelenleri nihayet ortak bir noktaya yaklaşmıştı. Vatanperverlikten, menfaatperestliğe kadar uzanan çeşitli nedenlerle, çoğunluk Sadeddin Köpek'ten kurtulmak istiyordu. Alâeddin Keykubad'ın şaibeli ölümünün ardından, dışarıdan fark edilmese de içeridekiler biliyordu ki Selçuklu baş aşağı gidiyordu. Bunun en önemli sebebi ise genç sultanın acemilikleri değil Sadeddin Köpek'in sınır tanımaz hırsı, tatmin olmak bilmeyen egosuydu. Öyle ki bu ego, Babai isyanlarında yüzlerce insanın hayatına mal olduğu gibi halkla devletin arasını da açmış, Anadolu'da kurulmak üzere olan birlik derin yara almıştı. Bununla da yetinmeyen Sadeddin, Sultan'ın güvenini kazanarak Şemseddin Ebu Said Altunapa gibi tecrübeli bir atabeyini, Taceddin Pervane, Kemaleddin Kamyar gibi önemli devlet adamlarını idam ettirmişti. Sultan'ın kendisini yetiştiren atabeyini bile idam etmesi karşısında Sadeddin'e muhalif olan herkes sinmiş, Sultan'a ihanet içinde olduğunu bilenler bile bunu açıkça dillendirmeye cesaret edemez hale gelmişlerdi.

Meselenin en can alıcı noktası da buydu. Kimse açıkça Emir'e karşı çıkamıyor, Sultan'a durum iletilemiyordu. Bu durumda tek seçenek suikast gözüküyordu. Ancak bu yolla da başarısız olma ihtimali çok yüksekti. Emir kendisine ölümüne bağlı askerlerle kuşatılmış olarak yaşıyor, kendisine bağlı özel birliklerin sayısını gittikçe artırıyor, özel eğitimli seçkin savaşçılardan yeni birlikler kuruyordu. Simeysat Kalesi'ni ele geçirdikten sonra iyice güçlenen Emir, bunu gizlemeye ihtiyaç duymadığı gibi artık sultanmış gibi davranıyordu.

Son günlerde Çarşı Ağası Tahir, bu konudaki çabalarını artırmış, perde arkasında yaptığı gizli görüşmeler sonucunda ciddi bir fikir birliği oluştuğuna inanmıştı. Dün akşam bu durumu kendilerine açan da oydu. Kemaleddin'den, ağabeyi Celâleddin Karatay'ın görüşüne başvurulması konusunda yardım istemişti. Böyle bir durumda uzun zaman devat emiri, sipehsalar olarak Selçuklu'ya hizmet etmiş, önemli diplomatik görevlerde bulunmuş, tecrübeli ve dürüst bir devlet adamı olan Emir Karatay'la istişarede bulunmak kadar isabetli bir karar olamazdı. Kadı ve Kemaleddin bu göreve gönüllü oldular. Ama biliyorlardı ki aslında henüz işin başındaydılar ve kafalarında birçok soru vardı. Aslında Tahir Ağa'ya bile güvenmiyorlardı. Şimdi ne kadar Sadeddin Köpek'in karşısında ise de daha birkaç yıl önce onunla işbirliği yapıyordu. İki adam kafalarında bu düşüncelerle, Karatay'ın medrese inşaatına geldiklerinde bir an durdular ve birbirlerine baktılar. Öyle bir işe kalkışmışlardı ki sonu ya ölüm olacaktı ya kurtuluş. İkisi de farkında olmadan aynı şeyi düşünüyorlardı. 'Sonunu kim bilebilirdi ki...'

"Allah bilir" diye düşüncesini seslendirdi Kadı İzzeddin gülümseyerek, "Allah Kerim" diye karşılık verdi Kemaleddin ve arkadaşının omzunu sıvazladıktan sonra yürüdü. Medrese inşaatının tamamlanmış küçük bir bölümünde bulunan sade döşenmiş odaya girdiklerinde, bu mekânın azametli Sultan Alâeddin'in en sevdiği emirlerinden, devlete büyük hizmetler verdiği herkesçe bilinen Karatay'a ait olabileceğine inanmak istemedi Kadı İzzeddin. Karatay'ın bekâr olduğunu ve medreselerde ibadetle vakit geçirdiğini duymuştu ama bu kadar sade bir hayatı olduğunu hayal etmemişti. Bir süre hiç konuşmadı, Kemaleddin'le ağabeyinin konuşmasını dinledi. Demek Karatay'ın farkı buradan kaynaklanıyor, ona bu yüzden bu kadar güveniliyor diye düşündü. Birçok emir büyük bir açgözlülük ve gösteriş hırsıyla, her fırsatta konaklar, kâşâneler yaptırıp bunları halkın dikkatinden kaçırmak için imaret, medrese, camiler de inşa ettirirken Emir Karatay bunlara hiç tenezzül etmezdi. Malatya'dan, Denizli'ye kadar kamu yararına birçok eser yaptırmasına rağmen kitabelerine adını yazdırmamıştı. Ama başkentte yaptırmakta olduğu medresenin onun için ayrı bir yeri vardı. Gıpta ettiği, Büyük Selçuklu'nun efsanevi veziri Nizamülmülk gibi büyük bir eğitim hamlesi başlatmak istiyordu.

Sultan Alâeddin'in ölümünden sonra tamamen siyasetten uzaklaşan Karatay'ın, Sadeddin Köpek konusundaki fikirlerini çok merak ediyordu Kadı. Ancak Karatay pek konuşmamış, sadece kardeşini dinliyordu. Sadece Kemaleddin "Herkes artık aynı fikirde" deyince, 'herkesin içinde kimin ne kadar olduğunu' sordu. Kemaleddin, isim olarak sayamayacağını, görüşmeleri Ağa'nın yaptığını söyledi. Bunun üzerine Karatay, "Kimse kimseyi bilmeyecek, Tahir Ağa herkesi bilecek öyle mi? Bu hiç adil değil" dedi. Kemaleddin:

"Bu akşam, buradan çıkınca Ağa'nın Meram'daki köşküne davetliyiz, bir akşam yemeği verilecek. Açıkça söylenmedi ama zannediyorum, hepimizi bir sofrada buluşturacak."

"İyi öyleyse kış gelmeden bir Meram havası alın bakalım. Ağa yakında Kale içindeki konağına dönecektir, havalar soğuyacak nasıl olsa. Böyle bir toplantı için şehir dışının daha uygun olacağını düşünmüş elbette. Sadeddin Köpek de bugün Aksaray'a gittiğine göre tam zamanını bulmuş doğrusu. Ama bahsettiğim konuya dikkat edin."

"Bunu gözden kaçırmayacağız. Ama bizim Sadeddin Köpek'e karşı nasıl bir yol izlenmesi gerektiği konusunda kararsızlıklarımız var. Mesela çözemediğimiz bir şey var. Sultan'ın üzerinde nasıl bu kadar etkili olabiliyor. Bizim Sultan'ı inandırma şansımız hiç mi yok? Sultan Alâeddin'i bile kendi lalasını öldürecek kadar nasıl etkileyebiliyor."

"Kadınlarla..." dedi ve Karatay sustu.

"Emirim, Sultan'ın annesini, Devlet Hatun'u mu kastediyorsunuz, başka kadınları mı?" diye sordu İzzeddin.

"Fark etmez! Bir yere kadar anne çok etkilidir. Ondan sonra başkaları olabilir. Sadeddin bunları bir günde tesis etmedi tabii. Sultan büyürken etrafına gülden bir ağ ördü. Kadınların ikna kabiliyeti öyle yüksektir ki hayal bile edemezsiniz. Siz onları yönettiğinizi zannederken yüreğinizin yönetildiğini fark edemezsiniz. Herkesin düştüğü duruma Sultanlar da emirler de düşmekten kurtulamaz" diye cevap verdi Karatay.

Kadı İzzeddin hiç evlenmemiş bir adamın kadınlar hakkında bu kadar bilgili olmasına şaşırmıştı ama hiç belli etmedi. 'Nizamülmülk'ün Siyasetnamesi'nden fazlasıyla etkilenmiş' diye düşündü önce, fakat sohbet ilerledikçe Emir'in kendi hayat tecrübesiyle konuştuğunu anladı. Karatay, getirilen şerbetten bir yudum almadan önce misafirlerine baktı, "Hadi buyurun" dedikten sonra birkaç yudum içti. İki adam, Emir konuşsun da dinleyelim diye gözlerinin içine bakıyordu adeta. Emir'in şakaklarından kırlaşmaya başlayan saçları, bir işgal ordusu gibi yukarıları da sarmaya başlamıştı. Yaşadıklarına rağmen aslında çok da yaşlı olmayan adamın, belki saçlarındaki beyazlar, belki duruşundaki azamet, belki de yüzündeki dingin ifade, ona bir bilge havası veriyordu. Böyle gözükmesine rağmen at üstünde savaşacak kadar dinç bir vücuda sahipti henüz. Misafirlerin konuşmadığını gören Karatay önerisinin anlaşılmadığını düşündü.

"Siz de aynı yolu deneyebilirsiniz. Saray'a dışarıdan bir kız sokulabilir. Sultan artık büyüdü, çevresindeki çemberi kırmak istiyordur ve bir şeylerin farkına varmaya başlamıştır. Bu uzun bir yol ve başlangıç tabii, fakat en azından içerideki durumu yakından takip etme imkânı sağlar. Ama ne kadar işe yarayacağı hiç belli olmaz. Böyle bir durumda tek bir yöntem yeterli olmaz. Birden fazla yöntemin iç içe geçtiği bir plan olmalı. Bunlardan biri de Sadeddin'i iyice pohpohlayıp Sultan'a karşı bariz bir hata yapmasını sağlamak. Diğeri de dünya kurulalı beri en çok kullanılan yöntem: Suikast... İmkânsız değil, biraz araştırma biraz gayret. Muhakkak açık noktaları vardır. Her kalenin bir gediği olur. Şimdi siz diyeceksiniz ki: 'Bize bildiğimizden farklı bir şey söyle,' ben söyleyeceğimi söyledim. Bilinen bütün yöntemler aynı anda kullanılmalı. Her aksiliğe karşı tedbir alınmalı, destek ve ek planlarla hareket edilmeli. Söylediğim her şey mümkün ama bütün bunlar, sizi buraya gönderenlerin Sadeddin'i alt etmeyi ne kadar istediklerine bağlı. Ne kadar?"

İzzeddin, "Sizce ne kadar istemeliler Emirim?" diye sordu merakla. Karatay, daha çok kendi beynine nakşetmek istiyor gibi kelimeleri vurgulayarak "Kendi ölümlerini göze alacak kadar" dedi.

Bu cevap karşısında muhaliflerini zihninden geçiren İzzeddin, 'hiçbiri bu kadar isteyemez, ben dahi' diye karar verdi. Ama Kemaleddin, ağabeyini çok iyi tanıdığından onun gözlerinde öyle bir kararlılık okumuştu ki bir süre gözlerini ondan hiç ayırmadı. Sanki zihnindekileri okumaya çalışıyor, 'her şeyden bu kadar elini eteğini çekmişken böyle bir şey düşünmesi yahut buna kalkışması mümkün mü acaba?' diye düşünüyordu. Karatay, kardeşinin bu düşüncelerini hissetmiş gibi, "Daha bunları çok konuşacağız Kemaleddin, Ağa çalışmalarını olgunlaştıradursun. Bakalım Allah neler gösterecek. Ama madem davetlisiniz, geç kalmayın. Kapım ikinize de her zaman açıktır biliyorsunuz" diye görüşmeyi bitirdi.

Kadı ve Kemaleddin medreseden çıktıklarında ay, Gevhertaş'ın arkasından yükseliyordu. Davete geç kalmak kaygısıyla adımlarını hızlandırdılar. İzzeddin, "Ben araba hazırlattım. Evde bizi bekliyorlar, bize geçelim" deyince Kemaleddin cevap vermeden ona eşlik etti. O sırada Gevhertaş'ın kapısında, Necmeddin'in sıkıntılı bir telaşla arabaya bindiğini görerek selâmlaştılar. Ama Necmeddin'de ve ona eşlik eden Sefa'da bir huzursuzluk vardı; sorulmadığı halde Mevlânâ'nın bir manisi çıktığı için ona vekâleten Ağa'nın davetine gittiklerini söylediler. Kadı ve Kemaleddin, "Biz de o tarafa gideceğiz" deyince Muid onları arabaya buyur ettiyse de Kadı teklifi nazikçe geri çevirme gereği hissetti.

"Arabamız hazır, bizi bekliyorlar. Siz buyurun lütfen Molla Hazretleri" dedi. Zira yol boyunca yalnız kalmak ve Karatay'la yaptıkları görüşmeyi değerlendirmek istiyordu.

***

Güneş batarken Marcos Arilesos, hâlâ Maria'dan dinlediklerini zihninden geçiriyor, işine yarayacakları hafızasına yerleştirmeye çalışıyordu. Bunlardan biri de Maria'nın İkonia'da yaşayan arkadaşı Meselina'nın adresiydi. Meselina zengin bir Rum tüccarın yakında dul kalmış eşiydi. Kocasının ölümünün ardından işleri devralmıştı. Zengin ve bağlantıları çok olan bu kadının Marcos'a yardımı dokunabilirdi.

Konaklayacakları ilk durağa vardıklarında kale burçlarında meşaleler yanıyordu. Kale komutanı, imparatorluk elçilerinin rahat bir gece geçirmeleri için hiçbir şeyi eksik etmemişti. Yorgun olmalarına rağmen akşam yemeği çok zevkli geçiyordu Marcos için. Kale komutanı Tekfur Mihael Yorgos ve yaşlı babası bütün içtenlikleriyle misafirleri ağırlamaya çalışıyordu. Baba Yorgos, Haçlı Seferlerine katılmış ve birçok siyasi badire atlatmış tecrübeli bir adamdı. Türkleri de iyi tanıyordu. Tamamen bu konuya odaklanmak isteyen Şövalye için ihtiyarın bilgi ve tecrübeleri, gökte ararken yerde bulunmuş bir kaynak gibiydi. O da zaten ömrünün sonbaharındaki bütün insanlar gibi bildiği ne varsa sonrakilere devretmeye can atıyor, durmaksızın konuşmak istiyordu. Şövalyenin sorusu üzerine geriye yaslandı:

"Sultanları mı dedin? Onları mı soruyorsun? Hayatım boyunca pek çok sultan gelip geçti. En başarılıları Alâeddin kabul ediliyor, şimdiki sultanın babası. Onun çocukluğunu bilirim, bir süre Doğu Roma'da kaldılar. Bunu sonra anlatırım. Ama beni en çok etkileyen ve unutamadığım Türk Sultanı Kılıçaslan'dır. İsmine bak bir kez: Kılıç ve aslan. Gerçek mi, takma mı bilmiyorum ama ona biçilmiş bir gömlek gibi uyuyordu tam."

İhtiyar, bir an uzaklara daldı fersiz gözleriyle sanki yıllar öncesini görmeye çalışıyordu. "Gençti, çok gençti. Öyle hatırlıyorum. Yani bir sultan olarak genç sayılırdı. En fazla kırklı yaşların başında olduğunu tahmin ediyorum. Biz büyük bir Haçlı ordusuyla İkonia'ya çok yaklaşmıştık. Yirmi yaşında bile değilim. Ve gençliğin o hiçbir şeye benzemez hırs, heves, acemilik ve tutkusunu yaşıyorum yüreğimde. İmparator Manuel Kommenos sonunda Avrupa'yı da arkasına alarak hem bu topraklardan Türkleri tamamen çıkarmak hem de Germen hâkimiyetine geçen Batı Roma'ya karşı Doğu Roma'nın üstünlüğünü bütün dünyaya kanıtlamak istiyordu. Kılıçaslan'ın elli bin kişi civarında bir kuvvetle bize yaklaştığını haber aldık. Bu bizi sadece güldürmüştü. Önümüzdeki tepeye gelince bizim orduyu gören askerler kaçarlar diye düşünüyorduk. 'Tabii daha önce sultanları kaçmadıysa!' İşte böyle espriler yapıp katıla katıla gülüyorduk. Kumandanlarımız da aynı şekilde düşünüyor olmalı ki oldukça güvenli olan o dik tepenin eteğinde, akan suyun kenarına kamp kurduk. İngiltere Kralının,

'Elli bin kişiyi böcek gibi ezer geçeriz' dediği dolaşıyordu askerler arasında."

Yaşlı Yorgos alayla gülümsedi sonra derin bir nefes alıp devam etti: "Gerçekten de ezebilirdik." Tiz bir kahkaha attı yaşlı adam; "Atlarımızın ve kendi zırhlarımız o kadar ağırdı ki..."

Masadakiler yaşlı Yorgos'un yüzündeki acı ifadeye bakıp sessizce bekledi. Şövalye daha da meraklanmıştı. "Sonra majesteleri," diye sordu sabırsızlıkla "sonra ne oldu?"

"Umduğumuz oldu. Tepede atlılar belirdi, yüzlerce... Sonra dönüp gittiler. Sonra Kılıçaslan geldi. Arkasında çift başlı kartal arması bulunan bir sancak ve Türklere has garip bir flama -tuğ diyorlarmış- taşıyan askerler vardı. Türklerle daha önce savaşanlar vardı aramızda. 'Sultan Kılıçaslan bu!' diye bağırdılar. Ben de merakla baktım. At üzerinde öyle bir duruşu vardı ki hiç unutamam. Dimdikti. Ovadaki Haçlı ordusuna bakıyordu. Sanki bir heykeldi. Ne bir telaş ne bir korku... Orada öylece durdu bir süre. Ne kadar durdu, ne kadar baktı bilemiyorum. Tabii ki bakışını da göremezdim. Ama bizi perişan ve darmadağınık etmek için ne düşündüyse o anda düşündü bundan eminim."

Tekfur Mihael, babasının sohbetinden bunaldığını zannettiği Şövalyeyi kurtarmaya çalışıyordu. "Sonradan yaşadığınız yenilginin etkisiyle olanları biraz abartmıyor musunuz efendim" dedi. "Yoksa o mesafeden gördüğünüz bir adam hakkında bunları düşünemezdiniz. Zannediyorum Şövalye de böyle düşünüyor ama nezaketinden söyleyemiyor."

"Hayır," dedi Marcos. "Tam tersine. Tecrübe birikimiyle geçmişteki olayları daha iyi yorumluyor insan. Bu yüzden babanızın yorumlarının isabetli olduğunu düşünüyorum. İstifade edilmeli."

Yaşlı Yorgos, sonunda kendisini dinlemek isteyen birini bulmanın heyecanıyla hemen araya girdi. "Mihael hiç öyle düşünmüyor ama" dedi ve hemen ekledi, "Türklerle ilgili önyargılarım olduğunu veya abarttığımı zannediyor. Hatta Selçukluların sınır tekfurlarıyla dostça görüşüyor."

"Uç beyi" diye düzeltti Mihael.

"Her neyse. Sınırları korumakla görevli bir komutan işte, fark etmez. Türklerin hepsi aynıdır. Bu Ertuğrul da aynı... Mihael'i uyardım. Ama o zarar gelmeyeceğini sanıyor ama bunlar bir yere sığamaz biliyorum. Biraz daha güçlensinler de gör. Attila'nın Roma kapılarına dayandığı gibi bir anda bizi geçer, Konstantinopolis'e varırlar. Ertuğrul, aynen Kılıçaslan gibi diyorum da Mihael gülüyor. Hani sana o tepeden bakarken bakışını görememiştim dedim ya, Ertuğrul'u görünce anladım ki Kılıçaslan da tıpkı böyle bakıyordu."

"Evet efendim. Kılıçaslan, Haçlı ordusuna bakıyordu. Orada kalmıştık" diye hatırlattı Marcos. İhtiyar derin bir nefes aldı ve tekrar anlatmaya başladı:

"Ha evet, Sultan da askerleri gibi dönüp gitti. Vazgeçtiklerinden emindik. Çünkü o tepenin bizden taraftaki yamacı çok dikti. Etrafını dolaşıncaya kadar günler geçerdi. Sıra dağlardan oluşan bir duvar, önümüzü sanki bir kale gibi kapatıyordu. Bu büyüklükte bir ordunun konaklaması için daha uygun bir yer olamazdı. Gelecekteki zaferlerimizi kutlamak için sabaha kadar eğlendik. Ne zaman sızmışım bilmiyorum. Gün henüz doğmamıştı ki müthiş bir yer sarsıntısıyla ve gürültüyle uyandım. Deprem zannettim. Kampta bir kıyamet koptu. Türkler, o inilmez dediğimiz dağ yamacından dörtnala iniyor, üzerimize binlerce askerden oluşan bir şelale akıyordu."

"İnanılmaz!" diye söze karıştı Nicolas. "Yamaç dik dememiş miydiniz, nasıl inebilirler?"

"Evet, bizim inemeyeceğimiz kadar dik. Ama kendimize göre düşünmüşüz. Onların ne zırhı var ne ağır silahı ne de atlarına bir ağırlık yüklüyorlar. Daha sonra duyduk ki Kılıçaslan askerlerine 'Onlar ne kadar giyinikse siz o kadar soyunacaksınız!' demiş. O gün canımı nasıl kurtardım hâlâ bilmiyorum ama anladım ki bu savaşa ölmek için katılmadım. Kazanmak ve kazanmanın getirileriyle yaşamak için katıldım, Haçlı ordusu da öyle. Oysa Türkler, adeta ölmek için savaşıyor. İtiraf etmeliyim ki savaş sanatını da biliyorlar."

İhtiyar bir süre sustu. Masadakiler de bir şey söylemeye cesaret edemedi. Yaşlı Yorgos tekrar devam etti. Sanki kendi kendine sayıklıyordu: "Ne acı bir gündü. Bir avuç baldırı çıplak, Avrupa'nın krallarını, Hıristiyanlığın en seçkin savaşçılarını, en büyük ve zengin donanıma sahip ordusunu darmadağın etmişti. İmparator Manuel Kommenos'un durumu hepimizden zordu tabii. Çok sonraları o günü 'Kendimi Romen Diyojen gibi hissettim' diye anlatacaktı yakınlarına."

"Ah, majesteleri, son günlerde gördüğünüz kâbusları anlatıyor olmayasınız. Çünkü böyle bir savaştan bahsedildiğini hiç duymadım" diye masanın diğer ucundan gelen alaycı ve aşağılayıcı tondaki sese dönünce Mihael'in yemekten önce kuzeni Dimitros olarak tanıttığı gencin gözleriyle karşılaşan Marcos, onu terslercesine bir bakışla süzüp ihtiyara döndü: "Ben duymuştum. Ama bu kadar ayrıntıyı hiçbir yerden öğrenemezdim, inanın majesteleri. Hatta o yerin adıyla anılıyordu bu savaş da sanırım, Miryokefalon, öyle değil mi?" diye sordu.

Yaşlı adam huysuzlanan bir çocuk gibi suratını asıp, omuzlarını silkerek "O lanetli yerin adını hiç merak etmedim" deyince Marcos'la Mihael bir an göz göze gelip gülümsediler. Mihael, "Şövalye Marcos, yanlış anlamanızı istemem. Babamın fikirlerine katılıyorum aslında. Türkler, topraklarına, kutsallarına saldırıldığı zaman gerçekten ölümüne savaşıyorlar. Diğer yandan insan olarak da toplum olarak da dürüst, samimi ve güven verici karakterleri var. Öyle ki tekfurların ağır vergilerinden -ki bunların ne kadarı Saray'a ulaşıyor malumunuzdur- iyice zor durumda kalan halk daha dürüst ve adil bulduğu Türk beylerinin yönetimine girmeye can atıyor. Biz burada artık onlarla içli dışlı olduk sayılır.

Onlar bizim pazarlarımıza biz onlarınkine gidip geliyoruz." diyerek diğer misafirlerle ilgilenmek için uzaklaşınca ihtiyar adam:

"Çocuklar babalarından istifade etmeyi hiç bilmiyor" diye dert yandı.

"Mihael'in sizi anladığından ve fikirlerinize değer verdiğinden eminim" dedi Marcos.

"Çok naziksin evlat" dedi ihtiyar, ama gözleri inanmıyor gibi bakıyordu Marcos'a.

"Gerçekten" dedi Şövalye ısrarla ve açıkladı. "Ben de tamamen sizin gibi düşünmeme rağmen şimdi bir barış ve işbirliği anlaşması yapmak için İkonia'ya gidiyorum. Çünkü önümüzde bir düşman varken arkamızdaki bir düşmana hiç gerek yok."

İhtiyar huysuzca başını salladı. "Bunu ben de biliyorum Şövalye. Sadece uzun süreli hayallere kapılmayın diyorum. Baksana Mihael'i bile ne kadar etkiliyorlar. Topraklarına ve kutsallarına saldırılırsa savaşıyorlarmış. Ta Çin Seddi'nden Hazar Denizi'nin arkalarından buraya kadar kimsenin burnunu kanatmadan mı geldiler. Evet, tekfurlarımız zalim. Sarayın gücü zayıfladıkça her biri kendini imparator sanıyor. Halk çok ezildi. Bu bizim zaafımız. Ama bu sorunu bir an önce çözüp Türklere karşı tedbir almalıyız. Doğu Roma'nın geleceği buna bağlı..."

"Sizce şu anda Doğu Roma için en büyük tehdit Türkler mi Haçlılar mı?" diye sordu Şövalye.

"Haçlılar aslında bir iç tehdit bana göre. Bunu kendi aramızda halledebiliriz. Bu mezhep kavgalarını da aşacağız eninde sonunda. Ama Türkler bizim için olduğu kadar Avrupa için de bir tehlike."

Şövalye dayanamayıp "Gerçekten abartmıyor musunuz?" diye sordu.

"Hayır, ben sadece onları iyi tanıyorum. Türkler dünyayı yönetmek için doğduklarını düşünüyorlar. Onları sürekli yenemezsin. Yensen bile yönetemezsin. Karakterleri buna müsait değil ama korkma, bu zehrin panzehri de bende" diyen ihtiyar, anlamlı anlamlı güldü. Kırışıklarla kaplı yüzünde hâlâ cam gibi parlayan mavi gözleriyle Şövalye'ye baktı. Onun merak etmesini istiyordu. Marcos da bunu hissedince merakından çok, ihtiyarı mutlu etmek için "Peki, nedir majesteleri? Bu sırrı benden esirgemeyin lütfen" dedi yalvarırcasına.

"Evet, peki madem öyle, senden başka da merak eden yok zaten, söyleyeceğim. Türklerin bütün gücü birlikte olmalarına bağlıdır. Birlik olsunlar ve başlarına biri geçsin yeter. Ama çok kolay parçalanırlar, baş kavgası kolay çıkar. Kardeş kardeşe düşman olur. Çinliler yüzyıllardır bu siyasetle Türk gücünü dizginleyebilmiştir. Ama Doğu Roma'da bunu akledecek biri çıkmadı henüz. Hepimiz birbirimizle uğraşıyoruz yıllardır. Bu yüzden İmparator Romen Diyojen'den beri toprak kaybediyor Doğu Roma. Türkler burnumuzun dibine kadar dayandı. Daha ileri gidecek diyorum, kimse inanmıyor." İhtiyar bir sır veriyormuş gibi eğilerek fısıldadı: "Bak mesela bu Ertuğrul var ya, Türk tekfuru, onun kardeşi var: Dündar. Yaşça da büyük zannediyorum. Niye başa o geçmemiş diye çıkar bir tartışma. Git, adamla gizli ittifak kur, eli güçlensin biraz değil mi?"

Sonra geri çekildi, ardına yaslandı. "Ama yok, tam tersine onlar Doğu Roma tekfurlarının arasındaki çatışmalardan yararlanıyor. Sonra da bana abartıyorsun diyorsunuz."

"Öyle şeyler anlattınız ki artık şunu düşünmeye başladım. Eğer Türkler bir gün Konstantinopolis'in kapılarına dayanırlarsa bizim hem içeriden hem dışarıdan çalıştığımız halde kırk yıldır aşamadığımız surları kırk günde aşarlar öyle mi, yoksa bu kez ben mi abartıyorum?"

Şövalye Nicolas'ın sohbetinden sıkılmış olan Desdemonda, şöminenin yanında durmuş bir süredir onları dinliyordu. "Ah Şövalyem mümkün mü?" dedi heyecanla. "İmparator Konstantin'in bir falcıyla olan konuşmasını duymadınız mı? Konstantinopolis Hıristiyanların elinden çıkmayacak hiçbir zaman. Şimdiye kadar hiç kimse bunu başaramadı. Büyük İmparator, şehrin geleceğini merak edip çok ünlü bir falcıya sormuş. Falcı da ona "Konstantinopolis'i kimse alamaz; ta ki gemileri karadan yürütünceye kadar" demiş. Hiç kimse gemileri karadan yürütemez öyle değil mi?"

Derin bir iç çekişten sonra İhtiyar Yorgos: "Dağdan ordu indiren, gemileri de karadan yürütür!"

Kısa bir sessizlikten sonra salonun ortasında bir kahkaha patladığında herkes o tarafa döndü. Dimitros, kadehine şarap dolduruyor, bir yandan da çılgınca gülüyordu. Sonra kadehini yukarı kaldırıp "Kuzenimin Türk dostluğu ve amcamın Türk korkusuna kadeh kaldırıyorum!" dedi ve kahkahalar arasında ekledi: "Zira imparatorluğumuzun kaderi ikisinden birine bağlı..."

***

Çarşı Ağası Tahir Fahreddin o akşam seçkin misafirlerini ağırlamak için hazırlatmış olduğu ziyafet sofrasının son kontrollerini bizzat yapmıştı. Konağın; dillere destan mimarisi, özel ustalara yaptırılmış çinileri, envai çeşit kandilleri, tavan işlemeleri, ahşap oymaları ve şark halılarıyla başlı başına bir zenginlik ve ihtişam nişanesi olması hiçbir zaman Ağa'ya yetmez, sofrasının da servisin de benzersiz, kusursuz olmasını dilerdi.

Kadife minderler ve samur kürklerle bezeli sedirde her zamanki yerini aldığında, derin bir nefes çekip ardına iyice yaslandı. Günlerdir ilk defa kendini bu kadar iyi hissediyordu. Oysa önceki akşam ne kadar da huzursuzdu. Bir türlü uyku tutmamıştı. Üst kattaki yatak odasında, çarkıfelek tavan süsüne gözlerini dikmiş öyle bakıyordu. "Çarkıfelek dedi" kendi kendine. Artık feleğin çarkını döndürmek istiyordu ama oylumlu göbeğini şöyle bir döndürerek yan yattı ancak. Beynini aylardır kemiren şeye bir yol bulmalıydı artık. Emir Sadeddin Köpek, ikbalinin önünde bir engel olarak duruyordu. Görüştüğü bir kısım büyük tüccarlar savaş istiyordu. Savaş, orduya erzak, mühimmat ve kâr demekti. Emirler için de savaş, daha fazla toprak ve ganimet anlamına geliyordu. Ağa ise kârın yanı sıra bir asalet unvanının peşindeydi. Böyle bir dönemde orduya büyük bir bağış yapmak, Sultan'ın teveccühüne mazhar olup emirlik payesi kazanmasını sağlayabilirdi. Fakat Sadeddin, bütün kapıları kapatıyordu. Kendinden başka kimsenin Sultan'ın gözüne girmesine veya güçlenmesine izin vermiyordu.

Ağa ile bir süredir aralarında soğuk rüzgârlar esiyordu. Ağa, kayıtsız şartsız, köle gibi Sadeddin'e hizmet edilmediği sürece diğerlerinin akıbetine uğramanın kaçınılmaz olduğunu biliyordu. Farkında olmadan boynunu ovuşturdu. Biraz daha hiddetlendi, 'Evet, Sadeddin açıkça Sultan'a ihanet içerisinde. Bunu herkes biliyor ama Sultan'a kim söyleyecek veya kim ispat edecek?' Fakat tedbir devri çoktan geçmiş, Sadeddin Köpek gemi azıya almış, tahtı gözüne kestirmişti. Eğer başarılı olursa Sultan taraftarlarının başı alınacak, olamazsa onun tarafındakiler idam edilecekti. İşte Bu yüzden Tahir Ağa bu yarışta yanlış ata oynamaktan korkuyor, uykuları kaçıyordu.

Bu geceki ziyafetin anlamı da buydu. Ağa bire bir görüştüğü Sadeddin Köpek karşıtlarını aynı sofrada buluşturarak daha önce yaptığı gizli görüşmeleri örtbas etmek için iyi bir fırsat yakalamıştı. Zira görüşmeler bir şekilde Emir'in kulağına giderse bunun büyük bir davet olduğunu, ekâbir, ulema ve ümeranın [emirler] hazır bulunduğunu hatta Emir-i Kubad Hazretleri'ni davet için bizzat Saray'a gittiğini ancak kendilerinin Aksaray'a doğru yola çıkmış olduğunu söyleyebilecekti. Elbette cuma namazından sonra Emir'in Aksaray'a gideceğini biliyordu. Muhalifleri ise bir araya getirerek çok güçlüyüz mesajı vermiş olacaktı.

Arkasına biraz yaslanıp kendi kendine gülümsedi. 'Aslında dün gece boşuna uykusuz kalmışım' diye düşündü. İşler yolundaydı. Bahçe kapısından gelen seslerle düşüncelerinden sıyrılınca uzanıp perdeyi hafifçe araladı. Çulhacızade Nureddin'in gösterişli arabasını görünce yerinden kalkma gereği bile hissetmedi. 'Gelsin bakalım' dedi kendi başına. Zira Nureddin sadece misafir değil, Ağa'ya yakın ve yardımcı rolüyle herkesten önce gelmişti.

Sonunda, emirler, kadılar, âlimler ve bazı tüccarların oluşturduğu seçkin davetli topluluğu Ağa'nın köşkünü şereflendirdi. Yemekler kadar sazendelerin sunduğu musiki ziyafeti leziz, rakkaselerin dansları da ilgi çekiciydi. İzzeddin ve Kemaleddin böyle bir toplantıya hiç anlam veremeseler de Ağa'nın ara sıra meclisten ayrıldığı dikkatlerinden kaçmadı. Kendilerine de sıra geleceğini düşünerek Tahir Ağa'yla görüşmeden ayrılmadılar konaktan. Misafirler tamamen dağıldıktan sonra her zaman olduğu gibi konağın terasında koyu bir kahve içiyordu. Davetlilerin gitmesinin ardından aşağıda beklettiği Kadı İzzeddin ve Kemaleddin'le görüşmüş, Karatay'ın tavsiyesini öğrenmişti. Ama ikisinde de bir tuhaflık vardı, akıllarını kaçırmış gibi neden açıkça karar alınmadığını, bunun sıradan bir ziyafetten farkı olmadığını soruyorlardı. Neyse ki onları; herkesi korumak için böyle yaptığını, olay neticelenmeden Emir'in bir şey duyması ihtimalini gözettiğini söyleyerek ikna etmişti. Acaba neden böyle bir tepki vermişlerdi. 'Karatay olmalı' dedi kendi kendine, "Kafalarını karıştırmış" dedi yüksek sesle. Fincanı sertçe tabağına bıraktı. Sesi duyan gulam kapıdan eğilip "Efendim bir emriniz mi var? Muid Hazretleri'ni artık buraya alalım mı?" diye sorunca arka bahçede beklettiği Muid Necmeddin geldi aklına, hemen yerinden kalktı.

Bu akşam davete gelmeyecek tek davetli Sadeddin Köpek diye biliyordu. Ama Mevlânâ da gelmemişti. Tuhaftır ki Molla, usul erkân bilen birinden beklenmeyecek şekilde, bir yabancı dervişle konuşmak için böyle önemli bir davete icabet etmeyi unutmuştu veya önemsememişti. İyi ki, yemeğe son anda yetişen Muid'in ses tonundan ve kopuk kesik cümlelerinden, söylenenden daha fazlası olduğunu hissedip hemen lafı ağzından alarak düzeltmişti: "Sizlere söylemeyi unuttum zannediyorum. Hüdavendigâr Mevlânâ Celâleddin Hazretleri, çok uzaktan kıymetli bir misafirleri geldiği için davetimizi teşrif edemeyeceklerini bildirmişlerdi.

Ama kendilerine vekâleten çok kıymetli, ulemadan Muid Necmeddin Molla Hazretleri teşrif ettiler. Bilmeyeniniz yoktur herhalde ama yine de söyleme gereği hissediyorum; kendileri her ne kadar 'Muid' olarak anılır ve çağrılırlarsa da çoktan müderris olmuş, birçok Muide ders okutmaktadırlar. Ancak ilme olan aşırı istekleri ve araştırma arzularından dolayı bu unvan kendilerine bir isim olarak yakıştırılmış kalmıştır" diyerek Necmeddin'i takdim eden Ağa durumu şimdilik kurtarmıştı.

Ama Mevlânâ müthiş belagati, fasih sohbeti, ikna kabiliyeti ve insanlar üzerindeki inanılmaz etkisiyle her zaman yanında olmasını istediği bir âlimdi. Özellikle Sadeddin'le ilgili kritik bir noktaya gelindiği şu günlerde ve sonraki hesaplaşmada sofiler, âlimler ve hatta halk üzerindeki etkisi ile Mevlânâ, Ağa'nın satranç tahtası üzerindeki en önemli taşlardan biriydi. Onu gözden çıkaramazdı. Bu yüzden olanları merak etmiş, Necmeddin'i arka bahçeye aldırmıştı. Muid'le, Çarşı Ağası arasında özel bir samimiyet vardı. Ağa, Hüdavendigâr'la ilgili haberleri hep Necmeddin'den alır, Mevlânâ'ya onunla ulaşır, onu onunla etkilemeye çalışırdı. Onu havuzdaki suları izlerken bulduğunda, yanlarında kimse olmadığı için uzatmaya gerek görmeden hemen konuya girdi.

"Ee, Necmeddin anlat bakalım sizin medresede neler dönüyor?"

"Sormayın Tahir Ağa Hazretleri, sormayın. Bugün durumu idare etmek için ne kadar çaba sarf ettim bilemesiniz, zihnim allak bullak" diye başlayan Muid, Şems'le Mevlânâ'nın karşılaşmasını anlattı.

"Ee, ne var bunda; ben de çarşıda olanları duymuştum zaten. Densizin biri herhalde..."

"Ama Mevlânâ onu medreseye davet etti ve neredeyse akşama kadar sohbet ettiler. Ne konuştuklarını bilmiyoruz. Beni bile istemediler yanlarına düşünebiliyor musunuz? Bir ara Şems sanırım ikindi namazı için dışarı çıkmış, üstünü falan değiştirmiş. Geldiğinde ne haldeydi bir görseydiniz emin olun beni daha iyi anlardınız. Neyse, o namazdayken Mevlânâ Hazretleri de çıkmış ve Sefa'ya şarap almaya gittiğini söylemiş. Sonra Zerkubi'ye gittim, rica ettim. O da gelip Şems'i evine davet etti ısrarla; Bahaeddin'in de Mevlânâ'yı medreseye gelmeden oraya götürmesini sağladım. Sohbetlerine orada devam edecekler."

"Şarap ne oldu peki?" dedi Ağa.

"Bilmiyorum" diye omuz silkti Necmeddin.

Bir süre sakalını sıvazlayıp göbeğini kaşıyan Tahir Ağa, 'Bunların işine akıl erdirmek mümkün değil. İnsanlara vaaz ederler, kendileri tutmazlar. Ama bu Mevlânâ'nın yapacağı bir iş değil' diye düşünüyordu ama bunlarla uğraşacak vakti de yoktu. Necmeddin'in anlattıklarının çoğunu duymuyordu zaten. Sonunda, "Neyse, bunları kimseye anlatma, Mevlânâ'nın bir bildiği vardır. Yakında ortaya çıkar. O derviş de her kimse, öyle büyü yapmış gibi etkileyemez. Mevlânâ çok akıllı adamdır. Yarın döner gelir medreseye, her şey eskisi gibi olur. Ben de çok önemli bir şey var zannettim. Sakin ol Necmeddin, şarap içmeyen mi var! Sen bu gece bile hangi sürahide ne var, kimin bardağına ne doluyor biliyor muydun?" diyerek konuyu kapatmak istedi.

"Ne!" dedi Necmeddin şaşkınlıkla, "Nasıl olur?"

"Olur, olur" dedi Ağa, göbeğini hoplatan bir kahkaha attı. "Kuluz, hata bizden af Yaradan'dan. Ben sadece Mevlânâ'nın bu daveti unutmasını ya da önemsememesini anlayamıyorum hâlâ."

"Ben de onu anlatmaya çalışıyorum ya, şarabın haram olduğunu unutan, sizin daveti unutmaz mı?"

Ağa'nın gözleri şaşkınlıkla açıldı. Sanki bunu hiç düşünmedim, der gibiydi. Ama bir şey söylemedi. Bir süre kaldı öyle, neden sonra "Neyse geç oldu" dedi. "Seni de çok tuttum endişelenme, yarın Mevlânâ medreseye döner. Olur böyle şeyler. Büyük makamları ve sorumlulukları olan insanlar bazen kaçmak ister.

Bende de oluyor. Kendimden, ailemden, çevremden makamımdan kaçmak istiyorum. Salaş bir meyhanede sıradan bir insan gibi içmek, ucuz bir fahişeyle pis bir odada yatmak istiyorum." diyen Ağa kendisiyle konuşuyor gibi dalmış, daha da devam edecekti ama Muid'in şaşkınlıktan sadece gözleri değil ağzının da açılmış olduğunu fark edince sustu ve hemen düzeltti:

"Tabii hiçbir zaman yapmadım. Yapmam da ama şeytan dürtüyor bir an, onu demek istiyorum. Molla'nın ki de böyle bir şey... Gitmiş, çılgın, pervasız, belki de meczup biriyle sohbet ediyor; yanında sen başta olmak üzere o kadar akıllı ve âlim adam varken. Bal yiyen baldan usanır biraz da turşu yesin bakalım" diyerek Necmeddin'in koluna giren Ağa, onu iltifatlarla bahçe kapısına kadar uğurladı. Arabanın yanında bekleyen Sefa bütün dikkatiyle onlara bakıyor. Yıllardır çözemediği, Muid-Ağa ilişkisini anlamaya çalışıyordu. Ağa ise Sefa'nın varlığından henüz haberi olmuş gibi, "Lala Sefaeddin Hazretleri, siz burada mıydınız? İçeri buyursaydınız. Neden kapıda bekliyordunuz?" diye sordu. Sefa hoşnutsuzluğunu gizlemeye çalışarak "Önemi yok Tahir Ağa, Muid Hazretleri'nin ne zaman çıkacağını bilmiyordum" dedi.

Ağa onları son kez selâmladı. Arabacı atları aceleyle kamçıladı. Araba tam harekete geçmişti ki başka bir araba konağın önünde durdu.

***

Şövalye Marcos, erken sayılabilecek bir saatte odasına çekildi. Aslında Baba Yorgos'un anlatacakları bitmemiş gözüküyordu. Ne yazık ki erken yola çıkma zorunluluğu onu İhtiyar Yorgos'un tatlı sohbetinden ve Desdemonda'nın masum, güzel gözlerinden mahrum bıraktı. Desdemonda aklına gelince mutlu bir tebessüm yayıldı yüzüne. 'Yaşı çok küçük olmalı' diye geçirdi aklından. 'Genç olsaydım belki...' diye mırıldanırken kapı çaldı. Henüz çıkarmakta olduğu kılıcını tekrar kuşandı. "Girin!" deyince kapıdan Mihael'in sadece başı gözüktü.

"Rahatsız ettiğim için üzgünüm Şövalyem. Acaba şömineniz yanıyor mu?"

"Yanıyor Mihael. Bir ihtiyacım da yok teşekkür ederim." Hatta muhatabı artık rahatlasın diye "Her şey çok güzel, döndüğümde bundan imparatora bahsedeceğim" diye ekledi. Fakat Mihael'in yüzünde değişiklik olmadı. Anlaşılan derdi başkaydı.

"Sizi memnun etmek bizim için yeterli Şövalyem. Aslında sizi rahatsız etmemin nedeni, babamın odasındaki şömine yanmamış bir türlü. Herhalde bacaya bir kuş falan düştü. Ben de sizin odanızda bir sorun olmadığından emin olmak istedim."

"Anlıyorum. Hava çok soğuk değil zaten. Ama babanız için sorun olabilir."

"Merak etmeyin lütfen" dedi Mihael. "Onu kendi odama taşıdım, sizin sağınızdaki oda. Ben başka bir yere geçeceğim. Tekrar iyi geceler."

"İyi geceler" diye mırıldanan Marcos yılların alışkanlığıyla kapıyı sürgüledi, pencereyi kontrol etti. Yatağına sırt üstü uzandığında şöminenin içinde birbiriyle yarışırcasına dalgalanan alevlerin tavana yansıyan oyunları Desdemonda'nın eteğinin kıvrımlarını hatırlattı. Sohbetin bir yerinde kendilerine iştirak eden Desdemonda, çevik ve kıvrak zekâsı, edalı kahkahalarıyla Şövalye ve ihtiyar Yorgos'un sohbetini gerektiğinde araya girerek yönetmişti. Yine de Şövalye için çok geç kalınmış imkânsız bir aşk olurdu.

Marcos belki de bu düşüncelerden sıyrılmak için farkında olmadan ihtiyar Yorgos'un anlattıklarına döndü zihninde. Yaşlı adam Doğu'daki gizemli mistik örgütlerden söz etmişti sohbetin sonunda; öyle ki ihtiyar bunun toplum için ayrı bir güç olduğunu, sadece askerî güçle Doğu'nun yenilemeyeceğini iddia ediyordu. Tarikat denilen bu dinî mistik örgütlerin Müslüman toplumları bir ağ gibi sardığını, birbirine bağladığını, iktisadî ve sosyal hayatı güçlendirdiğini söylüyordu. Yorgos'a göre bir an önce bu tip teşkilatların Doğu Roma'da hatta Avrupa'da kurulması ve yaygınlaştırılması gerekiyordu. Aksi halde Hıristiyanlığın günleri sayılıydı.

"Neyse" dedi Marcos, kendi kendine konuşuyordu, "Neyse ki bu kadarı beni ilgilendirmiyor henüz. Ben Doğu Roma'nın ömrünün uzatılmasına çaba harcıyorum. Hıristiyanlığı da kurtaracak biri bulunur elbet."

Uyku tutmayacağını biliyordu. Vücudu yorgunluktan sızlamasına rağmen zihni buna izin vermezdi böyle zamanlarda. Kalkıp şöminenin karşısına oturdu. Alevler çıtırdayarak yukarı doğru hızla çıkıyor, orada bir anda kayboluyor, aynı anda alttan tekrar yükseliyordu. Öyle ki insan bir an yukarıda kaybolan alevin tekrar oduna girip oradan çıktığını zannedebilir, ateşi kesintisiz yanar halde görebilirdi. Şömineden vuran sıcaklık Marcos'un bütün bedenini ince bir dalga gibi kapladığından yorgunluk ağrılarının dindiğini, bir yaz gecesi sıcaklığında mahmurlaştığını hissetti. Yakınında çalan çalgıları ve asker kahkahalarını duyuyordu. Birkaç zırhlı Doğu Roma askeri ateşin yanına gelmiş oturuyor, açık saçık fıkralar anlatıyordu. Birazdan yaşlı Yorgos elinde bir şarap maşrapasıyla çıkıp geldi. Maşrapayı başına dikerken askerlere de talimatlar yağdırıyordu. Şövalye yatağına yatmak üzere kalktı, yürüdü. Arkasından yaşlı Yorgos'un inleyen sesini duyduğunda bir an donakaldı. Yaşlı adam kendisine, garip bir çığlıkla karışmış fısıltıyla sesleniyordu:

"Marcooooos. Marcooooos!"

Marcos birden arkasına döndü. Kamp ateşi sönmeye başlamış, askerlerin yüzü sırayla kayboluyordu. Bir tek yaşlı Yorgos'un yüzü ve donuk mavi gözleri kalmıştı karanlıkta. Adamın kafasından yüzüne doğru kanlar akıyor, çevresi buruşuk, yaşlı dudakları hep aynı şeyi tekrar ediyordu.

"Marcooss, geliyorlaar!"

Şövalye sıçrayarak uyandı. Şöminedeki ateş, çıtırtılarını kesmiş; odunlar, kor halinde yaydıkları parlak ışıklarla odayı aydınlatmıştı. Kalede derin bir sessizlik hâkimdi. Öyle anlatılmaz bir sessizlikti ki Marcos birden ürperdiğini hissetti. Yerinden kımıldayamadı. Sonra koltuktan yavaşça kalktı. Terasta bir fısıltı, bir ayak sesi duyduğunu zannediyordu. Pencereye gidip dinledi, bir şey duyamadı. Sadece sağ taraftaki odanın penceresinden küçük tıkırtı... Ama emin olamadı. Birkaç saniye düşündü. Sonra hızla kılıcını alıp pencereden dışarı atladı. Yanılmamıştı. Yorgos'un penceresi açıktı. Yatağın üzerindeki gölgeyi sırtından yakaladığı gibi kılıcını kaldırdı. Ama indirmek yerine boğazına dayadı. Maskesini çıkardı, tanımadığı bir adamdı. Kalenin en gösterişli odası olduğunu tahmin ettiği mekânda bir göz gezdirdi. Perdelerin kalın ipek kordonları gözüne ilişince bir darbede kesip onlarla adamın elini, ayağını ve bir çarşaf parçasıyla da ağzını bağladı. Sonra yatakta inleyen Yorgos'un başına koştu. Kanlar içinde kalan adamcağız yatakta kıvranıyordu. Belli ki katil kurbanının boynunu bir hamlede kesmek istemiş ama Yorgos'un son anda uyanıp dönmesiyle kılıç boynundan sırtına doğru derin bir yara açmıştı. Şövalye bir gecede sevdiği adama üzüntüyle baktı. 'Özür dilerim majesteleri. Beni çağırdınız ama yetişemedim' demek istiyordu ama bunu açıklayamayacağını düşündü. Zaten yaşlı adam acılar içinde talimat veriyordu.

"Mihael'i bul Şövalye. Kimseyi uyandırma, kimseye söyleme, köşedeki odada."

Marcos koşar adım çıktı. Mihael bütün acısına rağmen duruma el koyup yakalanan adamı gizli bir odaya kapattı. Kalede, birinin Yorgos'u yaraladıktan sonra terastan kaçtığı yolunda bir açıklama yapıldı. Bir hırsız olabileceği söylendi. Tedbirler artırıldı. Bu arada ihtiyar adamın, ilaç sürülen yarası sarılmış kanamanın biraz durdurulup rahatlaması sağlanmıştı. Fakat yine de yaşamasından ümitli değildi kimse. Mihael emniyet tedbirleri alırken ağlamaktan bitap düşen Desdemonda'yı Nicolas odasına götürdü. Herkes çıkarken ihtiyar, şövalyeye "Sen kal Marcos" dedi inleyerek. Sonra bakıcı kıza dönüp "Sen gidip yatabilirsin güvercinim, artık benim için yapabileceğin bir şey yok" diye emretti. Genç kız gözyaşları içinde sessizce dışarı süzüldü. Yorgos boynundaki deri kemende bağlı küçük bir anahtar tutuyordu elinde. "Bunu al. Kimseye, Mihael'e bile bir şey söyleme. Onun burada kalması lazım. Sen Doğu'ya gidiyorsun. Bir emaneti götürmeni istiyorum." Yaşlı adam biraz soluklandı. Marcos sehpadan su alıp birkaç yudum içirdikten sonra devam etti. Son sözlerini bitirmek isteyen bir adamın acelesiyle, kopuk kesik, düzensiz konuşuyordu. "Yatağın altında gizli... Yıldızlı taşa bak. Yüzüğü tak. Sana kapıları açar. Evrakı İkonia'da Sultan Kapısı'na komşu, İzak Algeri'ye vereceksin."

Marcos ne diyeceğini şaşırmıştı. İhtiyarın sesi derin bir kuyudaki yankı gibi gitgide uzaklaşıyordu.

"Gizli bir kardeşlik..." dedi belli belirsiz. Sonra şuurunu yitirdi.

***

Muid'in arabası giderken Ağa'nın konağının kapısında duran arabadan Nureddin indi. Herkesin gittiğinden emin olunca Ağa'nın önceki talimatı üzerine geri dönmüştü. Ağa her konuda Nureddin'e tam olarak güvenmese de Sadeddin Köpek'le ilgili kuyruk acısı olduğunu bildiğinden birçok şeyi onunla paylaşmakta bir mahzur görmüyordu. Kemaleddin ve İzzeddin'le olan görüşmesini aktardıktan sonra, "Şu cariye meselesi akıllıca, Sultanın yatak odasına kadar girmek her halükârda işimizi kolaylaştırır. Ancak çok uygun bir kumaş bulup nakış nakış işlemelisin. Bunu ancak sen yapabilirsin Nureddin. Hemen aramaya başla" dedi. Nureddin:

"Emredersiniz Ağam, ama velev ki bulduk, kızı eğittik; saraya nasıl sokacağız, bizzat hediye mi edeceğiz? Sonra başımızı yakmayalım."

"Bir zuhurat olur, bir yol açılır, dur bakalım hele. Sen dediğimi yap, bunu sonra düşünürüz."

Nureddin, konaktan çıktığında saatler gece yarısını geçiyordu. Artık yorulmuştu ve bütün yükü kendi omuzlarında hissediyordu. Çünkü Sadeddin'i devirmeyi ondan daha fazla kimse isteyemezdi, belki Ağa bile. Şimdi, acilen saraya layık bir kız bulmalıydı. Bunun için her çeşit bağlantısı, değişik ortamlarda, farklı şehirlerde dostları vardı. Artık bu gece bunları düşünmek istemiyor ama yine de kafasından bunları atamayacağını, uyuyamayacağını biliyordu. Eve gitmek de istemiyordu. Bugün karısının soğuk ve mesafeli tavırlarına asla katlanamazdı. Arabanın penceresinden bulutlar arasında gezinen aya bakarak "zaten uyumuştur" diye mırıldandı. Araba ağaçlar arasındaki yolda beşik gibi sallanarak kale kapısına doğru yaklaşıyordu. 'Cariyelerden de bıktım' diye düşündü Nureddin. Hepsi aynıydı gözünde, birbirinin kopyası gibi. Üstelik nedense hepsi eşini taklit ediyordu son zamanlarda. 'Belki onun yerinde olmak istediklerinden' diye düşündü ve 'onunla niye evlendiğimi bilselerdi' derken içini çekti. Sonra kesin bir karar verip arabacıya "Yorgo'nun yerine!" diye seslendi. Körkütük içmek, sızıp kalmak istiyordu. Yarın düşünecek vakti olacaktı nasıl olsa. Ardına yaslanıp gözlerini kapattı. Birden güzel bir kadın yüzü canlandı zihninde, bu hayal gelip bir resim gibi, kapadığı gözlerine yerleşti. "Madam Meselina" dedi heyecanla. Alışveriş yaparken tanışmışlardı. Geçenlerde ölen ünlü tüccar Dimitros'un güzel eşiydi. Başka varisi olmadığından adamcağızın bütün serveti, elbette işleri de genç dula kalmıştı. Ama Nureddin'i ilgilendiren bunlar değildi. Bir süredir aralarında sadece ticari değil, konuşmadan bakışlarla, hareketlerle yürüyen başka bir alışveriş vardı. Bu sabah tam Nureddin 'bunlar belki de benim kuruntularım' diye düşünürken Meselina uğrayıp birkaç kumaşa göz atmış, sonra imalı bir bakışla "Kumaş numunelerini evime getirirsiniz" demişti. Sonrasında, gelen Şamlı iki tüccarla ilgilenmekten ve akşamki davet telaşından bu tamamen aklından çıkmıştı.

Araba Çeşme Kapısı'ndan girerken kısa bir müddet durdurulunca kapıdaki meşalelerin ışığında kuşağından çıkardığı kâğıda bir göz attı. Talimatını değiştirmeye lüzum duymadı. Adrese göre ev, Hıristiyan Mahallesi'nde, Yorgo'nun meyhanesine yakın bir sokaktaydı. Zaten arabayı bu saatte evin kapısında durduramazdı. 'En iyisi arabacıyı meyhanede bırakıp gitmek' diye düşündü.

Araba Şeyh Sadreddin Dergâhı'nın önünden Larende yoluna doğru dönerken Nureddin'in kafasında düşünceler durmadan yer değiştiriyordu. Acaba çok geç mi sayılırdı? Meselina uyumuş muydu? Aynı gün, hemen çıkıp gelmesini nasıl karşılardı? 'Neyse, ışık yoksa geri dönerim' diye karar verip biraz rahatladı. Nureddin, Sırçalı Medrese inşaatının karşısında, diğer evlere nispeten bir saraymış gibi duran evin, avlu kapısını çaldığında ağır tahta oymalar hiç gıcırdamadan hızla açıldı.

"Madam Meselina'yı ziyarete gelmiştim, müsaitlerse..." diyen Nureddin'in sesindeki tereddüde karşılık, gulam hazırlıklıymış gibi hürmetle yana çekilip misafiri içeri aldı. Kim olduğunu bile sormamıştı. Ya böyle ziyaretlere alışıktı ya da hususi tenbihlenmişti. Nureddin, hoşuna daha çok giden ikinci ihtimale inanmayı seçerek avluya girdi. Konak kapısının giriş basamaklarını tırmanırken daha, her adımda başka bir âleme yaklaşıyor gibi büyülü bir havaya kapılmıştı. Genç adam sanki aşina olduğu şehirden çıkmış, yabancı bir ülkeye gelmişti. Basamaklar bitince kapının önünde birkaç saniye durdu. Dönüp gitmekle kapıyı çalmak arasında bir türlü karar veremiyordu. Hayatında ne kadar çok kadın olursa olsun iş dışında tek kelime konuşmadığı bir kadının evine ilk defa bu şekilde geliyordu. Birdenbire 'sakın baştan beri her şeyi yanlış anlamış olmayayım' diye bir korkuya kapıldı. Oysa aylardır, pazarlık yaparken bile aslında birbirlerine kur yaptıklarını düşünüyordu. Bugün adres kâğıdı bırakıldığında ise bunun anlamından hiç şüphesi yoktu. Ama daha kesin bir mesaj almadan gelmesi hata olmuştu işte. Tam geri dönecekken avlu kapısını kapatıp ardından yetişen gulamın çoktan kapının tokmağını tutmuş olduğunu gördü. İkinci kapı da birinci kadar kolay açıldı. Nureddin artık dönemeyeceği bir yola girdiğini anlayarak orta yaşlarda şişmanca bir kadın olan ev kâhyası Lili tarafından açılan bu kapıdan içeri adımını attı. Dışarıdaki havanın serinliğinden sonra içerideki sıcaklık, yumuşak anne kucağına gelmiş gibi bir duyguya kapılarak rahatlamasını sağlamıştı. Cübbesi zarafetle alındı, yol gösterildi. Konağın muhteşem salonu beyaz divanlar ve sedirlerle donatılmış, kırmızı şark halılarıyla döşenmişti. Havanın serinliğine tedbiren birkaç yere mangallar serpiştirilmiş, şömine yakılmamıştı.

Nureddin bir divanın ucuna kaçacakmış gibi iliştiğinde, Lili, "Hanımefendiyi beklerken bir şey içersiz?" diye sordu. Nureddin istemediğini söyleyip teşekkür edince kadın dışarı çıktı. Bir süre daha huzursuzca bekleyince 'bu adresin kumaşlar için değil benim için verildiğine eminim ama geç oldu, böyle aniden çıkıp gelmemeliydim. Bir bahane uydurup hemen kalkayım' diye bir karara varıp ardına yaslandı. Derin bir nefes alıp gülümsedi. Genç, yakışıklı ve zengin olmanın kadınlar üzerindeki etkisini defalarca tecrübe etmiş ve hiç yanılmamıştı. Ama Meselina'yla aralarındaki daha farklı bir çekimdi. Bu güvenle biraz daha oturuşunu dikleştirip beklediğinin gireceğini düşündüğü kapıya sabitledi gözlerini. Oysa yukarıdaki odasında hazırlanmakta olan Meselina'nın bir acelesi yoktu. Ağır ve yumuşak hareketlerle saçının bozuk bulduğu bir buklesini düzeltiyor, aynı şekilde boynuna parfüm sürüyordu. Ağına özel bir av düşürmüş dişi bir örümcek gibi bekliyor, bekletiyor, Nureddin'in isteğinin kıvama gelmesini arzuluyordu. Nureddin'se bekledikçe tekrar tereddüde düşmüş, sonunda 'uşaklar kim olduğumu bile bilmiyor, kalkıp gideyim, hiç gelmemiş gibi olayım' diye düşünmüştü. Tam kalkmıştı ki arkasındaki merdivenden, "Ah, Çulhacızade Nureddin Efendi bu ne şeref, hoş gelmissiz!" diyen Meselina'nın sesini duyarak arkasına döndü. Bu ani dönüşle karşısındaki güzelliğin etkisinden biraz sendelediyse de hemen ayağını sıkıca yere bastı. Ama tanıdığından beri siyah, boynuna kadar kapalı yas kıyafeti içinde gördüğü kadının beyazlar içinde bir kuğu gibi basamaklardan süzülüşünü görünce "Hoş bulduk..."tan başka söyleyecek söz bulamadı. Meselina'nın altın sarısı saçları bukleler halinde çıplak omuzlarını okşuyor, gözleri ihtirasla parlıyordu. Genç kadın kısa bir süre, uyandırdığı etkinin hazzını yaşadıktan sonra, muhatabını rahatlatmaya karar vererek "Bu kadar yoğun işiniz arasında, siparişimi unutmamanız büyük bir incelik. Siz de benim gibi bütün işleri bitirmeden uyuyamayanlardansınız anlaşılan. İşlerinde titiz olan insanları çok takdir ederim. Ben de kumaşlarla ilgili çabuk karar vermek istiyordum. Yardımcımı birkaç gün içinde yola çıkan bir kervanla göndereceğim." dedi.

"Evet, tabii" diye bir şeyler mırıldanan Nureddin, arabanın meyhanenin önünde durduğunu, içinde numune falan da olmadığını unutarak "Müsait misiniz diye çıkmıştım, numuneler arabada kaldı. İsterseniz hemen..." dediyse de Meselina sözünü keserek "O kadar da acele değil. Lütfen buyurun oturun. Bir kadeh şarap ikram edeyim" dedi.

"Size rahatsızlık vermeyeyim bu vakitte."

"Rica ederim sizi buraya kadar yormakla rahatsızlık veren benim, lütfen ikramımı kabul edin de kendimi affettirmiş olayım."

Bu sözler üzerine Nureddin içindeki sıkıntıyı atıp doğru zamanda geldiğinden emin olarak, kalktığı divana rahatça kurulduğunda Meselina da yanına öyle zarifçe oturmuştu ki genç adam kadının kokusuyla büsbütün kuşatılmış, başka bir şey düşünemez olmuştu. Sanki vücudu oturduğu kanepeye değmiyor, ayakları yere basmıyordu. Bir şeyler söyleyip gerçek dünyaya dönme arzusuyla "Sizin için zor olmalı. Eşinizden sonra... Bütün işler, sorumluluklar üzerinizde kaldı" dedi.

Meselina badem yeşili gözlerini süzerek "Ah! Evet; bir kadın olarak yalnız kalmak çok zor... Toprağı bol olsun, kocam Dimitros, yaşlı bir adamdı bilirsiniz. Evde olup olmadığının bir farkı yoktu ama çok şefkatli, merhametli bir yüreği vardı. Bir erkeğin güvenliğinde olmak, sıcaklığını, kokusunu hissetmek bile çok önemliymiş. Günlerdir, uyku bile uyuyamıyorum, inanır mısınız?" Sonra içini çekerek elini boynunda dolaştırdı. Nureddin'in bakışları bu ele odaklandı bir süre. İçinden çıkan bir alev bütün vücudunu sarıyor, ağzına kadar yükseliyor, nefesini kesiyordu adeta.

"Sizi anlıyorum" derken bir yandan bu anın hiç bitmemesini diliyor bir yandan da kadın bir şey için dışarı çıksa kendimi toparlayıp bu büyüden kurtulsam diye düşünüyordu. Aslında durumdan pek de şikâyetçi sayılmazdı ama kendini ava giderken avlanmış gibi hissetmeye engel olamıyordu. Kadınlarla olan münasebetini yöneten taraf olmaya öyle alışmıştı ki düştüğü durumu kolayca hazmedemiyor ama çıkmak istedikçe batıyordu. Meselina'nın ondan uzaklaşmaya hiç niyeti yoktu. Tam tersine biraz ileride duran billur sürahiye uzanmak için hafifçe kalktı ve daha yakına oturdu. Artık her kımıldanışta dizleri birbirine değiyor, bu dokunuşlardan Nureddin'in vücuduna yayılan akım gittikçe hızlanıyordu. Meselina kadehe doldurduğu şarabı uzattığında alabileceğinden bile emin değildi. Elim titrer veya düşürürüm, diye korkuyordu. Bu yüzden kadehi hızla alıp birden tamamını başına dikti.

Meselina küçük bir kahkaha atarak "Çok ilginç bir usulünüz var, bir daha alır mısınız?" derken kendisi de şarabını aynı şekilde içti. Birlikte olduğu erkeklerle aynı şekilde yiyip içmek gibi bir âdeti vardı. Bunun tuhaf bir biçimde onların gururunu okşadığını çok önceleri keşfetmişti. Nureddin ise içinden hâlâ kendine kızıyordu. Kadınlar konusunda bu kadar tecrübeli olduğunu zannederken eline kadın eli değmemiş bir delikanlı gibi heyecanlanmak hoşuna gitse de kendisinin genç kadına aynı heyecanı yaşatamadığından esef duyuyordu. Şarap kanına karıştıkça kendine duyduğu öfke Meselina'ya yöneldi. O sırada kendisini çoktan yatak odasına çekmiş olan genç kadının elindeki kadehi alıp duvara fırlattı ve kapıyı sertçe kapattı.

***

Kalenin bodrumundaki soğuk mermer bir bloğun üzerine yatırılan yaşlı Yorgos'un cesedi taştan daha solgun teniyle huzur içinde gözüküyordu. Sanki yüzündeki kırışıklıklar açılmış, bu yorgun çehredeki her türlü anlam ve ifade kaybolmuştu. Herkesin aşağıda olduğundan emin olan Marcos, merdivenleri çıkarken kendisini sinsi bir hırsız gibi hissediyordu. İhtiyarın oğlundan bile sakladığı, onu bulaştırmak istemediği sır ne olabilir diye düşünüyordu. 'Keşke bana güvenmesini temin etmeseydim' dedi Şövalye, ama düşünmeye hiç vakti yoktu.

Cenaze törenini bile beklemeden yola çıkması gerekiyordu. İhtiyarın öldürüldüğü oda itinayla temizlenmiş, kapısı penceresi sonuna kadar açık bırakılmıştı. Yavaşça içeri süzülen Marcos kapıyı sürgüledi. Pencereden dışarıyı kontrol etti. Kendisini görebilecek kimse yoktu. Büyük yatağı uzun bir uğraştan sonra yana çekti. Hızla döşemedeki bütün mozaikleri gözden geçirdi, 'yıldızlı taş' demişti ihtiyar. Ancak mozaiklerde yıldıza benzer hiçbir şey yoktu. Ve döşemedeki bütün taşlar kare şeklindeydi. Bir kez, bir kez daha bütün resimleri taradı. Bıçağıyla bütün taşları kenardan köşeden kaldırmayı denedi. Ancak imkânsızdı. Bir ara İmparator Konstantin'e ait bir mozaik dikkatini çekti. İmparatorun elindeki asânın başı çok köşeli olsa da bir yıldıza benziyordu. Yıldıza bıçağıyla dokundu, eliyle bastı, kenarlarıyla oynadı ama nafile... Birden kapıdan ayak sesleri işitince nefessiz bekledi. Kapının arkasına dayandı. Kan ter içinde kalmıştı. Biri gelirse ne yapacağını, ne söyleyeceğini de bilmiyordu. Neyse ki ayak sesleri koridordan geçip gitti. Artık dayanamayacağını düşünüyordu Marcos. 'Belki de ihtiyarın kan kaybından gördüğü bir rüyaydı anlattıkları... Ama anahtar neydi?' Biraz nefesini toplayıp yatağı yerine çekti. Yavaşça çıktı kapıdan. 'Her şeyi ardımda bırakıp çekip gitmeliyim belki de' diye aklından geçirerek merdivenlere doğru yürüdü. Odaların bitimindeki boşlukta, pencerenin önünde iki kadın konuşuyordu. İhtiyarın bakıcısını hemen tanıdı. İkisi de dizlerini kırarak selâmladı Şövalyeyi. O ise dalgın, adeta yalpalayarak yürüyor, kulağına kadar gelen kadınların üzüntü dolu sohbetini anlam vermeden dinliyordu.

"Ah ne büyük bir felaket" diyordu genç kız, daha yaşlıca olana. "Belki kendi odasında, kendi yatağında olsaydı böyle bir şey olmayacaktı." Marcos merdivenlerden inmeye başlamıştı ki üçüncü basamakta durdu. "Kendi odasında ve kendi yatağında olsaydı" diye tekrar etti. Sevinçle yüzü aydınlandı; 'Yatağın altında, derken kendi yatağını kastediyordu. Ama odasını nasıl öğreneceğim?' Biraz düşünüp hızla döndü. Bakıcı kızın önüne kadar geldi.

"Majestelerinin kendi odası temizlenip hazırlandı mı?"

"Evet, efendim" dedi genç kız.

"Görmek istiyorum" dedi Marcos. Genç kız efendisinin hayatını kurtarmaya çalışan adama saygıyla yol gösterdi. Odaya gelince Marcos etrafa şöyle bir baktı ve bakıcıya, "İşinin başına dön. Aşağıda çok iş var!" diye emretti. Bakıcının diğer kadını da alarak merdivenlerden inmesini bekledi. Sonra hızla işe koyuldu. Yatağın altındaki döşemede, iki köşesinde yıldız bulunan taşı hemen buldu. Yıldızların ortasındaki kesik şeklindeki deliğe bıçağın ucunu saplayınca taş eski bir dolap kapağı gibi gıcırdayarak açıldı. Gizli bölmede, küçük bir sandıktan başka bir şey yoktu. Sandığı alıp önce taşı, sonra yatağı kapattı. Hızla odasına geçen Şövalye, kapıyı sürgüleyip ardına dayandığında nefes nefese kalmıştı. "Tanrı'm iyi ki hırsız olmamışım" diye mırıldandı, hakiki bir minnet duygusuyla. Yatağın üzerine oturup elindeki küçük kutuya baktı bir süre. Kapağı birbirine geçmiş altıgenlerden oluşan oymalarla süslenmiş, şark işi izlenimi veren kutunun kilidini ihtiyarın verdiği anahtarla açtı. Bilmediği dilde, okuyamadığı bir alfabeyle yazılmış küçük kitaba hızla göz gezdirdi. Belli ki usta bir ciltçinin elinden çıkmıştı ve garip resimlerle süslenmişti. Kitabın altı ise rulo yapılmış papirüsler ve bazı evrakla doluydu. Köşedeki küçük kutudan çıkan yüzüğü parmağına takınca onun aslında bir mühür olarak tasarlanmış olduğunu düşündü. Mühürde, gizli bölmenin kapağındaki altı köşeli yıldız kabartması vardı. Kabartmanın ortasındaki altıgende yedi nokta, köşelerin her birinde de birer nokta ve altta, köşedeki nokta ile yine toplam yedi nokta bulunuyordu. Kaleden çıktıktan sonra gerekirse takmak üzere yüzüğü yerine koyup kutuyu eşyaların arasına gizledi.

Etraf tamamen aydınlanmış, güneş ortamı ısıtacak kadar yükselmiş olmasına rağmen kalede hâlâ hüzünlü bir sessizlik hâkimdi. Marcos, avludaki sütuna dayanmış kafilenin hazırlığını izliyor, acele etmeleri için orada bulunması gerektiğine inanıyordu. Şöminenin önünde kaç saat uyuyakalmıştı bilmiyordu ama sanki bu ona yetmişti. Uykusuzluk hissetmiyordu hiç. Sabah yola çıkmakta isteksiz görünen Nicolas'ı bu yüzden azarlamak zorunda kalmış, "Daha ilk geceden başımıza bunlar gelirse yolun kalanını, Tanrı bilir, nasıl tamamlarız" diye söylenmişti. Mihael'e ise nazikçe üzüntülerini dile getirip görev ve sorumluluğunun ağır olduğunu, babasının cenaze töreninde bulunamayacağını bildirmesi gerektiğini düşünürken arkasında bir etek hışırtısı duyarak döndü. Desdemonda, ağlamaktan şişen gözleriyle onu selâmladıktan sonra, "Yola çıkmak zorunda olduğunuzu duydum Şövalyem" dedi. "Bu gece yaptıklarınız için minnettarlığımı ve yolculuğunuz için iyi dileklerimi sunmak istiyorum."

Şövalye, genç kıza bakarken aniden çılgın bir delikanlı gibi hiçbir şey düşünmeksizin onu atının terkisine atıp buradan hızla uzaklaşmayı hayal etti. Onun pembe yanakları, uçuşan sarı saçlarını kokluyormuşçasına derin bir nefes alıp 'kim bilir nasıl bir kaderi var, hangi prens veya asille evlenerek Doğu Roma'nın entrikaları arasında kirlenip gidecek?' diye düşünmeden edemedi. Fakat sadece, "Çok naziksiniz Prenses Desdemonda" demekle yetindi. Marcos'a göre konuşmaları bitmişti ama genç kız gitmeye niyetli görünmüyordu. O da hazırlıkları izlemeye koyuldu. Sonra durup dururken sakince "Gerçek göreviniz ne Şövalye?" diye sordu sıradan bir şey söylüyormuşçasına. Marcos bir an şaşırdı. Bunu belli edecek ne yaptım, diye bütün geceyi geçirdi aklından ama bir şey bulamadı. 'Düşüncelerimi okuyor olamaz ya' diye düşünerek aynı sakinlikle cevapladı: "Bilginiz olduğunu sanıyordum, İmparatorluk elçisiyim."

Genç kız Marcos'un çok hoşuna giden o tatlı tebessümü ve manidar bir bakışla süzdü Şövalyeyi, sanki uzun zamandır tanışıyorlar da 'ben seni bilirim' der gibiydi. Şövalye bile önceden tanışıyorlarmış hissinden kendisini alamadı. Desdemonda gülümsediğinde bir yanağında küçük bir gamze ortaya çıkıyor, Marcos'un içinden hep o yanağa dokunma arzusu beliriyordu bu anlarda. Handiyse elini uzatacaktı ki genç kız birden ciddileşip "Özür dilerim, elbette bana söyleyecek değilsiniz ama bundan çok daha fazlası olduğuna eminim. Elçilik, görevlerinizden sadece bir tanesi olabilir. Sizin çok daha önemli sorumluluklarınız var" dedi.

Marcos neredeyse "bu kadar belli oluyor mu?" diyecekti. Ama hemen toparlanıp gülümsedi. "Bunu da nereden çıkarıyorsunuz, görüyorum ki hayal gücünüz oldukça geniş" dedi.

"Öyledir. Ama bu bir hayal değil. Üzerinizde ağır bir sorumluluk var ve dikkatinizi tamamen ona vermişsiniz. Üstelik bu kimseyle paylaşamayacağınız bir şey ve bütün sorumluluk bizzat sizin üzerinizde. Ama dediğim gibi bana söylemenizi beklemiyorum, ben sadece karşılaşacağınız zorluklara karşı size yardım etmesi ve sizi tehlikelerden koruması için bir hediye vermek istiyorum. Kendim işlemiştim" diyerek elindeki küçük mendili uzattı genç kız. Mendilin üzerinde nakışla işlenmiş bir Meryem Ana portresi vardı. Marcos bu hediye karşısında nasıl tepki vermesi gerektiğini biliyordu ama Desdemonda'nın incinmesinden de öylesine korkuyordu ki bir süre hiçbir şey söyleyemedi. Desdemonda ise duruma hazırlıklı gibi tebessüm ederek "Bu zannettiğiniz gibi, sizi herhangi bir vaat altına sokacak bir kabul olmayacak Şövalyem. Aslında ben bu mendili, beni yetiştiren ve büyüten amcam için işlemiştim. Ama olanları biliyorsunuz, veremedim. Yanımda kalırsa da benim için üzüntü kaynağı olacak. Oysa siz onu son gecesinde öyle mesud ettiniz ki Doğu Roma'nın hâlâ kahraman ve asil evlatları olduğunu görerek öldü. Öyle zannediyorum ki o da bu hediyenin yalnızca size verilmesinden hoşnut olurdu. Doğu Romalı bir genç kızın size olan saygısı ve minnettarlığı sizi bu kadar ürkütmesin."

Marcos hediyeyi reddetmek için bütün bahanelerinin tükendiğini anlayınca genç kızın mendil uzatan elini, hafifçe uzanarak parmaklarının ucundan saygıyla öptü.

"Prensesim" dedi, "Bu yolculukta başıma bir şey gelirse bilmenizi isterim ki ben de Doğu Roma'da hâlâ, şuurlu ve asil bir genç kızın bulunduğunu bilmenin mutluluğu içinde öleceğim."

***

Kimya, o gün yaşananları akşama doğru eve dönen Kerra ve Kirmana Hatun'a naklederken onlara soracağı soruları sıraya koymaya çalışıyordu kafasında. Ancak olanları sessizce dinleyen Kerra Hatun'un, gayr-i ihtiyari birkaç kelime döküldü dudaklarından; "Demek sonunda geldi..."

Bütün umudunu genç kadının açıklamalarına bağlayan Kimya kafasında bir soru daha uyanmasının şaşkınlığıyla, "Kim? Kim bu Şems ki siz de tanıyorsunuz, bekliyorsunuz?" diye sordu.

"Aslında tanımıyorum. Ama anlattıklarından anlıyorum ki Şems, iki yıl önce Şam'da babanla karşılaşan esrarlı adam."

"Nasıl karşılaşmışlar anneciğim, anlatır mısınız!"

"Biliyorsun, baban bir ara Hadis ilminde ihtisas yapmak üzere Şam'a gitmişti. Şam medreselerindeki hocalarla görüşüp kendisini daha fazla nasıl geliştirebileceğini sormuş, onlar da 'Yeryüzünde senin öğreneceğin bir şey kalmadı artık' diye cevap vermişler, ilmen kemale ulaştığını tasdik etmişler. O da bu takdirlerin mutluluğu ve ilmine duyduğu güvenle atına binip Konya'ya dönmeden son bir kez Şam sokaklarında dolaşmaya çıkmış. Kalabalık bir sokaktan geçerken aniden yanına, başı siyah örtüyle kapalı tuhaf bir adam yaklaşmış, 'Sen her şeyi biliyormuşsun, öyleyse benim kim olduğumu da bil' demiş. Baban şaşkınlıkla, 'Ben ancak bana öğretilenleri bilebilirim. Adını bağışlar mısın?' diye cevap verince garip bir şekilde gülümseyen adam, 'Sebepler zamana rehinli, henüz vakti gelmedi' diyerek geldiği gibi ansızın kalabalıklara karışmış."

"Peki, bütün bunlar babamı neden bu kadar etkiledi?"

"Çünkü o dünyada bilinen ve öğretilen bilimlerin dışında da bir ilim olduğunu kavramıştı. O adam, babanın çevresinden veya medreseden birisi değildi ama onun içinde bulunduğu ruh halini bilerek konuşuyordu; 'Sen her şeyi biliyormuşsun' diyordu, 'ama benim kim olduğumu bilemezsin, fakat ben senin kim olduğunu, hatta ne düşündüğünü biliyorum; çünkü bende sendekinden farklı bir ilim var' demek istiyordu. Yani baban bu olayı bu şekilde yorumladı."

Bütün bu konuşmalar, Kimya'yı daha da meraklandırmışsa da şu anda daha fazla bir şey öğrenme imkânı bulunmuyordu. Kerra Hatun'a diğer duyduklarını, özellikle "Hızır-Musa Akdi" ve "mağara arkadaşı" mevzularında birçok soru yönelttikten sonra konunun kafasında biraz daha aydınlandığına inanıp olayları zamanın akışına bıraktı. Karların bütün güzelliğiyle etrafı kapladığı günlerde, güneş çıkar çıkmaz bahçeye koşan Kimya, hem Küçük Melike'yi gezdiriyor, onunla kartopu oynuyor hem de bu yolla Kerra Hatun'a yardım etmeye çalışıyordu. Mevlânâ'nın yokluğunda Kerra Hatun'un işleri çoğalmıştı. Bir yandan çeşitli istişareler için gelen kadınlarla görüşüyor diğer yandan yolda kalan yolcuların barınması, hasta olanların ise tedavileriyle uğraşıyordu. O günlerde Kudüs'ten gelen bir Hıristiyan'ın yara bere içindeki cildi, salgın bir hastalık şüphesi uyandırmış, ayrı bir odaya alınıp eski eşyaları ve kıyafetleri yakılmıştı. Zavallı yolcu ateşler içinde yanıyor, lanetlendiklerini sayıklayıp duruyordu. Bu bile Kimya'nın ilgisini çekmemişti. Artık ne kutsal topraktaki ne de Konstantiniyye'deki Haçlıların durumunu merak ediyordu. Eninde sonunda hak ettiklerini bulacaklarına her zamankinden fazla inanıyordu.

Yine de dayanamayıp hastaya ilaç içirmeye çalışan Kerra Hatun'a, "Niye uğraşıyorsunuz anneciğim, onlar sizin için aynısını yapmazdı, kendi de farkında zaten, niye lanetlendiklerini sorsanıza... Eminim size yaptığı katliamları anlatacaktır" dedi. Genç kadınsa ona şefkatle bakıp "Biz onlar değiliz kızım. Ne olursa olsun biz, yakışık alanı yapmalıyız. Hadi biraz Melike'yle meşgul ol, onu buradan uzak tut, ben de işlerimi bitireyim" diye gülümsedi.

Böylece bahçeye çıkan Kimya, karışık duygular arasında gidip geliyor, Mevlânâ'yla Şems'in ne zaman döneceklerini ve neler olacağını düşünmeden edemiyordu. Zerkubi'nin kale içindeki evinde halvete çekildiklerinden beri Mevlânâ ve Şems'le kimse görüşemiyordu. Hüsameddin ile Baha her gün uğrayıp bir ihtiyaç olup olmadığını sorsalar da anlaşılan sadece ev sahibiyle görüşüyorlardı. Sefa da çeşitli bahanelerle yolunu oraya düşürmeyi ihmal etmiyor, yine de kayda değer bir haber getiremiyordu. Buna rağmen Mevlânâ'nın, Şems'e söylediği bazı şiirler dışarı sızmıyor değildi. Kimya bunları hemen ezberleyip akşamları Kerra Hatun'a okuyordu. Anlaşılan oydu ki Şems kalbindekileri, Mevlânâ'nın kalbine aktarmaya gelmişti ve günlerdir iki umman birbirine akıyor, coşup köpürüyordu. Kimya uzakta da olsa, kapıyı dinleyemese de artık o halvette yaşananları hissedebiliyordu. Ama kendi yüreğinin buna dayanamayacağını, bunun üstün özelliklere sahip insanlara has bir durum olabileceğini düşünüyor, böyle anlamaya çalışıyordu. Fakat insanların çoğu, anlamadıkları gibi bu durumu kınıyorlardı. Çoğunluk, Şems'in geldiği gibi gitmesini, medresede her şeyin eski haline dönmesini istiyordu. Gerçekten de hiçbir şey önceki gibi değildi. 'Belki hiç evvelki gibi olmayacak' dedi Kimya kendi kendine. 'Benim için de öyle' diye ekledi sonra. Şems geldikten sonra her şey ne kadar değiştiyse Kimya'nın kalbinde de beyninde de bütün kurallar, kavramlar ve eşya yerinden oynamıştı. Hatta havaya uçmuştu ve neyi nereye koyacağını bilemiyordu. Belki de her şey anlamını yitirmişti. Tekrar anlamlandırılmaları gerekiyordu.

Melike'nin oluşturduğu bir kar yığının üstüne oturup ellerini ovuşturarak "Keşke benim de Mevlânâ babam gibi şiir söyleme kabiliyetim olsaydı" diye mırıldandı. Bir dervişten, Şems'in Bağdat'tayken duyduğu bir şiiri durmadan tekrar edip ağladığını öğrenmişti. Nedense bu Kimya'ya çok dokunmuş, Şems'in sevdiği şiiri okumak hoşuna gitmeye başlamıştı. Fahreddin-i Iraki'ye ait olan mısralar gerçekten de güzeldi:

"Bardağa dolan ilk şarabı sakinin sarhoş gözlerinden
ödünç aldılar.
Âlemin neresinde bir gönül derdi varsa onları bir araya
topladılar ve adına 'aşk' dediler.
Diyelim ki âşıklar kendi sırlarını açıkladılar ama
Iraki'nin adını niye kötüye çıkardılar?"

Derviş, Şems'in bu şiiri okurken içindeki aşkı anlatmanın bir yolunu bulamadığını söylediğini nakletmişti. Belki de Kimya'nın yüreğine dokunan buydu. Çünkü Şems, öyle etkili, öyle farklı konuşuyor, kelimelere öyle anlamlar yüklüyordu ki isteseydi muhakkak çok daha güzel şiirler yazabilirdi. 'Buna rağmen içindekileri anlatamıyorsa kim bilir ne yoğun duygular, ne kesif fırtınalar yaşıyor yüreğinde' diye düşünen genç kız, Şems'in taşıdığı *bir araya toplanan gönül derdi* yüküne küçücük de olsa destek çıkmak arzusuyla onun sevdiği şiiri mırıldanıyordu. Yalnız küçük bir farkla; Mevlânâ'nın, Şems'in dalgın gözlerini nergise benzetmesinden esinle şiiri kendince değiştirmişti:

"Bardağa dolan ilk şarabı Şems'in nergis gözlerinden
ödünç aldılar.
Âlemin neresinde bir gönül derdi varsa onları bir araya
topladılar ve adına 'aşk' dediler...
Diyelim ki âşıklar kendi sırlarını açıkladılar ama
Şems'in adını niye kötüye çıkardılar?"

'Aslında şu anki duruma en çok uyan son mısra' diye geçirdi aklından. Şems'in adı hiç sebepsiz kötüye çıkmıştı ve Kimya bunu bir türlü anlayamıyordu. İnsanlar, neredeyse geldiğinden beri Şems'in aleyhinde konuşuyordu. Medresede bu ilk zamanlar, Mevlânâ'ya duyulan saygıdan ötürü saklı gizli olsa da şehirde alenen yapılıyor, neredeyse her gün yeni bir dedikodu üretiliyordu. Sefa her gün, yeni bir haberle geliyor, Lala Bahtiyar'ın zaten buruşuk olan suratı asıldıkça asılıyor, Kimya'ya kırk kat daha kırışmış gibi gözüküyordu. Sefa bir gün Şems'in büyücü olduğunu, Mevlânâ'yı da böyle etkisi altına aldığını duyuyor, ertesi gün Hasan Sabbah'ın dâilerinden olduğunu öğreniyor, Anadolu'yu örgütlemeye geldiğini anlatıyordu. Son günlerde artık medresede de dergâhta da bunların açıkça konuşulduğuna şahit olmuştu Kimya... Müderrisler bu gidişle medresenin, hiçbir itibar ve etkinliğinin kalmayacağını söylüyorlardı. Muid Necmeddin, âlimlerin bu tepkilerini, Baha ve Hüsameddin Çelebilere aktarıyor, Mevlânâ'yı bir an önce medreseye döndürmenin yollarını arıyordu. Âlimlerin bu tepkileri zamanında önlenmezse zındıklıkla suçlanıp başlarına türlü belâlar gelebileceğini, hatta taşlanabileceklerinden dem vuruyordu. Bunu duyan Kimya, Şems'in sözlerini hatırlayıp korkuyla titremişti. Bu yüzden bir süredir yüreği daralıyor, boğulacak gibi oluyordu. Yine aklına gelince başını kaldırıp iç kalenin surlarına doğru baktı. Sanki oradan kendisini görüyorlarmış hissine kapılarak "Ne olur babacığım dönün artık" dedi. Bu sırada Saray'da vurulan nevbet sesi etrafta çınladı. 'Demek Sultan şehre dönmüş' diye düşündü Kimya. Sultan sarayda iken birkaç vakit nevbet çalardı. Sefa telaşla kapıya doğru yürüyordu. 'Sefa'nın bundan haberi yok' diye düşünen Kimya, hemen yerinden fırladı, onu kızdırmak için eline bir fırsat geçmişti. Koşarak Sefa'nın önüne geçip "Lala'cığım, Sultan Hazretleri neden şehrimizi teşrif ettiler acaba?" diye sordu.

"Bilmiyorum kızım, çekilirsen öğrenmeye gideceğim işte."

"Aa, sizin haberiniz yok mu? Günlerdir Sultan'ın geleceği konuşuluyormuş çarşıda. Ben de Lala Sefa, sebebini kesinlikle biliyordur demiştim, Hüsameddin Çelebi'ye" diyen Kimya, yavaşça yana çekilip yol verdi. Sefa, ters bir bakış fırlatarak dudaklarının arasından "lâ havle" çekti ve başını sağa sola sallayarak kapıdan çıkıp gitti. Kimya, küçük bir kahkaha atıp yerinde zıpladı. Sonunda Sefa'dan günlerdir taşıdığı dedikodular için kendince bir intikam almıştı. Çünkü Sefa'yı en büyük hakaretten bile daha fazla üzüp öfkelendirecek tek şey, hadiselerden haberdar olmadığını veya başkalarından sonra öğrendiğini söylemekti. O neşeyle kardan adam yapmaya çalışan Melike'yi kucağına alıp hoplatarak güldürürken "Aa, sizin de mi haberiniz yok Melike Hatun? Sultan gelmiş Sultan!" diyordu.

***

Kafile, ağaçların arasından kıvrılarak ilerlerken güneş neredeyse tam tepeye çıkmıştı. Mevsime göre oldukça sıcak olan havada yerden yükselen nem buğuları yolcuları bunaltıyordu. Yol gittikçe zorlaşıyor, kuytu ormanlardan, yüksek dağlardan, dar geçitlerden söz ediyordu kılavuz. Marcos artık bir şey düşünemiyor, ağır bir uyku göz kapaklarını aşağı doğru çekiyor, dalıp atın üzerinden düşmekten korkuyordu. Bir ara arkadaki arabalara geçip uyumayı düşündüyse de sabah bu yüzden azarladığı Nicolas'ı hatırlayıp vazgeçti. Küçük bir ırmağın açtığı dar bir boğaza girerken iki yandaki yalçın kayalara bakıp 'en azından güneşin verdiği uyuşukluktan kurtulacağım' diye düşündü. Irmak kendine derin bir yatak çizmiş, küçük vadinin dibinde kıvrımlar oluşturmuştu. Yoldan epeyce aşağıda olduğundan, dar yoldan aşağı düşme tehlikesine karşı kafiledekiler uyarıldı. Tam geçidin sonuna yaklaşmışlardı ki yukarıdan kayan toprakla birkaç kayanın yolu kapatmış olduğunu gördüler. Fazla bir şey yoktu ama arabaların geçmesi için temizlenmesi gerekiyordu, yoksa arabaların devrilip ırmağa yuvarlanması işten bile değildi.

Kafileyi uyarmak üzere ardına dönüp elini kaldıran Marcos, önce nal seslerini duydu. Sonra garip kıyafetli atlıların, kafilenin arkasındakilere saldırdığını, bir yandan da Bezant yüklü arabaları geri çevirmeye başladıklarını gördü. Hazırlıksız yakalanmışlardı ve saldırganlar çok sayıdaydı. Bir anda bütün ihtimalleri geçirdi aklından; ya kaçacak asıl görevini yerine getirecekti ya da burada ölecekti. Şövalye Nicolas, "Türkler! Türklerin saldırısına uğradık!" diye bağırıyordu. Arkadaki seçkin askerler kıyasıya savaşıyor ancak arazi karşı koymaya el vermiyordu. Arabaların götürüldüğünü gören Şövalye atını o yana sürdüyse de önündeki kargaşayı geçemiyordu. "Bütün arabaları bırakıp geri çekilin!" diye bağırdı. En azından çatışmaya yer açıp arabaları sonra kurtarabilirdi. Bütün askerler geri çekildiğinde saldırganlar şaşırdı. Belli ki liderlerinden emir bekliyorlardı, saldıracaklar mı arabaları alıp kaçacaklar mı bilmiyorlardı. O zaman büyük bir kayanın arkasına saklanmış olan atlıyı fark etti Marcos. Başına şark işi siyah bir sarık takan adam, sarığın sarkan kumaşının bir ucuyla da yüzünü kapatmıştı. Bu siyahlığın arasında parlayan yeşil gözler Marcos'a tanıdık gibi geldi, bir an bakıştılar. Atlı adamlarına saldırın işareti verdiğinde, buradan sağ çıkan kalmasın istendiğini anladı Marcos. Kılıcını kaldırıp ilerledi. Tam bu sırada, geçidi oluşturan yüksek kayaların tepesinde onlarca gölge belirdi, sonra saldırganların üzerine bir ok yağmuru yağmaya başladı.

Ava giderken avlananların çıkardığı canhıraş çığlıkların kendi dilinde olduğunu hayretle fark eden Marcos kayanın dibinden ilerleyerek liderin peşine düştü. Siyah sarıklı adam, ormana doğru götürülen arabaların peşinden hızla kaçıyordu. Atlıya yetişen Marcos kısa bir süre mücadele ettikten sonra üzerine atlayarak hasmıyla birlikte yere yuvarlandı. Sarığı düşen adamın başını hızla kendisine çevirdiğinde o yeşil gözlerin Dimitros'a ait olduğunu görünce kısa bir an şaşkınlıkla baktıktan sonra öfkeyle boğazına sarıldı. "Neden ama neden!" diye bağırıyordu. O sırada boynunun iki yanında bir metal soğukluğu hissederek doğruldu.

Dimitros'un iki adamı geri dönüp kılıçlarını Şövalyenin boynuna dayamışlardı. Yerden doğrulan Dimitros tiz bir kahkaha atarak "Sonun geldi asil ve kahraman Şövalye!" dedi. "Ama merak etme altınlar emin ellerde olacak çünkü onlara Sultan'dan çok benim ihtiyacım var." Şövalye, gerçekten bu kez sonum gelmiş olabilir mi diye düşünürken Dimitros'un belindeki kuşakta parlayan şark işi hançeri görmekte gecikmedi. Hızla hançeri alarak solundaki adamın kasığına sapladı. Diğerinin hamlesini beklerken onun da aynı anda yere kapaklandığı gördü. Kaçmak için yerinden fırlayan Dimitros da topuğuna saplanan bir okun acısıyla kıvrılıp kalmıştı. Arkadan gelen iki atlı, Şövalyenin yanına gelince yere atladılar ve onu selâmladılar. İçlerinden iri yarı, beyaz tenli ve siyah sakallı olanı dostça bir tebessümle Marcos'a elini uzatarak "Bizi beyimiz Ertuğrul yolladı. Benim adım Akçakoca, arkadaşım da Baytimur. Arkadaşlarımız ormandaki arabaları kurtaracak, endişe etmeyin" dedi.

Şövalye, kendi dilinde konuşan adama, 'Bunu neden yapasınız ki' demeyi düşündüyse de Maria'nın anlattıklarını hatırlayıp vazgeçti. Dostça bir şeyler söylemek istedi ama beceremedi. Zaten adamlar da Şövalye'nin suskunluğundan alınmışa benzemiyorlardı. "Ben de Şövalye Marcos Arilesos" diye karşılık verdi kısaca.

"Şeref duyduk. İsminizi Doğu Romalı dostlarımızdan işitmiştik, demek ki tanışmak bugüne kısmet olacakmış" dedi Akçakoca.

"O şeref bize ait" dedi Marcos ve farkında olmadan ekledi: "Ben de beyinizin adını çok duymuştum." Marcos, Dimitros'un bağlanışını, arabaların getirilişini, yaralıların atların arkasına bağlanan sedyelere taşınışını üzüntüyle izliyor; Doğu Roma'nın içindeki hainler yüzünden küçük düşürüldüğünü kabullenmek istemiyordu. Hatta Türklerin davranışlarındaki dostluk ve incelik bu üzüntüsünü bir kat daha artırıyordu. Oturduğu ağacın gölgesinde bir süre olayları izleyen Şövalye'nin, ırmağın sesinden mi yoksa yorgunluk ve uykusuzluktan mı bilinmez, başı uğulduyor, gözleri zonkluyordu. Uykuya daldığını fark etmedi bile.

Ayak bileğindeki, yoğun ağrıyla sıçrayarak uyandığında, herkes gitmiş de sadece kendisi kalmış telaşıyla etrafa bakındı. Kendisine doğru yaklaşan Nicolas'ı görünce derin bir nefes aldı. Ama sağ ayağındaki acı ile kalkması mümkün gözükmüyordu. Eliyle şişliği yokladı, attan atladığında incinmiş olmalıydı. Nicolas bütün sevimliliğiyle gülümsüyordu. "Şövalyem emirlerinizi bekliyoruz, bugün burada konaklayacak mıyız, yoksa yola devam mı edeceğiz?"

"Burada, nerede?" diye sordu, Marcos öfkeyle.

"Ertuğrul Bey'in obasında..." diye başlayan Nicolas, öğrendiklerini bir çırpıda anlatıverdi. Mihael'in katili konuşturmayı başararak Dimitros'un bütün planlarını öğrendiğini, asıl amacın Mihael'i öldürüp yerine geçmek olduğunu fakat yanmayan bir şömine yüzünden bu hedefe ulaşılamadığını böylece öğrendi Marcos. Dimitros, Mihael'den kurtulduktan sonra kafileyi soyup gücüne güç katacak, zenginliğini katlayacak, üstelik soygunu Türklerin üstüne atarak savaş sebebi doğuracaktı. Dimitros'un ikinci planından vazgeçmeyeceğinden korkan Mihael, Ertuğrul Bey'i durumdan haberdar etmiş fakat Türkler kafileye son anda yetişebilmişti... Bir gece beklerlerse kaybettikleri askerler yerine Mihael destek kuvvet gönderecekti. Türkler de Dorlion'a kadar kendilerine eşlik edeceklerdi.

"Demek Mihael de bu rezaletin içinde diye söylendi Marcos. Türklere haber vermesi şart mıydı?" diye homurdandı ayak bileğini tutarak.

"Başka ne yapabilirdi? Burada ölmeyi ve altınları da Dimitros'a kaptırmayı mı tercih ederdiniz?" diye sordu Nicolas.

"Bilmiyorum Nicolas, bilmiyorum. Belki de bu görevi hiç kabul etmemeliydim. Belki de Doğu Roma'da bu göreve uygun son kişi bendim; ömrünün yarısını Avrupa'da, yarısını Doğu Roma'da geçirmiş bir Şövalye olarak burada işim ne? Türk topraklarında düştüğümüz duruma bak!"

"Hayır, tam tersine" diye atıldı Nicolas, "Ben imparatorumuzun çok isabetli bir tercih yaptığına inanıyorum. Siz sadece ihanete uğramanın verdiği üzüntüyle şu anda böyle hissediyorsunuz. İnanın bana diğer özellikleriniz bir yana sadece 'arabaları bırakıp çekilin!' komutunuz bile dâhiyane bir fikirdi. Yoksa yardıma gelen Türkler bile ne yapacaklarını şaşıracaklar, o karmaşada büyük ihtimalle bizi de vuracaklardı. Onların işini aslında siz kolaylaştırdınız."

'Böyle zamanlarda bu çocuğu seviyorum' diye aklından geçiren Marcos, kalkmak üzere elini uzattı. Nicolas hemen destek oldu. Ayağa kalkan Marcos ağrıyan ayağına basamadı ama dik durmaya gayret ederek "Evet Nicolas, ne diyordu Türkler böyle durumlarda? Tanışmamız bugüne kısmet olacakmış Ertuğrul Bey'le."

Nicolas neşeyle sırıttı: "Efendim çok çabuk öğreniyorsunuz."

"Atımı getir Nicolas, atımı getir..."

* * *

Kale içindeki bedestanda, ipekler ve kadifeler askılarda sallanıyor, binbir çeşit baharatın yaydığı kokular etrafı sarıyordu. Dükkânlar artık kale dışına taşıyordu ama eski bedestanın esnafı tepe dışına çıkmaya pek gönüllü gözükmüyordu. Burası halen, ticaretin olduğu kadar dedikodu ve haberin de merkeziydi. Şehirdeki ve dışarıdaki bütün haberler önce buraya gelir, yorumlanır, konuşulur, bazen değiştirilir ve şehre tekrar dağıtılırdı. Âdeti olmadığı halde dükkâna geç gelen Nureddin kapı önündeki malları yardımcısına tekrar düzenletiyor, telaşla gecikmeyi telafi etmeye çalışıyordu. Çin'den gelen ipekleri, Hint bezlerini, Ege havlularını istediği bölüme astırdıktan sonra biraz rahatlamıştı ki karşı dükkânın sahibi Attar Hücabeddin seslendi:

"Hayırlı sabahlar Nureddin'im. Buyur bir kahvemizi iç, pek geç kalmışsın."

"Allah razı olsun Hücab, biraz rahatsızım da" diye geçiştirmeye çalıştı.

"Bu rahatsızlıkların da pek arttı" diye kinayeyle gülümsedi Hücab. Nureddin'in Rum bir dulla münasebeti olduğunu duymayan kalmamıştı. Ama 'yüzüne vurmak da yakışık almaz' diye düşünen Hücab, konuyu değiştirerek "Senin mahdum baksın biraz da işlere" dedi.

"Medrese tahsilini tamamlasın istiyorum. Ben idare ederim."

"Şimdilerde medreseden sonra ne olacağı da belirsiz oldu."

"Niye?"

Hücab birkaç adımda karşıya geçti ve Nureddin'in burnunun dibine kadar geldi. Fısıltıyla konuştu: "İşte koskoca âlim, medresede ders veren müderris, ulema meclisinin başkanı Mevlânâ Celâleddin bir Tebrizli'nin peşine takıldı, rezil oldu. Âlimken cahil, şeyhken mürid, müderrisken talebe oldu diyorlar, duymuyor musun?"

"Duyuyorum da o başka iş. Medrese ile ilimle alakası yok. Tılsım gibi..." derken Nureddin sesinin perdelerini düşürdü. Ağa'nın Molla aleyhinde konuşulmaması uyarısını hatırlatmıştı: "Ama Molla Hüdavendigâr'ın bunlarla bir ilgisi yok. O Tebrizli de hakkında pek bilgi bulunmayan bir âlim. İlmî konuları tartışıyorlardır." Sonra konuyu tamamen değiştirmek için, "Sen asıl Şeyh Sadreddin'in yaptıklarını duydun mu?" diye sordu.

"Hayır, komşum ne ola ki?" diye meraklanan Hücab davet beklemeden içeri girip bir iskemle çekti altına ve gözlerini Nureddin'e dikti. Bu sırada çarşıdan geçen askerlerin sayısı arttıkça işkillenen Nureddin dışarı bir göz attı. Ama Hücab'ı başından savmadan çıkamayacağını anlayıp oturdu. Hücab yerine yerleştiği gibi yamağa talimat veriyordu: "İki sade kahve evladım, kaynak olsun!" Sonra fısıldayarak "Nureddin Efendi'nin mahmurluğu geçsin."

Nureddin, Hücab'ın, her şeyi biliyorum, dokundurmalarından sıkılmıştı ama ses çıkarmadı. Gerçekten de uyku mahmuruydu, uyanmak da istemiyordu. Meselina'nın güzel kokulu kollarının arasından kalkıp geldiğine pişmandı. İsteksizce iskemlesini konuğunun karşısına çekti. Konuyu sadece, Mevlânâ dedikodusunu kapatmak için açmıştı ama Hücabeddin istediğini almadan asla gitmezdi. "Valla ben de elden duydum Hücab" dedi. "Bir müridinin hanımına âşık olmuş, onunla evlenecekmiş" diyorlar.

"Yapma yahu? Eee!"

"Ee'si bu işte. Adamı çağırıp boşa karını, ben nikâhlayacağım demiş."

"Adam ne demiş peki?"

"Ne diyecek, kayıtsız şartsız bağlı şeyhine, öl dese ölür. Ama müridlerine kalsa bu işte başka bir maksat varmış. Kimisi kadının çok şirret olduğunu, müridini kurtarmak için yaptığını, kimisi talibinin bağlılığını imtihan ettiğini söylüyormuş."

Gözleri fal taşı gibi açılmış ve neredeyse nefes almadan dinleyen Hücab, yamağın kahve tepsisini tezgâha bırakmasıyla irkildi. "Yavaş evladım yavaş!" diye tersledi. Çocuk korkup dışarı çıktı. Hücab Nureddin'e doğru biraz daha eğilerek "Ne düşünüyorum biliyor musun? Şu Tebrizli de Mevlânâ'ya aynı şeyi yapmasın?"

"Nasıl yani?"

"Canım, karısını istemesin, diyorum. Bunların böyle âdetleri var, sınama filan ayaklarına."

"Yok, canım öyle şey olur mu, Molla bir âlim" dedi Nureddin telaşla.

"Âlimlikle, cahillikle ne ilgisi var canım kardeşim. Sen kendin söyledin ya, bu efsun gibi bir şey. Ben o yüzden hiçbir tarikata girmem. Günahkâr münahkârız ama elhamdülillah sapıtmadık. Lala Sefa'dan duydum ben, tam yerinden yani. Öyle yalan filan yok. Bu Tebrizli, Mevlânâ'dan şarap istemiş, düşünsene isteyen istiyor, hadi neyse, senin koskoca âlim dediğin zat-ı muhterem gitmiş, almış şarabı gelmiş. Şarap içecekler efendi, kulaklarını iyi aç! O Medrese-i Hüdavendigâr ki hepimizin çocuklarını yollamak istediği, gönderenlerin iftihar ettiği bir medrese. Neyse ki durumu haber alan Zerkubi bunları evine götürmüş de medresedekiler rahatlamış. Artık orada mı içiyorlar bilmem, günlerdir orada halvettelermiş."

Nureddin gene konuyu değiştirme çabasıyla, "Bu halvet de nedir? Oldum olası anlayamadım" dedi ama Hücab konuyu enine boyuna yorumlamadan bırakacağa benzemiyordu. Yarısı çürük, sarı dişlerini göstererek sırıttı: "Nasıl anlamazsın azizim? Sen bu gece halvette değil miydin? Bizim duyduğumuz; çile, mücahede, tek kişilik olurdu bunlar; iki kişi baş başa, gerisini anla artık. Şarap da var, gel keyfim gel!" derken içeri giren Abbas'ı görünce birden susuverdi Hücab. Bu adamdan bütün esnaf korkardı. Her gün şarap parası toplamasına rağmen kimse ona bir şey diyemez, önceden ayrılan paralar verilip bir an önce dükkândan uğurlanırdı. Çok gezdiği ve yatacak yeri olmadığından "Seyyar Abbas" diye anılırdı. Ancak arkasından "Sarhoş Abbas" diyen de az değildi. Fakat nedendir bilinmez, hemen herkesin geçmişini bilir, birine kafası bozulsa Bedestan'ın ortasında bağırır, küfreder, bütün kirli çamaşırlarını dökerdi ortaya. Abbas'ın Mevlânâ'yı çok sevdiği ve ona söz vererek defalarca tövbe ettiği de biliniyordu. Ama kimse onun şarabı bırakacağından ümitli değildi. Bu yüzden Hücab, onu görünce birden susmuş, konuşmaları Abbas'ın duymasından çekinmişti. Korkusunda yanılmıyordu. Abbas bir süredir kapıda asılı kumaşları siper etmiş, onları dinliyordu. Dayanamayınca içeri dalmıştı. İki elini beline koyup Hücab'a dik dik bakınca Hücab biraz da titreyerek "Buyur Abbas Efendi, bir emrin mi var?" dedi. Buna karşılık iri yarı adam, ufacık Hücabeddin'in oturduğu iskemleyi bir tekmede devirdi.

"Bokböceği!" dedi Abbas bağırarak "Yediğinle ürettiğin aynı!"

Nureddin'in yardımıyla düştüğü yerden kalkan Hücab, hiçbir şey olmamış gibi kuşağının arasındaki keseden aceleyle gümüş para çıkarıp Abbas'ın avucunun içine bıraktı. "Bugünkü iaşeni ayırmıştım Abbas Efendi. Senin sinirler harap olmuş yine, canım kardeşim. Bir ara kalaylayıver."

Abbas parayı fırlatırken "Tüh!" diye tükürdü aynı anda; "Senin paranla şarap bile alınmaz!" diyerek çıkıp gitti. İki adam oldukları yerde kalakalmışlardı. Bir süre Abbas'ın ayak seslerini dinlediler. Sokakta bağırmaması için dua ediyorlardı. Uzaklaştığından emin olunca Hücab kapıya çıkıp sokağa baktı. Abbas'ı çarşının çıkışında görünce iyice rahatlamıştı. "Ucuz atlattık" dedi önce. Sonra içini çekip devam etti: "Bu sarhoş ayı, bir gün düşüp kafasını bir taşa çarpsa da kurtulsak. Yoksa elimde kalacak, Mushaf çarpsın ki!"

Nureddin, komşusunun küçücük cüssesine bakıp gülümseyerek "Büyük yemin etme Hücabeddin Efendi" dedi. O sırada sokaktaki askerler tekrar dikkatini çekti. Dışarı çıkıp yolları gülsuyuyla yıkamakta olan çarşı görevlilerine "Hayırdır ağalar, bu ne telaş?" diye sordu.

Görevlilerden biri, "Sultan Hazretleri teşrif edecekler. Hazırlığımız vardır" diye cevap verince Nureddin geç kalmış olduğuna ilk defa üzüldü. Hiçbir şeyden haberi yoktu. Hemen Tahir Ağa'ya uğraması gerektiğini düşündü. Yamağına seslendi.

***

Sevgili bir ok attı hedefe ve yüreğimi vurdu.

Mevlânâ

Nevbet vurulduğunda Mevlânâ, Zerkubi'nin iç kale içinde Sultanü'd Dâr'a bakan evinde Şems'le halvetteydi. Hiçbir şey duymamış, duyduysa da fark etmemişti. Günlerdir iç dünyasına çıktığı yolculuktan dönmüş olmasına rağmen yeryüzüne ait hiçbir şey dikkatini çekmiyordu. Medresenin gül bahçesinde, Kimya'nın bitmez tükenmez sorularını cevaplandırdığı bir gün geldi aklına. Genç kız onu hayranlıkla dinliyor ve "Babacığım ne güzel, her şeyi biliyorsunuz" diyordu. "Her şeyi mi kızım?" demişti hüzünlü bir tebessümle ve açıklamıştı: "Evet, belki yeryüzünde okunan, yazılan, öğretilen her türlü ilmi tahsil ettim. Ama benimki Allah'ın sonsuz ilmi yanında ummanda bir katre bile değil. Zaten her şeyi bilmek yalnızca ona mahsus. Ama Allah insanlara ilim konusunda bir sınır koymamıştır. O yüzden ilimde aynı makamda durmak bile gerilemektir. Bunu bildiğim halde, bir adım bile ileri gidemiyorum. Artık ne konuştuğum insanlar ne okuduğum kitaplar bana bir tat veriyor, sanki hepsi birbirinin tekrarı."

Mevlânâ bu düşüncelerle, Zerkubi'nin getirmiş olduğu sofrada üzüm yemekte olan Şems'e bakıp gülümsedi. 'Onu ben çağırdım' dedi kendi kendine; 'benim içimdeki bilme, bulma, olma tutkusu onu buraya çeken. Bu tutkumla ilm-i ledünne talip oldum, sırlar ilmine. Acaba boyumu aşan bir işe mi kalkıştım? Sırları öğrenmeye layık olabilecek miyim, taşıyabilecek miyim? Ama sırlar için Şems; "Söyleyenler bilmez, bilenler söylemez," diyor. Peki, ama nasıl...' Düşüncelerini ona bir salkım üzüm uzatan Şems'in sesi böldü: "Allah dostları da yer."

Mevlânâ sofradakilere hiç dokunmamıştı. Bir şey yemek de istemiyordu. Günlerdir yapılan ibadetlerle, buuttan buuda dolaşmış, dünyayı unutmuştu adeta ve âlemlerin ahengi hâlâ başını döndürüyordu. O kadar ki eğer bir lokma yese vücudu ağırlaşacak, hatta kirlenecek; diğer âlemlere bir daha gidemeyecek, yeryüzüne çakılıp kalacak zannediyordu. Onun, uzatılan salkıma isteksizce baktığını gören Şems tekrar, "Allah dostları da yer" dedi ve açıkladı: "Ama buraya bağlanıp bu dünyaya ait kalmak için değil, bedenlerine güç kazandırıp ibadete devam için." Mevlânâ uzatılan üzümü aldı. Şems onu kaş altından süzüyor ve artık bir süre dünyaya bırakmak gerektiğini düşünüyordu. Nasıl ki Allah'ın elçilerine ayetler zaman aralıklarıyla gelmiş ve hem Peygamber'in hem de toplumun; aldığı bilgileri, ruh ve beden olarak özümsemesi beklenmişse Hak âşıklarının da aralıklara ihtiyaçları vardı. Yoksa hem ruhun hem bedenin hem de toplumun ahengi bozulurdu. Üzümle de Mevlânâ'nın ayaklarının yere basmadığını gören Şems, onu biraz daha silkeleyip dünyaya döndürmeye karar verdi:

"Konya'da muhteşem sema âyinleri oluyormuş. Katılmak isterim. Bu akşam bir âyin var mı acaba?" diye sorunca Mevlânâ kalkıp dışarı çıktı. Zerkubi'yle bir süre konuşup döndüğünde, pencereden dışarı bakarken bulduğu Şems, "Konya yerinde duruyor muymuş? Sema yapılan dergâh var mı?" diye gülümsedi.

"Var. Sizce münasipse bu akşam gidebiliriz" diyen Mevlânâ da pencerenin önüne gelmişti. Ama halen dışarıyı görmüyor, 'ilmin bittiği yerde aşk başlıyormuş' diye düşünüyordu.

"İlimde kimse seni geçemez" dedi Şems; "Sen bütün ilimleri geçtin, onlarda herkesten üstünsün. Onun için aşk ilmine sıra geldi. Ama sadece, maddi ilimlerdeki üstünlükle o kapılardan geçilemez. Has kapının tek anahtarı aşktır. Tabii oraya gelinceye kadar, mana âleminde yapılan yolculukta, yazılmayan, okunmayan ancak yaşayarak öğrenilen bir ilme ihtiyaç var. O yüzden bu yolda bir rehber gerekir, denmiştir. Rehbersiz bulanlar da vardır şüphesiz. Ama rehber, deniz feneri gibidir. Fırtınalardan, yanlış rotalarda vakit kaybetmenden seni muhafaza eder. Hedefe çabuk vardırır. Bana duyduğun aşk da bundandır. Âşık olmasaydın benimle gelemezdin."

"Sen olmasan gidemem zaten"

"Gideceksin. Daha görmediğin ne âlemler, bilmediğin ne gerçekler var. Ben sadece sana ışık tutuyorum. İstersen daha yukarılara çıkabilirsin. Verdikçe hafifleyeceksin, elden çıkardıkça ayakların yerden kesilecek."

"Neyi?"

"Neyin varsa... Zaten senin olmayanı, eninde sonunda vermek zorunda kalacağını, istenmeden ver sahibine. Gönüllü ver İbrahim gibi... Çocuğunu, eşini, itibarını, malını, canını..." Mevlânâ, derin bir düşünceye dalmıştı. Kendinden isteneni düşünüyor, anlamaya çalışıyordu. Talip olduğu şeyin bedeli bu kadar ağır mıydı? Allah, verdiği her şeyi şimdi, Şems'in ağzından istiyor ve kendisini imtihan mı ediyordu? 'Eğer öyleyse zaten söylediği gibi hiçbir şey benim değil ki' diye düşündü ve tereddütsüz bir sesle konuştu:

"Eşim, civarın en güzel kadınlarındandır, boşanırım arzu ederseniz... Çocuklarım da terbiyeli, temiz, efendi gençlerdir; size köle olarak veririm. Malım mülküm zaten sizindir, istediğiniz gibi tasarruf edebilirsiniz. Canımı, başımı ise zaten ayaklarınıza koydum."

"Hayır, eşin dünyada ve ahrette kız kardeşimdir. Oğulların, öz oğullarım. Senin asıl derdin Allah'a yaklaşmak... Ve Ona hangi hediyenin makbul olacağını düşünüyorsun? Bana sorarsan ona hangi hediyeyle gidersen git Kimya'na kimyon götürmeye benzer. Hiç Kimya'na kimyon götürülür mü? Zaten en âlâsı orada yetişiyor. Allah'a canımızı sunsak O canlar canı değil mi? Cana ihtiyacı mı var? Bütün malımızı sunsak Malikü'l Mülk değil mi? Bizim üç kuruşluk malı ne yapsın? Dünyada bile, birine hediye götürürken nasıl düşünürüz, ne götürürüz?"

Mevlânâ bir süre dikkatle düşündükten sonra "Neye ihtiyacı var diye düşünürüz. Onda olmayanı götürürüz," dedi. Sonra hayretle "Hâşâ, Allah'ın neye ihtiyacı var yahut Onda bulunmayan ne?" diye sordu.

"Onda bulunmayan, niyaz, dua, yalvarıp yakarma... Onun için o niyazı sever. Allah'a ancak niyazla, dua ile yaklaşırsın."

"Peki, daha önce söyledikleriniz, vermemi istedikleriniz?"

"Onlar senin nefsini yenmen, arınman, ruhunu terbiye edip, layıkıyla niyaz etmen, dua etmen için gerekenler. Ayrıca onları bana vermeni kastetmiyorum. Beni o kadar iyi anlıyorsun ki bazen vaktinden önce konuşuyorum galiba. Yolun başındayken ileride nelerden vazgeçmen gerekeceğini bil diye söylüyorum."

"İtibarım gibi mi? Şarap gibi mi? Yine yapabilirim isterseniz." Şems pencereden izlediği manzaraya dalmıştı. Sultanü'd Dâr'daki kalabalığa, özellikle şehrin ileri gelenlerinin oluşturduğu ön sıraya bakıyordu. Derin bir nefes alıp, gözlerini oradan ayırmadan konuştu:

"O kadar kolay değil itibarı kalbinden söküp atmak. O kadar basit değil... O bir başlangıçtı. Zaten, çevrendekilerce örtbas edildi" dedi. Sonra parmağıyla kalabalığa işaret etti: "Şunlar!" Mevlânâ dışarı ilk defa dikkatle baktı. Şems devam etti: "Şunlar, seni taşlamadan olmaz!" Ardından odadan çıkıp gitti.

Mevlânâ onun çıktığını fark etmedi. Bütün dikkatiyle işaret edilen yere bakıyordu: Kapıda kimler yoktu ki, Sultan, Bayraktar Togan Bey'in taşıdığı sancağın altında, maiyetinin bütün ihtişamıyla kapıdan giriyordu. Emir-i Kubad Sadeddin, Emir Mubüziddin Çavlı, Emir Ruzbeg, Emir Şemseddin Isfahani, Emir Has Oğuz gibi emirler, karşılamada bizzat bulunuyordu. Çarşı Ağası, İhtisap Ağası, Asesbaşı ve kadılar kendilerine ait yerlerde Sultan'ı selâmlıyorlardı. Elbette ulema da törendeki yerlerini almış vaziyetteydi. Ve Ulema Meclisi Başkanı'nın yerinde Muid Necmeddin gözüküyordu. Mevlânâ bir süre daha bunları izlediyse de sadece iltifat ve hayranlıklarına alışık olduğu bu topluluğun kendisini taşladığını hayal edemedi. 'Meczup olup hepsine küfretsem bile yapamazlar bunu' diyordu kendi kendine. Acaba 'taş'tan kastedilen, somut, gerçek anlamdaki taş mıydı? Yoksa insanın canını taştan fazla yakacak şeyler mi? Bunu sormak üzere başını çevirdiyse de Şems'i göremedi. Yine aklında bir soru işareti bırakıp çıkmıştı. Mevlânâ, perdeyi kapatırken bir yandan da dudaklarına kadar gelen mısralar dökülüyordu:

"Sevgili bir ok attı hedefe ve yüreğimi vurdu.

Şimdi can bahşetmekte gülüşü ki tekrar hayat bulayım.

Ama senin için binlerce can vermeye razıyım ben..."

***

Sefa, ikindiye doğru medreseye dönmüş ve Sultan'ın, ziyaretleri beklenen birçok yabancı elçiyi kabul etmek üzere teşrif ettiği haberini getirmişti. Bu ani gözüken gelişmenin, Sadeddin Köpek'le ilgili gizli bir hesabın neticesi olabileceğini söyleyenler varsa da Sultan'ın yaşı, tecrübesizliği ve karakteri bilindiğinden, çoğunluğun böyle bir beklentisi yoktu. Görünüşe bakılırsa Sultan, yaklaşan mübarek Ramazan ayını başkentte geçirmeyi tasarlıyordu. Karşılama töreninden henüz dönen Muid Necmeddin'in derdi ise tamamen başkaydı. Sebep ne olursa olsun Sultan gelmişti, ancak 'medresenin temel direği, âlimlerin başkanı', adı şaibeli bir yabancıyla adeta ortadan yok olmuştu. Bu düşüncelerin yansıdığı kaygılı ve üzgün bir yüz ifadesiyle, Baha ve Hüsameddin Çelebi'nin karşısında oturan Muid, kelimeleri itina ile seçerek konuşmaya başladı:

"Elhamdülillah, Sultan Hazretleri, şehrimizi teşrifleriyle bahtiyar ettiler. Rahmetli pederleri Büyük Sultan'ın da âdetleri olduğu üzere, medresemizi ziyaretleriyle şereflendirmeleri an meselesidir. Bu ziyarette, Hüdavendigârımız hazır bulunmazlarsa halimiz nice olur? Ne deriz, nasıl izah ederiz, düşünemiyorum bile. Hem Sultan Hazretleri'ne saygısızlık olmaz mı? Bu akşam gidip durumu bir arz etseniz diyorum." Hüsameddin sakalını bir süre sıvazladıktan sonra:

"Biraz bekleyelim. Sultan Hazretleri elçileri kabul etmek üzere gelmişler. Ziyaret arzu ederlerse zaten haber verilir. Ayrıca, Mevlânâ Hazretleri'ni bulunduğu yerde de ziyaret edebilirler. Rahmetli Büyük Sultanımız, görüşmek istediğinde nerede olsa Sultanü'l Ulema'yı bulur görüşürdü. Ne yanına çağırtmıştır ne de Hazret, Sultan gelebilir diye oturup burada beklemiştir. Söyleyeceği bir şey varsa da kendisi gidip Sultan'la konuşurdu."

"Yerden göğe kadar haklısınız Çelebim. Rahmetliler, iki taraflı olarak âlimleri siyasetin üstünde tutmuş ve buna göre davranmışlardır. Ama şimdi durum tamamen farklı..."

Baha söze karışarak "Neden Hocam, şimdi değişen ne?" diye sorunca, Muid öfkesini muhafazaya çalışarak "Bunu nasıl sorarsın evladım? Şimdi âlimlerin ve medreselerin itibarı tartışma konusu olmuş, şehri bir dedikodu almış gidiyor" diye cevap verdi. Sonra sesini daha kâmil bir tona ayarlayıp devam etti: "Bizler elbette anlıyor ve biliyoruz ki Şems Hazretleri hususi bir zat ve Efendimize göre ledün ilminin üstadı. Aralarında ilmî bir alışveriş var. Ama cahil insanların bunu böyle anlamasını bekleyemeyiz. Bu yüzden Hüdavendigârımızın medreseye ve Âlimler Meclisi'nin başına dönmeleri elzemdir. Hem kabul ederlerse Şemseddin Hazretleri'ne de bir oda hazırlayalım, medresemizi şereflendirsinler. Siz yanlarına gidip gelmektesiniz, bendeniz rahatsızlık vermek istemem. Bir ara fırsat bulur, davetimizi iletirsiniz diye söylüyorum. Medresedeki bütün âlimlerin arzusu bu yöndedir."

Hüsameddin Çelebi: "Sizden rahatsız olunacağını da nereden çıkardınız. Medresede Mevlânâ'ya en yakın müderrissiniz, kendisine vekâlet etmektesiniz. Bunları kendiniz de görüşebilirsiniz.

Biz sizin ilmî çalışmalardan vaktiniz olmaz diye ihtiyaçlarını sormak için ara sıra uğruyor, Selahaddin'le görüşüyoruz."

Necmeddin aslında bu ihtimali önceden düşünmüştü. Fakat görüşme kabul edilmez, geri çevrilirse âlimler nazarında küçük düşeceğinden, hatta alaya alınacağından korkuyor, bunu göze alamıyordu. 'Allah'tan şu Hüsameddin saf bir adam, ne söylesem inanır' diye düşünerek konuştu: "Allah sizden razı olsun Çelebi. Gerçekten hem ilmî çalışmalardan hem de Molla Hazretleri'nin vekâletini layıkıyla yürütme sorumluluğumuzdan buradan ayrılmaya bile vaktimiz olmuyor, onun için sizden istirham ediyorum. Bilhassa Sultan Hazretleri'nin teşrifini kendilerine hatırlatın. Hem şurada Ramazan'a kaç gün kaldı. Halk onun vaaz ve sohbetlerini nasıl özledi, malumunuzdur."

Baha konuyu bir an önce kapatma düşüncesiyle: "Tamam Hocam. Zaten kendileri de bütün bunların farkındadır. Yakında geleceklerini tahmin ediyorum. Ama biz Çelebi'nin de dediği gibi kendileriyle pek görüşemiyoruz. Müsait bir hal zuhur ederse söyleyelim. Siz de biliyorsunuz ki halvetteler. İki umman gönülden gönle akmakta günlerdir. O billûr suya çamur karıştırmayalım."

O ana kadar kapının önünde sessizce oturmakta olan Sefa, telaşla araya girdi: "Aman Çelebim, kimse böyle konuştuğunuzu duymasın. Sultanımız Hazretlerine 'çamur' demiş olursunuz maazallah."

Baha, önce şaşkınlıkla baktı Sefa'ya. Sonra kaşları çatıldı, sesi yükseldi: "Ne dediğimizi bilir de konuşuruz Lala. 'Çamur' derken umumi olarak dünya işlerini kastederiz. Ama hususi olarak Sultanımızın şahsı anlaşılıyorsa bunda da bir yanlışlık yoktur. Zira hepimiz çamurdanız, Allah kelâmı ile sabit!"

Bu sözler üzerine Sefa hemen geri adım atarak: "Aman Çelebim, sizin ilm ü marifetinizi bendeniz gibi şaşkınların kavraması ne mümkün? Ben sadece duyulmasın, yanlış anlaşılmasın dedim. Böyle küçük yanlışlıklar yüzünden kaç kişi isyankâr damgası yedi."

"Aramızda konuşuruz Lala, biz yanlış anlamazsak kimse yanlış anlamaz öyle değil mi?" diyen Hüsameddin Çelebi'ye, "Tabii Çelebim, haklısınız. Ben size bir kahve yapayım" şeklinde cevap vererek karşı duvardaki ocağın başına geçti Sefa. Bunun üzerine Hüsameddin, Muid'e dönerek:

"Sen de haklısın Necmeddin Molla, dilersen buyur, Zerkubi'ye birlikte gidelim, durumu arz edelim. O da uygun bulduğunda iletir."

"Yok, canım, ne gereği var, Baha'nın dediği gibi dünya kelâmı karıştırmayalım halvetlerine. Ben biraz da diğer müderrislerin hissiyatını dile getirmek adına bunları konuşuyorum. Son günlerde yeni bir mevzu gündeme geldi. Bağdat'tan ve diğer şehirlerdeki Moğol zulmünden kaçan bir kısım ulema, Sultan'ın özel beratıyla Hatuniye Medresesi'nde görevlendirilmiş. Eğer Mevlânâ dönmez ve medreseyi böyle yüz üstü bırakırsa Hatuniye'deki fazla kadro buraya yerleştirilebilir diye endişe ediyor müderrisler. Bu durumda ya açıkta kalacaklar ya da küçük şehirlerdeki başka medreselere gidecekler. Biliyorsunuz, burada her birinin çok emeği var. Ayrıca burada üstad kabul edildikleri mevzularda, başka yere gidince kendilerini tekrar ispatlamaları gerekebilir."

Necmeddin daha birçok şey anlattıysa da, Hüsameddin aslında pek dinlemiyordu. Dalgın gözlerle muhatabına bakarken ayrıntılarla ilgilenmese de aslında onu anladığını düşünüyordu. Hüsameddin'e göre, o arkadaşlarınınkinden ziyade kendi endişelerini dile getiriyordu. Buradaki düzenin devamı, konumunun sağlamlaşması ve sair emelleri için Mevlânâ'nın gölgesine ihtiyaç vardı. Necmeddin ancak o gölgenin altında bir anlam ifade ediyordu herkes için. Şimdiye kadar hep Mevlânâ'nın istekleri doğrultusunda çalışmış ve onun sağ kolu olmayı gerçekten hak etmişti. İlmî çalışmalarını titizlikle yürütür, herkesin takdirini toplamayı da bilirdi. Ancak Hüsamedin'i rahatsız eden bir şey vardı, isimlendiremediği bir şey. Hüsameddin bütün bunları kafasından atmak istercesine başını birkaç kez salladı. Muid'in sözleri bitince de "Peki Molla, sözlerinizi iletmeye gayret edelim" deyip kalktı. Baha da onu takip etti.

***

Şövalye Marcos Arilesos günler süren yolculuktan sonra nihayet İkonia'yı çevreleyen surların bir sis bulutuna karışmış silüetini görünce gülümsedi. Ertuğrul Bey'in obasından ayrıldıktan sonra Dorlion'a kadar Türklerin eşliğinde rahat bir yolculuk yapmışlar ve herhangi bir sorunla karşılaşmadan kervansaraylarda konaklayarak yollarına devam etmişlerdi. Bunlar; sadece bir konaklama yeri değil, içlerinde bulunan bimarhane, eczahane, ahır, hamam, çarşı ve akla gelebilecek her türlü ihtiyacı karşılayan hizmet birimleri ile adeta küçük bir şehirdi. Kale burçları kadar yüksek ve sağlam duvarlarla çevrelendiği için oldukça emniyetli olan bu devasa konak yerleri yolculuğun kolay geçmesini sağlamıştı. Marcos, Selçuklu ülkesinde bulunduğu süre içerisinde bütün malların Sultan'ın güvencesi altında olduğunu, malına zarar gelen bir tüccarın bedelini devletten tahsil edebileceğini hayretle öğrenmiş, bu durum karşısında baş döndüren bu ticari hareketliliğe şaşırmamak gerektiğini düşünmüştü. Tabii buna, kervansaraylarda ilk üç gün konaklama ücreti alınmadığını da eklemek gerekiyordu. Marcos, görevliye "Minnettarlığımızı sunalım" deyince Nicolas kapı kitabesini okumuştu: "Yalnızca Allah'a minnet ediniz." Bu sözlerden sonra Marcos'un içini bir ürperti kapladı. İstavroz çıkarıp Tanrı'ya şükretti, yolculuğun başından beri Tanrı'nın yardımını gerçekten yanında hissetmişti. Yola çıkınca farkında olmadan mırıldanarak "Bütün bu kolaylıkları sunan da Tanrı'nın ta kendisi elbette..." deyince yanında at sürmekte olan Nicolas, "Bizimki mi onlarınki mi?" diye sordu. Marcos öfkeyle atını durdurdu.

"Ne demek bu şimdi?"

"Yani hangi Tanrı" diyorum Şövalyem. "Orada 'yalnızca Allah'a minnet ediniz' yazıyordu. Yani güç, zenginlik onlara verildiğine göre... Acaba diyorum biz nerede hata yapıyoruz. Yoksa ta başında mı, yani Allah'a minnet etsek bize de verir mi, Doğu Roma'nın o parlak günleri geri gelir mi?"

"Saçmalama Nicolas! Bizim hatamız çalışmamak ve birbirimizle didişmek. Sen çalışmana bak! Gayret et!" diye genç şövalyeyi paylayan Marcos, öfkeyle atını mahmuzladı. Fakat her durakta aynı inanç ve nezaketle karşılanıp ülkede kurulan düzenin mükemmelliğini en uç noktalarda bile gördükçe bir yandan hüznü, bir yandan başkente olan merakı artmıştı. Avrupa'nın ve Doğu Roma'nın gittikçe çürüyen yapısı, fakirleşen insanların yaşadığı sefalet karşısında esef duymaktan kendini alamamış, hatta hiç istemediği bir cümleyi sarf etmişti: "Bu topraklarda biz soluyoruz Nicolas, bunlarsa yeni bitiyor." Sonra söylediği şeylerden ürkerek sustu. Ama yolculuğun büyük bir kısmı zihninde engel olamadığı Doğu-Batı kıyasıyla geçti. Ancak sona yaklaşırken kendisini hedefe odaklayabildi. Güneş şehrin batısındaki Kybele Dağı'nın ardından batarken surların önüne geldiklerinde, "Sanırım ben Doğu'yu keşfetmekte geç kaldım. Oysa yıllardır herkes bu zenginlikten bahsetmiyor mu? Haçlı Seferleri bunun için başlamadı mı?" diye düşünüyordu. Diğer yandan "zengin olduklarını kabul ediyorum ama bu, güçlü ve akıllı oldukları, hatta şu refahı hak ettikleri anlamına gelmez" diyordu. Sonunda, "Ben Doğu Roma'nın olanı buradan almaya geldim ve bunun için ne gerekiyorsa onu yapacağım. Dostsa dost, düşmansa düşman olacağım" diye karar kıldı.

Konya'nın dış kale kapısı gözüktüğünde, Nicolas şehrin yerleşimi ile ilgili kısa bir bilgi verdi. O sırada şehrin kuzey kapısı olarak kullanılan Halka Begüş önünde olduklarını ve bu kapının iç surlara en yakın mesafede bulunduğunu açıkladı. Onun hatırladığı kadarıyla kapıdan Saraya beş-altı yüz adımlık büyük bir yolla ulaşılıyordu. Gerçekten de kapıya vardıklarında Marcos, önlerinde uzanan, mermerlerle döşeli geniş caddenin iç kaleye kadar eriştiğini görebiliyordu. Dış kalenin ağzından iç kalenin muhteşem bir kapısına kadar uzanan bu caddenin, kenarlarına asılmış kandiller görevlilerce yakılırken akşam karanlığı henüz yayılıyordu şehre. Şövalye, Halka Begûş'taki muhafızlarca saygıyla karşılanmış, kısa süre sonra da Saray teşrifatından sorumlu Emir Nizameddin'in adamları gelmişti; elçinin ağırlanması üzere tanzim edilmiş konağa götürmek üzere kafilenin önünden ilerliyorlardı. Şövalye, gördüğü büyük binaları merak ediyor ama kaldığı süre içinde her şeyi öğrenmek için çok vakti olacağını düşünüp sessizce yolun sonuna bakıyordu. Aslında daha kapıdan girer girmez şehrin büyüsüne kapılmıştı. Cadde boyunca hiçbir eksiklik yahut fazlalık göze batmıyordu. Çok gösterişli devasa saraylar falan yoktu etrafta. Ama ne bir çöp ne bir dilenci ne kırık dökük sebze, saman arabaları ne de bir at pisliği ilişiyordu göze. Birden çoğunu dolaştığı Avrupa başkentlerinin içler acısı durumu geldi tasavvuruna ve Nikia'nın yarısı yıkılmış surlarıyla, bakımsız cadde ve sokakları... Esefle iç geçirdi. Sonra bunları kafasından atıp yine önündeki manzaraya döndü. Şehir, etrafını çeviren taş duvarlara bakıldığında tahmin edilmeyecek kadar yeşilliklere gömülmüştü.

O sırada Gevhertaş Medresesi'nin cümle kapısının önünde bulunan Lala Sefa, Sultanü'd Dâr'a doğru ilerleyen kalabalık kafileyi görünce merakla peşlerine takıldı. Kafileye eşlik eden Selçuklu muhafızlarına yaklaşıp "Bunlar da kim ola yiğidim?" diye sordu. Asker kısaca, "Doğu Roma Elçisi" diye cevap verdi. Sefa, "Sultanımız bu yüzden mi teşrif ettiler acaba?" diye sormaktan geri durmayınca asker biraz sert bir tonda "Beklenen birçok elçi var; Eyyubi, Kilikya, Kıbrıs ve Memlûk elçileri de gelecekler!" deyince Sefa başka bir şey sormaya cesaret edemedi. Ancak onları takip etmekten vazgeçmedi.

İç kalenin önüne gelince kapı üstünden yükselen küçük ama görkemli saray, balkonlarını taşıyan kükreyen aslan figürleri ile kafilenin bütün bakışlarını üzerinde topladı. Nicolas, bu yapının Sultanların ikametgâhı olduğunu ve "Kılıçaslan Köşkü" olarak anıldığını söylediğinde, Marcos'un gözü kükreyen aslan figürlerine kaydı tekrar. Yaşlı Yorgos'u hatırladı o lahza. Surların üstünden düzlükteki şehre dört yandan bakan bu balkonlar, sanki Kılıçaslan başkente gelenlere yükseklerden bakıp kükrüyor hissini uyandırdı. Fakat gözlerini aşağı çevirdiğinde, Emir Nizameddin'in etrafındaki onca asker ve azametli duruşuna rağmen samimiyetle kendisine baktığını görüp kendisinin de barış elçisi olduğunu hatırlayınca gevşeyip gülümsemeye çalıştı. Emir de Şövalyeyi, tıpkı Ertuğrul gibi, eski bir dostu gelmiş gibi karşıladı. Şövalye ilk defa yolda başına gelenlere, obaya misafir olmalarına sevindi. Az da olsa Türkleri tanımaya başlamıştı ve bu ona davranışlarını ayarlama fırsatı veriyordu. Emir, Sultan'ın kendilerini Cuma günü kabul edeceğini, o vakte kadar kendi misafirleri olarak ağırlanacaklarını söyledi. Görüşme uzatılmadan yol yorgunu misafirler kale içindeki bir konağa yerleştirildi.

Yemekten sonra Nicolas, yüzüne yayılan bir tebessümle "İki gün özgürüz Şövalyem, izin verin, size şehrin en güzel yerlerini gezdireyim" dedi. Marcos için de bu iki gün önemliydi. Zira daha sonra burada kalıp kalmayacağı Sultan'la görüşülünce belli olacaktı. Dolayısıyla bu süre içinde ne kadar yol alabileceğini bilmiyordu. Ancak, Doğu Roma'nın geleceğini etkileyecek bu mevzuda kimseye bir bilgi vermemeliydi. Sırf bu yüzden silahtarını bile kendinden uzak tutuyordu. Aslında bu gizlilik tamamen Pontus'taki Doğu Roma Hanedanı'na karşıydı. Ama böyle bir çekişme ortamında kimin kimden yana olduğunu kestirmek her zaman mümkün olmuyordu. Eğer, Doğu Roma'nın meşru varisinin ilanını sağlayacak bu bilgi Pontus'takilerce de malumsa onların da aynı iz üzerinde olduğu tartışmasızdı. İşte bu yüzden Marcos, onlardan önce bu hedefe ulaşmak zorundaydı. Ancak sırrın sahibi Madam Evdoksiya'yı bulmak için Nicolas'ın bilgilerine elbette ihtiyaç vardı. O yüzden, "Elbette isterim Nicolas, ama bu şehri ne kadar tanıyorsun ki?" diye sordu.

"Çok değil aslında, Kudüs'e giderken burada birkaç kez konaklamıştım. Ama burada Yorgo'nun meyhanesini bir de Meram Bağları'nı bilseniz yeter. Meram şehrin batısında, surların epeyce dışında ama orada bir gece geçirin, Maria'nın evine bir daha gitmezsiniz" derken, Marcos'un ters bir bakışı üzerine hemen susan Nicolas, 'Bu yolculuktan şimdiden sıkıldım' diye düşünüyordu. Şövalyenin aklı ise başka bir yere takılmıştı. Kesesinden bir parşömen çıkarıp baktı, sonra "Yorgo'nun Meyhanesi'ni biliyor musun?" diye sordu. Genç adam, efendisinden övgü almış bir köle gibi sevinerek cevap verdi:

"Evet efendim. Bu tepenin güneyinde, eski mabedlerin yanında, hani ilk Hıristiyanların yaptığı yer altı mabedleri var ya, çoğu meyhane oradadır zaten."

"Tamam Nicolas, beni yanlış anlama, eğlenceye karşı değilim ancak belki yaşlandım, belki de bu yolculuktaki sorumluluğumdan dolayı keyifsizim. En azından Türklerle anlaşma yapılıncaya kadar. Ama sen keyfine bak, ben buraya taşınan bazı Doğu Romalı dostlarımı arayacağım. Gerekirse senden yardım isterim. Hadi bu akşam gidelim şu Yorgo'nun yerine. Ama benim o civarda ziyaret edeceğim bir dostum var, sana sonra katılırım." Şövalye Marcos kapıdan çıkarken ekledi: "Ha, Maria'nın evine genelde, yollardaki durumu öğrenmek için uğrarım."

"Rica ederim Şövalyem, bana açıklamak zorunda değilsiniz."

"Biliyorum Nicolas fakat görüyorum ki birbirimizi iyi tanırsak daha verimli çalışabiliriz."

"Haklısınız efendim..."

***

Meselina, Marcos'u büyük bir sevinçle karşıladı, uzun süredir Nikia'dan konuk ağırlamamıştı. Şövalye, kadının özlemini giderecek kadar Doğu Roma'da olan bitenden, ortak tanıdıklardan söz etti. Meselina, Maria'yla, kocasıyla yaptığı bir yolculuk sırasında, bir dostun evinde tanışıp kısa sürede kaynaşmıştı. Maria'nın güzelliğini, zekâsının gücüyle olağanüstü bir zarafete taşıyarak insanlar üzerinde etki kurabilme yeteneğine hayran olmuştu. Marcos, Maria'dan bir ikon gibi söz eden genç kadını dinlerken 'Acaba Maria hakkında tam olarak ne biliyor' diye düşünmeden edemedi. Belki de Maria bir asilzade ile katıldığı bir davette onun eşi zannedilmişti. Bu, Maria'nın seveceği ve oldukça kolay oynayacağı bir oyundu. Doğu Roma saraylarındaki usul ve nezaket kurallarını Maria'dan daha iyi kim bilebilirdi ki?

Şövalye, bir misafiri karşılamak üzere çıkan Meselina'yı fark etmedi. Zihni geçmişte dolaşıyor, çok sevdiği eşi Maximilianus ve hanedan kanı taşıyan çocuğunu Doğu Roma Sarayı'nın korkunç koridorlarında, karanlık pusulara kurban veren Prenses Anolya'nın, Anemas Zindanları'nda deli gömleği giydirilmiş halini düşünüyordu. İnce telli buğday sarısı saçlarının dağınıklığında parlayan mavi gözlerin donuklaştığını, kendisini bile tanıyamayan bakışlarını hiç unutamıyordu. Prenses bir süre ölümü beklemişti sanki. Daha sonra ise kurtulmak için Marcos'a yalvarmaya başlamıştı. İki eliyle karnını tutarak "bizi kurtar" diye yalvarışı hiç aklından çıkmamıştı Marcos'un. Belli ki aklını tamamen yitirmiş, kaybetmeye dayanamadığı yavrusunu karnında zannediyordu hâlâ. Belki bu yüzden Anolya'nın kaçmasına yardım ettiği için hiç pişman olmadı. Doğu Roma'nın, elbette her zamandan daha çok birliğe ihtiyacı vardı ama Anolya'nın gidişatı etkileyecek bir gücü kalmamıştı zaten. Yaşamasının kime ne zararı olabilirdi ki? O hengâmede kimin nereye kaçıp ne yaptığı belirsiz olduğundan Prenses Anolya'yı kimse aramamış, zayıf ve bitkin düşmüş bedeniyle bu korkunç yerden kaçabileceği kimsenin aklının ucundan geçmemişti. Böylece, zindanın dehlizlerinde ölüp kaldığı ya da kanallarında boğulduğu zannedilmişti. Marcos, yıllar sonra Maria ile tanıştırıldığında, kızıl saçlı, dolgun bedenli, olgunlaşmış bir güzellik timsali olarak duran bu kadının Prenses Anolya olacağını aklına bile getirmemişti. Maria söylemese belki de hiç bilmeyecekti. Buna bir süre de inanamadı zaten. Maria, Doğu'dan gelen özel bir bitkiyle saçlarının rengini değiştirdiğini açıklayıp ortak anılarından bahsedince emin oldu ancak. Fakat kendisinden başka gerçeği bilen var mı, diye hiç sormamıştı.

Meselina, yanında yakışıklı bir adamla içeri girince, Marcos'un düşünceleri dağıldı. Genç kadın, Çulhacızade Nureddin'i iş ortağı olarak takdim ettiyse de Şövalye daha ileri bir tanışıklık hissedip muhatabını rahatlatmak için kendini eski bir aile dostu olarak tanıttı. Nureddin, hoşsohbet ve cana yakın bir tavırla Şövalyenin erken kalkmasına engel oldu. Sohbeti uzatacak konuyu da keşfetmekte geç kalmadı. İşi gereği Galata'ya sık gidip geliyordu. Konstantinopolis'e o da hayran kalmıştı ve Haçlıların şehirde uzun süre tutunamayacaklarına inanıyordu. Sohbet böyle ilerleyince konu Şövalyenin sebeb-i ziyaretine geldi. Nureddin o konuda da bilgilerini paylaşmaktan kaçınmadı. Saraydaki usullerden, Selçuklu'nun devlet geleneğinden, âdetlerinden, diplomatik mesaj ve tavırlardan, Sultan'ın hoşuna gidecek jestlere kadar Şövalye'ye faydası olacak birçok şey anlattı. Marcos, kendi dillerinin bu kadar iyi konuşulmasına da şaşırmıştı. Meselina açıkladı: "Şövalyem, burada o kadar değişik kavimler bir arada yaşıyor ki herkes en az dört dil bilir. Hatta bilginler en az yedi sekiz dil biliyordur."

"Ne kadar güzel" diyen Şövalye, içindense 'burada Nicolas'la konuşurken bile dikkatli olmalıyım' diye geçiriyordu. Sonunda Marcos yol yorgunluğunu bahane ederek ev sahibinden müsaade alıp kalktı. Kendisini uğurlamaya çıkan Meselina'ya ziyaret etmek istediği eski bir tanıdıktan söz etmeyi ihmal etmedi. Ancak, Meselina, Madam Evdoksiya'nın ölümünün üzerinden epeyce zaman geçtiğini üzüntüyle anlattı. Sonra geriye bir torun bıraktığını, onun da bir Türk bilgin tarafından evlatlık edinildiğini söyledi. Şövalyenin kafası bir an için karıştıysa da belki bu şekilde işim daha bile kolay olur şeklinde düşünerek "O zaman onu ziyaret etmek isterim. Acaba bana yardımcı olur musunuz?" diye sordu. Sonra da "çünkü bu şehri hiç tanımıyorum" diye ekledi.

Meselina, "Elbette, ne zaman isterseniz sizi ona götürürüm Şövalyem" deyince, Marcos içindeki heyecanı gizlemeye çalışarak "Hemen yarın" dedi. Sonra açıklama gereği hissedip "Burada ne kadar kalacağım belli değil, belki bir daha fırsat olmaz. Madam Evdoksiya benim için sadece bir tanıdık değil, aynı zamanda akrabam, onun için torunu ne durumda görmek, bilmek isterim" diye ekledi. Evden ayrılırken 'aslında böylesi daha iyi; Madam'la hiçbir tanışıklığım yoktu ama artık kendisi yaşamadığına göre, kimse bunu bilmiyor' diye düşünüyordu.

***

Kimya, pencereden medresenin avlusuna bakıyordu. Bu gece Alâeddin'in başından hiç ayrılmamıştı. Birkaç gün önce tuhaf bir titremeyle başlayan, netameli bir hastalığa tutulmuştu genç adam. Ateşi hiç düşmüyordu. Bu akşam kâfur ile hastanın vücudunu ovan hekimler, beklemek ve dua etmek dışında bir şey yapılamayacağını söyleyerek gitmişlerdi. Kimya neredeyse sabaha kadar, sirkeli suya batırdığı bezleri Alâeddin'in alnına koymuş, göz kapakları açıldıkça onunla konuşmaya çalışmıştı. Zannediyordu ki onu bir an bıraksa hasta ölecekti. Yatakta bir kıpırdanma oldu, Alâeddin bir şeyler söylemeye çalışıyor, ateşten çatlayan dudakları buna izin vermiyordu. Kimya onun başını yavaşça kaldırıp kâsede beklettiği sudan birkaç kaşık verdi. Dudakları ıslanınca biraz rahatlayan genç, "Burada mısın?" dedi, belli belirsiz duyulan bir sesle. Kimya sevinçten uçacaktı neredeyse.

"Tabii buradayım, nerede olabilirim" derken genç tekrar daldı. Kimya onun bu âlemden kopmasını istemiyor, duyulmasa bile durmadan konuşmaya çalışıyordu. Alâeddin'le birlikte yaptıkları yaramazlıkları anlatmaya başladı. Onu zor durumda bıraktığı ve bundan suçluluk duyduğu ne kadar an varsa dökülüyordu dudaklarından. Oysa birkaç gün önce biri bunları anlat dese kelimesini etmezdi kesinlikle. Şimdi ise günah çıkarırcasına konuşuyor, kendini Alâeddin'e bağlayan şeylerin onu hayata tutunduracağına inanıyordu: "Küçük Çelebi, bugün çok daha iyisin, biliyor musun? Hava da çok güzel, bahar geliyor. Hatta bahçedeki güller bile yeşeriyor. Hani bizim güller var ya, dedenin bahçesinden aldığımız... Hatırlıyor musun Küçük Çelebi, Sultanü'l Ulema'nın kabrine gitmiştik seninle dört-beş yıl evvel. Kaç yaşındaydık? On mu, on bir mi?" Eğilip delikanlının yüzüne baktı. Gözleri kapalıydı ama sanki yüzünden farklı ifadeler gelip geçiyordu. Sonra devam etti: "Oradaki güllerden hiçbir yerde yok, onlardan istiyorum" diye tutturmuştum. Lala Sefa da "Karlar kalkar kalkmaz dibinden fide alıp dikeceksiniz yoksa tutmaz" demişti. Tıpkı böyle bir gündü, bu mevsimdi galiba, kimseye söylemeden oraya gitmeye karar vermiştik. Çamurdan yürüyemiyorduk, her yer bataklık gibiydi. Gül ağacının dibinden iki sürgün alıp dönecektik. Ama nasıl bir fırtına kopmuştu biz dönerken! Yüzümüze vuran tipiden ne önümüzü görebiliyor ne de adım atabiliyorduk. Üstelik çamurda kayıp ayağımı incitmiştim ve bir türlü basamıyordum üstüne. Rüzgâr o kadar kuvvetliydi ki neredeyse bizi uçuracaktı. Senin sarığın uçup gitmiş, ıslanan kâküllerin alnına yapışmıştı. O halinle öyle sevimliydin ki. Ayağımın acısından gözümden yaş dökülüyordu; sen de benimle ağlıyor, omzumdan kaldırıp destek olarak yürütmeye çalışıyordun. Bulutlardan etraf öyle kararmış, fırtınadan başımız öyle dönmüştü ki, şehrin surları hiç gözükmüyor, yabancı bir yerde kaybolmuşçasına korkuyorduk. O korkuyla, bize doğru gelen atlıları görünce haramiler sanmıştık. Yürümekten umudum kesilince sana beni bırakıp gitmeni, kendini kurtarmanı söylemiştim. Oysa sen yerden aldığın bir dal parçasını, kılıç yaparak önüme geçmiş, beni haydutlardan korumaya yeltenmiştin. Meğer gelenler, bizi aramaya çıkan babam ve Sefa'ymış. Hatırladın mı?" Tekrar gencin yüzüne baktı Kimya. Delikanlının yüzünde anlamlı hiçbir ifade yoktu. Ya ıstırabı azalıyordu ya da ruhu hiçbir acı hissetmeyecek kadar derinlerde yüzüyordu. Bunu gören genç kızın gözlerinden yaşlar süzülmeye başladı. "Eğer o gün beni orada bıraksaydın, bir daha sana hiç inanmazdım Küçük Çelebi. Kimseye inanmazdım, dostluğa, kardeşliğe, insanlığa inanmazdım. Şimdi de beni bırakıp gitme!" diye hıçkırıklara boğulan Kimya, yüzünü yorganın üstüne kapadığında, Alâeddin'in sesiyle irkildi:

"Ama sen o zaman beni değil gülleri düşünüyordun Kimya. Babam seni terkisine aldığında, emniyette olduğunu hisseder hissetmez 'Güllerim de güllerim!' dedin. Sefa'yla çamura karışan fideleri buluncaya kadar ne çektik."

"Şükürler olsun kendine geldin!" diye çığlık atan Kimya'nın sesi Kirmana Dadı'yı da uyandırdı.

"Aslında lambayı söndürdüğünden beri uyanığım" diyen Alâeddin'in yüzünde çarpık ama mesud bir tebessüm vardı.

"Çok fenasın!" dedi Kimya. "Niye hiç tepki vermedin, beni bu kadar korkuttun?"

"Günah çıkarma âyinini bölmek istemedim. Artık ara sıra böyle hastalanırım. Çok hoşuma gitti. Her şeyi biliyor muyum, daha kalanlar var mı?"

"Hayır, beni kandıramazsın. Sadece en son anlattıklarımı duydun, yoksa daha öncekilere muhakkak tepki verirdin."

İki gencin sürekli atışmalarına alışık olan Kirmana bu kez araya girip Kimya'yı mutfağa gönderdi. Kimya, mutfaktaki görevli dervişlerden bir kâse çorba alıp döndüğünde Alâeddin'e içirecek hali kalmamıştı. Kâseyi dadıya verip onları izlemeye koyuldu. Hastayı doyuran yaşlı kadın, o sırada yatağın ayakucunda uyuyakalmış genç kızı gördü. Düşen başını düzeltip altına bir yastık yerleştirdi ve üstünü örttü. Sonra yanağını okşayarak "Gerçekten bu deli kızın anlattıklarının bir faydası oldu galiba" diye gülümsedi. İkindi vaktine kadar uyuyan Kimya'yı ne nevbet sesi ne de Mevlânâ ile Şems'in medreseye dönüşü uyandırabilmişti. Sonunda Kirmana Dadı, genç kızın sarı bukleli saçlarını okşayarak "Kalk güzel kızım. Mevlânâ Hüdavendigâr Hazretleri döndü. Kerra Hatun karşılamaya çıktı. Birazdan buraya gelirler, kendine bir çeki düzen ver" diyerek onu uyandırdı. Kimya gözünü açar açmaz, hastanın durumunu sordu:

"Alâeddin nasıl?"

"İyi elhamdülillah. Sabah çorbasını içer içmez tekrar uykuya daldı. Ama ateşi düştü artık. Tabii hâlâ halsiz..." Bunun üzerine Kimya koşarak odasına çıktı. Günlerdir üzerinde bulunan buruşmuş kirli entariyi çıkarıp attı. Gülhun Kadın'ın getirdiği suyla acele yıkandı, kadıncağızın saçlarını kurutup örmesine zor sabrederek mangalda biraz ısınıp tekrar aşağıya koştu.

Mevlânâ ve Şems hastalığı öğrenince hemen Alâeddin'in başına gelmişlerdi. Kirmana ile Kerra Hatun bütün samimiyetleriyle, çocuğun iyileşmesini Mevlânâ'nın dönüşüne yormuşlardı. Mevlânâ, oğlunun alnını öpüyor, saçlarını okşuyordu. Evden uzun süre uzak kaldığı için, kendini zevki için gezen, sorumsuz bir hazperest gibi hissetmiş, suçlamıştı içinden. Alâeddin'in elini öyle sıktı ki farkında olmadan, delikanlı gözlerini açıp bakındı. Mevlânâ, "Oğlum, nasılsın?" diye sorunca çocuk hasta olduğunu unutup doğrulmaya yeltendiyse de yapamadı. Baba omuzlarından iterek yatırdı. Tekrar "Nasılsın evladım?" diye sordu.

"Elhamdülillah, iyiyim."

Şems de yatağın kenarına oturmuştu; "Allah şifa versin Alâeddin Çelebi" dedi. Olgun bir adamla konuşuyormuş gibiydi.

Mevlânâ bir an onun, "Zamanı gelince her şeyinden vazgeçeceksin. Çocuklarından..." dediğini hatırladı. Sonra, "Zaten senin olmayanı, zaten vermek zorunda kalacağını gönüllü ver gitsin. İbrahim gibi" sözünü düşündü. Bedeni acıyla kasıldı. Alâeddin ölecek miydi? Birden onu ilk doğduğu günkü haliyle gördü. Sarılıp bağrına bastı, saçlarını kokladı. Bırakırsa elinden alınacakmış gibi öyle bir sıktı ki Kerra Hatun müdahale etmek zorunda kaldı:

"Çocuk yorgun. Günlerce hastalıkla pençeleşti. Müsaade buyurun dinlensin" diye zarif ellerini uzatıp zorla aldığı halde çok kolay yapıyormuş gibi yavaşça çekerek genci babasının kollarından kurtardı. Yerine yatırdı. Kimya kapının eşiğinde durmuş, sessizce olanları izliyordu. Dalgın halde yerinde doğrulan Mevlânâ onu öylece görünce "Kimya, kızım, gelsene" dedi. Kimya, günlerdir biriktirdiği özlemle koşup babasına sarıldı. Aslında günlerdir bu ânı hayal edip çocukken yaptığı gibi Mevlânâ'nın kucağında ağlamayı istemişti. Ama biraz önce onun gözlerindeki ıstırabı gördüğünden bir kadın sezgisiyle, onu üzmek değil rahatlatmak gerektiğine karar verdi. Biraz geriye çekilip "Şükürler olsun babacığım, size kavuştuk" dedi. Mevlânâ da onu alnından, sonra saçlarının başladığı yerden öperek başını okşadı. Kimya ise hâlâ teselli peşindeydi: "Endişe edecek bir şey yok babacığım. Alâeddin iyileşti sayılır. Zaten biraz ateşi yükselmişti. Biliyorsunuz onunla benim nahif bir bünyemiz var. Hemen hastalanıyoruz."

Mevlânâ'yı ailesiyle baş başa bırakmak üzere kapıya doğru yürüyen Şems'e, Zerkubi refakat etti. İkiliyi gölge gibi takip eden Sefa, bir yandan da Kimya'nın sözlerine karşı söylenip duruyordu: "Nahif bünyeleri varmış. Ne nahifi, zayıfı? O kış günü gül almaya gideceğiz diye karda yağmurda saatlerce ıslanmasaydınız böyle bir şey yoktu. O günden miras bu."

"Ne gülü?" diye sordu Zerkubi.

Sefa, halen o gün, Kerra ve Kirmana Hatun'dan yediği azarları içine sindirememişti. Her fırsatta anlatırdı. Hemen başladı: "Efendim, bu kız Sultanü'l Ulema'nın kabrindeki gülleri görünce efsunlanmış gibi vurulmuş. Şems Hazretleri belki bilmezler ama merhum, Selçuklu Sarayı'nın gül bahçesinde medfundur. Biliyorsunuz dünyanın en güzel gülleri oradadır, denir. Kimya da onlardan medresenin bahçesine dikmek isteyince nasıl yapılacağını anlattım. Ne bileyim efendim, ben bunun Çelebi'yi de ayartıp kar erir erimez çamur içinde, kimseye haber vermeden yola çıkacağını? Mesafe uzak biliyorsunuz, şehrin dışında, akşam olup da çocukların evde olmadığı anlaşılınca bendeniz durumu tahmin ettim. Ama tam tersine hanımlar beni suçladı, çocukları ben azmettirmişim diye. Ne kadar üzüldüğümü tahmin edersiniz."

Zerkubi, bıkkın bir ses tonuyla "Ederiz, ederiz. Neyse yine de kötü bir şey gelmemiş başlarına" dedi.

"Gelmez mi efendim" diye atıldı Sefa ve devam etti. "Buradan, arka kapıdan çıkınca Şerafeddin'in cami inşaatına varmadan, çukurluk bir yer var ya, orada bulunan Emir Gühertaş'ın metruk bahçesinden geçmişler. Bahçede büyük bir kuyu var, 'Roma Kuyusu' derler, bilmem duydunuz mu? Kimya içine bakacağım derken kaymış, ayağını incitmiş, neredeyse içine düşüyormuş. Sonra o ayakla yürüyememişler tabii, saatlerce ıslanmışlar. Hastalandıkları yetmiyormuş gibi Kimya kuyudan ürkmüş; geceleri bağırarak uyanıyordu. Mevlânâ Hazretleri, Şerafeddin Camii ustalarına rica etti, kuyunun etrafına bir sıra taş ördüler. Sonra çocuğu götürüp gösterdi de düşme korkusu yitti."

"Ya, demek öyle," dedi dalgın bir şekilde yürüyen Şems, yanlarına gelen Bahaeddin ile Muid Necmeddin'i de fark etmemişti sanki. Sonra Sefa'ya dönüp "Nasıl bir kuyu bu?" diye sorunca Sefa şaşırdı. Neden ilgilendiğine bir anlam verememişti. Yine de bir şeyler söylemeye çalışarak "Büyük bir kuyu, çok derin olduğunu söylüyorlar" dedi.

"Su var mı?" diye sordu Şems.

"Yok, biz bildik bileli yok. Ama neden kapatmıyorlar bilmem. Emir Gühertaş, zaten bahçeyi kullanmıyor. Hem cami yapılınca gelen giden artacak, tehlikeli. Kapatılsa iyi olur; kör bir kuyu zaten." Şems'in yüzünde anlaşılmaz, tuhaf bir tebessüm belirmişti. Kendi, kendisiyle konuşuyor gibiydi:

"Öyle deme Lala. Kör bir kuyu deyip geçme, gün gelir o da lazım olur." Gözleri bir an belirsiz bir noktaya takıldı sonra ekledi: "Belki Yusuf'u atarlar içine..."

Sefa şaşkınlıkla yanındakilere baktı, sonra Şems'e dönüp "Aman efendim, Hz. Yusuf da kurt da kuyu da mazide kalmadı mı?" diye sordu.

"Her devirde Yusuflar bulunur Lala. Hasedin kurdu her an peşlerinde olur. Yusuf'u yiyen kurt olsaydı keşke -ki Kenan'ın kurtları ona kıyamazlardı- lakin kıskançlık kurdunun hiç çaresi yoktur" diyen Şems, gözlerini Muid'e çevirip "Öyle değil mi Hoca? Sen daha iyi bilirsin. Hz. Yâkub, 'Onu kurdun yemesinden korkuyorum' derken, kıskançlık kurdundan bahsediyordu. Yoksa bir peygamber asla yalan söylemez. Ama hasetçilerin gözü hırstan öyle kör olmuştu ki bunu bile anlamadılar. Kurdu yalanlarına kılıf yapmaya kalktılar. Ne dersin?" diye sorduğunda, Muid'in içine bir titreme düşmüş, bakışlarını nereye kaçıracağını şaşırmıştı. "Öyle diyorsanız öyledir efendim" dedi sadece.

Sonra bir bahaneyle Sefa'yı yanına alarak oradan uzaklaştı Muid. Medresenin bahçesine kadar hızlı adımlarla yürüdü. Sefa'yı ıssız bir köşeye çekince hışımla yakasına sarılıp dişlerini sıkarak "Sen söyledin biliyorum. Sen söyledin" dedi.

"Ne diyorsunuz efendim?" dedi Sefa titreyerek.

"Ne dediğimi biliyorsun. O gün Lala Bahtiyar'la görüşmemizde sen de vardın. 'Böylelerini kör bir kuyuya atmak lazım' demiştim. Öylesine dedim Sefa, öylesine bir şey düşünmeden. Ne gidip söylüyorsun! Ya Mevlânâ Hazretleri duyarsa..."

"Yemin billâh olsun efendim. Mushaf çarpsın ki ben söylemedim. Böyle bir şey yaptım mı hiç size? Niye benden şüphe ediyorsunuz?" diye çırpınıyordu Sefa. İşi o kadar uzattı ki; Şems'in kendisinden sormayı teklif ederek eğer böyle bir şey yaptığı doğrulanırsa kendini kalenin en yüksek burcundan atacağını bile söyledi.

"Deli misin, açıkça kendimizi ele verelim öyle mi? Belki de bir bildiği yok. Laf kendiliğinden oraya geldi. Ama bana o anda öyle baktı ki. Neyse, sen yine de ayağını denk al Sefa! Seni Lala

Bahtiyar'ın hizmetine tavsiye eden benim. Yoksa kendini geldiğin günkü halinle kapının önünde bulursun."

"Aman efendim bunlar nasıl sözler? Evet, ağzım biraz gevşektir ama kime ne söylenip ne söylenmeyeceğini de bilirim. Hem ben Şems'le ne zaman görüştüm ki bunları yetiştireyim."

"Nereden bileyim, Sen de Zerkubi'nin evine gidip geliyordun."

"Bir kere bile görüştürmediler bendenizi, hangi odada olduklarını bile bilmiyorum. Zerkubi'ye sorun."

"Tamam Sefa, tamam da nereden biliyor? Bu adamın cinleri falan mı var?"

"Ne bileyim efendim? Belki biri duymuştur, konuşmalarımızı. Belki şu kız, Kimya, cıva gibi kaygan, nerede karşınıza çıkacağı belli olmuyor."

"Yok canım, ben dikkat ettim, kapı pencere sürgülüydü."

"Efendim, bana kalırsa sizin de buyurduğunuz gibi bir şey bildiği yok, öylesine söyledi. Belki kendince bizi tecrübe ediyor. Zaten ne konuştuğu, neyi kastettiği belli mi? Kapı dururken bacadan giriyor mevzuya, üslûbu çok garip."

"Evet haklısın. Meczup mudur nedir? Mevlânâ'yı nasıl etkiledi bilmiyorum. Ama artık o da ne olduğunu anlamıştır az çok. Medreseye döndü işte. Bu derviş de çekip gitsin artık. Misafirse misafirliği çoktan doldu. Uçan mı, kaçan mı her neyse yoluna devam etsin. Buraya yeterince zarar verdi. Aile perişan, medresenin bir başı, düzeni yok. Çarşıda pazarda konuşulanları hatırlamak bile istemiyorum. Bunun bu adama anlatılması lazım. Hüdavendigârımızı ancak böyle muhafaza edebiliriz. O, öyle temiz kalpli, öyle merhametlidir ki, bu adam canına kastetmiş olsa dahi fark edemez. Bu yüzden bizim daha dikkatli olmamız gerekiyor."

"İsabet buyurdunuz efendim. Bendeniz de tamamen aynı kanaatteyim."

"O zaman, sana çok iş düşüyor Sefa. Ben mevkim itibariyle bunları açıkça söylememeliyim. Molla'ya bağlılığımı bilirsin, onu korumak adına bile muhalif tavır takınmam yakışık almaz. Her nedense Hazret'in bu adama bir zaafı var. Bu yanlış bile olsa ben her zaman Molla'nın tarafında yer alırım" diye Sefa'ya birçok telkin veren Necmeddin, son bir talimatla sözünü tamamladı: "Bundan sonra Şems'i adım adım izlemeni istiyorum. Buradan çıkarsa nereye gittiğinden, kiminle konuştuğundan haberim olacak. İşte sana hizmetinde ne kadar sadık olduğunu gösterme fırsatı."

"Emredersiniz" diye saygıyla eğilen Sefa, taç kapıdan ev bölümüne geçip mutfağın önündeki sedirlerden birine oturdu. Dirseklerini dizine dayayıp başını avuçlarının arasına aldı. Yıllarca yerinde olmak istediği; hiçbir noksanı, sakatlığı olmayan insanların hayatlarındaki eksik, yanlış, çarpık yönleri ortaya çıkararak yaşamıştı. Başkalarının zaaflarını anlatarak kendi yarımını tamamlamayı belki de unutmayı ummuştu. Oysa hâlâ mutsuzdu ve sakatlığından dolayı hâlâ kendini az ve âciz bir adam olarak görüyordu. Gençken hoşlandığı bir kız, irikıyım bir savaşçıyı tercih etmişti. Belki bu yüzden bir daha kimseyi sevmeye cesaret edemedi çünkü sevileceğine inanmıyordu. Kalbi gittikçe katılaştı, gerçekten de hiç seveni olmadı. Karısı, çocuğu ya da bir yakını yoktu. Lala Bahtiyar'ın himayesi ve aldığı üç-beş kuruş maaş olmasa kim bilir nerede olurdu. Onun da bir ayağı çukurdaydı artık. Bu yüzden gelecek kaygısından bir türlü kurtulamıyordu Sefa. Burada kaldığı sürece bir masrafı olmadığından parasını hep biriktirmişti. Ama bu da onu rahatlatmaya yetmiyordu. Şimdi ise iş iyice sarpa sarmıştı. Necmeddin'in dediklerini yaparsa Mevlânâ ile arasının açılma ihtimali büyüktü. Lala öldüğünde doğru tarafta olması gerektiğini biliyordu. Necmeddin'in tüysüz suratı gözünün önüne gelince hırsla dişlerini sıkıp burnundan soludu, "Karı kılıklı herif!" dedi. "Mevkiinden dolayı yapamazmış. Bizim mevkimiz ne olacak peki?"

Diğer yandan Şems'ten de pek hoşlanmıyordu. Necmeddin'in haklılık payı da yok değildi. Pespaye kılıklı bir derviş gelmiş, koskoca medresenin düzenini alt üst etmişti. Sefa hiçbir zaman birbirini seven insanları anlamadığından, Mevlânâ'nın çevresinde bu kadar adam varken bu garip, küstah dervişi niye sevdiğini de anlamıyordu. Aslında Muid haklı, diye karar verdi sonunda "O Mevlânâ'yı bizden soğutmadan, biz Hüdavendigâr'ı Şems'ten iğrendirmeliyiz!" İki elinin arasında taşıdığı başını yavaşça kaldırdığında Şems'in cümle kapısından tek başına çıkıp gittiğini gördü. Bir an şaşırdı, Mevlânâ'nın haberi var mıydı? Zerkubi neredeydi? Bakındı, kimseyi göremedi. Hızla yerinden doğruldu. Aynı kapıdan çıkıp Şems'in peşine takıldığında adımlarını yavaşlattı.

***

Şems, medreseden ayrıldığında, Mevlânâ yukarıda, Kerra Hatun'un dairesindeydi. Uzandığı yerden doğrulup bir süre etrafa bakındı. Kısa bir süre uykuya daldığını fark etti. Kalkıp odada biraz gezindi. Sonra pencerenin önündeki divana oturdu. Etrafındaki eşyaları ilk defa görüyor gibiydi. Bir süre dalgın, mahmur bakışlarla, çevresini süzdükten sonra, yoğun bir susuzluğun boğazını kuruttuğunu hissederek seslendi: "Kerra! Kerra!" Yumuşak bir ses, holün duvarlarında yankılanarak odaya yansıdı: "Nar şerbeti hazırlıyorum, seversin. Hemen geliyorum."

Mevlânâ, Kerra'yla konuşacaklarını düşünüyordu ama nereden başlayacağına bir türlü karar veremedi. Her ne kadar genç kadın hiçbir şey sormadıysa da bir açıklama beklediği muhakkaktı. Çok geçmeden Kerra'nın gülümser çehresi kapıdan gözüktü. Elinde bir sürahi şerbetle içeri girip "Bir şey mi isteyecektin?" diye sorunca Mevlânâ, "Ben, narçiçeğimi istiyordum. O bana nar şerbeti getirmiş" dedi.

Genç kadın istihzayla gülümseyerek "İkisi birlikte daha iyi olmaz mı?" diye sordu.

"Elbette. Ama asıl olan çiçektir; çiçek olmazsa meyve de olmaz şerbet de." Kerra, divana oturup şerbeti yudumlayan eşini tebessümle izliyor, onun içinden geçenleri hayal ediyordu. 'Gönlümü almak için, bu uyku mahmurluğunda bir şiir tasarlamaya çalışıyor belki de' diye düşündü. Sonra uzanıp Mevlânâ'nın elini tutup okşadı, öpüp yanağına koydu: "O gün bana haber vermeden gittiğin, hatta günlerce beni tamamen unuttuğun için, incinmiş değilim."

"Seni unuttuğumu mu düşünüyorsun? Ben seni nasıl tamamen unutabilirim. Sen hep benimlesin, benden ayrı olmadın ki!"

"Hayır, öyle demiyorum tabii. Unutmadığını da bilirim. Sana yük olmadan, yapacaklarına mani olmadan, beni içinde taşıman elbette benim en büyük saadetim. Ama unutman gerekiyorsa unut. Sana engel olacaksam beni unutmandan, hatta tamamen bırakmandan bile incinmem. Bunu demek istedim." Bunları söylerken, ne kadar metin gözüküyorsa da Kerra Hatun'un gözleri buğulanmıştı. Bakışlarını yere çevirerek gözlerini kaçırdı. Başka bir şey de söyleyemiyordu. Soluğu bitmişçesine sesi boğazında düğümlenmişti. Mevlânâ uzanıp eşinin yüzünü ellerinin arasına aldı. Gözlerinin üzerine, birer buse kondurup başını göğsüne bastırdı:

"Böyle düşündüğünden emin olduğum için bu kadar rahatım sana karşı, biliyorsun. Ama bir daha böyle söyleme, sitem et, şikâyet et, ama "beni unut" deme... Kerra, Şems ne diyor, biliyor musun?"

Kerra Hatun biraz geri çekilip merakla sordu: "Ne diyor?"

"'Beşerî aşk, ilahi aşktan ayrı değildir. Çünkü Aşk, Allah'ın sıfatlarındandır ve sonsuzdur. Her tür aşk ondandır. Bir adamda âşık olma istidadı varsa neye karşı olursa olsun, insan-ı kâmil olma yolunda onda umut vardır. Hem bu dünyada tanışıp âşık olan kadın ve erkekler, aslında 'Elest Meclisi'nden tanışıktırlar. Çünkü ruhlar çift yaratılmıştır. O yüzden birbirlerini ilk defa gördüklerinde bile çok eskiden aşinaymış hissine kapılırlar. Ancak bazıları onu bu dünyada bulamaz. O yüzden sürekli bir arayış içindedir. Bu konuda mütemadiyen daldan dala konan, macera peşinde olan insanlara gıpta etmemek lazım. Dışarıdan neşe, keyif ve zevk içinde gözükebilirler ama ruh eşini bulamayan, tarif edemediği bir ıstırap içindedir' diyor. Demek ki biz şanslılardanız. Tanışıklığımız oradan ki burada dilsiz dudaksız anlaşmaktayız."

Kerra mutlulukla dinliyordu: "Ne kadar güzel sözler bunlar. Bunlar bu dünyaya ait olamaz sanki başka bir âlemden fısıldanmış. Oysa herkes, Şems'in seni insanlardan soğuttuğunu, benden bile kopardığını söylüyordu. Oysa neler anlatıyormuş sana."

"Sahiden böyle mi konuşuldu? Sen bile etkilendin. Ama kapıda Şems'i büyük bir hürmetle karşıladın?"

"Ona nasıl saygısızlık edebilirim ki senin için anlamını biliyorum."

"Elhamdülillah sen bunu biliyor, buna göre davranıyorsun. Ama şuna da dikkat etmelisin ki, bundan sonra bu evde ve medresede, Şems ne yaparsa yapsın, ne söylerse söylesin, kim ne derse desin, ona saygıda, hürmette kusur işlenmeyecek. Onu kıran, beni kırmıştır. Onu karşısına alan benim hasmımdır!"

Kerra hayretle baktı: "Sen hiç böyle şeyler söylemezdin. Neler oluyor? Sadece bir süre kendini dünyadan tecrit ettiğin için insanlar tepki gösterdiler. Artık bunlar geçti. Sen buradayken kimse menfi bir şey söyleyemez ve yapamaz."

Mevlânâ derinden iç çekti, sonra: "Ümit edelim de öyle olsun. Ama senden istediğim; Şems, şimdiye kadar tanıdığın, bildiğin hiç kimseye benzemez. Ne görürsen gör, ne duyarsan duy, ondan şüphe etme. Küfrünü, iman say."

Kerra Hatun, bir süre idrak etmeye çalıştıysa da yaşanmadan, tecrübe edilmeden anlaşılmayacak şeyler vardı. Genç kadın, sonunda kafasındaki bütün soruları bir kenara bırakıp eşine olan sadakat ve güvenine dayanarak samimiyetle "Peki, nasıl istersen" dedi. Zor bir döneme girildiğini anlamıştı. Hayat arkadaşına sevgiyle bakıp sordu: "Başka yapabileceğim bir şey var mı?"

"Sadece kendin ol, her zamanki gibi. Sen ne yapacağını zaten bilirsin."

Kerra mutlulukla eşine sarıldı. Bir süre öyle kaldılar. Sonra Mevlânâ, "Bugün evin içinde bir sessizlik var. Sahi Melike nerede?" diye sordu.

"Kimya, onu panayıra götürdü. Alâeddin Tepesi'ndeki meydanda şenlik varmış. Hokkabazlar, canbazlar ve sair. Epey oldu, belki gelmişlerdir. Bi' bakayım istersen."

"Hayır. Ufaklıkla sonra hasret gideririz. Kesintisiz baş başa kalmamızı neye borçluyuz diye sormuştum ben de. Kimya bir mükâfatı hak ediyor öyleyse."

"Kesinlikle. Sen yokken de bana çok destek oldu."

"Fark ettim. Bugün bana da olgunlaşmış, büyümüş gibi gözüktü nedense."

"Ee, genç kız oluyor artık, çocuk sayılmaz. En güzeli de bizi gerçek ailesi gibi benimsemiş olması, sorumluluk alma istekleri de bunu gösteriyor. İlk başlarda korkmuştum doğrusu, bir başkasının çocuğunu himaye etmen, evlatlık alman cesaret isteyen bir karardı. Ama sen çok kolay verdin."

"Türkistan'da bir söz vardır; 'Yumurta kimin bahçesine düşerse, civciv onundur' derler. Kimya da bizim bahçeye düştü. Onu bize Allah gönderdi, hikmetinden sual olunmaz."

"Şüphesiz, bir hikmeti vardır elbette. Zor olabilirdi diyorum sadece, ama çok şükür, memnunuz. Şems'ten çok etkilenmiş, o gün olanları anlata anlata bitiremedi. Bana da çok faydası oldu anlattıklarının. Yoksa her köşede insanların fısıldaşmalarına, imalı bakışlara nasıl tahammül edebilirdim."

"Evet," dedi Mevlânâ geriye yaslanıp "Şimdi anlatır mısın, tam olarak ne oldu, kim ne konuştu?"

Kerra Hatun medresede olanları anlatırken Mevlânâ kapının çalışıyla irkildi. "Kimya" dedi Kerra. Pencereden geçişini görmüştü. Yürüyüp kapıyı açtığında, genç kız sıkıntılı bir halde ellerini ovuşturarak "Anneciğim, müsaitseniz babamla biraz aşağıya gelebilir misiniz? Bir misafirim var da..." dedi. Kerra Hatun şaşırmıştı:

"Misafirin mi? Gel kızım içeriye de anlat, niye böyle duruyorsun? Bu ne telaş?" Konuşmaları duyan Mevlânâ da içeriden "Kimya, gelsene kızım!" diye seslenince genç kız holü hızla geçip odaya daldı:

"Babacığım, Madam Meselina biraz önce Doğu Romalı bir şövalye ile geldi. Şövalye akrabam olduğunu, benimle görüşmek istediğini söylüyor. Siz olmadan görüşmek istemiyorum. Gelir misiniz?"

"Tabii, geliriz de telaşa gerek yok, sen de görüşebilirsin. Ailenle, akrabalarınla ilgili merak ettiğin şeyler yok mu?"

Kimya kendini yere atarcasına Mevlânâ'nın ellerine sarılıp oturdu. Ve kesin bir ifadeyle "Hayır, yok!" dedi. Sonra endişeyle ekledi: "Ya beni götürmeye geldiyse? Alâeddin, 'Kimse başına böyle bir bela almaz, korkma' diye beni kızdırıyor. Ama yıllar sonra, bu adam sadece beni görmek için mi arayıp buldu da ta buraya kadar geldi?"

Mevlânâ, Kerra'ya bakıp gülümseyerek "Şimdi anlaşıldı, hadi annesi, şu şövalyenin niyeti neymiş bir bakalım" dedi. Kerra Hatun da genç kızı elinden tutup şefkatle kaldırırken "Kimse benim kızımı istemediği bir yere götüremez" diye cesaret aşıladı. Kimya, güvenle genç kadının beline sarıldı. Birlikte yürürken Mevlânâ "Şu şövalyenin adı neydi?" diye sordu.

Genç kız biraz düşünerek "Hım, şey... Marcos Arilesos" diye cevap verdi.

* * *

Marcos, arabadan bir çırpıda yere atladı. Meselina'nın inmesine yardım ettikten sonra karşısındaki kapıya bakıp derin bir nefes aldı. Arkasına kadar açık olan kapıdan avlunun bir bölümü ve yeşillikler içindeki şadırvan gözüküyordu. İçeri girip çıkanlar vardı. Marcos yolda Meselina'dan birçok şey öğrenmişti. Ancak kapının önüne gelince yine de gerildiğini hissetti. Hiç bilmediği bir ülkede, tanımadığı insanlarla görüşecek ve bir genç kızın akrabası olduğunu iddia edecekti. Bunları düşününce iyice tedirgin oldu. Kendi evine giriyormuş gibi eteklerini toplayıp merdivenleri çıkan Meselina'ya, "Dur biraz böyle gelmemiz doğru mu, bizden şüphelenmezler mi?" dedi.

Gözlerini hayretle açan genç kadın, "Niye şüphelensinler kuzum?" deyince Marcos hemen düzeltti: "Yani beni hiç tanımadıkları için nasıl karşılarlar diye endişeliyim."

"Endişelenme, ben tanıştırırım, iyi karşılayacaklarından eminim. Bu kapı zaten herkese açıktır. Gelene 'Niye geldin?' diye sorulmaz. Sen istediğin kadarını açıklarsın. Hadi rahatla artık, herkesin birbirinden şüphe edip durduğu Doğu Roma'da değilsin."

Kimya, Kerra Hatun ve Mevlânâ'yla birlikte, misafirlerin beklediği odaya girdiğinde Şövalye kalkıp onları saygıyla selâmladı. Ancak Kimya'nın soğuk karşılaması dikkatlerden kaçmayacak kadar belirgindi. Hatta misafirlere babası ve annesinden daha soğuk yaklaşmış, her zaman yaptığı gibi Meselina'ya da koşup sarılmamıştı. Fakat Meselina bu durumun farkında değildi. O daha çok, kıskançlıkla karışık gıpta ettiği Kerra Hatun'u tepeden tırnağa süzmekle meşguldü. Onun kendininkiyle yarışan güzelliği ve tavırlarındaki asalet Meselina'yı her zaman huzursuz ederdi. Ona bakarken 'cildindeki duru, berrak parlaklığın sebebi ne, bu vakitte...' diye düşünüyordu ki Şövalye, "Bizi tanıştırmayacak mısın Meselina?" diye aklından geçenleri böldü. Meselina, o an Şövalye'ye yardımcı olmakta geç kaldığını fark ederek söze girdi:

"Elbette Şövalyem. Camilia bak sana kimi getirdim? Şövalye Marcos Arilesos. Kendisi baban Alexius'un yakın arkadaşı ve akrabanızmış. Nikia'dan elçi olarak gelmiş. Ama en büyük arzusu büyükanneni ziyaret etmekmiş. Bunun ne yazık ki mümkün olmadığını ama seninle görüşebileceğini söyledim. O da çok memnun oldu."

Kimya bu takdime mukabele etmekte gecikince Mevlânâ, "Ne kadar güzel, ziyaretinizden biz de çok memnun olduk Şövalye. Kimya'yı büyükannesinden sonra görmeye gelen olmamıştı. Öyle değil mi Kimya?" diye sordu. Kimya mecburen cevap verdi: "Evet, zahmet etmişsiniz Şövalye, teşekkür ederim."

Bunun üzerine Marcos, ziyaret sebebinin Alexius'a vermiş olduğu bir söze dayandığını uzunca izah etmek zorunda hissetti. Böylece Marcos'un, Alexius dünyadan erken ayrılırsa kalan akrabalarından sorumlu olup onlarla ilgileneceği anlaşıldı. Fakat Madam Evdoksiya'nın izini bulmak pek kolay olmadığından bu kadar geç kalmıştı. Herkes bu hikâyeye inanmış gibi gözünce Marcos iyice rahatlayarak "Bundan sonra benim için önemli olan Camilia'nın huzur ve güven içinde olması. Meselina sizlerle ilgili çok şey anlattı. Camilia'nın sıcak bir aile kucağında büyümüş olması elbette büyük bir şans. Sevgili dostum Alexius adına hepinize teşekkür ederim. Benim yapabileceğim bir şey olursa da bilmek isterim" diye devam etti ve ekledi: "İmparatorluk elçisi olarak geldim ve belki de bir süre bu şehirde kalmam gerekecek. Burada olduğum sürece Camilia ile görüşmek, onu daha yakından tanımak, eğitimi, yaşantısı hakkında bilgi edinmek isterim. Tabii ki o da isterse?" diye sözlerini tamamlayan Şövalye, gözlerini Kimya'ya çevirmiş cevap bekliyordu.

Ama genç kızın sıkıntıyla ellerini ovuşturduğunu gören Mevlânâ, uygunsuz bir cevabın önüne geçmek için Kimya'yı Türkçe ikaz etme gereği hissetti: "Kızım, misafirimiz bu şehirde kalacaksa kendi evimizde ağırlamak isteriz değil mi?"

Kimya suni bir tebessümle Şövalye'ye bakarak "Eğer bu şehirde kalacaksanız sizi kendi evimde misafir etmekten onur duyarım. Madem beni ziyarete geldiniz, benim misafirim olarak sizi gereğince ağırlamak isterim. Tabii resmî göreviniz buna mani değilse" dedi.

Bu Şövalye için eşi bulunmaz bir fırsattı. Anlamasa da Mevlânâ'nın ikazını ve Kimya'nın nezaketen davet ettiğini hissediyordu. Ama bu fırsatı asla kaçırmamalıydı. Onun için Kimya'nın isteksizliğini görmezden geldi ancak resmî bir engel olup olmadığını da bilmiyordu. O yüzden temkinli cevap verdi: "Bunu çok isterim Camilia. Ancak resmî bir engel var mı bilmiyorum. Şark'a ilk defa seyahat ediyorum."

Mevlânâ, "Mesele değil Şövalye, Saray için önemli olan emniyetiniz ve ulaşılabilirliğinizdir. Bu durumda adresinizden haberdar olmaları yeterli olur. Burada kalmanız Kimya açısından da önemli. Belki ailesiyle ilgili merak ettikleri vardır. Ama henüz şaşkınlığı geçmiş değil, o yüzden bunlar aklına gelmiyor. Takdir edersiniz ki böyle bir ziyareti beklemiyordu. Zannediyorum Madam Evdoksiya sizden hiç söz etmemiş" diyerek tehlikeli bölgeye girdi.

Ama Şövalye soğukkanlılığını ustalıkla muhafaza ederek "Anlıyorum. Belki öyle uygun görmüştür; belki de bazı şeyleri büyüdüğünde anlatmaya karar vermiştir" dedi.

Mevlânâ, "Mümkündür. Madam, emniyet ve sırları muhafaza konusunda titizdi. Tabii sizin daha kadim ve yakinen tanışıklığınız var, daha iyi bilirsiniz" deyince bu sözler Şövalye'nin zihninde çağrışımlar yaparak yayıldı. 'Acaba bir şeyler biliyor mu?' diye muhatabına dikkatle baktı. Öyle ise bunları bir an evvel öğrenmeliydi. Ama söz sanatlarını kendi dilinde bile mükemmel kullanan bir adamla karşı karşıyaydı. Oysa Meselina ondan söz ederken abarttığını düşünmüştü. Biraz düşündükten sonra, "Evet, Madam ailesinin ve Doğu Roma'nın emniyet, istikbali için her zaman sırları muhafazada titiz davranırdı" dedi. Bunun üzerine Mevlânâ samimiyetle gülümsedi:

"Ortak bir dostumuz olduğuna göre biz de arkadaş sayılabiliriz öyleyse. Madam'ın evi medresenin bitişiğinde bulunuyor. Biz aradan da bir kapı açtık. Kimya'nın rahat gidip gelmesi için, ama o burada kalmayı tercih ediyor. Sadece emektar hizmetkârları ziyaret için gidip geliyor. Orada rahat edeceğinizden eminim. Kimya da bundan mutluluk duyacaktır. Buraya da istediğiniz zaman gelir, kendisiyle görüşürsünüz."

Şövalye, bu konuşmalardan sonra ilk ziyareti daha fazla uzatmamak gerektiğini düşünerek ev sahiplerine nezaketlerinden ötürü defalarca teşekkür edip kalktı. Aslında, Kimya'nın soğukluğu ve kendisini meraklı bir şekilde soru yağmuruna tutmamış olması Marcos'u oldukça rahatlatmıştı. Fakat Mevlânâ olmasaydı tamamen istenmeyen bir konuk durumuna düşeceğini de anladı. Ama her şeyi bilmek, Mevlânâ'yı tam olarak anlamak istiyordu. Medreseden çıkınca Meselina'ya, "O bilgin, yani Mevlânâ, kendi dilinde bir şeyler sarf etti, Camilia'ya ne dedi, sen anladın mı?" diye sordu.

"Oh, tabii sadece seni evine davet etmesi gerektiğini hatırlattı. Benim anlayacağımı biliyor tabii ama sana kabalık olur diye öyle yaptı."

"Tam olarak tercüme eder misin?"

"Şey, sanırım 'Biz konuklarımızı evimizde ağırlamak isteriz değil mi kızım?' demişti. Camilia da sana nasıl karşılık vermesi gerektiğini hatırlamış oldu. Bunda ne var Şövalyem, o henüz bir çocuk ve tabii ki onların yanında Türk âdetlerine göre yetişiyor. Size bahsetmiştim ya Türkler için misafir adeta kutsal bir şey, onun için 'Tanrı misafiri' diyorlar."

"Camilia'nın bu konuda Türklere benzeyeceğini hiç sanmam" dedi Marcos. Meselina bir kahkaha atarak: "Demek soğuk davrandığını fark ettin?"

"Elbette fark edilmeyecek gibi değildi."

"Bunun için üzülmüyorsun umarım. Kısa sürede sana alışır. Belki tanımadığından, belki de kendisini onlardan ayırırsın zannederek öyle davranmıştır."

"Kimden?"

"Ailesinden canım. Camilia onları öz ailesi gibi benimsedi dedim ya. Şimdi sen böyle onu korumakla görevli olarak çıkıp gelince belki kendisini alıp götüreceğini zannetti."

"Haklısın, öyle anlamış olabilir, buna dikkat ederim. Ama aklım almıyor, nasıl bir Doğu Romalı, torununu Türk bir aileye emanet eder, daha da garibi çocuk onları böyle benimser? Peki dinini yaşaması konusunda Madam'ın bir endişesi olmadı mı? Kiliseye gidebiliyor mu?"

"Gidebilir tabii; Müslümanlar buna müdahale etmezler. Madam'ın bu konuda endişeleri vardı. Camilia'nın, ailesini katlettikleri için Hıristiyanlardan nefret ettiği gibi dininden de büsbütün soğuyacağından korkuyordu. Bu yüzden kilisedeki eğitimine devam etmesi şartıyla medreseye de gitmesine izin verdi. Uzun bir süre düzenli bir şekilde gitti de. Ama sonra rahipler Madam'a, artık öğreneceği bir şey kalmadı, demişler. Bence onları sorularıyla bunaltmıştır, kurtulmak istemişlerdir. Evet, sevimlidir ama bazen akla hayale gelmez sorular sorar, her yaptığımıza itiraz eder. Bence ailesini acı bir şekilde kaybetmeseydi de böyle bir insan olacaktı. Onun kanında farklı bir şey var?

"Ne demek bu?"

"Kusura bakma Şövalye senin akraban tabii ama farklı bir çocuk demek istiyorum. Yani bizim hiçbir şeyimiz ona anlamlı gelmiyor. İsmini bile kabul etmiyor, yani bizim söylediğimiz şekilde."

"Kimya" ne demek peki, bunun bir anlamı var mı?"

"Onlar anlamsız isimleri sevmezler zaten. Kimya, 'sihirli karışım' demek sanırım yahut da öyle bir şey; iksir, ilaç gibi..."

"Anlıyorum. Gerçekten de bu ona daha uygun bir isim. Ben de artık böyle hitap edeyim öyleyse."

"Senin için bunu kabullenmek çok zor, anlıyorum ama inan bana onu Mevlânâ ve ailesinden başkası yanında barındıramaz. Dini konusunda Madam'ın vasiyeti olduğu için belli bir olgunluğa ulaşması bekleniyor herhalde, yani o yüzden bir açıklama yapılmadı. Ama biz onu artık Müslüman olarak kabul ediyoruz. Zaten ibadetler dâhil çocukluğundan beri onların her yaptığını taklit ediyor. Ama senin için önemli olan; o kendisi için emniyetli, huzurlu bir yerde ve mutlu. Arkadaşının vasiyeti yerine gelmiş aslında."

"Belki de" diye mırıldanırcasına dalgın bir cevap verdi Marcos, zihni tamamen başka bir mecraya doğru akıp gitmekteydi. Acaba Mevlânâ sadece, Ertuğrul Bey'den beri iyice kanıksamaya başladığı klasik Türk konukseverliğinden dolayı mı Marcos'un o evde kalmasını kolaylaştırmış hatta bizzat temin etmişti? Yalnız kalıp konuşmaları baştan gözden geçirmeye ihtiyacı vardı.

***

Kimya günlerdir ilk defa Sefa'yı bu kadar sessiz görüyordu. Bu durumdan şikâyetçi de değildi. Ama Sefa'nın kıyıda köşede Muid'le fısıldaşmaları da gözünden kaçmamıştı. Mevlânâ'nın yana yakıla Şems'i sormasına rağmen kimsenin bir haber getirmemesi de normal gözükmüyordu. Hem Sultan'ın şehre gelişi hem de Molla'nın uzun süredir medresede olmaması, Ramazan'ın yaklaşması ve Muid'in, Mevlânâ namına vermiş olduğu randevular ziyaretçi akınını hızlandırmıştı. Kimya, babasının odasına her yönelişinde ümeradan, ulemadan, tüccardan, kadılardan mühim misafirleri görüyor, geri dönmek zorunda kalıyordu. Mevlânâ da bunlardan pek rahatsız gözükmüyordu. Çünkü o da bu fırsatı değerlendirmek istiyor, insanlara Şems'ten bahsediyordu. Onun, insanların gönlüne ışık tutan bir güneş yahut onları benlikleriyle yüzleştiren bir ayna gibi olduğunu söylüyordu. Ondan bir hoşnutsuzluk meydana gelirse bunun ancak ışıktan rahatsız olmak anlamına geleceğini anlatıyordu. Çünkü bir eve güneş ışığı vurduğunda nasıl en dip köşelerdeki tozlar dahi belirip gözükürse gönül evine de aşk güneşi, Şems'in ışıltısı düştüğünde bütün kir ve pasın ortaya çıktığını söylüyordu. Ve bunun çaresinin perdeyi kapatmak değil evi temizlemek olduğunu, misafirlerin seviyelerine göre değişik hikâyelerle izah ediyordu.

Kimya sonunda dayanamayıp mutfakta kalan yemekleri atıştıran Sefa'nın karşısına dikildi: "Lala Sefa, babam Tebrizli Şems'in nerede olduğunu ve ne yaptığını öğrenip kendisine bildirmenizi istiyor" dedi. Bizzat Mevlânâ isterse Sefa'nın kaçma şansı olmadığını biliyordu. Şems konusunda onu dedikodu zevkinden bile mahrum bırakan her ne ise bu şekilde bertaraf edeceğine inanıyordu genç kız. Fakat Sefa, pilav dolu bir kaşığı daha ağzına götürdükten sonra şüpheyle baktı muhatabına ve "Bunu kendisi mi söyledi?" diye sordu.

"Evet, elbette" dedi Kimya. Sonra dışarıdan gelen seslere kulak verip hemen ekledi: "Fakat tam, sizi çağırtacaktı ki Devlet Hatun Hazretleri'nin teşrif ettiği haber verildi. Babam da bana durumu size iletmemi söyledi. Ha, unutmadan, en geç akşama cevap beklediğini de ilave etti."

Sefa, "Oo, Devlet Hatun ha!" dedi merakla gözlerini açarak... Sonra mutfağın kapısından eğilip avluya baktı. "Askerler gelmişler bile" diye ekledi. Kimya sabırsızlıkla, "Hadi! Molla Babam akşama cevap bekliyor dedim ya. Burada kayda değer bir şey olursa ben size aynen naklederim, merak etmeyin."

Sefa, Şems'in nerede olduğunu bilmesine rağmen isteksizce yola koyulunca Kimya yaptığı işi fırsat belleyip Mevlânâ'ya bildirmek üzere odasına yöneldi. İçeri bakınca misafirin henüz gelmediğini, babasının yalnız olduğunu görerek sevindi. Hızla yürüdü. Mevlânâ, ona tebessümle yanındaki minderi gösterdiyse de genç kız henüz oturmadan misafirin geldiği bildirildi. Kimya bu güzel ve asil kadına hayrandı. Daha önce de böyle görüşmelerde bulunmuştu. Konuşmaların hepsini anlamasa da Devlet Hatun'un çok dertli olduğunu, Sultan Alâeddin'in ölümünden sonra çok acı çektiğini ve yapacağı hayır işleriyle ilgili Mevlânâ'yla istişarelerde bulunduğunu biliyordu. Büyük Sultan Alâeddin'in eşi ve mevcut Sultan'ın validesi, Hunat Mahperi Devlet Hatun, kapıdan adımını atar atmaz hüzünlü güzelliğiyle, bütün odanın havasını değiştirmiş gibi geldi Kimya'ya. Zarif elleriyle Kimya'nın yanağını okşayarak "Doğu Roma'da susuz kalmış tomurcukların Selçuklu'da çiçek açması ne güzel," diye iltifatta bulundu, kendisinin de Doğu Roma asıllı olduğunu ima ederek. Kimya, heyecanla teşekkür etti.

Devlet Hatun saraydan sadece hayır işleri için çıkabildiğini anlattı Mevlânâ'ya. Fakat genç kadın, tamamlaması gereken önemli işler olduğunu söylüyor, dünyada çok az bir vaktinin kaldığına inanıyordu. Kimya, Hatun'un koyu kırmızı kadifeden altın sırma nakışlarla işli pelerinin yüzüne yansıttığı kızıl pırıltılar olmasa ne kadar solgun gözükeceğini hissetti birden. Ama yine de bütün bunlar, böylesine bir güzelliğin bu yaşta dünyadan ayrılmasına, toprağın altında çürümesine yeterli bir sebep olarak gelmedi genç kıza. Hem kaç yaşında olabilir ki diye düşündü. 'Kerra Hatun'la aynı civarda olmalı, otuz beş, en fazla otuz sekiz' dedi içinden. Fakat öyle anlaşılıyordu ki, kadının ölümden şikâyeti yoktu yalnızca, Sultan Alâeddin'in vasiyetini yerine getirememekten korkuyor, Sultanoğlunun istikbalinden endişe ediyordu. Bunları anlattıktan sonra derin bir nefes alan Devlet Hatun, "Ey Bilginler Sultanı'nın Oğlu, Ey Bilginlerin Serdarı, kimsenin kapısından çevrilmediği Mevlânâ Celâleddin! Sultan Alâeddin'in bu hakir bendesini de kapından çevirme" diye devam edince Mevlânâ'nın birden gerildiğini, araya girmek istediğini fark etti Kimya. Ama Hatun, elinin bir işaretiyle buna mani olarak sözlerine devam ediyordu: "O Sultan Alâeddin ki başta, rahmetli pederiniz olmak üzere, birçok âlimi bizzat davet etmiş, ülkesinin kapılarını ilim âşıklarına sonuna kadar açmış, kendi ülkelerinde hor hakir görülenleri bile kanatları altına almıştır. Çatısı alında bulunduğumuz, bu ilim irfan yuvalarının kurucusu ve koruyucusunu elbette, siz benden daha layıkıyla takdir ve yâd edersiniz. Ancak devlet işleri ve siyasetten ne kadar uzak durduğunuzu da bilmeyen yoktur."

Bir süre susarak muhatabının tepkisini yüzünden okumaya çalıştı. Ancak başlangıçta neredeyse her kelimede araya girmeye çalışan Mevlânâ derin bir sessizlikle bekliyor, böyle bir girizgâhtan sonra gelecek önemli teklifin izlerini sürüyordu hafızasında. Fakat Kimya'nın kafasında oluşan ve Hatun'un da beklediği onlarca soru yerine kısacık bir cümle çıktı ağzından: "Devlet Hatun Hazretleri, bizi çok iyi tanıyorlar." Bu cevaptan konuşma tamamlanıncaya kadar fikir beyan etmeyeceği anlaşılınca Devlet Hatun devam etti: "Ancak, idarede görev almasını arzu ettiğimiz, emin, dürüst, tecrübeli ve kabiliyetli bazı insanların da kerih gördüğü devlet işleri, ne yazık ki ehil ve emin olmayan ellere düşmüştür. Benim kanaatimce, bu temiz insanların ellerini bir nebze de olsa kirletmek pahasına, mesuliyetlerinin olduğu ikaz, telkin ve tenbih edilmelidir. Bunu sizin kadar güzel ve etkili, sizin kadar yüksek sesle kim söyleyebilir Selçuklu'da."

Devlet Hatun sözün burasında yine susunca isteğin bununla sınırlı olmadığının farkında olan Mevlânâ, misafirinin işini kolaylaştırmak istedi: "İsabet buyurdunuz. Bir cemiyette, kendisini ilme adamış âlimler ne kadar gerekliyse, halkın emniyeti, huzuru ve refahı için, siyasetin bütün kirliliğine rağmen, o arenaya çıkıp sorumluk yüklenecek devlet adamları da gereklidir. Asıl maksatları bu olduğu sürece yaptıkları hatalardan ve bulaştıkları kirden, taşıdıkları sorumluluk ateşinde yandıkça arınacaklardır."

Bu sözler üzerine Devlet Hatun'un yüzüne belli belirsiz bir ışık geldi ve buğulu, dalgın, ümitsiz gözleri parladı. "Selçuklu'nun medar-ı iftiharı Mevlânâ, bu sözlerinizle, çocukluğumdan beri saray entrikaları içinde yaşamış, doymak bilmeyen ihtirasları, sebepsiz ihanetleri görmüş yüreğime nasıl su serptiniz bilemezsiniz. Bunlarla içli dışlı olan bir insan nasıl kendisinin tertemiz kaldığını iddia edebilir? Benim şahsi hislerim bir yana, eğer siz bu konuda böyle düşünüyorsanız, eminim sizden son bir isteğimi de geri çevirmezsiniz. Sultanımın son anında, yanında bulunan üç kişiden biri olarak, onun son emrini -ki artık vasiyeti olmuştur- yerine getirme borcunu taşıyorum. Diğer iki kişiden biri öldürüldü. Diğeri ise siyasetten elini eteğini çekip dünya işlerinden mücerret bir hayat sürmeyi seçti. Hâlbuki Sultan, son anında ona bir emir vermişti. Onun adını söylemişti." Sözün burasında küçük bir ara veren Devlet Hatun, Mevlânâ'ya dikkatle baktı. Kimden söz edildiğini anladığından emin olunca devam etti: "Aslında kendisi Sultan'a, emrini ne pahasına olursa olsun yerine getirecek kadar sadıktı. Halen de öyle olduğunu biliyorum. Fakat ya bizi yanlış tanıyor ya da tek başına yapamayacağına, daha kötü sonuçlara yol açacağına inanıyor. Kendisiyle doğrudan görüşmem onun hayatını da benimkini de tehlikeye sokar biliyorsunuz. Ama bu konuda bana yardım etmezseniz bedeli ne olursa olsun, kendim görüşmek zorunda kalacağım." Konuşmanın burasında saltanat mührü taşıyan yüzüğü parmağından çıkarıp Mevlânâ'nın önündeki sehpaya bıraktı ve "Eğer kendisine bu emaneti iletirseniz, yalnız olmadığından ve bizim de hangi tarafta durduğumuzdan emin olacaktır" dedi.

Kimya; yüzük, Mevlânâ ve Devlet Hatun arasında bakışlarını hızla gezdiriyor, kafasında binbir soru dolaştırıyordu. Ancak Şems'in, "Sana söylenmeyeni duyma!" sözü çınladı kulaklarında, bakışlarını indirdi yere. Yine de Mevlânâ'nın uzanıp yüzüğü aldığını görünce merak etmeden yapamadı. Acaba bu yüzük kime gidecekti? Devlet Hatun'un uğurlanmasının ardından, Kimya saltanat mührü gönderilecek kadar güvenilir ve önemli devlet adamının kim olduğunu öğrenme gibi, boyunu aşan bir işten vazgeçmişti. Ancak, onun ne kadar meraklı olduğunu bilen Mevlânâ, dış kapıya kadar peşinden ayrılmayan Kimya'ya dönerek "Bir dostuma kadar gidip geleceğim. Soran olursa öyle söylersin" dedi. Kimya, bu cevabın kendisine olduğunu anlamıştı.

"Hayır, babacığım ben onu sormuyorum. Aslında size başka bir şey söyleyecektim. Bir türlü fırsat bulamadım. Sizden habersiz namınıza bir şey yaptım da..." Mevlânâ soran gözlerle bakınca genç kız açıkladı: "Lala Sefa'ya Şems Hazretleri'ni arayıp bulmasını, size bu konuda bilgi vermesini söyledim."

"İyi yapmışsın kızım. Ama Sefa bulabilse söylerdi herhalde, günlerdir soruyorum herkese."

"Ama efendim medresedekiler, sizin dostluğunuzdan pek..."

"Bunlar ayaküstü konuşulacak şeyler değil Kimya, sonra konuşuruz" diyen Mevlânâ genç kızın sözünü kesti. Sonra tam kapıdan çıkacakken geri dönüp "Muid'e söyle, bugün başka bir misafir kabul edilmesin" dedi.

Kimya, sevinçle Necmeddin'e talimatı iletti. İçinden 'acaba yarını da eklesem mi' diye geçirdiyse de cesaret edemedi. Artık biraz da olsa babasıyla vakit geçirmek istiyordu. Onun sohbetini özlemişti. Neyse ki Mevlânâ, Kimya'nın umduğundan daha çabuk döndü. 'Bir süre konuştukları da nazara alınırsa, yakın bir yere gitmiş olmalı' diye düşündü genç kız. Sarığını, cübbesini sedire bırakan Mevlânâ, "Ne dersin Kimya, ikindi namazından sonra gülleri budayalım mı, vakti geldi mi?" diye sorunca genç kız sevinçle, "Evet, babacığım tam zamanı!" dedi.

"Öyleyse Hüsameddin'e söyle aletleri hazırlasın." Kimya söz tamamlanmadan yerinden fırlamıştı bile. Mevlânâ medrese avlusunun, eve bitişik güney cephesindeki, gül bahçesinde fidanları budamaya başladığında, Kimya da elindeki sepete, kesilen çubukları topluyordu. Hüsameddin, bir kenardaki sedire oturmuş, elindeki varaklara, Mevlânâ'nın dilinden dökülen beyitleri kaydetmeye çalışıyordu. Babasının dudakları kıpırdadığında genç kız da sessizce oraya oturdu.

"O padişahın kudretine bak ki onun lütfuyla,

Gül bahçelerinde, güller, dikenle uzlaşmış..."

Kimya avluda bir ayak sesi işitince hızla ardına döndü. Lala Sefa gelmişti. Ama şiiri bölmemek için, elini önünde kavuşturup bekledi. Mevlânâ devam ediyordu:

"Nice kimseler vardır ki eğri, huysuz ve hırsızdır.

Ama doğrularla, ok ve yay gibi uzlaşmışlardır."

Şiir biter bitmez lafa karışan Sefa: "Efendim, eğri kişilerle doğru kişiler nasıl uzlaşabilir?"

Elindeki dalı sepete atan Mevlânâ, "Ok ve yay gibi dedim ya Sefa... Yay eğridir, ok doğrudur. Ama hedefi birlikte vururlar. Eğri yay, doğru okun istikametini daha da düzeltmesini sağlar. Birlikte bir işe yararlar. İnsanlar da öyle; hem herkesin karakterini bir anda değiştiremezsin ama hedefini daha kolay düzeltirsin. Böylece doğru bir iş için birleşildiğinde herkese bir pay düşer. Neyse inşallah bize iyi bir haberin vardır."

Sefa ellerini ovuşturarak "Efendim iyi mi kötü mü siz karar verin." Mevlânâ bağ bıçağını kapatıp tamamen Sefa'ya döndü. Sefa devam etti: "Tebrizli Şems'i, Sırçalı Medrese inşaatında çalışırken buldum, Hıristiyan mahallesinde."

"Kötülük bunun neresinde?"

"Efendim kendisi, sizin arkadaşınız ve misafiriniz olarak tanındı şehirde. Ama orada işçi gibi çalışıyor; dülgerle, ustayla, çırakla oturup kalkıyor. Toz toprak içinde. Üstelik..."

Sefa hiç telaffuz etmek istemediği bir şey varmış gibi susunca Mevlânâ sabırsızlıkla "Üstelik ne Lala?" diye sordu. Sefa üzüntülü bir sesle "Üstelik akşamları oradaki meyhanelere gidiyormuş. Siz bilirsiniz ama artık böyle biriyle görüşmeniz münasip olmaz herhalde..."

"Haklısın Sefaeddin," dedi Mevlânâ, sonra ekledi: "Ben bilirim. Haberlerin için sağ ol. Git sıcak bir şeyler iç, bizim için dolaşmışsın gün boyu, Allah razı olsun."

Kimya oturduğu yerden "yay da bir işe yarıyormuş" diye mırıldanırken, Hüsameddin Çelebi, "Kimya..." diye uyarınca hemen sustu. Sefa giderken, tekrar dönüp "Ha, söylemeyi unuttum. Kendisini davet etmeniz yönünde bir emriniz olmadığından hiçbir şey söylemedim. Belki beni görmemiştir bile, uzaktan baktım. Münasip olmaz diye düşündüm."

"Doğru düşünmüşsün Lala, münasip olmazdı" dedi Mevlânâ. Sefa, sevinçle taç kapıdan geçip ev bölümüne girdi. Kimya ümitsizlikle Mevlânâ'ya bakıyordu.

"Bir daha hiç görüşmeyecek misiniz babacığım?" diye sordu. Mevlânâ, "Onun çağırılması münasip olmaz kızım" dedi. Sonra kendi kendine söylüyor gibi; "O mana padişahı, din güneşi, her çağrıya kulak verir mi, kolay kolay döner mi sanıyorsun?" diyerek Hüsameddin'e döndü: "Yeni bir yaprak al Hüsameddin ve yaz.

Senin dostluğun olmadıkça gönül Mağaraya yönelmedi.

Sevgili, senden gelen gam bana lütuftur.

Bu lütuf oldukça gönül gam yemedi.

Her şey çoğalınca bahası düşer ancak gamların
                              çoğaldıkça kıymetlendi..."

Şiirin yazılmasını bekledi, "Bu nameyi Şems'e götür. Bir bohçaya da temiz çamaşır hazırlasınlar. Başka ne ihtiyacı olabilir?" diyerek bir süre daldı, sonra "Çamaşırların arasına bir kese altın yerleştir" dedi. Biraz düşünüp ekledi: "Selâmımı söyle başka bir şey deme. Cevabı bekle, hemen gelmek isterse refakat edersin."

Talimatın bittiğini anlayan Çelebi, kâğıdı alıp kalktı. Ama tereddütlü bir hali vardı. Mevlânâ, "Bir şey mi var Çelebi?" diye sordu. Hüsameddin, kaygıyla batmakta olan güneşe bakarak mırıldandı:

"Şeyyy... Ya meyhanedeyse?"

"Her nerede ise git, selâmımı söyle, emanetleri ver. Altın cevheri, çirkefe de düşse altındır. Onda Hz. Mustafa'nın kokusu var Hüsameddin! Onun bulunduğu yer, meyhane de olsa gül kokuyorsa hiç şaşırma."

* * *

Şövalye, Camilia konusunun istediği yönde yol almasıyla oldukça rahatladı. Hatta Madam Evdoksiya'nın ölümünü bile kendisine Tanrı'nın bir yardımı olarak görüyordu. Aksi, huysuz bir ihtiyar olarak hayal ettiği kadını ikna etmek belki daha zor olacaktı. Doğu Roma'dan hiçbir çıkarı olmayan bir Türk bilgin ve çocuk sayılacak yaşta bir kızcağız Marcos'a daha kolay gözüküyordu. Sadece zaman ve güven kazanmaya ihtiyacı vardı. Bu yüzden üstünden bir an evvel atmak istediği yükü hatırladı: Yaşlı Yorgos'un emanet sandığı.

İzak Algeri'nin Sultanü'd Dâr'ın yanındaki evini bulmak kolay oldu. İki katlı küçük konak, Meselina'nın görkemli köşkü ve Gevhertaş Medresesi'nin sade ama insana huzur, ferahlık veren sütunlarla yükseltilmiş genişliği ve büyük bahçelerinden sonra Marcos'a oldukça basit gözüktü. Ancak buraya girmek o kadar kolay olmadı. Avlu kapısını açan hizmetkâr, efendisinin o gece konuk kabul edemeyeceğini, hususi bir davetlisi bulunduğunu bildirdi. Marcos bir süre durakladıysa da bir gün daha bu sırrı taşımaya tahammülü olmadığını düşünerek kapıyı kapamakta olan hizmetkârı durdurdu. Yaşlı Yorgos'un "sana kapıları açar" dediği yüzüğü hatırlamıştı. Boynundaki zincirde sakladığı yüzüğü çıkararak hizmetkâra verdi ve efendisine götürmesini rica etti. Yüzük umduğu etkiyi gösterdi. Marcos konağın alt katında bir odaya kabul edildi. İzak bir süreliğine yukarıdaki misafirinden ayrılıp aşağı indiğinde Marcos sözü uzatmaya vakti olmadığını düşünerek başından geçenleri nakletti. İzak böyle bir haberi bekliyor gibiydi ama onun beklediği tabii bir ölümdü. Üzüntüyle gözlerini kırpıştırarak "Ah, kardeş Yorgos, İhtiyar soylu kurt; demek bir hainin hançerine kurban gitti" dedi.

"Maalesef" dedi Marcos. Sonra, bir örtüye sardığı küçük sandığı uzatarak "Bunu size gönderdi" diye ekledi. İzak sandığı alırken yüzüğü Şövalye'ye geri uzattı: "Bu size ait Şövalyem ve çok değerli bir mirastır. Üzerinde konuşmamız gerekecek ama bu gece mühim bir misafirim var ve bekletilmekten hiç hoşlanmaz. Beni bağışlamanızı ümit ederim."

"Rica ederim, zaten benim de önemli işlerim var. Ama bu yüzüğü de size bırakmak istiyorum. Yorgos'la naklettiğim kadar konuşabildik bu konuda. Taşıdığı değer yahut anlamı her ne ise bilmiyorum. Herhalde 'kardeşlik' dediği teşkilatın bir sembolüdür. Ama bana lazım olmadığını biliyorum."

"O kadar çabuk emin olmayın azizim. Hem size takmanızı vasiyet etmiş, bunu düşünmelisiniz. Bu yüzüğe hayatını adayanlar var. Siz yine şimdiye kadar isabetle yaptığınız gibi taşımaya devam edin. Ben bir ara ziyaretinize gelirim."

Şövalye lafı uzatmamak için yüzüğü alıp kalkarken "Şeyde kalıyorum," diye geveledi. Ne zaman Evdoksiya'nın evine taşınacağını bilmiyordu. İzak; "Misafir köşkünde, bir süre sonra da Gevhertaş'ın bitişiğindeki Madam Evdoksiya'nın evine taşınacaksınız" diye tamamladı cümleyi ve "Ben bulurum azizim" diye ekledi. Şövalye şaşkınlıkla, "Fakat nasıl?" diye sorunca İzak uyandırdığı etkinin memnuniyeti ile parmağında takılı olan Yorgos'unkinin benzeri yüzüğü göstererek "İşte bu yüzüklerin böyle marifetleri de var" dedi.

Marcos oradan ayrılırken 'beni etkilemek için yaptı muhakkak' diye düşünüyordu. 'Kim bilir belki de bu şehirde haberler çabuk yayılıyor veya medresede bir adamı vardır; zaten kapı herkese açık' diye karar verdi. Ama yüzüğü de teslim etmeden tamamen rahat edemezdi. Neyse ki hiç olmazsa sandıktan kurtuldum diye avunup rahatlamaya çalıştı. Şu anda onu ilgilendiren, Kimya'nın evine bir an evvel yerleşmekti. Sarayla anlaşma yapılmasa bile burada kalmasının bir mahzuru yokmuş gibi gözüküyordu. 'Camilia'nın ya da Mevlânâ'nın misafiri olarak bile bir süre kalabilirim herhalde' diye düşünüyordu, kaldığı konağa doğru çıkan yokuşu tırmanırken. Artık yarınki görüşmeye odaklanması gerekiyordu. Sultan'ın huzurunda her şeyin yolunda gitmesi, kusursuz bir ziyaret gerçekleştirmesi gerekiyordu. Öğleden önce Nureddin'le buluşup görüşmesinin çok yararı olduğunu düşündü. Sarayla, Sultanla ilgili çok önemli tavsiyelerde bulunmuştu zira.

Ertesi gün öğleden sonra, Şövalye Marcos Arilesos ve heyeti Saray'da huzura kabul edildi. Genç yaştaki Sultan'a nezaket ziyareti çerçevesinde iyi niyet temennileri, imparatorun özel mektubu ve hediyeler takdim edildi. Sultan da bütün bunlara fazlasıyla mukabele ettikten sonra, Emir-i Kubad Sadeddin ile ayrıntılı görüşmelere geçildi. Şövalye Emir'e, İmparator'un gerektiğinde özellikle yaklaşan Moğol tehdidinin bertaraf edilmesi için Selçuklu'ya, belirlenecek sayıda askerle destek vermesi karşılığında, Doğu Roma'ya da istendiğinde ortak düşman Haçlılara karşı aynı sayıda güçle yardım edilmesi teklifini iletti. Emir ise bunun başarılı olması ve uyumun sağlanması için birlikte askerî talim ve tatbikatlar yapılması gerektiğine, karşılıklı savaş sanatları ve metodlarının uygulanmasının önemine işaret etti. Şövalye buna hazırlıklıydı. Anlaşma sağlanırsa kendisi Doğu Roma askerlerine kumanda etmek üzere burada kalacak, İmparator, birlikleri arkasından sevk edecekti. Ayrıntılara geçilen görüşme uzun süre devam etse de iki taraf için olumlu neticelendi. Her şeyin umduğundan daha çabuk ve yolunda gitmesi, Doğu'ya beklediğinden daha kolay ısınacağının işareti gibi gelmişti Marcos'a.

Saray'da kaldığı süre içerisinde, Calanaros Prensesi Huand olarak tanıdığı Devlet Hatun'la görüşme fırsatı bulduğunda bu duyguları iyice güçlendi. Çok uzun süre önce gördüğü, Desdemonda yaşındaki Prenses Huand'la Selçuklu Devlet Hatun'un hiçbir alakası yoktu. Eğer ikisinin aynı kişi olduğunu başka birisi söylese Şövalye kesinlikle inanmazdı. Devlet Hatun'un tavırları ona Mevlânâ'nın eşini hatırlattı sadece. 'Camilia da mı onlara benzeyecek ileride acaba' diye düşünmeden edemedi. Sonra Meselina'ya benzemesinden evladır, diye karar verdiyse de sadece iyiliğini gördüğü bir kadına neden saygı duyamadığına bir anlam veremeyip kendisinden utanarak saraydaki ziyafete katıldı. Avrupa'da bile bu güven ve huzuru bulamamış, bir gece dahi elini kılıcından çekip rahatça uyuyamamıştı. Kendisine sunulan özel şaraptan çok az içse de tuhaf bir bulutun içinde yüzüyordu. Sanki buradaki insanları yıllar önce tanıyormuş da daha evvel farkında değilmiş gibi bir hisse kapılmıştı. Şövalye ancak saraydan çıktığında, soğuk hava yüzüne çarpınca derin birkaç nefes alıp gerçek dünyasına dönebildi.

Nicolas'ı ertesi gün, geldikleri kafile ve Sultan'ın hediyeleriyle birlikte İmparator'a gönderen Marcos, İmparatoriçe'ye kapalı bir mesajla uzun süredir görüşmediği bir akrabasının evinde kalacağını bildirmeyi de ihmal etmedi. Bütün bu işleri hallettikten sonra birkaç parça eşyası, atı ve silahtarını alarak hemen Kimya'nın evine yerleşti. Duruma alışması sandığından daha kolay oldu. Zira Evdoksiya'nın sadık hizmetkârı Teodorakis oldukça sıcakkanlı bir adamdı. Ancak Marcos, aradığı şeyin bu evde mi, Mevlânâ'da mı olduğunu bir türlü kestiremiyordu. Ama her ihtimalde de bu evde kalmasının büyük bir kolaylık sağlayacağını biliyordu. Gündüz kışlaya gidiyor, bazen medreseye uğruyor, geceleri evde arama yapıyordu. Ancak çatı katından mahzene kadar hiçbir yerde farklı, gizli bir bölme ya da benzeri bir şey bulamadı. Yine de bazı geceler uyku tutmuyor veya aklına bir kuytu köşe geliyor, hemen kalkıp bakmak istiyordu. Bir gece alt kattaki koridorda Teodorakis ile burun buruna gelinceye kadar buna devam etti. Ancak o gece Teo'nun kendisinden şüphelendiğini hissederek bir daha arama yapmadı.

Yaşlı Yorgos'un yöntemini düşünerek yerleri de gözden geçirmişti. Ama bu durumda en önemli şeyin ölmeden evvel yapılan görüşmeler olduğunu da biliyordu. Camilia'ya bir şey söylemiş olamazdı. Ama onunla ilişkisini sıcak tutması gerektiğinden Meselina'nın uyarılarını dikkate alıp, hayatına müdahale niyeti olmadığını hissettirmeye çalıştı. Bu yüzden genç kızın davranışları oldukça yumuşadı. Ama yine de bu ziyareti anlamsız bulduğu belliydi. Belki de bu yüzden ailesiyle ilgili, Şövalye'yi zora sokacak sorular sormuyor, anlattıklarıyla yetiniyordu. Marcos da bazen başka bir arkadaşıyla yaşadığı çocukluk anılarını ya da savaş maceralarını Kimya'nın babasına uyarlayıp anlatıyordu. Kimya bundan çok hoşlanıyor ama babasını bir türlü gözünde canlandıramadığını, dünyaya geliş sebebi olması dışında pek bir şey hissedemediğini samimiyetle söylüyor, babasının bir kahraman olarak hep kalbinde durduğunu ama Mevlânâ'nın başka türlü kahramanlardan olduğunu anlatmaya çalışıyordu. Genç kızın bu dobra konuşmaları Şövalye'yi cesaretlendirdi. "Kimya, senin güven içinde olman, iyi insanların yanında bulunman beni gerçekten çok mutlu etti. Ama kafama takılan bir şey daha var; mal varlığın, evrakın, bunlar da emin ellerde mi? Bunu sormak zorundayım, beni anlamalısın, Alex'e söz verdim."

"İçiniz rahat etsin; büyükannem benimle ilgili evrakı babama emanet etti."

Marcos 'torununu emanet ettiğine göre...' diye düşündü. Fakat Teo'dan, Madam'ın Aya Elena Kilisesi'nin rahiplerinden Adrian'ı ziyaret ettiğini de duymuştu. Son günlerde bu isim üzerinde duruyordu. Bu yüzden "Anladığım kadarıyla, büyükannenin burada en güvendiği insanlar Rahip Adrian ve Mevlânâ'ymış" diye Kimya'nın nabzını yokladı.

"Evet, zaten babamla Rahip Adrian çok yakın arkadaştır."

Şövalye adamakıllı şaşırmıştı; "Nasıl yani?" diye sormaktan kendini alıkoyamadı. Genç kız gayet olağan bir şeyden söz eder gibi anlattı: "Yani birbirlerini çok severler, babam onu ziyaret eder, o buraya gelir. Saatlerce sohbet ederler. Bazen Kybele Dağı'ndaki mağaralara, ilk Hıristiyanların mabedlerine çekilip oruç tutup ibadet ederler."

"Hıristiyan bir din adamı ve Müslüman bir din bilgini öyle mi?"

"Öyle," diyerek gülümsedi genç kız ve fazla bir açıklama yapmadı. Şövalye'yi Mevlânâ'yla ilgili meraklandırmak hoşuna gitmişti.

Gerçekten de o gün medresenin avlusundan geçerken Marcos'un kafası allak bullaktı. Eve geçip medreseye bakan balkona çıktı. Bir süre avluda gidip gelen insanları izledi. Artık aradığının Mevlânâ'da olduğundan emin olmuştu. En azından onun bildiği bir yerdeydi. Ama nerede? Yahut bu konuyu onunla nasıl konuşabilirdi? Birkaç kez sohbet etmişler, yemek yemişler, hatta Mevlânâ nezaketen eve kadar gelip kendisini ziyaret etmişti. Fakat Marcos 'dillerini bile anlamaya başladığım halde düşünce tarzlarını çözemedim' diye geçiriyordu zihninden. Bütün medreseyi veya Mevlânâ'nın evini arayacak hali de yoktu. Birkaç kez görüştüğü İzak'ın Mevlânâ'yla tanışıklığını biliyordu. Acaba ondan mı yardım istesem yahut önce rahiple mi görüşsem diye gidip geliyordu.

***

> *Kandil, karanlıktan niye korksun?*
>
> **Şems-i Tebrizî**

Hüsameddin Çelebi, atını inşaatın bahçesindeki ağaca bağladığında güneş yeni batmıştı. İşçilerin dağılmış olduğunu görünce 'keşke yarın sabah gelseydim' diye hayıflandı. 'Allah'ım, bu işin sonu nereye varacak' diye etrafta dolaştı. Henüz orada olan bir duvar ustasını bulunca hemen Şems'i sordu. Adam gayet alışık olduğu anlaşılan bir tavırla, başıyla işaret ederek "Şu karşıdaki meyhaneye girdi biraz önce, yanında bir Yahudi de vardı" dedi.

Hüsameddin, çaresizce meyhaneye yöneldi. Kapının önündeki boş fıçıları arabaya yükleyen çırağa yaklaşıp çekingen bir tavırla, "Evladım, ben Tebrizli Şems isimli bir zatı arıyorum, burada mı acaba?" diye sordu. Çırak işine devam ederek "Bakarız babalık!" dedi. Çelebi bir süre huzursuzluk içinde bekledi. Yoldan geçenler görmesin diye fıçı yüklenen arabanın arkasına sinmişti. Bir yandan da arasında henüz birkaç ak olan sakalını sıvazlıyor 'o kadar yaşlandım mı?' diye düşünüyordu. Sonra çırağın eline para tutuşturup "Evladım, benim gözlerim iyi görmüyor. Sen koluma girip beni Şems'in önüne kadar götür de oraya varınca 'geldik' de. Olmaz mı?" diye sordu.

"Peki, gel öyleyse" diyen çırak Hüsameddin'in koluna girdi. Dili de çözülmüştü. Bir yandan yürüyüp bir yandan da anlatıyordu: "Aradığınız adam, biraz önce İzak Algeri'yle birlikte geldi. Bazı akşamlar uğrar buraya, ustam ona saygılı olmamızı söylüyor."

Kapıdan girerken Çelebi gözlerini sımsıkı kapattı. "Allah'ım bir şey görmeden, bir günaha bulaşmadan girip çıkayım" diye dua ediyordu. Ancak içeri girer girmez sıcak havayla birlikte ekşi bir şarap kokusu doldu içine. Elinde olmadan "Ah, Mevlânâ ah!" dedi. "Nerde gül kokusu?"

"Efendim baba?" dedi çırak.

"Bir şey yok evlâdım, sana söylemedim. Sen yürü!"

Birkaç masaya çarptıktan sonra "geldik" diyen çırak, Çelebi'nin kolunu bırakıp gitti. Hüsameddin gözlerini açtığında Şems karşısında oturuyordu. Derin bir nefes alan Çelebi, Şems'i ve karşısında oturan İzak Efendi'yi saygıyla selâmladı. İzak, Çelebi'ye hayretle bakıp "Ne o, kör ebe mi oynarsız kuzum?" diye sorunca, Çelebi, "Kandillerin dumanından olacak gözlerim yandı da biraz çıraktan yardım istedim" dedi. Sonra Şems'e dönüp "Efendim, Hüdavendigâr Mevlânâ Hazretleri'nin selâmları var. Hediyelerini kabul buyurmanızı istirham ediyorlar" diyerek bohçayı masaya bıraktı.

"Ve aleykümselâm" diye karşılık veren Şems'e, İzak hayretle bakıyordu. Sonunda dayanamayıp "Mevlânâ Celâleddin mi? Siz onunla tanışıyor musunuz?" diye sorunca, Şems güldü: "Günlerdir ettiğimiz sohbet, oynadığımız satranç sizi bir nebze olsun etkilememişti. Ne oldu İzak Efendi? Fakir bir dervişe, ünlü, zengin bir âlimin teveccüh göstermesi mi kalbinizi titretti? Yoksa bu bohçadan bir altın kokusu mu aldınız? İtiraf etmeliyim ki o kokudan sizin kavim kadar iyi anlayan yoktur."

İzak, kandilin dumanından yanan gözlerini kırpıştırarak "Azizim, ben sadece Mevlânâ'yla tanısikliğinizi bilmiyordum. Sen lafi dolastirip biz Musevilerin zenginliğe, altına olan düskünlüğine getirip kardeşini kınarsin, altını kim sevmez?"

"Niye kınayayım İzak, ben sizin hakkınızı teslim ediyorum. Elbette altını herkes sever. Ama her kavmin bir dili var; siz de altının dilinden iyi anlıyorsunuz diyorum. Onun içindir ki inkârınız altınla oldu. İmanınız da altınla olacak."

İzak Efendi, Çelebi'ye dönüp "Aziz dostum, bizim bu atışmalarimis çok uzar. Sizin konuşacaklarınız vardır; ben mani olmayayim" deyip ikiliyi selâmlayarak çıktı.

İzak gittikten sonra Şems, Hüsameddin'e dikkatle baktı. Adamcağız, taburede diken üstünde oturuyor gibi duruyordu. Bu manzara karşısında, Şems'in içinden gülmek geldiyse de yüzüne yansıtmadı. Gayet ciddi bir edayla, "Allah razı olsun Çelebi, Mevlânâ'ya teşekkür ettiğimi iletirsin," der demez, Çelebi kalkmaya niyetlendiyse de Şems engel oldu: "Otur biraz Çelebi, daha şimdi geldin. Hem henüz cevabımı bitirmiş değilim. Medresede sen bizi ağırlamıştın. Burada da müsaade et, biz seni ağırlayalım, konuğumuzsun. Nasibinde ne varsa razı olacaksın artık. Mevlânâ namına sözün bittiyse de herhalde bizi kendi sohbetinden mahrum etmezsin."

"Estağfirullah Efendim, siz bizi sohbetinizden mahrum etmeyin" dediyse de Çelebi'nin sıkıntısı her halinden belli oluyordu. Ancak Şems hiç aldırmadı. Tam tersine sakiye bir işaret yaparak masaya bakılmasını istedi. Çelebi bacaklarına bir titreme girdiğini hissetti ve iki eliyle diz kapaklarını sıkıca tuttu. Masayı titretmekten korkuyordu. Şems geriye doğru çekilip etrafa bir baktıktan sonra, gözlerini masaya sabitlemiş olarak bekleyen Hüsameddin'e döndü: "Kaldır başını Hüsameddin, gözlerini de aç! Bak burada da insanlar, kadınlar erkekler var. Onları görmeden, bilmeden onlar hakkında bir kelâm etmeye hakkımız var mı? Onların dertlerini bilmeden, yaralarına merhem, dertlerine derman olabilir miyiz? Çaresizliği bilmeden, çare sunabilir miyiz? Bak Hüsameddin, bunlar Allah'ın kulları değiller mi, onları yok farz ederek mutlu olabilir miyiz?"

Hüsameddin, başını şöyle bir kaldırıp bakındı. Bir meyhanenin bu kadar geniş ve bakımlı olabileceğini hiç düşünmemişti ve böylesine kalabalık... Şems devam ediyordu: "Kiliseye de gitmeliyiz, havraya da. Hatta gördüğün gibi meyhaneye de. Kandil, karanlıktan niye korksun..."

"Fakat Efendim şarap?" dedi Hüsameddin çekinerek.

"Şarap insanın aklını devre dışı bıraktığı için haram kılınmıştır. Evet, akıl bir yere kadar çok lazımdı. Ama sonra ben aklı kendi elimle devre dışı bıraktım. Onun için akıl sahipleri şaraptan korksunlar. Ben küpleri devirsem şarap bana ne yapabilir?"

Hüsameddin, masaya konan bardakların sesiyle irkildiğinde 'Ben korkuyorum, desem; ben akıl sahibiyim, siz delisiniz anlamına mı gelir?' diye düşünüp bir şey söyleyemedi. Bir an kaçıp gitmek istediyse de kalkamadı; sanki görünmez bir iple bağlanmıştı yahut ona öyle geliyordu. Testiden bardaklara dökülen lâl rengi sıvıya dalıp öyle kalakaldı. Keskin bir şarap kokusu burnunu yalayıp geçti. Sonra bakışlarını Şems'e doğru kaldırdı, o gülümseyerek kendi bardağını almıştı bile.

"Buyur Çelebi, ikramımızdır" dedi.

Çelebi elini bardağa uzatırken 'acaba misafirlik yasağı kaldırır mı' diye bütün fetvaları geçiriyordu aklından. Sonra 'içiyor gibi yapsam bardağıma bakacak değil ya' diye düşündü. Kadehi dudaklarına kaldırdı. Baygın bir gül kokusu birden etrafını sardı. Hemen bir yudum aldı, bir yudum daha... Yudumlar damağında tatlı bir gül şerbeti lezzeti bırakarak kayıp gittiler. Birden bardağı bırakıp "Ama bu gül şerbeti!" diye Şems'in ellerine sarılan Çelebi'nin gözyaşları öptüğü eli ıslatıyordu. Şems onu kollarından kavrayıp yerine oturttu: "Çelebi, burada her ne olduysa senin gönlünün temizliğindendir. Sen buraya geldin ya meyhanedeki bütün şaraplar, şerbet olsa şaşırmam. Ama şu da var ki bu meyhaneci işinin ehlidir, nabza göre şerbet sunar."

"Ama Efendim ben gördüm bardağa dolarken, kokusunu duydum."

"Meyhanede herkes şarap görür veya koklar, bu loş ışıkta ne gördüğünü nereden bileceksin."

Çelebi hâlâ rahatlayamamıştı. Tekrar söz aldı; "Lütfen affedin, siz dediniz ki 'şarap bana bir şey yapamaz.' Ben de zannettim ki..." deyip sustu. Artık ona, Şems içinden geçenleri anlıyor, biliyor gibi geliyordu. Şems: "O söylediklerim doğru. Ama haram herkese haramdır. Kimse bunun dışında olamaz."

Hüsameddin, terleyen alnını sildi. Başını ellerine dayayıp bir süre düşündü. Sonra birden başını kaldırdı: "Mevlânâ Şemseddin, lütfen beni müridiniz olarak kabul edin, hep itaatkâr bulacaksınız"

"İtaatkâr öyle mi, bu yeterli mi?"

"Başka ne gerekir, mürid olmak için?"

"Yok olmak. Mürid yok olandır. Mürşid var olan. Mürid, mürşidde yok olmadıkça yani benliğinden tamamen kurtulmadıkça mürid olamaz."

"Efendim, şeyhim, mürşidim olun, bana yol gösterin, benliğimden kurtulmayı öğretin."

"Ben, şeyh değilim Hüsameddin, mürşidlik iddiam hiç olmadı. Bağlanacak bir mürşid varsa Mevlânâ'dır. O da kimseye hırka giydirmez. Belki çok ısrar edilirse kıramaz. Diyeceksin ki o zaman sen Mevlânâ'ya mürid ol. Şüphesiz, o birçok üstün özelliğe sahip. "Bu devirde, Hz. Muhammed'e en çok kim benziyor?" diye sorsalar hiç tereddüt etmeden Mevlânâ derim: Sabrı, merhameti, şefkati, insanlarla ilişkisi... Fakat bütün bu üstün meziyetlerine rağmen ona bağlanamam. Bende müridlik yapacak bir hal kalmadı. Dostluk adına yalan söyleyecek değilim. Gerçek bu. Benim dizginimi hiç kimse tutamaz. Hz. Peygamber hariç. O bile hesaplı tutuyor sanki... Dervişlik başıma vurunca salıveriyor."

Bu sözlerin ardından Şems bir süre düşünceye daldı. Hüsameddin onun yüzünden geçen anlamları izliyor derin bir hüzün ifadesi görüyordu. Şems'in bu melâline üzülüp Mevlânâ'nın tenbihlerini unuttu. "Efendim, Hüdavendigârımız sizin medreseden habersizce ayrılmanıza çok üzüldüler. Aradı ama bugüne kadar bulamadık izinizi. Biz sizi yeterince ağırlayamadık mı, medresede bir eksiğiniz mi vardı diye düşünüyorlar. Hem herkes sizi Mevlânâ'nın dostu olarak tanıdı, bir yere gidilecekse birlikte giderdiniz."

Daldığı âlemden geri dönen Şems cevap verdi: "Her gittiğim yere yanımda, şehrin müftüsünü de götüremem ya Hüsameddin! Görüyorsun işte benim nereye gideceğim, ne yapacağım belli değil."

Hüsameddin, etrafa bakıp nerede olduğunu hatırlayınca başını yana eğip sustu. Şems, masadaki bohçaya ilk defa görmüş gibi baktı. Sonra açıp en üstteki kâğıdı aldı. Hüsameddin, sessizce bekliyordu. Artık etrafa rahatça bakıyor, yeni gelenleri, sarhoş olanları, yanındaki kadına aşk şiirleri okuyanları, bade sunan kızlara iltifatlar yağdırıp biraz sonra hakaret etmeye başlayanları dikkatle inceliyor, anlamaya çalışıyordu. Neredeyse, Şems'i unutmuştu. Hatta onun şiirleri birkaç kez okuduğunu 'demir tavına geliyor' diye mırıldandığını duymadı. Şems, tam kalkacakken Çelebi'nin halini fark edip, "Dalmışsın Çelebi?" dedi.

"Anlamaya çalışıyorum efendim."

"Çok fazla da anlamana gerek yok. Hadi gidelim."

***

Kimya, Kerra Hatun'un dairesinin şehnişinindeki divana oturmuş, Zerkubi'nin kızı Fatıma ile sohbet ediyordu. Halvet sırasında, her gün evlerine uğrayan Baha ile Fatıma arasında neler olduğunu öğrenmeye çalışıyordu. Fatıma'nın gözlerinin içine bakarak "Bu misafirlik en çok senin işine yaramış olmalı" diye gülümsedi. Siyah gözlerini mahcubiyetle yere indiren Fatıma, "Evet, birkaç kez görüştük," dedi.

"Ne konuştunuz peki?"

"Hiç."

"Nasıl hiç? Her gün sana bir kitap gönderdim 'acil istiyor' diye; onlarla ilgili bir şey, tartışma, sohbet, ne bileyim bi' şey bulamadın mı?"

"Evet, kitapları aldım teşekkür ederim Kimya'cığım. Ama ben onu görünce bir şey konuşamıyorum ki."

"Niye?"

"Niye olacak canım, kalbim çarpıyor, ellerim titriyor, kitabı zor alıyorum."

"Of! Şimdi anlaşıldı. Ben de her gün soruyorum 'kitabı aldı mı, bir şey söyledi mi' diye o da 'aldı, teşekkür etti' diyor. Ama ne güzel işte herkese böyle bir aşk nasip olmaz. Ama biraz rahatla artık. Bir şeyler konuşun. Seni fark etmesi lazım... Valla benden söylemesi elini çabuk tut. İmarete, dergâha, medreseye gelip giden bütün kızların gözü Baha'da... Hatta Meselina bile geçen gün, 'Kim bu yakışıklı delikanlı, Roma heykelleri gibi?' diye sordu. Bahaeddin Çelebi olduğunu öğrenince, 'O kadar büyümüş mü' diye şaşırdı. Kendi kulaklarımla duydum."

"Yok artık. O, onun oğlu yaşında."

"Onun için fark etmez biliyorsun."

"Baha da, ona bakacak değil herhalde?"

"Ona bakmaz da diğer kızları göz ardı etme bence; sen böyle kıyıda köşede dururken herkes onunla konuşmak için ne bahaneler buluyor bir bilsen."

"Ama ben, gözüme bakınca her şeyi anlayacak zannediyorum."

"Anlasa ne olur? Hem böylece onun da sana karşı hissiyatı neymiş anlamış oluruz. Ben onun, sana karşı kayıtsız olduğunu hiç zannetmiyorum. Ama izin vermiyorsun ki sorayım. Senden bahsederken sesine saygılı bir hava hâkim oluyor. Onun için bir anlamın var eminim."

"Ah, bir bilsem, belki cesaretim olur."

"Evet, biraz birbirinizi bilmelisiniz. Bahaeddin Çelebi'yi iyi tanırım. Senden emin olmadan bir adım atmayacaktır. Onurlu erkekler öyle oluyor nedense? Madam Meselina da öyle demişti."

"Ne demişti?"

"Baha'yla ilgili değil canım; genel itibariyle, 'İzzet-i nefs sahibi, gururlu erkekler karşılarındaki kadından emin olmadan açılmıyorlar' demişti."

"Sen, ondan ders mi alıyorsun yoksa?" diye hayretle sordu Fatıma.

"Yok, canım, kadınlarla kendi aralarında sohbet ederken kulak misafiri oldum büyükannemdeyken. Amaan, hem siz 'işi ehlinden öğrenmek gerekir' demiyor musunuz?"

Bunun üzerine kahkahaya boğulan iki genç kız, içeridekilerin dikkatini çekmemek için ellerini ağızlarına kapadılar. O sırada Kimya, Baha'nın medresede birkaç başarılı talebeye, akşamları özel ders verdiğini hatırladı. Kalkıp Fatıma'ya elini uzatarak "Hadi medreseye kadar bir gidelim" dedi. Fatıma, genç kızın niyetini anlamıştı.

"Hayır, yapamam" diye başını iki yana salladı.

"Ne yapacaksın ki, sadece arkadaşım olarak benimle birlikte gel," dedi Kimya.

"Babam aşağıda, annem içerde. Ya Kerra Hatun yanlış anlarsa?"

Kimya arkadaşının kolundan çekerek "Suç işlemiyoruz, sadece bir kitaba bakmaya gidiyoruz, aklımıza bir şey takıldı" dedi ve başını kapıdan içeri uzatarak "Anneciğim, biz medreseye kadar gideceğiz," diye seslendi. Kerra Hatun, misafire ikram için getirdiği çerezleri siniye yerleştiriyordu. Eteğini çekip duran Melike'yi kucağına alıp doğruldu. Kapıdan gözüken Kimya'nın başı onay bekliyordu ancak genç kadın "Bu saatte mi?" diye sordu.

"Evet, zaten pek kimse yoktur. Bir kitaba bakmamız lazım da."

"Peki, öyleyse ama geç kalmayın, üzerinize de bir şey alın, zaten yeterince üşüdünüz" diyen Kerra Hatun aslında Kimya ile Fatıma arasında bir şey olduğunu hissediyordu bir süredir. Ama nasıl olsa Kimya, uzun süre içinde tutamaz, anlatır diye üstüne varmıyordu. Kimya üstlerine bir şal almak için içeri geçtiğinde Fatıma'nın annesi, "Münasip değilse müsaade etmeyin Kerra Hatun" dedi.

"Yo, mühim değil. Müderrislerden, gündüzleri ders alan hanımlar da var medresede. Ben sadece çabuk dönsünler diye öyle söyledim. Bu saatte ezber yapan birkaç öğrenci bulunur umumiyetle, onları rahatsız etmesinler."

Kimya, getirdiği pelerini hızla Fatıma'nın omuzlarına örttü. Kendisi de bir şala sarınıp merdivenlerden inerken "Bu akşam hiç üşümüyorum nedense. Ama hazır müsaade almışken Kerra Hatun'u kızdırmayalım" dedi. Fatıma hâlâ çekingendi, Kimya'nın yanında zorla sürükleniyormuş gibi yürüyordu. Kimya kaşlarını çatıp ona ters bir bakış fırlatarak "Seni de anlamıyorum artık, nasıl bir âşıksın bilmem! Ben birine âşık olsam onu görmeden duramam, etrafında pervane olurum" dedi. Fatıma derin bir iç çekerek "Göreceğiz bakalım, o gün gelince yapabilecek misin?" diye karşılık verdi

"Pekâlâ, bunu o gün konuşalım. Tanrı'm, ne heyecanlı olur, öyle bir gün gelecek mi acaba? Neyse, sen şimdi onu görmek istiyor musun, istemiyor musun? Bana açıkça söyle lütfen."

"Tabii ki görmek istiyorum. Bu sorulur mu hiç. Ama münasebetsiz bir hale düşmekten korkuyorum."

"İyi öyleyse, düşmeyeceksin. Şimdi bak; biz bir mevzuda müzakere ediyorduk, anlaşamadık, sonra iddiaya girdik, kimin haklı olduğunu öğrenmek için hemen bir kitaba bakmamız lazım" diyen genç kız sonra gülerek ekledi: "Tabii bu arada, genç, yakışıklı bir âlimle karşılaşırsak mesela Bahaeddin Çelebi gibi, kitaplarla niye uğraşalım, ona sorarız."

"Sus, birileri duyacak ama" diyen Fatıma panikle etrafa bakındı. Neyse ki avluda kimseler gözükmüyordu. Bir süre orada durup hangi konuyu soracaklarını tartıştılarsa da bir türlü karar veremediler. O sırada cümle kapısından içeri girmekte olan, Şems'le Hüsameddin Çelebi'yi görünce Kimya'nın dikkati oraya kaydı. Onlara doğru birkaç adım atıp kendisini görmelerini bekledikten sonra Şems'e, "Hoş geldiniz efendim. Sizi tekrar burada görmek ne büyük şeref, ne saadet" dedi.

"Hoş bulduk Kimya, o şeref ve saadet bize ait. Babanız odasında mı?"

"Hayır, Selahaddin amcayla, Lala Bahtiyar'ın yanındalar. Lala biraz rahatsız da... Ama ben hemen haber veririm."

Şems, elini kaldırarak onu durdurdu: "Hayır, lüzum yok, biz bekleriz."

Kimya, onların Molla'nın odasına geçişini bekledikten sonra, Lala Bahtiyar'ın dairesine yönelince Fatıma kolundan çekerek onu durdurdu: "Hayır dedi ya."

Kimya kolunu kurtarıp yoluna devam etti: "Sen durumu bilmiyorsun. Babam onu bekletmek istemez. Haber vereyim, ne yapacağını kendisi bilir."

"Sen bilirsin, ben burada bekliyorum" dedi Fatıma kapıya gelince.

Kimya, Lala Bahtiyar'ın odasına sessizce süzüldü. Pencerenin önündeki divanda, inleyerek yatan yaşlı adamın şuuru yerinde gözükmüyordu. Hastanın başında birkaç hekim tartışıyor, Mevlânâ da divanın ucuna ilişmiş onları dinliyordu. Genç kız yavaşça ona yaklaşıp kulağına doğru eğilerek alçak bir sesle, "Babacığım, beklediğiniz bir misafir geldi. Kendisi 'haber vermeyin' dedi ama ben bilginiz olsun istedim" dedi. Mevlânâ, genç kızın gözlerine dikkatle baktı. Kimya "evet" anlamında gözlerini yumdu ve gülümsedi. Mevlânâ hemen yerinden kalkıp hekimlere hitaben "Siz tetkiklerinizi bitirip ortak bir karara varınca bizi bilgilendirirsiniz. Tedaviye hemen başlanamayacaksa hastayı rahatlatıcı ilaçlar acilen verilsin" dedikten sonra kapıya yürüdü. Kimya ve Selahaddin-i Zerkubi de onu takip etti. Kapıdan çıkınca Kimya, babasına yaklaştı: "Babacığım, Şems benim haber verdiğimi, anlarsa sizin kati talimatınız olduğunu söyler misiniz?"

Mevlânâ, genç kızın başını okşadı: "Sen benim gönlümdeki talimatı bilirsin zaten. Merak etme, seni müşkil duruma düşürmem. Geldiği gün konuştuklarınızı da biliyorum."

"Kızmadınız ya babacığım?"

"Hayır, beni korumaya çalışmanı takdir ediyorum. Sen de Hz. Fatıma yüreği var" diyen Mevlânâ odasına yürüdü. Kimya, yüzüne yayılan tebessümle bir süre olduğu yerde kaldı. Sonra Fatıma'ya dönerek "Tam olarak ne demek istedi?" diye sordu.

"Hz. Fatıma Peygamber Efendimiz'in kızı biliyorsun, küçükken bile çocukça da olsa babasını korumaya çalışmış; hatta bir kez Kâbe'de namaz kılarken Resulullah'ın secdeye kapanmasından yararlanan müşrikler mübarek omuzlarına pis bir deve işkembesi koymuşlar. Hz. Fatıma da pisliği alıp onlara fırlatmış."

"Vay canına. Çok şeref verici bir iltifat bu... İsim sende ama aferini ben kaptım işte" diye, Fatıma'yı, kollarına sarılıp silkeledi Kimya. Arkadaşı da ona sarılıp sevincine iştirak ederek "Ha, Fatıma ha Kimya ne fark eder. Kimi örnek aldığımıza bağlı hüviyetimiz" dedi.

"Sahiden öyle mi düşünüyorsun, beni bir yabancı olarak görmüyorsun?"

"Elbette hayır, öz kardeşim olsan ancak bu kadar seni kendime yakın hissederdim."

"Ben de öyle. Ama aklıma ne geldi biliyor musun?"

"Ne geldi?"

"Güzel bir soru: 'Fatıma'nın kelime manası ne?"

"Ama bunu Baha nereden bilsin? Hiçbir yerde rastlamadım. Hz. Fatıma'yı yâd için konuluyor."

"Bilmezse daha iyi ya; araştırır, bir daha konuşuruz. Hem inandırıcı, bilinmeyen bir şey olsun demiyor muydun?"

Böylece, konu üzerinde uzlaşan iki arkadaş, medreseye girdiklerinde, iç havuzun kenarında tartışan ve kıyıda köşede ezber yapan birkaç talebe dışında kimseyi göremediler. Kimya ışık sızan odaları, kapı aralıklarından kontrol ettikten sonra holdeki kitaplığa yöneldi. Fatıma heyecanını belli etmemeye çalışarak sordu: "Onu görebildin mi nerede?"

"Şurada, hadis ilimleri dairesindeki dershanede yarınki vazifeleri veriyor, şimdi çıkar."

Bunu duyan Fatıma, başını telaşla elindeki kitabın arasına gömdü. Ancak, yazıları hiç görmüyordu. Baha, dershaneden çıktığında onları hemen fark etmişti. Ancak yanındaki talebeyle sohbeti sürdürüyordu. Kimya, kendisi gelecek mi, ben mi seslensem diye onu gözünün ucuyla takip etti. Kendilerine doğru yürüdüğünü görünce sessizce beklemeyi tercih etti. Baha onlara bir adım kala durup selâm verdikten sonra; "Siz burada mıydınız? Neden haber vermedin Kimya?" diye sordu.

"Şimdi geldik. Dersinizi bölmek istemedik." Bunun üzerine Fatıma'ya dönen Baha, "Hoş geldiniz Fatıma Hatun, ekseriyetle biz size misafir oluyorduk. Bu şerefi neye borçluyuz?" deyince Fatıma, Kimya'nın yanında olmasından mı, Baha'nın sıcak karşılamasından mı cesaret almıştı bilmiyordu ama ilk defa rahatlıkla, "Estağfirullah, o şeref bize ait. Annem Kerra Hatun'u ziyarete gelmişti. Ben de Kimya'yı özledim. Buraya da bir kitaba bakmaya geldik" diyebildi.

Kimya, devamını getiremez korkusuyla araya girerek "Biz aslında bir iddiaya girdik, 'Fatıma' isminin manasına dair. Ben isimlerin kati manaları olmadığını, tarihî kişilere nispetle kullanıldığını söylüyorum. Fatıma, eski sözlüklerde bulabileceğimizi iddia ediyor."

Baha; "Peki, nesine iddiaya girdiniz, kaybeden ne yapacak yahut kazanana ne hediye edecek?" diye sorunca iki arkadaş birbirine baktı, hazırlıksız yakalanmışlardı. Kimya; "Şey..." deyip ilk aklına geleni söyledi: "Meram'da bir ziyafet verecek." Biraz düşünüp ekledi: "Gezinti de yapılabilir, mesire vakti geldi sayılır."

Baha, bu kez, "Peki, cevabı ben verirsem ödülüm ne olacak?" diye sordu. Kimya sevinçle, "Siz de bize katılırsınız. Hem zaten yalnız başımıza gidemeyiz."

"Bir de yalnız başınıza gitmeyi düşünüyordunuz öyle mi?" diye şaşıran Baha'ya Kimya: "Hayır, tam olarak değil, Alâeddin'le okuttuğumuz sınıfı geziye götürmek istiyorduk zaten. Yani, yanımızda büyükler olmadan bir gün geçirsek fena mı olur, bazen çok sıkıcı oluyorlar."

"Müsaade aldınız yani?"

"Hayır, alacağız. Onu bana bırakın. Siz sorunun cevabını söyleyecek misiniz?"

Baha, derin bir nefes alıp açıklamaya giriştiğinde Fatıma hayranlıkla dinliyordu. Genç âlim, "Fatıma, Arapçadaki 'fatm' fiilinden türetilmiş bir kelime. 'Fatm', kesmek uzaklaştırmak anlamında kullanılır. Fatıma; kendisi ve soyu cehennemden kesilmiş, uzaklaştırılmış anlamındadır. Fatıma annemizle tam uyum içinde bir isim yani."

"Aa, ne kadar güzel!" dedi Kimya. Sonra heyecanla devam etti:

"'Kendisi ve soyu cehennemden uzaklaştırılmış' demek ha..."

Sonra Fatıma'ya döndü: "Bu senin için de geçerli olabilir düşünsene. Acaba, arkadaşları buna dâhil mi? En yakın arkadaşın benim, sakın unutma!" Kimya'nın bu sözleri üzerine Baha ile Fatıma birbirlerine bakıp gülmeye başladılar. Kimya yavaşça geri çekilerek incinmiş gibi bir eda takındı: "Siz gülün bakalım, ne var bunda gülecek? İnsan cehennemden kaçmak için her yola başvurabilir."

"Bu olmasa bile, senin bir yolunu bulacağından eminim Kimya" diyen Baha hâlâ gülüyordu. Kimya aynı üzgün edayla, "Tabii, keyfiniz yerinde, iddiayı da ben kaybettim. Ziyafet benden nasıl olsa" dedi.

"Sen önce müsaade al da sonra konuşalım o meseleyi" dedi Baha. Sonra yanından geçen bir talebeye bir şey söylemek üzere döndü. Bunu fırsat bilen Kimya, Fatıma'nın kulağına, "Gelmek istiyor; kesinlikle" diye fısıldadı.

Fatıma üzerindeki çekingenliği tamamen atmış, artık sevdiğiyle biraz daha vakit geçirmek için sözü uzatmak istiyordu: "Bahaeddin Çelebi, aslında benim size sormak istediğim birkaç soru daha vardı. Ama vaktinizi almak istemem. Fakat en azından bana gerekli olan eserleri tavsiye ederseniz..."

"Tabii, neden olmasın, bildiğim konularsa yardımcı olurum. Bilmediğim şeylerse, araştırır, birlikte öğrenmiş oluruz" diyen Baha, boşalan havuz kenarını göstererek "Ayakta kaldınız ama şöyle buyurun lütfen" dedi. Havuzun kenarına oturduklarında Kimya, artık orada kendisini gereksiz hissediyordu. Ama uzaklaşmak için uygun bir bahane bulamadı. Fatıma, Bâcıyân-ı Rum Teşkilatı'ndaki tartışmalardan söz ediyor, kadınların ticaretle uğraşması ile ilgili değişik fikirleri aktarıyor; Kayseria'da sadece kadınların işlettiği dükkânlardan oluşan bir çarşının hizmete açıldığını, ama burada bu fikirlerin tepkiyle karşılandığını söylüyordu. Baha ise Asr-ı Saadet'te ticaretle uğraşan kadınlardan örnekler vererek buna engel bir hüküm bulunmadığını anlatıyordu. Bütün bunlar Doğu Roma ve Avrupa'daki uygulamalarla karşılaştırılıyordu. Onların sohbeti böylece ilerlerken aklına bir bahane gelen

Kimya, "Aa, nasıl da unuttum. Melike şadırvanda oynuyordu. Üstünü başını ıslatır da hasta olur çocuk" dedi. Baha'dan ziyade Fatıma, hayretle bakakalmıştı. Ama Kimya bir fırsatını bulup arkadaşına göz kırparak "Şimdi onu yukarı bırakır dönerim" diyerek yanlarından ayrıldı.

O hızla giriş holünden geçerken bir yandan da ardında bıraktıklarına bakıp gülümsüyordu. Birden, birine çarpmanın sarsıntısıyla dengesi bozularak önüne döndü. Çarptığının Muid Necmeddin'in dairesinden çıkan Alâeddin olduğunu fark edince "Dikkat etsene!" diye her zamanki gibi suçu gence yükledi. Yerden kitaplarını toparlamaya çalışan Alâeddin, "Kusura bakma, arkama dönmüş kapıyı kapatıyordum, seni görmedim. Ama sen niye önünü görmedin?" diye sordu. Genç kız "Arkama bakıyordum da ondan" dedi rahatlıkla.

"Öyleyse benim sana 'önüne baksana' demem lazım."

"Geç kaldın ama kusuru kabul edip hatta bir de mazeret beyan ettin ki bunu kabul edip seni affediyorum Küçük Çelebi."

"Aman çok sevindim. Yoksa bu kusurun altından yıllarca kalkamazdım. Bu vakitte burada ne işin vardı, söyle bakalım."

"Aa, ben sana soruyor muyum Muid'in odasından, niye hırsız gibi sessiz çıkıyordun diye?"

"Sordun işte; hem benim açıklayamayacağım bir şey yok. Hocamla sohbet ediyordum. O çalışmalarını rahat yapsın diye biraz dikkatli çıkmışımdır o kadar."

"Necmeddin Hoca hâlâ burada mı? Hem tatilde hem de gecenin bu vakti. Evde bekleyeni falan yok mu sanki, medreseden hiç ayrılmak istemiyor."

"Bekleyeni var tabii ama hocanın çocuğu olmuyor yıllardır biliyorsun. Belki bu yüzden kendini daha çok işine vermek istiyor."

"Bu kadar mühim bir şey mi bu?"

"Sanırım öyle, çünkü bu yüzden acı çektiğini görüyorum. Bazan bana, beni oğlu gibi sevdiğini söylüyor biliyor musun? Ben de bu boşluğu doldurmaya çalışıyorum."

"Baban varken başka birine evlatlık ha!"

"Tam olarak öyle değil tabii. Yani onun acısını hafifletmek için... Bazı beklentilerini ben gerçekleştirsem ne olur sanki? Hem babam da bunu hoş bulur. Zaten ağabeyim ona evlat olarak fazlasıyla yetiyor."

***

Mübarek Ramazan ayı geldiğinde şehir gündüzleri, durgun bir deniz gibi bütün enginliğiyle etrafa eşsiz bir huzur yayardı. Akşama doğru tatlı bir hareketlilik başlar, şehrin caddeleri; renkli kadife kumaşlarla kaplı gösterişli kupalar, kiralık sade siyah faytonlar, yük arabaları, atlar, katırlar ve sair araçlarla evlerine dönen veya davetlere giden insanlarla dolup taşar; bu canlılık neredeyse sahur vaktine kadar devam ederdi. Gevhertaş'ta da durum çok farklı değildi. Marcos da bu farklı havayı hissetmiş -kışlada işler azaltıldığı için- neredeyse medreseden çıkmaz olmuştu. Bu geniş alana yayılmış taş bina; yüksek sütunlarla taşınan tavanları, büyük küçük kubbeleri ve dışarıdan bakıldığında umulmayacak kadar yeşil, bir kısmı kışın bile solmayan bahçeleriyle, Şövalye'ye çocukluğunun geçtiği manastırı hatırlatıyordu. Orası, gizlenmek için yapılmış, dağların başında çok eski bir binaydı ve medreseyle de mimari hiçbir benzerliği yoktu. Marcos bunun farkında olmasına rağmen avluya her girişinde çocukluğunun kapısından adım atar gibi hissetmesine engel olamıyor, benzer kokuları duyuyor, aynı tütsülerin dumanı gözlerinden geçip gidiyordu.

Hatta bir gün bahçeden geçerken tesadüfen açık kalan bir kapıdan, odanın en ucundaki divana oturmuş yaşlı adamı gördüğü günü unutamıyordu. O anda Şövalye'ye eğer sorulsaydı, o yaşlı adamın ara sıra manastıra uğrayıp kendisine dağların, azizlerin, savaşçıların hikâyesini anlatan gezgin keşiş Hıristo olduğuna yemin edebilirdi. O duyguyla ruhu bir çocuk bedenine girmiş gibi korkak, çekingen adımlarla yaşlı adama doğru yürümüş, önüne kadar gelip divanın önünde diz çökmüştü. O kadar ki ağzından tek kelime çıkmamıştı. Yaşlı adam hiçbir şaşkınlık belirtmeden "Hoş geldin evladım. Bir derdin mi var?" diye sorunca da bu büyülü etkiden sıyrılamadı Marcos. Tam tersine manastır bahçesinin duvarına oturmuş, mutsuz, düşünceli çocuğa dönüştü. Yaşlı Hıristo, "Senin ne derdin var evlat" diye başını okşuyordu. Gayri ihtiyari mırıldandı:

"Çok yalnızım. Bu dünyada hiç kimsem yok." Keşiş de, Lala Bahtiyar da aynı cevabı verdi:

"Tanrı var ya..." Şövalye birden bir ürpertiyle titreyip kendine geldi. Aklımı mı kaçırıyorum yoksa diye korkmuştu. Ama Lala devam ediyordu: "O, bütün kullarını ayrım gözetmeden sever. Onun için 'Allah, kuluna yetmez mi?' diye sorulmuştur. O, kimsesizlerin kimsesi, merhametliler merhametlisidir. Bu yüzden dünyada hiç kimse, kimsesiz değildir." Bu garip tanışmadan sonra, Lala'yla Marcos arasında tuhaf bir yakınlaşma oldu. Şövalye yaşlı adamı ziyaret etmeye alıştı o günden sonra. Lala ona bazen başından geçenleri, bazen değişik şark hikâyelerini anlatıyordu. Şövalye artık Belh'i, Buhara'yı, Semerkand'ı, Nişabur'u, Bağdat'ı bütün masalsı ihtişamıyla geziyor, misk ve baharat kokan esrarengiz çarşılarında Lala'nın elinden tutmuş bir çocuk gibi dolaşıyordu. Bazen Ömer Hayyam'ın sofrasına konuk oluyor, bazen Alamut'un çetin kayalıklarına tırmanıyordu.

Böyle günlerden birinde Lala'nın odasından çıkarken Mevlânâ ile karşılaşınca durumu izah etme zarureti hissederek her şeyi anlattı. Lala'nın keşişle olan inanılmaz benzerliğinden bahsetti. Sonra, "Saçmalık bu biliyorum. Ben çocukken Lala'nın yaşında olan bir adam çoktan ölüp gitmiş olmalı. Belki yanlış hatırlıyorum, belki görünüşlerinde de bir benzerlik yok. Ama konuşmaya başlayınca tıpkı o oluyor" dedi. Mevlânâ ise bunu tuhaf karşılamışa benzemiyordu. Tam tersine Marcos'un kafasındaki karışıklığı aydınlattı: "Bunda bir saçmalık yok. Biz insanlar üzüm taneleri gibiyiz, bizi birbirimizden ayıran ince bir kabuk sadece. Sıkıp, kabuğundan kurtarınca hepsinden aynı lezzetli şıra çıkmaz mı? İnsanların özü de aynıdır. Ama biz sadece o ince kabuğa takılır kalırız nedense."

Günler böyle mahmur bir ağırlıkta geçerken bayramdan sonra sanki aniden her şey hızlandı. Şövalye, Ramazan'ın bittiğini bir sabah Teo'dan öğrenmişti. Kahvaltıya envai çeşit tatlılarla donatılmış bir tepsi ekleyen yaşlı hizmetkâr: "Medreseden gönderdiler Şövalyem. Bugün Müslümanların mübarek bir bayramı var. Belki arkadaşlarınızı ziyaret etmek istersiniz."

"Siz kutlamalara katılıyor musunuz?"

"Elbette onlar bizim yortularımızı kutlar, biz de onları..."

Bunun üzerine Marcos, neler yapılması gerektiğini hizmetkâra adeta prova ettirerek medresenin yolunu tuttu. Tanıdıklarını tebrik etti. Tanımadıkları bile gelip ona sarılıyordu. Sonunda o da bu duruma alışıp insanların sevincine iştirak etti. Hatta herkes gibi kapısındaki sıraya geçip Lala Bahtiyar'ın elini öptü. Bayramdan sonra talebeler dönmüş, günlük hayat tamamen değişmişti. Artık Mevlânâ'ya ulaşmak eskisi kadar kolay olmuyordu. O, genellikle gündüz ikindiye kadar derste oluyor, dersi olmadığı zaman diğer medreseleri düzenli olarak ziyaret ediyor, akşamları da sadece Şems'le sohbet etmeyi tercih ediyordu. Bu yüzden Şövalye onunla daha önceleri bir fırsat yakalayıp açıkça konuşmadığına pişman oluyordu. Ama bütün bu düşünceleri kafasından bir süreliğine atıp yola çıkması gerekiyordu. Selçuklu Sultanı Gıyaseddin ve Gürcü Prensesi Tamara'nın Kayseria'da yapılacak düğünlerine Doğu Roma'yı temsilen katılması gerekiyordu. Ayrıca yabancı devletlerin büyükelçilerine verilecek düğün öncesi ziyafette de Sultan'ın sofrasında bulunması zorunluydu. Silahtarına yol hazırlığı emrini verip kafasındaki bütün soruları Kayseria sonrasına erteledi.

***

İlkbahar gelip havalar ısındıkça kıştan kalan bazı izler, hasarlar da ortaya çıkmaya başladı. Bunlardan biri de medrese merkez binasının arka duvarında, içteki kerpiçlerin erimesiyle ortaya çıkan çatlaktı. Bahçede Mevlânâ ile dolaşırken bunu fark eden Şems, kubbenin bir kısmını da taşıyan büyük duvarın iki payanda ile güçlendirilmezse yıkılabileceğini söyledi. Söylemekle kalmayarak yanına birkaç talebe alıp iki yük arabasıyla Sille'deki taş ocaklarına gidip medreseye malzeme taşımaya başladı. Mevlânâ ne kadar istediyse de Şems'in duvarı bizzat yapmasına engel olamadı. Sonunda, 'Başka bir inşaatta çalışmasından daha iyi, buradan ayrılamaz' diye düşünerek duruma razı oldu, hatta ona yardım etmeye başladı. Bu arada Şems'in inşaat ve mimariyle ilgili bilgi ve tecrübelerinin genişliğine şahit oluyor, hayret ediyordu.

Bir gün, Emir Karatay gelerek caddenin karşısında yaptırdığı medresesine özel bir iç havuz tasarladığını ama bazı sorunlar olduğunu söyledi. Ünlü mimar Kölük Abdullah'la istişare ederken Şems'in medhini işitmiş; mimar, "Bir de onunla görüşün" diye tavsiyede bulunmuştu. Bu yüzden ara sıra karşıya geçiyor, havuzun yapımını takip ediyor, sonra inşa etmekte olduğu duvarın başına dönüyordu. Akşamları ne kadar sohbet etseler Mevlânâ gündüzleri de Şems'ten ayrılmak istemiyor, duvara taş dizen dostuna malzeme taşıyordu. Şems ise çalışırken nadiren konuşuyor, soruları bile genellikle tek kelimelik cevaplarla geçiştiriyordu. Böyle günlerden birinde, Şems duvara koyduğu son taşa dirseğini dayayıp durdu. Yerden büyükçe bir taşı kaldırmaya çalışan Mevlânâ'ya bakıyordu. Mevlânâ, onun bakışını fark edince taşı bırakıp doğruldu, yavaşça ellerindeki tozu çırptı. Şems bakımlı ve tertemiz bu ellere bakarak gülümsedi. Sonra, "Neden vazifelerinin başına dönmüyorsun?" diye sordu. Ama sesi o kadar sert bir tonda çıkmıştı ki bu bir soru değil, ikaz ve ihtara benziyordu. Mevlânâ sitemle karışık bir hüzünle bakarak "Bunu sen mi soruyorsun?" diye soruya soruyla cevap verdi. Sonra açıkladı: "Dağınık saçların gibi, aklımı fikrimi de gönlümü de darmadağınık ettin. Şimdi, neden işimi yapamadığımı mı soruyorsun? Ben kendimle uğraştayım, başka bir işle nasıl meşgul olayım?"

"Evet, nefs terbiyesi zor. Diğer peygamberlerin sünnetinde, bunun için dünyadan elini eteğini çekip çileye kapanma vardır. Bundan bazan yararlanırız. Ama bizim için asıl olan Hz. Muhammed Efendimizin sünnetidir ve O, kendi inkişaf ve değişimi ile toplumunkini bir arada yürütebilen, zorun zorunu başaran tek insandır. Ona ne kadar benzeyebilirsek o kadar kâr değil mi?"

"Şüphesiz öyle... Ama yanından ayrılmak istemiyorum. Belki bir şeye ihtiyacın olur."

"Bu işte bir yardımcı gerekirse kendim bulurum, emin ol. Ama teni yanık, eli nasırlı birini tercih ederim. Herkes ehil olduğu işi yapmalı, sen de öyle... Yarın, yine vaaz vermen gerek. Bu zor iştir. Kapı bir kere açılmıştır. Eğer vermezsen insanlar, bağırıp çağıracaklar. Keşke onlar vaazlarından yararlansa."

"Belki de ben anlatamıyorum."

"Hayır, senin daha fazla yapabileceğin bir şey yok. Ama bunun için üzülme. Mum dibini aydınlatmaz; gölgesi yakına, ışığı uzaklara düşer."

"Uzak derken?"

"Uzak diyarlar, uzak zamanlar... Ama bu senin derdin olmamalı, sen kandili yak! Olabildiğince parlak, yakabildiğince sıcak... Işık sevdalıları uzak diyarlardan da uzak zamanlardan da bunu göreceklerdir."

"Bu şehirden umudun yok gibi konuşuyorsun. Bana Efendimizin kendi kavmi tarafından kendi şehrinden çıkarılışını hatırlatıyorsun adeta."

"Gaybı hiçbirimiz tam olarak bilemeyiz. Sen üstüne düşeni layıkıyla yerine getirmekten sorumlusun. Hidayet Allah'a aittir."

"Yine de bunlar sorumun tam cevabı değil. Bu şehir hakkında ne düşünüyorsun?"

"Bana sorsalar ki 'Bu şehirde ne eksiklik yanlışlık gördün de tenkit ediyorsun? Haram mı işleniyor, namaz mı kılınmıyor, zekât mı verilmiyor, neyimiz eksik?..'" deyip birden susan Şems, yerden bir taş alıp duvara yerleştirirken merakla bekleyen Mevlânâ soruyu tekrar etti: "Evet, ne eksik?"

Şems, başını gökyüzüne kaldırıp gözlerini kapattı. Sonra havayı çekti içine koklarcasına ve "Bir koku eksik" dedi ve açıkladı: "Aşk ve samimiyet kokusu... Her şey mükemmel gözüküyor ama bu kokuyu bir türlü alamıyorum."

Alâeddin'le Kimya medresenin içinde, pencerenin önündeki boşluğa oturmuş, sohbete dalmışlardı. Ara sıra dışarı bakıyor, arka duvarın yanındaki Mevlânâ ve Şems'in sohbetinin bitmesini bekliyorlardı. Kimya, Fatıma'nın sırrını açıklamadan Alâeddin'i Meram gezisine ikna etmişti. İlk sınıftaki çocuklar arasında bir yarışma düzenleyip kazananları geziye götürme fikri, gence o kadar cazip geldi ki kendi buluşuymuş gibi benimsedi bunu. Alâeddin, "Düşünsene, bilhassa köyden gelen çocuklar için bu büyük bir nimet; ilk defa ailelerinden ayrıldıkları yetmiyormuş gibi aylardır da buraya tıkılıp kaldılar. Hadi soru soracağımız konuları belirleyip talebeye haber verelim" diyordu.

"Dur biraz, önce bir müsaade alalım" diyen Kimya, pencereden dışarı, Mevlânâ'nın olduğu yere bir kez daha baktı. Sonra, "Hangimiz konuşmalıyız babamla?" diye sordu.

"Tabii ki sen..."

Kimya, kendini Fatıma ve Baha'ya söz vermiş olarak gördüğünden işi şansa bırakmak istemiyordu. Alâeddin'e dikkatle bakarak "Emin misin?" diye sordu.

"Elbette. O seni kıramaz bilirsin. Hem babam bana bir soru sorsa, biraz sert baksa, dilim dolaşır, konuşamam. Ama sen ne yapar eder, müsaadeyi koparırsın."

"Tamam öyleyse, ama şimdi yanında Şems var."

"Ne zaman yok ki?"

"Haklısın, gidiyorum" diyen Kimya yerinden kalktı.

Kimya, Şems'in duvarının karşısındaki bir taş yığınının üstüne oturmuş olan Mevlânâ'nın yanına ilişerek bir süre medresedeki faaliyetlerden söz etti. Mevlânâ, Şems'in çalışmasını izleyerek onu dinliyor, arada kısa cümlelerle tavsiyelerde bulunuyordu. Genç kız birden aklına gelmiş gibi, "Biz, Alâeddin'le, talebenin şevkini kamçılamak için bir bilgi yarışması tertip etmeyi düşünüyoruz" dedi.

"Güzel bir fikir" dedi Mevlânâ. Sonra, "Peki mükâfat ne olacak?" diye sordu.

"Siz de münasip görürseniz Meram'da bir gezinti yapmayı düşünüyoruz. Hem çocuklar birbirleriyle kaynaşır hem de aylardır burada sıkıldılar; aralarında köylerden gelenler var biliyorsunuz. Açık hava iyi gelir."

"İyi ama bu yarışmayı kaç kişi kazanacak ki?"

"Belli bir merhaleyi aşanları götüreceğiz; seviyelerine ve gayretlerine baktığımda on-on beş çocuğun bunu hak ettiğini görüyorum zaten. Burada büyük talebelerin ağırlığı ve hocaların baskısı altında oyun bile oynayamıyorlar."

"Sadece Alâeddin'le sen mi gideceksiniz başlarında?"

"Aslında ben, Selahaddin amcanın kızı Fatıma'yı da davet etmek istiyorum. Hem ben de yalnız kalmamış olurum. Alâeddin de isterse bir arkadaşını davet eder yahut Bahaeddin Çelebi de bizimle gelir."

Sözün burasında arkadan "tak!" diye gelen sesle irkilen Kimya, gayr-i ihtiyari Şems'e döndüyse de onları hiç duymamış gibi işine dalmış olan adam, taşı yerine oturtmak için çekiçle vuruyordu. Durumun kendisiyle ilgili olmadığını düşünen Kimya, tekrar Mevlânâ'ya dönüp "Ne dersiniz babacığım, sizce de münasipse çalışmalara başlayalım" dediğinde, onun bakışlarının bir an arkasında bulunan Şems'e kaydığını fark etti. Dönüp bakmak istediyse de yapamadı. Zaten Mevlânâ da bakışlarını hemen Kimya'ya çevirmiş ve "Hayır, kızım münasip değil. Yarışma yapabilirsiniz ama başka bir mükâfat düşünün" diye cevap vermişti. Bu cevap üzerine, Şems'ten bir işaret veya telkin geldiğine emin olan Kimya'nın içi öfkeyle doldu. Ne diyeceğini bilemedi. Kendisine çok uzun gelen bir zaman boyunca sustuktan sonra hızla kalktı. Mevlânâ dikkatle onu izliyordu. Hiçbir şey söylemeden gideceğini anlayınca "Hayret" dedi. "Israr etmeyecek misin, 'sebep ne' diye sormayacak mısın?"

Kimya öfkesini bastırmaya çalışarak "Hayır, o kadar aptal değilim. 'Sebep kim?' diye sormam lazım. Ama o daha da büyük bir aptallık olur!" diye Şems'e baktı. Ancak Şems bu bakışı üstüne alınmışa benzemiyordu. Tam tersine genç kıza gülümseyerek güneş yanığı alnında parlayan ter damlalarını silerken "Bir ayran ikram etmez misin Kimya, çok susadık" dedi. O sırada Muid Necmeddin, koşar adımlarla ön bahçeden gelip "Mevlânâ Hüdavendigâr Hazretleri, misafirleriniz var!" diye haber verdi.

Kimya hızla mutfağa yürüdü. Taç kapıdan geçince ön avluda biriken insan seliyle karşılaştıysa da bu, hiç dikkatini çekmedi. 'Ayranın içine bir avuç toprak mı atsam' diye düşünüyordu. 'Ya babam da içerse' diye vazgeçti. Bir testi ayran alıp hemen döndü. Bütün planları suya düşmüştü. Üstelik bunu Fatıma'ya, Baha'ya nasıl açıklayacağını bilemiyordu. Onlar gitmeseler bile kendisi sözünü yerine getirmeli, müsaade almalıydı. Şems neden her şeye anlaşılmaz bir şekilde müdahale ediyor, daha doğrusu her şeyi bozuyordu, anlamıyordu genç kız. 'Herkesin onu sevmemesine şaşmamak lazım. Kim bilir daha kimlerin ne tasavvurlarını alt üst etti. Bir bakışı yetiyor babama' diye düşündü. 'Zaten babamdan başka kimseyi de beğenip önemsemiyor.' Kimya bunları aklında evirip çevirirken aslında Şems'in ne kadar kendisini anlamasını, takdir etmesini istediğini fark etti. Oysa geldiğinden beri hep yanlışlarını buluyor, onu müşkil duruma sokuyor, üstelik sonunda da hep haklı çıkıyordu. Bu konuda da tartışsa öyle olacaktı muhakkak. Bunları düşününce yine asabı bozulan Kimya, 'Bu sefer kesinlikle bir açıklama yapmayacağım, takdir etmezse etmesin. Anlamazsa anlamasın. Yeterince takdir edenim var, o gelmeden önce kimse yanlışlarımı yüzüme vurmadı' diye düşünürken biraz önceki kalabalığın, taç kapıdan medreseye geçmekte olduğunu fark edip bir süre kenara çekilerek beklemek zorunda kaldı.

Hemen ardındaki Sefa, müderrislerden birini yanına çekmiş, neredeyse nefes almadan konuşuyordu: "Hocam bunlar kim biliyor musunuz? Değişik memleketlerden gelen âlimler. Molla Hüdavendigâr'la konuşmak istiyorlarmış. Öyle sorular soruyorlarmış ki kimse cevaplandıramıyormuş. Herhalde Mevlânâ Hazretleri'ne de birkaç sual tevcih edecekler. Ama kendileri, bunları karşılamaya çıkmadı. Necmeddin Hoca biraz önce haber verdi. Mevlânâ, medresenin bahçesinde istirahat buyuruyormuş. 'Buraya gelsinler,' denildi."

Kimya, kapıdan geçen son kişiyi de sabırsızlıkla bekledikten sonra medresenin bahçesine girebildi. Şems ile Mevlânâ bıraktığı yerdeydi. Ancak aradaki alanı dolduran kalabalıktan, yanlarına geçme imkânı gözükmüyordu. Genç kız da kendine uygun bir yer bulup olanları izlemeye koyuldu: Ulema kisveli beş-altı kişi, Mevlânâ'nın önünde sıralanmışlardı. Geride kalanlar, çarşıda pazarda ünlerini duyup peşlerine takılan meraklılardan ibaretti. Bilginlerden en fiyakalı olanı birkaç adım öne çıkıp Mevlânâ'yı selâmladı. Çok nazik olmasına rağmen tavırlarında açık bir kibir ve ukalalık görülüyordu. Fakat Mevlânâ, aynı nezaketle selâma mukabele etti. Bunun üzerine misafir bilgin söz aldı: "Bizler, hayatlarını yalnızca ve yalnızca hakikati aramaya adamış bilginleriz. Bunun için her diyarı dolaşıp âlimlerle ilmî münazaralar yapar, sorular sorarız." Etrafı küçümseyen bir bakışla süzdükten sonra "Yolumuz buralara düştü ve duyduk ki bu diyarın Âlimler Meclisi Başkanı, zat-ı âlinizmiş. Doğru mudur?" diye sordu.

"Evet, doğrudur" diye cevap verdi Mevlânâ. Bunu duyan adam, büyük bir lütufta bulunuyormuş gibi eliyle Mevlânâ'yı işaret etti: "O halde, bizim burada sorularımızı yöneltmeye layık bulduğumuz kişi sizsiniz."

Mevlânâ, istihzayla tebessüm ederek "Yaa öyle mi, peki neden?" diye sordu.

"Çünkü biz, bir ülkenin en âlim kişisini muhatap alırız."

"Öyleyse yanlış kişiyi muhatap aldınız. Ben sadece, Âlimler Meclisi Başkanı olduğumu söyledim. Burada benden daha bilgili olanlar var."

Adam biraz afalladı, yanındakilere bir baktı ise de tekrar Mevlânâ'ya döndü: "Efendim namınız bizim için yeterli. Şimdiye kadar kimsenin cevaplandıramadığı üç sualimiz var. Müsaade ederseniz zat-ı âlilerine tevcih edelim."

Mevlânâ, "Takdir edersiniz ki burada ders aldığım bir zat varken cevap vermek bana düşmez. Ona sorun" diye Şems'i işaret ettiğinde bütün bakışlar, bir adam boyuna yaklaşmış duvar üstünde çalışan adama yöneldi. Misafir bilgin de dağınık saçları arkada rastgele toplanmış, başlıksız, kısacık siyah sakallı, üzerinde keten bir gömlek ve bir o kadar sade altlık bulunan, sıradan bir işçi görünümündeki Şems'e hayretle bakıyordu. Kimya, Şems'le bilginin görüntüsünü bir karşılaştırdı. Misafirin sırmalı ipek kaftanı, gösterişli sarığı, pahalı aksesuarları içindeki abartılı tavırları birden çok gülünç gözüktü genç kıza. Adam hâlâ, şaşkınlıkla Şems'e bakıyor, "Bu zatı mı kastediyorsunuz. Ona mı soralım?" diye kekeliyordu.

"Evet, ona sorun" dedi Mevlânâ. Sonra adamı cesaretlendirmek için, bir sır veriyor gibi sesini alçaltarak "Dünyadaki bütün soruları cevaplandırabilir" diye ekledi. Seyirciler daha da meraklanmıştı. Bir an önce soruları duymak istiyorlardı. Bilgini teşvik eden cümleler, nidalar havada uçuştu. Sonunda bilginler, Şems'in bulunduğu yere yönlendiler. Aynı girizgâhı tekrar ettikten sonra ukala bilgin, "İlk sorumuz, Allah var dersiniz ama görünmez, gösteremezsiniz, gösterin de inanalım" dedi.

Şems, çalışmasına ara vermeden; "Diğer sorular?" deyince bilgin peş peşe sıraladı.

"Şeytan ateşten yaratıldı dersiniz, sonra da cehennemde yanarak cezalandırılacak dersiniz; bu bir çelişki değil mi? Ateş, ateşe nasıl acı verecek? Son sualimiz: Yasak, haram, hak, hukuk diye insanları korkutur, kısıtlar, yasaklar koyarsınız. Bırakın insanları dilediklerini yapsınlar. Buna ne gerek var?" diye soruları aktaran bilgin, başını kaldırarak Şems'e baktı ve "Sorularımız bundan ibaret, cevabınızı bekliyoruz" dedi.

Şems, duvara yerleştireceği bir kerpici çekiçle kırıp düzeltiyordu. Kalabalıktan hoşnutsuzluk avazeleri birbirine karışıyor, "cevap verecek-vermeyecek" tartışmaları duyuluyordu. Şems elindeki kerpiç parçasını duvarın önünde duran bilginin başına indirdiğinde ise tam bir kargaşa koptu. Darbenin etkisiyle sendeleyen bilgini arkadaşları tutarak son anda düşmekten kurtardı. Ama adam canhıraş çığlıklar atıyor, bir türlü susmuyordu. Bu kadar insanın önünde hak etmediği bir muameleye maruz kalıp küçük düşürüldüğünü düşünüyor, bunu ödetmenin yollarını arıyordu: "Ey ahali, gördünüz işte sorularımı cevaplayamadı. Hırsından kafama vurdu. Hepiniz şahitsiniz. Bu adamdan şikâyetçiyim. Kadıya gideceğim. Beni kadıya götürün!"

Kalabalıktan bir uğultu yükseldi. Birkaç kişi "bitişikte Kadı İzzeddin var!" dediyse de Sefa, "Kadı İzzeddin burada, Lala Bahtiyar'ı ziyarete gelmişti. Ben bir haber vereyim!" diye koşturdu. Herkes bir an için oraya yöneldiyse de "kadının makamına gitmeliyiz" diyenler ağır bastı. Ancak Sefa, Kadı Hazretleri'nin tarafları vukuat mahallinde, şahitler huzurunda dinlemeyi irade buyurduğu haberini getirince kimse yerinden kıpırdamadı. Zaten bu kalabalığı Kadı'nın makamına sığdırma imkânı da gözükmüyordu. Kısa süre içinde Medrese'nin taş avlusuna büyük bir halı serilip birkaç minder atıldı. Bitişikten kadılık kâtibi getirildi. İnsanlar bir oyun seyredecek gibi halının etrafında halkalanmıştı. Bir süre sonra Kadı İzzeddin gelip yerini aldığında şikâyetçi ve Şems de karşısına oturmuşlardı. Şikâyetçi, "Nâsir Fülâneddin el Malik Cündi, Hunaoğlu" diye geçti kayıtlara. Şikâyet olunan: "Şemseddin Muhammed Tebrizî, Ali bin Melikdâd oğlu."

Nâsir Fülâneddin, kendisine söz verilir verilmez kendisini, hocalarını, başarılarını, çalışmalarını, arkadaşlarını uzun uzadıya anlatmaya girişti. Sonunda Kadı İzzeddin sözünü kesti: "Şikâyetiniz nedir Efendi?"

"Efendim, Kadı Hazretleri, şaşmayan adaletinize sığınıyorum. Biraz önce de sebeplerini arz ettiğim gibi, bu şehirde de, bu ülkede de misafirim. Böyle olduğu halde haksız bir hücuma uğradım. Ben bu adama sadece ilmî, felsefi sorular sordum. O ise benim kafama kerpiçle vurdu. İşte bütün bu insanlar şahit, herkesin gözünün önünde oldu. Başım ağrıdan çatlıyor. Adaletinize, merhametinize sığınıyorum."

Kadı İzzeddin, dikkatle Molla Fülâneddin'in yüzüne baktı: "Madem misafirsiniz şunu ifade edeyim. Devlet-i Âl-i Selçuk'ta herkese inandığı, tâbi olduğu hükümler uygulanır. Senin inancına göre hüküm vereceğim. Razı mısın?"

Nâsir Fülâneddin, heyecanla "Razıyım Efendim, razıyım adaletinizden hiç şüphem yok" dedi.

Bunun üzerine Şems'e dönen Kadı; "Şemseddin Muhammed, şikâyeti duydun. Müdafaan nedir?" diye sorunca Şems, "O bana üç sual sordu. Ben bir hareketle hepsine cevap verdim. Olan biten budur!" dedi.

Kadı İzzeddin kaşlarını hayretle kaldırarak "Nasıl?" diye açıklama istedi.

"Şöyle ki; bana 'Allah'ı gösteremezsin, göster de inanayım' dedi. Ben de kerpici kafasına vurdum. Şimdi başının ağrıdığını söylüyor ama ağrıyı gösteremez. Göstersin de inanayım."

Molla Fülâneddin, telaşla araya girdi: "Ağrı, gösterilmez ama hissedilir. Ben hissettiğimi söylüyorum."

Şems; "İşte nasıl ki var olan ağrı gösterilemezse, Allah da vardır. Ama gözler O'nu göremez. Ama âlemde, bütün eserlerinde ve kendi benliğimizde varlığı hissedilir. Ben de hissettiğimi söylüyorum."

"Peki ya diğer sorular?" dedi Kadı. Meraklanmıştı. Şems açıkladı: "İkinci soru, ateşten yaratılmış şeytana, ateşin nasıl azap vereceği idi. Ben de cevabı anlaması için topraktan yapılmış kerpiçle başına vurdum ki kerpicin de bedenin de asıl maddesi topraktır. Toprak, toprağa nasıl acı veriyorsa, ateş de şeytana öyle azap verecektir. Son soru ise 'Yasak, haram, hak, hukuk diye insanları korkutur, kısıtlar, yasaklar koyarsınız. Bırakın insanları dilediklerini yapsınlar. Buna ne gerek var?' şeklindeydi."

Kadı, Fülâneddin'e dönüp "Öyle mi dediniz?" diye sorunca Fülâneddin çaresizce kısık bir sesle, "Evet, Efendim, ama biz o soruyu ilmî bir çalışma olarak hazırla..." derken Kadı, Şems'e dönüp "Devam edin lütfen" dedi. Şems, ellerini iki yana açarak "İşte gördüğünüz gibi, ben de ona canımın istediğini yaptım ama bir an bile tahammül etmedi. Beni size şikâyet etti. Böylece haram, yasak, hak, hukuk niye gerekliymiş, sorusunun cevabı verilmiş oldu."

Kadı İzzeddin, derin bir nefes aldı, geri çekilerek arkasına yaslandı: "Nâsir Fülâneddin! Sana, inandığın kanuna göre hüküm vereceğimi ilk başta söylemiştim. Ama görüyorum ki sen kendi hükmünü kendin vermişsin zaten. Bu şartlar altında Şemseddin Muhammed Tebrizî'nin cezalandırılmasına imkân bulunmadığına hükmediyorum." Mahkemeye şahit olanlar, Kadı'nın tutanağa yazdırdıklarını dinlemeye gerek duymadan, bir an önce şehre dağılıp olanları anlatmak üzere dalgalandılar. Bunu gören Molla Fülâneddin, hemen bir açıklama yapmak telaşıyla, "Efendim, Kadı Hazretleri" diye başladı: "Ben şikâyetimden zaten vazgeçiyorum. Asıl amacım sorularımın cevabını almaktı. Fakat bu sorulara bakıp da kimse bizim inançsız insanlar olduğumuzu zannetmesin. Biz insanların imanını güçlendirmek amacıyla böyle bir çalışma yapıyoruz. Çok şükür ki en müşkil soruları bile cevaplandıran âlimlerimiz var." Ardından Şems'e dönerek devam etti: "Efendim, siz de hakkınızı helâl edin, doğrusu bu kadar ince bir izahat beklemiyordum. Muhakeme ve münazara kabiliyetinize hayran oldum. Ama şunu da söylemeliyim ki, şimdiye kadar âlimlere yöneltmiş olduğumuz soruların cevabı zaten bende hazırdır. Bu konuda tafsilatlı çalışmalarım var. Öyle ki; delil-i kati ile Hakk'ın mevcudiyetini ispat ederim. Buna ne buyurursunuz?"

Şems; "İnsanlık adına bir kusur işlemiş olmazsın. Belki melekler de sana 'Huda'mızı sabit kıldı' diye dua ederler. Çünkü onların bu istidadları yoktur. Ama ben derim ki, Hak sabittir. Delil O'nun nesine lâzım... Eğer bir iş görmek istersen O'nun katında kendine bir mertebe, makam ispat eyle. Yoksa O senin delilin olmadan da sabittir."

Bu cevap üzerine Molla Fülâneddin'in yapacağı son gösteri de başlamadan bitmiş oldu. Buna rağmen Kadı'ya, Mevlânâ'ya ve Şems'e birçok iltifat yağdırmayı ihmal etmeden, dağılan kalabalığın ardından medreseden ayrıldı. Ancak, kendini aşağılanmış, küçük düşürülmüş ve rezil rüsva olmuş hissediyor, bunu bir türlü hazmedemiyordu. Oysa şimdiye kadar gezdiği diyarlarda, ne büyük âlimlerin kafasını karıştırmış, ne ünlü insanları zekâsıyla, bilgisiyle şaşkına çevirmiş, kendine hayran bırakmıştı. Buraya geliş amacı ise tamamen farklıydı: "Sen, Bahaeddin Veled'in oğlunun şanını yerle bir etmek için gel. O bir Şems çıkarsın karşına, kendi namın yerle yeksan olsun" diye söylendi kendi kendine. Asla bunun altında kalamazdı, kalmayacaktı da. Bu kararla, sert adımlarla yürürken şehirden ayrılmamaya karar verdi. Ardından gelmekte olan muidi Gazanfer'e dönüp "Burayı çok sevdim. Gerçekten tartışmaya değer, âlimler var. Şu Şems-i Tebrizî esrarengiz bir adama benziyor. Bir araştır bakalım. Mevlânâ'yla nereden tanışıyorlar, unvanı, kisvesi ne? Hakkındaki her şeyi bilmek istiyorum" diye emretti.

***

Şems, arka bahçeye işinin başına geçmiş, boş bulduğu birkaç öğrenciye nasıl harç karılacağını gösteriyordu. Ön bahçede ise sadece Kadı İzzeddin'le Mevlânâ kalmıştı. Herkesin gittiğinden emin olan İzzeddin, "Aziz dostum Celâleddin, sana bir itiraf borçluyum, kendimi çok suçlu hissediyorum" dedi. Mevlânâ işi latifeye alarak "Kadı Hazretleri, bizi kendi makamlarıyla karıştırmış olmasınlar" diye karşılık verdi. İzzeddin başını iki yana sallayarak gülümsedi:

"Ne söyleyeceğimi biliyorsun değil mi?"

"Duyduklarından etkilenmiş olman tabiidir. Ama senin temiz yüreğin her zaman, doğruyu keşfetmeye meyilliydi. Bundan hiç şüphem olmadı. Allah bugün buraya seni boş yere göndermedi."

"Evet, çok şükür; bugün burada olmasaydım belki de Şems'i gerçekte hiç tanıyamayacaktım. Seni anlayamayacaktım. Beni affet dostum."

"Dostlar arasında ceza olur mu ki af olsun. Naz, niyaz olur, sitem olur. Neyse, sen asıl şunu itiraf et. Mahkeme başlayıp şikâyeti duyduğunda ona ne ceza vermeyi tasarlıyordun?"

"Şükür ki Allah beni bundan korudu. Asıl merak ettiğin mevzuya gelince evet, daha yüzüne baktığımda ondan müteessir oldum. O yüzde başka bir mana var: Hakikaten bambaşka bir şey var."

Mevlânâ derinden içini çekti: "Ah, İzzeddin iyi ki sen gördün, kimse onda ne gördüğümü, neden bu kadar bağlandığımı anlamıyor. Ben onun yüzünde, Nûr-i Mustafa'yı gördüm de vuruldum.

Onun ahlâkı, Onun kokusu var. O'nun aşkı öyle bir iksirdir ki, bir damlasını ummana katsan tatlanır. Şems'in de acı yanlarını tatlı kılan O'nun aşkıdır. Ben, O'nun âşığına âşık olmuşum çok mu?"

İzzeddin, bir süre düşünceye daldı. Sonra başını kaldırdı: "Yine de herkesin bunu anlamasını beklememelisin. Aslında bu sadece size has bir hal değil. Birçok insanın hayatında böyle manevi münasebetler vardır. Ama sen, çok göz önünde, tanınan bir insansın. Belki bu yüzden bu kadar akis buldu. Elbette senden saklı gizli yaşamanı beklemiyorum. Ama yine de dikkat etmelisin. Çünkü bu mevzuda mühim olan, anlaşılıp anlaşılmamak değil. Beni asıl korkutan şey, Şems; gerçekleri fiilî veya sözlü 'kafa yararak' ortaya koymaktan çekinmeyecek kadar pervasız davrandıkça düşman kazanacak."

"Gerçeklerin ortaya çıkması ya da anlaşılması için kafamın yarılmasına razıyım. İnan bana hepimizin bir darbeyle sarsılıp kendimize gelmeye ihtiyacımız var."

"Sana tamamen katılıyorum. Ama bu kaç kişinin umurunda sanıyorsun. Herkesin doğruların yahut gerçeklerin peşinde olduğunu hiç sanmıyorum. Mesela şu Fülâneddin'i ele alalım. Giderken söylediklerinde hiç samimi değildi. Tabii baştaki sözlerinin de maksadı belli. Oyunu bozuldu. Tuzağına kendisi düştü. Rezil rüsva oldu. Sadece ün ve onun getireceği zenginlik peşinde, gerçekler yahut ilim gerçekten umurunda mı? Hiç sanmıyorum. Böyle tipler türedi İslâm diyarlarında. Nereden geldikleri bile belli değil. Ama bir şekilde fırsatı görmüşler. Âlem-i İslâm'da en çok bilgiye değer verildiğini, bilginlerin, herkesin hatta sultanların üstünde tutulduğunu, âlim kisvesi giyince hayatları boyunca sıkıntı çekmeyeceklerini anlamışlar. Hele bir de dikkat çeker, şöhret olurlarsa ilk işleri zengin, nüfuz sahibi bir emirin himayesine girmek yahut Sultan'a ithafen bir eser kaleme almak olur. Bunun için medrese de bitirir, birkaç kütüphane de devirir insan. Tabii sen bunları benden iyi bilirsin, işin içindesin. Ama dile getirmek istemezsin. Ben bunlara şunun için dikkatini çekiyorum: Konya bu sözde âlimlerle dolup taşıyor ve kaçınılmaz olarak, Şems gibi samimi adamlar, bu düzeni bozar, bu oyunları açık eder. Şimdi daha iyi anlıyorum ki Şems'in her hareketi bunların tekerine çomak sokmak manasını taşıyor. Onun için, en çok ulema veryansın ediyor geldiği günden beri."

Kimya uzaktan onları izliyor ama konuşmaları duyamıyordu. Dikilip kaldığı duvar dibinde elinde testi olduğunu bile unutmuştu. Testiyi ancak kolu yorulunca hatırladı. Şems'in yanına gidip küçük tası doldurarak uzattı. Yapılan harcın kıvamını beğenmeyen Şems, öğrencileri saman almaya yollarken, Kimya'yı fark etti.

"Ayran istemiştiniz şu bilginler gelmeden önce" dedi genç kız.

"Allah razı olsun Kimya" diye tası alan Şems bir taşın üstüne oturarak karşısındakini de Kimya'ya işaret etti. Genç kız isteksizce oturup bekledi. Şems'le göz göze gelmek bile istemiyordu. Şems, "Hocalık nasıl gidiyor?" diye şefkatli bir sesle sorunca şaşırdıysa da konuşmama kararını hatırlayıp sadece "İyi" demekle yetindi.

"Bugün babanla konuşana kadar..." dedi Şems.

"Artık babamla mı konuşuyorum, sizinle mi belli değil!"

"Ne fark eder, dostlar iki ayrı bedende bir can gibidir."

"Çok fark ediyor. Artık onun değil, sizin dediğiniz oluyor. Bir şey yapacaksam sizden mi müsaade almalıyım?"

"Tabii ki hayır, babandan almalısın."

"O zaman niye mani oldunuz? Babam müsaade edecekti."

"Benim bir şeye mani olduğum yok. Mani senin içindeydi."

"Nasıl?"

"Bir soruya doğru cevap istiyorsan önce soruyu doğru sormalısın."

"Yine mi bu dürüstlük meselesi? Sorum gayet açık ve doğruydu."

"Maksadı hariç."

Kimya hemen 'Bunu da nereden çıkarıyorsunuz' diye inkâr edecekti. Ama vazgeçti. Şems'in hiçbir şeyi rastgele söylemediğine birden fazla kez şahit olmuştu. Konuşmanın başından itibaren karşısındaki adama ilk kez dikkatle baktı. Umduğunun aksine tenkit değil, tatlı bir şefkatin izleri vardı bu yüzde. Bu haliyle onun, Mevlânâ'ya ne kadar benzediğini düşünmeden edemedi genç kız. Koruma kalkanını indirip tabii halini alarak "Ama siz bunu nereden biliyorsunuz, bir şey mi duydunuz, yoksa ben mi belli ettim?" diye sordu.

"Bir şey duymadım. Çocukları bir kez konuşurken gördüm, Zerkubi'nin evindeyken. Bizim yaşımızdakiler artık titreyen seslerden, kaçamak bakışlardan çok mana çıkarır, Kimya. Seni de sürekli Fatıma'yla görüyorum. Ve babanla konuşurken çok itinalıydın. Sakladığın bir şey olmasa konuya doğrudan girerdin."

"Demek öyle yapıyorum. Peki, babam biliyor mu konuyu?"

"Henüz bir şey söylemedim. Bugüne kadar bir tahminden ibaretti zaten. Ama benden önce senin söylemen gerekir."

"Babama karşı dürüst olmadığımı düşünmüyorsunuz değil mi? Bütün bunları biliyorsanız beni de doğru anlamışsınızdır. Bir sır taşıyorum."

"Evet, arkadaşının sırrına sadık olmanı takdir ediyorum. Ama bir sırrın hayata yansımaları varsa, birilerinin hayatını etkileyecekse, onlara söylemeden bir şeyler tasarlamak haksızlık olur. Ayrıca baban senin taşıdığın sırrı taşıyamayacak bir adam mı? Üstelik en çok onu ilgilendiren bir mevzuda onu yok farz ederek davranamazsın."

"Anlamıyorum, biraz daha açık konuşamaz mısınız?"

"Zerkubi, babanın yakın dostu. Evlatları arasında bir izdivaç olursa ikisi de memnun olur. Ancak bundan evvel şehrin dışında bir buluşma, ne kadar dedikoduya yol açar bir düşünsene. Bu şehrin iklimi her türlü dedikoduya müsait, sen de bunun farkındasın aslında."

"Evet, ama bu yüzden şehrin dışını düşünmüştüm. Yani kim görecek?"

"Ataların bir sözü vardır, 'Yerin kulağı vardır' derler; ben bir şey daha katayım, yerin gözü de vardır."

"Ama efendim sizin için önemli olan bir haramın işlenmemesi değil mi? Sadece biraz konuşurlar, bundan kime ne? Hem siz toplumu önemsememek gerektiğini söylemiyor muydunuz?"

"Bunlar birbirinden tamamen ayrı mevzular Kimya. Şimdi anlayamazsın. Müzakere ettiğimiz hadiseyle de hiç alakası yok. Dedikodular çoğu zaman gerçeklerden daha çok tesir eder hayatımıza. Ve bir gün senin bu masumca 'birazcık konuşsunlar' arzundan, dağ gibi iki adamın dostluğu etkilenir. Ben buna müsaade edecek değilim, hoşuna gitse de gitmese de... Sen de asıl maksadının çok uzağına düşer, birleştirmek istediklerini ayırmış olursun. Ama sen istemediğin bir cevaba tahammül edemiyorsun. Oysa istemediğin bir cevap olsa bile bu doğru cevaptır ve eninde sonunda seni istediğin noktaya vardırır. Ama doğru söylemezsen yanlış cevap alırsın ve yanlışlıkların doğmasına vesile olursun. Arada çok fark var."

"Yani istediğim sonucu elde edemesem de doğru söylemeliyim."

"Evet, takdir de buna bağlı, bereket de. Bakarsın ummadığın anda, ummadığın yerde, istediğin sonuç karşına çıkar. Senin iyi niyetini biliyorum. Gerçeği söylememek her zaman yalancılıktan kaynaklanmaz. Ama yine de çok şey değiştirir."

Şems, aklına bir şey gelmiş gibi durdu, bir süre sonra, "Cüneyd-i Bağdadi'yi duymuş muydun Kimya?" diye sordu.

"Evet, efendim. Uzun süre ticaretle uğraşmış, sonra kendini tamamen Tanrı'ya adamış büyük bir sofi."

"Evet. Cüneyd bir gün dua ederken, kalbine şöyle bir ilham geldi: 'Sen ne kadar ibadet de etsen, çile de çeksen, senin müşkilini ancak Bağdat'ta, falan mahallede oturan Ahmed-i Zındık çözebilir.' Bunun üzerine Cüneyd yollara düştü." Sözün burasında durarak Kimya'ya, "'Zındık' ne demektir biliyor musun?" diye sordu Şems. Genç kız mahcubiyetle başını iki yana salladı:

"Hayır efendim, bilmiyorum."

"Kâfir, inançsız manasında bir kelimedir. Ama umumiyetle hakaret olarak kullanılır. İşte bu yüzden Cüneyd bu kelimeyi telaffuz etmek istemiyordu. İçindeki düğümü çözmek arzusuyla yanarak kalkıp Bağdat'a gitmişti ve o mahalleyi de bulmuştu. Ama aradığı adamın adını edeb ve nezaketinden doğru olarak soramıyordu. Sonra küçük bir değişiklik yapıp "Ahmed-i Sadık'ın evi nerede?" diye sormaya başladı. Günlerce, şehirde dolaştı durdu. Ama bir türlü Zındık'ı bulamıyordu. Nihayet bir gün, bir caminin önünden geçerken Kuran'dan Yusuf Suresi'nin okunduğunu duydu. Ses o kadar güzeldi ki şevki arttı, içine cesaret geldi. 'Bu sefer doğru soracağım' diye düşündü. Beklerken Kuran tilâveti bitti, insanlar dağıldı. Camiden en son çıkan gencin yanına yaklaşıp 'Ahmed-i Zındık'ı arıyorum tanır mısınız?' diye sordu. Genç, 'Biraz önce onun sesini işittiniz ya. O, benim. Senin geleceğin bana da haber verildi Cüneyd. Ama adımı doğru söylemediğinden ben de sana ulaşamıyordum. Bir kelime aramıza perde oldu.' dedi... Evet, Cüneyd gerçeği söyleme bereketinden dolayı aradığını buldu. Ama bir kelime ona ne kadar vakit kaybettirdi, görüyor musun?"

***

Kayseri'deki Devlethane Sarayı'nı çevreleyen kale burçları meşalelerle aydınlatılmış, ağaçlar kandillerle donatılmıştı. Avluya kurulan ziyafet sofrasında, Sultan'ın tuğu, zafer sembolü altın sırma hilâl işli saltanat sancağı ile Selçuklu arması çift başlı kartal figürünü taşıyan bayrak akşam rüzgârında salınıyordu. Saray'dan çıkan Emir Celâleddin Karatay, merdivenlerin başına kadar geldi ve durdu. Bir süre avludaki bu manzarayı izledi. Derin bir iç çekişten sonra 'tıpkı o gece olduğu gibi' diye mırıldandı. Merdivenlerden inerken altın sırma işlemeli kaftanının etekleri, arkasında muhteşem bir yelpaze gibi gülsuyuyla defalarca yıkanmış mermer basamaklardan kayıyor; başındaki Çağatay işi değerli başlığın üzerine yerleştirilen mücevherlerin parıltısı ve dimdik yürüyüşüyle, gelmeye başlayan misafirler üzerinde saraydan bir sultan çıkmışçasına bir etki yaratıyordu. Ancak Emir bunların hiç farkında değildi. Bütün benliğiyle öyle bir noktaya odaklanmıştı ki hedefe giden bir ok gibi yürüyordu. Başını bir kez bile çevirmeden bakışlarıyla bütün bahçeyi son kez denetledi. Saray da bahçe de sofra da gereğince hazırlanmıştı. Farkında olmadan içinden tekrar etti: 'Tıpkı o gece olduğu gibi; o uğursuz gece!' Başını gökyüzüne kaldırdı bir an. Aşağıdaki ışık gözünü öyle almıştı ki gökyüzü olduğundan daha karanlık gözüktü. Birden bu derin karanlıktan sarsıldı, ezildi. Aslında ne kadar güçsüz olduğunu, kâinata nispetle bir noktacık kadar yeri ancak doldurabildiğini fark etmenin sarsıntısıyla vücudunu bir ürperti yalayıp geçti. Aylarca en ince ayrıntısına kadar titizlikle tasarladığı bu satrançta yapacağı her hamle için bütün karşı atakları, bin türlü aksaklığı hesap edip tedbirler aldığını bir anda unuttu. Buraya kadar gelebilmişti ama en önemlisi son hamleydi: Öldürücü son darbe! Zaten bütün hamleler onun için değil miydi? Eğer bu gece hiç hesapta olmayan bir şekilde başarılı olmazsa kendisi bir yana Devlet Hatun da dâhil birçok kişinin hayatı tehlikeye girecekti. "Allah'ım" dedi sessizce, "Ey Allah'ım! Müntakim ism-i şerifin hakkı için intikamını al. Bizim güçsüz kollarımıza bırakma. Mutlak Galip olan sensin. Yalnızca sen! Bize yardım et."

Bu sessiz duadan sonra protokoldeki yerine oturan Karatay, yılların tecrübesiyle, Sultan sofrasında ziyafet adabına uygun davranışlar sergilerken aslında içinden, o sofrada bulunan kimsenin tahmin edemeyeceği şeyler geçiyordu. Oysa Moğol elçisi Baycu

Noyan'la, Cengizhan'a elçi gönderildiği günleri yâd ediyordu. Zaten buraya gelmesinin bahanesi de Baycu Noyan'dı. Devlet Hatun, Moğollarla ilk defa görüşecek olan Sultan'a, Emir Karatay'ın, Noyan'la tanışıklığını anlatmış, böylece görüşmelerde faydası olacağına Gıyaseddin'i ikna etmişti. Bu yüzden Karatay, Noyan'la sohbeti ustaca uzatarak samimi bir görüntü sergiliyordu.

Yukarıdaki odasında hazırlığı henüz bitmemiş olan Emir-i Kubad Sadedin Köpek ise giyinmesine yardım eden hizmetkârları yolladıktan sonra Tolunga'ya "Bu akşam gözünü Karatay'dan ayırma ve unutma; önüme tadılıp denenmemiş bir sahan gelmeyecek bu ziyafette!" diye hatırlattı. Onlar bu konuyu konuşurken Emir'in gözdesi Mirya saçını taramakta olan halayığı bir el işaretiyle durdurup avluya bakan pencereye geçti. Aylardır adını duyduğu Karatay'ı bu ziyafette görebileceğini düşününce meraklanmıştı. Henüz perdeyi açmadan Sadeddin'in müdahalesi geldi. "Hayırdır Mirya aşağıdaki misafirlerden tanıdığın mı var?" diye soran Emir'e "Hayır, Sultanım biraz hava almak istemiştim" diye cevap verdi genç kadın. "Aldığın hava yetmedi mi, akşama kadar bütün Kayseri'yi dolaşmışsın. Hem halayığın ne işe yarıyor, söyle de sana yelpaze sallasın!" dedi Sadeddin. Mirya mütebessim çehresiyle Emir'e doğru yaklaşıp kaftanının yakasını okşayarak düzelttikten sonra çaresiz bir hastalığa yakalanmış kadar dertli bir edayla içini çekti ve "Yokluğunuzun ateşinde hiçbir yelpaze bana ferahlık veremez." dedi. Emir memnuniyetle gülümseyip "Ne çare, bu geceki ziyafet uzun sürecek" diye kapıya yürüdü. Ardından yetişen halayık "Efendim geç geleceksiniz hanımımı yatırayım mı, sizi beklesin mi?" diye sorunca olduğu yerde duran Sadeddin öfkeyle bağırdı: "Sana öğretmediler mi ki bu sarayda ben yatmadan uyuyan, bir daha uyanamaz!" Sonra Tolunga'ya "Alın şu ahmağı gözümün önünden!" diye emretti. Tolunga korkudan titreyen kızcağızı kenara itip Emir'e kapıyı açarken "Onu bir daha hiç görmeyeceksiniz, emin olun" diye Sadeddin'i yatıştırmayı denedi. "İsabet olur." diyen Emir derin bir nefes alıp kapıdan çıktı.

Nihayet Emir-i Kubad ve Sultan Gıyaseddin'in teşrifleriyle başlayan bu ziyafetin Emir Karatay'ın kafasında pek bir manası yoktu. Bu gece ona sadece, yıllar önce on sekiz yıl büyük bir sadakatle hizmet ettiği Sultan Alâeddin Keykubad'ın son ziyafetini hatırlatıyordu: Büyük Sultan, devlet erkânı, melikler, beyler, emirler; dünyanın dört bir yanından Moğol, Frenk ve Mağrib elçilerini Kayseria'ya davet edip büyük bir şölen düzenlemişti. Davetliler, hiçbir savaşta yenilmemiş, büyük bir kargaşanın ortasındaki ülkesini sadece savaştaki değil diplomatik, siyasi, ilmî ve iktisadi arenadaki ataklarıyla da güçlendirmiş Sultan'ı görmek için can atıyordu. Sultan, gündüzün şölende davetlilere hitap etmeye başladığında Kayseri ovalarını dolduran kalabalıktan ses çıkmıyor, Selçuklu Ordusu'nun intizam ve azameti, görüntüyü bir kat daha etkileyici kılıyordu. Kırk beş yaşlarındaki Alâeddin, başarılarına göre öyle genç gözüküyordu ki yabancı elçilerin aralarında şaşkınlık ve hayranlıkla fısıldaştıkları duyuluyordu. O gün Sultan, insanlar üzerinde öyle bir etki bırakmıştı ki sonraları nazarlara isabet ettiğini bile düşünenler olacaktı. O şölende herkes hissetmişti ki Selçuklu, Alâeddin'in sultanlığında dünya hâkimiyetine yürüyordu. Her ne kadar Büyük Sultan istikbalinin kara düşlerini görmeye başladıysa da liderine gönülden bağlı bir kumandan olarak Karatay, bunları aklına bile getirmek istemiyordu. Fakat tarihin bu en kritik dönüm noktalarından birinde akla gelmeyen başa geldi.

Karatay bu düşüncelerine bir süre ara verip Gevhertaş'ta tanıştığı Doğu Roma elçisi Marcos Arilesos'un hatırını sordu. O sırada gümüş tepsiler üzerinde kızarmış kuzu eti çaşnigir tarafından sofraya getirilince Karatay farkında olmadan elindeki kaşığı sıktı. Eli acıyınca kendine gelip kaşığı bırakarak kaftanını düzeltti ve misafirlere nezaketle gülümsedi. Sonra sağındaki Baycu Noyan'a döndü:

"Buyurun hâlis Türk kebabı, sizin damak zevkinize uyacağından eminim, ama bakalım Doğu Romalı dostumuz lezzetli bulacak mı?" Ardından Marcos'a dönüp "Siz de buyurunuz Şövalyem" dedi. Misafirler yemeğe uzanırken onun eli sürahiye, aklı ise yarım bıraktığı düşüncelere uzanmıştı. Gündüz düzenlenen törenlerden sonra akşam bu sarayda, yine bu sofrada verilen ziyafette Çaşnigir Nureddin Ali tarafından gümüş bir tabakta sunulan kızarmış kuş etinden birkaç lokma alan Sultan Alâeddin Keykubad, dehşet bir sancıyla sarsıldı. Yüzünün rengi değişti. Alnından soğuk terler dökülmeye başladığında Karatay'ın kulağına eğilip hususi sarayı Keykubadiye'ye geçmeyi irade buyurdu. Elçilere münasip bir açıklama yapıldı. Saraya geçtiklerinde Sultan'ın yanından hiç ayrılmayan Karatay'ın aklından bir an için olsun ölüm geçmezken, "Kemaleddin Kamyar'ı çağır, vasiyet buyuracağım, yazsın!" sözlerini duyduğunda dizlerinin bağı çözülmüş, bir an yürüyememişti. "Gelip geçici bir rahatsızlık bu Sultanım" diyebildi sadece. Yine de emre itaat etti çaresiz.

Kamyar'ı çağırırken Alâeddin'siz bir Selçuklu düşünemiyor, içinden sayısız dualar ediyordu. Sultan'a böyle zamansız bir şey olursa çok kötü olacaktı biliyordu. Bunu bilmeyen yoktu zaten. Bir gün Konya'da Sultan Alâeddin bir rüyasını anlatmıştı, Sultanü'l Ulema Bahaeddin Veled'e. "Rüyamda başımı altın, gövdemi gümüş, bacaklarımı bakır olarak görüyorum" demişti. Âlimler Sultanı, bir süre hüzünle sustuktan sonra Sultanın ısrarı üzerine, "Selçuklu, sizin idarenizde en parlak, zengin, güçlü devrini yaşayacak; altın devri diye anılacak. Ancak sizden sonra, evlatlarınız ve torunlarınız döneminde gitgide irtifa kaybedecek" demişti. Bu düşüncelerle Kamyar'la birlikte dönen Karatay, kaçınılmaz sona yaklaştıklarını gördü. Sultan konuşma melekelerini de yitirmek üzereydi. Çaresizce yatağın kenarına diz çöktüler. Sultan bütün gücünü toplayarak Karatay'ın yakasından tuttu, yaklaşmasını istiyordu. Karatay ona doğru eğildi. Sultan bedeninden ziyade ruhundan gelen bir acıyla ona baktı ve "Celâleddiiinn..." dedi. Çabaladıysa da başka bir kelime çıkmadı orduları coşturan ağzından. Celâleddin Karatay, bütün dikkatiyle Sultan'ın gözlerine bakıyor, yıllardır sessiz, kelimesiz konuşmaya alışık olduğu bu gözleri okumaya çalışıyordu. Bunu anlayan Sultan, yalnızca göz kapaklarını hafifçe kapattı. Tıpkı "sen anlarsın" veya "bunu ancak sen yaparsın" dediği zamanlardaki gibi.

Sonra, Karatay'ın bir bakışıyla her işi bütünüyle kavradığına defalarca şahit olduğu o dehanın gözleri donuklaştı, anlamını yitirdi. Sanki bir başka âleme bakar oldu. O gözler ki sevgiyle baktığında ela, öfkeyle baktığında siyah gözükürdü. Sanki her renkten bir parça vardı içinde de Sultan'ın duygularına göre değişiyordu. Bir süre kendisini görecek yahut bir tepki verecek diye umutla baktı Karatay. Kemaleddin Kamyar elini yüzüne kapatmış ağlıyordu. Sonunda Karatay da gözlerinden akan yaşlara engel olamadı, hemen eğilip yüzünü sildi; Hunat Hatun'un hıçkırıklarıyla irkilerek başını tekrar kaldırdığında Uluğ Keykubad'ın sapsarı kesilmiş güzel yüzünü gördü. Gözleri yarı açık kalan Sultan, son nefesini vermişti. Derin kavisli dudaklarının kenarından ince mavimtırak beyaz bir köpük, henüz çoğunluğu siyah sakalına doğru süzülüyordu. Yücelerde süzülmeye tutkun Selçuklu Kartalı, son uçuşunu sonsuzluğa yapmıştı.

Emir Karatay ve Kemaleddin Kamyar, savaş meydanlarının bu iki korkusuz aslanı, Sultan'ın cansız bedeninin yanı başında annesini yitiren çocuklar gibi ağlıyorlardı. Âlem bir çadırsa Sultan onun direğiydi. O direk ummadıkları bir anda gürültüyle başlarına yıkılmıştı. "Vah Sultanım, vah Hakanım, vah Serdarım" diyordu Kamyar. Karatay'dan bir teselli bulmak için bakıyor, ancak onu da derin bir acıya gark olmuş, üzüntüyle mırıldanırken buluyordu:

"Ey İslâm düşmanları ve zalimlerin korkulu rüyası Keykubad! Kim derdi ki bu genç yaşta ecel şerbeti içecektin? Kim derdi ki işleri yarım, Selçuklu'yu yetim bırakıp gidecektin? Ey savaş meydanlarının yenilmez kumandanı! Kim derdi ki böyle ansızın savaştan çekilecektin? Kim derdi ki Selçuklu'nun muazzam çınarı devrilecek? Heyhat ki ne heyhat! Ağlasın İslâm diyarları bu kahraman kumandanına! Ağlasın İslâm, bu sadık hizmetkârına! Gözyaşı döksün Türklük ve tekmil Anadolu bu büyük evlâdına! İnnâ lillâhi ve innâ ileyhi râci'ûn..."

Emir Karatay, aynı acıyla gözlerinin dolacağını hissedince başını hafifçe kuzeyden esen rüzgâra çevirdi. Sonra derin bir nefes alıp ilk defa Sadeddin Köpek'ten yana baktı. Emir-i Kubad, Sultan'ın yanında en az onunki kadar gösterişli tahtında dimdik oturuyordu. Altın sırma ipliklerle işlenmiş koyu yeşil kadife kaftanının içinde, başındaki İran işi yüksek bir başlıkla oldukça azametli görünüyordu. Yabancı misafirlere iltifatlar edip etrafa tebessümler saçmayı da ihmal etmiyordu. 'Gül bakalım' dedi içinden Karatay. 'Ağlattıklarının gözyaşları, seni elbette boğacak!'

O gün ağlayanlar sadece Sultan'ın yanı başındakiler değildi. Selçuklu'nun bu yükselişi bir daha yakalayamayacağını anlayanlar da yaş dökmüştü aylarca. Ama devletin dizginleri Sadeddin Köpek ve avanesinin ellerine geçince aynı gün cülûs şenlikleri başlamıştı Kayseri'de. Şehir panayır yerine dönmüş, yeni Sultan'ın şerefine muhteşem gösteriler, oyun ve eğlenceler düzenlenmiş, memleketin dört bir yanına gönderilen ulaklarla umumi af ilan edilmiş, halkın gönlü kazanılmaya çalışılmıştı. Sultan'ın ölüm nedeni araştırılmadığı gibi konu tamamen geçiştirilmiş, henüz cenaze Keykubadiye Sarayı'ndayken Saltanat Sarayı Devlethane'de, Keykubad tarafından veliahd tayin edilen küçük oğul Kılıçaslan yerine Gıyaseddin, sultan olarak tahta oturtulup ikindiye kadar biat etmeyenlerin hain sayılacağı cenaze başındakilere ihtarla bildirilmişti.

Sonraki gelişmeler ve Kemaleddin Kamyar'ın ani idamı üzerine siyasetten tamamen çekilen Karatay, kendini hayır işlerine, ilmî çalışmalara ve ibadete vermişti. Ancak o son gece bir an olsun gitmedi aklından. Her ne kadar hekimbaşı, Sultan'ın zehirli bir bağırsak enfeksiyonuna tutulduğu yolunda bir rapor hazırladıysa da Karatay buna hiç inanmadı. Sultan'ın son anlarını defalarca gözünde canlandırdı. Ne o yüz bir an gitti aklından ne de o son söz... Defalarca düşündü; ses tonunu, bakışlarını geçirdi aklından. Sultan özel bir emrini, sadece Karatay'ın anlayıp yapabileceğine inandığı bir şeyi söylerken kullandığı bir tavır ve ses tonuyla "Celâleddiiinn" demişti. Ama Sultanın son emri neydi?

Saraydaki gelişmeleri uzaktan takip ederken bunları düşünmeye çok zamanı oldu. Ve anladı ki Sultan büyük bir ihanete uğramış ve bir cinayete kurban gitmişti. Sultan'ın av etine olan düşkünlüğü herkesçe bilinirdi. Ve ziyafet sonrası, kızarmış bıldırcın sadece ona ikram edilmiş, kendisi için hususi hazırlandığı söylenmişti. Sultanın ikramına rağmen yeterince doymuş olan konuklar etten tatmamıştı. Zaten bir bağırsak enfeksiyonunun bu kadar kısa sürede ölümle sonuçlandığı görülmüş duyulmuş değildi. En az birkaç gün hastalığın devam etmesi gerekirdi. Karatay'ın bu sorularını hekimler "bünyeden bünyeye fark eder" diye geçiştirseler de seferlerde, savaşlarda en zor şartlarda Sultan'ın yanında olan Karatay, onun yapısının ne kadar güçlü olduğunu biliyordu. Bildiği bir şey daha vardı, o da dudakların arasından sızan ince köpük. Ama bu öyle beklenmedik bir ölümdü ki herkes hazırlıksız yakalanmıştı. Ne yapılacağı, ne edileceği bilinemiyor, devlet gelenekleri bile dumura uğramış zihinlerde bir kıpırtı yaratmıyordu. Hemen herkeste böyle bir şaşkınlık, yıkılmışlık, başını kaybetmiş bir beden gibi anlamsız çırpınışlar vardı. Bir kişi hariç; bu boşluktan yararlanan, yönetime anında el koyup dizginlere sarılan biri: Bu adam kısa sürede Sultan'ın gözüne giren Kubadâbâd mimarı Emir Sadeddin'den başkası değildi. Düşüncelerinin burasında bakışları tekrar Sadeddin'e kayan Karatay, bu kez onunla göz göze geldi. Sadeddin'in soğuk yüzüne garip bir tebessüm yayıldı anında ve Karatay'a, "Emir'im, uzun bir aradan sonra sizi tekrar aramızda görmek ne büyük bahtiyarlık" dedi.

Karatay, bir süre bu gülümseyen yüze tezat, buz gibi soğuk gözlere baktı. O gece de bu sahte tebessümle, bu sinsi bakışla karşılaştığını hatırladı. Sultan'ı özel sarayına götürmek üzere sofradan kalkarken Sadeddin'e, 'misafirlerle ilgilen, burayı idare et' manasında bir şeyler söylemişti. O da 'ben hallederim' manasında böyle gülümsemişti. Oysa başka bir zaman olsa Sultan'ın yanından hiç ayrılmaz, orada kalmak istemezdi. Demek ki orada halledecek daha önemli işleri vardı. Sultan öldüğünde Saltanat Sarayı'nda bulunmanın bütün kozlarını kullanacaktı sonuna kadar. Bu yüzden Karatay, onun yüzündeki bu hain tebessümü ve kısık gözlerindeki ihtirası hiç unutamamıştı. Aslında şimdi yerinden kalkıp bu adamın kalbine bir hançer saplayarak bu gözleri ebediyen kapatmak istiyordu. Ama son oyunu onun kadar iyi oynamalı, kimseyi tehlikeye atmamalıydı. Bütün bunlar birkaç saniye içinde zihninden geçerken, Sadeddin, Karatay'ın suskunluğundan ve bakışlarından ürkerek "Sultanımız Hazretleri de bizimle aynı kanaatteler zannediyorum" dedi. Sultan başıyla onaylayınca, Karatay, "O şeref ve bahtiyarlık bize ait Sultan'ım" dedi.

Sadeddin Köpek biraz rahatlamıştı. Belli ki Karatay'ın herhangi bir planı yoktu. Eğer öyle olsaydı böyle bir ortamda düşmanca bakmaz, dikkat çekmemek için aynı nezaket ve iltifatla kendisine karşılık verirdi. Zaten yıllardır toplumdan uzak, münzevi bir hayat yaşıyordu. Çevresinde bir iki kişiden fazla adam da yoktu. 'Tek başına ne yapabilir ki' diye düşünen Sadeddin, dudak büküp yemeğe uzandı. Karatay da zaten böyle düşünüleceğini bildiğinden bugüne kadar buna uygun davranmıştı. Ancak kilit noktalardaki kişilerle, Sadeddin sonrasının hazırlığını bile yapmıştı. Ancak en fevkalâde destek, elbette ki Devlet Hatun'dan geldi. Karatay, veliahd olmadığı halde oğlunun Sultan ilan edilmesi için Hatun'un Sadeddin'le anlaştığını hatta cinayette parmağı olabileceğini düşünenlerden değildi. Ancak oğlunun ikbali ve kendi emniyeti için herhangi bir teşebbüste bulunabileceğine ihtimal vermiyordu. Ta ki Devlet Hatun, mührü Mevlânâ'yla kendisine ulaştırıncaya kadar... Böylece Karatay da planlarını gözden geçirme ve hızlandırma imkânını yakalayarak her ânı yaşıyormuşçasına tasarladı: Her aksiliği, her engeli, rüzgârdan sönecek mum alevlerini bile hesaba katmayı ihmal etmedi. Bir insanın ölümünü bu kadar isteyeceğini hiç düşünmemişti. Ama o insan ki bir tek kendisi için, bütün Selçuklu'nun istikbali ile oynamış; kendisinin de birçok şeyini borçlu olduğu, Keykubad gibi büyük bir Sultan'a kıymaktan kaçınmamıştı ve şimdi gözü yine "şah"taydı ve bu kez tam bir kesinlikle "mat" demeyi düşünüyordu. Büyük Sultan da kendisine ihanetten bile kaçınmayan bu hainin ihtirasının ilerideki tehlikelerini görmüş olmalı ki son anında bile kendilerini ikaz için çabalamıştı.

Karatay kesinlikle biliyordu ki artık Sadeddin'i durdurmanın ölümden başka çaresi kalmamıştı. 'Zaten adil bir mahkemede yargılansa kaç kez üst üste idam cezasına çarptırılırdı, Allah bilir' diye düşünüyordu. Ama şu anda resmî olarak buna imkân yoktu. Sadeddin, herkesçe bilinen gücünün güvencesinde, ihtişamlı tahtında ziyafetin keyfini çıkarıyordu. 'Kim bilir kafasından neler geçiyor' diye düşündü Karatay. Ama hainlerin bir planı varsa muhakkak Allah'ın da bir hesabı vardır diye inanıyordu. 'Şüphesiz Allah doğrularla beraberdir' dedi içinden derin bir nefes aldı ve konuklara gülümsedi.

* * *

Molla Nâsir Fülâneddin, kaldığı han odasının iç avluya bakan pencerelerinden birine oturmuş, baktıklarını görmediği halde gözlerini avluda dolaştırıp duruyordu. Ama ne dışarıdaki sesleri işitiyor ne de gördüklerine bir anlam veriyordu. Kafası tamamen başka bir meydanda dolaşıyor, her gördüğü şey sıkıntısını artırmaktan başka bir işe yaramıyordu. Birkaç gün önce Gevhertaş'da başına gelenlerden sonra odasından avluya bile çıkmamıştı. Ona öyle geliyordu ki eğer sokağa çıkarsa insanlar, "işte bu Şems'in kafasını yardığı adam!" diye kendisini işaret edip katıla katıla güleceklerdi. Bu durumda en kolay yol şüphesiz şehri hemen terk etmesi olurdu. Ama Fülâneddin, günlerdir kendi kendine o kadar kolay pes etmemesi gerektiğini söylüyor, bunun geçici bir dönem olduğuna inanmaya çalışıyordu. Ona göre bu olay halkın hafızasını en çok iki hafta meşgul ederdi. Ondan sonra nasıl olsa konuşacak yeni bir konu bulunur, bulunmazsa ortaya yeni bir dedikodu atılır, böylece bunlar unutulur giderdi. Ama hasımlarını araştırmakta da hiç geç kalmamıştı. Mevlânâ ve Şems hakkında şehirde konuşulanları öğrenmişti en azından. Şems'in bir âlim olmadığını ve burada pek de kabul görmediğini anlayınca biraz rahatlamıştı. Ama Mevlânâ'nın ilim ve tasavvuf camiasındaki tartışmasız iktidar ve itibarı da gözünü oldukça korkutuyordu. İlk geldiği günlerde tamamını dolaşmaya fırsat bulduğu şehrin zenginliği ve ihtişamı iştahını zaten yeterince kabartıyordu. Selçuklu'nun sağladığı güven ve istikrar gözle görülecek derecede açıktı. Doğu'da da Batı'da da böyle bir belde kalmadığı artık âliminden cahiline herkesçe malumdu ki insanlar yıllardır buraya akmaya devam ediyorlardı. Böyle bir ortamın yetenekli insanlara değişik fırsatlar sunacağını düşünen Nâsir, Mevlânâ'yla bir hesaplaşma peşinde olmasa da ihtirasları için en uygun mekânı seçtiğine inanıyordu. Ama 'elbette bu sütün kaymağını Mevlânâ gibilerine yedirecek değilim' diye düşünüyordu. Fakat onunla boy ölçüşmeye kalmak yerine daha kestirme yollar icat etmek gerektiğini düşündü birden ve 'böylesi daha kolay ve zekice olur' diye sırıttı bir süre. Sonra tekrar yüzündeki ifade çizgileri gerildi, suratı asıldı. Meziyetlerini ve ilmini sergilemesi için ne zaman iyi bir ortam bulacağını düşünmeden edemiyordu. 'Bir kerpiç parçası günlerce bir han odasına hapsetti beni' diye hayıflandı. Öfkeyle ciğerinde kalan son havayı dışarı verdiğinde odanın kapısı çalındı. Fülâneddin, yüzüne kendinden emin bir ifade takındıktan sonra destur verip ardına yaslandı.

Kapıyı aralayan Gazanfer, "Hocam, Gevhertaş Medresesi müderrislerinden Molla Necmeddin Hazretleri teşrif ettiler" deyince oldukça şaşırdı, medresenin adı bile kafasında onlarca soru uçuşmasına yetmişti ama hemen bunları aklından atıp cevap verdi:

"Buyursunlar, şeref duyarız."

Muid'i gayet sıcak ve samimi bir havada karşılayan Fülâneddin, bir han odasının elverdiği ölçüde izzet ve ikramda bulunurken bir yandan da Muid'in nezaket ziyaretinin altındaki asıl amacı öğrenmeye çalışıyordu. Çünkü Mevlânâ'ya en yakın müderris olarak tanınan Necmeddin'in üstadı tarafından gönderilip gönderilmediği, gönderildiyse bundaki amacın ne olduğu Fülâneddin'in ileride izleyeceği siyaset açısından büyük önem taşıyordu. Muid, ziyaret sebebini açıklamaya başlayınca Fülâneddin dikkat kesildi adeta:

"Molla Nâsir Fülâneddin Hazretleri, zat-ı âlinizi daha evvel ziyaret arzusunda idim. Ama kaldığınız hanı ancak öğrenebildim. Bendeniz medreselerden birinde misafir edildiğinizi tahmin etmiştim."

"Estağfirullah Mollam, sizin bir kusurunuz yok. Bizim hem şehirde ne kadar kalacağımız belli değildi hem de ilmî münazaralarımızı hürce yapmak adına misafirlik adabının bile bizi bağlayamayacağı bir mesafede durmak istediğimizden, gittiğimiz bütün şehirlerde hanlarda kalıyoruz."

"Anlıyorum efendim. Şüphesiz ki hayranlık uyandıran bir âlimlik vakarı ve celadetine sahipsiniz. Zaten bendenizi, sizi rahatsız etme bahasına da olsa ziyaretinize sevk eden şey budur. Medresemizde cereyan eden üzücü hadiseden sonra -ki her ne kadar zat-ı âliniz engin müsamaha ve tevazu misali sergileyerek bu hadiseyi çıkaranın seviyesine inmediyseniz de- bendeniz, biz âlimlerin bu saygısızlığa karşı menfi bir tavır takınmak zorunda oldukları kanaatindeyim. Bu hissiyatımı açıkça arz etme zarureti duydum."

"Allah razı olsun Molla Hazretleri. Ama merakımı mazur görün; Üstadınız Molla Celâleddin de sizinle aynı his ve kanaatleri taşıyorlar mı acaba?"

Bu sual üzerine bir süre ne cevap vermesi gerektiğini düşünen Necmeddin, kendince en uygun kelimeleri seçmeye gayret etti: "Açıkçası bendeniz, üstadım namına buraya gelmiş değilim.

Belki yakışıksız bulacaksınız ama Hazret'in buraya geldiğimden dahi haberi yoktur."

Bu cevap üzerine Fülâneddin, memnuniyetini zor zapt ederek ciddi bir ses tonuyla, "Molla Hazretleri, ben sizin herhangi bir davranışınızı tenkit etme hakkını kendimde bulamam. Samimi söylemek gerekirse tenkit edilecek değil, takdir edilecek şeyler görüyorum" dedi. Sonra havayı daha da yumuşatıp Muid'i tamamen rahatlatmak için işi latifeye vurdu: "Aman azizim, üstadınız dedikse sıbyan mektebine giden çocuk gibi helâya inerken müsaade, bahçeye çıkarken müsaade demedim ya. Sadece o da sizin gibi bu hadiseyi âlimlere yapılmış bir saygısızlık olarak görüyor mu diye sordum."

"Zannetmiyorum efendim. Şems ne yaparsa ona bir şekilde hoş gözüküyor. Benim bu konudaki aksülamelimi ise 'âlimlerin değil, ilmin izzetini korumak esastır' diye cevaplandırıyor. Ama bana göre ilmin izzetini muhafaza için en önemli şart âlimlerin izzetinin ve itibarının sağlanması, korunmasıdır."

Fülâneddin memnuniyetle gülümseyerek "Hiç şüphesiz dostum. Üstadınızın kafası karışmış anlaşılan. Şehirde konuşulanları duydum" dedi. Medresede olanları da Muid'den öğreneceğine emin olmuştu artık. Fülâneddin, medrese ve dergâhın aynı yerde nasıl bulunduğundan başlayarak merak ettiği birçok konuyu öğrendikten sonra Muid'e sevineceği bir müjde vermeyi ihmal etmedi. "Buraya yerleşme kararımı ilk defa zat-ı âlinize açıklıyorum" diye başlayarak Muid'e mücadelesinde yalnız kalmayacağı güvenini verdi.

Bu haberden gerçekten memnun olan Necmeddin; "Molla Hazretleri, mademki burada kalmaya karar verdiniz, şanınıza layık, ilmî çalışmalarınızı yürütebileceğiniz bir mekâna taşınmanız icap eder şüphesiz. Sizin seviyenizde bir âlimin hanlarda ikamet etmesi takdir edersiniz ki uygun düşmez. Zat-ı âlinizi ağırlamaktan şeref duyacak emirler ve münasip medreseler çoktur Selçuklu'da. Müsaade edin namınıza gerekli teşebbüslerde bulunayım. Şehrin ileri gelenleriyle tanışmanıza vesile olayım" dese de Fülâneddin temkini elden bırakmak istemedi:

"Allah razı olsun, bu gayretleriniz, her türlü takdire şayan olarak kalbimizde hususi yerini alacaktır. Ancak az evvel işaret buyurduğunuz gibi ziyaretinizden haberdar olmayanlar vardır. Elbette münasip bir hal zuhur ederse açıklarsınız. Ancak bundan evvel sizi bir müşkile sokmak, yanlış anlamalara meydan vermek istemem. Şimdilik bu sırrımıza ortak edebileceğimiz, bir dost tavsiye etmeniz yeterlidir."

Muid bir süre sakalı varmış gibi yüzünü sıvazlayarak düşündükten sonra, "Çarşı Ağası Tahir Fahreddin" dedi. Ve açıkladı: "Kendisi zahire tüccarıdır. Civarın en zenginlerinden. Ümera ve ulema ile köklü ve sıcak münasebetleri vardır. Çarşı Ağası sıfatıyla da şehrin ticari hayatını idare edip yönlendirdiğinden tanınmış, muteber bir şahsiyettir. Layıkıyla ağırlanmanızı, hatta tanınmanızı temin edeceğinden eminim. En kısa vakitte ziyaret eder durumu arz ederim."

***

Gecenin koyu karanlığına bürünmüş Devlethane Sarayı'nın ikinci katındaki koridordan odasına geçmekte olan Emir-i Kubad, devlet erkânından kimlerin hangi odada yattığını sadık adamı Sarutaş'tan öğreniyordu. Odaların kapılarına birer kandil, iki de nöbetçi konulmuştu. Sadeddin, aslında Keykubadiye Sarayı'na geçilmesini, devlet ricalinin orada, konukların ise burada gecelemesini istemişti. Ama Devlet Hatun, su tesisatında mühim bir arıza olduğunu, o halde konuk ağırlamanın mümkün olmayacağını neredeyse son anda bildirmişti. Bu yüzden devlet erkânı burada geçici olarak bir geceliğine istirahat edecekti. Sadeddin iki yanındaki odalara adamlarını yerleştirip kendi odasına geçti.

Bu gece bir aksilik olmamasına rağmen çok gergin ve sıkıntılıydı. Belki de çok yorulmuştu. Her şey gözüne tatsız gözüküyordu. Artık bu beceriksiz çocuğun karşında "Sultan'ım" diye el pençe divan durmaktan bıkmış usanmıştı. "Şu elçiler de bir gitsin bakalım" dedi kaftanını çıkarırken. Yatak odasına geçti. İyi ki Mirya'yı yanımda getirdim diye düşünüyordu. Pencerenin önündeki divana uzanmış genç kadın, hemen yerinden doğrulup onu karşıladı: "Sultan'ım hoş geldiniz, safalar getirdiniz, kulunuza şeref verdiniz" diye diz çöktü Emir'in önünde. Sadeddin'in en sevdiği manzara işte buydu. Mirya ne zaman böyle yapsa onunla birlikte bütün Selçuklu'nun hatta bütün dünyanın, önünde diz çöktüğü canlanıyordu gözünde. Sanki yeryüzünün en yüksek dağında, devasa bir tahtta oturuyordu. Farkında olmadan yatağın yanındaki koltuğa oturdu. Mirya neredeyse secde vaziyetinde bekliyordu. Sadeddin, yüksek dağlardaki tahtından ovaya baktı. Binlerce insan diz çökmüş, ona itaatlerini sunuyordu. Bir gün olacaktı bu elbette. Buna layık birisi varsa kesinlikle kendisiydi. Sultanlar, kağanlar, hanlar kendisinden daha mı üstündü sanki. Sadece hanedandan gelmek şart mıydı? Üstelik aynı soydan hükmetmeyi beceremeyen bir sürü hımbıl çıkıyordu. Alâeddin bile insanların abarttığı kadar başarılı değildi. Sadeddin'e göre gereğinden fazla merhametliydi. Gücünü kullanmayı hiç bilememişti. Koskoca Selçuklu'nun varını yoğunu kervansaraylara, hanlara hamamlara, köprülere, medreselere, imaretlere harcamıştı. Oysa bir Saltanat Sarayı bile yoktu. Sadeddin sonunda ikna etmişti de devleti temsil kabiliyeti olan Kubadâbâd'la, buradaki sarayları yaptırmıştı. Halka hizmeti bir iş zannediyordu. Oysa insanlar sadece güçten etkilenir, ezildikçe bağlanır, itaat ederlerdi. 'Yok, canım kesinlikle Alâeddin'in de bildiği bir şey yoktu' diye geçirdi içinden ve devam etti. 'Hükmetmeyi asla öğrenemedi. İşte Cengizhan, bütün Asya'ya hâkim oldu. Elinde bir kan pıhtısıyla doğdu, uğursuz kâfir, geçtiği yerleri kana boğdu. Kimse ona bir şey diyebildi mi? Karatay bile özünde kötü bir adam olmadığını söylüyor. Bir kere gördü ya artık, sanki bütün şeceresini okumuş gibi ahkâm kesiyor. Sizin sandığınız gibi bir adam olsaydı, bunları yapabilir miydi?' Büyük bir liderde acıma hissi veya merhamet duygularının yahut insanlara itimat gibi büyük bir zaafın asla yeri olmamalıydı. İşte bundan dolayı Alâeddin de Sezar gibi en ummadığı yerden yara almıştı. Zaten kendileri sonlarını hazırlamış, bunu hak etmişlerdi Sadeddin'e göre. Ama şüphesiz ki Brütüs aptalın tekiydi. Her şeyi Senato meydanında yapacak kadar aptal.

Şimdiki Sultan'ı anmaya bile gerek yoktu. Kendisi olmasaydı Babai isyanlarında büyük bir zaaf gösterecekti. "Ne istiyorlar? Hangi haklarından mahrum bu insanlar?" diye sormuştu safça. "Kim tuğlalara 'Nerede yer almak istersin' diye fikrini sorarak bir bina yapabilir ki" demesine rağmen Sadeddin'in tavsiyelerine aklı yatmayan Gıyaseddin 'Ama onlar tuğla değil, hem tuğlaların fikri olmaz' demişti. Sadeddin mani olmasaydı elebaşlarıyla görüşmeyi bile düşünebilirdi. O yüzden Malya Ovası'ndaki büyük zafer kendisine aitti tamamen. Binlerce Türkmen'in başı şimdi yerinde olsaydı acaba kendini eleştirenlerin ya da Sultan'ın başı şimdi nerede olurdu? Kimse bunu takdir etmediği gibi bir de kendi koruduğu adamın önünde eğilmesini bekliyorlardı. Ama az kalmıştı artık. Bütün düşmanlarını bir böcek gibi ezecekti. Çizmesini hırsla yere vurdu. Mirya bunu bir emir zannederek, çizmeleri çıkarmaya koyuldu. Sadeddin o gün ilk defa rahatlayıp gevşediğini hissetti. Ayaklarını okşarcasına, sert savaş çizmelerinden kurtaran genç kadına dikkatle baktı. Simsiyah saçları ışıltılı bir şelale gibi omuzlarına dökülüyor, minicik hatlara sahip masum çehresi bu siyah çerçevenin içinde olduğundan daha beyaz gözüküyordu. "Bu kadında kanımı ısıtan ayrı bir şey var" dedi içinden. Bu yüzden ilk defa bir kadını bir geceden fazla istiyor, gittiği yere götürüyordu. Mirya ona tapıyor, kayıtsız şartsız tapıyordu. Onu dövmüş, başka bir zaman hançerle yaralamış; başka sefer bir ömür yetecek mücevherlere boğmuş, sonra da kaçma fırsatı vermişti. O; ne o fırsatı ne mücevherleri ne de Emir'in eziyetlerini önemsemişti. Böylece ilk defa bir insan, Sadeddin'in içinde hususi bir yer edinmiş oldu. Sadeddin, Mirya'nın sadakatinden ve kendisine yakın olup sevgisini kazanmaktan başka mutluluğu olmadığına öyle emindi ki bazen, Sultan olduğunda ona da bir asalet unvanı verip onunla evlenmeyi bile hayal ediyordu. Mirya şimdi de büyük bir saygı ve özenle Emir'in çoraplarını çıkarıyor, sonra ayaklarını ovuyordu.

O sırada girişteki bölümde yatmak için içeri giren Sarutaş, "Emir-i Kubad Hazretleri bir emriniz var mı?" diye seslendi. Sarutaş, Emir'e hayatını borçluydu. Bu nedenle en sadık adamlarından biri olarak her zaman onun yanında bulunurdu. Sadeddin, bazı yakın adamlarına yaptığı gibi bol keseden "emaret" payesi vermekten de kaçınmamıştı. Ancak o gece Mirya'dan başka kimseyi istemiyordu yakınında.

"Yandaki odayı sana ayırttım Sarutaş. Nöbetçileri teftiş ettikten sonra yatabilirsin" dedi.

Sarutaş çıkarken, Mirya, Emir'in ayaklarına minnet dolu öpücükler kondurmaya başlamıştı. Genç kadının gözyaşları ayaklarına değdiğinde şaşırdı Sadeddin. Mirya'nın incecik kollarını kavrayıp kaldırdı. Çok cılız minik bir serçe gibi titreyen bu beden, Emir'e kendisini fizikî olarak da daha güçlü hissettiriyordu. Bu yüzden Mirya'nın titremelerine alışıktı. Hep "neden titriyorsun?" diye sorduğunda, "haşmetinizden sultanım" cevabını alır ve bu onun hazzını bir kat daha artırırdı. Ama böyle hiç ağlamamıştı. Tuttuğu kollar da sanki kaskatı kesilmişti. Bu gerginliğe bir anlam veremeyen Sadeddin, onu karşısındaki yatağa oturttuktan sonra, "Neden ağlıyorsun?" diye sordu. Mirya gözlerinden yaşlar süzülürken bir yandan da gülümsemeye çalışıyordu: "Sultanım bu köleniz ilk defa sizinle baş başa kalma lütfuna mazhar oluyor" diye hıçkırdı.

Sadeddin, bunu daha evvel hiç düşünmemişti. Daha önce yakınında adamları olmadan hiç uyumadığını hatırladı. 'Demek seven bir kadın için bu da çok önemliymiş' diye geçirdi içinden ve Mirya'ya biraz daha bağlandığını hissetti. Kendisine böyle bağlı bir kadının ona güç verdiğini düşündü. Yorgun omuzları dikleşti. Mirya hemen gözlerini silerek, kendini toparladı ve gülümsedi:

"Kulunuzu affedin Sultan'ım; böyle bir zamanda ağlayarak istirahatinize engel olmak ne büyük bir münasebetsizlik biliyorum ama kendimi tutamadım. Oysa bugün şehri dolaşıp sizin için hazırlıklar yapmıştım. Buraya has bir şeyler ve mevsim meyveleri aldım, ama size layık pek bir şey bulamadım. Yalnız efsanevi bir şaraptan bahsedildiğini duydum, onu aradım akşama kadar" diyen genç kadın kalkıp sehpadaki sürahiye gitti. Göz alıcı parlaklıktaki kırmızı şarabı billûr kadehe yavaşça doldurdu.

"Hayır, yeterince içtim Mirya" dedi Sadeddin.

"Sultan'ım bu sizin içtiklerinize benzemez. Bunu, Gesi Bağları'nda, kendi evinde mayalayan yaşlı bir kadından aldım. Meram kadar olmasa da bu bağların üzümü de çok ünlüymüş. Bu şarabınsa hususi bir formülü var. Bunu bilen bir iki ihtiyar kalmış. Herkese de öğretmiyorlarmış. Erkeklerin gücünü, kadıların arzusunu artırıyormuş. Hatta bu şehre adını veren ünlü Doğu Romalı komutan Cayseria Agust bile bundan bir kadeh içmeden yatmazmış diyorlar." Sadeddin'in hâlâ isteksiz olduğunu gören Mirya kadehi yukarı kaldırıp devam etti: "Sultanım elbette sizin buna ihtiyacınız yok. Ama müsaade edin ben içeyim, titremem geçsin." Sadeddin garip bir mutlulukla gülümsedi: "Sadece bir yudum. Titremeni seviyorum."

Mirya, "Nasıl emir buyurursanız" diyerek kadehi başına kaldırdı.

"Demek çok ünlüymüş, akşama kadar efsaneleri mi araştırıyorsun?"

"Size hazırlık yapmayı seviyorum Sultanım, her şeyin en güzelini tatmanızı arzu ediyorum."

"Getir bakalım öyleyse" dedi Sadeddin. Mirya'nın bir kez daha hüzünlenmesini istemiyordu. Onu mutlu etmek için bir kadeh daha içse sanki ne çıkardı. Mirya kadehi mutlulukla ona uzattı. Sonra sehpadan meyve kâsesini getirdi. Sadeddin bir yudum alıp tadına baktı sonra, "Hımm, haklısın gerçekten çok hoş bir rayihası var" dedi. Sonra bir dikişte bitirdi kalan şarabı. Mirya, yanına oturmuş, bir eliyle kucağındaki meyve kâsesini tutuyor diğer eliyle kopardığı üzüm tanelerini Emir'in ağzına uzatıyordu. Sadeddin 'istemiyorum' anlamında başını sallayıncaya kadar buna devam etti. Sadeddin, yavaş yavaş ayaklarının yerden kesildiğini vücudunun hafiflediğini hissediyordu.

"Gerçekten çok etkili bir şarapmış" dedi. Sesi sanki kısık, boğuk ve kalın çıkmıştı. Kendisi de buna şaşarak "Mirya benim sesim kalın mı çıkıyor, bana mı öyle geliyor?" diye sordu. Mirya onu yatağına yatırırken "Sizin sesiniz her zaman kalın, gür ve haşmetlidir Sultanım" diye cevap verdi.

Sadeddin, Mirya'nın yardımıyla sırt üstü uzanmıştı. Yorgun ayaklarındaki acıyı hiç hissetmediğini düşündü hayretle. Bu kadın başkaydı, kesinlikle bambaşka. Belki ilk defa böyle bir duygu hissediyordu birine karşı ama bunları Mirya'nın hak ettiğini düşünerek gülümsedi. Sanki hususi yetiştirilmişti, sadece Sadeddin için. Nasıl bu kadar içten itaat edebilirdi bir kadın. Erkeğine delice âşık olan kadınların bile bazen ne kadar bencil olduklarını görmüştü. Huand bile Alâeddin'le tartışmaktan kaçınmazdı. Ama bu teslimiyeti sağlayan kendi haşmeti, kendi cazibesiydi şüphesiz. Bir kadın sadece onun ayaklarına yüz sürmekten dolayı mutlu oluyordu işte. Üstelik bir prenses olduğu halde... 'Evet, yanlış hatırlamıyorum' diye geçirdi içinden; Devlet Hatun, Doğu Roma elçisi tarafından Sultana hediye edilen bir prensesten söz etmiş, sonra da Mirya kendisine sunulmuştu. O zaman bununla pek ilgilenmemişti Sadeddin. Ama asalet unvanına gerek kalmayacağını düşününce merak etti. Cariye olarak satıldığına bakılırsa fethedilen bir şehrin ya da düşen bir kalenin prensesi olmalıydı. 'Ama nerenin...' Bulanıklaşan düşünceleriyle, yüzüne doğru eğilip bakan Mirya'ya sormak istedi: "Mirya" derken sesini daha da kısık duydu. Herhalde şaraptan diye geçirdi aklından.

"Emredin Sultanım."

"Sen prensestin değil mi?" Genç kadın şaşırdı. Daha önce Emir kendisiyle ilgili hiçbir soru sormamıştı. Genç kadın dikkatle, "Evet, Sultanım" diye cevap verdi. Bir yandan da Emir'in elini avuçlarına almış okşuyordu.

"Peki, hangi kalenin prensesiydin?"

Mirya, Sadeddin'in sararan yüzüne, moraran dudaklarına ve beyazlaşan parmak uçlarına dikkatle baktıktan sonra yatağın içinde dimdik oturdu ve Emir'in elini birden kenara atıp cevap verdi: "Simeysat Kalesi'nin. Yakıp yıktığınız, annemi babamı kardeşlerimi ve onca insanı katlettiğiniz, Simeysat Kalesi'nin prensesiyim!"

***

Emir Sarutaş, Sadeddin Köpek'in odasının hemen bitişiğindeki odasına çekilmişti. Her gece Emir'in has muhafızı olarak sabaha kadar beklemeyi yeğlerdi. 'Bu gece Emir Hazretleri neden böyle irade buyurdu anlamıyorum' diye söylendi. 'Belki de şu sıska kız yüzünden' diye geçti aklından, hayıflandı. 'Sadece gözleri güzel, başka hiçbir albenisi yok' diye düşündü. Bu düşünceleri kafasından atıp kalktı, bir süre pencerelerden dışarıyı kolaçan etti. Bahçede bir gölge bile gözükmüyordu. Ama şu Karatay ve kardeşlerinin burada olması midesini bulandırıyordu. Yıllardır Emir'in en sadık adamı olarak dostu düşmanı iyi tanırdı. Uyuyamayacağını anlayınca koridora çıktı. Sultan alt kattaki yatak odasında istirahatteydi. Diğer emirlere de onun yanındaki odalar verilmişti. Yukarıda sadece Emir-i Kubad ve muhafızları kalıyordu. Sarutaş, aşağıdaki kapılara da en güvendiği muhafızları yerleştirmişti. Yine de hepsini kontrol etti. Sonra tekrar odasına çıktı. Yine de bir huzursuzluk vardı içinde uyuyamıyordu. Sehpadaki satranç takımının karşısına oturup rastgele oynamaya başladı. "Ne yapabilirler ki?" dedi kendini rahatlatmak için. "Sarayın içi dışı bizim askerlerimizle dolu. Eğer, Emir Hazretlerine bir şey olursa" diye dişlerini sıktı farkında olmadan, "onları lime lime ederim!" dedi sonra. "Bunca asker var emrimde bir işaretimi bekliyor." Arkaya yaslanıp gülümsedi.

Emir olmasa bile bu kadar güçlü olduğunu hiç düşünmemişti. Belki bir tek Tolunga ayrı baş çekmeye cesaret edebilirdi. Onu da bir şekilde bertaraf etmek elbette mümkündü. Yıllardır Emir'den çok şey öğrenmişti. Gözü satranç tahtasına takıldı yeniden, tahtla arasında bir hamle vardı. 'Sultanı Emir, Emir'i de eski düşmanları halledecek; bütün askerler benim emrimde...' "Tek bir hamle..." dedi heyecanla, sonra devam etmedi duyan olabilirmiş gibi sağına soluna bakındı. Ama şimdi bunların hiç sırası değildi. Emir'e hâlâ ihtiyaç vardı.

Her şeyden önce onu koruması gerektiğini hatırlayarak yine Mirya'ya hayıflandı. Emir'in böyle bir gecede, dost düşman herkesin bulunduğu bir çatı altında korumasız yatması için aklını kaçırmış olması gerekirdi. Oysa kendi kalelerinde kalırken bile Emir'in yalnız uyuduğu vaki değildi. Emir, zafiyet göstermeye başladı diye düşündü Sarutaş. Bu durumda elbette onu kendisinden daha çok korumak icap ederdi. Bunları düşünürken ayakları yine onu dışarı sürüklemişti. Bir şey söylemiş olmak için kapıdaki askerlere, "Herkes istirahate çekildi mi, asayiş berkemâl mi?" diye sordu.

"Evet, Emir Hazretleri sayenizde" cevabını alınca Sadeddin'in odasına yöneldi. Hem kendi endişelerini giderecek hem de güvenine ne kadar layık olduğunu gösterecekti ona. Kadınlarla birlikteyken Emir'in yanına girebilen iki kişiden biri olmanın azametiyle kapıdaki askerlere açıklama yapmadan içeri geçti. Yatak odasına girmeden, "Emir Hazretleri!" diye seslendi. Aslında kadınlarla olmak Emir'i etkilemezdi. Aslolan ise elbette Emir'in emniyetiydi; bu yüzden Sarutaş, kanatları olmayan, çinilerle süslü kemer şeklindeki, tüllerle bezenmiş kapıdan yatak odasına geçti.

O sırada bir alt kattaki Emir Karatay, odasındaki bütün kandilleri söndürmüş, seccadesinde oturuyordu. Aslında namazını da duasını da bitireli epey olmuştu. Ama orada öylece düşünüyordu. Aslında bunları defalarca düşünmüştü. Şahsi bir emel için bunları yapıyor değildi. Devletin bekası için, bu sağlanamayacaksa bile bu topraklara harcanan emeklerin, akıtılan kanın heba edilmemesi, atılan tohumların bu gözü dönmüş muhterisin ellerinde telef edilmemesi için başka çaresi kalmamıştı. Selçuklu'yu tamamen kurtarmak mümkün değilse bile ömrünü uzatıp burada yeni çınarların büyümesine zemin hazırlanmalıydı. Az sayıda niteliksiz askerle bir şey yapılamayacağını, yapılsa da bir düzen kurulamayacağını çok iyi biliyordu Karatay. Bu yüzden Sivas Subaşısı Candar Bey'den yardım istemişti. Candar'ın babası Hüsrev Bey, Sultan Alâeddin'in cenazesi başında "biat" emri bildirildiğinde kılıcını çekip "Bu yeni sultana değil, Sadeddin'e biat demek!" diye açık bir tepki gösterdikten kısa bir süre sonra bir dalavere ile hapse atılıp öldürülmüştü. Bu yüzden Karatay'ın arada mesafe olsa da irtibatı kesmediği isimlerdendi Candar.

Candar Bey askerleriyle, gece yarısı surları kuşatacak, içeriden işaret bekleyecekti. Sarayda Sadeddin bertaraf edilince Keykubadiye'de bekleyen Devlet Hatun ve Kayseri Subaşısı Emir Hüsameddin Karaca'ya işaret verilecek; o, kale kapılarını Candar Bey'e açacak, validesi de olanları Sultan'a haber vermek üzere Saray'a gelecekti. Ama şimdi en önemli merhale, önce Sadeddin sonra da içerideki iki önemli adamı Tolunga ve Sarutaş'ın halledilmesiydi. Saray'ın içindeki intizamı, Sadeddin'in tedbirlerini tahmin ettiğinden içeride herhangi bir teşebbüste bulunmanın işe yaramayacağını çok iyi bilen Karatay, planını Sadeddin'i bir bahaneyle bahçeye çıkarma temeli üzerine kurmuştu. Bahçedeki misafirhanede dinlenmeye çekilen yabancı elçilerle ilgili bir mizansen düşünmüştü. Ziyafet hazırlığı içindeki karmaşada, içeriye az sayıda adam sokulmuş, gerekli yerlere yerleştirilmişti. Ama plan akıllıca işletilemezse bunun yeterli olması mümkün değildi.

Birazdan at seyisi olarak içeri girip bahçeye gizlenen sadık adamı Kara Musa ve birkaç gönüllü, Moğol askeri kılığında gelecek ve nümayiş başlayacaktı. Karatay için artık zaman geçmek bilmiyordu ama saatler gece yarısını çoktan geçmiş, zaman bir hayli ilerlemişti. Sonunda kapıdan bir "tak, tak" sesi duyuldu. Emin olmak için bir süre bekledi. Evet, kapı çalıyordu. Gecelik entarisinin altına hançerini ve kılıcını dikkatle yerleştirdikten sonra, takkesini takıp gözlerini ovuşturdu. Sonra uykulu ve isteksiz bir edayla kapıyı açtı. Kara Musa ile yanındakiler karşısında duruyordu, ancak Karatay onlarla hiç muhatap olmadan nöbetçiye, "Hayırdır evlâdım gecenin bu saatinde?" diye sordu.

"Efendim bu muhafızlar, misafirimiz Baycu Noyan'ın askerleri, komutanlarının rahatsızlandığını söylüyorlar. Sizden yardım istemeye gelmişler."

Musa, heyecanla Moğol lehçesiyle karışık bir şeyler söyledi. Neyse ki misafirin durumunun çok ciddi olduğu hatta kan kustuğu anlaşıldı. Karatay büyük bir üzüntüyle, "Vah eski dostum!" dedikten sonra hemen sesini sertleştirip "Üzülmeyin o korkusuz aslana hangi hastalık ne yapabilir? Siz komutanınızın başına dönün ben de hemen geliyorum. Gereken yapılacaktır bundan hiç şüpheniz olmasın" dedi. Sözde Moğollar dış kapıya yürüyünce de kapıdaki askerlere, "Evlâdım durum çok ciddi, Moğolların sağı solu belli olmaz; Allah korusun elçilerine burada bir şey olursa bunu savaş sebebi bile sayabilirler ki şu anda buna hazır değiliz. Sarayı velveleye vermeyelim ama Emir-i Kubad Hazretleri'nin haberdar olması şarttır. Biriniz kardeşim Kemaleddin'i bulun, Emir'i uyandırsın. Ha, Moğollardan da bir ikisini yanınıza alın Emir'e çıkarken; üst seviyede muhatap bulduklarından emin olsunlar. Biriniz de beni misafirhaneye götürün" dedi. Askerlere de mantıklı gelen bu emir hemen uygulamaya konuldu.

Karatay içeri girip üstüne bir yün hırka alarak askerle birlikte dışarı çıktı. Oldukça yorgun, yaşlı bir adam gibi yürüyor, askere hastalıklarından bahsediyordu. Ününü çok duyduğu Karatay'ın bu adam olduğuna inanmakta zorlanan asker, 'Sarutaş da amma mübalağa etmiş. Bunun kapısında nöbet beklememize bile gerek yokmuş' diye düşünüyordu. Diğer nöbetçi ise Kemaleddin'i uyandırmış, yukarı çıkmışlardı. Kemaleddin gerekli açıklamayı yapıp Emir-i Kubad'ı beklemeye koyuldu. Ancak içeriden çıkan Sarutaş'tı ve ne olursa olsun Emirin rahatsız edilmemesi gerektiğini, kendisinin gerekeni yapacağını söylüyordu. Oysa Sarutaş'ın kafasında fırtınalar kopuyor, ne yapacağını kestiremiyordu. Zira az evvel Emir'in yatak odasına geçtiğinde, 'Herhalde uyumuşlardır, sesimi duymadılar' diye düşünerek yürümüştü. Saraydaki bu derin sessizlik nedense onu huzursuz ediyordu. Yatağın başındaki küçük bir kandilden başka ışık yoktu odada. Bu loş ışıkta, Emir'in çıplak göğsü ve yanında yatan kadın gözüne çarptı önce, 'uyumuşlar' diye düşünüp geri döndü hemen. Tam kapıdan çıkacakken içinden gelen bir ses onu geri döndürdü. "Hayır, olmaz, bugün olmaz!" diye feryat ettiyse de sessizce, yine de bir umutla yatağa yaklaştı.

"Emir Hazretleri! Mirya!" diye seslense de bir cevap alamadı. O anda Emir'in göğsüne takıldı gözleri. Göğüs kafesinde hiçbir hareket belirtisi yoktu. Emir nefes almıyordu. "Aman Allah'ım, nasıl olur ikisini de öldürmüşler" derken dışarıdan gürültülü bir ayak sesi işitti. Hemen kapının arkasına geçip kılıcını eline aldı. Gelenler kapının önünde durdu. Kemaleddin Turumtaş'ın nöbetçiye söyledikleri içeri yansıdı: "Bu muhafızlar, Baycu Noyan'ın askerleri. Emirleri hastalanmış, kan kusuyormuş. Acil muayene ve müdahale lazım. Kimseyi tanımadıkları için Emir Karatay'ın odasına gelmişler. O da Emir-i Kubad Hazretleri'nin haberdar edilmesi gerektiğini söyledi. Ben odama gidiyorum. Siz muhafızlarla ilgilenip gerekeni yaparsınız" diyordu. Sarutaş, büsbütün şaşırmıştı. 'Kemaleddin'in bir şeyden haberi yoktu. Demek ki onlar değil ama şimdi ne yapmalı' diye beynini zorlarken nöbetçiler kapıyı aralayıp müsaade için "Emir Hazretleri!" diye seslendiler. Sarutaş 'en iyisi Emir yaşıyormuş gibi davranmak' diye karar verip dışarı yürüdü.

Bir yandan bunları aklından atamayan Sarutaş, diğer yandan da olaya hâkim olmak için önce önündeki acil meseleyi halletmesi gerektiğini biliyordu. Nöbetçilere hekimbaşını uyandırıp misafirhaneye göndermelerini emretti. Sarutaş, sarayın kapısına yürüyünce Kemaleddin de çaresiz peşine takıldı. Karatay, misafirhaneye giden yolun dönemecinde nöbetçiden kurtulmuş, Kara Musa ve birkaç adamıyla bekliyordu. Sarayın kapısından çıkanları görünce rahatladı. Kemaleddin, Sadeddin'in birkaç adım arkasından yürüyecekti. Önde bir kişi, hemen ardında da iki asker gözüküyor, onların ardından da Kemaleddin geliyordu. Yolun iki kenarındaki bodur ağaçların gölgesinde saklanan Kara Musa ve adamlarına elini kaldırıp hazır olun işareti verdikten sonra adım seslerini dinledi. İyice yaklaşılmasını bekleyen Musa, son anda yerinden ok gibi fırlayıp bir hamlede avının şah damarını kesti, diğer adamlar da askerleri aynı şekilde öldürmüşlerdi.

Zırha karşı en kesin yöntem olarak düşünülen bu darbe başarılı oldu. Ancak Kara Musa'nın kollarında yere yığılan adamın iri cüssesi karanlıkta da olsa öldürülenin Sadeddin olmadığının herkesçe anlaşılmasına yetmişti. Karatay korkuyla "Kemaleddin!" diye fısıldadı. Kemaleddin aynı tonda, "Ben iyiyim; o Sarutaş'tı" diye cevap verince derin bir nefes alan Karatay, "Mesele yok öyleyse ama o hain niye gelmedi?" diye sordu.

Kemaleddin, "Ne olursa olsun rahatsız edilmemeyi emretmiş, Sarutaş görüştürmedi" derken, Karatay, Saray'dan birinin daha çıktığını görerek eliyle onu susturdu. Kemaleddin yine de fısıldadı:

"Hekimbaşı olmalı."

Nöbetçiler kapıdaki ışıkları artırıyordu. Karatay kapıda belireni tanıyabilmek için emin oluncaya kadar baktı, Kemaleddin haklıydı, gelen hekimbaşıydı. Sonra yanındakilere tekrar saklanmalarını işaret etti. Kendisi ise yolun ortasına çıktı. Bir anda yüklendiği zihni, durmuşçasına hiçbir fikir üretmiyordu. Gözlerini kapatıp gecenin serin havasını ciğerlerine doldurdu. Sonra yavaşça bıraktı. Gözlerini açtığında hekimbaşı bahçenin ortasındaki şadırvana kadar gelmişti. Ancak orada durup yanındaki muhafızlardan birine bir şeyler söyledi. Muhafız hemen koşar adım saraya döndü. Herhalde muayene araçlarını istiyor diye düşünen Karatay'ın zihninde bir şimşek çaktı. Geriye doğru birkaç adım atıp Kemaleddin'e, "Ben hekimi geri döndürüp Tolunga'yı çıkarmaya çalışacağım, o çıkarsa ben arkasından gelmem, bir süre beklerim, buraya yaklaşınca üç kez şiddetle öksürürüm. Gelmeyecek olursa da hastaya bir daha bakayım diye elimde kandille dönerim, sesli bir gazel filan okurum, karanlıkta dikkatli olun." dedi.

Kemaleddin "Kapıdaki kandillerden saraydan kimin çıktığı yeterince gözüküyor, birlikte gelmeyin yeter. Hem ben önüne çıkıp konuşurum ondan sonra... Ama yılanın başını odasından çıkaramadık daha." dedi. Karatay "Olanda hayır vardır, siz bekleyin, Tolunga'dan da kurtulalım, sonrasını düşünürüz" diye talimat verdikten sonra hızla yürüdü. Şadırvanın yanını dolaşmakta olan hekim ve muhafızın su şırıltısından bir şey duyma ihtimalleri yoktu. Karatay onlara doğru kendinden emin bir şekilde ilerledi. Hekimbaşı da aynı hızla ona yaklaşıyordu. Karatay, Hekimin önüne gelince durdu ve "Selâmünaleyküm, Hekim Efendi" dedi.

"Ve aleykümselâm Emirim" diye mukabele eden hekimin acelesi vardı elbette. Ancak Karatay, onun önünden çekilmek yerine kolundan hafifçe tutup saraya döndürerek "Dur azizim. Senle beni boşuna uyandırmışlar" dedi. Sonra hekimin uyku mahmurluğundan yararlanarak devam etti: "Emir Sarutaş hastanın başında! Kendi şamanı da bir şurup hazırlamış, vaziyeti fena değil. Düzelmeye başlamış. Zaten bu Moğolların bir âdeti vardır kendi şamanlarından başka hekim kabul etmezler."

Bu sözler üzerine hekim saraya doğru birkaç adım attıysa da hâlâ tereddüt içindeydi.

"Fakat bana verilen Emir..." derken Karatay sözünü kesti:

"Evet, biliyorum o yüzden Emir Sarutaş beni gönderdi. Misafire ne kadar ısrar ettiyse de kabul ettirememiş. 'Sizin hekimi çadırımın kapısından sokmam' demiş. Emir Sarutaş da 'ısrar etsek belki hakaret olarak algılar' diye senin geri dönmeni emretti."

Hekim artık Karatay'la yürüyor bir yandan da söyleniyordu: "Allah Allah! Ona ne zararım olabilir ki?"

"Farklı inançları var işte; belki kendi iksirlerinin tılsımı bozulacak zannediyorlar. Bizim usullerimizi, muayene aletlerimizi kabul etmiyorlar; bedenlerine bir aletin dokunmasından bile hoşlanmıyorlar. Zaten bir soğuk algınlığı vakası anladığım kadarıyla" diye ha bire hekimi rahatlatmaya yönelik konuşan Karatay, saraya girince derin bir nefes alıp rahatladı. Hekim odasına geçerken ardından gelen muhafıza dönüp "Ha, az kalsın unutuyordum. Emir Sarutaş, Komutan Tolunga'yı çağırmıştı. Vaziyet, Emir-i Kubad Hazretleri'ni rahatsız edecek kadar ciddi değil ama misafire had safhada ihtimam gösterilsin istiyor. Tolunga'yı da haberdar edin!" dedikten sonra hekimi odasına bırakmak bahanesiyle koridorda oyalandı. Tolunga'nın aşağı inip kapıdan çıkışını görünceye kadar bekledi. Biraz ardından ise kapının önüne gelip nöbetçilere, "Misafirden bir haber var mı? Emir Sarutaş ve Komutan Tolunga döndüler mi?" diye sordu. Askerlerden, "Hayır, Emir'im, henüz dönen olmadı" cevabını alınca memnuniyetini hiç belli etmeden, "Hayırlısıyla şu misafirleri uğurlasaydık; inşallah durum ciddi değildir" dedi. Askerlerle, "Nerelisin, savaşa katıldın mı" gibi havadan sudan konularda sohbet ederken, Kemaleddin'in, Tolunga'yı da halledip kendisinden haber beklediğini düşünüyor, bütün dikkatiyle bahçeyi izliyordu. Ne bir gölge ne de bir ses, hiçbir kıpırtı olmayınca her şey bitmiş olmalı diye karar verip "Ben gidip bir daha bakayım. Burada hastalanması hiç iyi olmadı. İnşallah bir düzelme vardır. Ama Sarutaş ve Tolunga dönmediler" dedi. Askerlerden biri, "Emirim, yalnız gitmeyin gece vakti, müsaade edin size refakat edeyim" deyince, Karatay kandillerin ışığında askerin siyah gözlerine hüzünle baktı. İçinden, 'Bu çocuklar gerçekten vatanperver! Ah, idareciler iyi olsa' diye geçti. Sonra gülümseyerek cevap verdi:

"Hayır aslanım. Siz vazifenizin başında durun. Sarayın, Sultanın, vatanın muhafızısınız. Bize bu saatten sonra bir şey olsa ne olur? Selçuklu'nun siz evlatlarına ihtiyacı var. Hem sokakta değilim ya, Saltanat Sarayı'nın bahçesinde kim ne yapabilir?" diyerek basamaklara doğru yürüdü. Bu gece bahçede kaç muhafızın öldürüldüğünü ve Kemaleddin'in kendi adamlarına onların kıyafetlerini giydirdiğini düşündü, içi yandı. Sadeddin gibi bir hain için bir tek Selçuklu askerinin telef edilmesine razı değildi ama keşke başka bir yolu olsaydı. Ağaç kümelerinin arasındaki kuytulukta, nefeslerini tutmuş bekleyen Kemaleddin ve fedaileri Karatay'ın yalnız başına geldiğini görünce talimat gereği yerlerinden hiç ayrılmadılar. Karatay oraya yaklaşırken anlaştıkları işaret üzere üç kez öksürdü. Bunun üzerine Kemaleddin yavaşça yola çıktı. Karatay, Tolunga'nın da halledildiğini öğrendikten sonra birkaç talimat verip muhafız kılığındaki fedaileri ve Moğol kisvesindeki Kara Musa ve adamlarını alarak saraya yöneldi. Kapı muhafızlarını kısaca selâmlayıp geçtiler. İkinci kata çıkarken Karatay bir yandan Sadeddin'in odasına nasıl gireceklerini, diğer yandan da koridorda kaç muhafız kalmış olduğunu hesaplayarak merdiven başındaki muhafızları selâmlayıp geçti. Sarutaş ve Tolunga'nın kapısında muhafızlar yoktu, muhtemelen öldürülenler bunlardı. Diğer yandaki merdiven başında da iki muhafız olduğu düşünülürse bir aksilik olduğunda çaresi bulunabilir bir rakamdı.

Ancak yukarıdaki odaların da askerle dolu olma ihtimali çok yüksek olduğundan kapılarının tutulması, hatta kilitlenmesi şarttı. Artık her şeyi göze almıştı. Bunun geri dönüşü olamazdı "Ya o ya ben" dedi. Şimdiye kadar hiçbir aksilik olmadı aslında diye ümit aradı. Sadece önce Sadeddin'i, sonra adamlarını çıkarmayı düşünmüştük, tam tersi oldu. Ama Allah yardım ediyor, bundan sonra da edecek inşallah. Emir-i Kubad'ın kapısına geldiklerinde muhafızlar kendisini saygıyla selâmladığında biraz daha umutlandı. Kimsenin bir şeyden şüphelendiği yoktu. Tasarlanan oyuna kendisini de inandırarak, emreden bir ses tonu ve bir kumandan edasıyla konuştu:

"Emir-i Kubad Hazretleri'ni uyandırmamız zaruri olmuştur. Baycu Noyan'ın durumu ağırlaştı. O kadar ki Emir Sarutaş ve Komutan Tolunga başından ayrılamadılar."

Muhafızlar, Sarutaş'ın son talimatını hatırlayarak Emir'i uyandırmakta tereddüt edince Karatay arkalarındaki fedailerin ilerisinde bekleyen Moğol kıyafetli Kara Musa ve adamlarının işitmesini istemiyor gibi o yöne bir göz atıp kapıdaki muhafızların duyacağı şekilde Kemaleddin'e fısıldadı: "Eğer bizim misafirimizken Noyan'a bir şey olursa Moğolların ne yapacağı hiç belli olmaz. Buna ancak Emir-i Kubad Hazretleri bir çare bulabilir. Sarutaş ani gelişen zaruretten dolayı Emir'in uyandırılması talimatını verdi. Sabah çok geç kalmış olabiliriz ve Emir Hazretleri bunu affetmez."

Bunu duyan iki muhafız korkuyla birbirlerine bakıp hemen kenara çekildiler ve "Emir Hazretleri'ne bunu bizzat izah ederseniz daha münasip olur herhalde" dediler. Kendileri Emir'i uyandırmaya cesaret edememişlerdi. Zaten Karatay'la Kemaleddin gecelik entarileri içinde oldukça zararsız gözüküyorlardı.

Girişteki odayı hızla araştırıp kimse olmadığını gören Karatay, biraz şaşırarak tülleri aralayıp yatak odasına geçti. Orada da bir tedbir görmeyince Kemaleddin'e başıyla işaret etti. Kemaleddin dış kapıyı aralayarak koridora baktı. Her şey yolundaydı. Kara Musa, onlar odaya girince anlaştıkları gibi aşağıya işaret vermiş; orada bıraktıkları birkaç muhafız, kapılardaki nöbetçi askerlere Moğol elçisinin öldürüldüğünü haber vererek aşağıdaki salonda içtima çağrısı yapıyorlardı. Daha sonra da emirler ve devlet erkânı aynı yöntemle Taht Salonunda Sultanın divanına çağrılacaktı.

Sadeddin'in kapısındaki muhafızlar da bu şekilde Karatay'ınkilerle yer değiştirince Kemaleddin, Kara Musa'yı içeri alıp kapıyı kapattı. Ancak bunlardan sonra Karatay derin bir soluk alıp yatağa doğru birkaç adım atabildi:

"Emir Hazretleri'nin bu gece gerçekten çok uykusu varmış" dedi. Sonra yine Büyük Sultan'ın henüz soğumamış naaşı başında kendilerine gönderilen mesaja gönderme yaparak "Ama ne yazık ki devlet işleri beklemez. Hissî davranmamak lazım" diye ekledi ve "Sadeddin!" diye bağırdı. Bunu tekrarlasa da muhatabında bir değişiklik olmayınca yatağa biraz daha yaklaştı. O anda bir kadının zarif kolunun Emir'in göğsüne düşmüş olduğunu fark edince irkildi biraz. Bunu hiç düşünmemişti. Kandili alıp fitilini açtı. Yataktakilere daha dikkatle baktı. Emir'in bedeni taş kesilmişti sanki; ikisi de yan yana, sırt üstü dümdüz yatıyorlardı. Sadece kadının bir kolu Emir'in üstüne düşmüştü. Karatay buna bir anlam veremese de tekrar "Sadeddin!" dedi. Ancak Emir'in boğazından hırıltıyla çıkan birkaç köpükten başka bir hareket olmadı.

Karatay, kandili yüzlerine tutup Sadeddin'in sakalından akan mavimtırak beyaz köpüğü görünce donup kaldı bir süre. Orada öylece durup saatlerce kaderin garip cilvelerini düşünüp dünyayı unutabilirdi ama ardında bekleyen Kemaleddin ve Kara Musa, bu duruma bir anlam verememişlerdi. Kemaleddin, ağabeyinin kolundan tutup silkeleyerek "Abi, iyi misin?" diye sorunca kendine geldi.

"İyiyim, çok iyiyim hem de. Allah'ım sen ne büyüksün!" dedi. Sonra yanındakilere dönüp "Bunlar ölmüşler" diye açıkladı. Sonra hemen idareyi eline alarak "Kadını kenara çek!" dedi. Kemaleddin, kadının kolunu Sadeddin'in üzerinden atarken merak içindeydi:

"Kim yapmış olabilir. Buradan en son Sarutaş çıktı, halinde bir gariplik vardı ama..."

"Bunun şimdi bir önemi yok" dedi Karatay. Tam Musa'ya talimat veriyordu ki Kemaleddin heyecanla "Durun, kadının nabzı atıyor!" dedi. Karatay "Bu köpek de yaşıyor olmasın" deyince Kara

Musa, hemen atılıp dev gibi cüssesiyle, Emir'in cılız vücudunu yarı boş bir çuval gibi silkeledi. Hiçbir yaşam belirtisi yoktu. Fakat bu sarsıntıdan titreyerek uyanan kızcağız, korkuyla yatağın başındaki adamlara baktı. Yatağın örtüsünü çekti üstüne, yine de tir tir titriyordu. Artık sonun geldiğini iyice anlamıştı. Bir saat önce ölüme hazırdı ama kılıçla değil. Elinde kılıçla duran Kara Musa'ya bakınca iyice korkup birden yerinden fırladı, sehpadaki sürahiye koştu. Gözleri yuvalarından fırlamış, cildindeki bütün kan çekilmişti. Genç kadının boynundaki parmak izlerini de fark eden Karatay birden her şeyi anladı. Kadını kolundan tuttuğu gibi çekti. Sehpa halının üstüne devrildi, dökülen şarap halının rengini hızla değiştiriyordu. Karatay, bağırmasından korkup bir eliyle kadının ağzını kapamıştı. Şefkatle, "Korkma, onu sen öldürmedin. Sultan emretti." dedi. Mirya, Karatay'ın kollarına kendini atmış, hıçkırarak ağlıyor, günlerdir içinde yaşadığı gerilim sanki her tarafından fışkırıyordu. Cezalandırılmayacağına bir türlü inanamıyor, "Efendim lütfen beni kılıçla öldürmeyin" diyordu. Karatay, en büyük emelini gerçekleştirmiş bir insanın o hengâme içinde bile çıkarabileceği en sakin, en dingin, emin sesiyle; "Dedim ya, onun öldürülmesini Sultan ferman buyurdu. Biz de emri yerine getireceğiz şimdi. Seninle bir ilgisi yok" deyip Kara Musa'ya başıyla yatağı işaret etti. Sonra genç kadının yüzünü göğsüne bastırarak tamamen kapattı. Kemaleddin, "Efendim, başı kesilerek idam edilmesi münasip mi bazıları onun hanedandan olduğuna inanıyordu" deyince, Karatay öfkelendi:

"Ne hanedanı! Onun soyu sülalesi belli değildi de ondan uyduruldu. Hem idamın ilanı ve bu kızcağızın güvenliği için bunu yapmak zorundayız. 'Sultan, Emirini zehirleyerek idam ettirdi' diyecek değiliz ya!"

Musa bir eliyle cesedin çenesini kaldırıp diğer elindeki kılıcı hızla indirirken Mirya bir an dönüp baktı. Olanlara bir türlü inanamıyordu. Başını çevirip kanlı yatağa, Musa'nın yatak örtüsünü cesedin üzerine çekmesine bakıyor tekrar korkuyla yüzünü

Emir'in göğsüne bastırıp ağlıyordu. Karatay, Musa'ya, "Çık işaret ver" diye emretti. Musa çıkarken Mirya hâlâ ağlıyor, "Size minnettarım efendim" diyordu.

Kızın bedenindeki titreme sanki Karatay'a da geçmişti. Tüysüz bir kuş yavrusu, bir amansız fırtınaya yakalanmış da çatı saçağına sığınmıştı sanki. Öyle bir yavru ki koskoca adamların baş edemediği bir yılanla savaşmıştı. Kim bilir ne derdi, ne büyük bir acısı vardı ki buna cesaret edebilmişti küçücük bedeniyle. Kemaleddin odadaki bütün kandilleri, mumları yakmış; en büyüğünü de pencereden gelip geçirerek dışarıdakilerle haberleşiyordu. Karatay, "Geçti artık, korkma" dedi. Bir süre daha Mirya'yı sakinleştirmeye çalıştı. Sonra onu omuzlarından iterek kendinden uzaklaştırıp yatağın yanındaki koltuğa oturttu:

"Bu olaydan kurtulmak istiyorsan, kendine gel artık. Bu gece senin için olduğu kadar bizim için de uzun ve zor bir gece, üstelik daha yapacak çok işimiz var. Anlıyor musun?" Genç kadın, sadece başını öne eğerek cevapladı bu soruyu. Mirya biraz sakinleşince "Adın neydi senin?" diye sordu Karatay.

"Mirya efendim. Siz de Emir Karatay olmalısınız" deyince iki kardeş aynı anda, "Nereden biliyorsun?" diye sordular şaşkınlıkla.

"Ölmeden önce o söyledi. 'Seni Karatay gönderdi biliyorum' dedi. Hatta birkaç kez tekrar etti. Daha önceleri de sizi sevmediğini ve sizden çok çekindiğini biliyordum. Her halde kendisini sadece sizin öldürebileceğinizi düşünüyordu."

Kemaleddin, "Sen de öyle olmadığını söyledin tabii" dedi. Mirya, "Hayır. Bunun ona daha çok acı vereceğini hissedince 'Evet, her şeyi Emir Karatay ayarladı!' dedim, korkunç hırıltılar çıkardı. Beni boğmaya çalıştı. Kendimden geçmişim. Yalnız bir şeyi anlayamadım; 'Aynı zehirle mi?' diye sorup durdu."

Emir Karatay, bir süre dikkatle baktı kadının gözlerine. Mirya, buna bir anlam veremeyip korktu, acaba bir hata mı yapmıştı. Genç kadın korkuyla, "Beni affedin efendim, ben size minnettarım" diye kekeleyince Emir Karatay, "Hayır Mirya, ben sana minnettarım. Teşekkür ederim." dedi huzurla...

* * *

Muid Necmeddin, Lala Bahtiyar'ın odasındaki divana kurulmuş. Yaşlı adama inceden inceye iltifatlar sıralıyordu. Lala ise havaların ısınmasının etkisiyle hastalığı biraz atlatmış gözüküyordu. Muid:

"Efendim, Allah'a hamd olsun ki bizlere acıdı, size şifa verdi. Böyle bir zamanda zat-ı âlinize zahmet vermek istemem. Lakin hadiselerin gidişatından haberdar olmak istediğinizi bildiğimden, eğer rahatsız etmeyeceksem arz etmek istediğim bir iki husus var."

Lala, yerinden biraz doğrulup, yatağın içinde daha dik oturduktan sonra, "Rahatsızlık ne demek Necmeddin; artık bedenimiz hareketsizlikten, dimağımız dinlenmekten rahatsız oluyor. Söyle bakalım neler oluyor?" dedi.

"Efendim her şey yolunda elhamdülillah. Molla Hazretleri medreseyi teşrif ettiklerinden beri Konya buraya akıyor inanın. Fakat şu Tebrizli tekrar geldi biliyorsunuz. Sizi de ziyaret etmiş duyduğum kadarıyla. Zat-ı âlinizde nasıl bir intiba bıraktı acaba, merakımızı mûcib oldu."

Lala birkaç kuru öksürükten sonra, "Evet, şifa dilemeye geldi Mevlânâ'yla. Saygılı, hürmetli, müşfik bir tavrı vardı. Hatta Sultanü'l Ulema'dan bahsetti. Hazret'i hürmetle yâd etti. Bir kusurunu görmedim doğrusu. Açık söylemek gerekirse bende müsbet bir intiba bıraktı. Ama dışarıdan gelen haberler o yönde değil."

"Dikkat buyurduğunuz gibi efendim, bu adam yüzünden Mevlânâ'nın da medresenin de itibarı zedelendi. Burada kaldığı sürece bu durumu tamir ve telafi imkânı da gözükmüyor" diye söze başladı Necmeddin. Şeriata aykırı olarak, kadın erkek bir arada sema âyinleri yapıldığı, musiki meşk edildiği ve âlimlerin küçük düşürüldüğü gibi şikâyetleri aktardı ve bunlardan husule gelen rahatsızlığın had safhaya çıktığını anlattı. Sonra, "Bizim vazifemiz Allah'ın emir ve yasaklarını öğretmekken, insanlar farz ibadetlerini yapmazken bunlar raks ederek Tanrı'ya yaklaşılabileceğini söylüyorlar adeta. Allah korkusu yok olursa insanları kimse zapt edemez, devlet dahi..." diye tamamladı.

Lala Bahtiyar, bir süre elini yanağına dayayarak düşündü. Sonra yorgun bir ifadeyle, "Aslında haklı oldukları taraflar var: Esas olan korku değil, sevgi olmalıdır. İnsan zaten sevdiğinden çekinir. Mevlânâ hiçbir zaman anlık heyecan ve heveslerle hareket eden biri olmadı. Eğer bu adamdan söylediğiniz kadar etkilendiyse onda hiç kimsede görmediği kadar derin bir bilgi, samimiyet ve aşk buldu. Ben onu doğduğundan beri tanırım. Lakin endişelerine katılıyorum. Zira Mevlânâ henüz bir zorluk görmedi, yokluk görmedi. Babasının Harezm saraylarında yaşadıklarını bilse de hatırlamıyor. Biz yola çıktığımızda küçük bir çocuktu henüz. Yıllarca süren o yolculuk bile ona bir oyun gibi gelmiştir" deyip susan adam, bir süre çok uzaklara daldı. Sonra tekrar Necmeddin'e döndü: "Demem o ki, burada kurulan düzenin, sağlamlaşan yerimizin, ne kadar kıymetli, aile açısından vazgeçilemez olduğunu tam idrak etmiş değil. Bazı şeylerin değeri kaybedilmeden anlaşılmaz. Tabii medrese ve âlimler açısından da durum aynı. Artık yeni bir çekişmeyi, yeni bir hicreti göze alacak durumda değiliz. Onun için ya bu Tebrizli gitmeli ya da buradaki düzene uygun hale getirilmeli."

"Efendim bendeniz, sözünü ettiğiniz ikinci yolu tecrübe ettim: Âcizane çabalarımla, kendisine medresede bir kürsü teklif ettim, burada ders vermesinden şeref duyacağımızı belirttim. Kabul etmedi. Buna mukabil bendeniz de dergâhta bir post teklif ettim, nafile. Efendim, Allah sizi inandırsın, elimden gelen her şeyi yapıyorum ama Şems zor bir adam; kış geceleri kuşak örerek yazın inşaatlarda çalışarak geçimini sağlıyor. Öyle garip bir kuşak ki nasıl düğümler kullanıyorsa esnek bir şey, çekince uzayıp kısalıyor. Gezdiği memleketlerden öğrendiği bir sanat herhalde ama insanlar bunun bile sihirli bir usul olduğunu, sırrını kimsenin çözemediğini söylüyor. Bir dokuma usulü işte."

"Kendi geçimini sağlaması saygı duyulması gereken bir davranış."

"Şüphesiz ama akıllara zarar fikirleri var. Bir gün kendisine Adrian Manastırı'ndaki rahiplerle, Kybele Dağı'ndaki keşişlerle, İzak'la, Marcos'la ve hatta düşük seviyede tuhaf insanlarla görüşmelerini ima ederek tatlı bir sitemde bulundum. Dedim ki: 'Efendim Hıristiyanlarla, Yahudilerle hatta zındıklarla görüşüyor, onları sohbetlerinizden mahrum bırakmıyorsunuz. Oysa biz Müslüman'ız. Bu uzaklık neden? Küffara bile açık olan bu kucak bize neden kapalı?' Bana aynen şu cevabı verdi: 'Kâfirleri severim; dostluk iddiaları yoktur. Onlar halleri ve dilleriyle dürüstçe, biz sizden değiliz, düşmanız derler. Bu durumda onlara dostluk öğretebiliriz. Ama dostluk iddiasında bulunan riyakâra dostluğu öğretmenin hiçbir yolu yok.'"

"Belki, bu durumda, Şems'e endişelerinizi, fikirlerinizi ve tereddütlerinizi açıkça söylemelisiniz. Görünen o ki bu daha tesirli olur."

Muid Necmeddin heyecanla "Lala Hazretleri, beni bu hususta mazur görsünler. Molla Hüdavendigâr Hazretleri'ne olan bağlılığım malumunuzdur. Mevlânâ, Şems'e yapılan en ufak bir saygısızlığı, bizzat kendisine yapılmış sayacağını açıkça ilan etmişken..."

"Pekâlâ Necmeddin, pekâlâ, hassasiyetini anlıyorum."

"Efendim, şunu da arz etmeme müsaade ediniz ki zat-ı âlinizin bizim gibi mânileri yoktur. Hüdavendigârımızın lalası ve baba dostu olarak, bizi bağlayan mânilerden münezzehsiniz."

Necmeddin'in nereye varacağını anlayan Lala, "Tamam, Necmeddin, gerekirse ben Şems'le açıkça konuşurum. Fakat şunu merak ediyorum. Şems'e teklif ettiğiniz makamlara, Mevlânâ ne diyor, haberi var mı?"

"Hazret'e de durumu lisan-ı münasiple izah ettik. Şems'e burada bir makam tayin ederek adı etrafındaki şaibeleri bertaraf edebileceğimizi söyledik. Ancak, Mevlânâ, 'Zamanede şerefsizlik rağbet bulursa, şerefli erlerin adları kötüye çıkarsa onların, kendilerini iyiye çıkarmaya çalışmaları, ad'a, nâma, san'a sığınmaya kalkışmaları şereflerini gerçek anlamda düşürür. İnci ararsan denizin dibinde ara! Kıyıya vuran ancak köpüktür' diye karşılık verdi. Efendim, az önce sizin de isabetle işaret buyurduğunuz gibi Molla Hazretleri durumun hassasiyetinin farkında ama tam olarak şuurunda değil. Yahut Şems'in tesiri altında sıhhatli düşünemiyor. Mevlânâ artık eski Mevlânâ değil."

"Bu kadarını tahmin etmiyorum. Mevlânâ yine de nerede neyin icap ettiğini bilir."

"Ah, Lala Hazretleri, dün ne oldu bir bilseniz: Bedestanın meczubu nam-ı diğer Sarhoş Abbas, Molla'yı ziyarete gelmiş. Biliyorsunuz Hazret, o serseriyi sever nedense, ama çok şükür ısrarlara rağmen 'Şarap küpü bedenimle burayı kirletemem' diye burada hiç gecelemez. Sokakta yatmayı tercih eder. Mevlânâ onu neredeyse dış kapıda karşıladı. Başköşeye buyur etti. Sohbet ediyorlardı ki ümeradan çok kıymetli misafirler teşrif etti. Kendilerine haber verdim. Ne deseler beğenirsiniz? 'Müsait değilim. Görmüyor musunuz? Misafirim var.' Efendim düştüğüm müşkili bir düşünün."

"Emirler neden kabul edilmediklerini anladılar mı yoksa?"

"Hayır efendim, elbette buna fırsat vermedim. Molla'nın mühim bir işi olduğunu, kendileriyle daha geniş bir zamanda görüşmek istediğini söyledim. Ama beklemek istediler. Ben de sarhoşu çıkarken görmesinler diye, kendilerini davet edip dairemde ağırladım. Ancak daha sonra görüşebildiler. Devlet-i Âl-i Selçuk'un emirlerine bu reva mıdır, Lala Hazretleri?"

"Allah razı olsun Necmeddin, her şeye bir çare buluyorsun. Ama haklısın, bu böyle gitmez. Mevlânâ bırakmadıkça Şems de gideceğe benzemiyor."

"Evet, Lala Hazretleri, aynen işaret buyurduğunuz gibi. İşte benim de sizinle istişare etmek istediğim asıl konu buydu: Düşündüm ki, yarınki Ulema Meclisi toplantısına Şems'i de davet edelim. Zaten Mevlânâ da öyle arzu ediyordur. Biz önce davranalım."

"İyi ama o toplantıya hangi sıfatla iştirak edecek?"

"Benim de anlamasını istediğim bu. Burada bu kadar zamandır ne sıfatla bulunuyorsa o sıfatla iştirak etsin. Madem Mevlânâ'nın dostu olduğu iddiasında, dostuna ne kadar zarar verdiğini, varlığının burada sadece mesele yarattığını idrak etsin. Biliyorsunuz diğer medreselerin âlimleri de vaziyetten rahatsız. Bu halde, toplantı vesilesiyle bir araya gelinirse belki aradaki ayrılıkların giderilmesine vesile olur ümidindeyim. Bu hâsıl olmazsa da nizamı bozan taraf, vaziyetin vahametini anlar, ya buradan ayrılır ya da aykırı işlerini, sözlerini bırakır."

"Peki, âlimler buna ne der? Şems'in toplantıya iştiraki onlarla aynı muvazenede kabulü anlamına gelmeyecek mi?"

"Birçoğunu bir vesile ile ziyaret ettim. Müsterih olun, bizimle aynı yönde kanaat izhar ettiler. Bir kez tecrübe etmekte yarar görüyorlar. Özellikle, Molla Nâsir Fülâneddin, geçenlerde ilmî bir münazara için buraya gelen âlimlerin başkanı vardı ya, efendim herhalde hatırlarsınız. Konya'ya yerleşmiş. Kısa müddet içerisinde büyük bir ün elde etti. İlim meclislerinde sürekli adı geçiyor. 'İlimde ve fende Şeyh Sadreddin'le at başı gidiyor' diyorlar. Nişabur'da, Belh'te, Bağdat'ta, Şam'da, birçok büyük medresede ders okutmuş."

"Kimin talebesidir? Kimlerden ders almış?" diye sordu Lala. Necmeddin biraz durakladı. Fahreddin-i Râzî'yi ağzından kaçırmak istemiyordu. Sultanü'l Ulemâ Bahaeddin Veled'in, Râzî'nin entrikalarından dolayı Belh'ten ayrıldığı ve Lala'nın o günleri unutmadığı dikkate alındığında, buna olumlu bakması beklenemezdi. Necmeddin buna göre bir açıklama tasarlayıp öyle cevap verdi:

"Zamanın bütün ünlü âlimlerinin derslerinde bulunmuş diyorlar. Benim hatırımda kalan ise Bağdat'ta Evhadüddin-i Kirmani'den ders aldığı, Şam'da ise Muhyiddin Arabi dâhil birçok üstadı ziyaret edip sohbetlerinde bulunduğu... Neyse efendim, burada kendisini ispatladı ve büyük bir âlim olduğundan kimsenin şüphesi yok. Bendeniz de Çarşı Ağası'nın bir davetinde tanıştım kendileriyle. Görünen o ki ileride kendisinden daha çok söz ettirecek. Şu sıralar Sultan Hazretleri'ne ithafen bir kitap kaleme alıyormuş. Keşke bunu Hüdavendigârımız yapsaydı. Oysa biz nelerle uğraşıyoruz."

"Böyle ümitlerin olmasın Necmeddin. Mevlânâ, herhangi bir emir sahibine ithafen eser kaleme almaz."

"Fakat efendim, siz de böyle söylerseniz... Hazret'in ilm ü kemali malumunuz. Bunun kalıcı hale gelmesinin, sonraki nesillerin istifadesine sunulmasında ne beis olabilir."

"O mevzuda sana katılırım. Ama Mevlânâ, bir gün bunun gereğine inanırsa öyle tahmin ediyorum ki eserini bütün insanlığa ithaf edecektir. Amma ve lakin şimdi bunları konuşmanın ne faydası var? Biz, önümüzdeki halli acil meseleye bakalım. Netice-i kelâm, söylediğin şey tecrübeye değer. Eğer âlimler de hariçten birinin meclise dâhil olmasına razıysa, vaziyeti lehlerine döndüreceklerine inanıyorlarsa bakalım yarın ne olacak?"

**

Günün ağarmasına az kalmışken Devlethane Sarayı'nda her şey alışılageldiği gibi gözüküyor, her sabah olduğu gibi devlet erkânı namaz için camiye geçmeye hazırlanıyordu. Oysa bir gün önceki makam ve mevkiler tamamen el değiştirmişti. Sarayı çevreleyen kale burçlarında yakılan ateşleri gören Emir Karaca, bir yandan Candar Bey'e dış surların kapılarını açmış, diğer yandan da Sadeddin'e bağlı emir ve komutanları, mühim bir davetlinin öldüğü, Sultan'ın da kendilerini saraya çağırdığı bahanesiyle taht salonuna toplamıştı.

Sarayının hemen karşısında beklettiği halayıklarıyla işaret ışığından ilk haberi alan Devlet Hatun'sa onlardan önce gelerek Sultan'ı uyandırıp olanları ve yapılması gerekenleri izah etmişti. Gıyaseddin aslında Sadeddin'den kurtulmayı herkesten daha çok istiyor ancak buna gücünün yetmeyeceğini düşünüyordu. Tahta geçtiği günden beri Sadeddin'in maddi ve askerî gücüne, bağlantılarının ne derece güçlü olduğuna defalarca şahit olmuştu. Onun kararlarına en ufak muhalefetinde, babasının ölümünün kendi planı olduğunu, tahtını ona borçlu olduğunu, gerekirse onu da harcamaktan kaçınmayacağını ima edecek kadar pervasız davranan bu adamdan gerçekten çekiniyordu. Bütün bunlarda annesinin de parmağı olduğuna inandırıldığından bu korkularını onunla bile paylaşamıyordu. Bu yüzden habere inanamadı. Devlet Hatun bunları hissedince Karatay'dan toplantıdan önce cesedin Sultan'a gösterilmesini istedi.

Sultan hazırlanıp makamına gelinceye kadar, bütün devlet erkânı ve komutanlar huzurdaki yerlerini almışlar, Noyan'ın ölümüyle ilgili bir açıklama bekliyorlardı. Sonunda Sultan Gıyaseddin Keyhüsrev, büyük salonun kapısında gözüktü ve ilk defa gerçek bir Sultan azameti ile yürüyüp tahtına geçti. Devlet Hatun da tahtın yanındaki kürsüde kendine ait makama oturdu. Ama Sultan'ın yanındaki Emir-i Kubad makamı hâlâ boştu. Bir iki kişi eğilip kapıya bakarak Sadeddin Köpek'in gelmesini beklediyse de bu bekleyiş boşa çıkmaya mahkûmdu. Sultan, bu bakışları görmezden gelerek, tahtında dimdik oturup, ağır ağır konuşmaya başladı:

"Emirlerim, serdarlarım, Selçuklu'nun birbirinden değerli devlet adamları, bu gece tahtıma göz dikip canıma dahi kasteden hainler suçüstü yakalanmıştır. Tarafımızdan irade buyrulan idamla cezalandırılmaları hükmü, devletine sadakatle bağlı Emir ve komutanlarımız tarafından infaz edilmiştir. Böylece Selçuklu üzerine oynanan kanlı oyunlar bitmiş ve Saray'da kurulmak istenen tezgâh bozulmuştur. Bu gözü dönmüş taifenin saray dışında da işbirlikçileri ve bağlantıları olması ihtimaline karşılık, Sivas Subaşısı Candar Bey, binlerce askeriyle şehri kuşatmış ve Kayseri Subaşısı Emir Hüsameddin Karaca'nın yardımıyla şehrin kilit noktalarına kuvvetlerini yerleştirmiştir. Elbette her devlette hainler olduğu gibi devletin bekasını canından yeğ tutan sadıklar da vardır. Devletinize sadakati, Sultanınız olarak hepinizden bekliyorum."

Bu konuşmanın ardından salonda hiç kimseden ses çıkmasa da olayı bilmeyenlerde bir şaşkınlık ve korku, bilenlerde derin bir sükûnet olduğu açıktı. Özellikle Sadeddin'in adamları ne yapacaklarını bilemez durumdaydılar. Bunun üzerine Sultan, elini kaldırıp kapıya yakın bir yerde duran Karatay'a bir işaret verdi. O da başıyla Kemaleddin'e...

Kemaleddin, salonun kapısını açınca askerler önce bir tepsi üzerindeki Sadeddin Köpek'in kesilmiş başını getirdiler, sonra da Tolunga ve Sarutaş'ın. Ortaya bırakılan bu tepsiler orada bulunanlar üzerinde öyle bir tesir yarattı ki hemen herkes önce birkaç adım geri çekildi, sonra yaklaşıp şaşkınlıkla tekrar baktılar. Gördükleri şeyin gerçek olduğuna emin olunca bir kısmı olayın vahametini daha çabuk kavrayıp hemen Sultan'a bağlılıklarını yinelediler. Hiçbir şeyden haberdar olmadıklarını sadece Emir-i Kubad olarak Sadeddin'in emirlerine uyduklarını açıkladılar. Bunları da diğerleri izledi. Karatay, bu yeminlere rağmen çıkışta bazılarının tedbiren yargılanmak üzere tutuklanmasını emretmişti. Emir yerine getirildi. Böylece daha fazla kan dökülmeden idareye tamamen el konulmuş oldu. Daha sonra ise Karatay'ın hazırlayıp Devlet Hatun'un, Sultan'a sunduğu yeni liste üzerinden atamalar yapıldı. Sultan; Emir-i Kubadlığa Mühezzibüddin Ali'yi, Saltanat Nâibliğine Şemseddin Isfahani'yi, Pervaneliğe Veliyyüddin'i, Tercümanlığa Mecdüddin Muhammed'i, Hazine-i Hassa'ya da Celâleddin Karatay'ı tayin etti. Tayinlerin ardından devlet erkânını tebrik eden Devlet Hatun; "Sultanım, birkaç hain yüzünden istirahatinizden mahrum kalacak değilsiniz herhalde. Çok şükür, sizin için uykusuz kalmaya hazır emirleriniz var. Yarın, erken saatte yola çıkacaksınız. Haydi aslan Sultanım; hiç olmazsa namaza kadar odanıza geçip istirahat buyurun" diyerek Sultan'ı savaşa gidecekmiş gibi uğurladıysa da Gıyaseddin, yarın kendisine gelin getirilmekte olan Gürcü Kraliçesi Rosudan'ın kızı Prenses Tamara'yı karşılamaya gidecekti.

Prensesin, Tiflis'e gönderilen Şehabeddin-i Kirmani başkanlığındaki bir heyetle Kayseri'ye doğru yola çıktığı haberi gelmişti. Düğün Kayseri'de yapılacaktı. Bu yüzden şehirde günlerdir hazırlık yapılıyordu. Ancak saraydakiler, idamın halka duyurulmasından sonra düğüne dikkatlerini verebileceklerdi. Sultan'ın çıkışından sonra Devlet Hatun'u selâmlayan devlet erkânı da salondan ayrıldı. Devlet Hatun sadece Karatay'la, Kemaleddin'in çıkmasına müsaade etmedi. Olanları bütün ayrıntısıyla öğrenmek istiyordu. Zaten çözülmesi gereken bir Mirya meselesi vardı ki onu da ancak Devlet Hatun'a havale edebilirlerdi. O gece hem kendi emniyeti hem de planın aksamaması için, Mirya'yı Karatay'ın odasına gizlemiş, kapıyı üstüne kilitlemişlerdi.

Devlet Hatun, anlatılanları ilgiyle dinledi. Oldukça şaşırmıştı, bir süre düşünceye daldıktan sonra,"Allah'ın hikmetine bakın Emir Hazretleri, o kadar uğraştık. Fakat yine de Allah, elimizi bir hainin kanıyla kirletmekten bizi muhafaza etti" dedi. Karatay da olayın başından beri bunları geçiriyordu aklından, sadece "Elhamdülillah efendim" demekle yetindi. Devlet Hatun, "Öyleyse gecenin gerçek kahramanını getirin, mükâfatlandırmak isterim" deyince Kemaleddin kızı getirmek üzere dışarı çıktı. Devlet Hatun Karatay'a "Asil bir hali vardı ama kara kuru gözüktü gözüme, Sadeddin'e yakışacağını düşündüm. Ne derdi varmış da böyle bir işe kalkışmış peki?" diye sordu.

"Onu konuşmaya fırsatımız olmadı henüz. Ama saraya nasıl girebildi?"

"Doğu Roma elçisi Marcos Arilesos, Sultan'a hediye olarak getirdi." Karatay büsbütün şaşırmıştı. Hayretle, "Doğu Roma elçisi mi?" derken Mirya ile Kemaleddin girdi. Bunun üzerine Karatay, "Efendim, bize müsaade edin, idamın ilanıyla ilgili hazırlıklarla ilgilenelim. Misafirler uyanmadan her şeyin tamamlanması lazım" diyerek dışarı çıkıp sarayı ve bahçeyi teftiş etti. Dışarıdaki bilgileri aldı. Misafirler henüz uykudaydı. Kemaleddin:

"Endişe etmeyin ağabey, öğleye kadar kalkamazlar kendilerine fazlasıyla şarap ve kımız sunuldu. İşgüzar bir mutfak kalfası da misafirlerin kadehine müsekkin katmış. Ama akşam ziyafette biraz dalgındınız, her halde kimin ne yiyip içtiğine pek dikkat edemediniz."

"Sen varsın diye dalabilmişimdir Kemaleddin, sen varsın diye." Kardeşler böyle hasbihal ederken Saray Kâhyası gelip "Emir'im, Devlet Hatun Hazretleri sizi çağırıyorlar" deyince Karatay tekrar salona döndü. Devlet Hatun halen makamında oturuyor, Mirya karşısında başını eğmiş, ellerine bakar vaziyette dikiliyordu. Hatun, Karatay'ın selâmına başını hafifçe eğerek mukabele ettikten sonra konuştu:

"Emir Karatay Hazretleri, bu gece Devlet-i Âl-i Selçuk'a değerli hizmetleriniz olmuştur. Her ne kadar Sultan Hazretleri tarafından Hazine-i Hassa Emini olarak tayinle taltif edilseniz de bu tarafımızca ayriyeten takdir edilmenize mani değildir. Bununla beraber, aynı şekilde devletimize hizmeti tarafınızca malum olan Mirya, aslen Simeysat Prensesi olup başına gelen talihsizlikler neticesinde sarayımıza cariye olarak getirilmiştir. Azad edilmeyi kendi emniyeti için istemediğinden sizin himayenize verilmesini Devlet Hatun olarak makbul ve münasip buluyorum."

Karatay şaşkınlıkla, "Efendim, takdiriniz ve şahsıma duymuş olduğunuz itimat için minnettarım, ancak benim sürdürdüğüm hayat tarzı ve mesuliyetlerim malumunuzdur. Beni bağışlayın. Prenses sizin nedimeniz olarak burada emniyet içinde olacaktır" diye itirazlarını sıralamaya çalıştıysa da Devlet Hatun sözünü keserek "Emir Hazretleri, her ihtimal tarafımızca değerlendirilmiş, ondan sonra karar verilmiştir, emin olun. Durumun hassasiyeti dikkate alındığında, sırların ve hayatların emniyeti için en münasip çare budur" deyip konuyu kesin bir ses tonuyla kapattı. Bir daha itiraz edilse çok daha fazla öfkelenecekmiş gibi bir tavır takınmıştı. Karatay, Hatun'un gözlerinde, yüzündeki ciddiyete tezat, muzip bir pırıltı görür gibi olduysa da bundan emin olamadı. Çaresiz, teşekkür edip Mirya'yı da alarak dışarı çıktı.

İşte bütün bunlardan sonra devlet erkânı sabah namazına gidebiliyordu. Sonra da halkın idama inanmayacağı hesap edilerek idam edilen hainlerin bedenleri şehir meydanında teşhir edilecekti. Başta Konya olmak üzere gerekli yerlere haberciler çoktan yollanmıştı. Sadeddin Köpek'in idam haberi Konya'da bir deprem etkisi yaptı ilk anda. Çıkarılan atlılar ve haber güvercinleri, yerlerine ulaşmakta gecikmemişti. Saray Kâhyası Emir Nizameddin, Karatay'ın küçük kardeşi Emir Seyfeddin ve Kadı İzzeddin bekledikleri işareti alır almaz duruma el koyup, bir karışıklığa meydan vermemek için saraydaki askerler yerine önceden ayarlanan birlikleri yerleştirdiler. Ondan sonra da idamları ve yeni kadroyu ilan ettiler.

Haber kısa süre içinde şehrin tamamına yayıldı. Çarşı Ağası çok şaşıranlar arasındaydı. Bir türlü olgunlaştıramadığı çalışmalar teşebbüs aşamasında bile değilken bu habere hayıflanmadan edemedi. Haberi getiren Çulhacızade Nureddin'i azarlarcasına "Senin kız da bir işe yaramadı gördün mü? Bütün masraflar da suya düştü" dedi.

"Efendim, biz o kızı Sultan'ın aklını çelsin diye hazırlamıştık. Ne bilelim bizzat Sadeddin'e sunulacağını."

"Olsun, işe yarar bir haber de vermedi bize. Hani Sadeddin'e düşman, anasını babasını öldürmüş diyordun."

"Öyle ama küçücük kız ne yapabilirdi koskoca Emir'e?"

"Tabii, koynuna girince unutmuş gitmiş düşmanlığı. Kadın milleti işte, Emir'i çok memnun ediyormuş diyorlardı."

Nureddin, Ağa'yı yatıştırma yoluna giderek "Maşallah Ağam, Emir'in yatak odasında bile kulağınız var" dedi.

Ağa, göbeğini hoplatarak sinirle karışık güldü: "Var da ne oldu Nureddin, bak Karatay konacak bu işin üstüne. Kahraman kardeşler seni de uyuttular beni de. Hani herif bize öğüt veriyordu: 'Şöyle alt edersiniz köpeği, böyle ortadan kaldırırsınız.'"

"Efendim, Karatay gelince yine köşesine çekilir. Onun siyasette, iktidarda, ikbalde gözü yoktur."

"Aptal olma Nureddin, asıl öylelerinden korkacaksın. Mala düşkün değil, mevkiye düşkün değil, kadına müptela değil. Böyle bir insan olur mu? Yıllarca Sultanın güvenine oynamış işte" diyen Tahir Ağa, parmağını şakağına dayayarak devam etti: "Kafayı çalıştır Nureddin; sultan olsan böyle bir zamanda kime güvenirsin. Karatay bunu bilmiyor mu? Hepimizi aptal yerine koydu. Onun da siyasette, devlette gözü yoksa şu iki gözümü çıkarırım."

"Aman efendim Allah korusun. Hem mühim olan Köpek'in ortadan kalkması değil mi? Hem biz de kendimizi tehlikeye atmadan bu işten sıyrılmış olduk. Kızı da Şövalye'yle saraya gönderdiğimize göre kimse bizimle bir bağlantı kuramaz. Yani Sadeddin'in adamlarından bir intikam hamlesi gelirse."

"Zannetmiyorum; baksana her şeyi ayarlamışlar. Kimse netice alamayacağı bir iş için hamleye geçmez bundan sonra."

"Fakat duyduğum kadarıyla hâlâ Sadeddin'e gönülden bağlı adamlar varmış. Cesedini kaçırıp bilinmeyen bir yere defnetmişler."

"Öyle mi? Ne kadar müteessir oldum. Bu ne sadakat böyle? O kadar sadıklarsa Karatay'a bir şey yapsınlar."

"Artık ne yapabilirler ki ipler tamamen onun elinde."

"Evet, şimdi önemli olan da bu işte; Karatay'la iyi olamasak bile kötü olmayalım. Ve yine de emirlerle münasebetlerimizi sıcak tutalım. Emir-i Kubadlığa Mühezzibüddin Ali'yi getirmişler, o da Karatay gibidir. Saltanat Nâibi olan Şemseddin-i Isfahani daha hırslıdır, savaşa da sıcak bakar; hazinenin başına Karatay'ın getirilmesi tam bir felaket, ne kadar cimri olduğunu yakında görürsün. Askere yazlık, kışlık esvap, heybe filan işlerini unut gitsin Nureddin, sarayın haremine gönderdiğin ipekleri bile azaltmak zorunda kalacaksın. Neyse gelsinler bakalım da, daha ne değişiklikler olacak. Kimler ne işlere bakacak biz de ona göre mevki alırız."

"Haklısınız efendim artık gidişata bakacağız. Sultan Hazretleri de vaziyetten ziyadesiyle memnundur herhalde. Zira Sadeddin ve adamlarının cesetleri o sabah kale duvarından demir bir kafesle aşağı sarkıtılmış, halk görsün diye. Ama zincir birden kopup kafes aşağıda toplanan ahalinin üstüne düşünce ezilen bir adamcağız oracıkta can vermiş. Hadiseyi gören Sultan öfkeyle gürlemiş: 'Dirisinin aldığı canlar yetmiyormuş gibi ölüsü de masumlara kıyıyor. Kaldırıp atın bu haini halkımın üzerinden!'"

"Demek her şeyin farkındaymış"

"Evet. Sadeddin'e ne dersek diyelim çok büyük bir mimardı. Keşke Alâeddin Keykubad'ın mimarbaşı olarak kalmayı tercih etseydi de şaheserleriyle hatırlansaydı."

***

Gevhertaş Medresesi'nin, geniş salonunu örten görkemli kubbenin altında kandillerden çıkan ışıklar yayılıp dağılıyor, duvardaki çinilerle raks ederek turkuaz harelere dönüşüyordu. Bu ebrulu ışık dalgalarının altında, geniş sedirlerde yerini almış, Nizamiye, Hatuniye ve Altunapa başta olmak üzere ünlü medreselerin seçkin âlimleri, ihtişamlı kisveleriyle göz kamaştırıcı bir topluluk oluşturuyordu. Karşılarında ise yerdeki geniş boşluğa oturmuş, genellikle muidler, gelecek vaat eden başarılı, seçilmiş talebeler yer alıyordu. Âlimler seçtikleri konulardaki meselelerini izah ettiler, çözüm önerilerini sundular.

Tahir Ağa'nın yardımıyla, Nizamiye Medresesi'nde ders okutmaya başlayan Molla Nâsir Fülâneddin ise en son söz alarak, ağır ve ağdalı bir üslupla, sadece ilmî terimleri kullanmaya özen göstererek uzun bir konuşma yaptı. Bulunduğu, gördüğü diğer medreselerle Konya'daki medreseleri kıyasladı ve âlimlere büyük iltifatlar yağdırdı. Ona göre buradaki medrese ve âlimlerin kimseden geri kalır yanı yoktu. Hatta daha üstündüler. Ancak, âlimlerin gereksiz tevazuundan ve halkla idarecilerin ilme gösterdikleri itibarın eksikliğinden hak ettikleri nam, şöhret ve kıymeti kazanamamışlardı. Hâlbuki Endülüs'ten Semerkand'a, Kırım'dan Hicaz'a buradakilerin namını duymayanın kalmaması icap ederdi. O yüzden âlimlerin ellerinde olan kudreti fark etmeleri, ona göre amel etmeleri gerekiyordu. Ve elbette Fülâneddin kendisi ve âlimlerin şahsı için bir şey istemiyordu. İstediği şey Kuran'da geçen, ilme saygı ve ilmin her şeyin üstünde tutulması ile ilgili sayısız ayet ile kesin emirden kaynaklanan haklı bir talepti. Fülâneddin'in konuşması birçok âlim tarafından hayranlıkla karşılandı, tebrik ve teşekkür gördü. Fülâneddin, insanlar üzerindeki tesirinden memnun bir edayla, Mevlânâ'nın yanında oturan Şems'e dönerek "Efendim, görüyorum ki konuşmalara hiç katılmıyorsunuz. Dile getirmeye çalıştığımız meselelerle alakalı zat-i âlinizin de yüksek fikirlerini merak ederiz" dedi. Şems, âlimler üzerinde bir göz gezdirip bakışlarını Nâsir Fülâneddin'e çevirdi:

"Bilindiği üzere ben Ulema Meclisi azası değilim. Âlimlik iddiam da yok. Dolayısı ile söz ettiğiniz mevzuda fikir beyan etmem münasip olmaz. Ben bu meclise ısrarlı davetlerinize icabet etmek için katıldım. Ama bırakın da dinleyici olarak kalayım."

Ama Fülâneddin'in Şems'i bırakmaya hiç niyeti yoktu. Israra devam etti: "Şems Hazretleri, aramızda resmiyetin ne gereği var? Mademki meclisimize şeref verdiniz, sizin şahane fikriyat ve izahatınıza şahit olmuş biri olarak merakımı mazur görürsünüz herhalde. Eminim ki bu mecliste bizimle aynı fikirde olanlar da çoktur." Âlimler de başlarını sallayarak ve mırıldanarak Fülâneddin'i onaylayınca ısrarını artırıp soruyu açtı: "Evet, görüyorsunuz işte, değerli meclis azaları da merak ediyor; kanaatinizce ulemanın temel meseleleri, hatta biz âlimlerin eksik ve kusurları nelerdir?"

Şems; "Madem ısrar ediyorsunuz size küçük bir hikâyeyle cevap vereyim: Adamın biri berbere gelip şöyle dedi: 'Sakalımdan akları ayıklar mısın?' Berber, adamın sakalındaki akların, siyahlardan fazla olduğunu görünce, sakalın tamamını kesip adamın önüne koydu. Ve dedi ki: 'Benim çok işim var, kendin ayıkla...'"

Bu cevap üzerine mecliste, buz gibi bir rüzgâr esmişçesine üyeler irkildi, sarsıldı. Bir süre derin bir sessizlik oldu. Âlimler, bu cevabı üzerlerine alınıp alınmamak arasında gidip geldiler kafalarında. Sert bir çıkışla tepki verilirse daha keskin eleştiri oklarına hedef olma riski açıkça gözüküyordu. Bu yüzden bakışlar, konuşmayı başlatan Fülâneddin'in üzerinde toplandı. Fülâneddin, muhatabını tahrik ederek âlimlerle arasındaki çatlağı büyük bir uçuruma dönüştürmek istiyordu. Bu yüzden konuşmanın gidişatından memnun olmasına rağmen, sahte bir kırılganlık edası takınarak "Bizi bu kadar büyük bir ithamla karşı karşıya bırakmanızı beklemiyordum. Hayretler içindeyim. Zira biraz önce kendiniz bu işlerle ilginiz olmadığını söylediniz. Öyle ise bu tespitinizi neye dayandırıyorsunuz? Mekteple, medreseyle alakası olmayan bir insan, bunca seçkin âlimin bulunduğu bir mecliste, bunları söyleme hakkını ve cesaretini kendisinde nasıl bulabilir? Takdir edersiniz ki anlamakta güçlük çekiyoruz."

Mevlânâ araya girme gereğini hissetti: "Ey ilim âşıkları, bilirim ki hepinizin gayesi hakikati aramaktır. Ömrünüz bu yolda geçmiştir. Hal böyle iken testinin nakşını bırakıp içindeki suya bakalım. Şüphesiz ki her devirde, her yerde ilim erbabının derdi çoktur. Meselelerin bir kısmı dâhilden, bir kısmı hariçten kaynaklanmaktadır. İnanın dıştakilerin halli, içtekilerden, bizden kaynaklananlardan daha kolaydır. Bizim biraz önce ortaya koyduğumuz fikirlerde de gerçek payı var ama bütünü ifade etmiyor. Aziz Dostumuz Şems ise meselenin bütününe, hatta özüne işaret etmek istedi. Üstelik de siz ısrar ettiniz. Öyleyse neden itiraz ediyorsunuz!"

Fülâneddin, hemen atılarak "Bizim de niyetimiz kendisine kulak vermekti. Ama müşahhas bir misal bile vermeye tenezzül etmeden yanlışlarımızın doğrularımızdan çok olduğunu söyledi çıktı." dedi.

Mevlânâ: "Öyle görüyorsa öyle söyleyecektir. Yalan söylemesini mi tercih edersiniz? Ama konuyu izah etmesini istiyorsanız kendisinden istirham edelim."

Özellikle, kapının önünde sıralanmış genç âlimlerden istekli sesler yükselince Şems onlara dönerek konuşmaya başladı: "Ey dürüst arayıcılar, gönlünüzü hoş tutun. Zira gönülleri mutlu eden Tanrı, sizin işinizi tamamlamanız ve hayra ulaşmanız için her daim yanınızdadır. Kuran'da söylendiği gibi 'O her an yeni bir buluş ve iş üzeredir.'"

Şems yerinden kalkıp odada bir tur attı ve Mevlânâ'nın önüne gelip devam etti: "Ey sen, düğümleri çözmek için canını ortaya koyan! İnsanı, nereden geldi ve nereye gidiyor hususunu araştırmak için yarattılar. Zahirî ve batıni bütün hislerini, bütün melekelerini, bu maksatla verdiler. Fakat ne yazık ki insan bu melekelerini başka gayeler için harcıyor. Ve hayatında gerçek saadet ve iç huzuru getirecek hususları ihmal ediyor. Başını ve sonunu hiç düşünmüyor." Şems bir yandan konuşuyor, bir yandan odanın içinde dolaşıyor, âlimlerin önünde durup sanki her birine ayrı ayrı hitap ediyordu: "Bazı insanlar dil öğrenmek veya daha iyi mekteplere geçmek için tedrisat görürler. Meclislerde, sohbetlerde, toplantılarda bir konu üzerinde bilgi gösterişi yaparak ün kazanmak isterler. Kim ki karanlığı seçer, rezilliği seçmiş olur. Sualler, cevaplar, dil zenginliği, zekâ kıvraklığı, mübalağalı tatlı sözler bir yerden sonra para etmez oysa. Bütün vücudu dil kesilse Tanrı âleminden hiç haberi olmaz. Dünyalık hevesler, süslü kisveler, tatlı lokmalar, şehvet, şöhret, ihtişam! Ne kadar hoş değil mi? Ama tedrisat bunun için yapılmamalı.

Bu medreselere koşan gençler, ilme koşmuyor. Size koşuyor; sizin ihtişamınıza, sizin dünyadaki makamınıza özeniyor. Oysa bu nevî bir ilim faaliyeti, onlara nereden gelip nereye gittiğini, içinde nasıl bir cevher bulunduğunu ve aslının ne olduğunu öğretemez. Ben çocukken bana sordular: 'Derdin nedir? Elbise mi istiyorsun, yoksa gümüş para mı?' Dedim ki: 'Keşke bütün bu üstümdekileri de alsalar ve bana ait olanı bana teslim etseler.' Benim içimde bir müjde var! Hayret! Bu insanlar içlerinde böyle bir müjde olmadan nasıl mesud olabiliyorlar? Aslında her birinin başına altından bir taç koysalar onlar onu reddetmeli ve demeliler ki: 'Biz bunu ne yapalım? Bize iç huzuru ve mutmain olmuş bir nefsin ferahlığı gerek.' Keşke varımızı yoğumuzu sarf etsek de gerçekten bize ait olanı bize verseler."

Şems, konuşmanın burasında, tekrar genç âlimlere döndü ve devam etti: "Evet, bu dünyada en güzel meşgale ilimdir. Ancak bazıları, bunca çabayla elde ettikleri ilmi yanlış yerde ve yönde kullanıp boşa harcar. Bunların en muvaffakiyetli olanları bile ömürlerinin sonunda şunu söyler: 'Biz bu dünyadan yalnızca ıstırap ve sıkıntı elde ettik.' Bu nasihat bütün âleme ders olsun. Ölüm vakti gelince, artık bu hususta tevil yapma ve acı çekme fırsatı bile kalmayacak. Bir şairin dediği gibi, 'Son nefeste tutulacaksa bu diller, şeyda bülbül gibi dilin olsa ne fayda?..'"

Nâsir Fülâneddin dayanamayıp söze girdi: "Gençleri bu kadar korkutmayın. Hiçbir âlim ömrünün boşa geçtiğini söylemez. Varsa söyleyen isim zikrediniz."

Bunun üzerine Şems, hızla Fülâneddin'e döndü: "Şu mısralar belki hafızanızı tazeler, Molla Nâsir Fülâneddin Hazretleri:

"Ruhlarımız, cisimlerimizden ötürü korku içinde;

Dünyada kazandığımız, eziyet ve sıkıntıdan başka
ne kaldı elimizde..."

Şems, ellerini iki yana açmış, gözlerini Fülâneddin'e dikmiş bir cevap bekliyordu. Ancak Fülâneddin'de garip bir sıkıntı hali peyda olmuş, yüzünün rengi kaçmıştı. Birkaç kez yutkunduysa da ağzından bir kelime çıkmadı. Şems devam etti: "Bu beyit, üstadınız ve hocanız, hocaların hocası, Fahreddin Râzî'ye ait değil mi? Yoksa son günlerinde yanında olamadınız mı?"

O ana kadar, Mevlânâ'nın sağında sessizce oturmakta olan Lala Bahtiyar'ın gözleri fal taşı gibi açıldı. Fülâneddin'e dönüp "Râzî, sizin hocanız mıdır?" diye sorunca Fülâneddin'le Necmeddin'in kısa bir an göz göze geldiği görüldü. Fülâneddin dikkatle, "Bazı derslerinde bulunmuşluğum vardır" dedi.

Bu itinalı cevaba rağmen Lala'nın yüzünde saklamaya gerek görmediği, belirgin bir hoşnutsuzluk ifadesi görüldü. Mevlânâ, duruma müdahale gereği hissederek Lala'nın koluna girip; "Sizi yeterince yorduk Lalam. Arzu ederseniz, artık istirahat buyurun" dedi. Mevlânâ'nın geçmişteki ihtilafları buraya taşımaktan hoşlanmadığını bilen yaşlı adam itiraz etmedi. "Haklısın evlâdım. Bizim istirahat vaktimiz geldi de geçiyor bile" diyerek cemaatle vedalaşıp kendisine refakatle görevli talebelerle oradan ayrıldı. Bir yandan da 'Neyse ki Şems, bu ukalanın haddini bildirecek gibi duruyor. Konuşmalarından nasıl da anlamadım. Tıpkı hocasının üslûbu' diye düşünüyordu. Lalasına kapıya kadar eşlik eden Mevlânâ yerine döndü. Bu arada özellikle genç âlimlerin, "Fahreddin Râzî de kim?" diye fısıldanması duyuluyordu.

Şems yerine oturduktan sonra açıklamayı ihmal etmedi: "Fahreddin Râzî felsefecilerdendi... Kelâmcılardan... Veya onlardan sayılır. Sultan Harezmşah'la tesadüfen karşılaştı. Ve başladı anlatmaya: 'Bilimin her dalını incelerken daha önce ve şu anda yazılmış bütün kitapları teker teker okudum. Eflatun'un zamanından şu ana kadar yazılan ve kabul görmüş eserleri elden geçirdim. Ve bende onların her yönü, apaydın bir şekilde zihnimde duruyor. Eski defterleri de karıştırdım. Ve onların sırlarını da iyi bilirim. Benimle çağdaş olan kişilerle buluştum ve onların eserlerini de inceden inceye okudum. Ve onların hata ve sevaplarını bütün çıplaklığıyla ortaya koydum...' Her müellifin sanatını ve fikirlerini Sultan'a tek tek saydı ve konuyu öylesine derinleştirdi ki insanın aklı durur. Sultan'ın emirlerinden, Râzî'yi çok yakından tanıyan biri dayanamayıp onun kulağına fısıldadı: 'Sende başka bir hüner, bir ilim daha var ki onu ancak senle ben biliriz...'"

Sözün burasında Fülâneddin, daha ileri gidilmesinden korkarcasına bir telaşla araya girdi: "Aman efendim, ne güzel, sanki orada bizzat bulunmuş gibi anlatıyorsunuz. Ama bu arada, biraz önce tenkit etmiş olduğunuz Râzî Hazretleri'nin ilmî seviyelerinin ne kadar yüksek olduğunu da itiraf etmiş oldunuz."

"Ben Râzî'nin ilmini tenkit etmedim. Bilakis yeryüzünde onun vardığı noktaya varan azdır. Fakat eğer ilmin özü ve ilm-i ledün bahis ve tedrisat ile öğrenilebilseydi, aşk ve samimiyet gerekmeseydi Fahreddin Râzî'nin önünde Beyazıd ve Cüneyd'in üzüntü ile başlarına dünya kadar toprak saçmaları, en az yüz yıl ona öğrencilik yapmaları gerekirdi. Bir rivayete göre Râzî, Kuran tefsiri üzerine on iki bine yakın sayfadan müteşekkil bir kitap yazmıştır. Ancak ne var ki yüz bin Râzî, Beyazıd'ın sokağının tozuna bile erişemez. O dış kapının tokmağını çalan kişidir. İç kapının tokmağına ulaşamaz."

Nâsir Fülâneddin, öfkesini zor zapt ederek: "Allah'ın kelâmını bu kadar iyi bilen bir insanın, cahillerden daha geri olduğunu nasıl söylersiniz?"

"Bu görünen kitabı bir Yahudi, bir Rum da ezberleyebilir. Nitekim Bağdat'ta bir Yahudi kadılık yaparak ün, nam ve hazineler dolusu mal elde etti. Yeraltında gizli sığınaklar inşa ettirdi ve silahlı savaşçılar tuttu. Amacı Halife'yi devirip Bağdat'ı ele geçirmekti. Neyse bildiğiniz gibi Halife durumdan haberdar oldu da onu yakalattı. Kaderi ve Kuran ilmi onu en yüksek kadılığa kadar yükseltmişti. Ama içi ihanetle doluyordu."

Âlimler ve Mevlânâ konuyu ne kadar değiştirmek istedilerse de mümkün olmadı. Ne Fülâneddin'i ne de Şems'i susturmak mümkün olabiliyordu. Kapının önünde ve pencerelerin altında toplanan meraklı öğrenciler hararetli tartışmayı hiç ses çıkarmadan dinliyorlardı. Şems'in son sözleri üzerine çılgına dönen Fülâneddin, aslında hasmının üstüne atılıp boğazını sıkmak istiyordu. Ama bu kadar kişinin içinde o duruma düşemezdi. Derin bir nefes alıp arkasına yaslandı. Gözlerinde, öldürücü bir darbe vurmadan önceki sinsi bir ışık vardı. Sesini en alçak bir tona düşürerek "Sizin derdiniz anlaşıldı" dedi ve gülmeye başladı. Sırıtarak salondakiler üzerinde bir göz gezdirdi. Herkes şaşırmış ve devamını bekliyordu. Fülâneddin'in de istediği buydu. Sakin, tane tane konuşmaya devam etti:

"Siz de haklısınız. Yıllarca çalıştınız çabaladınız. Ömrünüz yollarda geçti. Neredeyse çağımızdaki bütün âlimlerle görüştünüz. Bir dönem ders verdiniz, fıkıhçılarla oturup kalktınız. Belki kadılığınız da vardır. Ne kadar itiraf etmeseniz de medrese tahsiliniz de var; konuşmalarınızdan anlaşılıyor. Ama bunca zahmete rağmen Râzî'nin elde ettiği zenginlik, şöhret ve gücün binde birini elde edemediniz. Belki kendiniz de farkında değilsiniz ama içinizde ta derinlerde bir yerde bu yenikliğin izi var."

Şems bir kartal gibi yerinden doğrulduysa da hemen yanında oturan Mevlânâ, onu kolundan yavaşça tutarak durdurdu. Bunun üzerine Şems, oturduğu yerden cevap verdi: "Ey soysuz, hımbıl adam! Sen benim zahirî yönümü bile bilmiyorsun. Batıni tarafım hakkında ne söyleyebilirsin? Ben insanlar ve âlimler için iki yol olduğunu az evvel açıkça izah etmedim mi? Haydi, hangi inanç sana soğuk ve tatsız geliyorsa onu terk et ve hangi inanç içini ısıtıyorsa ve sana hoş geliyorsa ona sarılmaya devam et! Zaten başka bir tercihe senin gibilerin yüreği dayanmaz. Çünkü yiğit olan kişi, sıkıntılı halinde hoş ve kederli iken mutlu olmasını bilen kişidir. Yiğit her türlü sıkıntıya dayanabilen insandır. O, bu şekilde kâmil insan olmuştur. Zira muradlar muradsızlık içinde gizlidir. Umutsuzluğunda nice umutlar vardır. Yoklukta nasıl bir varlık gizlidir, sen bilemezsin. Varlıkta ise yokluk korkusu, kaybetme telaşı, daha fazla kazanma arzusu, insanı bir zincir gibi sarar da hür olamazsın. Ben, beni hür kılmayan varlığı ne yapayım?"

Yaşlı âlimlerden biri, "Haklısın evlâdım" diye araya girdi. Sonra Fülâneddin'e dönerek "Şahsi zan ve kanaatlerinizle kimseyi suçlamaya hakkınız yok. Baştan beri ilmin hangi maksatlar için kullanılması gerektiğini anlatmaya çalışan bir adama bu söyledikleriniz reva mıdır? El insaf Molla Fülâneddin, el insaf!" dedi.

Fülâneddin: "Efendim dediğiniz gibi benimki şahsî bir kanaat izharıdır. Yoksa Şemseddin Hazretleri'ni suçlamak ne haddime. Bu kadar ısrarla Râzî Hazretleri'ne saldırmasını ancak bu şekilde bir hissiyata dayandırarak yorumlayabildim."

Yaşlı âlim cevap verdi: "Peki, sizin bu kadar ısrarla Râzî'yi savunmanızı, sizin hangi hissiyatınızla yorumlamamız lazım? Ayrıca, isim verilmesini isteyen sizdiniz. Râzî ismi o yüzden ortaya atıldı. Râzî'yi bilmem; şüphesiz nihayetinde hakkımızdaki hükmü Allahü Teâlâ verecektir. Ancak, ölümle göz göze geldiğim şu günlerde, hata ve sevaplarımı daha çok düşünme fırsatı buldum. Ve ilmin gayesi hususunda gençlerin doğru istikamete sevk edilmesinde büyük yarar görüyorum. Bu yüzden üslûbu ağır ve sözlerinde hepimize batan yönler bulunsa da Şemseddin'le hemfikirim bu konuda. Mevlânâ'nın dediği gibi, testinin şeklini, nakşını bırakıp içindeki suya bakmalı. Berrak mı bulanık mı? Şemseddin evlâdım, ben senin gönül pınarını billur gibi parlak gördüm. Allah selâmet versin, yolunu açık etsin."

"Allah razı olsun efendim, o görüş sizin gönül aynanızın berraklığındandır" diye cevap verdi Şems. Ortamın, biraz yumuşadığını gören Mevlânâ, konunun Meclis'in çalışmalarıyla aslında bir ilgisi olmadığını, verilen ismin misalen kullanıldığını belirtip konuyu kapatarak kısa bir konuşma yapıp toplantıyı bitirdi. Âlimler dağıldı.

Molla Fülâneddin de zaten konunun daha fazla açılmasını istemiyordu. Ama kendini bir kez daha yenilmiş, aşağılanmış hissediyordu. Üstadına söylenenleri de Şems'in yanına bırakmaya hiç niyeti yoktu. "İçi ihanet dolu" sözünü Râzî'ye söylemeye nasıl cesaret ederdi bu adam. 'Aslında o yaşlı bunak olmasaydı âlimlerin çoğu benim tarafımdaydı' diye düşünüyor, asabı bozuluyordu. Hesapları bir başka bahara kalmıştı artık. Medresenin karşısındaki caddeye geçtiğinde tekrar arkasına dönüp o yöne baktı ve karşında biri varmış gibi dişlerini sıkarak mırıldandı: "Tebrizli Şems, seninle hesabımız daha bitmedi yeni başlıyor!"

Yanında yürümekte olan Gazanfer; "Efendim ne buyurdunuz?" diye sorunca "Bir şey yok Gazanfer, kendi kendime düşünüyorum" dedi. En yakınındakiyle bile paylaşmadığı sırları vardı. Gazanfer ne kadar zeki olup araştırmalarına çokça katkıda bulunsa da hayata safiyane bir bakışı vardı. Fülâneddin'e de ilmî birikimine duyduğu hayranlıktan dolayı saygıyla bağlanmıştı. Merakla sordu:

"Efendim ben de düşünüyorum da Şems'in, üstadınızı yakinen tanıma imkânı olmuş olabilir mi acaba?"

"Zannetmiyorum. Yaşı da buna müsait değil."

"Peki, bu kadar tafsilatı nereden biliyor?"

"Bilmiyorum Gazanfer, kendi gibi birilerinden duymuştur. Belki Mevlânâ'dan; 'onun babası ile üstadın araları pek iyi değildi' derler. Onlar Belh'ten ayrıldığında ben küçüktüm."

"Ben aslında şeyi merak ediyorum" dedi Gazanfer çekinerek. Sonra açıkladı: "Yani tafsilat derken Harezm Emiri'nin söylediği; 'Sende bir hüner var ki yalnızca ikimiz biliyoruz...' sözünü düşününce aklıma bir şey geliyor..."

"Ne geliyor Gazanfer!" diye bağırdıysa da Fülâneddin, Gazanfer dilinden dökülenlere engel olmadı:

"Yani hususi bir ilişki gibi..."

"Saçmalama Gazanfer, haddini aşma; öyle bir sözün gerçekten sarf edildiğini nereden çıkarıyorsun?" derken birden gözlerinde bir ışık yanıp söndü ve sesi tatlılaştı: "Ama haklısın Gazanfer, insanın aklına öyle şeyler geliyor değil mi? Yani iki insanın arasında kimsenin bilmediği bir sır, gizli görüşmeler ve sair... Sen zeki bir adamsın daha yakınlara bir bak; ne gizli sırlar, hünerler var bu şehirde. Şems geldiğinde ne kadar halvette kalmışlar demiştin?"

"Değişik rivayetler var, kesin bilmiyorum; kırk gün diyenler var, üç ay diyenler var."

"Fark etmez uzun bir süre, baş başa."

"Tam olarak değil, hizmetleri için Zerkubi girip çıkıyormuş yanlarına."

"Biliyorum Gazanfer biliyorum" diye söylenen Fülâneddin, 'niye bunu muid aldım ki yanıma' diye hayıflanıyordu içinden. 'Oysa Necmeddin gibi allek, açıkgöz bir adam olsaydı yanımda, işlerim ne kadar kolay olurdu? Mevlânâ, onun kıymetini takdir edemiyor. O da bunun farkında ama mevkiini feda edip ayrılmasını bekleyemem. Fakat bu şekilde bir işbirliği de pekâlâ yürütülebilir' diye düşünerek, sordu:

"Gazanfer, şu Muid Necmeddin büyük bir âlim. İbn-i Sina'nın eserleriyle ilgili onun çalışmaları da varmış. Bir risaleyle ilgili istişarede bulunmak istiyorum kendisiyle. Yarın, akşam yemeğine davet etsek münasip olur mu sence?"

"Neden olmasın efendim, kendileri de için de münasipse..."

"O zaman sen bir davet et. Onun için ne vakit uygunsa biz bekleriz. Fakat medreseye kadar gitmene gerek yok. Lala Sefaeddin, öğle yemeğini eski bedestandaki bir çorbacı dükkânında yermiş. Ona söylersin iletir."

* * *

Şövalye, Sultan'ın düğün merasimine katıldıktan sonra hızla Konya'ya döndü. Teo, her zamanki hürmet ve nezaketiyle onu karşılayarak yokluğundaki ziyaretleri bildirdi. Medreseden, birkaç kez dönüp dönmediği sorulmuş ve İzak uğramıştı. Şövalye at üzerinde ve neredeyse hiç durmadan geldiği için hayli yorgundu. Biraz dinlenip İzak'la akşam görüşmeye karar verdi ve yemek bile yemeden kendini bir divanın üstüne attı.

Uyandığında güneş çoktan batmıştı. Ama üzerindeki ağırlık ve yorgunluk hissi pek geçmemişti. Teo'ya seslenip bir Türk kahvesi istedi. Kahve tepsisinde bir de mektup getiren Teodorakis: "Efendim, çok özür dilerim tamamen aklımdan çıkmış. Siz gittikten sonra Şövalye Nicolas Andropulos geldi. Kendisi askerlerin yerleştirilmesi işiyle meşgul olacağından kışlada kalıyor. Size bir de mektup getirmişti Nikia'dan."

Marcos, mektubu alıp mumu açtığında Desdemonda'nın güzel gözleri yansıdı yazıya. Genç kız, yolculuk ve görüşmelerinin iyi geçmesinden duyduğu memnuniyeti dile getiriyor, başarılarının devamı için dua ve temennilerle mektubu bitiriyordu. Dimitros'un cezasını bulduğunu söylemeyi de ihmal etmiyordu. Kısacık yazıyı birkaç kez okudu Marcos. "Ah Desdemonda seninle ne yapacağım" diye tasalanırken Ertuğrul Bey'in obasındaki Hekim Ana geldi aklına: 'Yaşlı kadın, "Savaşta olduğunuz kadar şahsi meselelerinizde cesur olamıyorsunuz" mu demişti, yoksa ben mi öyle anlamak istedim' diye dalmışken içeri giren Teodorakis'in sesi dağıttı düşüncelerini.

"Efendim, İzak Algeri geldi, müsaitseniz?"

"Elbette Teo, içeri al, aşağı geliyorum."

İzak samimiyetle Şövalye'nin elini sıkıp "Hoş gelmişsiniz Şövalyem. Ben de medresedeydim. Şems'i ziyarete gelmiştim. Acaba döndünüz mü diye bir daha uğrayayım, dedim. Eğer yorgunsanız sizi daha sonra rahatsız edeyim."

"Hayır dinlendim. Öğle üzeri geldim. Bu vakte kadar uyumuşum, ben de zaten size gelecektim. Nasılsınız?"

"Ben iyiyim de asıl sizi sormalı. Kayseri'ye bir gittiniz Selçuklu idaresinde taşlar toptan yer değiştirdi azizim."

"Öyle oldu" dedi Marcos kısaca. Sonra tamamlama gereği hissederek "Tabii bizimle bir ilgisi yok. Bir iç mesele herhalde."

"Elbette azizim. Benimki bir latife... Ama bu hiç hesapta olmayan, beklenmeyen vaka gösterdi ki Türklere şaka yaparken dikkatli olmak lazım."

"Öyle mi? Yıllardır buradasınız, herhalde bunları daha evvelden de biliyordunuz."

"Bu konuda alçakgönüllülük yapmaya kalkarsam samimiyetsiz davranmış olurum. Ama bilgilerimi sizinle paylaşabileceğimi de bilmenizi isterim. Tabii ihtiyacınız olursa."

"Elbette buna ihtiyacım olabilir ve size teşekkür borçlu olurum. Ama merak ettiğiniz husus Yorgos'un mirasıysa hâlâ bunu kabul etmek istemiyorum. Ben hep tek başıma yaşadım, bir teşkilata neden ihtiyacım olsun?"

"Çünkü teşkilat, güç demektir. Dağınık insan yığınlarının ne kadar kalabalık olurlarsa olsunlar hiçbir gücü yoktur. Siz de bunu bilecek kadar hayat, siyaset ve askerlik tecrübesine sahipsiniz."

"Haklı olabilirsiniz ama ben herhangi bir teşkilata hizmet etmek niyetinde değilim. Bu şekilde aranıza katılırsam sizin deyiminizle samimiyetsiz davranmış olurum. Çünkü ben hayatımı Doğu Roma'nın geleceğine adadım ve buna yemin ettim."

"Biliyorum, Şövalye; ama kardeşlik buna engel değil ki?"

"Acı bir tesadüf sonucu kardeşlikten haberdar olmasaydım yine bu kadar ısrarcı olur muydunuz, merak ediyorum."

"Bazı merakları verilen cevap doyuramaz ancak zaman içerisinde bunu anlarsınız. Yorgos sana 'kardeşlik'ten bahsettiğinde tam olarak ne geldi aklına?"

Marcos 'acaba neyi, ne kadar bildiğimi öğrenip ona göre mi davranacaklar yahut yüzük bana verilmeseydi beni öldürürler miydi' diye düşünse de doğruyu söyledi: "Tapınakçılar geldi aklıma veya benzeri bir şey olabilir. Çünkü Yorgos, akşamki sohbetimizde bu tip yapılanmalardan söz etti ama açık bir şey söylemedi. Gece söyleyebildiklerini de size daha önce naklettim. Yalnız bir de sabah çıkmadan tekrar görüşmek için ısrar etmişti. Belki yalnız görüşmek istiyordu. Ama bildiğiniz gibi bu gerçekleşmedi. Size göndermesini beklediğiniz bir mesaj var mıydı?"

"Belki... Biz de öğrenemedik işte."

"Üzgünüm İzak ama yapabileceğim bir şey yok bu konuda ve kardeşlikle ilgili başka bir bildiğim de. İnan bana, daha fazlasını öğrenmek için bir çabam da olmayacak. İstediğinizde yüzüğü iade ederim biliyorsun. Benim Doğu Roma'ya sadık kalmak dışında bir amacım yok. Bu sizinkinden farklı bir amaç ve yollarımız kesişmez herhalde."

"Farklı amaçlar bir teşkilat için sorun olarak görünebilir. Ama 'kardeşlik' gibi dünya çapında büyük bir teşkilat için bu bir avantaj. Biz bunu böyle görüyoruz. Zira insan olarak hepimizin kendi kavmine, tâbi olduğu devlete karşı tabii bir vefası vardır. Bu insanlığın bir gereğidir. Zira kendi kavmine ve devletine bir faydası olmayanın kimseye faydası dokunmaz. Kardeşliğin felsefesi budur. Kimse senden Doğu Roma'ya hizmet etmekten vazgeçmeni istemeyecek. Bilakis göreceksin ki senin amaçlarınla kardeşliğin hedefleri örtüşmektedir."

Teodor, elindeki tepsiyle kapıyı açınca İzak konuşmasını keserek hizmetkâra teşekkür etti. Marcos, İzak'ın konuşmalarını dikkatle dinliyor ama bir an önce bu konuyu kapatıp kendi kafasındaki önemli noktaya gelmek istiyordu. Ama İzak ondan atak davrandı. Teo çıkar çıkmaz:

"Neyse Şövalye, yol yorgunluğunuzun üstüne kafanızı daha fazla şişirmek istemem ama şu kadarını söylemeliyim ki kendi hedeflerinize giden yol da kardeşlikten geçer."

"Ne alakası var?"

İzak, muhatabına doğru eğilip fısıldadı: "Şu alakası var: Aramış olduğunuz belge, Büyük İmparator Konstantin'in vasiyetnamesi, nasıl bulundu sanıyorsunuz?"

Bu sözler Şövalyenin zihnine, üzerine balyoz inmişçesine bir ağırlıkla çarpıp dalgalar gibi yayıldı. Öyle ki bir an yerinden zıplamamak için kendini zor tuttu. Duyduğu ilk günden beri aklından geçirirken bile dikkat ettiği, bir kez bile telaffuz etmediği bu kelimeleri yakında tanıştığı bir adamdan işitmek, gerçekten de Marcos'u sarsmıştı. Ancak yüzündeki bütün ifadeleri yalçın bir kaya gibi dondurarak İzak'a umduğu tepkiyi vermedi. İzak buna hiç aldırmadı ama istediği soruları Şövalye sormadan hiçbir açıklama yapmamaya karar vererek, umursamaz bir tavırla tepsideki üzüm salkımlarına uzandı:

"Ah, azizim, bu topraklara bayılıyorum. Şu hale bak, ilkbaharda üzüm yiyebiliyoruz. Kışlık üzümleri tavana asarak muhafaza ettiklerini biliyor muydun? Hem Glistra ve Kybele'deki mağaralarda saklanan meyveler hiç bozulmuyor."

"Bilmiyorum" dedi Marcos; canı iyice sıkılmıştı. Homurdanırcasına ekledi: "Senden öğreneceğim çok şey var anlaşılan."

İzak, bu sözleri de ısrardan saymayarak meyvelerden söz etmeye devam edince Marcos sözünü keserek "Söylemeyecek misin?" diye sordu.

"Neyi?"

"Bu belgeyle kardeşliğin ne ilgisi olduğunu?"

"A, onu mu soruyorsun? Kardeşlikle ilgili hiçbir şey ilgini çekmiyor zannettim de. Konuyu değiştirdim."

"Peki, tamam ilgimi çekmeyi başardın."

İzak, elindeki salkımı yavaşça tepsiye bırakırken "Aman, üzümlerin de suyu çekilmiş artık, eski tadı vermiyor. E, yaz geliyor artık neredeyse yenileri çıkacak" deyip Marcos'un sabırsız bir öfkeyle bakan gözleriyle karşılaşınca memnuniyetle gülümseyip konuya döndü: "Kardeşlik, Doğu Roma ve Konstantinopolis'in geleceğinde Nikia'nın rol almasına karar verdi. Pontus, istikbal vaat etmiyor. Bunu en iyi sen biliyorsun şüphesiz. Ancak birliğin sağlanması ve meşruiyetin ispatı için her zaman böyle sembolik şeylere ihtiyaç vardır biliyorsun. Hatta bazan bu, askerî güçten daha etkili olur. Bu yüzden belgenin kimin elinde olduğu bile tek başına meşruiyeti ispata yeter. Tabii ki bütün bunları sen daha iyi biliyorsun ve bu yüzden buradasın. Bilmediğinse bunu senden önce bildiğimizdir. Çok daha önce..." Sözlerini tamamlayan İzak, Marcos'a dikkatle baktı.

Marcos aslında ilk başta böyle bir belgeden haberdar bile olmadığını söyleyerek konuyu kapatmayı düşünmüştü. Ama Yorgos'un Doğu Roma'ya zarar verecek biriyle tanışmasına vesile olmayacağına güvenerek ve merakını yenemeyerek konunun üstüne gitmişti. İzak'tan bu konuda öğrenebileceği her şeyi öğrenmeliydi. Merakla "Yani ne zaman?" diye sordu.

"Madam Evdoksiya yaşarken... İmparatoriçe bir şekilde haberdar edildi, ancak siz kendi iç çekişmelerinizden buna vakit bulamadınız. Şimdi durum biraz daha karıştı. Ama senin bunun altından kalkacağına eminim. Bu yüzden buradayım. Bunları bilmen gerekiyordu."

"O halde bildiğin her şeye ihtiyacım olduğunu da biliyorsun."

"Benim bildiğim de sana iletilen kadar işte."

"Yani neden geldiğimi baştan beri biliyordunuz" dedi Marcos. İzak, buna sadece gülümseyerek mukabele etti. Marcos'un aklına takılan bir şey daha vardı: "Yorgos da bunu biliyor muydu?"

"Elbette, yol üstünde biliyorsun, onunla haberleşmemiz hiç zor olmadı. Ama seninle konuşmaya fırsatı olmamış."

"Ama şimdi en önemlisi Madam evrakları nereye yahut kime bıraktı? Bunu biliyor musunuz?"

"Maalesef. Sen bir iz bulamadın mı?" Marcos bu soruya cevap vermekte biraz tereddüt edince İzak; "Gerekli değilse bana söylemeyebilirsin. Ama bu konuda Nikia'dan yana olduğumuzu, seni temin etmenin bir yolu varsa söyle de yardımlaşmamız kolay olsun" dedi.

"Neden Pontus'takileri desteklemiyorsunuz?"

"Seninle aynı sebeplerden, Yorgos'la aynı sebeplerden. Doğu Roma'nın güçlenmesi, Konstantinopolis'te kalıcı hale gelmesi dünya dengeleri için gerekli. Pontus'takiler bunu sağlayamaz. Orada istikbal ümidi yok."

"Ya vasiyeti onlar ele geçirirlerse taraf mı değiştireceksiniz?"

"Hayır, bir şekilde alınır. Belki şimdiki belirsizlikten dolayı kolay olur."

"Yani sonuna kadar bizim yanımızda olacaksınız."

"Bu konuda karar çoktan verildi. Şu anda onların vasiyetnamenin izinden haberleri bile yok. Halen Konstantinopolis'te gizli bir yerde saklandığını, şehri alanın onu ele geçirebileceğini zannediyorlar."

"Bundan emin misin?"

"Kesinlikle. Bu, sana istediğin zamanı kazandıracak. Telaşa gerek yok. Belki de en uygunu şehre saldırı hazırlıkları başlarken vasiyeti ilan etmek. Daha etkili olur. Buna da vakit var biliyorsun."

"Evet" derken Marcos aniden artık birisiyle kafasındakileri paylaşmak zorunda olduğuna karar verdi. Bütün riskleri göze almıştı. Öyle ya Pontus'un eline geçse bile almak şimdikinden kolay olacaktı. Oysa şimdi ne yapabileceğini hiç bilmiyordu. İzak, Marcos'un dalgınlığına bakarak "Hâlâ nerede olduğu konusundaki tahminini benimle paylaşmaya gerek görmüyorsan seni anlarım. Kendi başına halledebileceksen zaten sorun yok."

"Var aslında. Mevlânâ'da olduğunu düşünüyorum."

İzak, "Âlâ" diyerek gülünce Marcos şaşırarak "Bunun neresi âlâ, nasıl alacağız?" diye sordu.

"Bunun önemi yok. Madam, en güvenli ve tarafsız yeri seçmiş. Hiçbir yerde bu kadar emniyette olamazdı, emin ol. Almaya gelince; neden olmasın? Onun bir işine yaramaz ki. Her kavim gibi Türkler de o şehri almak ister. Ama bunun için bir vasiyetnameye ihtiyaçları olacağını hiç sanmıyorum. Hem Muhammed Müslümanlara, emanete ihaneti yasaklamıştır.

"Yani?"

"Yani emanet sahibinin geldiğine inanırsa verecektir bundan eminim."

"Fakat Madam ona bu konuda ne söyledi, nasıl bir işaret bıraktı, bilmiyoruz ki."

"Bakacağız. Aslında bu konuyu Yorgos araştırıyordu. İmparator vasiyetin farklı ellere geçmesi durumunu da hesaba katarak muhakkak varisler için de bir işaret bırakmıştır. O yüzden ne konuştuğunuzu ayrıntılarıyla öğrenmek istedim. Ama tahmin edersin ki bu sır sadece vasiyeti saklayanlarda ve varislerde mevcut. İmparatorda böyle bir işaret var mı bilmiyoruz. Ama vasiyet Mevlânâ'da ise, onun bir bildiği vardır mutlaka. Sen geldiğinden itibaren aranızda neler geçti, neler konuşuldu? Onda olduğu fikrine nereden vardın?"

Marcos, her şeyi İzak'a ayrıntılarıyla anlatırken saat epeyce ilerlemişti. Ama iki adam da bunun hiç farkına varmamış, bir bulmacanın görünen parçalarını birleştirerek bütünü görmeye çalışırcasına, kelimeleri bile tek tek tahlil ederek sohbeti sürdürdüler. Sonunda İzak: "Bu anlattıkların iyiye işaret ediyor. Şu anda seni tartıyor, anlamaya çalışıyor. Belki en iyisi samimiyeti artırıp açıkça konuşmaktır. Beklediği sen değilsen bile kimi beklediği konusunda fikir edinmiş olur, ona göre bir siyaset geliştiririz."

"Aslında hemen şimdi gitmek istiyorum."

"Şimdi olmaz bu akşam bir toplantı var medresede; Bilginler Meclisi Toplantısı. Mevlânâ'nın arkadaşı Şems'i biliyorsun değil mi?"

"Evet, elbette."

"Hislerimde yanılmıyorsam onu buradan uzaklaştırmak için bazılarının bir tezgâhı var."

"Niçin böyle bir şey yapsınlar, hani misafiri çok seviyorlardı?"

"Şems zor bir misafir, herkesin bir rahatsızlığı var işte. Anlatması zor. Ama şunu söylemeliyim Şems, Doğu'nun en gizemli adamlarından biri. Sanki her türlü sırrın bilgisi onda var. Mevlânâ belki de bunu fark ettiği için ona çok önem veriyor. Onlar sadece arkadaş değil, dost. Dostluk arkadaşlığın da kardeşliğin de ötesinde bir kavram. Sizde de, bizde de bunu karşılayan bir kelime yok. Sana bunları niye anlatıyorum? Eğer Mevlânâ üzerinde iyi bir etki bırakmak istiyorsan Şems'e çok dikkat edeceksin. Aranızda şimdiye kadar olumsuz bir şey olmamıştır umarım.

"Hayır, niye olsun ki?"

"Belli olmaz. Şunu bilmelisin ki Şems'in güvenmediği adama Mevlânâ asla güvenmez. Onun için Şems'le konuşurken nezaket icabı bile yalan söyleme."

"İstemediğim bir soru sorarsa?"

"Cevap veremeyeceğini söyle."

"Aman Tanrı'm! Ona niye karşı olduklarını şimdi anlıyorum."

"O kadar zor değil aslında, hatta daha kolay. Ondan hoşlanmadıysan bunu söylemeni ve o yönde davranmanı tercih eder."

"Siz nereden tanışıyorsunuz peki?"

"Bir yolculukta tanışmıştım. Çoğu zaman kervanlarımın başında seyahat ederim. O da çok gezen biriydi. Bazan Bağdat'ta, bazan Şam'da karşılaşırdık. Sonra buraya geldiğini duydum, görüşmeye devam ettik. Senin geldiğin akşam özel bir misafirim var demiştim ya, o Şems'ti.

***

Toplantıdan sonra, salonda Şems'le yalnız kalan Mevlânâ, düşüncelerini nasıl dile getireceğini düşünüyor ama söze bir türlü başlayamıyordu. Aslında Şems'in kırılıp gitmesinden veya bunu tahammülsüzlük olarak değerlendirip anlaşmayı bozmasından korkuyordu. Şems, onu bir süre izledikten sonra: "Benim sözlerimi daha basit kelimelerle anlatmam için Tanrı emri yok. Ben gerçekleri söyleyince onlar zor anlıyorlar. Gerçeği zıtlarıyla anlatınca anlamalar kat kat örtülmüş oluyor ve sonuç olarak her yeni sözüm bir evvelkini daha da kaplıyor. Sen böyle karmaşık bir usul kullanmazsın. Sen anlatınca kabul ediyorlar, özür diliyorlar."

"Asıl mesele bu değil biliyorsun. Ölçüyü, aşk ve samimiyetten yana koyunca buradaki değer hükümleri alt üst oluyor. Terazide kimsenin ağırlığı istenen ölçüyü tutmuyor. Seni anlasalar bile bunun kabulü için zaman lazım. İstersen bir süre hiç kelâm etme sohbetimiz aramızda kalsın."

"Bu söylediğin, güneşe; 'parlama, yarasalar rahatsız oluyor' demeye benzer. Güneşe verilen görev, ışık yaymaktır. Yarasalar rahatsız oluyor diye görevini terk edemez ya."

"Doğrudur; güneşi yarasaların körlüğü pek etkilemez. Fakat Güneş sevdalılarının şu kaygıları vardır; bir tatsızlık hâsıl olsun da güneş, öfkeden onları terk etsin ve onlar ondan mahrum kalsınlar. Ayrıca emin olmalıdırlar ki kimse ona saygısızlık etmesin."

"Sen tasalanma, takdirde ne varsa o olur. Bana gelince: Bütün âlem sakalıma asılsa ve dese ki 'bir şey söyleme!', söylemek istediğim sözü sakınmam! Kime sözümün ulaşmasını istiyorsam, bin yıl sonra da olsa o söz ona ulaşır."

Bunun üzerine Mevlânâ, edecek bir söz bulamadı ve iki dost kalkarak meclisten ayrıldı. Kapıdan çıkınca pencerelerden birinin altında hâlâ oturmakta olan iki genç, koşarak Şems'in yanına geldiler. Bahçedeki kandillerin ışığı altında, gözyaşlarıyla ıslanmış yanakları parlıyordu. Esmer, kıvırcık saçlı olanı, elindeki bir tomar kâğıdı işaret ederek "Efendim, müsaadenizi almadan konuşmalarınızı kaydettik. Rızanız yoksa yırtabilirsiniz" diye Şems'e uzattı. Ancak kâğıt elinden alınsa ağlayacak gibi bakıyordu.

Şems; gencin ıslak, siyah gözlerine sevgiyle bakarak "O sözler benden çıktı. Artık yalnızca bana ait sayılmaz. Mademki yazdınız, size de aittir" diye cevap verince Mevlânâ, "O zaman müsaade edin her zaman yazsınlar" dedi. Şems, biraz ileriteki revakın altındaki sedire oturarak "Bir mahzuru yok" diye cevap verdi. Gençlerden daha önce söz almamış olan, "Efendim, Râzî'ye ait olduğunu söylediğiniz beyti tam yazamadık bir daha tekrar eder misiniz?" diye rica etti.

Şems: "Yazın öyleyse, yazın ki kulağınıza küpe olsun. Allah sizi son anınızda böyle söyletmesin: 'Ruhlarımız, cisimlerimizden ötürü korku içinde/ Dünyada kazandığımız eziyet ve sıkıntıdan başka ne kaldı elimizde?' Ve unutmayın! Bunu, bütün ömrü saraylarda, debdebe içinde geçmiş, sultan tarafından atının nalı bile altından yaptırılmış, bir adam söylemiştir." Şems bir süre beytin yazılmasını bekledi; sonra esmer gence sordu: "Adın ne senin?"

"İbrahim efendim."

Şems gökyüzüne baktı bir süre, yıldızlar gecenin karanlığında parlıyor, ay gökyüzünün bir tarafını aydınlatıyordu. Sonra İbrahim'e dönüp: "İbrahim, batan güneşlere gönül bağlama sakın! Adını taşıdığın Hz. İbrahim, 'sönüp batanları sevmem' demişti. Neden öyle dedi biliyor musun? Bu sözlerin sırrı ötelere aittir. O tarafta batmayan güneşler vardır. Onları gördü de öyle söyledi. Nefsinden geçtin mi bütün bu zahirî varlıkların yok olduğunu görürsün. Hayaller âleminden geçince bunları var edeni görür ve bu maddi dünyanın yok olacağını keşfedersin. Hayaller öteki mana âleminde yok olunca, Tanrı nuru peyda olur ve Hz. İbrahim gibi şu sözleri tekrar edersin: 'Ben yüzümü, yerleri ve gökleri yaratana çevirdim.'"

Bir süre gözlerini semaya çeviren Şems, bakışlarını diğer gence indirirken delikanlı heyecanla atılıp "Benim ismim de Ömer, efendim" dedi.

O sırada avluda bir başka talebenin sesi yankılandı: "İbrahim! Ömer! Müderris geldi. Odalarınıza gelin."

Yatma saatleri gelmişti; öğrencilerin yerlerinde olup olmadığı kontrol ediliyordu. Ama iki genç hâlâ ümitle Şems'e bakıyor, ayrılmak istemiyorlardı. Şems; "Yarın dersiniz vardır, hadi geç kalmayın" deyince isteksizce yerlerinden kalktılar. Şems ekledi: "Ha, Ömer; yarın bir ara hatırlat da sana Hazret-i Ömer'in şeytanla olan hikâyesini anlatayım."

Ömer sevinçle gülümsedi ve gençler saygıyla selâm verip ayrıldılar. Mevlânâ'nın sıkıntısı hâlâ dağılmamıştı ama bunu anlatacak tek kelime doğmuyordu içine. Sessizce oturuyordu. Şems:

"İçindekileri biliyorum: Neler söylenmeli-söylenmemeli. Yahut da neyi ne kadar söylemeli? Ben zaten tam olarak bütün gerçeği söylemiyorum. Bütün sırları açsam beni bu şehirden atarlar. Hatta sen bile onlarla beraber davranırsın."

Mevlânâ itiraz etmek istediyse de Şems devam etti: "Hayır, hayır!.. Biliyorum geçici olarak onlara katılır, sonra yine beni arar bulursun. Ama böyle yapmak zorunda kalırsın diyorum. Çünkü bu böyledir. Ama gizli sırları tam olarak açmak mümkün değil;

bu yüzden sözlerimde riya var. Peygamberler bile bu konuda riya yapmak zorunda kalmışlardır. Ama tabii ki menfi manada değil... İnsanlara anlayacağı, taşıyacağı kadar söylemek lazım. Yoksa irşad edelim derken ifsad olurlar."

"Peki, bu akşam söyledikleriniz?.. Taşıyabilecekler mi?"

"Onlar mı? Daha fazlasını hak ediyorlardı. Senin sevginden çok azını söyledim. Nasıl söylemeyeyim ki? Bu din adamları, Hz. Peygamber'in gösterdiği yol üzerinde, 'yol kesen' gibidirler, 'yol gösterici' değil! -Halis niyetlilerini tenzih ederim.- Bunlar din evini içten harap ederler. Tıpkı fareler gibi. Ama Tanrı erleri ise bu fareleri ortadan kaldırmakla görevli kedi gibidirler. Yüz tane fare bir araya gelse bir kedinin gözüne bakmaya cesaret edemez."

***

Marcos, İzak gittikten sonra bir süre medrese avlusunu gözetledi. Âlimlerin çıkışını bahçede kimse kalmayıncaya kadar seyretti. Toplantıdan sonra herkesin çıkışını takip etmiş Mevlânâ'yı görememişti. Doğrudan medrese avlusuna geçince Mevlânâ'nın Şems'le oturup sohbet ettiği revaka yaklaştı ve ikisini de saygıyla selâmladıktan sonra "Geç oldu, beni bağışlayın. Ama sizinle konuşmak istediğim mühim bir konu var Muhammed Celâleddin" dedi. Mevlânâ, "Elbette buyurun odama geçelim" diye Tebrizî'yi kolundan tutarak kaldırdıysa da Şems, "Siz konuşun, ben çıkıp biraz yürüyeceğim" diyerek onlardan ayrıldı.

Mevlânâ ona itiraz etmese de endişeli olduğu Marcos'un gözünden kaçmadı. Odaya geçerken avluda rastladığı Bahaeddin'e, çıkıp Şems'e refakat etmesini söyledikten sonra ancak dikkatini Şövalye'ye verebildi ve "Kayseri'de olduğunuzu söylemişlerdi, yolculuk nasıl geçti?" diye sordu.

"Oldukça iyi geçti. Sizler de, Kimya da iyisinizdir umarım."

"Allah'a hamd olsun."

Marcos, eğer doğru bir diyalog kurmak istiyorsa her şeyi baştan anlatması gerektiğini biliyordu. Karşısındakinin güvenini ancak böyle kazanabilir, onun bildikleri doğruları da ancak böyle öğrenebilirdi. Bu yüzden hiç hoşlanmasa da bir özür beyan etmeliydi. Bu sebepten biraz sıkıntılıydı. Mevlânâ, "Buyurun sizi dinliyorum" diye sözü ona verince mecburen başladı:

"Size bir özür borçluyum biliyorsunuz. Ama bundan başka yol yoktu inanın. İlk başta size ziyaretimin gerçek nedenini söyleyemezdim" diyerek sustu. Mevlânâ, "Tam olarak neden bahsediyorsunuz?" diye sorunca "Madam Evdoksiya'nın size bazı evrakı emanet ettiğini biliyorum. Öyle zannediyorum ki siz de baştan beri benim ziyaretimin bunlarla ilgili olduğunu biliyorsunuz."

Şövalye Mevlânâ'nın ne tepki vereceğini merak ederek sustu. Mevlânâ, ise Marcos'un beklediği yönde, ne inkâr ne de ikrar anlamına gelecek bir şey söyledi. Sadece, "İlk başta bunları söylemekten sizi alıkoyan neydi, şimdi açıklamaya zorlayan ne?" diye sordu.

"Yeterince tanışmıyor olmamız ve emanetin sizde olduğunu bilmemem. Daha önce söylediğim gibi ben Madam henüz yaşıyor zannediyordum. Yakınlığınızı da bilmediğimden, sizde olacağı aklıma gelmedi."

"Aradığınız şey her ne ise bende bulunduğuna nasıl kanaat getirdiniz?"

"Kimya, kendisiyle ilgili bazı evrakın sizde olduğunu söyledi."

"Evet, tabii olarak onlar bende."

"Şahsi evraklar dışında size emanet edilen şeyler yok mu?"

"Ne mesela?"

Marcos kendisi söylemezse Mevlânâ'nın bir şey söylemeyeceğini anlamıştı. Zorlansa da "Bir vasiyetname; İmparator Konstantin'in vasiyetnamesi" dedi.

"Size mi ait?"

"Evet, bütün Doğu Roma'ya; Doğu Roma adına da İmparatoruma aittir. Buraya da onun emriyle geldim ve onun adına sizden vasiyeti sahiplerine vermenizi talep ediyorum."

"Üzgünüm Şövalye, ama bende size yahut sizi gönderenlere ait bir vesika yok."

Marcos'un zihni bir anda allak bullak oldu. Cümleyi birkaç kez kafasında tahlil ettikten sonra, "Şimdi sizde olmadığını mı söylüyorsunuz?"

"..."

"Anlıyorum, bana ve beni gönderenlere ait olmadığını söylüyorsunuz." Marcos birdenbire en korktuğu ihtimali ağzından kaçırıverdi: "Yoksa siz meşru varisin Pontus Kralı olduğuna mı inanıyorsunuz."

"Öyle bir şey söylemedim."

"O zaman mesele ne? Lütfen beni aydınlatın."

"Meşru varis şu anda iki tahtın da çok uzağında."

"Ne? Nasıl olur? Ama bu imkânsız..."

"Her imkânsızın bir mümkünü vardır. Yani imkân dâhilinde."

"Belki, ama inanın şu anda öyle bir ihtimal gözükmüyor. Eğer öyle bir şey olsaydı benim haberim olurdu. Gayr-i meşru çocuklar dâhil hanedanla ilgili her şeyi bilirim. Taht kavgalarının tam ortasındaydım. Ama şimdi siz bana hiç aklıma gelmeyen bir şeyden bahsediyorsunuz. Bunu kabul etmem mümkün değil. Fakat sizi şuna temin ederim ki eğer gizli varis varsa ve günün birinde ortaya çıkarsa vasiyetname ve diğer hakları için sonuna kadar onun yanında mücadele ederim."

"Bundan şüphem yok. Ancak o zaman, vasiyetname ve güç başkalarının elinde olacak ve onun da sizin de hayatınız tehlikede olacak."

"Yani bunun için mi vasiyeti bana vermiyorsunuz? Bizim yahut Doğu Roma'nın geleceği sizi bu kadar ilgilendiriyor mu?"

"Ben sadece kendi mesuliyetimi yerine getirmeye çalışıyorum. Bu söylediklerim, sizin talebinizde ısrar ve acelenizi gördüğümden dostça bir uyarı. Benim açımdan mesele 'emaneti sahibine yahut onun elçisine vermek' mecburiyeti. Beni anlamalısınız."

"Anlıyorum. Bu size Peygamberinizin tavsiyesi, ama zor değil mi?"

"Bizim kitabımızda müjdeler vardır, Şövalye. Bunlardan biri de her zorlukla birlikte Tanrı'nın büyük bir kolaylık vereceği müjdesidir. Eğer başlangıçtaki zorluğa katlanmazsanız sonuçtaki kolaylığa erişemez ve daha ağır bedeller ödersiniz. Bu, sizin içinde geçerlidir. Şimdi istediğinizi versem evet, ben bir yükten kurtulmuş olurum. Siz de bir an için amacınıza ulaşmış... Ama bu bir seraptır sadece. Çölde giderken apansız önünüzde beliren mavi bir gölün yanına gelince kıpkızıl kan gölü olduğunu görürsünüz. Ve olanlardan ikimiz de mesul oluruz."

"Bunları bana söylemeniz, benim gerçek amacımı anlamış olduğunuzu gösteriyor. O yüzden çok memnunum. Fakat kafam çok karıştı. Gerçek varis iddianız her şeyi alt üst etti. Bundan nasıl bu kadar emin olabiliyorsunuz?"

"Vasiyetin küçük bir parçası variste kalmış. Bu gerekli tedbir elbette... İmparatorunuzda olsaydı sizi onunla göndermesi gerektiğini bilirdi."

"Ya Pontus'takiler?"

"Onlar Madam hayattayken görüşmüşler. Madam yanlış adrese yönlendirmiş."

"Gerçek varisi bulmamız için başka bir bilgi var mı?"

"Hayır. Bizde yok."

"Peki, neden şimdiye kadar ortaya çıkmadı? Kim olabilir?"

"Belki de Doğu Roma'da bu sorunun doğru cevabını bulabilecek tek insansınız. Sizinle bunları konuşmam da o yüzden. Ama o güne kadar bana böyle bir taleple gelmeyin."

"Merakımı bağışlayın ama buraya gelmeden önce benimle ilgili bir bilginiz var mıydı?"

"Gerekli olmadı. Ama olsaydı Nikia'da da Konstantiniyye'de de dostlarımız vardır."

Şövalye içinden, 'bunların da kardeşlik gibi gizli bir teşkilatları var anlaşılan' diye düşünse de eve dönerken 'burada herkes benden daha çok şey biliyor' diye hayıflanıyordu. 'Yahudi'si, Müslüman'ı, herkes!' diye söylendi. 'Biri vasiyeti bizden önce biliyor. Diğeri daha ileri gidip imparatorun meşru olmadığını... Olacak şey değil!' Yorgun adımlarla merdivenleri çıkarken 'Doğu'nun gizemli gücü dedikleri bu mu? Yoksa gizli teşkilatların gücü mü? Teşkilatsız olmayacak mı?' soruları uçuşuyordu zihninde.

***

Çarşı Ağası Tahir, Alâeddin Camii'nin önünden kıvrılarak inen yolu sert adımlarla adeta inleterek geçti. Öfkesi tepesindeydi. Artık birçok emir, tüccar hatta âlimler bile savaşa sıcak bakıyor; en mühimi de "Köpek hadisesi"nden sonra kendine güveni gelen Sultan da babası gibi bir kahraman olduğunu dünyaya ispatlamak istiyordu. Mevlânâ'nın bugün şehrin en büyük ve kalabalık camii olan Alâeddin Camii'nde, Cuma hutbesinde söyledikleri ise Ağa'yı çıldırtmıştı adeta. 'Mevlânâ lütfedip başını kumdan çıkarıp tenezzül buyurmuş, Ramazan'dan beri eli yettiği her camide vaaz ve sohbet ediyor, bu yetmezmiş gibi Şems'i de sohbetlere katıyor.' Mevlânâ'nın söylediklerini bu düşüncelerle evirip çeviriyordu kafasında; "Evet savaşmak lazım ama Moğollarla değil; kendimizle, kendi içimizdeki düşmanla" diyordu Mevlânâ. Ve devam ediyordu: "Yoksullukla, cahillikle, yolsuzlukla, adaletsizlikle, haksızlıkla savaşmak daha mı az yüreklilik gerektirir? Asıl bunlarla savaşanlar kahramandır."

Bunları aklından geçiren Ağa, öfkeyle dişlerini sıktı. 'Emir Aslantaş, Kadı İzzeddin gibi halkın teveccühünü kazanmış kahramanlar bile bu sevdaya kapılmışken bu reva mıdır Molla Hazretleri?' dedi içinden. 'Gidip savaşsınlar işte, sana ne! Sana ok at, kılıç kuşan; mürekkepli elini kana bula diyen mi var? Otur oturduğun yerde. Gelene ağam gidene paşam de, fetva isteyene fetva ver. Sana bunu soran mı oldu?' diye devam etti iç sesi.

Elbette böyle vatanperver evlatları olması Selçuklu için büyük bir bahtiyarlıktı. Ağa da bu kahramanların savaş masraflarını hesabına uyan ölçüde karşılamaya ahdetmişti. Bu fedakârlık da bir nevî kahramanlıktı şüphesiz. Bu aklına gelince Mevlânâ'ya biraz daha hayıflandı: 'Öyle ya! Ne savaşacak ne de savaşanların parasını ödeyecek! Bunun derdi ne?' Bunlar aklında cirit atarken ayakları onu Fülâneddin'in kapısına kadar götürdü. Fülâneddin'le meslekî dilleri farklı da olsa ihtirasları ve karakterleri bazı noktalarda kesiştiği için kısa sürede kaynaşmışlardı. O kadar yakınlaşmışlardı ki Ağa, ilk defa ona büyük emelinden bahsetmişti. Fülâneddin ise kıvrak zekâsıyla durumu hemen anlamış ve orduya maddi destekte bulunan fedakâr tüccarların, hatta manevi destekte bulunan âlimlerin emirlik payesine hak kazanması gerektiğini, zaten konunun Sultan Hazretleri'nin takdirinde olduğuna inandığını söylemişti. Bu sözler üzerine Tahir Ağa, 'kendine de bu yolu açmak istiyor deyyus' diye aklından geçirdiyse de dudaklarından sadece Fülâneddin'in ilmine olan hayranlığını anlatan kelimeler dökülmüştü.

Fülâneddin, gerçekten de ilmiyle birçok emiri kendisine hayran bıraktığı gibi haremlerindeki kadınların tedavileriyle de ilgileniyordu. Kadınların burçlara olan meraklarını kullanarak sarayın haremine kadar ulaştığı Ağa'nın kulağına geliyordu. Ağa'nın bilmediği şeyse Fülâneddin'in, tedavilerini İbni Sina'nın yöntemleriyle; astronomik hesaplarını da Ömer Hayyam'ın metodlarıyla yaptığıydı. Ancak Fülâneddin, bütün bunları ilk kez kendisi icat etmiş gibi sunmayı çok iyi biliyordu. Ağa, Gazanfer'in birkaç kez "Efendim, bunlar yüz elli yıl önce yazılmış falanca kitapta var. Böyle söylemek münasip olur mu?" gibi sorularını işittiyse de bunlar anladığı konular olmadığından hiç ilgisini çekmiyordu.

Fülâneddin'in dairesine girer girmez sözü uzatmadan derdini anlatmaya girişen Ağa, Mevlânâ'nın hutbesinden aklında kalan ne varsa nakletti. Fülâneddin, konuşmayı sabırla sonuna kadar dinledikten sonra, garip, sinirli bir kahkahayla cevap verdi: "Bu da bir şey mi Ağam? Hazret, camide nezaketini bozmamış. Oysa hususi sohbetlerinde bizden, savaş taraftarı olduğumuz için 'anıran eşek sürüleri' diye bahsediyormuş. 'Onlar, tek başlarına manidar ve tesirli bir ses çıkaramadıkları için sürü halinde yaşar, koro halinde anırır, manalı sesleri ancak böyle bastırırlar' buyuruyormuş. Yani bizler, Hazret'in o müessir, manidar sesini bastırıyormuşuz. Fakat efendim, endişe buyurmayınız. Gerçekten de şu anda onun sesi duyulmaz."

"Yani sizce endişelerim yersiz mi? Fakat insanlar onun konuşmalarından ziyadesiyle etkileniyor. Aradaki sulhu bozmak için yeterli sebep olmadığını söylüyor. Mesela halk, kâfir oldukları için Moğolların yenileceğine inanıyordu. Biri bunu sordu hatta; 'Sadece kâfir oldukları için yenilebilecekse Sultan Harezmşah neden yenemedi?' diye. Sonra izah etti: 'Sultan Harezmşah, Müslüman olmasına rağmen zulüm işledi; Allah'ın gazabını üzerine çekti' diyor."

Söz Harzemşah'a gelince, Molla Fülâneddin öfkesini zapt edemeyerek Ağa'nın sözünü kesti: "Ne zulüm işlemiş? Babasını kovdu diye hâlâ kin güdüyor."

"Mevzu o değildi Mollam. Harezmşah, Cengizhan'ın tebaasından beş yüz tüccarı hiç sorgulamadan casus diye katletmiş. Sonra mallarına el koymuş. Takdir edersiniz ki bir tüccar olarak böyle bir zulmü tasdik etmem mümkün değil. Bunu Müslümanlıkla nasıl savunabiliriz? 'Bir Müslüman yaptı diye Allah'ın zulme göz yumacağını mı zannediyorsunuz,' diyor. İnsanların böyle bir konuşmanın tesirinde kalmaması mümkün mü? Bence bugün camiden çıkan cemaat, orada bulunmayanlara bunu nakledecek ve herkes takkesini önüne koyup bir daha düşünecek."

"Herkesi bilmem ama sen bile bunun tesirinde kalmışsın Ağa. Ama dikkat et, tehlikeli laflar bunlar."

Tahir Ağa şaşkınlıkla sordu: "Ne tehlikesi?"

"Apaçık bir isyan, bir meydan okuma bu. Hem de Sultan'a. Baksana, zulüm işlediğinden yenilmiş Harezmşah, yani burada da zulüm var, demek istiyor. Siz de yenileceksiniz, diyor."

Ağa, hâlâ Molla Fülâneddin'in zekâ kıvraklığına yetişmeye çalışıyordu: "Öyle mi?"

"Öyle Ağam. Hem daha fazlası var. Herkes bu kadar hazırken savaşa karşı bir tavır çizmek için ya korkak olmak lazım ya hain."

"Yani?"

"Yani Mevlânâ'nın korkak olduğuna sen bile inanmazsın değil mi? Öyleyse ailenin belki Harezmşahlardan beri Moğollarla bir irtibatı var. Eski kini hâlâ devam ettiriyor olması da bunun bir alameti değil mi? Yoksa ne olursa olsun, bir Müslüman'ın Sultan'ı yerden yere vurup kâfirin tarafına geçmesini nasıl izah edebiliriz Ağa? Senin daha iyi bir fikrin var mı?"

"Ama buna kim inanır? Moğollar nerede, Mevlânâ nerede?"

"Mesafenin ne ehemmiyeti var? Hainlik insanın içindedir. Hem böyle fısıltılar, yüksek seslerden daha çok yayılır, daha derin tesir eder halka. Böylece senin korktuğun tesir de kırılmış olur. Bir kıvılcım bir harmana da yeter, ormana da. Bu mevzuda daha çok konuşacaklarımız var. Yakında Mevlânâ ne söyler de insanlar tesirinde kalır diye bir endişen kalmayacak emin ol. Onun gönüllerdeki tahtı bir fısıltıyla yıkılacak göreceksin. Utancından sokağa bile çıkamayacak!"

"Vallahi ne deyim azizim. Zekânız karşında dilim tutuldu adeta."

Fülâneddin gururla gülümseyerek "Dahası da var. Hazret, savaş hususunda her söylediğiyle bize hizmet ediyor aslında. En kötü ihtimali düşün. Savaştan mağlubiyetle ayrılırsak bunun da bahanesi olacak bunlar" deyip bir süre sustu. Ağa'nın konuyu bütün boyutlarıyla kavramasını bekledikten sonra konuştu: "Siz telaşla girip bunları anlatmasaydınız, benim de size iyi bir haberim vardı. Kubadâbâd'dan bugün döndüm. Biliyorsunuz haremin hekimi olarak çağrıldığımda vazifemi ifa ediyorum. Bu kez Sultan Hazretleri'yle aynı sofrada bulunmakla şereflendirildim. Kendimden bahsetme fırsatı buldum. İlmim dikkatlerini celbetti açıkçası."

"Aman ne âlâ efendim. Mevzu savaşa da geldi mi acaba?"

"E, geldi haliyle. Şevketmeablarının akıllarına rahmetli pederleri ile Cengizhan arasındaki sulh anlaşması takılmış. Görüşmeyi Karatay yapmış ve Cengizhan, 'Kardeşimin elçisi' diye hitap ederek kendilerine ziyadesiyle hürmet göstermiş; hulasa, 'Ben ve oğullarım tarafından Selçuklu ülkesine girilmeyecek' diye teminat verilmiş. Bendeniz de anlaşmanın rahmetli pederleri ve Cengizhan'ı bağlayacağını izah ettim lisan-ı münasiple. Hem bu taraftan verilmiş bir söz de yok anladığım kadarıyla. 'Cengizhan'ın oğullarını da bağladığını farz etsek bize komşu olan Baycu Noyan onun oğlu değil' dedim. Şark vilayetlerinden gelen şikâyetleri de hatırlattım elbette. Bu vaziyet anlaşmayı bozmak için muteber bir sebep sayılır dedim."

Fülâneddin soluklanıp önündeki bardağa uzandığında Ağa merakla, "Peki, ne buyurdular?" diye sordu.

Fülâneddin, sinsice tebessüm etti: "Hiçbir şey. Ama savaş yakın, bundan emin ol. Sofradaki bütün emirler bizimle aynı fikirdeydi. Böyle zamanlar biliyorsun çoğu insan için yeni fırsatlar doğurur, büyük kapılar açar. Şimdiki gerginlik yeterli olmazsa Şark'taki dostlarınıza biraz daha iş düşer, o kadar."

"Karatay var mıydı?"

"Hayır. O işlerden başını kaldırıp Kubadâbâd'a gidebiliyorsa şaşarım doğrusu."

*　*　*

Marcos günlerce odasına kapanıp düşündü. Kışlaya bile gitmek istemiyordu. Silahtarıyla rahatsızlığını bildiren bir not yolladı. Ne yapması gerektiğine karar verememişti. Nikia'ya dönüp her şeyi İmparatoriçe'ye anlatsa masum birilerinin varis zannedilip ölümüne bile yol açabilirdi. Hem gerçek bir varis varsa Doğu Roma'ya sadakat yemini etmiş bir şövalye olarak onun yanında yer alması gerekiyordu. Ama onu nasıl bulacaktı. İzak'tan bu konuda yardım alması mümkün gözükmüyordu. Bunu öğrenen 'kardeşlik' taraf değiştirebilirdi. Marcos, sorunun cevabını geçmişinde arıyor; bildiklerini, yaşadıklarını, duyduklarını, bütün geçmişini Doğu Roma'nınkiyle birlikte gözden geçiriyor ancak hiçbir sonuca ulaşamadan yorgun gözlerine yenik düşüp uykuya dalıyordu. Son günlerde nedense rüyalarında Maria'yı görüyordu. Daha doğrusu Prenses Anolya'yı. Öyle ki Anemas Zindanları'nın rutubetli dehlizlerinde kızıl tuğla duvarlara tutunarak dolaşmaktan yorgun düşüp uyanıyor ama hâlâ Prenses'i kurtaramamış oluyor; Anolya, yaşlı ve yalvaran gözleriyle zindandaki kuyudan ellerini ona uzatıyordu. Yine böyle bir kâbusla uyandığı bir sabah, kendini Lala Bahtiyar'ın kapısında buldu. Yaşlı adama rüyalarını anlatıp "Gençliğimde bu kadına yardım etmiş ve onu haksız yere düştüğü zindandan kurtarmıştım. Şimdi oldukça zengin ve güvende ama neden peşimi bırakmıyor?" diye sordu. Lala, bir tutam kalmış ince beyaz sakalını sıvazlayıp bir süre düşündükten sonra, "Rüyalar bazen tersine yorumlanır evlâdım" dedi. Sonra açıklamaya başladı:

"Belki o kadın seni bir zindandan kurtaracak. Bunun müşahhas, maddi bir zindan olması gerekmiyor. Zindan gibi seni kuşatan, elini kolunu bağlayan bir şey olabilir. Ama en doğrusunu Tanrı bilir şüphesiz. Sen bu rüyaları bir de Şems'e anlat bakalım; onun bu hususlarda derin bir bilgisi var."

Marcos, uygun bir vakit ararken Mevlânâ ders için medreseye geçince Şems'le bahçede satranç oynamaya oturdu. Mutfağın önüne misafirlerin ve yolcuların yemek yemesi için serpiştirilmiş küçük masalara oturmuşlardı. Kimya da onlara bir şeyler ikram etme bahanesiyle gelip giderek bazen sohbete iştirak ediyordu. Ancak Marcos, kendini oyuna pek veremiyordu. O sırada yanlarına gelen Kimya, kimin önde olduğunu sorunca, Şems "Amcan çok nazik yahut bana yenilmeye can atıyor. Arka arkaya iki hata yaptım, ikisini de görmezden geldi" diye cevap verdi.

Kimya, mutfağa dönerken Gülnihal'e istihzalı bir edayla, "Amca'yı da benden başka herkes çabucak benimsedi" diye fısıldadı. Şövalye'nin gözü bir süre onlara takılmıştı ama ne konuştuklarını duymadı. Sadece kızların arkasından mutfağa giren Nicolas'ı ters bir bakışla uyardı. Ama bu uyarı genç adama pek de tesir etmişe benzemiyordu. Marcos, Nicolas'ı yolda kaptığı bir hastalığın tedavisi için medresenin bimarhanesine getirmişti Nikia'dan dönüşünde. O günden sonra genç Şövalye, talimlerde her gün bir yerini yaralıyor, pansuman bahanesiyle neredeyse her gün medreseye uğruyordu. Bunun Kimya'yla ilgili olduğunu düşünen Marcos, rahatsız olmuştu. Ama Nicolas'la konuşmayı sonraya erteleyerek satranca döndü. Fakat Şems, oyuna devam etmeye pek niyetli gözükmüyordu. Şövalye'ye dikkatle bakıp "Çok dalgınsın bugün, aklında dolaşan taşları yerine koymadan beni niye satranca davet ediyorsun?" diye sordu. Marcos "Özür dilerim, haklısınız" diye söze başlayıp devam etti:

"Ben aslında size rüyalarımdan bahsetmek istiyordum. Ama bana inanır mısınız bilmiyorum. Çocukluğumdan beri bazı rüyalar bana yol göstermiştir. Belki bu yüzden çok tesirinde kalıyorum. Hatta buraya gelmeden önce tanıdığım saygıdeğer bir insanın benden yardım istediğini gördüm. Başından yüzüne kanlar süzülüyordu. Aynı anda gerçekten saldırıya uğradı. Ama yetişemedim. Bunun bir açıklamasını da bulamıyorum. Tanrı, bu rüyayla beni uyardıysa neden onu kurtaramadım."

"Onun vadesi yetmiştir. Sen ise yetişmen gerekene yetişmişsin. Açıklamaya gelince, manastırdaki perhizlere ve disipline uyar mıydın?"

"Kesinlikle, hatta bazıları hayat tarzım olmuştur."

"Gördüğüm kadarıyla dünyevi zevklere pek hevesli bir adam değilsin. Ayrıca bulunduğun mevkiye göre zor da olsa doğru olanı yapmaya çalışıyorsan, ruh aynan temiz kalabilmiştir. Çünkü ekseriyetle bizi kirleten bunlardır. Bedenin zevkleri ve gıdası kesildiğinde insan ruhu anlaşılmaz bir güce kavuşur ve gayb âlemine bazı pencereler açılır. Bu pencerelere kâinatın kadim kitabından bazen hayaller yansır. Ama biz bunu bu dünyaya tercüme etmek için tevil etmek zorunda kalırız; çünkü oradaki remiz ve işaretler farklıdır, herkese göre de farklı yansır. Bazan bu uyanıkken bile olur ki buna da yakaza [durugörü] deriz. Peki, sana bu kadar tesir eden şimdiki rüyan ne?"

Şövalye, Lala'ya anlattıklarını tekrar edip onun yorumunu da ekleyerek sözlerini bitirince Şems söz aldı: "Lala'nın hakkı var, gördüğün zindan bir remiz sadece. Zahirî bir zindandan kurtuluş, tam olarak kurtulma anlamına gelmiyor. O kadın hâlâ gönlündeki bir zindanda yaşıyor veya hak ettiği yerden çok uzağa düşmüş, sen de benzer bir zindana düşmüşsün. İçinden ne onu çıkarabiliyorsun ne de kendini? Bazan de zindan, anne karnındaki karanlık olarak tabir edilir yani gebe bir kadına işaret eder. Ama bütün bunları hayatına intibak ettirmesi gereken sensin elbette."

"Peki, o kadına bunları anlatmalı mıyım?"

"Buna sen karar ver; ben mevzuyu bütün teferruatıyla bilemem. Ama o kadın da bir remiz bence. Senin kafanda o neyi temsil ediyor; bunu bir düşün ve bulmacayı tamamen çözdükten sonra onunla konuş. Belki de içindeki zindanın anahtarı ondadır. Ama hayatın sana sunacağı diğer işaretleri de bekle."

Bu yorumun ardından biraz rahatlayan Şövalye tekrar oyuna başladığında, Kimya onlara Şems'in sevdiği kuru üzüm ve fındıktan oluşan bir çerez tabağı getirdi. Şövalye, rüyayı açığa kavuşturduktan sonra Mevlânâ'nın güvenini nasıl kazanabileceğini öğrenmek maksadıyla dostlukla ilgili bir konu açtı. Kimya ve oradan geçmekte olan Sefa da birer iskemle alıp onları dinlemeye koyuldular. Şövalye, öğrenmek istediğini tersinden soruyor, bir insanı dost olarak kabul edebilmesi veya gerçek bir dost olduğunu anlaması için ne gibi özellikler taşıması gerektiğini, bunun nasıl ortaya çıkacağını soruyordu. Şems kısaca; "O adamdan para iste" diye cevap verince Şövalye açıklama isteyerek, merakla:

"Nasıl yani? Yakında tanıdıysam bile mi?"

"Sana dost olduğu, seni sevdiği iddiasındaysa evet. Dostluk da kulluk da sınanmadan olmaz. Onun için dostluk iddiasında olandan, mal varlığı ve gelirine göre hatırı sayılır bir miktar para iste; sebep göstermeksizin."

"Ne zaman geri ödeyeceğim peki?"

"Geri ödeme yok, borç almıyorsun. Karşılıksız ve sebepsiz olacak." Şövalye şaşkınlıktan öyle bakıp kalmıştı. Şems devam etti: "Eğer ilk istediğinde sebep sormaz ve parayı verirse gerçekten iyi bir adamdır ve seni seviyordur. Bir müddet sonra aynı şekilde bir daha isteyeceksin. Sebep sorsa bile parayı verirse o iyi bir dosttur. Sonra aradan bir müddet daha geçince bir kez daha iste hâlâ senden köşe bucak kaçmıyorsa dünyada bulabileceğin en iyi ve vefakâr dost o adamdır."

Marcos ne diyeceğini bile bilemez halde bir süre bakındıktan sonra, konuyu niye başlattığını bile tamamen unutarak "Ama ben bunu yapamam ki" dedi.

"Üçüncüyü mü?"

"Hayır, ilkini de... Kimseden sebepsiz ve karşılıksız para isteyemem."

"O zaman çok üzgünüm, ya hiç dostun yok ya da olsa bile bilemeyeceksin. Daha kötüsü de şu ki; demek ki sen hiç kimse için bunu yapmazsın. Yani karşılıksız ve sebepsiz vermezsin. Oysa her ilişkide önce ben ne verebilirim diye bakmak gerekir."

Marcos, "Peki, gerçek bir dostluk için siz ne verirdiniz?" diye sorunca Şems, Kimya'yla bir süre göz göze geldi. Genç kız ilk gün kendisine söylenenlerin tekrarını bekliyordu ama Şems, "Bazan söylemek zorunda kalırız ama biz insanoğlu için büyük iddialarda bulunmak hoş değildir. İnsan vermeli, verdikten sonra görülmeli, bilinmeli ne verdiği. Şimdi ortada verecek bir şey yokken ben şunu veririm demek abestir" demeyi tercih etti.

Sefa söze karışarak "Efendim, Mevlânâ bu hususta istediğiniz şeyleri vermiş midir acaba?" diye sordu.

"Mevlânâ, her zaman ben daha istemeden vermiştir fazlasıyla. Öyle olmasaydı ben burada olur muydum?"

Şövalye, bunları duyunca "Doğrusu şartlarınız çok ağır. Açıkça söylemek gerekirse ben bunların altında ezildim kaldım" dedi samimiyetle. Şems, Şövalye'nin son hamlesini de sükûnetle bekledikten sonra "Siz kazandınız. Madem farkında olmadan sizi ezdik; biraz doğrulmanız, güç kazanmanız için size kuvvetli bir yemek yedirelim" dedi. Marcos nasıl kazandığını da pek anlamamıştı ama gözü mutfaktan çıkıp eve geçen Nicolas'a takılınca "Memnuniyetle; hem sohbetimize devam etmek isterim. Ama eve uğramam lazım, beni bağışlayın, hemen dönerim" diyerek kalktı.

O uzaklaşınca Kimya yerini alarak masadaki satranç takımına bir göz attı ve "Mevlânâ Şemseddin, eğer yenmek için uğraşsanız bu kadar çaba sarf etmeniz gerekmeyecekti" dedi.

Şems, "O burada misafir, her konuda bizim ikramda bulunmamız münasiptir" deyince genç kız sevinçle, "O halde artık kendinizi misafir olarak görmüyorsunuz?" dedi.

"Bunun umut ettiğin şeyle ilgisi yok. Ben buraya bir günlüğüne de gelmiş olsam ona nazaran ev sahibi sayılırım. Burası İslâm diyarı..." diye cevap veren Şems, Sefa'ya döndü: "Söyle bakalım Lala, bize nereyi tavsiye edersin, Marcos'u nereye götüreyim."

"Efendim, ne yedirmek istersiniz?"

"Tandır kebabı ikram edelim istiyorum."

"Pek güzel efendim, isabet olur. Şurada İplikçi Camii'nin arkasındaki yeni çarşıları bilirsiniz; orada şahane dükkânlar açıldı, orası olabilir."

"Senin denediğin var mı?"

"Yok efendim."

"Öyleyse kendi tatmadığın bir yemeği niye bize tavsiye edersin?"

"Bendeniz oraların bedelini ödeyemem."

"Senin dışarıdaki masraflarını Muid ödemiyor mu? Değerli hizmetini ucuza satma."

"O nasıl söz efendim. Ben Lala Bahtiyar'ın hizmetkârıyım."

"Öyle olsun Sefa ama insanları ucuza alıştırırsan sonra bedava isterler, sonra da üstüne para alırlar, haberin olsun. Sen bana yemeği şahane olan bir yer söyle, görüntüsünü boş ver."

"Efendim, öyleyse tepeye çıkmalısınız, eski bedestanın arka sokaklarında Hacı Rüstem'in yeri var. Kime sorsanız gösterir. İşinin ehlidir, babadan dededen beri tandır kebabı yaparlar."

Şems'in Sefa'dan istediği bilgileri aldığına emin olan Kimya, "Lalacığım; Gülnihal, Bahtiyar Efendi'nin ilaçlarını hazırladı, yemeğine bakıyordu mutfakta; birlikte götürmek istersiniz herhalde" deyince, Sefa müsaade alıp kalkmak zorunda kaldı. Şems onun gidişini izledikten sonra, "Ne var Kimya, Lala'dan kurtulduğuna göre?" diye sordu. Kimya:

"Size bir haberim, bir de sorum var."

"Önce haberi ver."

"Tavsiye ettiğiniz mevzuyu dün babama açtım. O da münasip bir lisanla Baha'ya evlenme yaşına geldiğini, düşündüğü bir namzet olup olmadığını sormuş. O da nezaketen sizin için uygun biri varsa benim için de uygundur filan dese de babam onu konuşturmuş ve Fatıma'yı düşündüğünü kendisi söylemiş düşünebiliyor musunuz?" Şems, genç kızın bu sevinci karşısında gülümsedi:

"Düşünebiliyorum. Kalpten kalbe yol vardır denmiştir. Zannettiğin kadar zor olmadığını sana söylemiştim. Arkadaşına da haberi yetiştirdin öyleyse."

"Ne yazık ki sabah gidecektim ama annem izin vermedi. 'Öğleye kadar bekle, münasip olmaz' dedi. Şimdi Gülnihal'i bekliyorum, Lala'nın ilaçlarını versin, hemen tepenin yolunu tutarız."

"İyi öyleyse hayırlı olur, inşallah. Sorun neydi?"

"Şövalye Marcos size dostunu nasıl tanıması gerektiğini sordu ya, benim de aklıma akrabaları tanımak için bir usul olup olmadığı geldi. Ben, Marcos'un amcam olduğuna hiç inanamıyorum nedense. İnsan böyle bir durumda bir yakınlık hissetmez mi?"

"Büyükannen sana ondan bahsetmedi mi?"

"Hayır."

"Baban bunu sorguladı mı?"

"Hayır. Aslında Marcos'un açıklamasından başka delil yoktu. Ama babam, sanki onun geleceğini biliyormuş gibi sakindi ve hemen onu evimde ağırlamamı istedi."

Şems bir süre düşündükten sonra: "Kan bağının çok da önemli olmadığını daha evvel konuştuğumuzu hatırlıyorum. Fazladan bir amcanın sana zararı olmaz herhalde. Ama gerçeği bilmemek seni çok rahatsız ediyorsa bunları bir daha kimseye açmadan doğrudan Marcos'a sormalısın. Seninle ilgili bir şüphe, sana sorulmadan dillerde dolaşsa hoşlanır mısın? Hem Şövalye dürüst ve kendi içinde tutarlı bir adam. Bazan bize karşı karışık duygular yaşasa bile. Belki kendince makul bir sebepten böyle davranmak mecburiyetinde kalmıştır. Sakladığı bir şey varsa o da açıklayıp rahatlayacaktır."

Şövalye ise medreseden ayrılıp eve geçtiğinde, kışlaya gitmek üzere çıkmakta olan Nicolas'a ancak yetişebilmişti. Teo'nun şahit olmasından çekinerek onu bir odaya çekip iyice azarladıktan sonra, hırsını alamayıp bağırdı: "Gözümden kaçtığını mı sanıyorsun? Bir bahaneyle her gün medresedesin. Kimya'ya karşı mesafeli olmanı tavsiye ederim. Benim akrabam diye sakın güvenme! Ben burada misafirim ve onlar onun ailesi anlıyor musun? Beni zor durumda bırakacak bir şey yapma!"

Dilini yutmuşçasına bir şaşkınlıkla Şövalye'yi dinleyen Nicolas, sonuna kadar bekleyip "Benim Kimya'yla bir alakam olduğunu da nereden çıkarıyorsunuz?" diye sorunca Marcos:

"Seni tanıyacak kadar uzun süredir beraberiz; ancak bir kadın kokusunun ardından gideceğini çok iyi biliyorum. Boşuna inkâr etme!"

"Bunu inkâr edecek değilim ama kokunun sahibi Kimya değil."

"Kim öyleyse?"

"Gülnihal."

"Gülnihal de kim?"

"Kadı İzzeddin'in kızı, hani bugün Kimya'nın yanında duruyordu."

Marcos bir süre düşünüp Kimya'yla mutfağa birlikte geçen genç kızın güzelliğini hatırladıktan sonra Nicolas'a inanıp biraz sakinleştiyse de bütün ciddiyetiyle genç adamı uyarmayı ihmal etmedi: "Fark etmez; o eve veya medreseye girip çıkan biriyle gönül eğlendirmene izin veremem."

"Bu bir gönül eğlencesi değil. Bu diğerlerinden çok farklı... Nasıl anlatılır bilmiyorum ama biz onunla sadece felsefe, edebiyat falan konuşuyoruz. O da Rumca, Farsça ve Arapça biliyor inanır mısınız?"

"Ne var bunda, burada herkes biliyor."

"Ama biz şiirler, hikâyeler okuyoruz. Hem Alâeddin'le de arkadaş olduk. Medresede çok güzel vakit geçiriyoruz."

"Sadece felsefe, edebiyat öyle mi" dedi Marcos. Manalı bakışlarla Nicolas'ı süzüyordu. Buna karşılık genç adam bütün samimiyetiyle, "Size yemin ederim Şövalyem; ben Türk âdetlerini çok iyi biliyorum ve asla sizi zor durumda bırakan bir şey yapmam. Zaten böyle bir şey yaparsam Gülnihal benim yüzüme bile bakmaz. Elini bile tutmayacağım. Evleninceye kadar..."

Marcos şaşkınlıkla, "Ne diyorsun sen!" diye haykırdı. Sonra sakinleşmek için birkaç kısa nefes alıp "Tabii Kadı İzzeddin de kızını Hıristiyan bir şövalyeyle evlendirmek için can atıyordur" dedi öfkeyle karışık bir alayla. Ancak Nicolas buna da bir cevabı varmış gibi konuşmak üzere bir hareket yaptıysa da birden vazgeçerek kapıya yürüdü ve "Beni bağışlayın Şövalyem; kışlaya geç kalıyorum. Emir Aslantaş öğle namazından sonra beni bekliyordu" dedi.

Marcos bunları duymamıştı sanki; onun aklı, cevapsız kalan soruya takılmıştı. Nicolas, Müslüman bir kızla evlenmeyi nasıl düşünebiliyordu. Genç Şövalye tam kapıdan çıkarken aklına gelen ihtimali sormak üzere "Yoksa sen..." diye başladıysa da, Nicolas, "Gerçekten geç kalıyorum, sonra konuşalım lütfen" diye sözünü kesti, çıkıp gitti. Şövalye bütün bunlardan sonra medreseye dönebildi.

***

O yaz, Kimya için Baha ve Fatıma'nın nişanı ve sonrasındaki düğünleriyle dopdolu geçti. Kimya, damadın kız kardeşi olarak ne kadar yetki ve görevi varsa öğrenip hatta artık tedavülden kalkan eski Türk törelerini de yaşlı kadınlara sorup hepsini sandıklardan çıkardı ve Doğu Roma'dan beğenip mantıklı bulduğu yahut eğlenceli gelen âdetleri de ekleyip tümünü birden uygulamaya koydu. Öyle ki gerekli bütün hazırlıkları bir törene dönüştürmüştü. Bunlardan dolayı gelin bazan yakınıp düğünün tadını çıkaramadığını söylese de Kimya, "Zaten gelinle damat için düğünün ne tadı olacak, siz keyfini sonra çıkaracaksınız" diye arkadaşının kulağına fısıldayıp onu utandırmaktan kaçınmıyordu. Aslında Fatıma'nın, Kimya'nın yaptıklarını pek de umursadığı söylenemezdi. O haberi duyduğu ilk günden beri havada uçuyor, eli yansa acısını hissetmiyordu. Nişandan sonra bazan Baha kısa süre de olsa onu ziyarete geliyor, küçük kız kardeşi Hediye'nin refakatinde görüşmelerine izin veriliyordu. Ama onun dışında da âşıklar birbirinden haber almadan yapamıyorlar, her gün birbirlerine yazdıkları şiirleri bazan Kimya, bazan Alâeddin, bazan da Seyyar Abbas'la sevgililerine ulaştırıyorlardı.

Onların mutluluğu herkese yansımış gibiydi. Baha'nın medresedeki dairesi, yandaki odalarla birleştirilip genişletildi. Kısa süre sonra da düğün yapılıp genç çiftin yeni hayatlarına adım atması sağlandı. Mevlânâ'nın sevinçle söylediği düğüne davet gazeli ise günlerce dillerden düşmedi:

"Bizim düğünümüz dünyaya kutlu olsun.
Allah, bu düğünü bize uygun tertipledi,
Eşler birbirine çok münasip düştü."

Mevlânâ ile Şems'in dostluğu da kendi mecrasında akıp gidiyor, ara sıra Şems ortadan kaybolup medreseden uzaklaşsa da Mevlânâ onu bir şekilde bulup gelmeye ikna ediyordu. Bu konudaki rahatsızlıklar hiç eksilmediği gibi Şems'in her sohbeti, her sözü şehirde yeni tartışmalar başlatmaya devam ediyordu.

O yaza savaş hazırlığı ve hesaplarıyla girenlerin bu heveslerinin kursaklarında kalması ise durumu iyice alevlendirmişti. Mevlânâ'nın Moğollar tarafında olduğu, hatta Şems'in Konya'ya gelirken onlarla görüşüp halkı sindirmek konusunda anlaştığı söyleniyordu birçok mecliste. Hâlbuki Emir Karatay'la Çavlı ordu ve hazinenin hazır olmadığını söyleyerek Sultan'ı bir süre için de olsa savaştan vazgeçmeye ikna etmişlerdi.

Ağa, Fülâneddin'i, "Hani artık kimse Mevlânâ'nın sözüne itibar etmeyecek, utancından sokağa bile çıkamayacak diyordun" diye sıkıştırıyor. O da, "bu işler aceleye gelmez azizim" diye onu yatıştırıyordu.

Marcos, birkaç kez niyetlendiği halde savaş durumu belirsiz olduğundan Nikia'ya hiç gidememişti. Gitse bile şimdilik yapabileceği bir şey yok gibi gözüküyordu. Fakat ani bir gelişme oldu. İzak, Yorgos'un evrakı arasında Şövalye'ye yazıldığını tahmin ettiği şifreli bir not buldu. Artık Marcos her şeyi bir yana bırakıp gerçek varisle ilgili bir işaret bulacağına inandığı bu garip şiiri çözmeye odaklandı. İş bu aşamaya gelince Mevlânâ'yla yaptığı görüşmeyi ve kayıp bir varis aradığını İzak'a anlatmak zorunda kaldı. İzak, Yorgos'un şiirinde buna işaret olduğuna inanıyordu. Şiir aslında İbranice yazılmıştı, yalnız bir Şövalye'den bahsederek başlıyordu. Bu yüzden o da, bu notun Marcos'a yazıldığına kanaat getirmişti. Bunu Şövalye'ye verdiğinde, "Evrakı bana getireceğini biliyordum. Yolda başına bir şey gelmesi ihtimaline karşı benim dilimde yazmış. Ama bizim kullandığımız şifrelere uymuyor. Senin Nikia'dan çıkışını haber alınca kaleme almış olmalı. Seninle bu konuda hiçbir şey konuşmadığına emin misin?" diye sordu.

Marcos, hafızasını epeyce zorladıktan sonra, "Daha önce anlattığım gibi akşam hiçbir şey konuşmadık. Fakat yola çıkmadan görüşmek konusunda ısrarlıydı. Hatta sabah bizi o uyandıracaktı. Uykusuzluktan yakınmıştı."

"Anlıyorum. Her zaman tedbiri elden bırakmazdı. Bu notu da iyi ki yazmış. Ama bana öyle geliyor ki bunu ancak sen çözebilirsin."

Şövalye, İzak'ın bildiği bütün dillere çevirdiği şiiri alarak Rumca çevirisinden sesli olarak okudu: "*Yalnız bir Şövalye, hep tek başına ve yalnız/ Doğu'ya doğru gidiyor, güneşe doğru.*' Evet, sanki beni anlatıyor. Hep yalnız yaşadım, belki en belirgin özelliğim bu. '*Bize ışığı getirecek, aydınlatmak için bu sırrı/ Işığın kay-*

nağı doğuda olsa da ışık parçaları batıya düşer' Yani vasiyet doğuda ama parçası batıda diyor. Bunu biz de biliyoruz zaten."

"Ama batının neresinde?" diye sordu İzak. Marcos şiire devam etti: *"Mavro Amca'nın bahçesine; bahçede nadide çiçekler ve Doğu Roma'nın küçük gül goncası ışığı bekler/ Prenses Anolya'nın kucağında, Attila ışığı bekler/ Agememnon'un kıyıya çıktığı sahilde Truvalı Helen, saçlarını taramak için ışığı bekler."*

İzak sabırsızlıkla, "Bunlar zihninde bir çağrışım yapıyor mu?" diye sordu. Şövalye sıkıntıyla başını sallayarak "Hayır, isimler saçma, birbiriyle hiç alakası yok: Helen, Attila, Mavro Amca..." derken birden susan Marcos heyecanla, "Evet bunu hatırlıyorum!" diye bağırdı. Sonra sakinleşip devam etti: "O akşam kalede ondan söz edildi. Mavrozomes Kommenos, Ege'nin büyük bir bölümüne hâkim bir Doğu Romalı, bilirsin. Ben Selçuklu Sultanlarını sormuştum. Yorgos, Kılıçaslan'dan bahsetti, savaşlardan... Sonra Desdemonda, yani Yorgos'un yeğeni, 'Şövalyeye Mavro Amca'dan da söz edin, Doğu Romalılar Türklerle hep savaşmamışlar, değil mi?' demişti."Nefes almadan konuşan Marcos, bir an durunca İzak söze girdi:

"Acele etme, sakin düşün lütfen. Mavrozomes'i biliyorum tabii. Asil, bilge, kahraman ve gerçekten herkesin gönlünü kazanmış bir adamdı. Herkesi sofrasında buluşturmaya bayılırdı. Doğu Roma'yla Selçuklu arasında hep çok önemli roller almıştır. Alâeddin Keykubad'ın babası Gıyaseddin'in kayınpederiydi. Ama Yorgos onunla ilgili ne söyledi, onu hatırlamaya çalış lütfen. Mavro hâlâ yaşıyor olamaz."

Marcos, o geceye dönüp her şeyi hafızasında canlandırmaya çalışarak anlattı: "Aslında sizin anlattığınız şeyleri anlattı. Onlar gençliklerinde birlikteymişler. Hatta Kılıçaslan'ın Haçlıları yenilgiye uğrattığı bir savaşta da... O sonradan Türk hayranı olmuş. Bu konuda hep tartışmışlar ama anladığım kadarıyla son zamanlara kadar görüşüyorlarmış. Bana her şeye rağmen Yorgos onu çok seviyor gibi gelmişti. 'Bizim Mavro' diye söz ediyordu. Belki çocukluk arkadaşı olduğundan... Sonra Alâeddin'in babasının bir süre Doğu Roma'da kaldığını anlatıyordu ki, Dimitros şarabı fazla kaçırmıştı. Araya girip duruyordu. Desdemonda'nın Sultan Alâeddin'i masallardaki Alâeddin zannettiğini söyleyip gülüyordu. Mihael onu odadan çıkarmak için epey çaba sarf etti. Dolayısıyla sohbetin o kısmı bölündü ve mistik örgütlerden, tarikatlardan bahsedildi. Ama yine de hatırlamaya çalışacağım."

Marcos ve İzak, "Mavro Amca" konusunu çözmüş olsalar bile bunun tek başına bir işe yaramayacağını çok iyi biliyorlardı. Araştırmaya devam etmekte anlaşıp ayrıldılar. Ancak Marcos, uzak da olsa tünelin ucunda bir ışık görmekten dolayı mutluydu. Durmadan medresenin kütüphanesine gidiyor. Eski şiirleri, efsaneleri, şifre tekniklerini, sembol ilmini ve işine yarayacağına inandığı her ne varsa bıkıp usanmadan tarıyordu.

Sonbaharın gelmesiyle beraber 'üç aylar' başladı ve medrese tatile girdi. Bu yıl icazet alıp mülazım olanlar arasında Baha da vardı. Alâeddin Camii'nde yapılan icazet merasimi, bir devlet töreni kadar muntazam ve muhteşem oldu. İcazet alamayan bir-iki öğrenci ve Kimya dışında üzgün kimse yoktu. Genç kızın canını sıkan şey ise törenden önce ailedeki herkesi güldürmüştü. Bu törenlerde âdet olduğu üzere, icazet alan öğrencinin ailesi törene mutlaka katılır ve ailenin kadınları merasim kıyafetlerini en güzel başlıklarıyla giyinir, usta örücülere giderek saçlarını altın tellerle ördürürlerdi. Kimya'nın sarı saçları arasında altın teller yeterince parlamayınca morali bozulmuştu. Ancak kimse bunu anlamamıştı. Evden çıkarken bunu fark eden Mevlânâ, "Canını sıkan bir şey mi var kızım?" diye sorunca genç kız hemen Kerra Hatun'la, Fatıma'nın siyah saç örgüleri arasında parlayan telleri işaret ederek "Baksanıza benimkiler, onlarınki gibi parlamıyor" dedi. Mevlânâ, Kimya'nın tören boyunca surat asmasını engellemek için "Kızım, Allah senin saçının tamamını altından yaratmış. Onlar sana özendiği için araya tel katıyorlar. Birkaç tane ödünç veriseydin de altın masrafından kurtulsaydık" diye cevap verince avluda bulunan herkes gülmeye başladı.

Törenin ardından, medrese yine tenhalaştı. Mesuliyet ve meşguliyetler azaldı. Mevlânâ ve Şems riyazet, ibadet ve sohbet sofralarına kuruldular yeniden. Mevlânâ için öğrenmenin, değişmenin ve gelişmenin sınırı yoktu ve bu konudaki iştahı azalacağı yerde artıyordu gün geçtikçe. Medreseye yeni başlayan küçük bir çocuğun heyecanı ve isteğiyle dışarıdaki bütün unvanlarından soyunarak oturuyordu Şems'in karşısına. O, Şems'e ne kadar hayransa Şems de onun bu haline hayran oluyordu. Ama her zaman güzel günler daha çabuk geçiyor, mesuliyetler tamamen terk edilemiyordu. Kışın kısa günlerine rast gelen Ramazan ve onu takip eden bayram da hızla akıp geçti. Medrese açıldı.

***

Bir akşam vakti Şems, avlunun bir kenarında İbrahim, Ömer ve birkaç gençle sohbete dalmıştı. İbrahim; "Ömer Hayyam bir şiirinde şöyle söylüyor: *'Kimse aşkın sırlarına ulaşamadı/ Sırrına ulaşanın da başı döndü.'* Bu bir tenakuz değil mi? Eğer birisi Tanrı aşkına ulaştı ise başı neden dönsün? Eğer ulaşamadıysa zaten başı dönmez ki" diyordu. Şems:

"Sözü söyleyen kendi halini söyler. Hayyam'ın başı dönmüştü. Onun için bir feleği, bir zamanı, bir kaderi ve bazan de Tanrı'yı suçlar. Kimi zaman sözleriyle inkâra geçer, kimi zaman Tanrı'yı ispata kalkar. Bazan 'eğer' kelimesini kullanarak şüpheciliğe davet eder. Dağınık, tutarsız ve anlaşılması güç sözler söyler. Bunlar bulunduğu basamağın halet-i ruhiyesiyle söylenmiştir. Ve o basamakta kalan insan da pek çoktur. Belki bu yüzden, Hayyam'ın sözleri Şark'tan Garb'a büyük akis bulacak ve sevilecektir."

Aşağıdaki sohbet böyle akıp giderken, Kimya'yla Alâeddin de yukarıdaki balkonda başka bir konuda koyu bir tartışmayı sürdürüyorlardı. Kimya, bir süredir Alâeddin'in fikirlerinin bilinmeyen bir kaynaktan damla damla zehirlendiğini hissediyor, onu anlamaya çalışıyordu. Bir yandan da aşağıdaki avluda gençlerle sohbet eden Şems'in konuşmaları duymaması için fısıldıyor, ara sıra kaçamak bakışlarla o yöne bakıyordu. Ancak ne kadar uğraşsa da Alâeddin'e konuştuğu insanların adlarını zikrettiremiyordu. Ve sonunda dayanamayıp "Herkes rahatsız, diyorsun. Şöyle diyorlar, böyle diyorlar diyorsun. Kim bunlar? Neden biri de çıkıp Şems'e mertçe bir şey söyleyemiyor öyleyse?" diye sordu.

Alâeddin birden yerinden kalkıp; "Ben söyleyeceğim zaten" diye yürümeye başlayınca Kimya telaşla peşinden koştu: "Sen delirdin mi? Baban ne yapar hiç düşünmüyor musun?"

Alâeddin, günlerdir içinde biriktirdiği öfkeyi kusup rahatlamak arzusuyla hiçbir şeyi duymuyor, merdivenleri sert adımlarla iniyordu. Avluya gelince Kimya, son çare, onu kolundan yakalayıp "Dur şimdi. Hiç değilse yalnızken söyle" dedi. Bunun üzerine tereddüde düşen Alâeddin durakladıysa da onları dikkatle izlemekte olan Şems, avlunun karşı tarafından seslendi:

"Alâeddin Çelebi, bana bir diyeceğin mi var?" Kimya araya girdi; "Yoo, biz kendi aramızda konuşuyorduk" dedi. Şems, Kimya'yı hiç duymamış gibiydi. Alâeddin'e bakıyordu; "Çelebi, sana sordum" diye tekrarlayınca, gencin içinde medresede, dergâhta, hatta bütün Konya'daki muhaliflerin kahramanı olmak, kimsenin yapamadığını yapmak arzusu doğdu. Başını dikleştirip muhatabına doğru yürüdü. "Evet, sizinle konuşacaklarım var" diyen Alâeddin'e Şems yana kayarak yanında yer gösterip "Buyurun, dinliyorum" dediyse de Alâeddin gösterilen yere oturmak yerine Şems'in tam karşısına dikilerek konuşmaya başladı:

"Uzun süredir buradasınız. Artık size buranın nizamından, babamın mevkiinden söz etmenin bir manası yok. Ama görüyorum ki babamı içine düşürdüğünüz müşkilin ya farkında değilsiniz ya da anlamak istemiyorsunuz. Siz geldiğinizden beri herkes, 'Mevlânâ mürşid iken mürid, müderris iken talebe oldu' diyor. Bu yüzden diğer âlimlerin itibarı da yerle bir oldu."

Şems ardına yaslanıp derin bir nefes aldı: "İnsan yaşadığı sürece öğrenme ve arayış içindedir. Asıl bundan vazgeçenler yerle bir olurlar. Bunu senin gibi yüreği öğrenme arzusuyla dolu, genç bir âlimin bilmemesi mümkün değil. Seni asıl rahatsız eden bu olmasa gerek."

"Evet, isabet buyurdunuz; benim de kimsenin de bundan rahatsızlığı yok. Ama dünyevi ilimlerle ilgilenmediğinizi kendiniz söylüyorsunuz. Pederimizin zaten o konuda kimseden öğreneceği bir şey yok. Hayat tecrübeniz de onunkinden daha fazla olamaz. Zira ancak bir iki yaş büyüksünüz kendisinden. Ama sizden manevi ilimleri öğrendiğini söylüyorsanız onları da araştırdım. Büyük şeyhlerle görüştüm. Onlar diyorlar ki: 'Belh'li Bahaeddin Veled'in oğlu bir Tebrizliye tâbi oldu. Şaşılacak şey; Horasan toprağı nasıl olur da Tebriz toprağına tâbi olur?'" Alâeddin, sözün burasında soluklandı biraz. Zira neredeyse hiç nefes almadan konuşuyordu. Şems ise hiç sözünü kesmeden sükûnetle dinliyordu. Alâeddin, "Evet, en büyük şeyhler böyle söylüyor bu mevzuda, ne buyurursunuz?" diye sorunca Şems cevap verdi:

"Bunu diyen kişi veya kişiler sofilik ve arılık iddiasında oldukları halde bilmezler mi ki insan toprağa bağlı değildir? Üstünlüğün toprakla ne ilgisi var? Üstünlük inançtadır, imandadır. Eğer bir gün iman üstünlüğü Konstantiniyyeli'ye verilirse o zaman gerekir ki Mekkeli ona itaat etsin, tâbi olsun. Yanlış ölçü ile yanlış sonuç alınır. Ama bu, ayrıca tartışılması gereken bir konu, bizimle bir alakası yok. Zira baştan beri her fırsatta söylüyorum: Mevlânâ'yla aramızda bir tâbiyet ilişkisi yok. Ona ilk şartım, şeyhi olmamaktı. Biz sadece dostuz."

Bunları dinleyen Alâeddin'in, yüzünde alaycı bir gülümseme belirdi: "Nasıl bir dostluk bu peki, hiç kimseninkine benzemiyor."

Havanın iyice gerildiğini hisseden Kimya yardım istemek üzere çevreye bakındıysa da işine yarayacak kimse göremedi. Şems her şeye rağmen Alâeddin'e sabretmeye çalışarak cevap verdi: "Kimsenin dostluğu kimseye benzemez ve nasıl olup olmadığı yalnızca tarafları ilgilendirir delikanlı!"

"Bu şehirde..." dedi Alâeddin, kelimelerin üstüne bastırarak: "Mevlânâ'nın hayatı herkesi ilgilendirir. Halka vaaz ediyor, fetva veriyor. Ama insanlar, 'Tebrizli bir oğlancık Mevlânâ'nın aklını başından almış' diyorlarmış."

Yavaş adımlarla yardım istemeye giden Kimya, arkadan gelen sesle irkilip döndüğünde Şems yerinden fırlamış, Alâeddin'i kollarından yakalayıp sarsarak "Kim söylemiş, kim diyor bunları?" diye bağırıyordu. Alâeddin, o dakikadan itibaren taş kesilmişti sanki. Ne kıpırdıyor ne de bir şey söylüyordu. Sadece amacına ulaşmış olmanın verdiği hazla gözlerinde bir parıltı gördü Kimya. İbrahim ve arkadaşları neye uğradıklarını şaşırmışlar, bir yandan Şems'i sakinleştirmeye bir yandan Alâeddin'i oradan uzaklaştırmaya çalışıyorlardı. Ama Şems'in elleri gencin omzunda kenetlenmiş, ateş saçan gözleri muhatabına dikilmişti:

"Bunları kimden duydun? Ya söylersin..." dedi öfkeyle sonra dişlerini sıktı. Kesik kesik soluyordu. Ardından gözlerini kapatıp derin bir nefes aldı ve Alâeddin'i aniden bıraktı. Hızla odasına gitti. Kimya, olan biteni tam olarak anlamamıştı. O yüzden şaşırıp kaldı. "'Oğlancık' sevimli bir şey değil mi? Niye o kadar kızdı?" diye sorduysa da gençlerden hiçbiri ona cevap vermedi. Şems'in peşinden gitmiş olan İbrahim, hızla geri gelip "Eşyalarını topluyor, korkarım buradan tamamen gidecek!" deyince Kimya koşarak Mevlânâ'yı aradı ama medresede olmadığını öğrendi. Ancak Baha'yı bulup durumu hızla aktardı. Aynı hızla döndülerse de Şems'i odasında bulamadılar. Avluda bekleyen İbrahim'den, arka kapıdan ahıra gittiğini öğrendiler. Hep birlikte oraya koşarken Baha:

"Peşimizi bırak Kimya, biz İbrahim'le konuşuruz!"

"Belki gitmesine birlikte engel oluruz."

"Hiç sanmıyorum."

Gerçekten de Kimya ile Baha'nın yalvarışları, hatta İbrahim'in ağlaması Şems'e hiç etki etmemişti. Onları görmüyor, duymuyordu sanki. Baha'ya sadece, "Bana iyi bir at lazım" dedi. Baha çaresiz kendi atını gösterip "Sizindir efendim" diyebildi ve hızla atı hazırlayan Şems'e yardım etmeye koyuldu. Bu arada hâlâ, "Hiç olmazsa babamız gelinceye kadar bekleyin" diye yalvaran Kimya'ya destek oluyordu. Şems, "Bu akşam, bu şehirden çıkmalıyım. Hemen şimdi" dedi. Sonra kendisine üzüntüyle bakan gençlere döndü: "İnanın bana, babanız için de en hayırlı olan bu."

Kimya bundan, "Burada kalırsa, herhalde Alâeddin'i öldürecek" anlamını çıkarıp yalvarmaktan vazgeçti. Bahaeddin ise aynı şeyi aklından geçirmekle birlikte daha derin anlamları düşünerek susuyordu. Şems ata bindiğinde, Baha yuları çekerek kapıya kadar ona eşlik etti. Kapıdan çıkarken Şems, ona şöyle dedi:

"Bahaeddin, sen kalbi temiz bir âlimsin. Şunu bilmelisin ki senin baban sadece, 'Yaratıcıların en güzeli olan Allah, seni mübarek kılsın' diye dua eden bir adamın elini öpmüştür. Mevlânâ bunun için dinden mi çıktı! Hayır. Zira o kişi Muhammed Aleyhisselâm'ın nurunun ışığında ve Hz. Ömer'in diliyle konuştu. O yüzden onun elini öptü. Onun bir adamla ten teması bundan ibarettir. Ama dininden dönenler bunu bilmez. Tanrı'nın, Hz. Muhammed'in diliyle söylediğini de inkâr ederler. Bugün de böyle değil mi, sana başka ne diyeyim, ona ne söyleyeyim? Dünya ve ahiret var olduğu sürece şehvet duygularından uzak, münezzeh bir sevgi var olmaya devam edecektir ki buna kimse mani olamaz."

Kimya konuşmaları duyabilmek için onlara doğru yürürken Baha kardeşi ve herkes adına af diliyor, beddua etmemesini istiyordu. "Mevlânâ'nın sevgisi olmasaydı, bana bunların yaptığını yapan öz babam bile olsa, Tanrı hakkı için onun şan ve şerefini kırar, işini alt üst ederdim!" diyen Şems, atını mahmuzladı. Arkasında bıraktığı küçük bir toz bulutu ve akşamın etrafı saran karanlığı içinde kaybolurken bir sütuna sırtını dayayarak o âna kadar sessiz bekleyen İbrahim, birden yerinden fırlayıp "Ben de gidiyorum, artık onu bırakamam!" deyince Kimya ile Baha hayretle ona bakakaldı.

Baha, "Medrese?" diye sorduysa da genç koşup gitmişti. Duyulamayacağını bilse de bağırdı arkasından: "Bir at alsaydın, yetişemezsin!"

***

Mevlânâ, medreseye döndüğünde olanları Baha'dan öğrendi; hiçbir şey söylemeden, bir kelime dahi yorum yapmadan eve geçti. Ancak içinde kaynayan ateşten bir okyanusun hararetiyle yanıyor, yerinde duramıyor, bir yere sığamıyordu. Şems'i tanıdığında nasıl hissiyatı ve fikirleri sarsıldıysa bu akşam onun kat kat üstünde bir deprem yaşıyor, göğsü demir kelepçelerle sıkılmışçasına daraldıkça daralıyor, nefes alamıyordu. Kerra Hatun'la Kimya'nın şaşkın bakışları arasında, birden balkona çıkıp sarığını, cübbesini ve üzerinde âlimlik işareti taşıyan her ne varsa soyup avluya fırlattı. Aşağıdan geçenler neye uğradıklarını şaşırmışlar, yukarı baktıklarında, üzerinde sade bir iç entariyle kalan ve saçları rüzgârda savrulan Mevlânâ'yı görüp donakalmışlardı. Mevlânâ'nın kafası karmakarışık fikirlerin, soruların sağanağına uğramış, kalbi incinmiş, gönlü paramparça dağılmıştı. Ayaklarında okkalarca pranga bağlıymış gibi ağır adımlarla, balkonun evin güneyini saran cephesine geçti.

Mümkün olsa o akşam düşünme melekesini durdurur, bir süre rahat ederdi. Ama zihninde sorular, cevaplar, itirazlar birbiriyle yarışıyordu: Şems baştan beri bu olacakları biliyor muydu? Baştan beri, imalı bazı konuşmaları buna işaret miydi? Yoksa sadece hissediyor muydu? Ama gidiş şekline ve söylediklerine bakılırsa bu kadarını o bile beklemiyordu. Bu akıl almaz iftiranın kaynağı, sokaklarda kendi dertleriyle meşgul, masum halk olamazdı. Belki konuşmuşlardı ama bunları akıllarına bir düşüren vardı. Bunu evinin içine, öz oğlunun kafasına kadar sokan kimdi veya kimlerdi? Şeytanı bile kıskandıran bu işin mimarı, kendisine ulaşacak kanalları elbette ustaca kapatacağından Alâeddin'i veya bir başkasını sorguya çekmenin hiçbir manası olmazdı. Zaten Alâeddin'in yüzünü görmeye tahammül edemezdi o sırada. Bu düşünceler kafasında dolaşırken 'Bırakayım rahat davransınlar; araştırma, tedbire başvurmalarını gerektirir' diye karar verdi. Sonra 'kimin yaptığının ne önemi var, bu görünürdeki sebep' diye vazgeçti. Ancak böyle bir kini, nefreti kazanmak için Şems'in yahut kendisinin ne yapmış olabileceğini bir türlü aklı almıyordu. Bir insan, can düşmanı bile olsa bir başka insana bunu neden yapardı? Bunları konuşabileceği tek adam da şimdi yollarda, belki de kendisinden daha perişan haldeydi... Şems, kim bilir şimdi neredeydi? Nereye gidiyordu? Bunlar aklına gelince başını gökyüzüne kaldırdı. Ay, dolunay halinde yükselmiş, kalenin üstüne asılmış kocaman bir kandil gibi şehri aydınlatıyordu. İhanet ve iftiraya uğramış, bu yüzden de en yakın dostunu kaybetmiş bir adamın hüznüyle dolunaya baktı bir süre. Sonra, nerede olursa olsun, ay ışığının Şems'in yolunu aydınlatacağını düşünerek onunla şu anda tek ortak manzarası olan gökyüzünden gözünü alamayarak mırıldandı:

"Bir tatlı ömür gibi gitmeye niyetlendin, ayrılık atına
eyer vurdun inadına;
Sana iyi dostlar, vefakâr dostlar, yeryüzünde de var,
gökyüzünde de var;
Eski dostunla ettiğin yemini unutma, hatırla ama..."

Bu esnada merdivenlerden gelen, telaşlı bir ayak sesi kendisine yaklaştıysa da ardına dönmedi. Birazdan Muid Necmeddin'in sesi işitildi. Avluya saçılan eşyaları toplayıp gelmişti:

"Efendim, Hüdavendigâr Hazretleri, olanları henüz öğrendim. Üzüntümü tarif edecek kelime bulamıyorum, inanınız" diye başlayan Necmeddin, Şems'in peşinden gidip gerekirse Çelebi'yi de götürüp özür beyan ederek onu en yakın kervansarayda dönmeye ikna edebileceğini söyledi. Mevlânâ halen gökyüzüne bakıyor ve Muid'in anlayamadığı bir sakinlikte gözüküyordu. Sonra yavaşça ona döndü ve "Lüzumu yok Necmeddin" dedi.

"Efendim, bir kez daha davet edelim. Belli mi olur, belki gelir."

"Nereye davet edeceğiz Necmeddin? Niye davet edeceğiz? Daha fazla kin, haset, daha fazla fitne fesat, iftiraya mı? Hayır. Ona daha fazla saygısızlık yapılmasına müsaade etmem."

"Efendim meseleye biraz da diğer yandan bakmanız belki hallini kolaylaştırır. İnsanlar sizi öyle seviyorlar, halkın kalbinde öyle bir yeriniz var ki kimse dolduramaz. Malumunuz, Şems Hazretleri'nin teşrifinden sonra, halktan da en yakınlarınızdan da uzaklaştınız. Sizi öyle seviyorlar ki..."

"Nasıl bir sevgi bu Necmeddin, bütün bunlar sevgiden mi oldu? Hem ben hiçbir mecburi görevimi ihmal etmedim. İhtiyari olarak terk ettiklerimi de ehil ellere bırakmışımdır. İnsanlara gelince, sadece itibar ettiklerimle etmediklerim değişmiştir."

"Efendim haklısınız ama siz her şeyin Hak'tan geldiğine inanan bir insansınız. Takdir böyleymiş. Bu insanlar bir vasıta, vesile neticede."

"Şüphesiz. Ama işin o yönü ayrı. Fakat sadece bir vasıta bile olsalar taşıdıkları bu pisliğin bir mesuliyeti, bedeli yok mu sanıyorsun? Kader diyeceğiz öyle mi? İnsanlar taş mı, kaya mı? Hiç mi iradeleri yok. Taş olsa çatlar!"

"Haklısınız efendim. Ama şöyle de bir vaziyet var ki kimsenin size hâşâ böyle bir fiil isnadı yok. Söylenenler daha çok Şems-i Tebrizî için. Onu pek tanımıyorlar ne de olsa."

"Sen şimdi benim bununla teselli bulmamı mı bekliyorsun! Ben Şems'ten ayrı mıyım ki? O benim! Ben de O!"

"Evet efendim, biliyorum. Ama belki de asıl anlaşılmayan bu. Ona bu kadar değer vermeniz. Şems'te ne buldunuz ki? O nasıl bir adam ki?"

"Ahdine sadık bir adam... Daha ne olsun Necmeddin? Kullarla olan ahdine sadık, Peygamberiyle olan ahdine sadık, Allah'la olan ahdine sadık bir adam. Daha ne olsun? Size söylemedim mi Necmeddin; o bizi bize olduğumuz gibi gösteren bir aynadır diye. Ondan rahatsız olan kendi çirkinliğinden rahatsız olmuştur diye! Kendimizi düzeltmek yerine onu kırmayalım demedim mi?"

Necmeddin, bir süre sustuktan sonra tekrar söz aldı: "Dediniz efendim, sizi anlıyorum ve her zaman yanınızdayım. Şimdi de meselenin acilen kapanması için ne gerekiyorsa yapmaya hazırım. Ama bana sorarsanız, affınıza sığınarak önceki söylediklerimde ısrar edeceğim. Çünkü meselenin halli, sebeplerin ortadan kaldırılmasına bağlıdır. Arz ettiğim gibi kendinizi tecrit etmeniz, insanlardan uzak kalmanız bütün bunlara sebep olan asıl amildir. Ama eğer, sizin yakınlığınıza tekrar kavuşurlarsa sizi eskiden olduğu gibi kucaklayacaklarından eminim. Bu mevzu da ancak böyle kapatılabilir. Dedikoduların önüne geçilir."

Bu sözler üzerine Mevlânâ, öyle acı ve öfke dolu bir surat ifadesiyle döndü ki ona, Muid ürküp bir adım geri çekildi. Bir süre muhatabını o bakışa hapsettikten sonra: "Öyle mi hesap etmiştin Necmeddin? Bu kadar kolay mı sandın? Şems çekip gider, Mevlânâ nasıl olsa kendi adını temize çıkarır ve her şey eskisi gibi olur. Bu muydu karşılığında her şeyini sattığın meta? Bu ne kötü bir alışveriş, bu ne ağır bir bedel Necmeddin!"

Necmeddin korkuyla: "Aman efendim, neler düşünüyorsunuz böyle, bunları da nereden çıkarıyorsunuz?"

"Bunları konuşan kim diye düşünmüyorum Necmeddin? Hangi İblis tabiatlının aklına geldi diye de düşünmüyorum. Bunu evime kim sokabilir diye düşünüyorum. Alâeddin'le bunları konuşmaya kim cesaret edebilir ve o kime itibar eder diye düşünü-

İstanbul hayranı Mauro (Mevlud) Martino'dan çarpıcı bir 'Eve Dönüş' romanı...

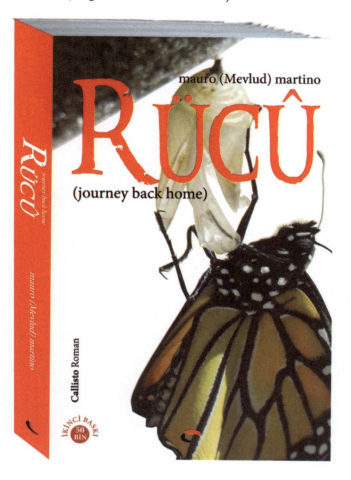

talyan kökenli Kanada vatandaşı Mauro Martino'ya da bu avaz ulaşır bir şe-
e. Sonuçta o da bir kuştur, Simurg misali... Ve bir gün kendisine bir Kuran-ı
m hediye edilir. İçinde, "herkesin kuşunu kendi boynuna doladık" yazılıdır. Ve
ar kendindeki o kuşla aramaya.
olda öğrenir, uçmak sadece kanat istemez. Kimileri de tırtıl tabiatlıdır. Kele-
 evrilmedikçe uçamaz...

www.callistokitap.com

yorum. Bildiğim değerleri yerine koyarak denklemi çözmeye çalışıyorum. Yanlış bir yordam takip ediyorsam daha iyisini sen söyle hoca! Yoksa babalık haklarımı kullanıp onun terbiyesini bozmak pahasına Alâeddin'e mi söyleteyim mahrem konuşmalarınızı?"

Necmeddin çaresizce boynunu büktü: "Efendim, Çelebi'yle her hususta olduğu gibi bu hususta da dertleşmişizdir bazan. Ama bu mevzudaki hassasiyetiniz sizinle bunları paylaşmamıza mani oluyordu. Çekiniyorduk açıkçası, yanlış anlaşılırız diye korkuyorduk. Layık olduğunuz şekilde saygı görmenizden başka bir arzumuz yoktu emin olun. Herkes de bizimle aynı arzuyu paylaşıyor, hiç şüpheniz olmasın. İnsanlar sadece karşılarında eski Mevlânâ'yı görmek istiyor."

Bu izah da Mevlânâ'nın tavrında bir yumuşama meydana getirmedi. Hatta onu daha da öfkelendirdi ve kesin bir ifadeyle, "Öyle ise Necmeddin, ilk evvel senin haberin olsun: Artık eski Mevlânâ yok! Hatta Mevlânâ artık hiç yok!" dedi.

Sonra hızla yürüyüp balkonun avlunun ortasına denk gelen kısmına geçti. Medrese ve dergâhtakilerin çoğu aşağıda dağılmış bir vaziyette büyük bir sessizlikle bekliyorlardı. Mevlânâ, balkonun kenarına gelip aşağı bakınca herkes kendilerine bir açıklama yapılacağını düşünerek balkonun altına doğru yürüdü. Mevlânâ, onları bir süre gözleriyle takip ettikten sonra bu mevzuda yapacağı ilk ve son açıklamayı dizelere döktü:

"Aya öfkelenmişim ben, işte böyle kapkaranlık bir gece
olmuşum;
Padişah'a kızmışım, çırılçıplak bir yoksul olmuşum.

Sevgilim, baş çeker naz ederse gamlara atar, kararsız korsa beni,
Bir kere bile 'ah!' demeyeceğim inat için, 'Ah!'a da kızmışım ben!

Bir bakarsın, altınla aldatır beni, bir bakarsın, şanla şerefle aldatır beni,

Oysa altın falan istemiş değilim ondan. Şanla, şerefe hele çoktan boş vermişim!

Ben bir demirim, mıknatıstan kaçıyorum;
Bir saman çöpüyüm ben, mıknatıslara yan çizmişim!"
...

Şiir bitince evinin kapısına döndüyse de Muid bir türlü peşini bırakmıyordu. Ama Necmeddin'in, "Fakat efendim..." diye başladığı cümleyi dinlemeden evine girip kapıyı kapattı. Necmeddin, kapıda dikilip kalmış, bütün umutları boşa çıkmıştı. Bir süre öylece bekledikten sonra, 'Neyse, öfkesi geçince her şey yoluna girer' diye düşünerek aşağı indi. Halledilmesi gereken acil bir mesele daha onu bekliyordu: Alâeddin'in durumu. Olanları öğrenir öğrenmez genci misafir dervişlerin kaldığı odalardan birine yerleştirmiş ve ortaya çıkmamasını tenbihlemişti. Ancak oraya geldiğinde Baha ve Kimya'nın onu çoktan bulmuş olduklarını görerek yüzüne bir memnuniyet ifadesi takındı: "Sultan Veledimiz de buradaymış, ne âlâ. Ben de şimdi size haber verecektim. Ama takdir edersiniz ki pederinizle görüşmemiz elzemdi."

O akşam Alâeddin bir daha ortada gözükmeyince Kerra Hatun, bir yere kaçmasından, başına bir şey gelmesinden endişe etmişti. Mevlânâ balkona çıkınca onu aramaya Kimya'yı göndermişti. Kimya, güney tarafta bulunan Mevlânâ'ya gözükmeden ayaklarının ucuna basarak aşağı indi ve doğruca Bahaeddin'in odasına gitti. Çelebi, pencerenin kenarında düşünceli bir halde oturuyordu. Kimya'yı görünce hemen ayağa kalktı: "Babam nasıl Kimya?"

"Bilmiyorum, hiç konuşmuyor. Ben gelirken balkondaydı."

"Ben de ne yapmalıyız, onu bilmiyorum. Belki de en iyisi bir süre rahatsız etmeyelim, kendi haline bırakalım."

"Annem de öyle söyledi. Ama Alâeddin için endişeli, sen nerede olduğunu biliyor musun?"

"Hayır, medreseye göz gezdirdim, göremedim. Buraya gelir diye bekliyordum. Ama nafile. Bizden ne kadar kopmuş da farkında değilmişiz Kimya."

"Kopmuş yahut koparılmış, ben de bilmiyorum. Ama şimdi nerde?"

"Nereden bileyim, bu rezaletten sonra babamın yüzüne nasıl bakacak?"

Kimya'nın gözleri yaşla doldu. Alâeddin'in söylediği şeyin ne anlama geldiğini ancak Kerra Hatun'dan öğrenebilmişti. "Hepsi benim suçum ağabey" dedi sesi titreyerek. "Alâeddin bana duyduklarını anlatıyordu. Ben de, 'Niye kimse çıkıp mertçe söyleyemiyor?' deyince mertliğini göstermek istedi herhalde. Hem ben o kelimenin manasını bilmiyordum. Babam bana küçükken 'Kimyacık' derdi ya öyle zannettim. Onu konuşturmamalıydım. Bir şey yapmalıydım."

"Senin bir suçun yok, ağzını kapatacak değildin ya. Hem Şems, bir şeyin belirsiz kalmasına izin vermezdi. Sonuna kadar gider, söyletirdi. Zaten Alâeddin bunu aklına koyduysa eninde sonunda olacaktı."

Kimya hemen toparlandı: "Evet, öyle gerçekten, bu Küçük Çelebi'nin boşboğazlığı... Şems'i geldiğinden beri sevmiyordu. Ama ona istinad ettiği şeyin ucunun dönüp dolaşıp babama da dokunacağını nasıl düşünmez? Madem öyle bir şey duydun, gel evvela babana söyle, değil mi? Hayır, bile bile yaptı. Şems'in gitmesini istiyordu."

"Belki" dedi düşünceli bir sesle Baha. Bir süre sonra, "Ama mukaddarat böyleymiş demek ki" diye ekledi.

"O ne demek?"

"Allah'ın takdir etmiş olduğu kader, yazgı. Bunların yaşanması yazılmış. Şems o yüzden gitti belki de. Babam da o yüzden susuyor. İşin o yönünü de anlamaya çalışıyorlar. Ne yapmaları, nasıl davranmaları gerektiğini belki onlar da bilmiyorlar. Ama şimdi bizim Alâeddin'i bulmamız lazım."

Bu konuşmadan sonra, Sefa'nın yardımıyla Alâeddin'in yerini buldular. Odaya girdiklerinde, genç adam önüne bırakılan yemeklere hiç dokunmamış, dizlerini karnına dayamış, ellerini diz kapaklarında kenetlemiş vaziyette oturuyordu. Gelenlere başını hiç çevirmeden "Ne oldu, katlime ferman çıktı mı?" diye sordu. Baha, cevap vermeden geçip kardeşinin karşısına oturdu. Kimya öfkeyle ayakta geziniyordu:

"Bu durumda da latife yapabiliyorsun ya, aşk olsun. Her şeyi katleden sensin, babana nasıl böyle bir şey isnad edersin?"

Alâeddin hiddetle başını kaldırdı: "Kimseye bir şey isnad etmiş değilim! Anlamıyor musunuz? Ben sadece söylenenleri telaffuz ettim."

Kimya öfkeyle, "Kim söylediyse haddini bildirseydin ya, sana yakışan buydu!" diye çıkıştı. Ama Baha, ona susmasını işaret etti. Sonra şefkatli bir sesle, "Alâeddin, sevgili kardeşim, olan oldu. Bir hata işledin. Ve eminim ki vaziyetin vahametinin herkes kadar farkındasın. Onun için böyle davranıyorsun. Ben senin tabiatını bilirim. Bir şeyi içinde tutamazsın, ikiyüzlü davranamazsın" derken, Alâeddin birden çatallaşan bir sesle, "Evet, birinin söylemesi gerekiyordu artık ağabey. Hepiniz bir şey yok gibi davranıyordunuz" diye hıçkırdı.

Baha, yerinden kalkıp kardeşine sarıldı, başını göğsüne bastırıp saçlarını okşayarak "Ama biz bu kadarını hiç duymamıştık" dedikten sonra devam etti: "Neden insanlar sana böyle bir şey söyleme cesaretini kendilerinde bulabiliyorlar da bize söyleyemiyorlar? Bunu bir düşün."

Alâeddin'in buna verecek bir cevabı yoktu. Yaşlı gözlerle ağabeyine bakmakla yetindi. İşte bu sırada Muid Necmeddin kapıyı açarak onları gördü. İçeri girmeden, kardeşleri yalnız bırakmak için oradan ayrıldı. Gençler bir süre daha aralarında konuştular. Sonunda Alâeddin, Baha'nın ellerine sarılarak "Bana yardım et ağabey. Şimdi mi gidip babamdan af dileyeyim, yoksa bir süre gözüne gözükmeyeyim mi?"

Baha derinden içini çekti: "Ben de bunu düşünüyorum akşamdan beri, ama inan ben de bilmiyorum. Bakalım, Allah bir yol gösterecektir inşallah."

O sırada kapı çaldı ve açılarak Sefa'nın başı içeri uzandı: "Kadı İzzeddin Hazretleri teşrif ettiler."

Gençler ayağa kalktı. Kadı, yanında Muid ile odaya girdi. Kısa bir selâmlaşmadan sonra: "Bahaeddin Çelebi, vaziyetten haberdarız. Şeyh Sadreddin ve Muid Necmeddin'le de istişare ettik. Alâeddin Çelebi'nin bir süre misafirim olması münasiptir."

***

Şövalye kışı Nikia'da geçirmek üzere, tek başına yola çıkmıştı. Böylece kısa sürede Mihael'in kalesine ulaştı. Burada bir süre kalıp Desdemonda ve Mihael'in, Yaşlı Yorgos'un son günleri, görüşmeleri ve okuduğu kitaplara dair neler bildiğini öğrenmek istiyordu; ama onların kalede olmadığını, İmparatoriçe'nin cenazesine katılmak için Nikia'ya gittiklerini duyunca kalede hiç konaklamadan tekrar yola koyuldu. Son anda yetiştiği cenaze töreninde ise hiçbir sağlık sorunu olmayan İmparatoriçe'nin, önceki sabah yatağında ölü bulunduğu haberini aldığında kafası iyice karıştı. Sanki görünmeyen bir el devreye girmiş ve Doğu Roma'nın kaderini değiştirmeye başlamıştı. Silik bir yapıya sahip olan İmparator, eşinin ölümünden sonra daha da edilgen hale gelecek gibi gözüküyordu. Bu, ancak Doğu Roma'nın pek de kabarık olmayan kesesinden nemalanan, Saray'a kök salmış bir iki asili memnun ediyordu. Şövalye bunları aklından geçirirken İmparator'u saygıyla selâmlayıp üzüntüsünü dile getirdi. Ama artık bu iç sıkıntısı yaratan sahte matem âyininden uzaklaşmak istiyordu. 'Hayatın sana göndereceği işaretleri bekle' demişti Şems; ama işaretler rüyalardan bile karışık ve daha fazla yoruma muhtaç olarak geliyordu sanki. Bunu düşününce aklına Maria geldi.

Şehir ve sarayda tutulan yasın tam tersine Göl Evi'nde tam bir şölen yaşanıyordu. Kıvrak bir Arap şarkısı çalan müzisyenlerin def ve zil sesleri Nikia Gölü'nü çınlatarak dalgalarla yayılıyordu. Dansçı kızların bedenlerindeki titrek kıvrımlar en az müziğin ritmi kadar hızla eğilip bükülüyor, izleyenlere müthiş bir göz ziyafeti sunuyordu. Konuklarıyla ayrı ayrı ilgilenen Maria, yanına kadar gelen Şövalye'yi ancak son anda fark etti; "Ah, Şövalye'm döndünüz mü?" diyerek onu saygıyla selâmladı. Marcos, soğuk bir sesle, "Neyi kutluyorsunuz burada?" diye sordu. Maria, "Bir doğum günü sadece" dedi.

"Kimin?"

"Kim olduğunun ne önemi var, doğum günü işte."

"İmparatoriçe'nin ölüm gününde mi?"

"Müzikten duyamıyorum Şövalyem, odama geçelim istersen" diyen güzel kadın, neşesini hiç bozmadan eğlenenlere gülücükler dağıtarak odasına yöneldi. Kapıyı kapattıktan sonra Marcos'a dönüp "Demek o muhteris cadı öldü sonunda" deyince Marcos iyice öfkelenerek "Bilmiyor olamazsın. Ne yapmaya çalışıyorsun Tanrı aşkına?" diye sordu.

"İşimi. Merak etme, bunun için kimse senin kadar yas tutmayacak, törendekiler birazdan buraya damlar, gözlerinle görürsün. Sadece İmparator Hazretleri gelemez. Ama arzu ederlerse kendilerine saraylarında hizmet sunarız."

"Bu kin senin gözlerini kör etmiş Maria. Evet, hak etmediğin bir yerdesin ama Doğu Roma'nın bazı gerçekleri var ve artık sen de bunu kabullenmek zorundasın?"

"Hangi gerçekleri mesela? Önünde diz çöküp sadakat yemini ettiğiniz o ucube kılıklı adamın, İmparator'un damadının damadı olduğunu mu? Bugün gömdüğünüz cadının buradaki kızlardan daha ucuz bir fahişe olduğunu mu? Oğlunun da kocasının damarlarında da bir damla Doğu Roma kanı olmadığına her şeyime bahse girerim. Ama siz onun kural tanımaz hırsının, açgözlülüğünün ve acımasızlığının bizi birleştirecek bir tutkal olduğuna inandınız yıllarca. Sizden bu cesareti almasaydı yaptıklarına asla cüret edemezdi. Asla! Sahte bir tutkal ne kadar yapıştırır bir kitabın sayfalarını. Belki bir anlığına birlikte görülürler, sonra dağılıp giderler. Sahte Doğu Roma'nın hangi gerçeğinden bahsediyorsun Tanrı aşkına? Fakat illa ki onu kaybettik diye dövünüp ağlayacak, matem tutacaksanız, siz bilirsiniz. Gidip karalar giyin haydi! Ama benden bunu beklemeyin."

"Belki haklısın Maria, yıllarca bu konuları hiç konuşamadık. Ben bunları bir şekilde hazmedip olanları kabullendiğini zannettim. Ama başka devletler nasıl yönetiliyor sanıyorsun? Selçuklu'nun başında da çocuk sayılacak yaşta genç bir Sultan var."

"Hiç olmazsa o Büyük Alâeddin'in öz oğlu, onun kanını taşıyor."

"Ama nerdeyse hanedandan olmayan biri geçecekti başa."

"Biliyorum. Ama onlar buna asla izin vermez. Devlet adamları engel oldu değil mi? Fakat Doğu Roma'ya sadık kaç tane devlet adamı, kumandan bulabilirsin böyle bir işe kalkışsan, söyle bana?"

Şövalye birden irkilerek Maria'ya baktı. Kadının gözlerinde her geçen gün biraz daha artan bir ateş var gibi geldi bir an. Ama buna bir anlam veremiyordu. Üstelik bu soruyu kendisinin düşünmesi gerekirdi şimdiye kadar. Buraya gerçek varisi bulmaya gelmemiş miydi? Belki bu ihtimal çok uzak gözüktüğünden, ona ulaşırsa ne yapacağını hiç düşünmemişti. Fakat Maria bu soruyu böyle açıkça sorunca sanki bu hayal; somut, elle tutulur bir şeye dönüşmüş, yakınlaşmıştı. Fakat muhatabının neyi amaçladığını anlamak zorunda hissederek "Tam olarak nasıl bir işe kalkışmaktan söz ediyorsun?" diye sordu. Ancak Maria ani bir manevra yaparak, Marcos'un tahminin aksine Sarayla ilgili bir hesabı kalmadığını ima eden tavırlarla "Sadece asillerin ve kumandanların en az yarısını parayla satın alabileceğimi düşünüyorum da bazan, bundan dolayı ciddi bir işe kalkışsan güveneceğin kaç tane adam var diye sordum."

"Fazla olmadığını ikimiz de biliyoruz sanırım."

"Elbette, ama bu hoş bir oyun olurdu biliyor musun?"

"Nasıl yani?"

"Şöyle; ben satın aldıklarımın, sense güvendiklerinin listesini çıkar. Karşılaştıralım; kim bilir ne sürprizlerle karşılaşacağız. Hem Konstantinopolis'le ilgili planlar yapılırken de bu sana lazım olacak değil mi?"

Marcos, zaman sınırı olmaması şartıyla bu teklifi kabul etti. Sonra İzak'la münasebetinde faydası olacağına inandığı konuya getirdi sözü: "Konya'da 'Kardeşlik Teşkilatı' diye bir mistik örgütten bahsedildiğini duydum. Senin bir bilgin var mı, tam olarak 'kardeşlik' nedir, Tapınakçılardan mı bahsediyoruz?"

"Aslında bu bütün tarikat veya örgütlerin kullandığı bir şey. Üyeler birbirine kardeş dediği için öyle adlandırılıyor. Bu yüzden bu isim yeterli değil. Nasıl bir teşkilattan bahsediyorsun?"

"Ben bunun 'Tapınakçılar' olduğunu düşünüyorum. Aynı ya da benzer sembolleri var."

"Tapınakçılar hakkında tam olarak neler biliyorsun?"

"Pek fazla bir şey değil. Haçlıları ve kutsal topraklara giden hacı adaylarını korumakla görevli, papa tarafından kutsanmış bir grup şövalye diye biliyorum, o kadar."

"İlk başlarda öyle idi. Ancak bu şövalyeler, Süleyman Tapınağı'nın altında kazılar yaptılar. Bir rivayete göre Hz. Musa'nın Ahid

Sandığı'nı, diğerine göre Kutsal Kâse'yi arıyorlardı. Ancak orada buldukları tabletler ve papirüslerde öyle bir bilgiye ulaştılar ki o günden sonra her şey değişti."

"Ne değişti; amaçları mı inançları mı?"

"Bunu kimse bilmiyor. Zannediyorum, ilk başlarda kutsal emanetleri bularak Hıristiyan âleminin ve Papanın hatta Musevîlerin takdirini kazanmak, dikkat çekmek, taraftar toplamak ve sair... Ama sonra öyle bir şey öğrendiler ki hedeflerini çok büyüttüler."

"Ne kadar?"

"Dünya hâkimiyetine kadar, sultanların, kralların, devletlerin üstünde bir iktidar kurmaya kadar."

Şövalye bir süre nefes almadan durdu. Duyduklarını anlamakta güçlük çeker gibiydi. Neden sonra, "Bunu hangi bilgi sağlayabilir ki?" diye sordu.

"Bu büyük bir sır, sana çözemedim demiştim ya, bunu sonra konuşuruz. Neyse, tarihçeye geri dönersek; Selahaddin, Kudüs'ü aldığında Büyük Üstad Gerald de Ridefort ihmal ve ihanetle suçlandı. Selahaddin ile işbirliği yaptığı da söylendi. Teşkilat içinde yargılanarak idamla cezalandırıldı. Tapınakçılar bu hadiseyi 'karaağacın kesilmesi' diye anarlar ve Tapınakçılar tarihinde bir milattır. Çünkü bundan sonra Templar Tarikatı ikiye bölündü: Sion Tapınağı ve Tapınak Şövalyeleri olarak. Dışarıdan bakıldığında bu ayrılık henüz fark edilemiyor ve insanlar genellikle hepsini tapınakçı olarak biliyor. O yüzden ne bildiğini sordum."

"Benim merak ettiğim asıl konu, neyin peşinde oldukları?"

"Büyük meraklar insanların başına büyük işler açar Şövalye!"

"Sadece bildiklerini öğrenmek istiyorum. Hiç bu kadar cimri olmamıştın."

"Haklısın ama sen hep çok cimriydin. Ayrıca bu her zaman paylaştığımız bilgilerden değil. Burada en değerli kızlardan birinin hayatına mal oldu. Buna rağmen eğer gerçekten çok istiyorsan sana bir ayrıcalık yapabilirim. Ama tek şartla, sen de benim bir merakımı gidereceksin: Konya'daki gerçek işin ne? Herhalde geç kalmış vergilerle hediyeleri götürüp var olan bir anlaşmayı geliştirmek için gittiğine inanmamı beklemiyorsun. Bunun için çok daha uygun kişiler vardı Doğu Roma'da ve sen, bu iş için kılını kıpırdatmazdın."

Marcos, akşama doğru ayrıldığı Göl Evi'nden büyük bir sıkıntı ile ve sorusunun cevabını alamadan çıkmak zorunda kalmıştı. Söylediği hiçbir şey Maria'yı ikna etmeye yetmemişti. Bu davranışları da İmparatoriçe'ye duyduğu nefretin bir uzantısı gibi gözüküyordu Marcos'a. Çünkü, "O fahişeyle arandaki sır her neyse bunu senden öğreninceye kadar dostluğumuz eskisi gibi olamaz Şövalye" demişti kesin bir dille ve eklemişti: "Eğer ondan ve senden başka bilen biri olsaydı, burada şimdiye kadar çoktan öğrenmiş olurdum." Maria'nın bu kendine güveni, sarayı küçümseyen tavırları ve asillerle komutanların çoğunu satın alacağı iddiası, Marcos'un sırrı onunla paylaşma ihtimalini tamamen ortadan kaldırdı. Eğer başka bir varis olduğu iddiasını duyarsa sahte bir veliahd bulup tahta çıkarmaya kalkar diye korkarak İzak'ın neyin peşinde olduğunu araştırmaktan bir süreliğine vazgeçti.

***

Kadı Nâsir Fülâneddin, yeni taşındığı konağın bahçesinde küçük bir gezintiye çıktı. Sultan Gıyaseddin'e takdim ettiği kitapla hem ilim çevrelerinin dikkatini çekmiş, hem de Sultan'ın takdir ve teveccühüne mazhar olmuştu. Bu konak da Hüdavend-i Âlem'in bir hediyesiydi. Bu şartlarda bir kadılık makamı elde etmesi hiç de zor olmadı. Ama onun asıl amacı önce kadı-l kuzad daha sonra da emir-i dâd olmaktı. Bu arada ilmî çalışmalarına hırsla ara vermeden devam ediyor, Ebu Ali Sina'nın El-İşârât ve't Tenbîhât ve İhvânu's Safâ çalışmalarını tetkik ediyor, diğer yandan zehir ve panzehirler üzerine tıbbi bir araştırma yapıyordu. Bunun için mahzende yılan beslemeyi göze alacak kadar ileri gitmişti. Bu çalışmalarını duyan Karatay, ona bir küçük şişe zehir göndermiş, bunun üzerinde çalışmasını, bir panzehri olup olmadığını araştırmasını istemişti. Mevlânâ'yla bu şartlarda yakınlaşamayacağından ilim meclislerinin bir başka gözdesini, Şeyh Sadreddin'i sorularına muhatap etmesi akıllıca olmuştu. Her yerde âlimler kendisinden "Şeyh Sadreddin'le bile tartışabiliyormuş" diye söz ettikçe ünü yayılıp artıyordu. Ama ne üstadıyla Sultanü'l Ulema arasında yarım kalan hesaplaşmayı tamamlamaktan ne de Mevlânâ'nın buradaki nüfuzunu ortadan kaldırmaktan vazgeçmişti. Elbette bunun bir anda olmasını beklemiyordu. Ama Şems, işini iyice zorlaştırıyordu. Neyse ki hesapları tutmuş ve o gitmişti işte. Fülâneddin, bu düşüncelerle bahçede dolaşırken medrese ve çarşılardan haber toplamak için gönderdiği Gazanfer selâm vererek düşüncelerini böldü: "Efendim, Kadı Hazretleri! Akşam-ı şerifleriniz hayırlı olsun."

Fülâneddin hemen 'ne havadis var?' diye sorarak istediği mevzuya getirdi lafı. Gazanfer, "Mevlânâ henüz kimseyle görüşmüyormuş. Derslere de vaaza da başlamamış" diye başlayınca Fülâneddin'in yüzünde memnun bir tebessüm hâsıl oldu:

"Demek yüzü yok çıkmaya. Eğer masum olsaydı çıkıp kendini anlatması, bu dedikodulara veryansın etmesi gerekmez miydi?"

"Elbette efendim ama kimse böyle düşünmüyor. Hem Mevlânâ da tamamen susmuyor, söylediği gazeller, rubailer, âliminden cahiline herkesin dilinde dolaşıyor. Şems'i öyle yüceltiyor, öyle anlatıyor ki insanlar ister istemez tesirinde kalıyor. Ve Şems'i anlamayanları öyle aşağılıyor ki, kimse biz anlamadık diyemiyor. Hatuniye Medresesi'nde bir âlimden duydum. Şöyle demiş Mevlânâ:

'Kuşluk vakti kuşlarının bile o Güneş'in ışığından
gözleri kamaşmaktayken
Gece vakti yarasaları, onun ışığına nasıl tahammül edebilir?'"

Gazanfer devam etmek üzere soluklandıysa da Fülâneddin sözünü kesti: "Oo, Gazanfer bakıyorum hemen ezberlemişsin."

"Size nakletmek için efendim. Hem takdir edersiniz ki Mevlânâ, Farsçayı fevkalâde kullanıyor ve şiir hususundaki kabiliyeti deha derecesinde, su gibi söylüyor, dilinize takılan hiçbir şey yok. Hemen ezberleniveriyor."

"Tamam, Gazanfer" dedi Fülâneddin sabırsızlıkla: "Zat-ı muhteremin kabiliyetlerini kıskanacak değiliz herhalde. Halktaki değişikliği neye bağlıyorsun? Tamamen bu şiirlerin tesiri değil herhalde."

"Elbette değil. Bana kalırsa vaziyet çok açık. Mevlânâ'yı yıllardır tanıyorlar. Her şeyi göz önünde. Şems'le olanlar da. Bu kadar şöhretli, muteber bir kişi, utanacağı bir şey yapsa saklı gizli yapardı. Hâlbuki Mevlânâ adeta haykıra haykıra, Şems'e aşk şiirleri söylüyor. Evet, insanlar ilk başta anlamamışlar, tuhaf karşılamışlar ama şimdi anlamasalar da yadırgamıyorlar. Mevlânâ'nın kimseyle görüşmemesini de sizin gibi yorumlamıyorlar. Böylesine çirkin bir ithamın karşısında insan ne açıklama yapabilir? Zaten dedikodunun kaynağı da belirsiz... Bu halde en iyi verilecek cevap susmaktır. Yoksa her açıklama, böyle bir ihtimalin varlığını tartışmak manasına gelir."

Kadı Fülâneddin öfkeyle, "Bunlar senin düşüncelerin mi, görüştüğün insanların mı?" diye sordu.

"Efendim bekleseydiniz, çoğunluk böyle diyor diyecektim. Zaten bu dedikoduyu yapan da sayılı birkaç kişi anladığım kadarıyla, hiçbir zaman halkın gönlünde karşılığını bulmamış bir iddia. Siz kimden duydum demiştiniz?"

"Nereden bileyim Gazanfer, unuttum gitti. Konya'ya ilk geldiğimde duymuştum. Zaten Şems, Mevlânâ ile ilk karşılaştığında Kalenderî kılığındaymış. Kalenderîlerin, Cavlaklar kolunda mahbubperestliğin yaygın olduğu söylenir. Oradan çıkardılar herhalde."

"Ama efendim Şems Cavlaklara hiç benzemiyor, hem kimseye müntesip gibi bir hali de yok; nevi şahsına münhasır bir adam."

"Ne bileyim canım bu yaşa kadar evlenmemiş olması falan, insanların aklını karıştırmıştır."

"Siz de -daha büyüksünüz herhalde- ama evli değilsiniz efendim."

"Ne demek istiyorsun Gazanfer? Biz ilim peşinde koşturmaktan bir yere yerleşip düzen mi kurduk şimdiye kadar?"

"Yani, Şems de belki aynı sebeple evlenmemiştir. Ama siz insanların aklı karışır, deyince adınıza korktum da o yüzden. Artık uzun bir süredir buradasınız. Herhalde taşınma niyetiniz de yok efendim. Biraz da ilmî çalışmalarınızdan fedakârlık edip kendinize zaman ayırsanız diye söylüyorum."

"Neyse Gazanfer, sağ ol; bunları da düşünürüz inşallah. Ben sadece Mevlânâ'nın hak etmediği bir şöhreti olduğu kanaatindeyim baştan beri, biliyorsun. 'Dağın olmadığı yerde tepe, dağ gibi görünür' derler. Burada da öyle olmuş anlaşılan. Onun hataları yüzünden gerçek âlimlerin itibarı da zedelenmesin istiyorum. Bu mevzuya alaka gösteriyorum. İnşallah beni doğru anlıyorsundur."

"İnşallah efendim. Ama şunu da eklemeliyim ki her nedense bu hadiselerden sonra bile halkın Mevlânâ'ya teveccühünde bir eksilme olmadı, tam tersine artış var. Onun müşkillerini çözmesine, suallerine cevap vermesine, en çıkmazda olanlara bile yol göstermesine o kadar alışmışlar ki her gün medresenin kapısında toplanıyorlarmış. Geri çevriliyorlar ama yine gidiyorlar; anlaşılır gibi değil."

Fülâneddin, farkında olmadan dişlerini sıktı ve "Babası da öyleydi" dedi.

"Mevlânâ'nın babası ile üstadınız arasındaki mesele nedir? Herkes farklı bir şey söylüyor da..."

"Evet, bu halk neye itibar edeceğini bilmez. Üstad Râzî gibi bir ilim devi varken Baha Veled şehnişine çıktığında bütün Belh halkı avluyu doldurur, onu dinlermiş."

"Bunda ne beis var efendim? Halk her iki âlimden de faydalansın."

"Şu sakıncası var ki Baha'ya Sultanü'l Ulemâ diyorlar biliyorsunuz ve Harezm hanedanı kanını da taşıdığından Üstad, Sultan'ı uyarma gereği duyarak 'Bir sarayda iki sultan olmaz, Sultanım' demiş. Ama Sultan, 'Bahaeddin kendini ilme adadı, siyasete bulaşmaz' diye cevap vermiş. Üstad, Sultan'ı sarayın avluya bakan pencerelerinden birine götürerek 'Bakınız Sultanım, siz şehnişine çıksanız bu kadar kalabalık toplanmaz. Bu halk neye itibar edeceğini bilmez. Halkın teveccühü insana neler yaptırır belli olmaz' diye Sultan'ın aklına kuşku düşürmüş. Sonra Sultan, Baha'ya, 'Bir sarayda iki sultan fazla değil mi?' diye sorunca O da, 'Öyle ise bize hicret düşer' deyip yola çıkmış. Ama halk peşini bırakmamış. Bunun üzerine Baha, hac farizasını yerine getirmek için şehirden ayrıldığını açıklamış; Sultan, birçok hediyeler göndermiş katarla peşinden de halkın tepkisi öyle yatışmış. Orada öyle bir tesiri vardı ki birkaç ay sonra şehir Moğollar tarafından kuşatılınca insanlar bunu Baha Veled'in şehirden kalbinin kırık ayrılmasına bağladılar. Çok iyi hatırlıyorum o günleri; Sultan bile öyle düşünüyordu. Ne saçmalık! Akli, ilmî hiçbir temeli olmayan hurafeler. Peki diğer şehirler hangi evliyanın kalbini kırdı da Moğol afetine uğradı? Ama gördüğün gibi bu mağduriyet onların işine yaramış. Orada ulaşamadıkları mevki ve makama Selçuklu'da ulaşmışlar. Ama bu uzun sürmeyecek. Halkın ne düşündüğü hiç mühim değil. Avamla yakınlığın bir getirisi yoktur Gazanfer, bunu unutma: Tarih seçkinleri yazacak! Neyse, yarın birkaç davaya bakacağım fetvaları tetkik etmem lazım."

***

Aşkın cihandan rahatlığı aldı götürdü, Ayrılığın ecel kesildi,
can alıyor,
Yüz binlerce cana karşılık vermeyeceğim gönlü,
Senin bir gülüşün bedava aldı götürdü.

Mevlânâ

Zaman dışarıda, deli bir hızla başını kayalara çarpıp dökülen ırmaklar gibi içindeki küçük şeyleri sürükleyip onlarla birlikte akıp geçiyordu. Ancak medrese bu ırmağın kenarında yükselen yalçın bir kayalık misali; eteklerinin hafifçe sallanması dışında bu akıştan pek etkilenmiyordu. Şems'in gidişinden sonra zaman yavaşlamış, sonra tamamen durmuş gibiydi. Mevlânâ odasına kapanmış sabır ve ibadetle yardım diliyordu. Olayın duyulmasının ardından, Emir Karatay, Şeyh Sadreddin ve Kadı Siraceddin gibi birkaç kadim dost dışında kimse açıkça Mevlânâ'dan yana bir tavır sergilememişti. Çoğunluk olayın gidişatına göre karar vermeyi kendisi için uygun bulmuştu. Savaş konusunda Mevlânâ'yla ters düşenler ise bunları yanlarına çekmeye çalışıyor, ateş olmayan yerden duman tütmeyeceğini ima edip duruyorlardı.

Mevlânâ ise düşündükçe kendini suçluyor; hâlâ içinden söküp atamadığı itibar, şöhret ve şerefinin imtihana tâbi tutulduğunu düşünüyordu. 'Umurumda değil, diyorsun ama ispat edemiyorsun!' diye kızıyordu kendine. Bazan birbirine tamamen zıt duygular düşünceler arasında gidip geliyordu: 'Taşlanmayı göze alamadın, onun için zehirli oklara hedef oldun. Kendini temize çıkarmaya çalışırsan işte o zaman gerçekten rezil olursun. Susmalıyım. Ta ki Şems, yüzünü tekrar buraya çevirene kadar susmalıyım' diyordu çoğunlukla. Sonra; 'Peki, cürüm karşılıksız mı kalacak, sustukça mücrimlerin cesareti artmayacak mı? Arkamdaki fısıltılara, kaş göz işaretlerine, imalara hatta sataşmalara tahammül edebilecek miyim?' diye soruyordu kendine. 'Bu kimin aklına gelir, kim söyler, kim inanır? Ancak kendi nefsinde bir meyil bulunan...' akıl yürütmeleriyle yol arıyordu faile. 'Konuşsam ne olacak sanki, bağırsam kim duyacak? Bunlar beni asla taşlamaz dediklerimin çoğu, arkamdan vurdular. Yıllardır içlerinde yaşıyorum. Zaten hakkımda her şeyi biliyorlardı. Daha fazla ne anlatabilirim ki, söyleyeceğimin hepsini yaşayarak anlatmışım. Anlamak isteyen anlar, istemeyeneyse ne söylesen faydası yok!' diye öfkeleniyordu. Bazan da 'Allah'ım, bana bu meselede hazinelerinden bir anahtar lütfet de ufkumu kaplayan bu kapının kilidi açılsın' diye dua ediyordu.

'Günahtan da, günahsızlıktan da vazgeçmeliyim. Çünkü günahsızlık da bir günah olmuş artık benim için. "Belhli Bahaeddin Veled'in oğlu Hüdavendigâr Mevlânâ Muhammed Celâleddin günah işlemiş" demesinler diye mi böyle yaşıyorum. Yoksa sadece ve sadece Allah'a karşı halis bir kul olmak için mi? Bu artık apaçık ortaya çıkmalı. Şöhretten de geçmeliyim, şöhretsizlikten de. İyilikten de kötülükten de, hatta cennetten de cehennemden de' diye tefekkürlere dalıyordu. 'Bu tuzağa düşmekten, bu çekime kapılmaktan öyle bir manevrayla kurtulmalıyım ki beni içine çeken bu girdap şaşırıp kalmalı. Cevher olmaktan vazgeçmeliyim ki bu mıknatıs bana göz dikmesin. Bir saman çöpü olmalıyım; belki değersiz ama öylesine hür, pervasız!' diye karar veriyor, sonra aynı noktaya dönüyordu tekrar: 'Susmalıyım, Şems geri dönünceye kadar, susmalıyım.'

Mevlânâ bir yandan bunları düşünürken diğer taraftan Şems'i merak ediyor; 'Acaba nereye gitti? Neler yapıyor, hatta buradan çıktıktan sonra yolculuğu nasıl geçti, başına bir şey geldi mi?' diye bazan sabahlara kadar uyuyamıyor, ona dua ediyordu. Nihayet bir sabah odasında otururken müjde Hüsameddin'in elinde geldi. Şems bütün bu sualleri biliyormuş gibi yolculuğunu ve Şam'a varışını, hatta orada karşılaştığı âlimleri ve konuları bütün tafsilatıyla anlatan bir mektup yollamıştı. Mevlânâ bu nameyi heyecanla bir solukta okumaya başladı, bir yere gelince gözlerine öyle coşkun yaşlar hücum etti ki nefesi tıkandı. Hüsameddin endişeyle mektubu elinden alıp onun hıçkırıklarının sakinleşmesini bekledi. Sonra "Efendim müsaade buyurun ben devam edeyim. Nerede kalmıştınız?" diye sordu. Mevlânâ "Baştan başla," deyince ağır ağır okumaya başladı.

Şems gitmeden önce olanlarla ilgili hiç yorum yapmıyor, Konya'dan çıkışından başlıyordu anlatmaya. Ancak Erzincan'daki bir hadiseye gelince buradaki iftiranın onun kalbinde nasıl bir yara açtığı, davranışlarına nasıl tesir ettiği açıkça ortaya çıkıyordu. Hüsameddin'in de gözyaşlarına hâkim olamadığı o kısımda şöyle diyordu Şems:

"Erzincan'a vardığımda sana daha evvel bahsettiğim, haylaz, iflah olmaz gibi gözüken bir çocuk vardı ya; hani ailesi onu tamamen bana teslim etmiş, ıslah ve terbiyesiyle uğraşmıştım. İşte çarşıda onunla karşılaştım. Çok edepli bir genç olmuş, tahsili de çok iyi gidiyormuş. Hafızlığını tamamlamış ve sesinin güzelliğiyle bir müezzinlik vazifesi almış genç yaşında. Bunları öğrendiğime çok memnun olduğumu söyleyip yürüdüm. Ancak o peşimi bırakmadı. Ziyadesiyle hürmet edip evlerine davet etti. "Hocam siz olmasaydınız ben böyle olamazdım. Sizi eve götüremezsem annem ve babam beni asla affetmezler" diye o kadar ısrar etti ki kıramadım. Evlerine gittim. Onlar da beni hürmetle karşılayıp ikram ve izzette bulundular. Çocuklarından ne kadar memnun olduklarını, bana ne kadar müteşekkir olduklarını anlatıp durdular. Öyle ki şehirde kalacaksam başka bir yerde konaklamama asla razı olmayacaklarını söylediler. Çok samimi ve temiz ruhlu insanlardı. Fakat evde genç bir çocuk olduğu için dedikodular da peşimden gelir diye o gece orada kalamadım. Onları kırmamak için kesinlikle yola çıkmam gerektiğini söyleyip oradan ayrıldım. Çok yorgun olmama rağmen şehirden çıkıp yola devam etmek zorunda kaldım."

Mevlânâ aralarındaki muhabbet ve münasebetten dolayı başlarına gelenlerle alakalı hep kendini düşündüğünü oysa Şems'in hiç hak etmediği müşkillere düştüğünü fark etmenin sarsıntısıyla mektubun sonuna kadar ağladı ve kendini suçladı. Öyle anlaşılıyordu ki Şems pek bir yerde dinlenemeden hızla Şam'a kadar yol almış belki bu yüzden orada rahatsızlanmıştı. Neyse ki İbrahim bir yerlerde ona yetişmiş ve hizmetine bakıyordu. Mevlânâ'yı bir nebze olsun ferahlatan bu haberden sonra Hüsameddin onu düşünceleriyle baş başa bırakmak üzere odadan çıktı.

İşte o esnada Seyyar Abbas perişan bir vaziyette medreseye geldi. Gece boyunca içmiş, sonra bir saman yığının üstünde sızıp kalmıştı. Uyanır uyanmaz medresenin yolunu tuttuğundan ne halde olduğunun farkında bile değildi. Dergâhtan çıkmakta olan birkaç kadın onu görünce tiksintiyle yana çekildiler. Daha evvel Mevlânâ'nın odasına destursuz girme izni olduğundan kimseyi dinlemiyordu. Sonra iri cüssesini bir tehdit gibi kullanarak yolundakilerin arasından geçip odaya daldı. Selâm verdikten sonra, Mevlânâ'nın önüne oturup küçük bir çocuk gibi hıçkırıklarla sarsılarak ağlamaya başladı: "Efendim, yine sizi sukut-ı hayale uğrattım: Tövbemi bozdum."

"........"

"O mereti ne yapsam bırakamıyorum işte."

"Ondan ne fayda umuyorsun?"

"Acımı dindirecek gibi geliyor."

"Dindiriyor mu peki?"

"Bir süreliğine unutturuyor."

Mevlânâ, birden aklına bir şey gelmiş gibi düşüncelerinden sıyrılıp canlandı ve "Unutmak nasıl bir şey Abbas, bir de ben tecrübe edeyim" deyince Abbas'ın saçı sakalı birbirine karışmış çehresinde tek parlaklık kaynağı olarak duran gözleri iyice belirginleşti: "Ne diyorsunuz efendim?" diye sordu şaşkınlıkla.

"Hep sen bizim mekânımıza gelecek değilsin ya Abbas; bugün de biz senin mekânına gidelim diyorum. Böyle dostluk mu olur? Sen bize uyamadıysan biz sana uymayı deneyelim. Akıl ehlinden vefa bulamadık, bir de meyhane ehline gidelim. Beni Şems'in gittiği meyhaneye götür. Kalk gidelim, hadi şimdi bu dünyayı bir kadeh şaraba satalım da bu ağır yükten bir an evvel kurtulalım. Bizim asıl acımız bu! Bu acıyı bir an evvel unutalım gitsin."

Sefa, omzunda iki gözü de ağzına kadar dolu bir heybeyle çarşıdan geliyordu. Arka kapının önünde Mevlânâ ve Abbas'ı görünce Kerra Hatun'un ısmarladığı şeyleri alıp gelmek için ne kadar zorlandığından şikâyet etmeye koyuldu. Çünkü çarşı çok kalabalıktı. Sultan, öğle üzeri kışlaya geçecek, teftişte bulunacaktı. Bu yüzden yolu üzerindeki eski bedestan ziyadesiyle bir hazırlık telaşındaydı. Güzergâh boyunca da Sultan'ın bağışlarını uman fakirler ve şehre yeni gelen ihtiyaç sahipleri sıralanmıştı. Elbette Sultan'a eşlik etmek veya onu selâmlamak için hatırı sayılır birçok kişi de tepeye akın ediyordu.

Bunları öğrenen Mevlânâ başını kaldırıp bir süre semaya baktı. Sanki orada yazılı bir işaret görmüştü de onu okumaya çalışıyordu. Sefa endişeyle, "İyi misiniz efendim? Siz nereye gidiyordunuz?" diye sordu. Mevlânâ günlerdir ilk defa gerçek bir neşeyle gülümseyerek "Biz, Abbas'ımızla meyhaneye gidiyoruz. Mansur şarabından içeceğiz sızana kadar. Koş, Muid'e haber ver! Ama bizi ayıltmaya uğraşmasın boşuna! Tam tersine, benim gibi bir adamdan ne kadar uzak durura o kadar hayrına! Çünkü bundan sonra adım sarhoşlar arasında anılacak!" deyince, Sefa koşmak şöyle dursun olduğu yerde donup gözünü bile kırpmadan arkalarından bakakaldı. Onu öylece bırakıp arka kapıdan çıkarak İplikçi Caddesi'ne doğru yürüdüler. Mevlânâ, karşılaştığı insanlara selâm verip nereye gittiğini de söyleyerek Abbas'ın koluna girmiş yürüyordu. Caddeye gelince karşıya geçip İplikçiler Çarşısı ile Alâeddin Tepesi arasında kalan sokaklardan birine girdiler, Küçük Kilise'ye kadar gelip oradan Hıristiyan Mahallesi'ne döndüler.

Bu arada olayı bizzat Mevlânâ'dan duyanlar, hiç tereddüt etmeden karşılaştıkları ilk tanıdığa durumu aktarıyor, haber bulaşıcı bir hastalık virüsü gibi havadan, sudan, hata bakışlardan birbirine geçerek inanılmaz bir hızla yayılıyordu. Belki Mevlânâ, meyhanenin kapısından içeri adım atmadan haber, ulaşması gereken her yere ulaştı.

Tahir Ağa, bütün bedestanı Sultan'ın geçişinden önce teftiş etmiş, Çulhacızade Nureddin'in dükkânına yorgunluk kahvesi içmeye gelmişti. Orada yeni konağına ısmarladığı mobilyalar için kumaş beğenmekte olan Kadı Fülâneddin'le karşılaşınca ziyadesiyle memnun olduğunu hararetle dile getirdikten sonra "Kadı Hazretleri, konağınızın ihtişamı şimdiden dillerde dolaşıyor. Bir eksik bırakmamışınız ki biz dostlarınıza hediye etme şerefi nasip olsun. Ne alacağımızı şaşırdık vallahi" diye serzeniş etti. Aslında Fülâneddin'in konağı için sipariş ettiği çok özel bir çalar saat Bağdat'tan gelmek üzereydi. Yedi farklı kuş sesi çıkaran bu saatin diğer eşsiz özellikleriyle de burada bir benzeri olmadığını biliyordu Ağa. Ama Fülâneddin'i şaşırtmak ve etkilemek istiyordu bu hediye ile. Bu yüzden ziyaretini geciktirmişti. Kadı ise bu sitemi nezaketle geçiştirerek "Ağa Hazretleri; emin olun teşrifiniz tarafımıza verilecek en büyük hediyedir" dedi. Karşılıklı iltifat ve üstü örtülü böbürlenmeler böyle devam ederken Ağa, Kadı'yı birlikte kahve içip Sultan'ın geçişini beklemeye ikna etti. Nureddin bu ağdalı konuşmalardan oldukça sıkılmışsa da misafirlerini, özel müşterilerini ağırlamak için hazırladığı üst kattaki büyük terasa aldı.

Ağa ve Fülâneddin çarşıyı ve olan biteni görmek için doğrudan terasa geçip samur kürklerle donatılmış divanlara kuruldular. O sırada karşı dükkândaki Hücabeddin, Ağa'yı görünce yan komşusundan şikâyetçi olmak için Nureddin'in engelleme gayretlerine rağmen yukarı çıktı. Böylece Ağa ve Fülâneddin, Mevlânâ'nın meyhaneye gittiğinden, belki de birazdan buradan geçip medreseye ineceğinden haberdar oldular. Kadı, Hücab'a ömründe duymadığı kadar nazik birçok iltifat ettikten sonra "Nasıl da üzüldüm bilemezsiniz. Sizin gibi tertemiz insanların bulunduğu bu şehir bunları hak etmiyor. Bir âlim açıktan açığa şarap içerse diğer insanları nasıl zapt edeceğiz?" deyip, Mevlânâ'nın Şems'le uygunsuz münasebetinin ilim camiasını ne kadar müteessir ettiğinden de dem vurarak lafı, "Biz bunları taşlamazsak, başımıza gökten taş yağacak"a kadar getirdi. Hücab, çarşıdakilere ne söylemesi gerektiğini öğrenerek koskoca bir kadının iltifatlarına nail olma mutluluğuyla aşağı inip dükkânına geçti.

Terastakiler kahvelerini henüz yudumluyorlardı ki sokağın güneydeki ucunda Mevlânâ ve Abbas gözüktü. Mevlânâ'nın elinde bir testi vardı ve ara sıra durup başına dikiyordu. Ağa ve Kadı önce birbirlerine sonra tekrar o yöne baktılar. Mevlânâ'nın bariz bir şekilde yalpalayarak yürüdüğünü görünce Ağa aşağı seslenip Nureddin'i çağırdı. Bir kese altın verip sokakta bekleşen fakirlere, çocuklara dağıtmasını istedikten sonra birkaç talimat daha ekleyince Nureddin, isteksizce keseyi geri uzatıp "Kusura bakmayın Ağam, siyasi ve ticari işlerinizde yanınızda oldum ama bu başka bir şey, beni buna bulaştırmayın. Ben Mevlânâ'dan şimdiye kadar iyilikten başka bir şey görmedim" dedi. Bunun üzerine öfkelenen Ağa, kendini zapt edemeyerek "Ne iyilik gördün ki; o yosmayla yatmana, mübahtır diye fetva mı verdi yoksa?" diye sordu. Bu soruyla, 'Sen zaten günahkâr bir adamsın buna da bulaşsan ne olur' demeye getiren Ağa'ya çok sinirlenen Nureddin, nezaketini bozmamaya çalışarak "Fetva vermemiştir ama kalbimizi incitecek bir söz de söylememiştir hiçbir zaman. Evet, şarap da içtik, fahişelerle de yattık, hepimizi taşa tutturacak kadar her pisliğimizi bilir ama bunu kullanmaz. Şimdi biz ne yüzle..." derken öfkesi gittikçe tavana vurdu. Kadı'nın yanında daha fazla bir şey söylememek için kendine güçlükle hâkim olup "Neyse Ağam, bu benim hususi hayatım. Şu anda misafirimsiniz. Sizi gerçekten alakadar ediyorsa sonra konuşalım" diyerek aşağı indi.

Kadı ise bu konuşmalar esnasında hiçbir şey duymamış gibi kolunu terasın korkuluğuna dayamış, sokağı izliyordu. Nureddin inince geri dönüp "Ne yapıyorsun Ağam, yakın adamlarını bu kadar rencide etmen reva mıdır? Herkesi meziyetine göre bir işte kullanmak gerekir. Bu adamın da gönlünü al muhakkak. Benim yanımda bir daha böyle bir hadise zuhur etmesin, rica ederim. Zaten ben sokağın gürültüsünden pek bir şey duymadım tahmin edersin" diye Ağa'yı uyardı. Sonra eliyle çarşının girişini işaret ederek "Korkma güvercin daha kaçmadı. Bak birileriyle konuşuyor daha. Sen şu haberi getiren karşıdaki attarı [aktar] çağır en iyisi" dedi. Ağa, aşağıya bakıp Hücab'ı bir el işaretiyle yukarı çağırdı.

Mevlânâ, bedestanın ortasına doğru yürürken sokaktan kınama ve hoşnutsuzluk sesleri yükseliyor, her kafadan ayrı bir ses çıkıyordu. Ama ilk taşı atmaya kimse cesaret edemeyecek gibi duruyor, sesler dışında bir hareket göze çarpmıyordu. Bunu gören Ağa, yukarıdan müdahale etmek istediyse de Fülâneddin kolundan çekerek onu durdurdu. "Şimdi değil" dedi fısıltıyla; "halk başlasın biz sonra onlara katılırız." Nihayet biri; "Yazıklar olsun, bunu da mı yapacaktın Mevlânâ? Âlimler böyle yaparsa cahillere ne diyeceğiz? Başımıza taş yağacak sizin yüzünüzden" diye bağırınca istiladan kaçmış, ne olup bittiğini anlamayan, kimseyi de tanımayan mülteciler ve çocuklar başta olmak üzere, çarşıdakilerin bazıları, Mevlânâ'nın üstüne bir taş sağanağı yağdırmaya başladılar.

Bunu gören Ağa ve Kadı da hızla aşağı inip sokağı körükleyen sözlerle kalabalığa iştirak ettiler. Sultan'ın geçişi için korumaları yerleştirmeye gelen bazı emirler ve orda bulunan kimi âlimler de bu manzaraya şahit oluyor ama müdahale etmeyip tam tersine bazı söz ve tavırlarıyla bunu destekliyorlardı. Abbas ne yapacağını şaşırmış vaziyette oradan oraya koşarak Mevlânâ'ya siper olmaya çalışıyor, bir yandan da çarşıda bulunanlara bağırıp, hakaret edip sataşmalara kendince cevap veriyordu:

"Asıl size yazıklar olsun! Kan içtiniz, yetim hakkı yediniz, iftira sakızı çiğnediniz! Ama sadece üzüm suyunu haram biliyorsunuz! Gerçekten başınıza taş yağabilir. Gerçekten Allah'tan büyük bir belâ beklemelisiniz ama bizden değil! Siz kendi günahınızdan korkun!"

Mevlânâ bir süre dimdik, hiç arkasına bakmadan yürüdü. Başına, sırtına, ayaklarına gelen taş darbeleri canını yakmıyor gibiydi. Ona daha derinden başka bir sancı veriyorlardı. Bu yüzden gözlerini sımsıkı kapatmış, dişlerini sıkarak yürüyordu. O anda sadece, Taif'te sebepsiz yere cahiller tarafından taşlanan Peygamberinin hissiyatını düşünüyordu. 'Acaba o dönüp arkasına bakmış mıydı' diye geçiyordu aklından. Birden aslında canını acıtan asıl şeyin bu olduğunu fark etti. Ardına dönüp bakmak ve kendisine taş atanların kim olduğunu öğrenmek istemiyordu. Belki de ummadığı kişileri görmekten korkuyordu. Ama bununla yüzleşmekten başka çaresi olmadığını çok iyi biliyordu. Şems'in de asıl istediği buydu belki. Gerçeklerle yüzleşmek; acı da olsa bu dünyanın, içindeki ilişkilerle beraber koskoca bir yalan olduğunu yakinen görmek. Bir kadeh şarap bile kırk yıllık doğruları tersine çevirebiliyor, dostları düşman yapıyorsa bu dünya yalandan başka nedir ki? Bu düşüncelerle olduğu yerde durdu.

Derin bir nefes alıp bütün gücünü toplayarak birden ardına döndü. Havadaki son bir taş, sağ kaşının üstüne, şakağına çarpıp yere düşürdü onu. Kaşının üstünde açılan küçük bir yarıktan sızan kandamlaları, yanağını çerçevelemek ister gibi elmacık çıkıntısını dolaşıp koyu kumral sakalına doğru süzülerek inmeye başladı. Ancak o birden dönünce insanlar da şaşırıp durmuşlardı. Sadece elindeki testiyi hedef alıp arkadaşıyla iddiaya giren bir çocuk durmuyor, sürekli deneme atışı yapıyor ancak testiye isabet ettiremiyordu. Mevlânâ ise bütün insanları, özellikle tanıdıklarını bakışlarıyla tespit ettikten sonra acı bir kahkahayla gülerek "Şu şarap ne mübarek şeymiş!" dedi. Sonra kendi duyacağı bir sesle "Beni sizden kurtardı, azad etti" diyerek yoluna devam etmek üzere dönünce elindeki testi isabet aldı. Çocuklar sonunda başarmanın sevinciyle koşup bir çanak gibi yere düşen testi parçasını almaya çalıştılar. Mevlânâ elinde kalan küçük parçayı da atıp hızla bedestandan aşağı yürüdü.

Testi ağzına yakın bir yerden kırıldığından içindeki tamamen dökülmemişti. Bu yüzden çocuklar bunu içmek için birbiriyle yarışıyorlar, büyükler içmelerine engel olmaya uğraşıyorlardı. Hücab, çırağının kulağına asılarak durdurmuş ve "Şarap o evladım, haramdır haram!" diye azarlıyordu. O sırada haramın çoktan tadına bakmış olan çocuklar "Amca ne şarabı; bu şerbet!" diye cevap verdiler. Hücab, testiden kalan çanağı hemen iki eliyle kavrayarak başına dikti ve yanındakine uzatarak Mevlânâ'nın arkasından yetişmeye çalışan Abbas'a seslendi: "Abbas Efendi! Madem şerbet alır gelirsiniz de niye söylemezsiniz canım. Ahaliyi niye günaha sokarsınız Allah aşkına!"

Hücab, geri dönmeyeceğini düşünerek seslenmişti ama Abbas hızla dönüp birkaç iri adımda sokağı tırmandı. Hücabbeddin dükkânına bile girmeye fırsat bulamadan, Abbas'ın yumruğu çenesinde patladı. Bu darbeyle ayakları yerden kesilen adam arkaya savruldu ve baharat çuvallarının üstüne düşerek etrafındaki her şeyi devirip karabibere bulanmış bir köfte gibi yuvarlandı.

Abbas'ın cevabını gören çarşı sakinleri hiçbir şey söylemeden geri çekilmeye başladı. Abbas kalabalığa dönüp "Ben Yorgo'dan şarap almıştım. Ama onun elinde şerbet olduysa hiç şaşırmadım!" dedi.

Kadı Fülâneddin, hoşnutsuzlukla dükkâna geri girdi. Yanında gelen Ağa'ya: "Temaşa sanatı azizim. Bunu bu adam kadar kimse beceremez. Sen tut herkese meyhaneye gittiğini söyle, sonra testinden şerbet aksın. İşte insanları yine tesirine aldı. Şimdi gidip kapısında yalvarıp af dileyecekler. Üstelik tenezzül buyurup hiçbiriyle görüşmeyecek."

O âna kadar dükkânından çıkmamış olan Nureddin, "Ama aslı vazifelerini hiç ihmal etmiyor. Fetva isteyene yazılı cevap veriyor" dedi. Tahir Ağa'nın aklı ise tamamen başka bir mecrada akıyordu. Nureddin'i duymamıştı. Fülâneddin'e döndü: "Bizim altınlar da boşa gitti desene. Şu Hücab dilini tutsa bari. O sarhoş ayı, iki daha hırpalasa her şeyi söyleyiverir maazallah!"

***

> *Ya o yok olunca sen çık ortaya,*
> *Ya da o kaybolan gönlü geri ver!*
>
> **Mevlânâ**

Günler günleri, aylar ayları kovalıyor, zaman akıp geçiyordu. Alâeddin, araya giren büyüklerin yardımıyla bir bayram günü affedilme ve babasının elini öpme şansını yakaladı. Fakat Mevlânâ, Şems gittikten sonra ailesi ve birkaç yakın dostu dışında hiç kimseyle görüşmedi, konuşmadı. Âlim kisvesini bir daha giymedi. Hiçbir davete katılmadı. Muid Necmeddin'in bütün çabaları boşa gitti. Umutları tükendi. Mevlânâ'yı normal hayata döndürmek için Şems'in tekrar gelmesinden başka bir çare gözükmüyordu.

Artık Lala Bahtiyar da kendisini desteklemiyordu. Lala mevsimin ilk karları düşerken hayata gözlerini kapadı. Cenaze törenini fırsat bilen Muid, bütün ileri gelenlerin Mevlânâ ile görüşmelerini sağladı. Hemen herkes, eğer Şems'in gitmesinde bir payları varsa müteessir olduklarını söylediler. Eğer bir daha gelirse kendisine saygıda kusur edilmeyeceğini belirttiler. Hatta çarşıda dedikoduların yayılmasında ve diğer üzücü hadisede payı olanlar gelip tövbekâr olduklarını bile itiraf ettiler. Zira son günlerde hepsinin başına bir felaket gelmişti. Bunların başında da Attar Hücabeddin geliyordu. Çıkan bir yangında dükkânın ardındaki deposu tamamen yanmıştı. Komşuları ise yangını az bir zararla atlatmışlardı. Bazı kişiler "gece yıldırım düştüğünü gördük" deseler de Hücab, bu işin Sarhoş Abbas'ın başının altından çıktığından işkilleniyordu. Abbas uzun zamandır çarşıda gözükmese bile ne zaman çıkıp geleceği hiç belli olmazdı. Mevlânâ'ya hastalık derecesinde bağlı bu serserinin şerrinden muhafaza için Hücab'ın acilen tövbekâr olması icap ediyordu. Öyle de oldu. En şaşaalı özrü o diledi, Mevlânâ'nın eline eteklerine sarıldı. Şems tekrar gelirse en sadık kölesi olacağını bile iddia etti. Bütün bunları mutlulukla izleyen Muid Necmeddin, taziyelerin ardından hemen söz aldı:

"Hüdavendigâr Hazretleri, görüyorsunuz insanlar ne kadar perişan, pişman halde. Hatta bütün medrese, talebe, âlimler, dervişler ve bendeniz de; eğer bir kusurumuz olduysa kendilerinden af dilemeye hazırız. Şems Hazretleri eğer burayı bir daha şereflendirirlerse emin olun kendilerine saygıda kusur edilmeyecektir. Şiirlerle çağırıyorsunuz, mektuplaşıyorsunuz ama resmen hiç davet etmediniz, bir kez tecrübe etseniz."

Kimsenin ne düşündüğü umurunda olmasa da Mevlânâ'yı, Şems'e saygısızlık yapılmaması vaatleri rahatlatıyor, ümitlendiriyordu. Şems'ten sonra ne bir sohbete ne bir kitaba karşı istek doğuyordu içinde. Yine sırlar kapısının anahtarı ondaydı ve o kapı aralanacakken çekip gitmişti. Bu düşüncelerle avluda cenaze hazırlıklarını bekliyor, yavaş adımlarla odasından cümle kapısına doğru gidip geliyordu. Birden karşıdaki şadırvanın arkasına takıldı gözleri. Mutfağın önünde sahanlığı süpürüp sulayan irice bir adam ona bakıyordu. Sanki sadece gözleri tanıdık gelmişti. Sonra şaşırarak yanındaki Hüsameddin'e, "Abbas'ımız değil mi bu?" diye sorunca Hüsameddin, "Evet efendim, ta kendisi" diye gülümsedi. Mevlânâ'nın yüzüne de mutlu bir tebessüm yayılmıştı. Abbas'ı hiç bu kadar temiz, tıraş olmuş ve sağlıklı görmediğinden gözlerine inanamıyor gibiydi; "Ne zamandır burada?" diye sordu.

"Efendim, o malum gün sizinle bedestandan döndüğünden beri. O gün size siper olunca isabet eden taşlar garip bir sarsıntı yaratmış ruhunda. Günahlarından temizlendiğine inanmış ilk defa ve bir daha kirlenmek istemediğini söyledi. Ahîliğe merakı var. Bizim çocukların dükkânında da çalışıyor iş olduğunda. Yetiştirsinler bakalım."

Mevlânâ, huzurlu bir minnetle gözlerini kapayarak "Yâ Muhyi Celle Celaluhû... Yâ Vedûd Celle Celaluhû! Ey her daim yaratan ve yeniden diriltip inşa eden! Ey kullarını seven ve birbirine sevdiren Allah'ım! Sana hamd olsun. Yarattıkların sayısınca, ihya ettiğin gönüller kadar sana hamd ü senâlar olsun. Oysa o gün, boş bulunup Abbas'ı da işime ortak ettim diye nasıl da pişman olmuştum. Şüphesiz ki yalnızca sen, hatadan da pişmanlıktan da uzaksın!"

Lala'nın defnedilmesinin ardından Mevlânâ yine odasına çekildi. Ama artık kapıyı kapatmıyordu. O sırada birkaç kişi gelip huzura oturdular. Aralarından bir tüccar Şam'dan geldiğini ve Şems'ten selâm getirdiğini söyleyince Mevlânâ hiç duraksamadan üzerindeki değerli cübbeyi çıkarıp adama hediye etti. İzak, tam kapıdan girerken bunu görüp şaşırdı. Misafirler çıkınca "Ne yapıyorsun azizim? Bu adam yalan söyler. Halep'e kadar gidip döndü. Şems'i gördüğü filan yok. Kaldı ki selâm getire..."

"Biliyorum İzak, biliyorum. Ben o dostun yalan selâmına cübbemi verdim; gerçeğine canımı verirdim."

"Aman üstad, öyle dersen emaneti veremem. Senin canın bize de lazımdır."

Aylardır, Şems'ten haber alamayan Mevlânâ, bu cevap üzerine büyük bir coşkuya kapıldı. Şems, "Mevlânâ'ya malum olsun ki bu zayıf kul hayır dua ile meşguldür." diye başlıyordu İzak'ın getirdiği mektupta. Sonra, "Buradaki dostlar da saygılarını sunuyorlar. Bunlar arasında aziz, diri gönüllü bir derviş var ki uzun zamandır duacınızdır. Onun meclisinde daima aşinalık ve dostluk gördüm." diye devam ediyordu ki İzak sessizce oradan ayrılmak için kapıya yürüyünce Mevlânâ okumayı bırakıp ona baktı. "Azizim siz okuyunuz, hiç rahatsız olmayınız Tanrı aşkına, bendeniz yine uğrarım" diye eli göğsünde onu selâmlayan İzak uzaklaşınca Mevlânâ heyecanla yazıya döndü. Daha önceki mektuplarda da Şems oradaki ilmî münazaralardan bahsediyor ve Mevlânâ bunları merakla okurken garip bir rahatsızlık hissediyordu. Acaba Şems'i kendisinden daha iyi anlayan biri olabilir miydi yahut bir başkasının sohbetini ve dostluğunu tercih eder miydi o? Bu endişelere engel olamıyor adeta garip bir kıskançlık hissediyordu. Yine o hissiyat sarmalamıştı ruhunu ama umutla okumaya devam etti:

"...Bu sene, Arakaliye karışıklığında, Celâleddin'in oğlu Kadı Şehabeddin de buraya geldi. Birkaç gün beraber kaldık. Başkaca hadiseler oldu. Ben onunla öyle anlaştım ve kaynaştım ki eğer o bir tarafa giderse ben de giderim. Onu münasip bir kadınla evlendirerek buraya yerleşmeye ikna ettik." Mevlânâ kâğıdı kapatıp derin bir nefes aldı. Sonra yeniden açtı: "Mevlânâ, eğer onun halini bilseydin, ona tazim ve hürmetten başka nazarla bakmazdın." Mektubun başından beri ilk kez gülümseyerek durdu. 'Oradan bile benim hissiyatımı takip ediyor' diye düşündü. Ama onu gerçekten mesud edecek satırlar daha ileride bekliyordu. Şems gitmesine sebep olan hadiselerin tesirinden tamamen kurtulduğunu üstü kapalı olarak anlattıktan sonra "Allah hiçbir kuluna kaldıramayacağı yük yüklemez. Bu yüzden en büyük çileleri peygamberler çekmiş, en büyük iftiralara ve hakaretlere hatta en adi cürüm isnadlarına onlar maruz kalmıştır. Bize olan onlarınkinin yanında ne ki? Sevgili, derimi yüzse ağlayıp figân etmem, çünkü bu dert ondandır... Bize herkes düşmandır, yalnız dostumuz odur; dosttan düşmanlara şikâyet iyi bir şey değil ki 'ah!' diyelim." diyor ve nameyi bir rubaiyle tamamlıyordu:

"Ey Celâl, dünyada senin gibi bir temiz kişi yok;

Senin gibi bir güzel, bir latif, bir çevik er bulunmaz...

Bu yolda bu çeşit kınamalar çok olur, olacaktır da

Sen bizimle nicesin? Bundan başka korku yok!"

Mevlânâ bu rubaiyi birkaç kez okuduktan sonra duyduğu mutluluk ve coşkunlukla doğrulup semaya başladı. Medresedekiler de dergâhtakiler de yavaş yavaş gelip bu coşkun sevince iştirak ettiler. Uzun süredir özledikleri şiir lezzetini de doyasıya tattılar. Herkes dağıldıktan sonra salondan ayrılmayan Bahaeddin Çelebi, babasıyla hasbihal etmek için yalnız kalacakları ânı bekliyordu. Ancak Mevlânâ'nın gönül okyanusundan kopan damlalar bir sağanak gibi yağmaya devam ediyordu:

"Ey Âşıklar Peygamberi! Gönül ateşinde yanmışım ben,
Boğulmuşum gözyaşına; ne sabrım kaldı ne kararım,
Gel, ne olur gel artık!
Başın kille ıslaksa da ayağına diken batmışsa da...
Durma! Gel, Allah aşkına! "Gel" demeden kurtar beni!
Ey Âşıklar Peygamberi!"

Mevlânâ, Şems'in mektuplarını aklından geçiriyor, hiçbir dönüş umudu göremiyordu. Gidişindeki tatsızlıklar düşünülünce bunu hiç beklemiyordu zaten. Ama işte herkes pişman olmuştu. Acaba davet etse? Bu düşüncelerle Bahaeddin'e, Şems giderken konuştuklarını tekrar ettirdi. Çocukların, "Bari babamıza tekrar gelebileceğiniz tesellisini bırakın" diye yalvarmaları üzerine, "Bunu ancak Allah bilir" demişti. Bu kısmı üç kez tekrar ettirince Baha; "Babacığım, sizi ümitsizliğe sevk etmek istemem ama Şems Hazretleri bir kul olarak kati konuşmama şuuruyla öyle söyledi. Yoksa dönmek gibi bir niyeti olmadığı her halinden belliydi. Kararı katiydi. Görseydiniz bilirdiniz."

"Görmeden de biliyorum evlâdım. Ama bildiğim bir şey daha var ki, o ahdine sadıktır. Ve aramızdaki akdi ben bozmadım. Ayrılığımız dışarıdan gelen müdahalelerden oldu" diyen Mevlânâ, ilk günkü konuşmaları Baha'ya naklettikten sonra Baha'ya döndü:

"Bunu hatırlatırsam gelecektir. Ne pahasına olursa olsun gelecektir. Bunu gittiğinden beri biliyorum. Fakat ona bir daha saygısızlık edilmesine müsaade etmemeliydim."

"İnşaallah, insanlar olanlardan ders almıştır; öyle gözüküyor. Ama yine de hiçbirimizin sizi gerçek manada anlamasını beklemeyin babacığım. Ben bile bütün saygıma, sevgime rağmen sizi hakkıyla anlayamam."

"Şimdi belki, ama ileride anlayacaksın eminim. Ama sana şu kadarını söyleyeyim ki; Şems bir bahaneydi. Allah'a yaklaşma yolunda bir vesile. Ama ben, o yolun bahanesini bile öyle sevdim ki... Bunu anlamadılar. Benim âşık olduğumu, aşkımdan deli divane olduğumu herkes anladı da kime âşık olduğumu bir türlü anlayamadılar. Bu insanlar, Hz. Yâkub'un 'Yusuf'um!' diye diye yıllarca ağlayıp onun aşk ve hasretinden gözlerini ağarttığını bilmezler mi? Niye düşünmezler, niye kıyas etmezler bilmiyorum. Yâkub'un maksadı Hak idi. Oğul bahane idi. Yoksa hiçbir peygamberin canı bir insana âşık olmaz."

"Efendim, sadece aranızdaki ahde sadık kalmak için mi onun yaptıklarını, söylediklerini hiç sorgulamıyorsunuz. Yoksa size gerçekten hepsi doğru mu geliyor?

"Doğru nedir yahut neye göre doğrudur, önce onu tespit edelim Bahaeddin. Şimdi sana bir hikâye anlatayım, sen de bana kimin yanlış yaptığını söyle: Fakir, gariban bir köylü, yaya olarak bir beldeye gidiyordu. Uzun süre yürüdükten sonra yorgun düşen adamcağız, arazide bulduğu büyük bir ağacın gölgesine sığınıp derin bir uykuya daldı. Ne kadar uyudu bilinmez, bir kırbaç şaklamasıyla uyandığında karşısında, atının üstünde azametle duran pür silah, bir elinde kılıç diğerinde kırbaç, bir Türk beyinin kendisine hiddetle baktığını gördü. Uyku sersemliği ve korkuyla ne yapacağını bilemez vaziyetteydi. Fakat bey, ona kırbacını şaklatarak 'Durma koş! Durduğun an kafanı keserim!' diye bağırıyordu. Adamcağız çaresiz, tarlaların içinde düşe kalka koşmaya başladı. Bey de onun yanında at sürüyor, adam yavaşladıkça kırbacı şaklatarak daha hızlı koşmasını sağlıyordu. Nihayet bir elma bahçesine geldiler. Ağaçların altına dökülen elmalar çürümüş, ekşimiş, kokuşmuştu. Bey adamcağızdan hızla bu elmalardan yemesini istedi. Adam artık dayanamıyordu, kan ter içinde yabancıya yalvarmaya başladı:

'Beyzadem, kurbanın olayım ben sana ne yaptım ki bana bu zulmü reva görüyorsun? Bırak gideyim, sen de yoluna git! Allah aşkına.' Ama bey, bunları hiç dinlemedi; kırbaç korkusu, kılıç tehdidiyle köylüye epeyce çürük elma yedirdikten sonra tekrar koşturmaya başladı."

Daha fazla dayanamayan Bahaeddin, "Ama gerçekten zulüm bu! Adamcağızın ne suçu var? Olsa bile bu nasıl insanlık dışı bir cezadır. Bu bey, kendi nefsini mi eğlendiriyor, ne yapmaya çalışıyor?" diye sordu. Mevlânâ şefkatle devam etti:

"Sabret de görelim. Sonunda ter içinde koşan adamın midesindeki çürük elmalar safrasını kabarttı. Koştukça da içi iyice allak bullak olduğundan birden kusmaya başladı. Kusmukla birlikte ağzından çıkan bir karayılan toprağa düşünce dehşetle geri çekildi. Biraz önceki 'zalim' bey, atının üstünde şefkatle ona bakıp gülümsüyordu. 'Sen uyurken bu yılanın ağzına girdiğini gördüm. Ama seni uyandırdığımda bunu söyleseydim. İçinde yılan olduğunu düşününce korkudan çatlayıp ölebilirdin. E, söylemesem yılan sana bir zarar verecekti. Bu civarda elma bahçeleri olduğunu da bildiğimden eğer buraya kadar koşturur, çürük elmaları da yedirirsem safran kabarıp kusar ve kurtulursun, diye düşündüm' deyince o büyük felaketten nasıl böyle ucuza kurtulduğuna şaşırıp kalan adamcağız minnetle beyin ayaklarına kapandı."

"Ama ben bir benzerlik kuramadım."

"Doğru yanlış, bilenle bilmeyen, görenle görmeyen arasındaki farkı konuşuyorduk ya; Şems'in halinin o asil beyden hiçbir farkı yoktur. O bizim içimizdeki kapkara nefs yılanını görmüştür de terlemeden, acı meyveler yemeden ondan kurtulamayacağımızı bildiğinden öyle sert, öyle haşin davranmaktadır. Bana sorarsan tepeden tırnağa, sevgidir, merhamettir ve aşktır Şems. Ama yine sevgisinden kötü bilinmeye razı olmuştur da o bey kadar bile ifade etmemiştir kendini. O, kıyıya vuran, herkesin görebileceği çakıl taşlarından değildir. O, okyanusun derinliklerinde sedefler içinde saklı kalmış bir incidir ki oraya ulaşmak için usta bir dalgıç, onun kadrini bilmek içinse ehil bir sarraf olmak icap eder."

"Anlıyorum ama size karşı haşin davranmasına gerek var mı? Siz zaten nefs terbiyesinde mesafe kat etmiş bir sofiydiniz o gelmeden önce."

"Mesafe, hedefe göre tespit edilir. Onunla halvetteyken bir rüya gördüm: Mahşerdeydim. O uçsuz bucaksız düzlükte, Allah'ın huzurunda tek başıma kalmıştım. Secde etmem emredildi. Hemen emre itaat ettim. Fakat ben secdedeyken Hak Teâlâ'nın nidasını işitiyordum: 'Ben başsız secde isterim!'

Hayretler içinde kaldım. Secde halinde şöyle düşünüyordum: 'Allah'ım başsız bir secde nasıl yapılabilir? Baş, secde için gerekli olan en önemli uzuv.' Tekrar Hakk'ın nidası duyuldu: 'Ben başsız secde isterim!'

O zaman başımı secdeden biraz kaldırıp öne doğru uzattım ve 'Öyle ise işte başım, kes yâ Rabbi!' diye yalvardım. Bir kılıç hızla inip başımı gövdemden ayırdı. Kendi halimi izleyebiliyordum rüyada. Kesilen başımın yerinden hızla kandil, mum fitilleri çıkmaya başladı. Sonra bunlar birer birer tutuştu. Öyle ki kesilen başımın yerinde binlerce kandil yanıyordu. Kandilden bir baş oluşmuştu sanki. Ve bu kandilden çıkan ışık bütün yeryüzünü dolaşıyordu. Evet, Şems, benim benlik başımı kesecek bir kılıç ve çerağımı tutuşturacak bir ateştir. Ne olursa olsun, o bana nasıl davranırsa davransın ayaklarına başımı sürmekten vazgeçmem."

Bu sözler üzerine bir süre düşünen Baha, "Babacığım o halde izin verin, Şam'a gideyim. Belki canınızdan bir parçanın oraya kadar gitmesi onun kalbini yumuşatır. Belki gelmeye ikna ederim kendisini" dedi. Baha hazırlık yapmak üzere odadan çıktığında davet mektubu elinde, mısralar dilindeydi:

"Ey Şam'ın, Ermen'in ve Rum ülkesinin iftiharı Şemseddin;

Akşam çağının karanlığı, sabahın saadet nuruyla

aydınlansın artık!"

***

Bahaeddin Çelebi, Şam'a gitmek için yola çıktığında, Şövalye de Konya'ya doğru hareket etti. Bedeni, gitmeden önceki halinden daha yorgun; gönlü, zihni ve kafası daha karışık olarak dönüyordu. Nikia'da kaldığı günlerde İmparatoriçe'nin doğal bir şekilde ölmediği, öldürüldüğü kanaatine varmış; bunları paylaşıp açık yüreklilikle, bildiği sırlar da dâhil sorunlarını tartışacak bir dostu olmadığından bunalmıştı. O günlerde Maria'nın teklifi ve Şems'in tavsiyesini hatırladı. Daha önceleri saygı duyup itimat ettiği birkaç asilden bir miktar para istedi. Ancak bunun karşılıksız ve sebepsiz olduğunu öğrenenler ya kahkahayla gülüyor ya da Şövalye'ye yolculuğunda garip bir şey olmuş düşüncesiyle hayretle bakıyorlardı. Hatta Venedik Dukalığı'nda kalan bir alacağının tahsilinde yardımcı olduğu Senatör Plutonyus, yağ bağlamış büyük göbeğini hoplatarak güldükten sonra biraz ciddileşip "Marcos, sen iyi misin, Doğu'da bir hastalık filan kapmış olmayasın. Pek iyi görmedim seni" demişti. Bundan sonra kimseyi denemeye cesareti kalmayan Marcos, "Korkarım ki Maria'ya vereceğim liste bomboş olacak" diye söyleniyordu. Bu sıkıntılarla İmparator'un verdiği bir akşam yemeğine katıldı. Belki de yemekten önce arka arkaya içtiği birkaç kadeh şarabın etkisiyle biraz gevşedi ve yanında oturan Mihael'e hiç hesapta olmadığı halde, sadece onun duyacağı bir sesle, "Benim paraya ihtiyacım var Mihael" dedi.

"Ne kadar?" diye sorulunca biraz şaşırdı Marcos. Mihael'in mal varlığı hakkında hiçbir bilgisi yoktu. Bir kez daha reddedilme korkusuyla, miktarı biraz düşürdü:

"Yüz altın."

"Yanımda o kadar yok. Kaleye döndüğümüzde versem olur mu?"

"Elbette" diyen Marcos, bir süre ne zaman ödeyeceğinin sorulmasını bekledi. Sorulmayınca "Mihael, ben bu parayı geri ödeyemem ama" dedi. Mihael, konuşmanın başından itibaren ilk defa dönüp Marcos'un gözlerine dikkatle baktı. Şövalye kendisi bile farkında değildi ama öyle çaresizce bir bakışı vardı ki Mihael gülümseyerek Türkçe, "Canın sağ olsun dostum" dedi. Marcos da farkında olmadan aynı dille, "Sen sağ olasın" deyince aynı anda gülmeye başladılar. O akşamdan sonra iki tarafın da başlangıçta hiç ummadığı bir dostluk başladı aralarında.

Bu yüzden Marcos, vaktinin çoğunu kalede geçirdi. Sorularına Mihael'le birlikte cevap aradı. Küçük bir çözüm bulduklarında sorular biraz daha karışıyordu. Orada tamamen aydınlattığına inandığı tek konu, kardeşliğin büyük sırrıydı. Bu bilgiyi Maria'ya borçluydu elbette. Marcos, kendi görevini anlatmadan, Maria'yı konuşturmayı başarmıştı sonunda. Maria'ya göre Kardeşlik, Süleyman Mührü'nün peşindeydi. Dünya hâkimiyetinin sembolü sayılan bu mühürle ilgili birçok değişik rivayet de nakletmişti Maria. Fakat mührün ne şekli belliydi ne rengi; farklı mücevherat içinde farklı takılarla taşınabiliyordu. Taşıyıcılar ve sahipler farklı da olabiliyordu.

Marcos, bunun sadece bir efsane olduğunu düşünse de İzak konusunda kendini daha güvende hissederek dönüyordu. Ama bu konuyu Mihael'e hiç açmamayı tercih etti. Onunla sadece Doğu Roma'yla ilgili sırları paylaşıyordu. Bütün bunları Desdemonda'nın meraklı bakışlarından uzakta yürütmek de başlı başına bir zorluk oluşturuyordu. Fakat Doğu Roma'daki sıkıntılı günlerin tek tatlı yanı, Marcos'un bütün uzaklığına rağmen genç kızın ondan hiç esirgemediği sıcak ilgisiydi şüphesiz. Desdemonda bulduğu her fırsatta Marcos'un sohbetine katılıyor, Mihael meşgul olduğu zamanlarda birlikte vakit geçirmeleri kaçınılmaz oluyordu. Genç kız Doğu'yu o kadar merak ediyordu ki sonunda Şövalye ona neredeyse bütün yaşadıklarını ve tanıdıklarını anlatmak zorunda kaldı. Genç kız en çok akranlarını merak edip birçok soru sorduktan sonra "Camilia kime âşık?" diye sordu birden. Marcos afallayarak "Ben bunu nereden bilebilirim?" diye karşılık verebildi.

"Ben orada olsam bilirdim."

"Öyle mi, nasıl?"

"İzah edemem ama o bana benziyor sanki oradan yola çıkardım."

"Evet, sana benzer tarafları var ama biraz daha özgür, biraz daha şey... Nasıl söyleyebilirim? Daha rahat ve iddialı sanki... Onların terbiyesiyle büyümüş tabii."

"Anlıyorum, demek ki Türkler bizden farklı, ona o ortamı ve kendini özgürce ifade etme fırsatını sağlamışlar," diye hayıflanarak konuşmasını sürdüren Desdemonda "Peki sizce bizden çok mu farklılar gerçekten?" diye sordu. Marcos onu üzdüğü için pişmandı ama soruyu cevapsız bırakamadı: "Evet, ilk başta biraz tuhaf geliyor. Çok tutkulular; işlerinde, ilişkilerinde, arkadaşlıklarında, her şeyde..." Genç kız hasretle içini çekti ve "Ah ne kadar güzel" diye mırıldandı. Sonra Marcos'un eli tuttu; "Beni oraya götürür müsün?" diye sordu heyecanla.

Öyle kararlı bir bakışı vardı ki sanki hemen yarın gidebilirlermiş gibi bir cevap bekliyordu. Marcos ancak bu bakışın tesirinden kurtulduktan sonra konuşabildi: "İstesem de şu anda böyle bir şey mümkün değil ki; sorumluklarımız..."

"İşiniz bitince... Lütfen gidelim buradan."

"Ama bu belirsiz bir zaman, hayatını buna bağlayamazsın..." derken içeri giren Mihael'in sesiyle konuşmaları yarıda kalmış, Marcos bir daha kendisiyle yalnız konuşabilmesi için genç kıza hiç fırsat tanımamıştı.

Ancak Marcos, bu konuda kendini bu kadar uzak tutmayı canı yanması pahasına başarsa da Konya'ya döndüğünde Nicolas'ın Gülnihal aşkının doludizgin devam ettiğini öğrenince asabı bozuldu. Üstelik genç Şövalye, "gönül ferman dinlemiyor" anlamında Doğu'ya ait birçok aşk hikâyesi anlatarak Marcos'un başını şişiriyordu. Sonunda Marcos, "bunu hiç denemedin ki" diyerek onu azarlamak zorunda kaldı. Neyse ki Genç Şövalye'nin bu gizli sevdasından Gülnihal de dâhil kimsenin haberi yoktu henüz. Bu yüzden Marcos, kimse öğrenmeden bu hevesin gelip geçeceğini umarak yakın arkadaşı Alâeddin'e bile konuyu açmaması hususunda Nicolas'ı tenbihledi. Nicolas da zaten görüşmelerine sınır getirilir korkusuyla buna dikkat ettiğini söyleyince Marcos biraz rahatladı. Daha sonra da konuyu tartışmak için hiç vakitleri olmadı.

Aylardır kendini hissettiren savaş, Selçuklu için çanlarını açıkça çalmaya başlamıştı. Bu akşam Nicolas, Baycu Noyan'ın doğu vilayetlerinden birini alarak bu tarafa doğru ilerlediği haberini getirmişti. Bu durumda Selçuklu ordusu da yarın yola çıkacak, Kayseria'nın doğusunda bulunan Sivas dolaylarında Moğolları karşılayacaktı. Artık büyük bir meydan savaşının kaçınılmaz olduğu tartışmasızdı. Bu savaş için hazırlıklar çoktan yapılmıştı. Doğu Roma'nın dışındaki komşu devletlerle de anlaşmalar yapılmış, Kilikya, Eyyubi ve Memlûk devletlerinden çok sayıda paralı asker toplanmıştı. Marcos, Kayseria'da kısa bir süre tanıma şansı bulduğu Moğollara karşı, çoğunluğu paralı askerlerden oluşan bir ordunun pek de şansı olduğunu düşünmüyordu. Zira Türkler, azgın bir kısrağa benzetilirse, Moğollar bunun hiç ehlîleşmemiş, en yabani haliydi sanki. Ama Marcos'u savaşın sonucu veya Sultan'ın şahsi hırsları hiç ilgilendirmiyordu. Sadece Doğu Romalı bir şövalyeye yakışır bir şekilde gidip savaşması gerektiğini düşünüyordu. Zihninin bir yanında ise 'Doğu Roma'nın geleceği için yaşamam lazım' diye inanıyordu. Marcos, savaşla ilgili tahminlerinin sonucunu kısa süre sonra acı bir şekilde görecekti. Yolculuk Nicolas'ın, kendini ağabeyine affettirmek isteyen küçük bir kardeş gibi harcadığı çabalarla, yaptığı sevimliliklerle geçmişti. Ama ne yaparsa yapsın, Marcos onu anladığını ve hoş karşılayacağını gösteren bir tepki vermedi.

Kayseri'ye varıldığında emirler arasında bir tartışma olduğu hissedildi. Bir kısım ümera, burada kalıp beklemeyi, askeri yormayarak üstünlük kazanmayı istiyor; Sultan'ı pohpohlayanlar ise Moğol ordusuyla karşılaşana kadar yürümeyi, hatta zaferden sonra Azerbaycan'a doğru toprakları genişletmeyi istiyorlardı. Marcos, ilk görüşü savunan emirler; Kemaleddin, Aslantaş ve Atabek'in başını çektiği bu cepheyi desteklese de diğerleri galip oldu. Ordu hiç dinlenmeden Sivas'a doğru yürüyüşüne devam etti. Sivas yakınlarında büyük bir ovaya gelindiğinde gözcüler Moğolların yakınlarda olduğu haberini getirdi ve ordu hazırlıklarını, yerleşimini yapmaya koyuldu.

Malya Ovası'nda ayaklananlara karşı zırhlı Doğu Roma askerleri oldukça başarılı olduğundan yine en öne yerleştirilmişlerdi. Fakat Marcos, Malya'da taş ve sopalarla saldıran köylülere karşı üstünlük sağlamanın bu savaşta geçerli olup olmayacağından emin değildi. Yaşlı Yorgos'un anlattıklarını hatırlayınca zırhın burada ayak bağından başka bir şey olmayacağını hissettiyse de askerleri başka türlü savaşmaya alışık olmadığından bir değişiklik yapmayı göze alamadı. Nicolas, Şövalye'nin bütün ısrarlarına rağmen Türkler gibi giyinmekte inat etmişti. Onun zırhsız olması Marcos'u anlayamadığı bir şekilde, yenilme ihtimalinden bile daha fazla rahatsız ediyordu. Sürekli gözü o yana kayıyor, Kemaleddin'in yanında şenliğe giden bir çocuk gibi sırıtıp duran Nicolas'a baktıkça sinir oluyordu. Nihayet sıkıntılı bu bekleyişten sonra beklenen an geldi.

Savaş başladığında Sultan'dan gelen talimata göre; Marcos, Doğu Roma askerlerine ileri işareti verdi. Askerler, büyük dikdörtgen kalkanlarını kaldırıp üç taraflarını da örtecek şekilde Roma usulü kendilerini koruyarak yürüdü. Moğollar, düz ovanın ortasında metal kutular gibi ilerleyen bu bölüklere bir süre baktıktan sonra geri çekilmeye başladılar. Tecrübeli emirlerin uyarısına rağmen Sultan, Kayseri'den sonra ikinci büyük hatasını yaparak arkadaki askerlere de ileri emrini verdi. Oysa Moğollar, klasik Türk savaş taktiğini uyguluyorlardı. Marcos da bunu bilmediğinden bazı emirlerin telaşını anlamıyor, bu kadar büyük bir orduyu gören Moğolların gerçekten geri çekildiğini sanıyordu. Bu yüzden askerlerine kumanda etmek için atını ileri doğru sürdü. Küçük bir yükseltinin üstüne çıkınca rahatlıkla görebildiği savaş alanını dikkatle gözden geçirdi. Tam o sırada geri çekilen Moğol atlıları birden durdu. Sonra hızla atlarını sürüp önlerinde cansız bir engel varmış gibi büyük metal kutuları oluşturan kalkanların üzerinden uçarcasına geçmeye başladılar. Marcos, neye uğradığını şaşırmıştı. O kadar hızlı geçiyorlardı ki bazı bölüklere hiçbir şey olmuyor, bulundukları yerde öylece kalakalıyorlardı; bazıları ise parçalanıp dağılıyor, eziliyorlardı. Bir an için bu manzaraya dalmış olan Marcos, arkasından gelen savaş naralarına başını çevirdiğinde ordunun tamamen kuşatılmış olduğunu anlayarak dehşetle sarsıldı. Artık o saniyeden sonra meydan, herkes için bir ölüm kalım yerine dönmüştü. Komuta zinciri tamamen koptu ve herkes canını kurtarma sevdasına düştü. Marcos bir ara kuşatmayı yarıp geriye doğru çekilmeyi başarmıştı ki Nicolas hatırına gelerek geri döndü. Görebildiği bütün alanı gözleriyle taradı.

Memlûk Türkleri fevkalâde bir kılıç sanatı sergiliyor, Eyyubiler ve Selçuklular da onlardan geri kalır gözükmüyordu. Marcos, mızraklarını kollarının altına sıkıştırmış zırhlı Doğu Roma süvarilerinin Moğollara doğru hızla at sürdüğünü de gördü. Ancak atın üstünde dans eden canbazlar gibi, her türlü hareketi yapabilen Moğollar, hem at sürüp hem de sürat ve isabetle ok atabiliyor, zırhlı askerleri boyunlarından yahut gözlerinden vurup düşürüyorlardı. Salladıkları ok isabet etmezse de düşecek kadar atın yanına yatarak mızraktan kurtulup yanına gelince rakibin üstüne atlıyorlardı. İşin garip yanı bütün bunları, atı bir an olsun yavaşlatmadan yapıyorlardı. Bu manzarayı gören Marcos, ilk defa arada Selçuklular olduğu ve Moğollarla komşu olmadıkları için Tanrı'ya şükretti. Sonunda umudunu yitirmek üzereyken hâlâ atının üstünde savaşmakta olan Nicolas'ı gördü ve hızla oraya yöneldi. Genç Şövalye, kendini o kadar kaptırmıştı ki gözü hiçbir şey görmüyor, Marcos'un açtığı güvenli koridordan geçmek istemiyordu. Marcos, bir süre de onu kollamak güdüsüyle etrafında savaştı. O sırada Sultan'ın geri çekildiği haberi darmadağınık olmuş orduda, düzensiz de olsa yayılıyordu. Bunu fırsat bilen Şövalye, biraz rahat bir nefes almıştı. Sonunda hep birlikte kontrollü olarak geri çekilmeye başladılarsa da son anda hayatının en büyük acısına tanık oldu. Belki de rastgele atılmış bir mızrak, Şövalye Nicolas'ın göğsünün tam ortasına saplanıp genç adamı atından geriye doğru uçururcasına düşürdü. O anda Marcos için ovadaki bütün sesler kesildi. Zaman ve mekân anlamını yitirdi. Bir kâbustan çıkmak ister gibi "Hayııııır!" diye haykırdı. Bu sesi duyan Emir Kemaleddin, önündekileri geçip atını o yöne çevirdi. Ancak ilk anda yardıma yetişemedi. Marcos atından atlamış, miğferini çıkarıp atmış ve Nicolas'ın başına gelmişti. Yaralıya son hamlesini yapmak için gelen bir askeri yerde bulduğu bir gürzle başına vurarak durdurdu. Yüzüne sıçrayan kan, gözlerine de dolmuş, birden bütün ovayı kızıl bir kan denizine çevirmişti, başka bir şey göremiyordu. Neyse ki o anda yetişen Emir Kemaleddin'in yardımı ile nihayet güvenli bir alana çekilmeyi başardılar.

Nicolas'ın durumu hiç de iyi gözükmüyordu. Şövalye, hayatında ilk defa bir parçasıymış ve ailesinden biriymiş gibi hissettiği bu gencin kendisinde nasıl bir yer edindiğini anlamıştı. Şimdiye kadar hiç kimseyle bu kadar yakınlaşmamış ve bu kadar uzun süre birlikte olmamıştı. Belki de çocukluğundan beri adeta kuruyan gözyaşları, yeni bir kaynak bulan ırmak gibi coşmuş, kanlı yanağında temiz yollar açarak aşağılara süzülüyordu. Genç şövalyeyi kucağına aldığından beri Tanrı'ya yalvarıyordu: "Tanrı'm ne olur, bu kez değil. Öylesine genç, öyle hayat dolu, sevgi dolu, öyle sıcakkanlı, öyle neşeli ki ne olur bir şans daha ver." Nicolas'ın yakışıklı yüzünü okşuyor, siyah gür kaşlarını özenle düzeltiyordu ama ne yaptığının hiç bilincinde değildi. Genç adam, zorlukla bakışlarını kaldırıp ona baktı. Marcos'un ağlayacağını hiç tahmin etmiyordu. Arasından kan sızan dudaklarında, ona çok yakışan o muzip tebessüm belirdi. "Benim için üzülme Şövalye" dedi zorlukla. Marcos, telaşla, "Konuşma sakın, gücünü harcama. Senin için üzüldüğümü kim söyledi. Sana bir şey olmayacak. İyileşeceksin. Ve ben, senin için Gülnihal'i istemeye gideceğim" dese de dudakları titreyerek sustu. Nicolas, nefesi kesilerek de olsa dura dura son sözlerini söylemek istiyordu:

"Tek istediğim... ona Müslüman olarak... öldüğümü söyle, lütfen... Fırsatım olma..." derken kendinden geçti. Marcos, artık tamamen kontrolünü yitirmişti. Etrafa dağılan askerlerin başına toplanmasına da aldırmayarak yüksek sesle Tanrı'ya yalvarıp ağlamaya başladı. "Tanrı'm lütfen ona hayat ver! Hayat veren nefesinle bir kez daha hayat ver. Senden şimdiye kadar kendim için hiçbir şey istemedim. Böyle öğretildi, isteyemedim. Lütfen bu kez kendim için istiyorum. Bir kardeşim olsun istiyorum. Benim çaresiz olduğum ama senin için hiç de zor olmayan bir şey istiyorum. Bir kez yaratan, bir daha yaratmaya elbette kadirdir. Yalvarırım ona hayat ver!"

**

Yenilgi bütün ülkeye, okyanus dibindeki bir depremin meydana getirdiği korkunç dalgalar gibi çarpıp güçsüzleri sürükleyip güçlüleri ise sarsarak yayıldı. Emir Karatay, devlet işlerinin aksamaması için Konya'da kalmıştı. Haberi aldığından beri yerinde duramıyor, öfkeyle dolaşıyordu. Bir ara medreseye uğrayıp Mevlânâ'yla da görüştü. Ama o büyük bir soğukkanlılıkla bunun hak edilen bir sonuç olduğunu söylüyor, masumların daha fazla zarar görmemesi için üstlerinde daha büyük bir sorumluluk olduğunu hatırlatıyordu. Savaş öncesi yapılan çığırtkanlıkları ve yapay savaş nedenlerini Emir'e hatırlatarak "Kışkırtıcılar meydandan ilk kaçanlar olmuş duyduğum kadarıyla, senin Kemaleddin'le bizim Şövalye en sona kalmış diyorlar" dedi. Karatay, sıkıntıyla başını öne eğdi. Mevlânâ daha da ileri giderek "Hepsi Sultan'la beraber Alâiye'ye kadar kaçmış. Buradaki yandaşlarını da alsalardı isabet olurdu. Ama görünen o ki payitahta uğramaya vakitleri bile olmamış." Karatay, yapma artık dercesine yalvaran bakışlarla dostunu süzdü. Bunların doğru olduğunu biliyordu ama bu şartlarda ne yapabileceğini bilmiyordu. Mevlânâ onun bu haline bakıp "Merak etme, senin yapabileceğin her şeyi Emir Çavlı yapacaktır. Birinizin burada kalması zaruriydi" dedi. Karatay, bu teselliyle de olsa girdiğinden daha ferah ayrıldı medreseden.

Fülâneddin, haberi makamında aldı. Belki de kabullenmekte en çok zorlanan o oldu. Zira onun matematiksel hesaplarında böyle bir ihtimal hiç yoktu. Büyük bir şoka girmişti ve birinin gelip bunun şaka olduğunu, büyük bir zafer kazanan ordunun doğuya doğru yürüdüğünü, hatta Harezmşah ülkesinin geri alınmasının gündeme geldiğini söylemesini istiyordu. Lakin bu beklenti boşa çıkmaya mahkûmdu ve öyle de oldu. Her gelen daha kötü bir haber getiriyor, Moğolların Kayseri'ye doğru geldiği, ne kadar hızlı gittikleri hesaba katılırsa yakında Konya'da olacakları söyleniyordu. Fülâneddin, Harezm sarayından bir kesiti hatırlıyordu. Cengizhan yola çıktığında üç ayda gelemez demişlerdi ve kırk gün sonra şehir kuşatılmıştı. Orta Asya'nın uçsuz bucaksız bozkırına nazaran buradaki mesafe neydi ki? Bunları düşünen Fülâneddin, ecel terleri döküyor, nefesi daralıyordu. Sonunda davaları rahatsızlığı nedeniyle erteleyip konağına geçti. Orada da kimseyle görüşmek, bir şey duymak istemiyordu. Bir şey olursa Denizli'ye yahut Alâiye'ye gitmeye karar vererek her an hazır olmak için hizmetkârlara bazı talimatlar yağdırıp odasına çıktı. O günlerde sadece, kendisinden pek de farklı olmayan Ağa ve savaş yanlısı birkaç âlimle görüştü.

Neyse ki büyük yenilgiye nazaran durum o kadar da kötü gelişmedi. Mevlânâ ve Karatay'ın umduğu gibi tecrübeli Emir Çavlı, eşine az rastlanır bir diplomasi başarısı göstererek Noyan'la görüşüp bir anlaşma yaptı. Bu anlaşmaya göre Selçuklu toprağı işgal edilmedi, fakat devlet vergiye bağlandı. Baycu Noyan geldiği gibi hızla Azerbaycan'daki karargâhı Mungan'a çekildi. Bu haber de öncekiler gibi süratle yayılınca Fülâneddin konağından başını çıkarma cesareti buldu. Hatta yeni duruma uygun planlar geliştirip ortak paydaları olanları kendine hayran bıraktı. Bunların başında elbette Çarşı Ağası geliyordu. Fülâneddin'e göre artık vergi ödeneceğine göre devletin paraya daha çok ihtiyacı olacaktı. Bu durumda Ağa'nın 'emir' olması an meselesiydi. Zaten anlaşmayı duyan Sultan, başkente doğru yola çıkmıştı bile. Bu durumda kartlar yeniden dağıtılacaktı. Fülâneddin, bu konuda gerçekten de haklı çıktı. Yenilgi, buna sebep olanların işine yaramaya başlamıştı. Ağa, kısa sürede Emir Tahir Fahreddin olarak taltif edildi.

Bu arada, olan masum halka olmuş, savaş dulları ve yetimler şehre akın etmeye başlamıştı. Askerler de önce kışlaya dönüp sonra ülkelerine dağılmaya başladılar. Emir Kemaleddin Şövalye'nin, ağır yaralı olan Nicolas'ın başında Kayseri'de Hunat Hatun Darüşşifası'nda kaldığı, bir süre de dönemeyeceği haberini getirdi. Neyse ki genç şövalyenin göğüs kemiği mızrağın tahribatından kalbini korumuştu. Ancak ciğerindeki zedelenmeden dolayı tedavisi uzun sürecekti. Kemaleddin, kendilerinden başka neredeyse herkesin geri çekildiğini, Moğolların da ganimetleri toplamaya başladığını öğrenince ordu tabiplerinden birini bulup geri dönmüştü. Uzun süredir yanından ayrılmayan, büyük bir merak ve istekle öğretilen her şeyi kolayca kavrayıp uygulayan Nicolas'a karşı onun kalbinde de ayrı bir yer açılmıştı. Şok halindeki Marcos'u mızrağı çıkarmaması konusunda defalarca uyarmış bunun kan kaybını ve tahribatı artıracağını söylemişti. Fakat Şövalye'nin söylediklerini duyduğundan, duyduysa da anladığından pek emin değildi. O endişeyle yaralının başına dönmüştü. Neyse ki onları bıraktığı gibi bulmuş. İlk tedavinin ardından, diğer yaralıları taşıdıkları yük arabalarıyla Nicolas'ı da Kayseri'ye sağ salim ulaştırmayı başarmışlardı. Alâeddin, Nicolas'ın durumunu çok merak ediyordu. Bu yüzden birkaç arkadaşıyla Kayseri'ye gitmek için babasından müsaade istedi. Mevlânâ, olumlu cevap verince hazırlık için çıktı.

Kemaleddin, yorgun ve hayal kırıklığına uğramış bir adamın hüzünlü çehresiyle bir süre daha oturdu. Ordunun arkasını toplamak, başta Çavlı ve Aslantaş, Atabek ve kendisi gibi uygulanan yöntemlere hatta savaşa tamamen karşı olan adamlara kalmıştı. Kendini aldatılmış hissediyordu. "Efendim, sizi dinlemedik, bir kahramanlık sevdasına kapıldık. Olanları biliyorsunuz; Şövalye bir Nicolas'a dayanamadı. Biz ne canlar döktük bu toprağa. Hem de bir hiç uğruna" dedi. Mevlânâ:

"İnsanoğluyuz Kemaleddin, dalda olgunlaşmıyor, tavada pişmiyoruz. Sen inandığın şeyi yaptın. Yapmasan başka türlü mutsuz olacaktın. Çoğu zaman yanlış yaparak doğru düşünmeyi öğreniriz. Artık mühim olan bundan sonra aynı tezgâhlara düşmemektir."

"Efendim, sohbetlerinize, âyinlerinize katılıyorum ama izin verin hep yanınızda dergâhta kalayım, çileye gireyim.

"Senin çilen taşıdığın mesuliyettir. Bir emir olarak da komutan olarak da bu topluma karşı bir mesuliyetin var. Sana orada ihtiyaç var. Bunun şuurunda olduğun müddetçe o ateş seni yakıp pişirecektir."

***

Ayım, Güneş'im geldi. Gözüm, kulağım geldi;
O saf gümüşüm geldi. Altın yatağım geldi;
Başka neler istersem o başka şeyim geldi.

Mevlânâ

Şems'in gidişi ne kadar hızlı ve sessiz olduysa dönüşü de o kadar ihtişamlı ve şatafatlı oldu. Konya yakınındaki kervansaraya geldiklerinde Baha, bir ulağı babasına müjdeci olarak gönderip öğleden sonra Halka Begûş kapısında olacaklarını bildirdi. Mevlânâ, hemen üzerindeki cübbeyi çıkararak ulağa hediye verdi. Daha sonra çevresindekileri, Şems'i karşılamaya davet etti. Öğleye kadar, Gevhertaş'ın kapısından, kuzeye Halka Begûş'a kadar uzanan Sultan Yolu, hatırı sayılır bir kalabalıkla doldu. Gerçekten çağrıya uyup karşılamaya gelenlerin yanı sıra, birçok meraklı da bulunuyordu. Yenilginin yol açtığı hayal kırıklığı, korku ve kendini sorgulama gibi duyguların arasında bir süredir gidip gelen insanların sanki bir nevî günah çıkarmak ve rahatlamak adına buna ihtiyaçları vardı. Belki bu yüzden kimsenin tahmin edemeyeceği kadar bir insan yığını, Medresenin önündeki Sultan Yolu'nu doldurmuştu. Kemaliye Medresesi'nin tam caddeye bakan bir penceresinde Kadı Fülâneddin'in büyük sarıklı başı göze çarpıyordu. Ara sıra ders verdiği medresede haberi öğrencilerinden alan Fülâneddin, caddeyi görünce küçük dilini yutacaktı neredeyse. Orada öylece kalıp izleyenlere katıldı. Mevlânâ, cümle kapısından çıkıp kale kapısına doğru yürüdükçe etraftaki insan seli açılıyor, ona yol veriyorlardı. O da onları başıyla selâmlayarak şen şakrak mısralarla halkı coşturuyordu:

"O geliyor O! Ay parçamız, sevgilimiz, yârimiz geliyor!
                                                Kokular geliyor...
Yol verin, açılın, savulun, beri durun beri!
                                    Yüzü apaydınlık ak pak;
Bastığı yeri gündüzler gibi aydınlatarak
O geliyor o; ay parçamız, göz nurumuz, yârimiz geliyor..."

Kendisine açılan yoldan ilerleyen Mevlânâ, şiire ara verip derin bir nefes aldı. Coşkunluğu bir anda durulmuş, acıyla gözleri dolmuştu. Zorlukla devam eder gibiydi:

"Sen bizim çevremize gelirsen göreceksin ki Ey Şems!
Huyumuz susmak olmuş bizim. Sadece susmak!"

Yavaşlayınca, yorulduğunu düşünüp koluna giren 'Ahî Abbas'a gülümseyerek yüzüne düşen iri bir damla yaşı elinin tersiyle silip devam etti:

"Senin o güzel gözlerin kirişte, canım pusuda,
Rahatım kaçtı, geceleri uykum kalmadı gitti ama
Bak o güzel günler yola çıkmış geliyor!"

Kapıya varıldığında, sonuna kadar açık kanatlardan ilerideki kafile gözüktü. Şems, Baha'nın yularını tutarak yürüdüğü at üzerinde Konya'ya yaklaşmış, kalabalığın görüş alanına girmişti. Mevlânâ, bir süre sessizce bu manzaraya baktı. Gözleri dolu olduğu halde dudakları gülümsüyordu. Ellerini öne doğru uzatıp "İşte Güneş... Ata binmiş geliyor!" dedi. Şems, Mevlânâ kadar yanındakilerce de büyük bir sıcaklıkla karşılandıysa da buna mukabil aynı şekilde davranmadı. Kalabalığın bütün iltifat ve hürmetine karşılık birkaç cümle sarf etti sadece:

"Bu şehri altınla doldursanız bir daha gelmezdim. Beni buraya çeken Mevlânâ'nın samimi sevgisidir. Neticede ben, Mevlânâ için buradayım."

Bu sözler kalabalığın üzerinde bir soğuk duş etkisi bıraktı. Yer yer, "Gelir gelmez hakarete başladı, Mevlânâ'dan başka kimse samimi değil, umurunda değilse biz niye karşılamaya geldik?" diyenler oldu. Ancak, "O şartlarda buradan ayrılan bir adamdan hangi tatlı sözü bekleyebiliriz" diyenler ağır bastı. Ve Mevlânâ'yla Şems'e medresenin kapısına kadar eşlik edildi. Medresenin kapısından girileceği sırada halk, Mevlânâ'dan ısrarla bir şiir okumasını istedi. Belki de kendilerine olanlardan dolayı kırgın olmadığını öğrenmek istiyorlardı. Israrlara kayıtsız kalamayan Mevlânâ, şiir okumak üzere durup bir an kararsızlıkla Şems'e baktı. Şems, "İsteyenleri kapıdan boş çevirme" deyince cümle kapısının girişindeki sahanlıkta, halka doğru döndü:

"Bugün Ahmed benim ama dünkü Ahmed değil;

Bugün Anka benim ama yemle beslenen kuşcağız değil.

Ben, kin dolu bir gönül değilim,

Tûr-ı Sina'nın gönlüyüm ben.

Gerçeğin tadını alan er, ne altına aldırış eder,

Ne kalender tacına bakar, ne tasası vardır, ne kini.

Hey, Tebrizli Hak Güneşi! Şemseddin, yüzünü
göstermeseydin sen,
Yoksul, çaresiz kalırdı kul, ne gönlü olurdu ne dini."

Bir buçuk yıl aradan sonra iki dost yine birbirlerine kavuşmuşlardı. Bunun şerefine o akşam âyin düzenlendi, sema yapıldı. Geçmiş unutulmuş, sanki hiç yaşanmamıştı. Yatsı namazından sonra herkes odasına çekildiğinde, uyumayan tek kişi vardı belki de: Kimya. Şems ayrıldıktan sonra genç kızın, ona karşı duyduğu merakla karışık alakası azalacağı yerde gitgide artmıştı. Onun üzerindeki tesiri gitgide büyümüş, yokluğunda onun hatıralarından başka bir şey Kimya'yı mutlu etmez olmuştu. Öyle ki Mevlânâ'nın yazdığı özlem dolu şiirlerde Kimya'nın hissiyatı dile getiriliyordu sanki. Ama bir kadın kalbinden... Bazan Mevlânâ'nın ona, "Ey sevgilisi bile olmayan, sevgili..." diye başladığı mısralar, Kimya'yı o kadar derinden sarsıyordu ki... Şems gibi bir adamı seven bir kadın neden olmamıştı, anlayamıyordu genç kız. Belki duygularının yoğunlaşmasında bu şiirlerin, Mevlânâ'yla onun hakkında yaptıkları sohbetlerin de etkisi olmuştu. Ama kendiyle baş başa kaldığı zamanlarda da, tanıdığı hiçbir erkeği Şems'le kıyaslayamıyordu. Onun kadar farklı, yaratıcı fikirleri olan, bakışı, duruşu, konuşmasıyla o kadar çarpıcı bir tesir bırakan birini daha görmemişti. Göreceğini de sanmıyordu.

Büyüdükçe güzelleşmiş, herkesin dikkatini çeker olmuştu. Son zamanlarda, gittikleri düğünlerde, hamamlarda kadınlar Kerra Hatun'a, talip olma niyetlerini ima ediyorlardı. Ama hiçbirisi Kimya'nın ilgisini çekmiyordu. Böylece, Kimya serpildikçe bu duygular da büyümüş; Şems, içinde, ta derinlerde yer etmişti. İşte bu yüzden, Şems'le karşılaşmaktan çekiniyordu. Ya ters bir şey olacak, hayal kırıklığına uğrayacak, aylardır kalbine nakşettiği Şems'in görüntüsünü farklı bulacak ya da Şems'le göz göze geldikleri anda bütün duygularını anlayacak diye korkuyordu. Bu korkular, büyük bir arzuyla beklemesine rağmen Şems'i karşılamasına bile engel oldu. Hatta akşamüzeri Şems'e hoş geldiniz demek için aşağı inen Kerra Hatun'un çağrısına hiç umurunda değilmiş gibi karşılık verdi:

"Siz inin anneciğim, ben de münasip bir zamanda ziyaret ederim. Şimdi kendimi pek iyi hissetmiyorum. Hem mühim olan babamla kavuşmuş olmaları, bizi fark edeceğini hiç sanmıyorum."

Oysa şimdi odasında dolaşıp dururken merak etmeden yapamıyordu. Şems, kendisini unutmuş muydu, ortaya hiç çıkmasa merak eder miydi, eksikliğini fark eder miydi yahut onun için ne anlam ifade ediyordu? Acaba, mümkün müydü ki o da kendisini... Bu düşüncelerle bir türlü yerinde duramayan genç kız balkona çıktı. Gökyüzüne baktı bir süre; ay, Şems'in gittiği gece olduğu gibi yusyuvarlak ve parlaktı. 'Şems giderken yolunu aydınlatmak için bu kadar parlaktı, şimdi de sevindiği için' diye düşündü. Ardından bu düşüncesine kendisi de gülerek 'bu benim yorumum, belki ayın olanlardan hiç haberi yok' dedi. Sonra gözlerini, Lala Bahtiyar'ın ölümünden beri boş kalan daireye çevirdi. Burası günlerdir Şems için hazırlanıyordu. Kimya'nın bakışları odanın kapısına daldı gitti bir süre, onun orada olduğunu bilmek bile içini mutlukla dolduruyordu. Birden kapı gıcırtıyla açılınca ne yapacağını şaşırıp balkondaki sütunun arkasına gizlenmeye çalıştıysa da sonra vazgeçti. Gece vakti ağaç dallarının arasından yukarının gözükmesi pek mümkün değildi. Ama Kimya, ayın ve kandillerin hafif ışığı altında, Şems'in ağaçların altından geçip şadırvana yürüyen silüetini rahatlıkla görebiliyordu. Bahçede bir süre dolaşıp, şadırvanın kenarına oturan adama uzun süre baktı. Yüzünü bir türlü seçemiyordu. Ancak üzgün ve düşünceli olduğunu hissediyordu. Belki de bu bahçe, gitmeden önce olanları hatırlatmıştı ona. Belki pişman olmuştu geldiğine, onun için uyuyamamıştı. Bu düşünceler öyle üzdü ki genç kızı, gidip onu hemen teselli etme arzusu doğdu içinde. Gündüzki korkuları hafiflemişti içinde. 'Hem ya Şems kendisinin hoş geldine bile çıkmamasını dedikodulara inanmasına yorarsa? Hemen konuşmalıyım onunla' diye düşündü. 'Ama bu vakitte...' dedi sonra, biraz durakladıktan sonra hemen odasına döndü. İbriği alıp leğene boşalttı. Mutfaktan su almaya inmiş gibi davranmayı tasarlayarak rahatladı ve aşağı indi.

Şems gerçekten dalgın ve düşünceliydi. Şehirde bir şeyin değiştiğine inanmıyordu. Ancak Mevlânâ ile olan işini tamamlamalıydı. Bunun yanı sıra Şam'da kaldıkları sürede ve yolda Baha'yı yakından tanıma fırsatı bulmuştu. Bu gönlü temiz genç âlimde istikbale dair büyük bir ikbal görüyor, ona özel bir eğitim vermeyi tasarlıyordu. Akşam namazından yatsıya kadar Baha'ya ders vermeye, yatsıdan sonra Mevlânâ'yla sohbete devam etmeye karar verdi. Bunları düşünürken merdivenden inip kendisine doğru yaklaşan güzel bir kadın silüetini son anda fark etti ama tanıyamamıştı. Kıyafeti itibariyle Kerra Hatun'un bir benzeri olsa da yaklaşınca o olmadığını anladı. Ancak küçük meraklı bir kız çocuğu olarak hatırladığı Kimya olabileceği aklına gelmedi. Genç kız, karşısına kadar gelip "Mevlânâ Şemseddin, siz burada mıydınız? Hoş geldiniz, şeref verdiniz" deyince şaşırarak yerinden doğruldu; "Kimya..." dedi, sonra, "Hatun"la tamamladı. Ve "Biz de şeref bulduk" diye toparladı cümlesini. Kimya'nın ay ışığında, efsunluymuş gibi gözüken güzelliği garip bir etki bırakmıştı Şems'te. Artık ona eskisi gibi davranması mümkün değildi. Kimya nedenini söylemeden "Daha evvel sizi karşılayamadığım için affınıza sığınıyorum. Aslında kale kapısına kadar, babamla gelmek isterdim" dedi.

"Estağfirullah, ama içiniz rahat edecekse sizi orada farz ederim. Fakat böyle şeylerden çekinmeyin. Kadınlara bu konuda bir yasak yok. Hatta duymuşsunuzdur belki, dedeniz Bahaeddin Veled, Erzincan civarlarından geçerken bunu haber alan Erzincan Emiri'nin eşi, atına atlayıp kafileyi yolda karşılamış ve Âlimler Sultanı'nı Erzincan'daki medreselerde ders vermeye ikna etmişti. Bu nedenle birkaç yıl orada kalınmıştır."

Bunları duyan Kimya iyice cesaret kazanarak, havuzun kenarına tekrar oturmuş olan Şems'in biraz ilerisinde yanına oturdu ve "Bunu hiç bilmiyordum. İlk fırsata babama sitem edeceğim" dedi. Sonra, "Ama mühim olan artık burada olmanız. Umarım geçmişte olan tatsızlıkları düşünerek uykunuz kaçmamıştır. İnanın bunlar kimsenin sizinle ilgili düşünceleri üzerinde en ufak bir iz bile bırakmadı. Biliyorum, siz bunları mühim addetmezsiniz. Ama yine de bilmenizi istedim."

"Mühimsedim Kimya Hatun. Benim için de perdeler bitmemiş. Zaten bittiğini sanan, bitmiştir: İmtihan son nefese kadar devam edecek. Neyse ki o merhaleyi de geride bıraktık. Fakat önümüzde daha ne tuzaklar var bilmiyoruz" diyen Şems, gözlerini Kimya'dan kaçırmış, havuza akseden mehtabı izliyordu. Sonra elini suya daldırıp bu aksi yakalamışçasına avucunu kapatıyor, elini sudan çıkarıp açtığında bu görüntü kayboluyordu. Medreseyi büyük bir sessizlik kapladıysa da dergâhın aşevinden, ihtiyaç sahipleri için gece gündüz yemek çıkaran dervişlerin sesleri ara sıra avluda yankılanıyordu. Şems'in sudaki ayla oynuyor olması, Kimya'nın kafasında eski bir anıyı canlandırdı ve dayanamayıp latife yapmak istedi:

"Sudaki ay, buraya ilk geldiğiniz günü hatırlattı bana. Bu durumda şöyle söylemem lazım: *Neden ayı havuzdaki suda yakalamaya çalışıyorsun, kolunda çıban mı çıktı? Gökyüzünden alsana!*"

Şems gülümseyerek başını kaldırdı: "Lazım değil. Ama sen istiyorsan, deneyelim."

Kimya, Şems'in gülümseyen gözlerinde kontrolünü kaybetmişti. Diline geleni, beyninde tartmadan söyleyiverdi: "Hayır, bana da lazım değil. Hem ay çok küçük, sönük. Ben, Güneş'i isterim."

Şems'in tebessümü, o anda yüzünü kaplayan bir ciddiyet dalgasıyla silindi. 'Genç kız hâlâ kelimelerle oynamayı mı seviyor, yoksa ne söylediğinin farkında mı' diye dikkatle baktı. Kimya'nın gözlerinde o ana kadar fark etmediği bir derinlik bulduysa da anlamazlığa vurmayı yeğledi. İstihza ederek "Güneş yakıcıdır; sen yakanları sevmezdin" dedi.

"Öyleydi. Ama eskiden tanıdığım bir dost 'yanmadan aydınlatamazsın' demişti. Artık yanmanın değer kazanmak olduğunu öğrendim" diyen Kimya, bütün bunları söylediğine kendisi de şaşırarak telaşla kalkıp "Ben su bitmiş de onu dolduracaktım. Sizi görünce... Rahatsız ettim. Allah rahatlık versin" diyerek uzaklaştı.

Rahatı da huzuru da kaçmış olan Şems, oturduğu yerde dalgınca mırıldandı: "İnşallah, cümlemize..." Sonra kendi kendine sordu: "Allah'ın yeni bir imtihanı mı, yoksa hediyesi mi bu?"

***

Hediye ellerde sırayla dolaşıp sonunda sahibini buldu. Nicolas, arkadaşlarının kendisi için elleriyle yazıp hazırladıkları şiir derlemesini önce koklayıp sonra göğsüne bastırdı. Gençler kendi aralarındaki sohbet meclisini nihayet eksiksiz kurmanın mutluluğunu yaşıyorlardı. Nicolas'ın rahatsızlığından söz edip moralini bozmamak için sorular Şems'le geri dönen İbrahim'e yöneldi. Derslerden sonra medrese binasının ortasındaki küçük havuzun etrafındaki taş zemine minder bile almadan yayılıp oturanlar, her zamanki gibi bu meclisin müdavimleri Alâeddin, Nicolas, İbrahim, Kimya, Gülnihal ve Ömer olmasına rağmen yeni katılan birkaç meraklı talebe de hücrelerine geçip yatmak yerine orda kalmayı tercih etmişlerdi bugün. Hatta Nureddin'le arası bozulduğundan eski kitaplarda bir tılsım aramaya gelen Meselina da bazen kütüphaneden başını çıkarıp onlara bakıyordu. Alâeddin, "Ağabeyim Şam'a geldiğinde neler oldu?" diye sordu. Çünkü Baha'nın tam bir teslimiyetle Şems'e bağlandığını fark etmiş, şaşırmıştı. İbrahim anlatmaya başladı:

"Biz hanın avlusunda oturuyorduk. Üstadım satranç oynuyordu. Orada fakirlik içinde bir derviş olarak tanınıyor, gerçek makamını sayılı insan biliyordu. O yüzden Sultan Veled Hazretleri zengin bir şehzade gibi avluya girince bizim yanımıza geleceğini hiç kimse tahmin edemedi. Herkes, 'Bu civan şehzade de kim ola, buraya yolu nereden düşmüş?' falan diye sorarken Çelebi, üstadın önüne gelip ayakkabılarını altınla doldurunca şaşırıp kaldılar."

Olanları bütün ayrıntılarıyla anlatan İbrahim, sözün bir yerinde; "Sonra Üstad, daha önce hiç yapmadığı garip şeyler yapıp Çelebi'yi kendinden şüpheye düşürmek istedi" deyince, "Ne gibi şeyler?" diye merakla atıldı Kimya.

"Çelebi'nin kafasını karıştıracak, belki kendisinden şüpheye düşürecek şeyler işte."

Gülnihal, "Bunu neden yapsın ki?" diye sordu. Nicolas, "Onun babasına yahut kendisine bağlılığını veya irade gücünü sınamak için olabilir" dedi.

Kimya sabırsızlıkla, "Yorum yapmayın lütfen. Hadi açıkça anlat İbrahim, tam olarak ne oldu?" diye sorunca Alâeddin ona ters ters bakıp "Anlatılmayacak bir şeyse anlatma İbrahim, ben bilmek istemiyorum" dedi. İbrahim konuyu açtığına pişman olmuştu. Ama yarım bırakırsa daha da kötü olacağını bildiğinden dirayetle devam etti: "Üstadı az çok siz de tanıyorsunuz; herkesin zaaflarını, vesveselerini sanki bir anda görüyor ve o yönden imtihana tâbi tutuyor. Sultan Veled Hazretleri'ne de onun kafasını karıştıracak şeyler söylüyor yahut yapıyordu. Kısacası Çelebi'nin kafası allak bullak olmuştu. Belki bu konuşmadan bir gün sonra, hanın önünde Üstad yine satranç oynuyor, her zamanki gibi yanında da bir tabak fındıkla kuru üzüm duruyordu. Birden Çelebi geldi koşarak. Başı açık, ayağı yalın, üstünde gecelik entarisi ve elinde bir avuç fındıkla kuru üzüm. Önce tabağa baktı. Tabağın ortasında daha önce benim de fark etmediğim, bir avuç boşluk vardı."

Alâeddin söze atıldı: "Çerez tabağının bu mevzuyla ne alakası var?"

"Anlatmam doğru mu bilmiyorum. Çelebi, Üstad hakkında yanlış düşünürüm diye korkup bana anlattı. O gün handa uyurken Peygamber Efendimiz'i görmüş rüyasında. Ama Efendimiz ondan yüzünü çevirmiş. Ne yana geçse yine yüzünü çeviriyormuş. Sonunda Çelebi, ağlayarak yalvarmaya başlamış. 'Efendim, ben size bir saygısızlık mı yaptım, neden yüzüme bakmıyorsunuz?' diye ağlamış sızlamış. Sonunda Efendimiz, 'Dostlarımıza saygısızlık yaptın' buyurmuş. Çelebi, bu 'dost'un kim olduğunu sorunca avucundaki kuru üzüm ve fındığı Çelebi'nin avucuna bırakmış. Baha uyandığında gerçekten avucunda o çerezler varmış. O da bunun bir işaret olduğunu anlamış. Üstad, her zaman satranç oynarken onlardan atıştırır ya. İşte o da kalktığı gibi koşup gelmiş. Aklından geçen vesveseler için defalarca af diledi, o gün."

"Yok, canım daha neler? Medresemizin kubbelerini bu masallarla çınlatana da bir bak. Mektep kaçkını. İlim âşıkları da ağzı açık dinliyor. Sanki dünyada Şems'ten başka kuru üzüm ve fındık yiyen yok" diyen sese dönen gençler, bir sütuna dayanıp elini göğsünde bağlamış Necmeddin'in muidi İmamüddin'le göz göze geldiler. İlk yerinden doğrulan Alâeddin oldu. Ona doğru yürüyerek "Seni alakadar etmez İmad. Sen kendi işine bak. Biz dinlediğimizi kendimiz tahlil edip karar verecek haldeyiz!" diye yüksek sesle cevap verince Muid'in odasının kapısı açıldı.

Necmeddin, "Ne oluyor İmad?" diye sordu. İmad, Üstadının Çelebi'yle mesele yaşanmasına kızacağını bildiğinden "Bir şey yok efendim. Çelebi'yle ilmî hususlarda münazara ediyorduk. Sesimizin yükseldiğinin farkına varmadık" dedi. Muid, "Usulünce konuşun öyleyse!" deyip odasına döndü. İmad da gitti. Bu tatsızlıktan sonra sohbetin de tadı kaçtığından meclistekiler dağılmak üzere ayağa kalktı. Ancak Kimya, Alâeddin'in tavrına şaşırmıştı; "Küçük Çelebi, Şems'le karşılaştınız mı?" diye sordu.

"Karşılaştık. Biraz tatsız oldu yine, Kayseri'den döndüğüm gün avludan hızla geçerken birine çarptım. Dönüp bakınca Şems'le göz göze gelmeyim mi?"

"Eeee,"

"Yanlış anlayacak diye çekindim tabii, bir anda bir şey diyemedim. O da bunu anladı sanırım. Bana gülümsedi ve 'Gözümün nuru, gerçi zahirî ve batını edebine bir diyecek yok ama daha dikkatli olmalısın' dedi. Ben de geldiğinden dolayı memnun olduğumu, döndüğünde Kayseri'de olduğumu açıkladım ve giderken olanlardan üzüntü duyduğumu söylemeye cesaret ettim. Bana kızgın ya da kırgın olmadığını söyledi. 'Senin bir kabahatin yoktu' dedi. Hatta onunla ilgili bir şeyi acı da olsa doğrudan kendisine söyleme yürekliliğini gösterdiğim için bana teşekkür etti."

"İnan çok sevindim bunları konuşabilmenize. Sen de biraz rahatlamışsındır artık."

"Evet, ama asla ağabeyim gibi olamayacağım biliyorsun, Şems'le de babamla da. Bana asla ona baktıkları gibi bakmayacaklar" derken gözleri dolan genç, daha fazlasını söyleyemeden sustu. Kimya onu teselli gayretiyle, "Böyle düşünmemelisin. Bak, ikisi de sana kırgın değil. Unuttular bile bana kalırsa" dedi.

"Onlar unutsalar da ben unutamayacağım. Babamı utandırdım. Bunu konuşmak istemiyorum Kimya, ama buradan, sizden ne kadar uzak durursam o kadar iyi olur diye düşünüyorum. Bu yüzden Feta Teşkilatı'ndaki çalışmalarıma ağırlık veriyorum. Belki medreseye daha az gelmeliyim. Bu mecliste belki beni son görüşünüz olur."

"Hayır, Alâeddin bunu yapamazsın!" diye heyecanla söze başlayan Gülnihal'in sözünün tamamlamasını bile beklemeden çıkıp gitti Alâeddin. Kimya da arkasından onu takip etti. Onların arkalarından bakarken Gülnihal'in gözleri bir anda yaşla doldu ama bunları akıtmamaya gayret ettiği her halinden belli oluyordu. Bir süredir dikkatle onu izleyen Nicolas, "Neden Gülnihal, neden bunu yapamaz" diye sormaktan kendini alamadı.

"Çünkü, çünkü o buraya ait" diye kekeleyerek davranışına izahat arayan genç kız, Nicolas'ın kendisini suçüstü yakalamış edasıyla sorgulamasına bir anda sinirlenerek üslûbunu değiştirdi ve "Sen ne demek istiyorsun, onun burada olmamasını mı tercih edersin?" diye sordu. Nicolas, kendince en uygun kelimeleri seçerek onun gerçeği görmesini sağlamak arzusuyla, "Elbette hayır; o benim arkadaşım, ama senin de üzülmeni istemem. Şunu bilmelisin ki Alâeddin yine buraya gelecek ama alaka celbetmek için böyle davranıyor ve istediği alaka, seninki değil" diye derdini anlatmaya çalıştıysa da genç kız onu daha fazla dinlemeye tahammül etmedi; "Bunu sana hiç yakıştıramadım Nicolas. Arkadaşım dediğin bir insan hakkında nasıl böyle konuşabilirsin?" diyerek hızla oradan uzaklaştı.

***

Şadırvandaki konuşmadan sonra Kimya, çoğu zaman farkında bile olmadan Şems'ten kaçmaya başlamıştı. Nasıl böyle bir şey söylediğine hayret ediyor, aklına gelince yanaklarını al basıyordu. Acaba Şems gerçekten kendisini anlamamış mıydı yahut önemsemiyor muydu? Neredeyse uyurken bile onu düşünüyordu. Kendisini önemsemeyeceğini aslında hiç kabul etmek istemiyordu. İlk karşılaştıkları gün bile Kimya'ya kimseye kolay kolay anlatmayacağı şeyler anlatmış, kafasındaki soruları aydınlatmaya çalışmıştı. Önemsemeseydi küçük bir çocuk diye azarlar, hiçbir şey anlatmazdı. Oysa Muid Necmeddin'e bile hiç cevap vermeden çekip gittiğini veya hiçbir açıklama yapmadan koskoca adamları terslediğini kaç kez görmüştü. Artık Kimya için hayatındaki her şey ve herkes geri plana itilmiş bir gölgeden ibaretti. En önde yalnızca Şems vardı bütün manzarayı kaplayan. Bazen olumlu düşüncelere sığınıp teselli bulurken aniden 'babamdan dolayı bana öyle davranıyor olabilir' diye bir fikre kapılıp ümitsizliğin derin uçurumuna yuvarlanıyor; gelgitler, iniş çıkışlar içindeki ruhunun fırtınaları gencecik kalbini incitiyordu. Dışında durgun bir deniz gibi asude gözüken genç kızın derinlerindeki bu depremler onu öyle değiştirdi ki sanki yaşlanmıştı. Bu durgun deniz az da olsa garip bir ümitle koylarında demir atacak gemiyi bekliyordu. Sadece bekliyordu. Ama hiçbir limana demirlememiş, fırtınaların kucağında olmayı emniyete ve huzura tercih etmiş bir deli kaptan, bu koyun güzelliklerine kapılıp bir sürede olsa buraya bağlanır mıydı?

Bütün bu soruları ve içindekileri kimseyle paylaşamıyordu. En yakın arkadaşı Fatıma, artık Baha ile evlenerek medresedeki dairesine yerleştiğinden beri neredeyse bütün gün birlikteydiler ama ona bile duygularını açması mümkün gözükmüyordu. Bütün bunlar bir yana Şems'e karşı çok cüretkâr davrandığını düşündükçe utanıyor, elinden geldiğince ondan uzak duruyordu. Eskiden olduğu gibi onunla konuşmak için fırsat kollamıyordu. Fakat eski günleri hatırladıkça gülümsemeden edemiyor, aslında babamın yanında gördüğüm ilk gün ona âşık olmuştum, diye düşünüyordu. Ama artık öyle rahat davranmasına imkân yoktu. Şems'in hiçbir şeyi muallâkta bırakmaktan hoşlanmadığını bildiğinden, açıkça bir şey sormasından yahut kesin bir cevapla konuyu kapatmasından korkuyordu. Ama bu kaçışın kendisini daha çabuk ele vereceğinden haberi yoktu. Kimya'daki bu değişiklikleri ilk fark eden Mevlânâ oldu. Genç kızın Şems'e hayranlığını eskiden beri biliyordu. Son zamanlardaki davranışlarının ise bir erkeğe duyulan aşkın tezahürleri olduğunu fark etmişti. Ama onun asıl merak ettiği; Şems'in bundan haberi var mıydı yahut bu duyguların onda karşılığı... Fakat bunu Şems'e açamıyordu.

Bir gün avluda, oturmuş Şems'le satranç oynuyorlardı. Baha da bir tarafta rebabını akort etmeye çalışıyordu. Mevlânâ, Şems'in bazı meclislerde yaptığı konuşmalarla Şeyh Ziya ve Şeyh Sadaka başta olmak üzere tasavvuf ehlini kızdırdığını öğrenmişti. Şems'in; dervişlik bir meslekmiş gibi davranılmasının doğru olmadığı, bunun kıyafetle, kalıplaşmış davranış tarzlarıyla da bir ilgisinin bulunmadığı yolundaki beyanları şeyhleri rahatsız etmişti. Şems, açıklamalarını daha yukarı taşıyıp fakirliğin de bir gösteriş unsuru olarak kullanılmasının yanlış olduğunu; dervişliğin bir gönül meselesi olup fakirlikten de zenginlikten de ayrı değerlendirilmesi gerektiğini söyleyince bu konudaki konuşmaları dergâhlarda tartışılır olmuştu. Şems, her zamanki gibi itirazlara daha sert karşılıklar vererek "Ben öyle zengin bir veli biliyorum ki kapısında her gün on bin kurban kesilir, halka dağıtılırdı" deyince şeyhler böyle bir derviş olamayacağı iddiasında bulunmuşlar, tartışma uzadığında Şems bahsettiği dervişin Hz. Süleyman olduğunu açıklamış, kimse verecek bir cevap bulamamıştı. Elbette bu, öfkeleri daha da artırıyor; dergâh ve tekkelerdeki düzenin bozulmasından korkuyorlardı. Mevlânâ, bu konuda da Şems'i uyarmak için dolaylı bir yol seçerek Baha'nın gerdiği telleri denemek için çıkardığı sesleri bahane etti:

"Baha, evlâdım, rebabın tellerine bu kadar sert vurma. Ya gevşer ya da büsbütün kopar, istediğin sesi alamazsın!"

Aslında tellere hiç de sert vurmayan Baha, şaşkınlıkla babasına baktı. Ama onların Şems'le birbirlerini manidar bakışlarla süzdüklerini görünce sözün kendisiyle alakalı olmadığını anlayarak cevaba yol açmak için, "Şeyhim, siz ne tavsiye buyurursunuz; tellere nasıl vurmalıyım?" diye sordu. Şems, bu soruya, bakışlarını Mevlânâ'dan ayırmadan cevap verdi: "İçinden geldiği gibi vur yayını, nağmenin gerektirdiği gibi vur. Kopmaya meyli olan, arı madenden değil adi terkiplerden yapılan tel zaten kopacaktır."

Tavsiyeler bu kadar zıt olunca Baha ne yapacağını şaşırıp babasına baktı. Mevlânâ, "Şeyhinin tavsiyesi atanınkinden evlâdır, evlâdım" diyerek hem onu bu durumdan kurtardı hem de ortam daha da gerginleşmeden konuyu kapattı. Bunu fırsat bilen Baha, bir daha iki atış arasında kalmamak için müsaade alıp oradan uzaklaştı. Mevlânâ o sırada oradan geçen Kimya'nın yavaşça yön değiştirdiğini gördü. Konuyu değiştirip ortamı yumuşatma niyeti de olduğundan Kimya konusunu açmaya cesaret ederek "Kimya bugünlerde bilhassa senden uzak mı duruyor, yoksa bana mı öyle geldi?"

Şems, bakışını satrançtan kaldırmadan konuştu: "Öyle mi? Demek ki benden pek hoşlanmıyor."

Mevlânâ, gülümseyerek arkadaşına baktı. Şems, bu bakışı görmezden gelerek hamlesini yaptı ve "Hadi sıra sende," dedi. Mevlânâ: "Hayır, sende. Soruma cevap vermedin."

"Başkasının yerine cevap veremem. Kimya Hatun'un ne yaptığını, niye yaptığını ona sormalısın."

"Evet, ama ben senin onun davranışıyla ilgili düşüncelerini sormuştum."

Şems, ardına yaslanıp gülümsedi: "Seni satrançta taşlarla yenebilirim ama kelimelerle asla."

Mevlânâ, istediği cevabı almıştı. Şems, olayın farkındaydı ve kendisi gibi yorumluyordu. Hatta belki daha fazlası vardı, belki bir şeyler konuşmuşlardı. Ama bunları -arkadaşı da olsa- kızın babası konumunda olduğundan kendisine açmayı münasip bulmuyordu. Aksi bir durum olsaydı muhakkak daha net bir cevap verirdi. Fakat şu anda bu konuda olumlu bir yaklaşımı da yoktu. Mevlânâ, gerçekten de zor bir durumda kalmıştı. En yakın arkadaşının evlatlığına karşı ne hissettiğini nasıl sorması gerektiğini düşündü bir süre. Sonra "Bu yalnızlığı daha ne kadar devam ettirmeyi düşünüyorsun?" diye sordu.

"Benim varlığıma cansız cisimler bile tahammül edemezken bu yükü bir kadına neden taşıtayım?"

"Gönüllüyse neden olmasın?"

"Neye gönüllü olduğunu bir bilse... Belki."

Bu söz üzerine Mevlânâ gülmeye başladı. Şems de ona bakıp sonra dostuna katıldı. Aslında Mevlânâ, bunu şartlı bir evet olarak algılamış, sevinmişti. Şems de Kimya'ya karşı tamamen boş değildi ama kafasında bazı soru işaretleri vardı. Bunları ise ancak Kimya giderebilirdi. Mevlânâ, Kimya'nın bunu başaracak kabiliyet, tahsil ve terbiyede olduğunu biliyor ve bir süredir onun Şems'i taşıyabilecek bir kadın olduğuna inanıyordu. Ancak Şems'in tereddütleri de haksız değildi. Şems'in dehası, karakteri, pervasızlığı başlı başına bir engeldi; o karşısındaki insanlardan beklentilerini yükseltiyor, bu da herkesi zorluyordu. Ancak Kimya, öksüz de olsa sevgi içinde büyümüş, buna alışmıştı. Şems, sevgisini bilinen yollarla ifade edecek bir adam değildi. Kimya'nın tam tersine çetin şartlarda büyümüş, belki de bu yüzden içi sevgi dolu olmasına rağmen dışı katılaşmıştı. Özel sohbetlerinde, babasının saf kalpli olsa bile kendisini pek de iyi anlayamayan bir insan olduğunu anlatıyor, annesinden ise hiç bahsetmiyordu. Bazen de geçmişini düşündüğünde kimseyle bir bağ hissetmediğini anlatıyor, "Sanki sarp kayalıklara atmışlar beni de vahşi hayvanlar arasında büyümüşüm" diyordu. Bütün bunları kafasında aktarıp döndüren Mevlânâ, 'böyle bir evlilik olursa sorun çıkması kaçınılmaz ama arada bir aşk varsa tecrübeye değer' diye düşündü. Ve olayların akışına -kendisine açıklanıncaya kadar- müdahale etmemeye karar verdi.

Şems'in kafası ise Mevlânâ ve Kimya'nınkinden daha karışıktı. Bu kabına sığmayan, hiçbir yere, hiç kimseye ait olmayan ruh, geç de olsa kayıp bir parçasını bulduğunu hissetmişti. Şadırvan başındaki konuşmadan sonra Kimya'yı bir türlü kafasından atamamıştı. Genç kızın içindeki bir boşluğu nasıl da doldurduğunu o an anlamıştı. Fakat inişli çıkışlı ve yarını bile belirsiz hayatına gencecik masum bir kızcağızı ortak etmeye hakkı olmadığını düşünüyordu. Bu yüzden o mehtaplı geceyi hiç yaşanmamış farz etmeye karar verdiyse de Kimya'nın davranışları bunu büsbütün zorlaştırıyordu. Bunlar kafasında dolaşırken satrancı aniden bıraktı: "Hadi berbere gidip sakalımızı bıyığımızı kısalttıralım. Seninki de uzamış" dedi. Mevlânâ, biraz isteksiz bakınca; "Ne var? Daha da uzatmaya mı niyetlisin? Kalk hadi kalk, savaşa gidecek değiliz ki düşman korkutalım. Oysa içimizdeki gizli büyük düşman, bu zorlu nefs, bıyığımızın her teli mızrak olsa korkmuyor!"

***

Şems gerçekten de Kimya meselesini bir nefs mücadelesi olarak görmüş, ona olan eğiliminden, onun iyiliği için vazgeçmeye karar vermişti. Fakat Mevlânâ'nın sorularından sonra, genç kızla açıkça konuşmadan bu konunun kapanmayacağı sonucuna vardı. Onun kalbini kırmadan, bir şekilde, kendisinden kaynaklanan sebeplerle evlenmelerinin mümkün olmadığını izah etmeliydi. Belli ki genç kız söylediklerinden utanıyor, onunla karşılaşmaktan çekiniyordu. Bunun için uygun bir zaman bekleyen Şems, Fatıma Hatun'la Kimya'nın medreseye geçmekte olduklarını görünce arkalarından seslendi:

"Kimya Hatun!"

Ancak Kimya bunu duymamışçasına adımlarını hızlandırdı. Bu duruma en çok şaşıran Fatıma oldu. Ama ne olduğuna bir anlam veremedi. Sadece bir an durup Şems'e baktı, 'bir şey istiyorsa ben yapayım' diye düşünerek, ama o da sanki kendisini görmemişçesine Kimya'nın ardından yürüyordu. Genç kadın da arkadaşına doğru hızlanmaktan başka yol bulamadı. Kimya, medrese yerine gül bahçesine dalmıştı, oradaki ağaççıklardan oluşan labirentlerde kaybolmayı umuyordu. Kalbi hızla atıyor, nefesi daralıyor, bacakları bedenini taşıyamayacak gibi titriyordu. Aslandan kaçan bir ceylan gibi ağlamaklı, endişeli gözlerle etrafı bir taradı. Tam kurutulduğuna inanıp derin bir nefes alacaktı ki Şems birden ağaçların arasından çıkıp önünde beliriverdi.

Genç kız nefesinin kesildiğini hissetti, başı döndü sendeledi, kendinden geçti, ardından gelmekte olan Fatıma, onu son anda tutabildi. Biraz kendine geldiğinde, arkadaşının yardımıyla bir kamelyanın altına oturan Kimya, kesik nefesler alıyordu. Şems, su almaya gitti. Bunu fırsat bilen Fatıma, aceleyle fısıldayarak "Ne oldu Allah aşkına, hem adamdan kaçıyorsun, hem böyle..." derken sözleri yarım kaldı. Kimya, birden başını arkadaşının omzuna dayayıp hıçkırıklara boğulmuştu. Fatıma bir lahza donup kaldı, birden her şeyi anladı. Arkadaşının gözlerini silerken kopardığı bir gülü koklattı:

"Nefes al, derin derin nefes al" diyordu şefkatle. Şems, su alıp gelmişti. Fatıma ona özür dileme mahiyetinde bir şeyler söylemeye çalışıyor, arkadaşının bir rahatsızlığı olduğunu anlatıyordu. Şems, ellerini dizlerinde kavuşturdu; ilk defa görüyor gibi onlara bakan Kimya'ya şöyle bir göz attıktan sonra; "Allah şifa versin, ben de rahatsızlığını artırmak istemem" dedi ve oradan ayrılmak üzere birkaç adım yürüdüyse de kendini iyice küçük düşürdüğünü hisseden Kimya, buna fırsat vermedi. Her zamanki gibi taarruzla üstün geleceğini zannediyordu. Oturuşunu dikleştirip "Neden beni kovalıyorsunuz öyleyse?" diye sordu. Şems, olduğu yerde durup hayretle genç kıza baktı. Sonra ellerini iki yana açıp

"Doğru ya, ben seni kovalıyordum. Sen benden kaçmıyordun. O halde bir mesele yok" diyerek tekrar yürüdüyse de aslında onunla konuşmak için yanıp tutuşan Kimya aceleyle, "Öyle söylemek istemediğimi biliyorsunuz" dedi.

"Ben senin her zaman ne söylemek istediğini bilemem, kelimelerin ardındaki manaları kavrayamam. Sadece söylediklerini biliyorum."

Kimya, mahcubiyetle yere bakarak "Hayır, hepsini biliyorsunuz" dedi. Şems, şefkatle ona doğru yaklaşıp yanlarına oturduğunda, Fatıma gidip gitmemek arasında bir kararsızlık yaşayıp yerinden doğrulduysa da Şems, "Rahatsız olmayın Fatıma Hatun, sizden saklımız yoktur" diye onu durdurdu. Fatıma, arkadaşına biraz da sitemle bakarak "Belki de Kimya'nın vardır" dedi.

"Kimya'nın da olamaz!" diye kestirip attı Şems ve "Siz sırdaş değil misiniz?" diye sordu. Sonra Kimya'ya dönüp yarım kalan konuşmasını tamamladı: "Benim senin hakkında bildiklerim, senin bilmemi istediğin kadardır."

"Böyle bir şey mümkün mü?"

"Mümkündür. Bilmemi istersen bilirim; istemezsen hiçbir şey bilmiyorum."

"Artık buna imkân yok; beni çok kınıyor olmalısınız."

"Hayır, ben kendimi kınıyorum. Sen içindekileri söylemekten çekinmiyorsun."

Kimya, başını umutla kaldırdı ve günlerdir ilk defa gözleri Şems'inkilerle buluştu. Yüreği öyle kabarmıştı ki artık tek kelime söylemesine imkân yoktu. Tekrar bayılmaktan korkuyor, nefes alarak bunun önüne geçmeye çalışıyordu. Şems, bakışlarını ondan uzaklaştırıp bahçede dolaştırarak "Öyle durumlar, öyle zamanlar vardır ki hayatın şartları hislerin önüne geçer. Ben geleceği belirsiz bir adamım..." diyen Şems, derin bir nefes alıp sustu. Belki de nasıl devam etmesi gerektiğini düşünüyordu.

"Hepimiz öyle değil miyiz?" dedi Kimya.

"Evet, tabii ama genellikle insanlar kendilerine bir yerde bir düzen kurarlar ve buna devam ederler. Benim yarın nerede olacağımı bile kestiremezsin, çoğu zaman ben de bilmem."

Bir süre sessiz, kelimesiz konuştular. Düşüncelerin yoğunluğuna kelimelerin yetişmediği bir zamandı. Bir süre sonra genç kız kendi kendine konuşuyor gibi mırıldandı: "Bir kar tanesinin bir ırmağa ne yükü olur ki? Erir ona karışır akar gider; o nereye giderse oraya."

"Ben sadece buradan gitmekten bahsetmiyorum."

Kimya dikkatle ona baktı; ilk konuşmalarını hatırlamış ve kastedileni anlamıştı ama yılmadı; "Kastedilen mekân dünyaysa kimin ne zaman gideceği belli mi?" diye sordu. Şems, bunu hiç düşünmemişti; bir an için şaşırdıysa da kararını bozmadı; "Henüz çok gençsin; önünde güzel günler vardır, bunları düşünmelisin" deyip yavaşça yerinden doğrulduğunda, Kimya'nın gözleri buğulanmış, içi daralmıştı. Şimdi giderse bir daha hiç göremeyecekmiş gibi hissediyor, kollarına sarılıp onu durdurmak istiyordu. Ancak hiç kımıldayamadı. Son gücünü topladı:

"Sizin sözleriniz bitmiş olabilir ama ben son sözümü söylemedim."

"Bu mevzuda son söze hacet yoktur; çünkü ilk söz hiç söylenmedi" diyen Şems, Kimya'nın bir şey daha söylemesine fırsat vermeden hızla oradan uzaklaştı. Yaşlı gözleriyle onu takip eden Kimya, umutsuzca mırıldandı: "Ve hiçbir zaman söylenmeyecek."

Fatıma, arkadaşının ellerini sıkıp "Bu kadar ümitsiz olma, bu işler hiç belli olmaz" diye teselli etmeye çalıştıysa da, çabaları nafileydi.

***

Ümitsizlik, Kimya'nın içine kapanmasına sebep olduğu gibi yemek ve uyku düzeni de bozulup bedeni halsiz kalınca hafif bir üşütmeyle, ağır bir hastalığa yakalandı. Fatıma ve Gülnihal nöbetleşe onun yanında kalarak ilaçlarını içirip yemeğini yedirmeye çalışıyorlardı. Mevlânâ ve Kerra Hatun da hastayı sürekli ziyaret ediyorlardı. Ancak Kimya'nın tabiatını iyi bildiklerinden, bunun aslında gönül hastalığının bedene yansıdığı görüşündeydiler. Bu yüzden ateşler içinde yanan Kimya'nın başında otururken aynı şeyi düşünüyorlardı. Kimya, çocukluğundan beri çok şey istemezdi hayattan da insanlardan da ama bir şeyi isteyince de ölümüne diretirdi. Kerra Hatun, 'Şems fikrini değiştirmezse çocuğun durumu ne olacak' düşünüyordu. Bu üzüntüyle Mevlânâ'ya bakıp "Ben biraz burada kalayım" dedi. Sonra Fatıma'ya dönüp "Sen de gidebilirsin kızım, Baha'nın bir isteği olur belki" deyince Mevlânâ, balkona çıkıp oyalandı. Fatıma'nın çıkmasını bekliyordu. Genç kadın çıkıp bunu fark edince kayınpederine endişeli gözlerle baktı. Mevlânâ, bunu gülümseyerek karşıladı. Balkonun en ucundaki sedire kadar gidip oturduktan sonra, "Fatıma kızım, bir şey söylemek istemezsen seni zorlamam. Ama biliyorsun ki kullara karşı da Allah'a karşı da Kimya'dan ben sorumluyum. Bu yüzden, onun hakkında bildiğin her şeyi öğrenmeye hakkım var diye düşünüyorum. Eğer hasta olmasaydı veya bu onun hastalığını artırmasaydı inan kendisine sorardım ve o da saklamaz, anlatırdı" dedi.

Bunun üzerine Fatıma, gül bahçesinde olanları anlatmaya başladı. Onlar konuşurken aşağıda cümle kapısından giren Şems, gözlerine çarptı. Mevlânâ, istediği şeyleri öğrenince aşağı onu karşılamaya indi. Şems, kaç zamandır gün doğarken medreseden çıkıyor, ikindi üzeri dönüyor, akşamları Baha'ya verdiği özel derse devam ediyor, yatsıdan sonra ise bazan Mevlânâ ile bazan de misafirleriyle sohbet ediyordu. Böylece düşünmeye vakit kalmasın istiyor gibiydi. Kimya'nın hastalığından elbette medresedeki herkes gibi haberdardı ama sadece resmî bir tavırla Mevlânâ'ya kızının durumunu sorup şifa dilemişti. Dışarı çıktığında ise akla gelebilecek her türlü işte çalışıyordu. Bazan tanımadığı insanların tarlalarını sürüyor, tohumunu ekiyordu. Yardım istendiğinde yine inşaatlarda çalışıyor, ara sıra da pazara tezgâh açıp ticarete soyunuyordu. Kış geceleri ördüğü kuşakları başka mallarla takas ederek yahut satarak başladığı ticarette epeyce kâr ettiği de oluyordu. Ama o parayı çoğu zaman daha gün bitmeden bir çırpıda harcıyor veya bir ihtiyaç sahibine bağışlıyordu. O gün de oğlu ölmüş, ihtiyar bir adamcağızın kışa yıkılacak gibi duran evini tamir etmişti. Böylece bedeni yorgun ama zihni dinç bir şekilde medreseye döndü. Ama Mevlânâ'nın yukarıda balkonda olduğunu görmemişti. Onu odasında bulamayınca geri dönüp medreseden çıktı.

Emir Karatay'a uğraması gerektiğini hatırlamıştı. Medrese inşaatını devlet işlerinden dolayı bir süre yüz üstü bırakmak zorunda olan Karatay, kış gelmeden bazı ufak tefek şeyleri halletmek, gelecek yaza külliyeyi tamamlamak niyetindeydi. Karatay, önce inşaatın tamamını dolaştırıp planlarından bahsetti. Bu medresede şimdiye kadar hiç uygulanmamış bir eğitim sisteminin projelerini hazırlıyor, devlet işlerinden vakit kaldığında bu konudaki kaynakları inceliyordu. Bu minval üstüne epeyce konuşup fikir alışverişinde bulunduktan sonra ana binaya geçtiler. Karatay, bir yakınının son arzusunu yerine getirmek, onu havuzun altına defnetmek için ortadaki havuzun tekrar bozulup yapılabilmesinin mümkün olup olmadığını soruyordu. Şems; "Bu yakınının senin medreseden haberi yok muydu ki havuz yapılmadan vasiyet etsin?" diye sorunca Emir, susmayı tercih etti. Şems, bu suskunluktan bir kadın kokusu duyar gibi olmuştu ama Emir'in yıllardır yalnız yaşadığı bilindiğinden buna bir anlam veremedi. Karatay, kendi sorusunu yineledi:

"Yapılabilir mi, masrafına razıyım?"

"Yapılabilir ama baharı beklemek lazım. Bu arada cenaze ne olacak?"

"Onu zaten geçici olarak kalenin altındaki mezarlığa defnetmiştik." deyince, Şems, Karatay'ın bir yakını ölse haberimiz olurdu diye düşünse de daha fazla konuyu deşmek istemedi. O, aklına takılan, kendi içindeki sorulara da belki cevap olacağını umduğu şeyi doğrudan sordu:

"Sen niye evlenmiyorsun Celâleddin?"

Emir, bu soruyu çok duymuştu; herkese de anlayacağı dilden bir cevap verip geçiştirirdi. Ama bu kez kendinden oldukça genç de olsa evlenme yaşını çoktan geçmiş, kendisiyle aynı durumda, bekâr bir adam soruyordu. Bu yüzden ilk önce şaşırıp hemen cevap vermedi. Ama sonra bu sorunun sadece kendisiyle ilgili olmadığını düşünerek bunları kimseyle konuşmayı sevmediği halde Şems'e karşı açık yürekli olmaya karar verdi:

"Bilmiyorum, bu konuda bazı tatsız tecrübelerim oldu. Belki cesaretim yok."

"Hangi 'tatsız tecrübe' senin gibi bir adamın cesaretini kırar?"

"Acı tecrübe diyelim. Ben anlatamam, sen de dinlemek istemezsin."

Şems, bunun bir ihanet acısı olabileceği ihtimalini düşününce bütün söylediklerine pişman oldu: "Allah'ın biz kullarına türlü imtihanları var elbette. Kusura bakma Celâleddin, benim derdim seninle değil aslında; kendimle. Seni sorguya çektiğimi düşünme sakın. Ben aslında kendi nefsimi sorguya çekiyorum."

"Ziyanı yok" dedi Karatay: "İçindeki düğümü çözmene bir yardımım olursa bahtiyar olurum. Mademki beni kendine yakın bulup gönlünü açtın, kapatma; benimki sana zaten açıktır. Asıl kafana takılan şey ne?"

Karatay Medresesi'nin, üst bölümü açık büyük kubbesinin altında, akşamın karanlığı çökmeye başladığında iki yalnız adamın sohbeti hâlâ devam ediyordu. Etrafta hiçbir kandil yakılmadığının da farkına varmayarak kubbeden ve camlardan yansıyan ışık huzmelerinin aydınlığında yalnız ve dertli iki gönül, kimseye açmadıkları gizli pencerelerini birbirlerine açmışlardı. Şahıslar ve isimler hiç konuşulmasa da Karatay, Şems'in bir genç kıza gönül bağı olduğunu öğrenmiş, hatta bu konu Mevlânâ'yla değil de kendisiyle konuşulduğuna göre, bunun Kimya Hatun olabileceğine kanaat getirmişti. Şems de Karatay'ın, Mirya ile olan sergüzeştini özet olarak da olsa ilgiyle dinlemiş, kendine dersler çıkarmıştı. Karatay, Mirya ile nasıl tanıştıklarını, Sultan'ın düğününün akabinde Devlet Hatun'un daha evvel gizlediği hastalığının aniden artarak vefat edişini, onun defniyle ilgilenmek için bir süre daha Kayseri'de kaldıklarını anlattı. Karatay, Mirya'nın ağzına alıp tekrar kadehe bıraktığı şaraptan zehirlendiğini ancak birkaç gün sonra öğrenmişti. Hekimler çok etkili olan zehrin diş etinden kana karıştığını, aylar sonra da olsa bedeni tahrip ederek bir şekilde ölüme yol açacağını söylüyorlardı.

Karatay ve Mirya zehri yapan yaşlı Rum bir kadının evini bulmuşlar ama kadıncağız zehri kime sattığını anlayınca Sadeddin Köpek'in adamlarından korkup Doğu Roma'ya kaçmıştı. İşi bilenlerse bunun bir panzehri olmadığını söylüyorlardı. Emir, çok sonraları Doğu Roma'ya da uzanarak o kadını buldurmuş, malum evlerden en büyüğünü işleten zengin bir kadına sığındığını öğrenmişti. Ancak o, sadece zehri hazırlamayı bildiğine yemin etmişti. Emir, başka canlar da yanmasın diye hekimlere, âlimlere bu konuyu araştırmalarını rica ediyordu. Bütün bu çabalar sonuçsuz kalsa da Karatay, Mirya'nın gençliğiyle bunu yeneceğini ummak istiyordu. Görünüşte de genç kadının hiçbir rahatsızlığı yoktu. Sadece bazen ateşi yükseliyordu. Karatay, yine de bütün hekimleri dolaşıp ne kadar şifalı bitki, güçlendirici macun ve sair varsa toplamıştı. Bu arada, ilk günden beri aralarında hissedilen çekim gitgide artmıştı. Ama Emir, genç kadının ilgisini, Sadeddin'e olan nefretinden kaynaklanan, onu alt eden adama duyulan bir nevî hayranlık olarak görmüş, önemsememişti ilk zamanlarda. Sonra ise Karatay, Devlet Hatun'dan ödül olarak kendisine hediye edilmeyi isteyenin bizzat Mirya olduğunu, genç kadının ağzından duyunca artık bu çekimden kurtulamayacağı anlamıştı. Fakat kaderlerinde ancak üç-beş ay sürecek bir birliktelik vardı. Konya'ya doğru yola çıktıklarında her geçen gün genç kadının ateşi artıyor, geceleri bazen dayanılmaz oluyordu. Aksaray'ı geçip Sultanhanı'nda konakladıkları gece, serin olur diye Karatay, Mirya'yı kucağına alıp hanın en yüksek duvarının başına çıkarmıştı. Orada gecenin ilerleyen bir vaktinde hayata veda etmişti gencecik kadın ve Emir'in çok sevdiği medresesindeki havuzun altına gömülüp yıldızların altında uyumayı istemişti. Ama Karatay'ın buna fırsatı olmayacak, onu geçici kabrinde bekletecekti ne yazık ki. Emir bunları anlattıktan sonra esefle içini çekerek devam etti:

"Kaderin şu garip cilvesine bak ki geçenlerde Pontus'tan gelen, bu işlere meraklı bir rahiple karşılaştım. Sürmena'da bu panzehri bulan bir arkadaşı olduğunu iddia ediyor. Hatta bana keşişler vasıtasıyla getirtebileceğini söyledi. Ama ne fayda, artık benim neme lazım."

"Belli mi olur? İmkân varsa sen yine de getirt."

"Öyle mi diyorsun? Haklısın aslında, ben kederimden böyle konuşuyorum. Neyse sana şu kadarını söylemeliyim ki; -buna ihtiyacın olduğunu görüyorum- Mirya, ölmeden önce kucağımda mehtabı seyrediyordu. Sonra bana dönüp dedi ki: 'Eğer bana sensiz bu dünyada sonsuz bir hayat teklif edilseydi, seninle geçirdiğim bu kısacık hayatı tercih ederdim.' O anda buna inanmadım tabii. Öldüğünde üzülmeyeyim diye beni teselli ediyor diye düşündüm. Ama bir süredir düşünüyorum da benim için de öyle. Bu dünya hayatı nedir ki; hepimiz bir küp zehrin içinde, bir damla balı aramıyor muyuz? Hem Allah'ın bize haram kılmadığını kendimize haram kılamayız öyle değil mi?"

* * *

Marcos, Kimya'yı ziyaret için medreseye geçti. Son zamanlarda yaşadığı şeylerin kendisini ne kadar etkilemiş olduğunu ve bütün direnişine rağmen herkesten daha fazla değiştiğini düşünüyordu. Kimya'nın hastalığı bile onu üzüp duygulandırmıştı. Nedendir bilinmez; sanki gerçekten amcasıymış gibi hissetti. Kayseri'de şifahanede kaldıkları zaman zarfında çok şey öğrendiği gibi kendi hayatını baştan sona bir daha gözden geçirme fırsatı bulmuştu. O sıcak yaz gününde ovanın kıyısında kucağında Nicolas'la kaldığı kısa ânı hiç unutamadı. O anda kucağındaki bedenin cansızlaştığını hissetmiş, öldüğünü düşünmüştü. O yarayla yaşayanı daha önce hiç görmemişti. Bunu hiç kimseye söyleyemeyecek olsa bile, Tanrı'nın duasını kabul edip ona can verdiğine inanıyordu. Belki de bu inanç onu garip bir güven ve huzur duygusuyla sarmaladı. Artık hiçbir şey ona uzak veya imkânsız gözükmüyordu. Konstantinopolis bile... İzak'a da onun arayışının farkında olduğunu hissettirip ima etmekten kaçınmadı. Hatta kendisinin yapabileceği bir yardım varsa buna da hazır olduğunu söyledi açıkça. O ise sadece, "Hayatta hepimiz bir şeylerin peşinde değil miyiz her zaman" demekle yetindi.

Fakat Kimya'nın odasına doğru çıkarken bir başka huzursuzluk vardı içinde. Genç kıza söylediği yalanı hâlâ düzeltememişti. İlk başlarda 'kendisini aldattığımızı düşünüp Hıristiyanlarla ilgili bir hayal kırıklığı daha yaşamasın' diye Mevlânâ'dan süre istemişti bu konuda. Sonra da hiç fırsat bulamamıştı. Genç kız aniden böyle ağır bir hastalığa tutulunca da bunu hiç söyleyemeyecek gibi bir korkuya kapıldı. Bu yüzden her gün medreseye uğramış ama genç kızın henüz ziyaretçi kabul edecek durumda olmadığı, genellikle ilaçların etkisiyle uyuduğu söylenmişti. Nihayet bugün hastanın yatağında oturacak kadar iyileştiği haberi Marcos'u sevindirmişti. Elbette, Nicolas'a verdiği sözü de unutmamıştı. Ama bunun için erken gibi gözüküyordu. Genç Şövalye Marcos'tan, yaralıyken söylediklerini unutmasını, Gülnihal'e bir şey belli etmemesini rica etmişti. Marcos, bunu Nicolas'ın ciğerindeki hasardan dolayı kendini yarım bir adam gibi hissetmesine vermiş, fazla üstünde durmamıştı. Ama son günlerde gencin sürekli buradan uzaklaşmak istemesi kafasını karıştırıyordu. Bu düşüncelerle, kapıyı açan Gülnihal'e biraz daha dikkatli baktı. O ise kapıda tereddütlü gibi duran Şövalye'ye gülümseyerek "Buyurun, Şövalyem hoş geldiniz!" deyince "Girebilir miyim?" diye sordu.

"Tabii, lütfen buyurun. Allah'a şükür ziyaret kabul edecek duruma geldi hastamız."

Marcos, Kimya'yı umduğundan iyi bulmasına sevinmişti. Ama istediği açıklamayı tam olarak yapamadı. Aslında genç kız buna izin vermedi. Şövalye'nin Kayseri'de yaşadığı acıyı, geçmişini ve kimsesizliğini az çok öğrenmişti Kimya. Bu yüzden Marcos lafa girip Mevlânâ ile aralarında bir iş olduğunu söylemeye çalışırken "Tahmin ediyorum amca, ama bırak böyle kalsın. Ben sana amcam olarak öyle alıştım ki sen vazgeçsen de ben kabul edemem" dedi. Marcos'u daha da şaşırtan şey ise Kimya'nın kendisine bütün parçalarıyla, bir şark kıyafeti takımı diktirmiş olmasıydı. Genç kız, Gülnihal'e bir köşedeki sandığı açtırmış ve ipek bohça içerisindeki kıyafeti hediye etmişti. "Bir kez tecrübe edin benim hatırıma, eminim çok rahat edeceksiniz" diyordu. Marcos çıkarken onu mutlu etmek için kıyafeti kısa sürede giymeye karar verdi.

Kimya'nın ziyaretçisi, Marcos'tan ibaret değildi o gün. Akşamüzeri Fatıma, Gülnihal'den nöbeti devralmıştı ki Meselina geldi. Kimya ilk anda bu ziyareti sadece kendisi için zannettiğinden sıcak davrandı. Ancak Madam, Şövalye'den methini duyduğu Şems'e rüyalarını yorumlatmak için geldiğini, son günlerde gördüğü kâbuslardan bahsettiğini ama Şems'in bunları yoruma değer rüyalardan görmediğini söyleyince asabı bozulan genç kız; "Arkanız açıkta kalmış demek istemiş!" dedi. Meselina güzel gözlerini açarak "O da ne demek?" diye sordu. Fatıma hızla araya girip "Üstünüz açık kalmış uyurken, üşüyünce kâbus görmüşünüz demek" diye cevap verip Kimya'yı nezaketini bozmaması için bakışlarıyla uyardı.

Meselina, "Olabilir, bir daha buna dikkat ederim. Ondan sonra gelip anlatırım rüyalarımı Şems'e. Evet, söyledikleri gibi biraz aksi bir yaradılışı var. Ama çok çekici biri itiraf etmeliyim. Mermer ne kadar sertse içinde öyle büyük bir ateş gizlidir, derler. Şimdiye kadar hayatında hiç kadın olmadığı doğru mu?" diye sorunca Fatıma, arkadaşının ters bir cevap vermesinden çekinip elini dudaklarına kapatıp ona bir 'sus' işareti yolladıktan sonra, kendisi cevap verdi: "Biz de öyle biliyoruz. Zaten kendinden pek söz etmez."

Nihayet, Meselina "Hasta olsan da kendini bu kadar bırakma Camilia, saçların darmadağınık olmuş" dedikten sonra çıkıp gitti. Ancak Kimya'ya garip bir güç gelmişti sanki, yatağında iyice doğrulup "Şu saçlarımı tarasana, artık bu yataktan kurtulmalıyım" dedi. Arkadaşı ona imalı bir bakışla gülmeye başlayınca sinirlendi: "Ne gülüyorsun ki! Sen Baha'dan kıskanırken ben sana güldüm mü?"

"Fakat bu ondan daha abes inan bana, düşünemem bile."

"Nereden biliyorsun. Belki öyle olgun, cilveli, cazibeli kadınlardan hoşlanıyordur. Belki de ben ona göre basit, düz, tecrübesiz kalıyorum."

"Saçını niye tarıyoruz öyleyse, yat hiç kalkma kendine inanmıyorsan."

"İnanıyorum tabii, o kadar basit değilim ve daha iyi de olabilirim. Ama bu kadının niyeti ne diye asabım bozuldu. Daha geçen gün birlikte olduğu adam terk etmiş kendisini diye ağlayıp gözyaşı döküyordu. Eski kitaplarda, onu döndürmek için tılsım arıyordu. Bence adamı sevdiğinden değil, terk edilmeyi kaldıramamıştı. Bütün erkekleri tesiri altına almak gibi bir tutkusu var. Ne kadar zor olursa, onun için o kadar zevkli."

"Adam niye terk etmiş acaba, çok güzel bir kadın ne de olsa."

"Asıl onu üzen de bu. Adam karısına âşık olduğunu anladığını söylemiş. Hatta cariyelerini de azad etmiş. Bunları imaretteki otacı Nuruşah Hatun'a anlattı ilaç hazırlatırken. Hep onunla dertleşir de. Karısını tanıyıp tanımadığını sordu. Nuruşah bu işin peşini bırakmasını tavsiye ederek kadının asil bir beyin kızı olduğunu, üstün vasıflara sahip olduğunu anlattı."

"O zaman bütün hikâyeyi biliyor."

"Evet, o gidince sordum. Nuruşah ablayı bilirsin, biraz nazlandı. Ama şahısları sormayacağıma söz verip sadece olayı merak ettiğime ikna ettim. O adamla kadın, babaları arasındaki bir anlaşmadan dolayı evlenmişler. Aslında birbirlerini başka şartlarda tanısalar belki ilk anda âşık olabilirlermiş ama evliliğin böyle kurulması, vakur yetiştirilmiş gelini soğutmuş. Tabii karşı tarafta da benzer duygular var. Böyle uzun bir süre, dışarıda birlikte, içeride mesafeli bir evlilik yaşamışlar. Ama nasıl olduysa bir süre önce aralarındaki bu hendeği bir anda aşmışlar. Şimdi çok mutlularmış. Bu kadarını öğrenebildim. Dünyada ne garip, ne kadar çok aşk hikâyesi var değil mi?"

"Evet, ne güzel! Gerçekten sevenler sonunda kavuşuyor umumiyetle. Ama bir şey soracağım; sence Gülnihal'in gönlündeki kim?"

"Bilmem. Sorduğuna göre senin bir bildiğin vardır."

"Hayır, sen daha yakınsın, bilirsin diye düşünmüştüm."

"Bir derdi var biliyorum ama nedense benden saklıyor. İstersen sen bir konuş."

"Tamam, ben bir konuşayım belki bir faydamız olur. Neyse, sen de daha umutlu olmalısın."

"Evet, ama sen yine de benim için Meselina'yla Şems tam olarak ne konuşmuşlar bir öğren, yanlarında kimler varmış, birini bul."

"Yapma Kimya, tabire değer değil, demiş işte başka bir şey konuşmamıştır bile. Hem Baha varsa sorabilirim de, Babam veya Muid varsa nasıl sorarım."

"Onlar niye sorduğunu nereden bilsinler canım. Rüya ilmiyle ilgili merakın varmış da onun için soruyormuş gibi yaparsın. İbrahim onun ağzından çıkan her şeyi yazar ya ona..." derken kapı açılınca susan Kimya, elinde bir sahan üzümle içeri giren Gülnihal'i görünce rahatladı. Gülnihal, "Aşağıda Mevlânâ Şemseddin'le karşılaştım da Meram'dan bir sepet üzüm getirmiş. Bir bağda çalışıyormuş herhalde. Sana da bir tabak gönderdi ve şifa dilediğini söyledi" deyince Kimya, üstündeki yorganı bir kenara atarak kalkmak üzere yataktan ayaklarını çıkardı ve "Fatıma git, hemen ona teşekkür ettiğimi, üzümleri çok beğendiğimi, dualarını beklediğimi söyle!" dedi. Gülnihal şaşkınlıkla, "Ama daha yemedin ki" deyince, genç kız arkadaşının tuttuğu tabaktaki üzümleri, iki elini birbiriyle yarıştırırcasına ağzına atarak cevap verdi: "Yedim işte; gerçekten çok güzel!"

Kimya'nın odasında bunlar olurken birkaç oda ileride Kerra Hatun'un dairesinde benzer bir konu başka boyutlarıyla tartışılıyordu. Kerra Hatun: "Görüyorum ki senin bir evlilik haberi umudun var ve bu seni mesud edecek. Şems'in evlenip hoşnut olmasını, buraya yerleşip düzenli bir hayat kurmasını ben de isterim. Ama namzet Kimya olunca çok endişeliyim doğrusu. Yani o çok genç ve tecrübesiz. Acaba, Şems için olgun, hayat tecrübesi olan, hatta başından bir evlilik geçmiş bir kadın mı düşünsek diyorum. Çünkü biliyorsun, Şems'i en iyi sen tanırsın; Kimya'yı seviyor olabilir, çekici, zeki ve güzel bir genç kız. Ama evlilik başka bir şey. Şems en ufak bir hatayı bile bir hürmetsizlik olarak görebilir. Tahammül edemez."

Mevlânâ: "O tahammülsüz değil. Onunki ârızi bir asabiyet yahut öfke de değil. Sadece kendi makamının yüceliğinin farkında; o yüzden herkesin razı olduğunu kabullenmesini beklememeliyiz. Onunki bir velâyet celâdeti, yiğitliği. Dağ ne kadar yüksekse başı o kadar karlı, fırtınalı olur. Bu yüzden öfkesi de ani çıkışları da hatta bazen bize çok ağır gelen sözleri de ona çok yakışıyor. Şaşıracaksın ama ben de tam da bu sebeplerden Kimya'yı ona en uygun eş olarak görüyorum. Çünkü senin söylediğin tarz bir evlilik, Şems için çok suni olur. O buna tahammül edemez. Fakat Kimya'nın ona karşı beslediği samimi aşk; genç de olsa, hata da yapsa, bütün kusurlarını hoş gösterecektir. Hem kızcağızın halini görmüyor musun? Onsuz yaşamayı bile istemiyor. Kara sevdaya döndü tutkusu. Bundan daha aşağısı da Şems'i mesud etmez."

* * *

Sonbahar güneşinin ışık fırçası, etrafı sarıdan gülkurusuna kadar sıcak renklerin değişik tonlarına boyayıp; rüzgâr, altın sarısı çınar yapraklarını, medresenin üzerinde uçuştururken, Kimya avluda dolaşacak kadar iyileşmiş olmasına sevinerek aşağı indi ve Fatıma'yı aradı gözleriyle. Fatıma dairelerinin önündeki küçük bir kuytuda bulunan ocakta kahve pişirmekle meşguldü. Kimya, kahvelerin Şems'le, Mevlânâ'ya gideceğini öğrenince 'ben götüreceğim' diye tutturdu. Fatıma, iyileştikten sonra Şems'le hiç karşılaşmadığını bildiğinden uyardı: "Bak yine bayılırsın falan, bırak ben götüreyim."

Ancak Kimya, kararını çoktan vermişti ve değiştirmedi. Fatıma, her ihtimale karşı onunla odanın kapısına kadar gelip orada bekledi. Kimya içeri girdiğinde önündeki sehpada fetva yazmakta olan Mevlânâ, Şems kadar şaşırdıysa da başını kaldırmadan yazmaya devam etti. Şems, kahvesini alıp genç kızı iyileşmiş görmekten mutlu olduğunu söylediğinde ise dikkatini onlara vermiş, mürekkebi biten kamış kalemi kâğıtta gezdirdiğinin farkında değildi. Şems, daha sonra 'tamamen iyileşmek için hastalık kaynaklarından uzak durulması gerektiğine' dair imalı bir cümle sarf edince Kimya'nın bunu cevapsız bırakmayacağını bilen Mevlânâ, başını kaldırıp onlara baktı. Genç kız onu yanıltmadı:

"Tavsiyeleriniz benim için hep yol gösterici olmuştur. Daha evvel tedavi usulleri için Ebu Ali Sina'yı okumamı tavsiye etmiştiniz. Rahatsızlanınca bu hususla alakadar oldum ve o, hastalık kaynağıyla, şifa kaynağının umumi olarak aynı olduğunu söylüyor."

Bu cevap karşısında Şems bir an susunca kahveleri veren Kimya, başını eğerek onları selâmlayıp çıktı. Mevlânâ'nın yüzüne ise memnun bir tebessüm hâkim oldu. Kalemi hokkaya batırıp tekrar yazıya eğilse de hâlâ gülümsüyordu. Şems, bir süre onu dikkatle inceleyip kahvesini hızla yudumladı. Sonra birden ayağa kalkıp kapıya doğru yürüdü, kendisini gözleriyle takip eden Mevlânâ'ya "Bunu o kadar istedin ki..." dedi. Mevlânâ, 'sonunda oldu diyecek mi' diye beklediyse de devamı gelmeyince "İnsanların dostları için hayır ve iyilik dilemesinde ne beis var?" diye sordu. Şems buna cevap vermek yerine, "Ben Karatay'a kadar gidiyorum" diyerek kapıya yürüdü. Tam çıkacakken durdu: "Müsaade edersen kızına, Kimya Hatun'a bir şey söyleyeceğim."

"Estağfirullah, buyur otur, çağırtalım."

"Sen fetvanı bitir, ben bulurum. Fatıma Hatun'un yanındadır."

Şems, tahmin ettiği gibi Kimya'yı, Fatıma'yla kahve ocağında buldu. Genç kadın ocaktaki eşyaları düzenliyor, Kimya da o daracık yere bir tabure atmış oturuyordu. Şems'i karşısında görünce ayağa kalktı. Şems, "Otur, Kimya Hatun" dedikten sonra, "Şimdi senden bir şey isteyeceğim, yapabilir misin?" diye sordu. Kimya hiç düşünmeden, "Elbette yaparım" diye cevap verince soruyu açarak tekrarladı:

"Her ne olursa olsun yapar mısın?"

"Evet, her ne olursa olsun yaparım."

"Peki, anlaştık öyleyse. O tabureye otur. Bir şey yiyip içme, kimseyle konuşma ve sakın oradan kalkma, ben gelinceye kadar. Beni bekle. Ben böyle istiyorum. Anlaştık mı?"

"Anlaştık."

Bu tuhaf konuşmadan sonra Kimya, taburenin üstünde güzel bir heykele dönüşmüş, Şems medreseden çıkıp gitmişti. Fatıma, şaşkınlıkla etrafa bakındı. Burası yakın dairelere servis kolaylığı olsun diye yapılmış, arada kalan küçük bölmelerden biriydi. Bir tabureden başka bir şey de sığmıyordu. Duvardaki girintide küçük bir ocak, önünde bir tezgâh ve raflarda birkaç servis eşyası vardı. Baha'nın dairesinin karşısında olduğundan Fatıma burayı mutfak olarak da kullanıyordu. Genç kadın şaşkınlığı geçince elini leğende hızla yıkayıp perdeyi kapattı, çıktı. Zaten Şems'in, Kimya'ya ne söyleyeceğini merak eden Mevlânâ'ya dersten önce durumu olduğu gibi aktarmayı başardı. Ancak o endişeli gözükmüyordu. Tam tersine sevinmiş gibiydi:

"Perdeyi kapat, Baha da önüne bir sedir koysun bahçeden fazla gelip geçen olmasın; sen de arkadaşına menfi müsbet hiçbir müdahalede bulunma, ne yaparsa kendi iradesiyle yapmalı."

"Ama babacığım, Kimya bir saniye yerinde duramaz biliyorsunuz. Hele konuşmadan yaşayamaz; bu ona yapılacak en son imtihandı."

"Biliyorum, ama kabul etti. Bize de buna saygı göstermek düşer. Herkes gibi Kimya'nın da bir akit kabiliyeti ve serbestîsi var."

Fatıma, bu konuşmadan sonra bir süre kendi işleriyle ilgilense de ara sıra gidip arkadaşını yokluyordu. Şems, o gün medreseye hiç uğramadı. Güneş batarken iyice telaşa düşen Fatıma, ihtiyacı olur diye medresenin küçük bimarhanesinden hasta lazımlığını bile alıp geldi. Ancak Kimya, orada öylece oturuyor, arkadaşının telaşına biraz gülümsüyordu sadece. Gecenin ilerleyen saatlerinde de Şems dönmeyince Fatıma ve Baha her ihtimale karşı nöbetle uyanık kalmaya, dairelerinin karşısındaki kahve ocağını gözetlemeye başladılar. Ancak ne bir gelen oldu ne de Kimya çıkmak istedi. Zaman alışkanlık yapmış gibi bekleyenler için çok yavaş, beklenenler içinse hızlı geçiyordu. Belki hep böyleydi diye düşündü Kimya; 'Zamanın huyu bu' dedi içinden. Zamanın, havanın, suyun duvardaki taşların huyuna kadar her şeyi düşünmüştü ama Şems'in, ne yapmak istediğini hiç düşünmemişti orada otururken, buna ihtiyaç da duymuyordu. Duygularının geçici bir heves olup olmadığını, ahdine sadık olup olmadığını, irade gücünü veya aklına gelmeyen bir şeyleri veya hepsini birden sınıyor olabilirdi. Yahut hiç sebepsiz, keyfî olarak bunu kendisinden istemiş olabilirdi. Bunların hepsi birden daha o konuşurken, aklından geçmişti. Ama o, "Ben böyle istiyorum" demişti ve Kimya için önemli olan sadece buydu. Böylece zamanı da takip etmekten vazgeçen Kimya, gün ağarırken başını yandaki duvara dayayarak daldığı uykudan sıçrayarak uyandı.

Sonrasında ise Mevlânâ'nın, Şems Şam'dayken söylediği neredeyse tamamı ezberinde olan çağrı şiirlerini birbiri ardından zihninden geçirmeye başladı:

"A gönlümün hevesleri, gel, gel, gel, gel! A dileğim, isteğim,
gel, gel, gel, gel!

Bağlanmışım düğüm düğüm, dağılmışım bölüm bölüm
tıpkı saçların gibi;

A benim düğümümü çözen, a benim dağınıklığımı
düzene sokan, gel, gel, gel, gel!"

Dışarıda zaman gerçekten de daha hızlı geçiyor gibiydi. Şems'in gidişinin ertesi günü vakit öğleyi geçmiş, ikindi olmak üzereydi. Şems hâlâ medreseye dönmemişti. Kimya, başını duvara yaslamış uyumaya çalışıyor ama yapamıyordu. Perde açılınca yine Fatıma geldi zannederek isteksizce gözünü açtı. Açılan perdeden içeriye hücum eden yoğun güneş ışığının altında, Şems'in gülümseyen yüzünün görüntüsü yansıyınca gözbebeklerine, birden doğrulup toparlandı. Ama uykuya dalıp rüya gördüğünü sanıyordu. Konuşmamaya öyle alışmıştı ki sadece gülümsedi. Hatta Şems ona selâm verdiğinde bile tebessümle karşılık verdi. Şems genç kızın anlaşma bozulacak diye konuşmaktan korktuğunu düşünüp "Artık konuşabilirsin, bu akşam senin sözüne ihtiyaç var, yoksa nikâhımız kıyılamaz. Senin şu söyleyemediğin son sözün vardı ya, şimdi lazım oldu. Zerkubi ve Karatay'dan rica ettim. Bu akşam gelip benim adıma, seni babandan isteyecekler" dedi.

Kimya, bu kadarını hiç beklemiyordu. Anlamsız bakışlarla bir süre öylece bakınca Şems, ardına dönüp dairesinde olduğunu tahmin ettiği, Fatıma'ya seslendi. Genç kadın gerçekten de o gün oradan ayrılamamıştı. Hemen çıkıp, arkadaşına yardım etmesi gerektiğini söyleyen Şems'in isteğini yerine getirdi. Kimya'yı, Fatıma'ya emanet eden Şems, oradan ayrılınca, medresede sessiz bir telaş başladı. Gülnihal ve Fatıma, Kimya'nın odasında, genç kızın hazırlıklarına yardım ediyor, Kerra Hatun mutfakta misafirlere ikramlıklar hazırlatıyor, Bahaeddin nikâha davet edilecek yakın dostları haberdar etmek için gençleri farklı adreslere koşturuyordu.

Mevlânâ, akşamüzeri Kimya'nın odasına gelip, bir süre genç kızla görüştü. Daha sonra ise beklenen misafirleri karşılamak üzere odasına indi. Aşağıda her şeyin yolunda gittiğinden emin olsalar da yukarıdaki hanımlar heyecanla bekliyor, ara sıra şehnişine çıkıp aşağı bakanlar oluyordu. Sonunda Baha ve Alâeddin gelerek hem Kimya'yı tebrik ettiler hem de salona kadar diğer hanımlarla birlikte ona eşlik ettiler.

Son anda haber verilen Marcos da birazdan nikâh törenine katılacaktı. Bu yüzden biraz oyalanıldı. Mevlânâ, yeni çift şerefine birkaç gazel söyledi. Gelinle damadı karşısına oturtup onlara dualar etti ve güzel bir konuşma yaptı. Daha sonra nikâh kıyıldı ve gelin, kadınlarla başka bir salona alındı. Konukların çoğu dağıldıktan sonra Mevlânâ; "Kimya Hatun artık eşindir ama müsaade edersen daireniz hazırlanıncaya kadar kendi odasında kalsın. Hem genç kızdır hevesi vardır, sade de olsa örtümüze uygun bir düğün yapalım diye arzu ediyorum" deyince, Karatay ve Selahaddin de onun gibi düşündüklerini söylediler. Şems, "Bu konuda size uyarım" demekle yetindi.

***

Bedestan'ın sokaklarındaki hengâmenin arasında Şems ve İzak sohbet ederek tepeden aşağı yürüyorlardı. Çarşının çıkışına yakın bir yerde, köşedeki fırından çıkan ekmek kokuları nefeslerine karışınca Şems'in gözü, öndeki kadına takıldı. Kadıncağız, sefil ve perişan bir vaziyetteydi. Bir elinde bir parça ciğer, diğer elinde de altı-yedi yaşlarındaki çocuğunun eli vardı. Ciğeri bir kasap hayır için vermişti. Fırıncıdan da pişirmesini rica ediyordu. Ancak fırıncı ateş parası talep ediyordu. "Bu ateş kendiliğinden yanmıyor hanım! Oduna para lazım" diye bağırsa da kadın ısrar ediyordu:

"A efendi, benim için odun yakmayacaksın ya, yanan ateşin üzerine koyuver. Param olsa vermez miyim?"

Şems, İzak'a; "Bana bir altın borç versene" dedi.

Kadın hâlâ fırıncıyla tartışıyordu: "El insaf efendi, şuncacık çocuğa çiğ yediremem ya!" Şems, altını alıp annesinin eteğine sarılmış çocuğun başını okşamak için eğildi. Sonra ufaklığın avucuna altını bırakıp "Annene ver, sana ekmek de alsın" diyerek oradan uzaklaştı.

Çarşıdan çıkınca "Yarın medreseye uğrarsan borcumu öderim" dedi. İzak telaşla:

"Ne acelesi var azizim, kaçmıyorsın ya."

"Belli mi olur yarına çıkacağımıza senet mi var. Sen yine de gel. Ben olmazsam Mevlânâ'dan alırsın."

"Sen şimdi bana inanmazsin ama altın için diğil, seni görmek için bahane olir diye gelmek isterim."

"İnanırım İzak, sen dürüst bir adamsın. Öyle diyorsan doğrudur. Ancak bu halde bende altından daha değerli bir şey olduğunu düşünüyorsun demektir."

"Nereden çıkarırsın bunları bilmem ki?"

"Peki, o zaman senin için altından değerli bir şey yok."

"Olmaz mı, hep böyle diyorsin."

"Nedir öyleyse?"

"Bilgidir."

"Bak şimdi oldu. Söyle öyleyse aylardır bende hangi bilgiyi arıyorsun?"

İzak durup gülmeye başladı: "Azizim nereden vurip nereden ses çıkarıyorsin? Allah'inin askina senden bir şey saklamak mümkin diğil mi?"

"İşini kolaylaştırıyorum işte."

İzak etrafa bir baktı; konuşurken Sultanü'd Dâr'a kadar geldiklerini fark etmemişti. Sesi fısıltı halindeydi: "Şemseddin, burada konusilacak seyler diğil. Bilirsin evim şuracikta; buyur, bir kahvemi iç de dostluğuni kırk yıl daha garantileyeyim."

"Maalesef, başka zaman İzak. Bir başkasına sözüm var."

"Sen de tatliyi gösteriyor çekiyorsin. Tattirmiyorsin. Oldu mu şimdi?"

"Ben bir şey göstermiş değilim. Sen sualini gizliyordun, onu açacaktık. Ama aradığın cevap bende mi bilmiyoruz."

"Öyle olsin" diye sitemkâr bıraktığı İzak'tan ayrılan Şems, kale kapısından çıkıp medreseye yürüdü. Meram'a gitmek için Kimya'ya söz vermişti. Şems ne kadar Kimya kadar dile getirmese de belki onun kendisine olan aşkından daha derin bir aşkla seviyordu genç kadını. Kısa ve sade bir düğünden sonra hayatlarını birleştirmişlerdi. Kimya, Fatıma'nın düğününde istediklerinin binde birini istememiş, düğünü uzatacak her şeyden kaçınmıştı. Bunu hatırlatan Fatıma'ya ise "Sizin düğünde bütün hevesimi aldım zaten" demişti. Bu yüzden dairelerinin hazırlanmasını bile beklemeden düğünü yapıp Meram'daki eve geçmişler, bir süre sonra medreseye dönerek dairelerine yerleşmişlerdi. Şems'in üslûbundan, Kimya'nın kırılganlığından kaynaklanan bazı sorunları olmuyor değildi, ama kısa sürede bunları aşıp birbirlerine daha tutkuyla bağlanıyorlardı. Kimya, medresede Şems'le daha az vakit geçirebildiği için kış gelmeden bir kez daha Meram'a gitmek istediğini söyleyip duruyordu birkaç gündür. Şems de bunu bir gün kalmak üzere kabul etmişti.

İzak sözünde durarak ertesi gün, akşama doğru soluğu medresede aldı. Onun konuya giremeyeceğini anlayan Şems, "Dün konuşmamız yarım kalmıştı. Düşünüyorum da sen neyin peşinde olabilirsin diye; Hz. Musa'nın asası olamaz, Kızıldeniz'i yaracak değilsin, sihirbazların da zamanımızda hükmü yok. Ahid Sandığı hiç olamaz; içinden seni yeni yükümlülükler altına sokacak hükümler çıkabilir. Hz. İsa'nın mübarek kâsesi hiç işine yaramaz" deyip susunca İzak devamını sabırsızlıkla bekledi. Şems, derin bir nefes aldıktan sonra son noktayı koydu: "Sen ancak Hz. Süleyman'ın mührünün peşinde olabilirsin; 'kardeşlerin' de öyle." İzak şaşırarak "Kardesler?" diye sordu.

"Saklısı gizlisi mi kaldı İzak bu işlerin artık? O elindeki yüzüklerin sahtesi yapılıyor Bağdat'ta, Şam'da. Bizim kisveler; sarıklar, külâhlar ayağa düştü. Sizin yüzükler, remizler revaçta... Artık taklit edilemez işaretler bulmalıyız. Şekle büründükçe öz eriyip kayboluyor."

"Haklisin, artık bunlari da asmanin zamanı geldi. Ama bir anda olmaz."

"Evet, neyse mühre gelelim istersen, seni dinliyorum. Benden öğrenmek istediğin ne?"

"Şems, beni bilirsin çok yolculuk yaptık, ayni sofrada yemek yedik. Senden kendimle alakali bir sey gizlemem. Ama bu hususta beni bağlayan kurallar vardı. Sana açıkça soramazdım. Sen merhamet edip açmasan da ben söyleyemeyecektim. Ama bunu bildiğine göre, sadece söylediğin mantıktan yola çikarak yani bana ne lazim olduğunu düsünerek konuşmuyorsin. Muhakkak daha evvelden bir bilgin var. Bu mühür sence bir efsane mi, gerçek mi? Gerçekse onu elde etmek için gerekli anahtarlar, şifreler nerede?"

"Bu yüzük veya mühür niye bu kadar önemli?"

"Dünya hâkimiyeti azizim; hem de canlı cansız bütün mahlûkata hükmetme kudreti... Bu, pesinden kosilmiyacak bir sey mi?"

"Diyelim ki dünyaya Sultan oldun ve her şey Süleyman gibi emrine verildi. En fazla kaç yıl yaşayabilirsin?"

"Ne bileyim azizim?"

"Diyelim ki sana şu andan itibaren yüz yıl daha ömür verildi. Altı üstü yalan değil mi?"

"Yalandir elbette"

"Koskoca dünya hâkimiyeti verildi. Ama geçici. İşte bütün cazibesi bitti."

"Tamam, ama yine de dünyadan mesulüz, onun için bu anahtarlari bulmak istesem..."

"Miftâhü'l kulûb; kalplerin anahtarı ellerde dolaşmaz. Allah anahtarları kalplere koyar. O sırları ancak kalp ehli okur. Onun için taklit edilemez, çoğaltılamaz. Bağdat'ta bir kardeşiniz bu konuda oldukça ileri gitmişti, hatırlarsın. Zahirde öğrenmediği, yapmadığı hiçbir şey kalmamıştı. Hatta kerametler bile göstermişti. İnsanlar büyük bir şeyh diye akın akın ona bağlanıyordu. Neden son anda beklenmedik bir şekilde kaybetti biliyor musun? Kalbinin anahtarı tutmadı."

"Yani bu mührün tasiyicilarinin da, kullanma hakkı olanlarin da bir yürek anahtarı daha var öyle mi? 'Dokunan yanar denilmistir' rivayeti doğru mudur?"

"Allah dünyanın nizamını has kullarına yükleyip bunun kesintiyle de olsa devamını dilediyse ve bunun için mühür gibi bir remiz seçtiyse bunun el değiştirmesini tesadüfe bırakır mı sence?"

Bunun üzerine İzak, umutsuzluğu sindirmek için uzun bir süre sustu: "Peki, azizim; diyelim ki ben buna hak sahibi değilim.

Yine de mührü takip etmek istiyorum. Sahibine yakın olup hizmette bulunurum belki."

"İzak, hiç vazgeçmeyeceksin, değil mi? Sana Musa'nın yanında Yûşa olmak yakışıyor, Samirîliği bırak demiyor muyum?"

"İnan bunun güç ve zenginlik iptilasıyla bir alakası yok. Ben bu islere hep merakliydım bilirsin. Sır, kimsenin bilmediği bir seyi bilmek ayrı bir tutku."

"Yani ırmağın akışına müdahale edemiyorsam da kıyıda oturur balık tutarım mı diyorsun bana? Nasibin kadar tutarsın İzak. Nasibin kadar."

"Öyleyse niye kiziyorsin?"

"Sana kızmıyorum İzak; seni niye sevdiğimi anlamıyorum da bazen kendime kızıyorum."

"Ortak bir sevdiğimiz var ya ondandır. Musa'nın askindandır. Musa'nın adini andim somurtma artık." Şems, "aleyhisselâm" diye Hz. Musa'yı selâmladıktan sonra gülümseyerek "Takipte nereye kadar geldin?" diye sordu.

"Sana kadar işte."

"Nereden bana kadar?"

"Hz. Süleyman'dan bugüne kadar değisik birçok silsile tespiti var. Bunları sen de bilirsin. Bana en mantıklı geleni; nihai işaretler Muhyiddin ibni Arabi'de bitiyor. Geylani ona emanetler bıraktı. O vefat edince sen buraya geldin, evlatlığı ve talebesi Şeyh Sadreddin'e son yazdığı risaleyi getirdin. Üstadin, kitaplarında Kuran ayetlerinin tefsirini yaparken bir nevî, numaralarıyla, hatta manalarıyla anahtarlar oluşturduğunu biliyoruz. Bana göre mührün bundan sonra takip edeceği silsile, o risalede kayıtlı. Mühür de artık sende mi, Sadreddin'de mi veya Şam'da hiç umulmadık birinde mi, bilmiyorum. Ama o risaleyi bulunca çözeceğimden eminim."

"Öyle mi? Allah kolaylık versin o zaman. Daha risaleyi bulamadınız mı? Dergâhtaki adam ne işe yarıyor o halde?"

İzak, Sadreddin dergâhıyla ilgili bir şey söyleyip söylemediğini hatırlamaya çalıştı bir an. Sonra inkârı gereksiz bulup "Bulamadı" demekle yetindi. Şems:

"Buna hiç gerek yoktu. Saklı gizli değil. Sadreddin tetkik ediyordu. Onun odasındadır. Sizin çocuk yeni tabii, oraya giremez daha. Neyse bende bir nüsha var, vereyim istersen. İplikçi Camii'nin arkasındaki kâtipler bir günde bir nüsha hazırlayıp veriyorlar. Kendine yazdırırsın."

"Çok memnun olurum ama sizinle mütalaa ederek okumayı tercih ederim. Malumunuz, Kuran ayetleri hakkında derinliğine bilgim yok. Oradaki kelimelerin ebced hesabıyla anahtarları kadar manaları da Üstad tarafından bir nizam dâhilinde kullanılıyor. Bu yüzden okuduğunuzda beni çağırırsanız sevinirim."

Selahaddin-i Zerkubi, elinde bir bohça altınla içeri girince İzak'la Şems'in sohbeti sona erdi. Daha doğrusu söyleyeceği başka bir şey varsa da İzak tamamen unutmuştu. Zira Selahaddin, dükkânında ne kadar altın varsa toplayıp büyükçe bir bohçaya doldurmuş, Şems'in ayaklarının dibine bırakmıştı. İzak o kadar altını daha evvel hiçbir arada görmemişti, Şems'in de gördüğünü sanmıyordu. Bohçayı açıp Şems'in karşında saygıyla bekleyen Selahaddin, "Buyurun efendim, altın istemiştiniz" dedi. Şems, bohçaya şöyle bir baktıktan sonra uzanıp bir tek altın aldı.

"Bana bu kadar yeter, Selahaddin. Bunlara ne gerek vardı?"

"Efendim, siz miktar belirtmeyince ölçüyü verebileceğim miktara göre tuttum." İzak:

"Ne ölçüsü azizim, sen varini yoğuni toplamis getirmissin. Dükkânda bir sey kaldi mi bari?"

"Kıyıda köşede unutulmuş yoksa kalmadı" dedi Selahaddin. Şems, Selahaddin'i dua ve teşekkürle, altınlarını verip uğurladı. Aldığı altınla da İzak'a borcunu ödedi. İzak gördüğü olayın sarsıntısıyla pek bir şey konuşmadan oradan ayrıldı. O karışık ruh haliyle avludan geçerken karşılaştığı Marcos, hatırını sorunca farkında olmadan aklındakini söyleyiverdi:

"Nasıl olalım. Biz dünya saltanatı derken, adam gönüller üzerinde öyle bir saltanat kurmuş ki dünyaya gülüp geçiyor."

Bunu duyan Marcos'sa bir başka şeyi kaçırdı ağzından: "Mührü buldun mu yoksa?"

"Sen bunu nereden biliyorsun?"

***

Mübarek ayların gelişiyle tatile giren medrese Marcos'un en sevdiği havaya büründü. Bugünlerde cenazesinde bulunamadığı Lala Bahtiyar'ın kendisine verilmesini vasiyet ettiği bir kitabı okuyordu. Kitap, Lala'nın bazan onunla sohbet ederken okuyup açıkladığı Ömer Hayyam'ın rubailerinden oluşan ve Marcos'un minyatürlerine hayran olduğu usta elden çıkmış güzel bir eserdi. Mavro'nun bir Türk Beyi olması ve Yorgos'un şiirin başında Doğu'yu işaret etmesi, Marcos'ta aradığını burada bulacağına dair bir saplantı meydana getirmişti. Bu yüzden İzak'la sonunda paylaşmak zorunda kaldığı konular da onun ilgisini çekmişti. Belki onun bulacağı şifreler benim de işime yarar yahut buradaki sır saklama şekillerini öğrenirim, diye düşünüyordu. Zaten Türkler, Moğolları ve Doğu Romalılar, Haçlıları yenemedikçe kışladaki görevi bitmeyecek gibi gözüküyordu.

Bu arada İzak, Mavro'nun ailesinin halen yaşadığı yeri buldu ve oraya bir misafir göndermek için bağlantıları ayarladı. Şövalyeye 'varsa bir varis ordadır; sen buradan ayrılma ama biri de orayı araştırsın' diye ısrar ediyordu. Marcos, bu göreve tam anlamıyla uygun bulmasa da Gülnihal aşkını tamamen kalbine gömmüş gözüken ve ısrarla buradan gitmek isteyen Nicolas'la konuştu. Ona sadece şifalı bir kaplıca bulduğunu ve orada tedavi olurken izini kaybettiği eski bir akrabasıyla ilgili bilgi toplamasını istediğini söyledi. Genç şövalye, bu haberi büyük bir sevinçle karşıladı ve kendisinden isteneni en güzel şekilde yapacağına Marcos'u ikna etti. Marcos'un isteği çok da zor değildi aslında. Ege sahillerinde bulunan bu beldede şifalı kaplıcalara özenle devam etmesini ve konaklayacağı Kommenos Malikânesi'nde günlük tutarcasına kendisine mektup yazmasını istiyordu. Orada kaldığı sürede karşılaştığı tanıştığı, misafir ve hizmetkârlar da dâhil herkesle ilgili ayrıntılı bilgi vermesini ısrarla tenbihledikten sonra; "Nicolas, aklıma takılan bir şey var. Gülnihal meselesi gerçekten kapandı mı? Eğer kapanmadıysa ben sana verdiğim sözü yerine getirmeye hazırım, sonucu ne olursa olsun. Kadı İzzeddin'le konuşabilirim. Ege'ye de başka birini yollarım veya kendim giderim" dedi. Bir süre ona hayretle baktıktan sonra Nicolas:

"Siz gerçekten çok iyi yürekli bir adamsınız. Benim için kendi kalıplarınızı yıktığınız gibi buradaki ilişkilerinizi de tehlikeye atacaksınız."

"Ben sadece mutlu olmanı istiyorum. Bir aile kurmanı..." derken Marcos duraklayınca kafasında 've sizin gibi olmamamı' diye ekleyen Nicolas, bunu seslendirmedi. Aceleyle, "Biliyorum" diye konuyu kapatmayı tercih etti. O da Marcos'u üzmek istemiyordu. Ve onun gerçekten rahatlamasını sağlamak için kendinden emin bir eda takınarak "Bana inanın Şövalyem, bu konu kapandı. O benim 'Leyla'mmış sadece" dedi.

"Yani?"

"Yanisi uzun... Ben hemen yol hazırlığına başlamalıyım. Vaktiniz olduğunda burada herhangi birine *Leyla ile Mecnun*'u sorun, o zaman beni anlarsınız" diyerek odasına doğru yürüdü Nicolas.

"Ukala sen de" diye gülümsedi Marcos ve arkasından seslendi: "Herhangi birine soracakmışım. Benden başka herkes biliyor yani. Kayseri'de senin başında beklerken üç farklı şairden okudum ben o hikâyeyi, biliyor musun?"

Nicolas, hastanedeki günleri hatırlayınca minnetle geri dönüp Marcos'a hiç beklemediği bir şekilde sarıldı. "Sana hayatımı borçluyum biliyorum. Lütfen bundan sonra da beni bırakma, seni çok kızdırsam bile." Marcos böyle bir şeye hazırlıklı değildi. Ağlamamak için onu kendinden biraz uzaklaştırıp "İstesen de artık benden kurtulamazsın. Hadi hazırlan artık" dedi.

Nicolas, bu konuda Şövalyeyle başka bir şey konuşmasa da, Gülnihal'e kendisini yanlış anladığına dair bir mektup yazıp Kimya'yı bulamayınca Fatıma'ya bıraktı.

* * *

Kimya'nın evliliği, inişli çıkışlı bir yola girmiş gibiydi. Genç kadın, eşinin kendisini sevdiğinden bir türlü emin olamıyor, bu yüzden en ufak şeyleri büyütüyordu. Elbette Şems'in davranışları da bu durumu zorlaştırıyordu. Bir gün Şems evden çıkmadan önce "Bugün canın ne istiyor sana ne pişireyim?" diye sordu Kimya. Şems, "Bir şey istemem. Sen kendin piş yeter" diye cevap verince genç kadın, buna 'seni beğenmiyorum, yeterince olgun değilsin' anlamını vererek ağlamaya başladı.

Öyle ağlıyordu ki Şems'e hiçbir şey söyleyemeden çıkıp Kerra Hatun'un dairesine gitti. Kerra Hatun, ona tasavvufta "pişme"nin ne anlama geldiği konusunda birçok açıklama yaptıktan sonra, "Bu manada olmasa bile kendine vakit ayır, benim yüzümden kendi seyrini ihmal etmeni istemiyorum, dergâhtaki yemekten yiyelim" demek istemiş olabileceğini söyledi. Bunları duyunca hemen ikna olan Kimya, gözyaşlarını silip medrese kütüphanesinin yolunu tuttu. Ancak onun, sabah gözyaşı içinde çıktığını görenler yeni bir dedikodu kazanı kaynatmaya başlamışlardı bile. Şems'in karısına kim bilir ne eziyetler yaptığı konuşuluyordu. Birkaç güne kalmadan, kadıncağızın sürekli iki gözü iki çeşme durumda olduğunu hatta gün geçtikçe sararıp solduğunu söyleyenler olacaktı.

Kimya bunlardan habersiz, o gün akşama kadar kitap okuyup akşam güler yüzle eşini karşıladı. Şems, sabah hiçbir şey olmamış gibi davranan genç kadına hayret ettiyse de belli etmedi. Söylediği şeye neden o kadar kırıldığını da anlamamıştı. Kimya'yı böyle görünce de hatırlatmak istemedi. Cübbesini çıkarıp ocağın yanına oturduktan sonra sadece "Bugün neler yaptın?" diye sordu. Kimya, onun yanına oturduktan sonra sevinçle cevap verdi:

"İmam Ebu Hanife ile İmam Mâlik'in kitaplarını okudum."

"Neler öğrendin bakalım?"

"Çok güzel şeyler. Sen zaten biliyorsun. Ama bazı hususları derinlemesine tetkik edip ikisini kıyaslayınca birbirlerine tam tezat şeyler söylediklerini görüyorum. O halde ben hangisinin söylediğini yapacağım?"

"Aslında, onların özünde hiçbir tezat, hatta ayrılık yoktur. İkilik yoktur. Onlar gerçek hayatta karşılaşsalardı iki kardeş gibi öyle sarılır, öyle sarmaş dolaş olurlardı ki şaşırır kalırdın. Ayrılık, ikilik onlara bakan gözdedir."

Bu söz üzerine Kimya'nın yine dudakları titreyip gözleri dolmaya başladı. Zorlukla, "Yani kusur yine bende mi?" diye sorunca Şems, onun bütün kırılganlıklarını bir anda kavradı; uzanıp yanağını okşayarak "Hayır, seninle bir alakası yok. Bu uzaktan bakan her göz için cari bir şey; bazan ben de senin gibi düşünürüm. Sonra fark ederim ayrılık olmadığını. Dediğim gibi, özü aynı; o yüzden hangisini tatbik etsen olur, hepsi sana yakışır."

Kimya, bu sözlerle teselli olmasına rağmen daha fazlasını istiyordu. Bu yüzden sitemli gözlerle eşine baktı: "Ama sen böyle konuşunca beni beğenmediğini, hatta hiç sevmediğini düşünüyorum."

"Benim konuşma tarzıma aşinasın aslında. Bu yüzden neden böyle yorumlamayı tercih ettiğini anlamıyorum. Hem ben, beğenmediğim sevmediğim bir kadınla evlenecek bir adama benziyor muyum?"

"Ama seni bağlayan şeyler de var; babamın hatırı... benim hastalanmam."

"Kimsenin hatırı için kimseye katlanmam. Bu ikisine de, kendime de haksızlık olur. Hastaya da bir şifa borcum var; diler geçerim."

"Öyleyse niye beni sevdiğini hiç söylemedin?"

"Bazı şeyler çok söylendiğinde manasını yitiriyor. Söz nedir ki aşkın karşısında?"

"Ama sen söylenenle bile yetinmiyor, herkesi sınamaya tâbi tutuyorsun."

"Sen de beni sına. Buna hakkın var. Seni her ne mutmain edecekse... Hani sen bana "istediğin her ne olursa olsun yaparım" demiştin ya. Ben de aynısını söylüyorum işte."

Kimya, böyle bir şeyi hiç düşünmemişti. Bir süre kafasında tarttıktan sonra, "Ben bunu yapamam" dedi.

"Neden?"

"Bilmiyorum, belki hayal kırıklığına uğramaktan korkuyorum" diyen güzel kadın yine gözleri dolarak eşine sarılıp başını onun göğsüne dayadı. Şems, onun saçlarını okşarken "Kaybetmeyi göze alamazsan kazanamazsın yahut böyle vesveselere kapılır, kazandığına inanmazsın" diye mırıldandı. Kimya ise kaybetme ihtimalini bile kafasından atmak ister gibi ona daha sıkı sarılarak "Peki, sen beni sınadığında ne düşünüyordun?" diye sordu. Şems'in cevabı gecikince "Kalkar giderse ben de kurtulurum diyordun herhalde" diye ekledi. Şems:

"Hayır, aslında ben de korkuyordum. Çünkü sendekinin geçici bir heves olduğunu düşünüyordum. Döndüğümde seni orda bulamasaydım bu şehirden tamamen giderdim herhalde."

"Önceleri hep merak ederdim, senin için bir kıymetim var mı, ben medresede olmasam yokluğumu fark eder misin diye..."

"Bunu medresedeki hanımlara sor öyleyse" diye güldü Şems. Sonra anlattı: "Geçenlerde eve döndüğümde seni göremeyince 'Bana hemen Kimya'yı bulun!' diye öyle bir bağırmışım ki korktular herhalde, hepsi bir yana koştu. Bütün dergâhı yahut medreseyi arayacak değilim ya; onlar nerede olduğunu bilir. Mümkün olsa seni hep yanımda taşırım, bir an görmemeye bile tahammülüm yok."

"Belki ben böyle alıştırdım seni; kısa bir müddet hariç, geldiğin günden beri bir bahaneyle etrafındaydım sürekli, öyle değil mi?"

"Öyle ise de iyi ki alıştırdın. Yoksa 'kelimeni yâ Hümeyra' sırrından haberdar olmayacaktım"

"Hümeyra, Ayşe anamızın lakabı ama 'kelimeni' ne demek?"

"'Konuş benimle...' Efendimiz, çok sıkıntılı zamanlarında Ayşe anamızın sohbetiyle ferahladığı için, ona 'Ey Hümeyra, konuş benimle' diye seslenirdi."

Kimya, o geceki sohbetten o kadar mutlu olmuştu ki, bu teselli günlerce onu havada uçurmaya yetip arttı. Ta ki Lala Sefa kendisiyle ilgili korkunç dedikoduları ağzından kaçırıncaya kadar. İlkbaharın o en güzel günlerinden birini genç kadına zehir eden olay, aslında haberi olmasa da Marcos'un yüzünden gerçekleşti. Kimya, artık iyice yaşlanan hizmetkâr Teodorakis'e zahmet olmasın diye aşevinden yemek götürmeye karar verdi. Bunu gören Sefa, yardıma gönüllü olunca sinileri alıp ara kapıdan geçtiler. Sefa, uzun süredir merak ettiği şeyi soruverdi: "Kimya Hatun, senin şu Doğu Romalı amca, neden hep yalnız? Yani niye bir kadın yok hayatında? Boylu boslu, yakışıklı adam ne de olsa. Bir eksiği kusuru da yok." Kimya, soruyu, "Bilmiyorum, belki Doğu Roma'da vardır" diye geçiştirse de aklı Sefa'nın "eksiği kusuru yok" lafına takıldı. Sefa'nın bacağındaki sakatlığı bu kadar büyüttüğünü hiç düşünmemişti. Genç kadın, Lala'nın yıllardır sakladığı bu gizli yarasını fark ederek küçük de olsa bir merhem sürmek istedi:

"Lalacığım, amcam biraz soğuk, mesafeli bir insan. Hem dış görünüşün ne ehemmiyeti var. Kadınlar belki de onu senin kadar çekici bulmamıştır. İmarette kalan savaş mağduru kadınlar var ya, senin havadisini dört gözle bekliyorlar. Ne nüktedan bir adam diyorlar."

Lala, duyduklarından bir anda etkilenerek "Sahi mi söylüyorsun kızım?" diye heyecanlanınca işi daha da ileri götürüp "Tabii sahi söylüyorum. İstersen senin için şöyle bir alıcı gözle bakayım ne dersin?" diye sordu. Sefa, bu kadarına hazır değildi. "Yok, kızım, eksik olma. Bu yaştan sonra bizden geçti" dedi. Ama Kimya'ya karşı garip bir gönül borcu hissetmişti. Bir anda medresede konuşulanlar dudaklarından dökülüverdi.

Kimya, böylece Şems'le ufak tefek tartışmalarının ne kadar abartıldığını, hatta ara sıra medreseye uğrayan Alâeddin'in bunları öğrenip üzüldüğünü duydu. Daha kötüsü ise, bazı kişilerin Çelebi'ye, Kimya'nın Şems'e değil kendisine âşık olduğu için mutsuz olduğunu söylemesiydi. Hatta Çelebi'yi ikna etmek için; "Sen buraları bırakıp gittin, kızcağız da babanı kıramadığı için Şems'le evlendi. Onun sana tutkun olduğunu herkes biliyordu, sen fark etmedin mi? Çocukluğundan beri senin yanından ayrılmazdı. Hepimiz sana yakıştırıyorduk. Hatta baban bile bunun farkındaydı. Nikâhta yaptığı konuşmada neden 'Birbirinize o kadar yakışıyorsunuz; ikinizi de başka biriyle düşünemiyorum' dedi sanıyorsun. 'Başka biri' ihtimalini çok iyi biliyordu. Hem senin gibi bir civan dururken huysuz Şems'e hangi genç kız âşık olur?" gibi birçok şey söylemişlerdi. Bunları öğrenen Kimya, öyle allak bullak olmuştu ki, Sefa söylediğine pişman olup kendini ele vermemesi için yalvarıp durdu genç kadına. Kimya, ona söz verip başından savdıktan sonra güç belâ dairesine geçip mide bulantıları içinde kıvrandı. Çocukluğundan beri ona saray gibi gözüken medrese kapkaranlık olmuş, tanıdığı bütün yüzler çirkinleşmişti bir anda. Alâeddin'le aralarındaki masum kardeşlik sevgisini kim bu kadar acımasızca kullanabilirdi ve bu kimin işine yarıyordu? Anlamıyor, gittikçe öfkeleniyordu genç kadın. Ama bu öfke gitgide Şems'e dönmeye başladı. Zira Kimya'nın Feta Teşkilatı'nın kadınlar kolunda çalışmasını istemeyen Şems, aylar önce hiçbir sebep göstermeden bunu yasaklamıştı.

Kimya, o zaman bunu sorgulamasa da Sefa'dan duyduklarından sonra Alâeddin'in sürekli o hankâhta bulunduğu aklına gelmişti. Üstelik dairesinin önüne taşıttığı güllerin hikâyesini anlatınca "Bu gülleri hiç sevmedim" demişti. Kimya böyle düşünerek kılı çöpe dizip ilgili ilgisiz bir sürü olayı birbirine ekleyerek Şems'in kendisinden şüphe duyduğundan emin oldu. Karşısında başka bir somut suçlu olmayınca da 'diğer insanlar neyse de o bu iffetsizliği bana nasıl yakıştırır?' diye içi içini yedi. İkindi vakti eve dönen Şems, avluda Alâeddin'le karşılaşmış, delikanlı kendisine selâm vermediği gibi ters ters bakarak geçip gitmişti. Bir süre önce araları düzeldiği için buna anlam veremeyen Şems, Kimya ile istişare etmek istedi. Belki de Alâeddin'i iyi tanıdığından onun yardımı olacağını düşünüyordu. Bu yüzden neredeyse kapıdan girer girmez "Bu çocukla, Mevlânâ'nın oğluyla aramız neden düzelmiyor, benim bilmediğim bir şey mi var?" diye sordu. O saate kadar içindeki öfkeyi biriktiren Kimya için bu, bardağı taşıran son damla oldu.

"Bunu bana niye soruyorsun? Bunu bana soracağına beni boşa daha iyi!"

"Bunun seninle, boşanmakla ne alakası var?"

"Bana sorduğuna göre alakası var demek ki. Bunu bir daha bana sorma! Soracaksan, şimdi kadıya çık, boşa beni."

Şems, Kimya'nın şimdiye kadar hiç görmediği bu öfkesi ve anlamsız tepkisi karşında hayrete düşerek hiçbir şey söylemedi. Kimya hızla çıkıp gidince bir süre daha orda öylece kaldı. Çelebi'nin son zamanlarda medreseye uğradığında sürekli olarak yolunun üstü olmadığı halde kendi kapılarından geçtiğini görüyordu. Ama üstünde hiç durmamıştı. Birdenbire Alâeddin'in Kimya'ya karşı özel bir ilgisi olduğunu, belki herkesin bunu bildiğini, kendisine de bu yüzden düşmanca baktığını anlayarak dışarı çıktı.

Gerçekten de Alâeddin, bir süredir Kimya'yı görüp en azından söylenenlerin doğru olup olmadığını anlamak umuduyla oralarda dolanıyordu. Şems dışarı çıkınca karşı karşıya geldiler. Alâeddin geçip gitmek istedi ama Şems, onu önüne geçip durdurarak bağırdı:

"Nereye gidiyorsun delikanlı?"

Alâeddin, Şems'in tavrından ürkerek "Babamın odasına geçiyordum" dedi.

"Buradan başka yol yok mu? Avlunun diğer yanı daha yakın."

Alâeddin, ne bahane bulacağını şaşırıp kapının önündeki fidanları işaret ederek "Buranın güllerini seviyorum" deyince Şems, ona acımayla karışık bir merhametle baktı ve sesinin tonunu düşürerek "Çok seviyorsan, götürüp kendi kapının önüne dikebilirsin. Gönül dilinden sadece gönül ehli anlar. Bu dile yabancı olanlar öyle bir fırtına çıkarırlar ki sonunda güller de incinir. Bu konuda daha dikkatli olmalısın" dedi. Bunun üzerine Alâeddin mahcubiyetle başını eğerek "Haklısınız efendim. Bundan sonra daha dikkatli olacağım" diyerek geri döndü, oradan uzaklaştı. Alâeddin, oradan uzaklaşırken Şems, Mevlânâ'nın odasına yöneldi. Mevlânâ, dışarıdaki soğuk rüzgârdan habersiz, Baha'yla medresenin muhasebesini gözden geçiriyordu.

Şems, öfkeyle içeri girip "Senin bundan haberin var mıydı?" diye bağırınca fırtına bütün soğukluğuyla içeri girip duyanların kanını dondurdu. Şems, Kimya'nın söylediklerini ve Alâeddin'i uyarmak zorunda kaldığını nakledip geldiği gibi hızla gidince Mevlânâ, hemen Kimya'yı çağırıp bütün tafsilatıyla olup biteni ondan dinledi.

Ona kuruntularının abes olduğunu Feta Teşkilatı'nın başındaki kişinin, samimi olmadığı için çalışmaların boşa gideceğini düşündüğünden Şems'in bunu yasakladığını söyledi. Kendisi de bu konuda Alâeddin'i uyarmış, o da Anadolu'ya has bir Ahîlik Teşkilatı'nın çalışmalarını yürüten başka bir âlimin yanına geçmişti. Daha sonra ise bir kadın, böyle bir şeyi kocasına söylemek zorunda kalırsa kelimeleri çok iyi seçmeli, diye Kimya'yı ikaz etti. Boşanma sözünün ise hiç ağza alınmaması gerektiğini ısrarla vurguladı. Son olarak da "Şimdi senden boşanmak isterse ben bile bir şey diyemem. Hatta gidip eğer çok mutsuzsa benim hatırımı gözetmeden karar vermesini söyleyeceğim. Artık bunu söylemek zorundayım" diye sözlerini tamamlayınca Kimya, durumun ne kadar vahim olduğunu anlayıp ağlayarak dışarı çıktı. Sefa'dan Şems'in Meram'a gittiğini öğrenince araba hazırlanmasını bile beklemeden ata binip gitti.

Mevlânâ'nın başında ise daha büyük bir dert vardı. Bahaeddin'e kardeşini bulup gelmesini istedi. Baha, "Babacığım, şimdi öfkelisiniz; isterseniz ben konuşayım" dediyse de dinlemedi. Mevlânâ ilk başta öfkeyle epeyce oğlunu azarlasa da çocuğun başını eğip hiç karşılık vermemesi karşında biraz yumuşayarak Kimya ile ilgili anlamadığı şeyleri aklı eresiye açıkladıktan sonra, "Oğlum, ben sana daha evvel demedim mi? Senin kılavuzun karga değil yılan! Yılan! Sen balık huylusun, yılanla ne işin olur? Bundan sonra aile içindeki meseleleri -ki Kimya, kızım; Şems, damadım olarak bu aileye dâhildir- hariçten kimseyle konuşmanı istemiyorum. Anlaşıldı mı?" dedi.

"Anlaşıldı efendim. O halde izin verin Molla Nâsirüddin Mahmud'la Ahî Teşkilatı'nı Anadolu'da yaymak için yapacağı seyahate katılayım. Burada kaldıkça istemesem de bir tatsızlığa sebep oluyorum."

"Her şeye rağmen senden gocunmuş değilim. Sen benim can parçamsın. Burada kalarak hatalarını telafi edebilirsin. Ama bu sana çok zor gözüküyorsa yahut bu çalışmaya katılmayı çok istiyorsan sen bilirsin. Belki bir süre uzak kalırsan daha sıhhatli düşünürsün. Müsaade senin, kararını verince bize bildirirsin."

Alâeddin'le görüşmesi biter bitmez Mevlânâ da Meram'a doğru yola çıktı. Kimya'ya söylediği gibi; kendisini hiç düşünmeden, bu evlilikle ilgili karar vermesini Şems'e söyleyecekti. Atı kapıda bırakıp avlu kapısını araladığında evin önündeki asma çardağının altındaki kanepeden Kimya'nın sesinin geldiğini duyarak şaşırıp durdu. Ne vakit gelebilmişti anlamadı ama genç kadının sesi gayet neşeli geliyordu.

"O gülleri neden sevmiyordun o halde" diye soruyordu. Şems, "Çünkü o iki tanecik gül, benim içimdeki uçsuz bucaksız gülşenleri görmene mani oluyordu" dedi.

Mevlânâ, biraz eğilip çardağın altına doğru bakınca onları birbirlerine sarılırken gördü. Hemen kapıyı kapatıp geri döndü. Sonraki günlerde birkaç kez niyetlendiyse de Şems'e bu konuyu açamadı. Bir ara -neredeyse bütün yazı Meram'da geçiren çifti ziyaretlerinden birinde- yalnız kaldıklarında Şems'e evliliğin nasıl gittiğini, bir şikâyeti olup olmadığını sordu. Şems mutlulukla, "Allah beni öyle seviyor ki Kimya'yı yaratmış" diye cevap verince bir daha müdahale etmemeye karar vererek medreseye döndü.

***

Şems ve Kimya'ya mutluluk sığınağı olan bağ evinin ziyaretçisi ne yazık ki sadece Mevlânâ olmayacaktı. Bir sabah Şems, asmaların bakımıyla uğraşırken Kimya, dereye kadar inmiş çamaşır yıkıyordu ki Alâeddin çıkageldi. Aslında birkaç gündür evi gözetliyor, Kimya'nın yalnız kaldığı bir ânı kolluyordu. Babasına söylediği gibi şehirden ayrılmamış ama medreseye de uğramamıştı uzun zamandır. Birkaç gün önce ise çarşıda sudan bir sebepten takıştığı İmad, "O kadar mertsen önce sevdiğin kadını kurtar, senin yüzünden onu aylardır Meram'da tutuyorlar!" yolunda bir şeyler söyleyince babasının anlattıklarının tamamen kurmaca olduğuna inandı. "Demek ki Kimya'nın benimle kaçmasından korkuyorlar" diye düşündü. Artık Şems'i sevdiğini Kimya'nın ağzından duysa bile buna inanmayacak, onu oradan kaçıracaktı. Bu kararlılıkla Kimya'ya doğru yürüdü.

Delikanlıyı, Kimya'dan önce Şems fark etti. Yukarıdaki bahçeden Kimya'ya, 'üşüteceksin gel artık' diye seslenmek üzere taraçanın kenarına gelip aşağı doğru bakınca Alâeddin'i gördü ve kelimeler zihninde donup kaldı. Bir an ne yapması gerektiğine karar veremedi. Mevlânâ'ya, "Oğulların benim öz oğlumdur" dediği geldi aklına 'kendi oğlum olsa ne yapardım' diye düşündü. Sonra, 'belki kimse müdahale etmeden Kimya'yla konuşursa gerçeği anlar, umudu kesilir' diye karar verdi.

Fakat aşağıda olağan bir konuşma veya tartışma olmayacağı, karşılaşma anında anlaşıldı. Derenin gürültüsünden sesler duyulmasa da görüntü her şeyi anlamaya yetiyordu. Kimya geri çekiliyor, Alâeddin onu kolundan yakalayıp çekiştiriyor, genç kadın kolunu kurtarıp onu itiyor ama delikanlı vazgeçmiyordu. Şems, hızla taraçadan atlayıp onlara doğru yürüdü. O anda bir yandan Alâeddin'le mücadele edip diğer yandan dere kıyısındaki kaygan taşların üstünde dengesini sağlamaya çalışan Kimya'nın düştüğünü gördü. Şems'i gören Alâeddin'se hızla oradan uzaklaştı. Şems, endişeyle koşup Kimya'ya ulaştı. Kısa sürede kendine gelen genç kadın, bir an her şeyin karardığını ama şimdi iyi olduğunu söyledi. Eve geldiklerinde de baş dönmesi ve bulantı dışında pek şikâyeti yok gibiydi. Biraz dinlenirse geçeceğini söyleyip sedire uzandı. Kimya düşmekle bulantının bir ilgisi olmayacağını düşünüp bunun gebelik işareti olması ümidiyle seviniyordu. Uzandığı yerden bir daha hiç kalkamayacağı aklına bile gelmiyordu. Fakat Şems daha onu düşerken gördüğünde içinden bir parça kopuyor gibi hissetmiş, sarsılmıştı. Şehirden erzak getiren İbrahim'i, Mevlânâ'ya haber verip hekim getirmesi için daha atından inmeden geri gönderdi. Onlar gelmeden önce Alâeddin'in gelişinden kimseye bahsetmemeye karar veren çift, Kimya'nın kazara düştüğünü söylediler herkese.

Hekimler muayeneleri yapmadan derin bir acıya gark olan Şems, "Henüz bir şey belli değil" diye kendisini teselli etmeye çalışan Baha'ya, "Kimya'ya karşı büyük bir zaafım var. Hiçbir şeye karşı böyle değilim; günlerce aç susuz durabilirim, biliyorsun. Ama onsuz duramıyordum. Allah beni bununla imtihan edecek" dedi. Sonra da eşinin yatağının başından gece gündüz hiç ayrılmadı. Hekimler Kimya'nın ense kökünde bir zedelenme olduğunu, buna hiçbir müdahalede bulunamayacaklarını, beklemekten başka çare olmadığını söylediler. Nuruşah Hatun ve Gülnihal hastayla her an ilgilenmek için orada kaldılar. Şems ise perişandan öte bir hale geldi, kimseyi dinlemiyor, ne yapsalar oradan ayrılmıyordu. Kerra Hatun ve Mevlânâ, onun bu haline bakıp kendi acılarına yanamıyorlardı. Artık herkes durumu kabullenmiş kadere boyun eğmişti. Kimya da öyle...

Kerra ve Fatıma Hatun, içeri girerek Şems'ten bir süre dinlenmesini, kendilerinin her şeyle ilgileneceğini söylediler. Kimya gözlerini açınca Şems kalkıp onun yanına oturarak halsiz ellerini avuçlarına aldı. Kimya, onu görür görmez gülümseyerek "Sana kimin önce gideceği belli olmaz demiştim gördün mü, her zaman sen mi haklı çıkacaksın?" diye sordu. Kimse yanında bir şey söylemese de adım adım ölüme yaklaştığını biliyordu. Artık bu dünyadan başka âlemlerin penceresi açılıyordu gözüne ve bir süredir iki dünya arasında gelip gidiyor, çoğunlukla şuurunu yitirip buradan tamamen kopuyordu. Ama bu âleme her dönüşünde Şems'in yaşlı gözleriyle karşılaşınca onu teselli etmeye, hatta güldürmeye çalışıyordu; "Anladım kıskanıyorsun, Allah beni daha çok seviyormuş" dedi. Şems boğazındaki düğümü zorlayarak "Mutlaka öyledir" diyebildi. Kimya, "Biliyor musun neden böyle oldu? Sen önce gitseydin ben dayanamazdım. Allah bana merhamet etti" derken, o sırada giriş holünde bekleyen Bahaeddin'in kısık sesi yansıdı odaya:

"Senin burada ne işin var" diyordu. Bu soruya cevap verense Alâeddin'di.

"Senin gibi kız kardeşimi ziyarete geldim."

Kimya, kocasının gözlerine hüzünle bakıp "Bir gün bana, 'ne istersen yaparım' demiştin ya" deyince Şems, "Tabii ki sizin ortak bir geçmişiniz, kardeşlik hukukunuz var" deyip dışarı çıktı. Onu gören Baha ve Alâeddin'in tartışması yarıda kaldı. Alâeddin, Şems'e "Helâlleşmem lazım... Biliyorsunuz..." diye yalvaran gözlerle bakınca Şems, kendi adına da cevap vermesi gerektiğini düşünerek "Çelebi, biz sana dünyada da ahirette de hakkımızı helâl ettik. Başımıza gelen bir kazaydı. Takdir böyleymiş" deyip hâlâ kardeşinin kolunu tutan ağabeye döndü: "Bırak Baha, Alâeddin Çelebi tabii ki kız kardeşini ziyaret edebilir." Alâeddin içeri geçerken gözyaşları arasında kendi kendine mırıldandı Şems: "Helâlleşsinler..."

Alâeddin, Kimya'nın yatağının karşısına oturduğunda ne diyeceğini bilemedi. Her zaman hayat dolu, canlı, cıvıl cıvıl hatırladığı Kimya, solgun teniyle artık bu dünyaya ait görünmüyordu. Bu görüntü Alâeddin'e konuşmak için fazla vaktinin kalmadığını söylüyordu adeta. Bu yüzden zorlansa da "Kimya, beni affet lütfen. Sadece senin kederli olmanı kabul edemedim. Yoksa böyle bir hata asla yapmazdım. "

"Sana çok kızmıştım Alâeddin, ama hepsi geçti. Ben hiç tasalı olmadım. Bunda hepinizin payı var. Ama seninki en başta her zaman. Beni çitlerin arasından alıp getirmeseydin belki hiçbirinizi, hatta Şems'i de tanıyamayacaktım. Şems'e karşı hislerimi baştan beri senden sakladığım için ben de hatalıyım. Ben sana hakkımı helâl ettim. Sen de bana et" derken gücü tükenen genç kadın tekrar daldı. Alâeddin gözyaşlarına boğularak birkaç kez, "Ben de sana helâl ediyorum" dediyse de duyulduğundan emin olamadı. Fatıma, "Dalıp gidiyor böyle ama senin söylemiş olman yeterli" dedi; fakat Çelebi biraz daha bekledi.

Kimya, gözlerini tekrar açmıştı ama buğulu bakışları yıllar önce fırtınada kaldıkları günkü çocuğu görüyordu karşısında. Alâeddin'in sarığı uçup gitmiş, ıslanan gür kâkülleri alnına yapışmıştı. Kimya, onun bu haline bakıp gülümsüyordu. Alâeddin, kendini gördüğü umuduna kapılarak "Beni tamamen affettin değil mi Kimya?" diye sorunca Kimya, yine o geçmiş zamanlarda elinden tutup yardım eden çocuğa bakıp "Sen çok iyi yürekli bir çocuksun Küçük Çelebi" dedi. Sonra yüzüne vuran rüzgârdan nefes alamıyor gibi soluklanıp ayağının ağrısıyla yürüyemedi. O bari kurtulsun diye düşünerek "Ama git buradan, kurtar kendini, benim için bekleme" deyince Alâeddin kalkıp odadan çıktı. Kimya, artık fırtınada yalnız başına kalmıştı etraf iyice kararmış, hava soğumuştu. Çaresizce etrafa bakındı. Işık saçan bir atlı görününce ufukta, umutla o yöne döndü. Şems, başı bir güneş gibi parlak, dörtnala ona geliyordu. "Güneşim! Üşüyorum, korkuyorum kurtar beni" diye seslendi Kimya. Şems, birden yanında oldu ve elinden tutup hızla yukarı çekerek kucağına aldı onu. Kimya, aydınlığa ve sıcaklığa doydu. Işığa karışıp giderken "Burası ne kadar da güzelmiş" diye fısıldadı Şems'in kulağına. Kerra Hatun'la, Fatıma'nın gördüğü ise tamamen başka bir manzaraydı: Kimya, Alâeddin çıktıktan biraz sonra "Güneşim, üşüyorum" diye seslendi. Şems odaya dönüp ona sımsıkı sarıldı. Bir süre o halde kaldılar, sonra genç kadının cansız başı Şems'in omzuna düştü.

Kimya, yağmurlu bir sonbahar günü, çok sevdiği Meram'da dere kıyısındaki küçük tepeciğe defnedildi. Cenaze yerine indirilmeden Mevlânâ, kızının başını son kez okşadı. Eğilip alından çocukken yaptığı gibi saçlarının başladığı yerden, kefenin üstüne dudaklarını değdirdi. Birden Kimya, boynuna sarılıp onu bırakmayacak, büyükannesine teslim etmek zorunda kaldığı günkü gibi "Beni bırakmayın!" diye ağlayacak hissine kapılınca gözyaşları bembeyaz kumaşı ıslattı. Sonra metanetini muhafaza ederek derin bir nefes aldı ve onun kulağına, "Hiç naz etme a güzel bu mezarda ne Şirinler var ne Şirinler..." diye fısıldadı.

* * *

Gülhun, avluda gazelleri süpürürken Sefa gelip kıyıdaki sedire oturdu. Medrese, tarihinde hiç olmadığı kadar büyük bir sessizliğe gömülmüştü. Sefa, mevsimin durgunluğundan mı, Kimya'nın ölümünden mi kaynaklandığını bilmediği, derin bir hüzün içinde yaşıyordu bir süredir. Avlunun zeminini oluşturan taşlar bile ona duyarsız gözüküyordu. Sefa, eski günleri özlemine ortak edecek bir yaren arayışıyla Gülhun'a seslendi:

"Bırak şu süpürgeyi artık! Yıllardır temizler durursun da bu nankör taşlardan ne vefa gördün?"

Gülhun, iki elini beline koyarak, kavgaya hazır bir konum alıp Sefa'nın karşısına dikildi. Sefa'yı azarlamak temizlikten sonraki zevklerinden biriydi.

"Taşların canı var mı ki vefası olsun? Kalk oradan Sefa Efendi! Sedirin altını süpüreceğim. İşin gücün yok mu senin!" Sefa arkasına iyice yaslanıp "Kalkmıyorum işte! Bir kere de kiminle konuştuğunun farkında ol be kadın" dedi. Kendisinin temizlik işlerine bakmadığı ve daha önemli işleri olduğunu ima ederek Gülhun'u kızdırmaktan hoşlanıyordu.

"Kiminle konuşuyormuşum ki; ikimiz de hizmetkâr değil miyiz?"

Bahçede bu atışma devam ederken hemen yanlarındaki pencerenin arkasında Şems oturuyordu. Ama medresede çoğu kimse henüz bunun farkında değildi. Kimya defnedildikten sonra dairesine bir daha girmeyen Şems, genellikle yolcuların kaldığı tek odalık küçük hücrelerden birine geçmişti. Pencerenin kenarına oturmuş kendi iç âlemine dalmışken bahçeden yansıyan sesler kulağından öte geçmiyordu. Ancak konuşmanın bir yerinde Sefa; "Şuraya bir dakika otur da kadın, bir halden anla, dert dinle. Hiçbir şeyin eski tadı kalmadı. Bu bahçenin çocukların şen sesleriyle çınladığı; Lala Bahtiyar'ın, Seyyid Burhaneddin'in şefkatli gölgesinin üzerimizde olduğu günleri bu taşlar hatırlamıyor da sen de mi hatırlamıyorsun?" deyince sesler Şems'in kafasında anlam kazanmaya başladı.

İki emektar dertleşirken her zamankinin tersine yeni haberi Gülhun verdi ve ne tuhaftır ki Sefa tepki gösterdi. Söylenenlere göre Kimya'nın ölümüne Şems sebep olmuştu. Hatta genç kadının Alâeddin'e olan aşkını öğrenen Şems'in çılgına dönüp kendini kaybettiği söyleniyordu. Buna delil olarak kapıdan geçen genci tehditkâr bir şekilde azarladığı anlatılıyordu. Gülhun da bu konuşulanlardan bunalmış, kendini tamamen işine vermişti. Ama Sefa'nın aşırı tepki göstermesine şaşırarak "Ne oldu Sefa, senin meziyetlerini aşıp geçmişler diye mi bozuluyorsun?" diye sordu. Sefa öfkeyle ayağa kalkıp "Sen beni yanlış tanımışsın Gülhun Kadın! Ben hiç yok yerden haber icat ettim mi? Olanı nakletmişliğim vardır. Ama benimki bir kamu vazifesi sayılır."

"Nereden kamu işi sayılıyormuş, kamuya ne faydası var?"

"Şu faydası var!" diye bağıran Sefa, birden sesinin tonunu düşürerek kadına doğru eğildi: "Kimya Hatun'u bu dedikodudan kim haberdar etti sanıyorsun? Öğrenmese belki daha kötü şeyler olacaktı. O tertemiz tazenin günahına, o saf kalpli delikanlının kanına girdiler. Elimizde büyüyen çocukları bizden iyi mi bilecekler? Benim adım çıkmış bir kere."

Şems, istemeden duyduğu bu seslerin verdiği bilgilerden haberdar olmamayı diledi. Kalkıp gitmek istedi ama kıpırdayamadı. Konuşma bittikten sonra da orada öylece saatlerce oturdu. Sanki zihninden başlayarak bütün bedeni bir değişim geçirmiş ve taşa dönüşmüş gibiydi. Artık duyduklarına ne şaşıracak ne de öfkelenecek hali kalmıştı. Dünyaya olan bütün ilgisiyle beraber tepkilerini de yitirmiş gibiydi. O böyle oturup kalmışken Baha geldi. Şems'in yolcu hücresine geçtiğini öğrenince gideceğinden korkmuş, ev bölümündeki tek odalardan birine geçmesi için ikna etmeye çalışıyordu onu. Şems, onu sonuna kadar dinledikten sonra:

"Boşuna kendini yorma Çelebi; beni buraya bağlayan bir şey kalmadı. İnsanlar Kimya'nın ölümüne benim sebep olduğumu düşünüyorlarmış. Ben onun bir tebessümü için canımı verirdim ama ilahi takdir böyle tecelli etti. Kâdir-i Mutlak olan Rabbimiz dilediğinde verir, dilediğinde alır. Bizi sevdiği için vermiştir ve yine sevdiğinden almıştır. Vakti gelince, gitmemi kolaylaştırmıştır. Burada biraz işim var, ondan sonra öyle bir gideceğim ki izimin tozuna bile ulaşamayacaklar!"

***

Şems'in medrese talebeleri üzerindeki tesirinden rahatsız olan Muid Necmeddin, Mevlânâ ve Şems'in Meram'da bulunduğu bir gün fırsatı değerlendirip avluya çıktı. Ders bitiminde birçok talebe medrese bahçesinde toplanmış uzaklardan gelen genç bir dervişle sohbet ediyordu. Derviş ara sıra doğaçlama ilahiler söylüyor, saz çalıyordu. Muid kapıdan çıktığında, sohbeti kesen talebeler ayağa kalkıp hocalarını selâmladı. Bu kadar öğrenciyi bir arada gören Necmeddin:

"Gevhertaş Medresesi'nin seçkin talebeleri, ilim âşıkları sizi böyle bir arada, birbirinizle haldaş ve yoldaş olarak ne güzel..." diye başlayarak sözü istediği yere kadar getirdikten sonra devam etti:

"Ünü şarktan garba, şimalden cenuba [kuzeyden güneye] kadar yayılmış olan medresemizin talipleri olarak hepinizle gurur duyuyorum. Ancak son zamanlarda bütün hocalarımızı üzen, azmimizi, ümidimizi kıran bazı hadiselere şahit oluyoruz. Bildiğiniz gibi medresemizde, her biri üstad derecesinde, ilmen kemale ermiş, çok değerli âlimlerimiz ders vermektedir. Bu âlimlerden ders almak için birçok imtihandan geçtiniz."

Sonra asıl konuya giren Muid, medrese dışından ve ilmî kisvesi olmayan şahıslarla görüşüp konuşmanın kendilerine nasıl zarar vereceğini anlattı talebeye. Bütün bunları kendi istikbal ve ikballerine verecekleri zarardan korumak adına söylediğini ekleyip sözlerini tamamladıktan sonra birkaç yakın öğrencisiyle medrese binasına doğru yürüdü. O sırada, misafir dervişin nağmeleri avluda yankılandı:

"İşitin ey yarenler, aşk bir güneşe benzer,

Aşkı olmayan kişi, misal-i taşa benzer,

Taş gönülde ne biter? Dilinde ağı tüter,
Ne kadar yumşak söylese sözü savaşa benzer."

Bunları işiten Necmeddin, tam binanın kapısından girecekken geri döndü. Öfkeyle dervişe baktı. Ancak gençler onun etrafını iyice sarmış kahkahalarla gülüyorlar; bir şeyler daha söylemesi için ısrar ediyorlardı. Muid, kapının yanında duran Sefa'yı görünce hıncını ondan çıkarırcasına sordu:

"Bu da kim Sefa?"

"Yoldan gelen bir derviş efendim."

"Bir bu eksikti; yetmedi mi misafir dervişlerden çektiğimiz? Karnını doyurup gönderin gitsin fukarayı!"

"Hünkâr Hacı Bektaş göndermiş, Mevlânâ'yla görüşmeyi bekliyor. Henüz huzura kabul edilmedi."

Necmeddin, cübbesinin eteğini hışımla düzeltip odasına geçti. Bütün bunlara tahammülü kalmamıştı artık. Mevlânâ, bir emirin dillere destan Filâbâd Köşkü'nde davetteydi. Elbette Şems'le birlikte... Ve orada şehrin birçok tanınmış seçkin siması hazır bulunuyordu. 'Oysa ben burada nelerle uğraşıyorum' diye düşündü. 'Sanki müderris değil, ayak işlerine bakan bir hademeyim' diye söylendi. 'Üstelik el âlemin ipsiz sapsız, pervasız, meczup dervişlerinin bile diline düştüm. Yıllarca, Mevlânâ'ya hizmet etmemin, her emrine itirazsız boyun eğmemin karşılığı bu mu olacaktı?' diye düşünüyor, düşündükçe hayıflanıyordu. Biliyordu ki Mevlânâ, Şems'e ettiği iltifatların binde birini Muid için sarf etse veya bir tanecik şiirini ona ithaf etseydi toplumdaki konumu ne kadar farklı olurdu. Oysa sevsin sevmesin herkes Şems'e özel bir ihtimam gösteriyor, onu merak ediyor, bir konuda ne söyleyecek diye ağzına bakıyor, hayretle dinliyorlardı. Hiç anlamasalar bile Mevlânâ bu kadar etkilendiyse bu adamda bir efsun var diye düşünüyorlardı. Peki ya kendisi? Talebelere bile söz geçiremiyor, yoldan geçen biri tarafından "taş"a benzetiliyor, "taş gönülde ne biter?" diye alay ediliyor, gençler de buna kahkahayla gülüyorlardı. *"Di-*

linde ağı tüter, ha" dedi. Gözlerinde garip bir pırıltı yanıp söndü. Sonra kuşağından küçücük bir şişe çıkardı. 'Şu Fülâneddin de akıllı adam vesselâm' diye düşündü. Şişeyi verirken, "Belki lazım olur, ben hep yanımda taşırım" demişti. Şişeyi avucunun içinde sıkarak bir süre pencereden ön avluya baktı. Derviş hâlâ deyişler söylüyor, gençler bazen tempo tutuyor bazen gülüşüyordu. Şimdi de samimiyetsiz, içi boş insanların kurdukları düzenleri hicvediyordu. Muid pencereyi açtı, ses içeride dalgalandı:

"Yerden göğe küp dizseler, birbirine bend etseler;
En alttakini çekseler, seyreyle sen gümbürtüyü!"

Muid, pencereden uzanıp binanın önündeki Sefa'ya bakındı. Bir yandan, "Bu derviş de akıllıymış aslında" diyordu. 'Bütün düzenler, bağlar bir şekilde kopar, koparılabilir. Küpün biri kırılırsa aradaki bend ne işe yarar?' diye düşünürken aradığını görüp yüzüne ciddi bir ifade takınarak seslendi: "Lala Sefaeddin!"

Sefa, o gün kalp çarpıntıları içinde dolaştı durdu. Medreseden eve, oradan dergâha, bimarhaneye, aşevine, hatta ahıra, samanlığa kadar bilinçsizce gidip geldi. İçindeki kasırga ancak akşama doğru biraz yatıştı. Bir süre sonra ise hissiz, düşüncesiz, etrafa boş gözlerle bakan taş bir duvar kabartması gibi mutfağın önünde oturuyordu. Burası Sefanın en sevdiği yerdi. Cümle kapısının tam karşısında olduğundan gireni çıkanı görüyor, sağına düşen medrese girişini ve arkasında kalan arka kapıyı da kontrol edebiliyordu. Ama hiçbir şey dikkatini çekmedi. Hatta akşama yakın cümle kapısından giren Şems'le Mevlânâ'nın bir süre ayaküstü konuştuğunu gördüğünde de yerinden kıpırdamadı. Sonra Mevlânâ'nın yukarı çıktığını, Şems'in kendi dairesine geçtiğini gördüğünde de. Namazdan sonra da Sefa orada o halde oturmaya devam etti. Ta ki, Âteşbâz Yusuf Efendi'nin, mutfağa kurban eti getiren bir hayır sahibiyle konuşmalarını işitinceye kadar.

Hâce Taceddin, "Aman Yusuf'um, burada bu tiritten yemeyen kalmasın. Hoca, talebe, hasta, yolcu kim varsa bir lokma olsun yesin; adağım var" diyordu. O anda Sefa, kurulmuş mekanik bir alet gibi başını yavaş yavaş mutfağa çevirdi. Bir süre dikkatle baktı. Sonra da kalkıp içeri girdi. Elinde tepsiyle, Şems'in kapısını çaldığında da aynı durgunluktaydı. Kapıyı İbrahim açınca Sefa biraz telaşlandıysa da belli etmedi. Şems'in önüne kadar gidip "Efendim, bir hayır sahibi, adak adamış kurban kesmiş, tirit yaptırmış. Burada bulunan herkes yesin diye rica edince bendeniz size de getirmek istedim. Ancak İbrahim'in burada olduğunu bilmediğimden bir kişilik hazırlatmıştım" dedi.

Şems, "Mesele değil Sefa, Şeyh İbrahim arkadaşlarıyla birlikte yemeyi seviyor zaten. Sağ olasın zahmet olmuş" deyip Sefa'ya yer gösterdi. Sefa, siniyi Şems'in önüne bırakıp gösterilen yere otururken İbrahim müsaade alıp çıktı. Sefa: "Efendim, İbrahim şüphesiz üstün meziyetleri olan bir çocuk, ama şeyh olmak için biraz genç değil mi?"

"Bunun yaşla bir ilgisi yoktur Lala, ben sadece şeyhlere ders veririm." Bu cevap üzerine başını öne eğerek susan Sefa, 'Şeyhler bunu duyunca ne diyecek acaba' diye düşünüyordu. 'Öyle ya, ömrünü bu yolda geçirmiş aksakallı pirler, karşısında da dünkü veled' dedi içinden. Ama "Haklısınız efendim, keşke diğer şeyhlerin yahut âlimlerin de ilminizden istifade imkânı olsa. Ama siz hususiyetle Mevlânâ Hazretleri'yle alakadar olmayı tercih ettiğinizden bundan mahrum kalıyorlar" dedi sadece.

"Bu, sadece benim tercihim değil Lala. Bir padişaha, bir ülkede tercüman gerekse kimi seçer?"

"Elbette padişahın ve o ülkenin dilini iyi bilen birini" dedi Sefa; ama 'bu misalde padişah, Hak Teâlâ mı, yoksa siz misiniz?' diye aklından geçirse de soramadı. "Anlıyorum efendim. Kusura bakmayın sizi de lafa tuttum. Lütfedip buyurun, yemeğiniz soğuyacak" demeyi tercih etti. Şems'in yemeğe doğru uzandığı anda "Bendeniz müsaadenizi istirham edeyim" diye eklediyse de Şems "Otur Sefaeddin birlikte yiyelim" dedi. Sefa, "Bendeniz kokusuna dayanamayıp mutfakta epey atıştırdım efendim" derken, Mevlânâ içeriye girdi. Şems, "Buyur Celâleddin, bir adak yemeği" diye Mevlânâ'yı sofraya çağırdı. O anda Sefa, bir an siniyi kapıp kaçmayı yahut yanlışlıkla devirmeyi bile düşündü. Ama Şems'in bakışlarıyla karşılaşınca kıpırdayamadı. Şems, ona bakarak "Gerçi Lala bana niyetle bir kişilik hazırlatmış ama 'bir kişiye yeten iki kişiye de yeter' denmiştir. Öyle değil mi Lala? Ama 'bana yetmez veya sana hazırlanmış, senin nasibindir' dersen, Lala sana da getirir. Hayır işlerini pek seviyor."

Sefa mal bulmuş Mağribî gibi sevinerek "Hemen getiririm efendim" dedi. Mevlânâ, havada bir gariplik hissettiyse de anlamlandıramadı. Sadece "Sağ olasın Lala, ben yukarıda çocuklarla yedim. Size afiyet olsun" dedi. Bunun üzerine derin bir nefes alan Sefa, yerine oturdu. 'Nasıl edip de buradan çıkmalıyım' diye kara kara düşünüyor, iştahla yemeye başlayan Şems'e bakamıyordu bile. İçinden kendine, Muid'e lanetler okuyor, boncuk boncuk terliyor, Şems'in şüphelenmesinden korkuyordu. Şems, henüz birkaç lokma almıştı ki etin arasında kalan küçücük bir kemik dişine temas edince yüzünde tatsız bir ifade belirip kayboldu. Ama artık bu Sefa için bardağı taşıran damla olmuştu. Titreyen dudaklarla, "Efendim beğenmediyseniz değiştireyim" demeye çalıştı. Şems, onun haline bakınca kemiği çıkarmaktan vazgeçip bir yudum suyla yutarak "Bunda bir gariplik var Sefa. Bizim Âteşbâz Yusuf pişirmedi mi yoksa?" diye sordu.

"O pişirmiştir ama yalan olmasın başında değildim" diyen Sefa, ne yapacağını iyice şaşırmıştı. Titreyen ellerini tepsiye de uzatamıyor. Sadece "Beğenmedinizse değiştirelim. Ben Peygamber Efendimizin en sevdiği yemek diye hiç reddetmediğinizi duymuştum da..." diye bir şeyler söylemeye çalışıyordu. Şems, "Doğru duymuşsun Lala, telaş etme, Sevgili'nin sevdiğinden bize hiç zarar gelmemiştir" diyerek tekrar önündeki tabağa uzandı.

Sefa, artık ne yerinden kıpırdayabiliyor ne de bir şey söylüyordu. Şems, bir yandan yemek yiyor, bir yandan Mevlânâ'ya bir şeyler anlatıyordu. Sonra birden gülmeye başladı; "Bana zehir, tiryak gibi gelir" dedi. Sefa, şaşkınlıkla Mevlânâ'ya baktıysa da o da kendisinden pek farklı değildi. Şems hem yiyor hem gülüyor hem de konuşuyordu:

"Bu zehri yememden dolayı sizin vebaliniz benim boynuma olsun. Siz şahit olun, vebali benim boynuma diyorum. Ama Kuran'da, 'Hiçbir günahkâr başkasının günahını yüklenemez' buyruluyor. Bu durumda ne yapabiliriz peki?"

Sefa iyice afallamıştı. Yüzündeki kaslar titriyor, kalbi deli gibi atıyordu. Neredeyse ağlayacaktı. Bundan sonra geri dönüşü de kalmamıştı. Şems, sorusunu tekrar etti: "Evet, ben günahları üstüme alma konusunda gönüllüyüm diyorum. Ama 'Hiçbir günahkâr başkasının günahını yüklenemez' kesin hükmü karşısında ne yapabiliriz? Size soruyorum."

Mevlânâ, "Sorunuzun cevabını elbette siz daha iyi bilirsiniz" dedi.

"Benim bildiğim şu ki: Ancak kâfirler Allah'ın merhametinden ümit keser. Ne olursa olsun ondan ümit kesmem. Bir günahkâr, başkasının günahını üstlenemiyorsa ben de O'ndan günahkâr olmamayı dilerim. Onun için diyorum, vebali benim boynuma diye. Eğer günahım varsa da aldırmayın, çünkü cehennem beni yıkayıp arıtacak. Bakın cehennemim bana gülüyor. Hayır, hayır, cehennemim benden kaçıyor..."

Şems konuştukça, konular karışıyor gitgide daha anlaşılmaz, karışık, kopuk, kesik cümleler sarf ediyordu. Sefa, 'bu meretin etkisi bu kadar hızlı olabilir mi' diye sıkıntıdan yerinde oturamıyordu. Bir ara Şems, Mevlânâ'ya dönüp "Hadi, bir şeyler söyle, bu akşam şiir dinlemek istiyorum. Daha önce söylenmemiş bir şiir. Sende binlerce vardır. Ama bu kez 'zehir'li olsun" dedi. Mevlânâ, uzatılan su bardağını alıp bir kadeh gibi havaya kaldırdı ve "Hoşuna gider mi bilmiyorum ama şu anda içime doğdu:

"Kimde benim derdimden bir katrecik varsa

O, Hz. Hüseyin gibi yaralı, kadehi Hz. Hasan'ınki gibi zehirlidir."

Sefa daha fazla dinleyemedi. Bütün nezaket kurallarını unutup kaçarcasına kendini dışarı attı.

* * *

Sefa'nın odadan çıkması da rahatlamasına yetmemişti. Hızla medreseden ayrıldı. Nerede olduğunu, nereye gittiğini bilmeden geç vakte kadar şehirde dolaştı durdu. Çeşme kapısındaki nöbetçi bir mesele olup olmadığını sorunca ne kadar uzak düştüğünü, vaktin ne kadar geciktiğini ve sokaklarda kimsenin kalmadığını anladı. Bir an evvel medreseye dönmeli, yaptıklarının sonucuyla yüzleşmeliydi. Muid, "çok hızlı, çok etkili" demişti. Necmeddin aklına gelince okkalı bir küfür savurdu. Oradaki çeşmenin kurnasına oturdu. Ne kadar yorulmuş olduğunu o zaman fark etti. Saatlerdir içindeki karmaşayı bir düzene sokamamış, yutkundukça boğazında büyüyen düğümü çözememişti. İşin içinden çıkamayınca bütün öfkesi Necmeddin'e yöneldi. "Hep kullandı beni, aşağıladı, yine kullandı. Öyle pis işlere bulaştım ki geri dönemedim. Efendim, velinimetim Lala Bahtiyar bile ölmeden 'Şems'e karşı bir kusur işleme' diye vasiyette bulunduğu halde, dönemedim. Bu ikiyüzlü, düzenbaz, karı kılıklı, münafık herifin yüzünden! Molla'yı çok seviyormuş da. Yalan!" diye bağırdığında kendi sesinden irkilen Sefa, korkuyla sağa sola bakındı. Neyse ki karşısındaki dergâhın kapısında asılı duran iki kandilden başka şahidi yoktu. O anda Şeyh Sadreddin Dergâhı'nın karşında oturduğunu anlayınca derin bir nefes alıp fısıltıyla "yalan" diye tekrarladı. "Her şeyi kendi menfaati için yaptı. Seninki sevgi ise, ben de bu şehrin en büyük şeyhiyim be. Bir gün karşına geçip bunları söylemezsem bana da Sefa demesinler. İşte her şey apaçık ortada, saf altın gelince sahtesinin yüzü iyice karardı. Suyu görünce teyemmümü bozuldu tabii. Bu yüzden Şems'ten nefret ediyor. Oysa bir bak; O, senin gibi mi seviyor? Bana bile, 'günahını ben taşıyayım' dedi. Her şeyi anladı, her şeyi... Ama bir acı söz söylemedi. Tabağı yüzüme fırlatmadı. Benim için üzüldü. Belki çaresizliğimi anlamıştı. 'Üzülme günahın benim olsun' dedi. Öz annem ölüp gidinceye kadar günahkâr olduğumu söyledi de 'günahını ben taşırım' demedi. Bana kimse değer vermedi, kimse beni sevmedi, annem bile! Ama ben yine de kimseyi öldürmek istemedim. Nereden bilebilirdim küçük günahlarımın zincir gibi halka halka kenetlenip beni bağlayacağını. Bir insan, katiline neden 'günahın benim olsun' der anne?"

Yaşlar yanağından süzülüp sakalını ıslatırken, iki eliyle kafasına vurmaya başladı. "Ben na'ptım, Allah'ım ben na'ptım" diye iki büklüm ağlayan adamcağız, karşısındaki kapının gıcırtısıyla irkilip hemen toparlandı. Ardındaki çeşmeye dönüp yüzünü yıkamaya koyuldu. Çıkan, Şeyh Sadreddin'in müridlerinden Derviş Ahmed'di. Lala Sefa'yı görünce biraz şaşırmıştı. Çeşmeye doğru yürüyüp "Selâmünaleyküm, Lala Hazretleri" dedi. Kuşağından çıkardığı bir peşkirle yüzünü kurulayan Sefa "Ve aleykümselâm evlâdım, bu civarda bir işim vardı da biraz geç kaldım. Şurada bir soluklanayım dedim" diye durumunu izah etti hemen.

"Öyle mi? Ben de sizin medreseye gidiyordum, isterseniz buyurun birlikte gidelim."

"Bu saatte hayırdır inşallah?"

"Hayır efendim, merak buyurmayın, Şeyh Sadreddin Hazretleri'ni almaya gidiyorum."

Sefa korkudan bembeyaz kesildi. Şeyh, gecenin bu vaktinde neden oradaydı. Birkaç kez yutkundu ama bir şey soramadı. Ahmed arabayı hazırlayanlara seslendiğinde, Sefa yerinde duramıyor, çeşmenin önünü ölçer gibi adımlıyor, dönüp duruyordu. Ahmed, "Aceleniz mi var Lala, sema daha bitmemiştir" deyince birden durdu. Şaşkınlıkla "Sema mı?" diye sordu.

"Evet, haberiniz yok mu? Bugün sema âyini vardı."

Ahmed'in arabasıyla kısa sürede medreseye dönen Sefa, avluya girdiğinde etrafta hiçbir fevkalâde durum yoktu. Sema meydanının ışıkları avluya vuruyordu. Sefa, tarif edilmez bir yürek çarpıntısıyla, ayaklarının ucuna basarak pencereye yaklaştı. Demirlere iki eliyle asılıp içeri baktı. İlk gözüne çarpan, karşı duvarın önünde şark kıyafetleriyle oturan Marcos oldu. Rahat ettiğinden ara sıra böyle giyindiğini duymuştu Sefa, ama hiç görmemişti. Başka bir gün olsa alışık olmadığı bu manzara karşısında kahkahalarla gülerdi, ama hemen gözleriyle Şems'i aramaya devam etti. Şeyh Sadreddin, Emir Karatay ve Mevlânâ da bir kenarda oturuyorlardı. Elbette Muid de, Mevlânâ'nın diğer yanındaydı. Hatta Necmeddin'in yüzünde mutlu bir tebessüm vardı. Sefa, "Namert, şerefsiz! Gülersin tabii." diye tısladı. Dişlerini sıkıp "Kahpenin evlâdı!" diye söylendi. Sonunda gözleri aradığını buldu: Şems, sema edenler arasındaydı, dönüyordu. Sefa, gözlerini ovuşturdu. Bir daha baktı. Parmağını ısırıp tekrar baktı. "Ama bu imkânsız" dedi. 'Ya ben hayal görüyorum ya da belki bünyesi güçlü çıktı. Hayır, hayır benim görmem için Allah bunu geciktirdi. Sefa'nın bakışları Şems'in dönüşüne odaklanıp kaldı, bir türlü gözünü çeviremiyordu. Öyle ki ondan başkasını göremez hale geldi. Sefa'nın nazarında koskoca meydan boşalmıştı, bir tek Şems dönüyordu. Hatta güneş, ay, gezegenler onun eteğinin rüzgârına kapılmış dönüyorlardı. Gündüz avluda gençleri coşturan derviş, bir ilahi söylüyordu:

"Her kim pervane, gelsin meydane, Hayy, Hayy! Gelsin meydane.

Derdime çare, çare! Kimde hüner var? Allah! Kimde hüner var?"

Sefa'nın kulaklarında dervişin nağmeleri çınlıyor, Şems döndükçe başı dönüyordu. Dervişin sesi yükseliyor, Şems gitgide hızlanıyordu. Sefa, sonunda, elleriyle kulaklarını kapadı. Ama yine de nağmeyi duyuyordu:

"Yunus, sen burada, meydan isteme! Canım, meydan isteme!

Meydanlar içinde, merdâneler var! Hayy, Hayy!

Merdâneler var! Allah!"

Sefa, "Meydanda mert yiğitler var ama kenarda da namertler var onu da söyle" diye mırıldanıyor, bir türlü oradan ayrılıp gidemiyordu. Çaresiz bir süre daha izledi. Sema ederken birden duran Şems, hızla yere kapandığında artık dayanacak hali kalmamıştı. Deli gibi içeri koştu. Hayretle kendisine bakanların farkında bile değildi. "Efendim iyi misiniz?" diye Şems'i kaldırmaya çalışıyor, ha bire omuzlarından çekiyordu. Secdeden başını kaldıran Şems, "İyiyim Lala, ya sen?" deyince "Ah efendim..." diye söze başladıysa da omzundan çeken güçlü bir el ona engel oldu. Elin sahibi İmad, azarlayan, emreden bir tonda, "Ne cüretle, âyini böler, Efendi Hazretleri'ni rahatsız edersiniz?" dedikten sonra adeta kolundan çekiştirerek Sefa'yı sürükledi, dışarı çıkardı. Bir süre sonra Muid de bir bahaneyle dışarı çıkmıştı. Karanlık bir köşeye çektikleri Sefa'yı boğazına hançer dayamak suretiyle de olsa susturdular. Teninde ilk kez bir metal soğukluğu hisseden Sefa'nın bacakları titreyip rengi solmaya başlamıştı ki Evdoksiya'nın bahçesine açılan kapı gıcırdayarak aralandı. Muid ve adamları hemen kendilerini toparlayarak o yana döndüler. Marcos'un silahtarı kapıdan gözükür gözükmez üzerine dikilen bunca gözle karşılaşınca ürkerek "Efendim Marcos'a bakacaktım" diye açıklama yapmak zorunda kaldı. Artık Sefa derin bir nefes almış; hançeri görmese bile vaziyete bir şahit bulunmasıyla bir nebze rahatlamıştı. Muid bir talebesine başıyla silahtara yardımcı olmasını işaret ettikten sonra onların semahaneye girişini bekledi. Sonra öfkeyle Sefa'ya dönüp "Ne yaptığını sanıyorsun sen?" diye sordu.

Sefa'nın ölümü göze alacak cesareti yoktu ama en etkili silahını kullandı: "Mevlânâ'nın Lalasına bıçak çekmek ha, seni asla affetmez!"

"Ne Lalası Sefa, söylediğin yalanlara kendin de mi inanıyorsun. Ölümünü kimse fark etmez bile" dedi Necmeddin.

"Niye? Beni de sizi yaratan Allah yaratmadı mı? Benim hiç değerim yok mu?" Sefa'nın halinde bir tuhaflık olduğunu anlayan Muid, tarz değiştirdi. Şefkatli bir sesle: "Elbette var, öyle demek istemedim. Ben senin iyiliğin için söylüyorum. Bana ölümüne bağlı böyle kaç talebem var iyi bilirsin. Benim üzülmeme bile tahammül edemezler. Kendini yakacak bir şey yapma, bütün bunların manası ne?"

Muid'in tehditlerinde haklı olduğunu Sefa çok iyi biliyordu. Mecburen geri adım atarak "Bu akşam yemeğinde emrinizi yerine getirdim. O yere düşünce de korktum, ne yapacağımı şaşırdım. Hepsi bu."

"Allah iyiliğini versin emi, o düşmedi, sadece semanın bir usulü bu yahut öyle bir şey; her ne ise akıllarına düştüğünde secdeye kapanıyorlar işte... Ne? Akşam yemeği mi dedin? Ne çabuk becerebildin?"

"Bir adak yemeği vardı onu bahane ettim: Tiridi hiç reddetmiyor ya."

"Ama imkânsız bu. Yemin et."

"Yemin ederim efendim. Kendi ellerimle, bütün şişeyi boca ettim."

"Yediğinden emin misin?"

"Neredeyse sonuna kadar yanındaydım?"

"Başka kimse yedi mi?"

"Hayır, engel oldu. Ben çıkarken Mevlânâ yanındaydı. Ama o daha evvel yemek yemiş."

"Niye bana söylemedin peki, neredeydin bu saate kadar?"

"Korktum efendim, öylesine dolaştım şehirde."

"Korkacak bir şey yok Sefa, çeneni tutarsan hiçbir iz kalmaz."

"Her şeyi biliyor efendim."

"Neyi biliyor, nereden biliyor?" diye hayretle sordu Muid. Sefa, yemekte olanları aynen nakletti. Necmeddin, öfkeden parmağını ısırarak "Kim bilir ne beceriksizlik yaptın. Şüphelenmiş sadece, seni konuşturmak istemiş."

"Hayır, efendim, öyle olsa doğrudan sorardı. Biliyorsunuz tabiatını."

"Neyse, bir şey anlattın mı yoksa?"

"Tabii ki hayır, çıkıp gittim."

"Tamam, hiçbir şey anlatmayacaksın Sefa, bu pişmanlık halleri de bana sökmez. Bunu iyice kafana koy. Hakkında çok şey biliyorum. Ve bu mesele ortaya çıkarsa seni bugün buraya gelene kadar hiç görmedim. Kimin için çalıştığını da bilmiyorum. Bizi birbirimize düşürmek için dışarıdan birinden para almadığın ne malum? Daha önce yaptığına dair elimde kuvvetli deliller var, hadi git şimdi buradan."

"Ama efendim gidemem, hiçbir yerde duramıyorum. Müsaade edin âyine iştirak edeyim."

"Seni mendebur, demek yaptığın işin sonucunu görmek istiyorsun" diye sırıttı Necmeddin. Sonra, "Peki öyleyse, benden bir süre sonra gel, edebinle otur, gözüm üstünde ha!"

Necmeddin salona doğru yürürken Sefa'yı kontrol altına aldığına inanıyor ama kendi endişelerine engel olamıyordu. İçi içini yiyor, akşamdan beri Mevlânâ'nın kendisine anlamlandıramadığı bir soğukluk içinde davrandığını düşünüyordu. Acaba Sefa gittikten sonra ne konuşmuşlardı. Gerçekten bir şey biliyor veya kendisinden şüpheleniyor olabilirler miydi? Hem nasıl oluyor da bu saate kadar hiçbir şey olmuyordu bu adama. Fülâneddin, öyle şeyler anlatmıştı ki etkisinden şüphe edemiyordu Necmeddin. "En sevdiğim ilaç!" demişti gümüş oymalı bir muhafaza içindeki billur şişeyi verirken. "Devasız dertlere derman" demişti latifeyle karışık. Tarihçesini bile anlatmıştı. Büyük İskender'den, Alâeddin Keykubad'a kadar uzanan geniş bir silsileyi kaplıyordu sicili. Özel bir formülü vardı; bir bitki köküyle mantar karışımından yapılıyordu. Bu yüzden panzehri bulunamamıştı. Hatta zaman içinde geliştirildiğinden insana acı vermiyor, rahatsızlığın farkına bile varılmıyordu. Fülâneddin hâlâ araştırıyordu. 'O bilmiyorsa kimse bilemez' dedi Necmeddin içinden.

İçeri girdiğinde Mevlânâ'nın kapıya çevrilmiş bakışlarıyla karşılaştı. Ancak kendisini görünce hızla başını yana çevirdiğini de gördü. Necmeddin, buna aldırmadan saygıyla oraya doğru yürüdü. Tam selâm verip yanlarına oturacağı sırada Mevlânâ, semaya kalktı. Selâmı Sadreddin Konevi ve Emir Karatay aldı. Ama bu Necmeddin'in çok gücüne gitmişti. Yerine oturduğunda dişlerini sıktı. Kendi kendisini de masum olduğuna ikna etmek isteğiyle, 'Ben ne yaptım sanki sana?' diye düşündü, az ileride dönmekte olan Mevlânâ'ya bakarak: 'Seni halk içinde küçük mü düşürdüm, rezil rüsva mı ettim! Hep yücelttim, korudum. Sen dağıttın, ben topladım. Sen de gidip seni dağıtana sarıldın. Hep aşktan, sevgiden, dostluktan dem vurdun ama bana hiç inanmadın. Söyle, seni sevmekten başka ben ne yaptım?' Bu düşüncelerin akışı Mevlânâ'nın sesiyle bir anda kesildi. Necmeddin kafasını kaldırıp ona baktı. Bazen yaptığı gibi yine sema ederken şiir söylüyordu. Ama bu sözler Necmeddin'in kafasına balyoz gibi indi:

"Bana sevgiden bahsetme! O pınardan bir yudumcuk içmedin...
Âşıklar yapıp ettiğini sayıp dökmez, kendine bile söylemez.
Sen bu yolun kenarından geçmedin."

Necmeddin donup kalmıştı. Sanki bedeninin her noktasına binlerce iğne birden saplanıyordu. Soğuk soğuk terlediğini neden sonra fark edip alnını sildi. Az önce içeri girip bir köşeye ilişen Sefa, bu sözleri işitince ağlamaya başladı. İki yanında oturan gençlerin Muid'in nöbetçisi olduğunu bile unutarak "Vallahi benim aklımdakileri söylüyor," dedi. "Allah söylettiriyor" diye hıçkırdı. Yanındakiler dürtünce susup sessizce ağlamaya devam etti. Mevlânâ devam ediyordu:

"Ne yapıp ettinse benliğine sermaye, nefsine hizmet,
Kime hizmet ettinse ücretini o kapıdan tahsil et,

Sen ki ihtirasın karanlığında hasmı, dosttan seçmedin!
Beni aldattın, bari kendine acı. Sen kimseyi kendinden çok sevmedin.
Dost olmadın, dost kalmadın, onun için dost şarabı içmedin..."

Mevlânâ, semayı bitirip yerine oturduğunda Şeyh Sadreddin, "Biraz önceki şiir de kime üstadım?" diye sordu. Muid, hâlâ sıkıntıyla alnını yüzünü siliyor, Karatay ona bir rahatsızlığı olup olmadığını soruyordu. Mevlânâ, "Estağfirullah, üstad sizsiniz. O anda içimden geldi" demekle yetindi. Sadreddin:

"Şüphesiz öyle, ama içe doğanların da bir sebebi, kaynağı vardır."

"Kim üstüne alınırsa ona diyelim öyleyse."

"Ben pek üstüme alınmadım ama olur ya bir ikazınız varsa kapalı kalmasın."

"Üstadım, takdir edersin ki kapalı işleri olana kapalı, işleri açıkta olana açık söylemek icap eder. Zat-ı âlinize bir şiir arz edersem emin olun namınızla, sanınızla, hatta künyenizle söylerim."

Necmeddin daha fazla tahammül edemeyerek "Bendeniz müsaadenizi istirham edeyim, yarın erken saatlerde derslerim var" deyip çıktı. Bunun üzerine, Şeyh Sadreddin manidar bakışlarla Mevlânâ'yı süzdü. O da sadece "anladığın gibi" manasında başını salladı.

Şems, semadan sonra bir sohbet konusu açtı. Ömrü boyunca günah işlemiş bir adamın son yolculuğunu anlatıyordu. Sefa, birden mesajı kavradı. 'Nasıl da düşünemedim' dedi içinden. 'Buradaki entrika ve belalardan ancak böyle kurtulur, günahlarımdan böyle arınabilirim' diye içine umut doldu. Ancak bu gece başına geleceklerden de endişeliydi. Yerinden fırlayıp Şems'in ellerine sarıldı. "Efendimiz içimdeki hasrete tercüman oldunuz. Yıllardır, ne çok istermişim meğerse. Ama Lala Hazretleri'ni bırakıp gidemedim. Birikmişim de var. Hakkınızı edin, hemen yarın nasip olursa hacca gitmek niyetindeyim. Ama izin verin bu gece ayaklarınızın dibinde uyuyayım. Yanınızdan ayrılmak istemiyorum" diye yalvardı.

"Niyetin hayırlı, mübarek olsun, varsa hakkımız helâl olsun Lala. Allah yolunu açık etsin. Bu geceye gelince elbette yanımızda kalabilirsin. Ama biz bu gece buradayız sabaha kadar. Sadreddin bize, Şeyh Muhyiddin Arabi'nin risalesini okuyacak. O risalenin yanında uyumak haram bize" diyen Şems, Mevlânâ'yla, Sadreddin'e dönüp ellerini havaya kaldırarak *"Doldur o şaraptan, yine doldur, yine bir sun! Dursun bu gece ey dost, onu durdur ne olursun! Vur uykumu zincirlere vur ki geçmesin anlar. Varmaz gecenin farkına, varmaz uyuyanlar!"* diye seslendi.

Sefa rahatlayarak yerine oturdu. Yaşlı gözlerini sildi. Bir yandan da "doldur kadehi" diyerek, bunlar risale içiyorlarmış, biz de ne anlıyoruz diye geçirdi içinden. Sonra 'Tövbe, bin kere tövbe, Allah'ım şu şehirden bir sağ salim çıkayım; vallahi kimse hakkında bir daha kötü düşünmeyeceğim!' diye içinden dualar etti. Şems "yanımızda kal" demişti. Onun korumasındaydı artık. 'Ona hiçbir şey olmadı işte. Yarın, Muid Hazretleri görsün de kafayı yesin inşallah. Bunun cevabını kaç eşek yükü kitaplarında arasın dursun. Hatta gidip o ifrit kılıklı akıl hocası Fülâneddin'e de sorsun. Sonunda kusuru bende bulur ama olsun. Ben aradığımı buldum' diye düşünen Sefa, derin bir nefes aldı. Artık yanındaki ızbandut gibi gençlerden de korkmuyordu. Hatta onları dirsekleyip kendine geniş bir yer açarak ardına yaslandı. Gençler şaşkınlıkla ona baktılarsa da hiç aldırmadı. 'Ey, yavrum ey; siz kiminle güreş tuttuğunuzun farkında değilsiniz' dedi içinden. Sonra okunanlara, konuşulanlara kulak kabarttı. Pek bir şey, hatta hiçbir şey anlamıyordu ama karşısında oturan Şövalye'ye bakınca kendine güveni geldi. 'Bu da benden fazla bir şey anlıyorsa Arap olayım. Allah'ımın, cahil Garplısı, sen ömründe kitap gördün mü ki bunları anlayacaksın? Güya bu konulara meraklıymış' diye düşünürken hemen durup tekrar tövbe etti: 'Allah'ım bir anda olmuyor işte, ne olur bağışla' dedi ve onun adamı olmasaydı belki boynum kesilip bir çukura atılmış olacaktım şimdi, düşüncesiyle ürperdi. Beyaz gömlek üzerinde, açık mavi renkte, yakası ve kolları gümüşi sırma nakışlı, şık bir cübbe içinde sırık yutmuş gibi oturan Marcos'a bir kez daha baktı. Bu kez gözüne farklı gözüktü. 'Yakışmış da haytaya hani, kendi kaba saba çuval dokuması gibi kıyafetinden daha asil duruyor, yarın öbür gün bir de Müslüman olur. Sıfır günahla işe başlar, beni falan geçip gider, Allah selâmet versin. Neme lazım dilimi tutmayı öğrenmeliyim' dedi içinden.

Marcos, Sefa'nın bu düşüncelerinden habersiz olsa da aslında benzer şeyleri düşünüyordu kendisiyle ilgili. Bu risalelerden hiçbir şey anlayamayacağını ilk başta fark etti. Kendi ana dilinde yazılmış bile olsa durumun değişmeyeceğini kavramıştı. Zira Endülüslü Arabi'nin bütün dillerin de üzerinde bir kavramlar, terimler ve kelimeler dünyası vardı. Bütün izahlara rağmen Marcos'a risalenin tamamı bir şifreler silsilesi gibi geldi. Ancak Şövalye, o gecenin huzur ve muhabbet ikliminden ayrılmak da istemiyordu. Silahtarının getirdiği mektubu sema sırasında okumuştu. Risale okunurken bir daha bakmasının yakışık almayacağını düşünse de Nicolas'ın mektubundaki satırları zihninden geçirmeye engel olamadı. Kendi âlemine dalıp gitti bir süre. Nicolas yolculuğunu ve tanıştığı insanları ayrıntısıyla tasvir etmişti. Ama bir varis adayı gözükmüyordu henüz ufukta. Marcos'un alakasını çeken bir haber de Desdemonda'yla ilgiliydi. Nicholas, "Burada kimlerle karşılaştım dersiniz? Desdemonda ve Mihael'in eşi de kaplıcalara gelmişler. Bir müddet burada kalacaklar. O yüzden hiç yabancılık çekip sıkılmadım desem yalan olmaz. Keşke siz de burada olsaydınız." diyordu.

Sefa da artık okumaları, tartışmaları anlamaya çalışmaktan vazgeçti. Bugün içinde öyle depremler yaşamış öyle sarsılmıştı ki sanki en altlarda sıkışıp kalmış manevi ifrazat yüzeye çıkıyordu. Kendini tamamen ortamın manevi havasına bıraktı. Sadece seslere kulak verip ağladı. O kadar ki, Sadreddin risale okudu, Sefa ağladı. İzak bir soru sordu, ağladı. Mevlânâ bir şiir okudu, ağladı;

sabaha kadar bu böyle devam edip gitti. Misafirlerin bir kısmı meclisten erken ayrıldı. Sabaha karşı Şems, namazı Alâeddin Camii'nde kılmayı teklif ettiğinde Sefa onlarla birlikte yola koyuldu. Tepeye tırmanırken ona öyle geliyordu ki sırtından bütün yükler inmiş, tüy gibi hafiflemişti.

***

Şems camiden çıkarken ayakkabılıkta Kimya'nın Bâcıyân-ı Rum Teşkilatı'ndan birkaç arkadaşıyla karşılaşınca hatırlarını sorup ibadetlerinin kabulü için dualar etti. Bundan cesaret alan genç kızlardan Zehra, "Efendim biz aslında size bir şey söyleyecektik ama zat-ı âlinizden çekiniyorduk" diye samimi bir itirafta bulunup Şems'in mizacının sert ve sözlerinin çok ağır olduğunu duyduklarını söyleyince Mevlânâ araya girip "Şems'in sözlerinin acı olduğunu söyleyenlere hayret ediyorum. Hâlbuki onun ağzı şeker madenidir. Ondan acı bir şey nasıl sadır olur? Siz sözü yumuşak ama özü riyakâr olandan çekinin, sizi asıl onlar eğri yola sevk eder. Oysa özü doğru, er kişinin sözü ne kadar sert olsa da onda binlerce lütuf gizlidir." dedi. Bunun üzerine genç kızlarla camiden aşağı doğru yürürken Şems Mevlânâ'ya istihza ederek bir hatırlatmada bulundu: "Aman dikkat et rebabın telleri incinmesin?" "Sen rebap nasıl çalınır, hangi tele nasıl vurulur elbette bilirsin" diyerek karşılık veren Mevlânâ genç kızları iyice cesaretlendirdi. Zehra "Aslında bize kızmasından çekinmiyorduk. Bizim büsbütün yanlış yolda olduğumuzu düşündüğünü duymuştuk" diye açıkladı. Şems, "Bunu da nereden çıkardınız?" diye sordu.

"Biz çarşıdan geçerken 'bunların arasında bir tek nur parlıyor o da Mevlânâ'dan' demişsiniz. Bakmışlar ki aramızda Kimya abla var."

"Ben Mevlânâ'nın nuruna, Kimya'nın kokusuna ezelden aşinayım da ondan sadece onu görebilmiş, onu hissetmişim. Sizinle ne alakası var?" derken Şems İzak'ın evinin önündeki telaşlı hazırlığı fark edip durdu. Onunla görüştükten sonra arkalarından gelen Sefa'ya dönüp "Sen de hazırlan, Şam'a kadar İzak Efendi'nin kervanıyla gidersin, bugün yola çıkıyorlarmış" diye haber verdi. Sefa o kadar sevinmişti ki müsaade alıp hazırlanmak üzere onlardan ayrılıp tepeden aşağı koşarcasına medreseye gitti. Mevlânâ ve Şems onun ardından tebessümle bakışırken Zehra ve arkadaşlarının açıklamalardan ikna olmadıkları anlaşıldı. Genç kızlar "O halde neden Kimya'yı bizden ayırdınız, Feta Teşkilatı'yla ilgili tenkitleriniz aşikâr..." diye konuşmalarını sürdürünce Şems:

"Size şöyle açıklayayım. Bir şeyh, müezzin minarede ezan okurken aşağıdan 'Yalan söylüyor!' diye bağırıyordu. Düşünün, müezzin 'Allahuekber!" diyor şeyh 'Yalan!' diyor. Müezzin 'la ilahe illallah!' diyor, şeyh 'Yalan söylüyor!' diye bağırıyor. Neredeyse bu yüzden onu idam edeceklerdi. Ama o kendini şöyle savundu: 'Dikkat edin, ben söylenen sözün yalan olduğunu iddia etmiyorum. Bu adam yalan söylüyor, söylediğine kendisi inanmıyor diyorum.' dedi ve söylediğini o müezzinin hayatından misaller vererek ispatladı. Elbette o adam sadece bir müezzin değil şöhretli, tesirli biriydi ve şeyh halkı ifsad etmesine mani olmak istiyordu"

"Lakin bu misalin bizimle ne alakası var?"

"Şu alakası var; bu misalde siz söylenen söz gibisiniz. Köhnemiş, ifsad olmuş Feta Teşkilatı ve idareciler de o müezzin. Fakat artık Ahîlere katıldınız ve bu yeni teşkilatta samimi çabalarınız ve hizmetleriniz daha da değer kazanacak."

Onlar böyle sohbet ederek medreseye yaklaşmışlardı ki açıklamadan mutmain olan genç kızlar asıl söylemek istedikleri konuyu açtılar. Aralarında Kimya Hatun'un ruhu için hatim indirmişlerdi ve duasını medresede yapmak, topladıkları yardımlarla fakirlere yemek verip arkasından, sema âyini tertip etmek istiyorlardı. Buna ziyadesiyle memnun olan Şems ve Mevlânâ medresedeki hanımlarla görüşüp hazırlıklara hemen başlayabileceklerini söylediler.

Ancak cümle kapısından girerken bile genç hanımların meraklı soruları tükenmiyordu. İçlerinden biri Mevlânâ'ya, "Efendim bütün ilmî ve şahsi sorularımıza bütün tafsilatıyla cevap verirken hakkınızdaki söylentilere hatta isnatlara, bühtanlara hiç cevap vermediniz. Sebep?" diye sorunca Mevlânâ odasının önünde bir an durdu: "Elhamdülillah, bizim her söze, her suale yüz binlerce cevabımız vardır. Lakin bize dair bir söz işittiğimizde önce söylenen lafa bakarız 'kelam' mı diye, sonra söyleyene bakarız 'adam' mı diye."

Genç kızlar onlardan ayrılıp Fatıma'nın dairesine doğru giderken aralarında "O ne söz, o ne sanattı öyle, bunu hemen kaydetmeliyiz!" diye heyecanla fısıldadıkları duyuluyordu. Bunun üzerine Şems gülümseyerek "Kimya gitmiş, Kimyalar gelmiş Allah işlerini bereketlendirsin." dedi. Mevlânâ, "Âmin" derken hüzünle karışık tebessüm etti ve "Aslında Kimya hiç gitmemiş gibi. Sanki seni meraklandırmak için bir köşeye bir gül dalının ardına gizlenmiş de aniden çıkıp söze katılacak..." derken gözleri doldu, sustu. Aynı hissiyatta ki Şems tamamladı konuyu "Hatta hakkında menfi bir kelam etsem yahut o öyle zannetse o an ortaya çıkıp münazaraya başlardı değil mi? Ama bu yalan dünyanın tek gerçeği gidenin gelmemesi. Biz gidince de böyle olacak. Ne âşıklar gelecek neler; bu zincirin halkaları kıyamete kadar uzanacak." dedi.

Mevlânâ 'gitme' sözünden bir anda ürpererek bir çocuk masumiyetiyle "Ne gitmesi, kim, niye gidiyor?" diye sorduysa da Şems onu sert bir bakışla uyarırcasına süzerek içeri geçip oturdu. Mevlânâ ise böyle bir ihtimali aklından bile geçirmek istemiyor gibiydi. Ama Şems'e bu konudaki hissiyatını dile getirmeye çalıştı: "Sen benim kandilimi tutuşturan kıvılcımsın. Yeryüzünün her yanını kandille, mumla donatsınlar ve her biri ışık saçsın; sen olmazsan nafile, hepsinin alevi bir yele bakar, söner giderler. Onları bir daha kim tutuşturabilir?"

Şems sesinin bütün heybetiyle "Elbette bütün çerağları yakan, kıvılcımlar koparan ilahi nur!" diye cevap verdi ve açıkladı: "Sen gönül kandilinin fitilini sonsuz nur madenine uzatırsan bir daha hiç sönmez. Böyle bir tasan da olmaz. O madenle arana dostun vesile kılınmışsa, nur senin damarlarına yürüyünce onu aradan çek gitsin. Nefsin boynunu vurmak, şeytanın boynunu vurmak kolaydı; onları zaten sevmiyordun. Sırası gelince dostun boynunu da vur. O zaten senin kılıcından acı duymaz. Senin için kaç sefere, kaç yolculuğa çıkmıştır. Bir kez daha çıksın ne zararı var?" Şems soluklanmak için biraz sustuğunda Mevlânâ'nın sakalına doğru süzülen yaşları görüp sevgiyle elini tutup öpmek için eğildi. Mevlânâ da aynı anda eğilerek onun kendisininkine sarılı elini öptü ve bakışlarını ona çevirip "Bundan artık bahsetmeyelim Şems" diye yalvardı. Şems "Olur" dedi önce. Sonra, "Ama son bir şey söyleyeyim. Ondan sonra aramızda 'ölüm' kelamı hiç geçmeyecek" diye ekledi ve şöyle tamamladı sözlerini: "Ben şimdi ayaklarımı uzatamayacağım kadar dar bir evde oturuyorum. Saray kadar geniş, saray kadar muhteşem bir mekâna taşınsam benim için üzülür müsün sevinir misin? Beni seviyorsan elbette sevinirsin. O halde bilene ölüm yok."

***

Sefa, İzak'ın Şam'a giden emniyetli kervanına katılıp uğurlandı. Öğleye kadar sıkıntı içinde kıvranan Necmeddin, dayanamayıp Kemaliye Medresesi'nin yolunu tuttu. Ancak o gün Fülâneddin'i orada bulamadı. Çıkarken bahçede karşılaştığı bir müderrise sorunca "Zat-ı âlileri Sultan tarafından Emir Nâsir Fülâneddin unvanıyla taltif edilip muhtelif araziler de bağışlanarak emir-i dâdlığa tayin olundu. Dünden beri makamında tebrikleri kabul ediyor, diye duyuyoruz. Artık buradaki derslerine devam edemez herhalde" cevabını alınca şaşırdıysa da belli etmedi. "E, hayırlı olur inşallah" demekle yetindi.

Muid, o gün bir kez daha kesinlikle anlamıştı ki bu Fülâneddin, yabana atılacak adam değildi. İşini çok iyi biliyor, ilişkilerini fevkalâde yönetiyordu. 'Şemsle, Mevlânâ aşktan, samimiyetten, iç huzurundan, bahsedip döne dursun, dün gelen adam aldı başını gidiyor' dedi. 'İyi ki baştan beri kendisiyle yakınlık kurmayı akıl ettim' diye kendini kutlayarak saraya yöneldi. Emir-i Dâd Hazretleri'yle baş başa görüşebilmek için epeyce bir zaman beklese de sonunda, önceki gece olanları, Mevlânâ'nın okuduğu gazele kadar ayrıntısıyla anlatma fırsatı buldu. Ancak Fülâneddin'de umduğu etkiyi meydana getiremedi. O sadece küçümseyen bir edayla dudak büküp "Ne o, Molla Necmeddin sen de mi Hazret'te bir keramet vehmetmeye başladın yoksa? Hani 'yıllardır yanındayım hiçbir fevkalâdelik görmedim' diyordun" dedi.

"Öyle de efendim, bütün bunlar tesadüf olabilir mi?"

"Neden olmasın? Şems'in zehirden etkilenmemesi mümkün değil. Belli ki senin topal şeytan yalan söylemiş. Onun için kaçmış."

"Dünkü telaşını görmesem ben de öyle düşünecektim. Ama gerçekten onun öldüğünü sandı."

"Belki yemeği biri değiştirdi yahut başkası yedi. Başka kimseye bir şey oldu mu?"

"Hayır."

"Öyle ise bir tek ihtimal kalıyor. Karatay, o zehri biliyor ve araştırıyordu, bana da bahsetmişti. Demek ki onlara da söz etti ve bir şekilde bir yerden iksir ya da panzehir buldular. Sefa da davranışlarıyla kendini ele vermiştir. Hatta o avanak her şeyi itiraf etmiştir."

"Benden de bahsetmiş midir?"

"O kadar cesur değil, zannetmiyorum. Ama bu gidişle sen kendini ele vereceksin. Senin aklından bazı şeyler geçerken onunkinden de geçiyormuş işte. O sesli düşünüyor sadece o kadar, orada kaç kişi varsa o sayıya böl ihtimali. O gazelin sana söylenmiş olma ihtimali o kadar işte."

"Cebir açısından öyle tabii de, bir tek Şeyh Sadreddin'e söylenmediği kesin. O açıkça sordu çünkü Emir Karatay da vardı ama o bir yorum yapmadı."

"Onlarda mı oradaydı? Kalkıp gitmen hata olmuş, kesinlikle hata."

"Aman efendim sadece onlar mı? Yahudi İzak, Rum Marcos, kadınlar, yolcular, debbağ, demirci, dülger, marangoz, tüccar alt tabakadan kim varsa... Kapı herkese açık, kim isterse geliyor. Bu seviyesizliğe zaten zor tahammül ediyorum. Bir kez Mevlânâ'ya bunu söylemeye çalıştım da çevresinde daha fazla asiller olsa fena mı olur diye, 'Hz. Davud demirci değil mi, Hz. İsa marangoz değil mi, Mansurumuz hallaç değil mi, senin Peygamberin tüccar değil mi?' diye fena halde ağır sözler sarf etti."

"E, o kadar da olacak üstadım. Öyle davranacaklar tabii. Allah'ın bütün yarattıklarını seviyorlar ya, ayırsalar olmaz elbette. Ama şu Yahudi ve Hıristiyanları çözemedim, neden bunların dibinden ayrılmıyorlar? Hem onlar iştirak ediyorlarsa hangi dinin âyini oluyor bu sema? Neyse şimdi mevzumuz bu değil. Mevlânâ, Sadreddin'le görüştüğümü biliyor mu?"

"Biliyormuş herhalde, geçen talebelerimden biri şöyle konuştuklarını işitmiş: Şeyh Sadreddin, 'Sorularına cevap verebiliyorum ama' demiş; Mevlânâ da 'Fülâneddin'in sorularına cevap vermek bir üstünlük değil' diye cevap vermiş."

"Hiç görüşme, diyor yani."

"Herhalde, ama konuşmanın başını duyamamış."

"Anlıyorum ama şunu bilmelisin ki benim ilmî münazaralar dışında kimseyle bir meselem yok. İlim de tartışarak kemale erer. Ancak yeterli bilgiden mahrum insanlar farklı düşünmeyi bile hazmedemiyorlar, işi şahsi husumete dönüştürüyorlar. Ben o seviyeye inemem. Artık Emir-i Dâd olarak herkese denk mesafede durmaya daha çok ihtimam göstermem lazım. Bütün amacım dinin ifsad edilmesine, canım pahasına da olsa karşı koymaktır. Lakin sana olan muhabbetimin ziyadeliği ve ilm ü kemaline duyduğum saygıdan dolayı hak etmediğin muamelelere maruz kalman vicdanımı sızlatıyor. Bu yüzden, müşkillerinin halli noktasında her zaman yanında olacağım elbette."

"Teşekkür ederim efendim. Böyle bir günde size rahatsızlık vermek istemezdim ama inanın çok darda kalmıştım. Ne yapacağımı bilemedim. Şaşırdım kaldım."

"Rica ederim Molla Hazretleri, her halükârda kapımızın size açık olduğunu, gönlümüzde hususi bir yeriniz olduğunu unutmayın. Fakat gerçekten şaşkınca bir davranış anlattıklarınız. Yine de geldiğinize iyi ettiniz. Bir hata daha yapmadan görüşmemiz iyi oldu."

"Hata mı?"

"Evet, hedef hatası."

"Nasıl yani?"

Fülâneddin kelimeleri dikkatle seçerek "Gördüğüm kadarıyla sıkıntılarının kaynağını yanlış yerde arıyorsun. Ses çıkarıyor diye tokmakla uğraşıyorsun, davulu hiç görmüyorsun. Davul olmasa tokmak ses çıkarabilir mi?" diyerek sustu. Necmeddin'in tepkisini ölçüyordu. Fakat her zaman demek istediğini bir anda kavrayan adam, bu kez bir şey anlamamış, boş gözlerle kendisine bakıyordu. Sonunda, "Anlayamadım efendim" dedi.

"Yani ben senin kendini Şems'le mukayese etmene çok üzülüyorum. O senin dengin olabilir mi? Ona Mevlânâ'dan başka kıymet atfeden var mı? Mesela şöyle bir düşün; Allah geçinden versin istemeyiz ama yarın bir gün Mevlânâ'ya bir şey olsa Şems burada bir dakika kalır mı?"

"Kalmaz. Geldiğinde 'Mevlânâ için buradayım' demişti."

"Evet, öyle adamların körü körüne de olsa, cahilce de olsa sözünde durmak gibi bir takıntıları vardır. Hem karısı da öldü. Burada durmaz artık. Dursa bile ne olur? Mevlânâ'nın yerine mi atanacak? Yahut Mevlânâ'nın yerine, Sarraf Selahaddin'i veya cahil Hüsameddin'i mi getirecekler. Büyük oğlu dersen, böyle bir vazife için çocuk denecek yaşta. Bu durumda onun ilmî vekili ve varisi bir tek sen varsın. Bunun dışında hiçbir şeye, hiçbirimiz razı olmayız emin ol. Onun için senin önündeki engel Şems değil diyorum. Mevlânâ'ya gelince, eğer o şiir sana ise zaten yıllardır yaptığın hizmet boşunaymış. Bir hayale aldanmışsın. O da senin hizmetini hak edecek bir adam değilmiş."

"..."

Necmeddin'in kafası karışmıştı. Fülâneddin artık konuyu değiştirip meseleyi kafasında halletmesi için muallâkta bıraktı: "Şunu da söyleyeyim. Benimle görüşmeni de her zaman saklamana gerek yok artık. Ondan izin alacak değilsin ya. Nasıl olsa bir şekilde duyar bundan sonra. Onun için gittiğinde açıkça söyle. Bir iş için saraya gelmiştin, bu makamda benimle karşılaştın, bunda ne gariplik var."

"Haklısınız, kendileri de gelseler sizi bulacaklar burada. Vazifeniz tekrar hayırlı olsun efendim."

Fülâneddin gururlu bir tebessümle ardına yaslandı: "Allah razı olsun Necmeddin Molla, seni de hak ettiğin mevkilerde görmeyi Allah nasip etsin inşallah. Ama şunu bilmelisin ki yalnız başımıza, herkesi karşımıza alarak başarılı olamayız. Emir Karatay şu anda Selçuklu'nun en güçlü adamı; Nâib-i Saltanat sıfatıyla ülkeyi o idare ediyor. Ona rağmen burada, herhangi bir makamı korumak mümkün olmaz. Fakat şehirdeki her türlü ihtilaf, anlaşmazlık onu rahatsız ediyor. Elbette bilhassa makam ve mansıb sahibi insanlar arasındaki husumeti kastediyorum."

"Peki, bu hususta ne yapmayı düşünüyorsunuz?"

"Anladığım kadarıyla Kadı Siraceddin, İzzeddin ve Şeyh Sadreddin'le aynı şeyi istiyor: Bizi bir araya getirip aramızdaki ihtilafları gidermek. Ben önce davranıp bu arzumu dile getirdim. Emir-i Dâd olarak ilk davetimi, Nâib-i Saltanat Emir Karatay şerefine tertip ediyorum. Sultan Hazretleri, Kubadâbâd'a geçtiler zaten, kendilerini orada ziyaret edeceğim. Vereceğim davete gelince, senin bir şey söylemene gerek yok şimdilik, ben bunu gönüllü arabulucular eliyle hallederim, onları reddedemezler."

"Peki, ihtilaf giderilecek mi?"

"Sence mümkün mü? Neyse netice mühim değil, herkes bizde bir kusur olmadığını görsün. Ha, geçenlerde Şeyh Ziya ile tanıştım. Öyle imanlı, sadık müridleri var ki ben kadı iken gelip "Şems'i neden Hallac gibi idam etmiyorsunuz. Söylediklerinin ondan geri kalır tarafı yok" demişti içlerinden biri. Ben de Şeyh'le tanışmayı arzu ettim. Sedirler Köyü'ndeki hankâhlarında kendilerini ziyaret ettim. Çok muhterem bir zat, onu da davet ettim."

Necmeddin, Fülâneddin'in akliyecilerden ve katı bir şeriat uygulama taraftarı olduğunu bildiğinden bütün tasavvuf ehline muhalif olduğunu zannediyordu. O yüzden bu merakı ve Şeyh Sadreddin'le iyi geçinme arzusunu anlayamamıştı. Ama bunu erteleyip aklına takılan can alıcı suali sordu:

"O müride ne cevap verdiniz acaba?"

"Ne diyeceğim Necmeddin; 'Asalım da Hallac gibi kahraman mı yapalım' dedim. Adı bizimkinden çok mu yaşasın. Sorarım sana; Hallac'ın ölüm fermanını yazan kadının adı neydi, hatırlıyor musun yahut tasdik edenlerin, âlimlerin, hatta Sultan'ın adı neydi? Hatırlayamazsın. Peki, Sokrat'ı idama mahkûm eden Atinalı asiller kimdi? Bilen varsa beri gelsin. Oysa Hallac'ı ve Sokrat'ı sokaktaki çocuk bilir. Herkes bilir Necmeddin, herkes..." diye derin bir nefes alan Fülâneddin, devam etti: "Bunlara dikkat etmek lazım. Yok, seni kastetmiyorum. Sen bunların farkındasın, o adamcağız cahil bir dervişti. Asalım, kurtulalım, diyor. Ama sen şaibeli bir isme, şaibeli bir ölümün yakışacağını bilen bir deha sahibisin. Öylece unutulur gider."

"Haklısınız efendim, peki adi bir suçtan yargılansa..."

"Mesela..."

"Mesela ölüme sebebiyet..."

"O mevzuyu konuşmuştuk ama sen bir hazırlık yapmadın. Elimde kesin delil olmadan böyle bir işe kalkışmam. Çocuğun ifadesinden bile emin değilsin. Verdiğim ilaçlar işe yaradı mı bari?"

"Evet, o yeşil haplar bir harika, ilk zamanlardaki çalkantılı ruh halini atlattı. Onun Kimya'yla görüşmeye gittiğini, Şems'in de onları gördüğünü söylemesi yeterli değil mi?"

"Evet, Çelebi oradan ayrılınca Şems, kadıncağızı öldüresiye dövmüştür; buna herkes inanır ama mahkemede kâfi gelmez. Bir bağban, bahçıvan yok mudur oralarda yahut bir ihbar mektubu filan, ayarla bi' şey de bakalım. Bu davadan ciddi bir netice bekleme ama, 'Bu Şems'i kahrından öldürür!' diyorsan orası başka. Karısına çok düşkün olduğu doğru muydu?"

"Evet, medresede herkes buna şahitlik eder. O hep gözünün önünde olsun isterdi."

"Güzel; o zaman bu işi Kadı Siraceddin'e havale edelim, zaten sizin komşu; İzzeddin hastaymış herhalde."

"Evet, ciddi bir kalp zafiyeti var hekimler dinlenmesi gerektiğini söylemiş."

"Bu davayı ona vermek zaten isabetli olmazdı. Neyse, benim davetten sonra bakalım buna. Bizim daha çok işimiz var Necmeddin, çok. Biz tarih yazacağız, tarih de bizi yazacak! Ama önce şu etraftaki dikenleri bir temizleyelim öyle değil mi? Yoksa güllerin ihtişamı nasıl ortaya çıkacak. Ayrık otu gibi sarıyorlar etrafımızı. Baksana senin gibi bir âlimi bile ne hale getirdiler. Nefes aldırmıyorlar. Oysa senin için neler tahayyül ediyorum bir bilsen. Sen medrese iaşesiyle talim edecek bir adam mısın?"

Necmeddin, saraydan biraz gururu okşanmış, biraz da kafası karışmış olarak ayrıldı. Medreseye vardığında Mevlânâ'ya, saraya medreseyle ilgili maruzat için çıktığını söyleyip Fülâneddin'e verilen unvanları, makamı anlattı. Mevlânâ, sonuna kadar dinledikten sonra, "Kurda çobanlık, hırsıza bekçilik veriliyorsa bizim için tövbe istiğfar vaktidir. Günahlarımız artmış!" diyerek abdest tazelemeye kalktı.

***

Birkaç gün sonra araya giren hatırlı dostların da yardımıyla Fülâneddin'in muhteşem konağında Mevlânâ, Şems'in ve akla gelecek bütün seçkin simaların katıldığı bir toplantı gerçekleşti. Korkulanın tersine her şey yolunda gözüküyordu. Herkes bir yiğitlik, kahramanlık, fedakârlık hikâyesi anlatıyor, herkesin keyfi yerinde görünüyor, tartışmalı konulardan özellikle uzak duruluyordu. O gece canı sıkılan tek kişi Gazanfer'di. Bir süredir üstadının karanlık yüzünü görmeye başlamıştı. Daha doğrusu birkaç gün önce kendisinin de bulaştığı bir günahtan sonra gözündeki perdeler kalkmıştı. Ama nasıl edip de bu durumdan sıyrılacağını bilmiyor, kendini affedemiyor, yaptığı aklına gelince tiksintiyle yüzü buruşuyor, midesi bulanıyordu. Artık çok geç kalmıştı. Kahramanlık hikâyeleri anlatıldıkça iyiden iyiye utanıyor, yerin dibine batıyor, gerçekten batıp kaybolmak istiyordu. Edebinden çıkıp gitmeyi de düşünemedi. Bir köşeye sinercesine oturup utançla başını eğdi. Şems'in bir süredir gözü ona takılıyor, bu genç adamın yüzündeki derin hüznün kaynağını anlamaya çalışıyordu. Sohbet benzer konularda akıp giderken ısrarlar yine suskunluğunu koruyan Şems'i bulmuştu. Şeyh Ziya, Şems'e dönüp "Şeyhim siz ne buyurursunuz bu mevzularda?" diye sorunca, Şems net olarak "Ben konuşmayacağım" dedi. Âlimlerden biri, "Şems Hazretleri sohbetimizi cazip bulmadı belki" diye sitem edince "Bilakis" diye cevap verdi Şems ve devam etti:

"İnsanlık tarihinde şeref duyulacak her türlü hadise ve davranışı gözler önüne layıkıyla serdiniz. Örnek alınacak insanları gereğince tarif ettiniz. Ekleyecek bir şey yok" dedikten sonra gözleri yine Gazanfer'in hüzünlü yüzüne kaydı. Bu derin hüzün Şems'e öyle dokunmuştu ki bir anda suskunluk kararını değiştirdi: "Fakat biraz önceki babda benim düşüncem şudur: Âdemin evladı, hayatında bir kere kabahat işlemeli ve atasının ananesine uyarak ömrü boyunca pişmanlık duymalıdır."

Şeyh Ziya, "Böyle bir tefsirle günah işlemeyi teşvik ettiğinizin bilmem farkında mısınız? Halk bunu işitse bile bile günah işlemekten hiç kaçınmaz" dedi. Şems:

"Bilmeden yapılan hatalar zaten günah değildir. Allah'ın vaaz etmiş olduğu emir ve yasakları bilerek ihlâl etme fiiline günah diyoruz. Günaha teşvik meselesine gelince; bir hadis-i şerifte 'Eğer siz günah işlemeseydiniz, Allah sizi yok eder ve yerinize günah işleyen bir topluluk getirirdi' diye buyrulduğu rivayet ediliyor. Bunu, '...günah işleyip, tövbe eden bir topluluk getirirdi' diye nakledenler de var. Demek ki her günah, bir tövbe fırsatıdır. Her tövbe, arınarak yeniden başlama adına bir basamaktır. Her günah bir diriliş fırsatı olabilir. Bu yüzden benim teşvikim de tövbekâr olunması anlamında yorumlanmalıdır. Yoksa biz teşvik etsek de etmesek de günah işleniyor, işlenecek."

Şeyh: "Ve buna dayanarak insanlar nasıl olsa tövbe ederiz diye günah işleyecekler."

"Gerçek bir pişmanlık, samimi bir tövbe bütün yasaklardan, cezalardan, korkutmalardan daha evladır insan üzerinde. Günaha meyil ve hevesi yok eder. Evet, cezalar da bir yere kadar tesir eder. Ama insanı asıl cezbeden, gönülleri alıp götüren müjdelerdir, lütuflardır, aşktır. Kuran'da şöyle buyruluyor: *Biz sizi boşuna yaratmadık.* Bazılarına göre bu ifadede sertlik, kahır kokusu olabilir. Ama bize göre bir lütuf kokusu var. Sevgi var. Yani benim için çok mühimsin, kıymetlisin. Yani; 'Ben yüz at koşturup sana geliyorum, sana bakıyorum fakat sen başka şeylerle meşgulsün. Ben, seni boşuna yaratmadım...'"

O ana kadar kendisini tutmayı başaran Fülâneddin, Şems daha uzun konuşursa insanları yine tesiri altına alacak korkusuyla araya girdi: "Yani, Allah böyle mi diyor? Hiçbir tefsir kitabında bu ayetle ilgili böyle bir tefsire rastlamadım."

Şems: "Ey Efendi, herkes kendi halinden bahseder. Kendi nefsine kıyasen iddia eder. Ben de Tanrı kelâmını, kendi dilimce tercüme ediyorum."

Fülâneddin: "Ne âlâ. O halde bunları bir tefsir olarak kaleme alsanız da Tanrı'nın diğer kulları da faydalansalar."

"Benim tefsirim beni nasıl biliyorsanız öyledir. Bu ne Hz. Muhammed'den ne de Tanrı'dandır. Gerçek şu ki her ayet; bir haber yahut aşk mektubu gibidir. Kuran'ın gerçek manasını Tanrı âşıkları bilir. 'Rahim olan Allah, Kuran'ı öğretti' ayetinden kasıt, 'Gerçek tefsiri Tanrı'dan dinle!'dir ve 'O'ndan başkasından dinleme!' demektir. Dünyalık tefsirler insanların kendi halleridir. Kuran'ın açıklaması değildir. Kelime kelime tercümeden ibaret olup beş yaşındaki çocukların ifadeleridir."

Şeyh Ziya, bu sözlerin arasında özellikle bir noktaya kafayı takmıştı. Dikkatle kelimeleri vurgulayarak sordu: "'Kuran'ın tefsirini Tanrı'dan dinle ve O'ndan başka hiç kimseden dinleme!' diyorsunuz. Bu 'hiç kimse'ye Fahr-i Kâinat Efendimiz de dâhil midir?"

Şems bu soruya derin bir nefes aldıktan sonra şöyle cevap verdi: "Bu duacınız taklitçi değildir. Bu naçiz kulun sözlerini daha evvel de duydunuz. İyi bilirsiniz. Körü körüne taklitten nefret ederim. Bu, Hz. Muhammed'i taklit bile olsa!"

Bu sözler üzerine mecliste adeta küçük bir kıyamet koptu. "Bu adam Peygamber'i inkâr ediyor!", "Şuna bakın kendini Peygamber'le kıyaslıyor!" diye bağıranlar birbirine karıştı. Hatta Şems'e, "Zındık, kâfir, katli vaciptir!" diyenler az değildi. Mevlânâ ve Sadreddin'in çabaları bile birbirinden etkilenerek gitgide seslerini yükselten bu kalabalığı yatıştırmaya yetmiyordu.

Sonunda Fülâneddin, sağında oturan Emir Karatay'a, "Efendim, yüksek müsaadenizle Emir-i Dâd olarak, vaziyete el koymam vacip oldu. Yoksa işin sonu daha kötüye varacak" dedi. Emir Karatay, Fülâneddin'in ortamı yatıştıracağı zannıyla başıyla onay verdi. Emir-i Dâd Nâsir Fülâneddin, ihtişamlı cübbesini düzelterek ayağa kalktığında gerçekten de herkes susmuştu. Ama Nâsir'in niyeti hiç de Karatay'ın umduğu gibi çıkmadı. Fülâneddin bütün ciddiyetiyle Şems'e dönüp "Bunca şahit önünde sarf ettiğiniz bu sözlerle, Hz. Muhammed'in risaletini inkâr ettiğiniz sabit olmuştur. Size Allah'ın merhametine sığınmanızı tavsiye ederim. Derhal sözlerinizi geri alıp tövbe edin. Aksi halde mürted olduğunuzu ilan ve gereğini yerine getirmek vazifemdir."

Şems, hızla yerinden kalkıp Fülâneddin'in karşısına dikildi: "Şu ana kadar geri alacağım tek bir kelime sarf etmedim. Evet, Hz. Muhammed, Kuran'ı tefsir etmiştir. O bir ayeti tefsir etti diye benim bir başka idrakim olamaz mı? O ayet orada bitti mi sanıyorsun? O halde ben Hz. Muhammed'i değil, ama sen Kuran'ı inkâr ediyorsun!"

Bu sözler karşısında afallayan Fülâneddin, ne diyeceğini bilemedi. Şems devam etti: "Ben ayetler üzerinde düşünmeyecek miyim? Hz. Muhammed, bunu yasakladı mı? Hayır! Kendi tefsiriyle bizi sınırlandırdı mı? Hayır! Öyleyse sen kim oluyorsun ki bana yasaklar koyacaksın! Sen kimsin ki beni mürted ilan edeceksin! Kör taklitçi, kuru davacı, düzenbaz!"

Fülâneddin, böyle bir mecliste bu duruma düşeceğini hiç tahmin etmemişti. Oradakilerden destek bulmak amacıyla, "Efendiler dikkat buyurun söylenenlere hepiniz şahitsiniz. Hz. Peygamber'in yorumuna kıymet vermeyen, Emir-i Dâd'a yahut Devlet'e saygı duyar mı? Ben bu kadarını söyleyeyim siz bunun şeriattaki hükmünü açıklayın."

Bunun üzerine meclistekilere dönen Şems: "Konuştuklarınız, hep şundan bundan aktarma ve suni sözler. Ya bir hadis, ya bir hikâye ya da bir şairin mısralarını aktarıyorsunuz. Ne zamana kadar, onun, berikinin sözlerini nakledip duracak, dedikodusunu yapacak ve bununla övünüp atsız eyere binerek er meydanında dolaşmaya kalkışacaksınız! İçinizde şimdiye kadar hiç söylenmemiş bir söz edecek yok mu? İçinizde, kalbim bana Rabbimden bu haberi veriyor diyecek biri yok mu? Ezber, ezber! Ama şimdi ezber de lazım oldu değil mi? Hadi öyleyse bir delil bulun! Eğer benim farklı düşünmemi yasaklayan bir ayet veya sahih bir hadis getirirseniz; eğer Hz. Muhammed, sallallahu aleyhi vesellem, diyorsa ki 'Bu kitabı benden başkası tefsir edemez; idam fermanımı ben kendim yazarım!"

İşin iyice sarpa saracağını gören Mevlânâ ayağa kalkıp "Biz buraya, kıramadığımız dostlarımızın hatırına ve bir nifakı ortadan kaldırmak için gelmiştik. Ama görüyorum ki davet sahibi niyetinde samimi değil. Bu halde burada daha fazla kalmamızın bir manası kalmamıştır" dedi.

Şeyh Sadreddin; "Celâleddin! Emir Fülâneddin, Şems'in sözlerini zahirî manasıyla tevil etmiştir; meselenin hassasiyetinden olsa gerek. Yoksa kendileri, kör taklit ile sünnete riayet arasında ne kadar ince bir fark olduğunu bilecek kadar ilim sahibidir şüphesiz. Söylenenlerde Risalet'i inkâr niyeti olmadığı hepimizce malumdur" dedi.

Bu sözlerin Mevlânâ'ya söylenmiş olmasına rağmen, meclisi bilgilendirmeye ve yatıştırmaya yönelik olduğunu hemen anlayan Fülâneddin, öfkelendi: "Şeyh Hazretleri; size malum olan bize malum değildir, ne yazık ki. Tarafınıza da malumatlar geldiğine göre meşrebiniz Şems-i Tebrizî'ye yakın olsa gerek. Zaten üstadınız Muhyiddin ibni Arabi'nin 'Yarattıkları sayısınca Tanrı'ya giden yol vardır' diye inkâr kokan bir sözü var!"

Sadreddin'in yüzünden bir öfke dalgası gelip geçtiyse de sükûnetle karşılık verdi: "Yeni bir ayrılık meselesi açmanın hiç lüzumu yoktur. Üstadımın eserlerine yazmış olduğum şerhler tarafınızca malumdur. Naklettiğiniz cümle, gerek yazılı gerek de sözlü olarak defalarca izah edilmiştir; bilginizdedir."

Fülâneddin, yüzündeki sinsi tebessümü Sadreddin'den bile saklamaya gerek duymadan: "Hatırlayamadım. Meşgalemizin, mesuliyetimizin ziyadeliğinden olsa gerek. Lütfedip bir daha izah edin de meclistekiler de yararlansın. Size göre hak din dışındaki bütün yolları da kabul etmek mecburiyetinde miyiz?"

Bu söz üzerine Mevlânâ'yla birlikte kapıdan çıkmak üzere olan Şems, hızla geri döndü: "Kabul makamı sen misin Fülâneddin! Söyle bakalım! Allah'a giden yolların doğruluğu, eğriliği senin tasdikine muhtaç mıdır? Bu mevzuda kabul salahiyeti sende midir? Hadi söyle de bilelim! Elindeki mühürler bu yolda geçerli midir?"

Fülâneddin'in yüzüne hırs ve öfkeden kan hücum etti. Ama öfkeyle dişlerini sıkarak sustu. Çünkü Karatay'ın kendisine pek de hoş bakmadığını fark etmişti. Şems de kendisini götürme çabasıyla koluna girip "Gidelim buradan" diye rica eden Mevlânâ'yı kırmayarak hızla oradan ayrılınca Şeyh Sadreddin de hemen kalkıp avluda onlara yetişti. Mevlânâ'ya: "Haklıymışsın. Onun gerçeği arama veya anlama gibi bir derdi yokmuş. Mesele akliyecilerle, tasavvuf ehli arasındaki ezelî dava zannetmiştim. Yanılmışım. O halde bu neyin davası?" diye sordu. Mevlânâ:

"Bu çok daha eski bir dava Sadreddin. Köhne, kokuşmuş, karanlık, sapkın düzenlerini koruma davası. İnsanların fikirlerini tek bir kalıba hapsederek idare etme davası. Bu bir fikir davası değil Sadreddin, bu bir kan davası! Hz. Hüseyin'den beri, Hallac'dan beri süregelen dava bu. Belki daha eski, ta Sokrat'a kadar gider ucu. Ben o kadar diyeyim. Sen istersen Habil'e kadar, Âdem ile İblis'e kadar götür ucunu. Din kisvesine büründüklerine aldanmamalı, bazan küfür, bazan din adına yol keserler. Bulundukları zaman ve mekâna göre hangisi daha kârlıysa o tarafa geçerler."

Dışarıda bunlar konuşulurken, içerideki hava da oldukça sıkıntılıydı. Emir Karatay, tartışmalara müdahale etmek istememiş, ilim erbabının kendi arasında çözmesi gerektiğine inanmıştı. Ama sonuçtan ve Fülâneddin'in tavırlarından hoşlanmadığını gizlemeyecek kadar suratı asılmıştı. Bir şey söylemeden çıkıp gitmek istemiyordu. Konuşursa da bu kadar insanın önünde Selçuklu'nun adaletten sorumlu en üst düzeydeki âmirini küçük düşürmekten korkuyordu. Fülâneddin ise baştan beri onun tepkilerini ölçüp tartıyor, anlamaya çalışıyordu. Saygıyla Karatay'a dönüp "Seyfü'd Devle Hazretleri bu üzücü manzaranın, huzurlarında husule gelmesinden dolayı ne kadar müteessir olduğumu biliyorlardır. Bunlar belki daha hususi vasatlarda, ilmî meclislerde sükûnetle konuşulup tartışılabilir. Ama böyle geniş katılımın olduğu bir mecliste fütursuzca dile getirilmesi, telafisi imkânsız zararlar doğurabilir. Bu sebeple Devlet-i Âl-i Selçuk'un istikbalinin emniyeti için sapkın, ifsad edici fikirlere karşı tedbirimiz olduğu bilinmeli diye müdahale zarureti hissettim. Bu yüzden ev sahibi bulunduğum halde böyle davranmak zorunda kaldım" diyen Fülâneddin, bir süre Karatay'dan olumlu bir söz bekledi. Ancak o ne bir şey söyledi ne de yüzündeki ifadede bir yumuşama oldu. Fülâneddin tekrar sözü alma gereği hissetti: "Efendim, bütün konuşulanları işittiniz. Hz. Peygamber'i taklitten nefret edermiş; O'nun yorumuna ihtiyaç duymadan, O'na rağmen Kuran'ı tefsir edermiş. Hatta son söylediklerini hatırlarsanız 'Rabbim kalbime bu haberi indirdi diyecek adam yok mu?' diyor. Yani kendisinin kalbine vahiy indirildiği iddiasında. Bu açıkça Hz. Muhammed'in risaletini inkârla, kendi peygamberliğini ilan manasına gelmiyor mu? Ben mi yanlış anladım acaba?"

Karatay: "Ben âlim değilim ama söylenenlerden böyle bir mana çıkarmadım. Şems'i epeydir tanıyorum. Sünnete titizlikle riayet ettiğine, hatta fıkıhta sünnet olarak vasıflandırılmayan günlük davranışlara uymaya bile özen gösterdiğini biliyorum. Onun kastettiği şey, Hz. Muhammed'i anlamadan taklit etmekti.

Vahye gelince; İslâm kaynaklarında, Hz. Peygamber'in kendisinden sonra ilham ve rüya yoluyla müminlere bilgi gelebileceği müjdesi var. Şems'in kastettiği ya budur ya da içine doğan her fikri Allah'tan biliyor. Bana göre ikisi de hoş. Bunda anlaşılmayacak ne var? Şurada oturduğum süre içinde hayret ve esef içinde tartışmaları dinledim. Ufkumuzu açık tutsunlar, ilerlememizi, gelişmemizi temin etsinler diye bel bağladığımız âlimlerimiz, nelerle uğraşıyormuş? Eğer hizmetlerinizi bilmesem eğer samimiyetinizden şüphe etsem burada hususi bir tezgâh kurulduğuna hükmedeceğim. Bu kadar bariz bir yanlış anlama çabasında kasıt arayacağım."

Bu sözler üzerine iyice tedirgin olan Fülâneddin, hemen izaha girişti: "Aman efendim, hiçbirimiz zat-ı âlinizin uçsuz hoşgörüsüne, hayat ve devlet tecrübesine mâlik değiliz. Bizler belli ilmî usuller dâhilinde ve belli hassasiyet kalıpları içinde yetiştirildik. Bu yüzden ufkumuz sizinkine nazaran dar kalmış olabilir. Aksülamelimiz kemale ermiş bir insanınkine göre aşırı bulunabilir. Hoş görün lütfen."

"Her ne ise... Diyeceğim o ki; ben bu gece burada Nâib-i Saltanat olarak kimsenin yargılanmasını gerektirecek bir fiil veya söz görmedim, duymadım. Bu böyle biline! Ayrıca, Arabi'nin hakkı var: 'Yarattıkları sayısınca Tanrı'ya giden yol vardır.' Herkes kendince bir yol arayışında; bu insanlığın gereği ve Allah'ın takdiri. Dileseydi bizi de melekler gibi günahsız yaratır yahut tek bir ümmet yapardı. Evet, bizim tebaamızın içinde de başka dinlerin mensupları, o dinin değişik mezhep ve meşreplerine tâbi olanlar vardır. Bizim vazifemiz fert olarak buna saygı duymak, devlet olarak da bu yolları açık tutmaktır ki kulları Allah'ı hürce arasınlar. Ancak bu şekilde halis gerçeğe ulaşırlar. Biz, devlet adına salahiyetimizi kullanırken, kimin yolunun doğru, kiminkinin yanlış olduğunu düşünmemeliyiz bile. Bu çerçevede fikirlerinizi gözden geçirmenizi tavsiye ederim. Geceniz hayırlı olsun."

Karatay, sözlerini tamamladıktan sonra birden ayağa kalkıp hızla kapıya yürüdü. Fülâneddin, onu arabasına kadar uğurlamak üzere takip etti. Dışarı çıktıklarında, fırsatı değerlendirmeyi ihmal etmedi: "Emir Hazretleri; kendimi yanlış ifade etmekten dolayı rahatsızlık duyuyorum. Şunu bilmelisiniz ki tamamen sizinle aynı kanaatteyim. İçeride de izah etmeye çalıştım ama açıkça söyleyemedim. Aslında Şems'i yargılamak gibi bir niyetim yok. Fakat bu babda öyle bir hassasiyet oluştu ki münazara esnasında Şeyh Ziya'nın müridlerinden birinin kuşağındaki hançere el attığını gördüm. Telaşlandım. O talihsiz konuşmayı o yüzden yapmak zorunda kaldım. Devletin ve dinin sahipsiz olmadığını bilsinler, şahsi bir cezalandırma düşüncesi taşımasınlar diye."

"Şeyhin fikirlerini herkes gibi bilirsiniz herhalde. Niye davet ettiniz öyleyse?"

"Efendim; aslında yüz yüze görüşürlerse birbirlerini anlayıp uzlaşma fırsatları olur diye düşünmüştüm."

"O halde âlimleri bu yöne sevk edin. Yanlış anlamaları giderme yönünde samimi gayret göstersinler."

"Emredersiniz efendim. İnanın Selçuklu'nun ikbalini, emniyetini korumak dışında bir arzumuz yoktur. Buradaki ihtilafları gidermek de elbette vazifemizdir. O kadar zor da değildir. Fakat bendenizi daha ziyade endişeye sevk eden dışarıdaki itibarımızdır."

Karatay, tam arabanın basamağına adımını atmıştı ki geri dönüp dikkatle Emir Fülâneddin'e baktı. Fülâneddin, uyandırdığı tesirden duyduğu memnuniyeti belli etmeden üzüntülü bir sesle endişelerini dile getirmeye devam etti: "Efendim devlet işlerinden vaktiniz olup edebî hayatı takip ediyor musunuz bilmem. Geçenlerde işittim; Arap ve Fars bazı şairler Mevlânâ'nın ününü duyunca 'Türkler göçebedir, sert, kaba saba, savaşçı mizaçları vardır; sanatta edebiyatta bizim kadar ileri gidemezler. Söz sanatlarını kullanmayı bilmezler. Şair çıkarsalar ne olacak' gibi sözler edip gazeller söylemişler. Mevlânâ da buna cevaben; 'Evet, Türkler kaba sabadır, kelime oyunlarını sevmezler. Ancak Türklerin mert ve cesur olduğunu kimse inkâr edemez. Bir Türk bir beldeye girdi mi, o belde eşkıya zulmünden, haraç korkusundan azad olur.' şeklinde cevap vermiş. Fakat edebiyat üstadları bu rubaiyi içinde kullanılan sanatlarla birlikte yorumladıklarında, kastedilen beldenin Bağdat; korunanların da başta Halife-i Rû-yi Zemin Efendimiz olmak üzere Bağdatlılar olduğu ortaya çıkıyormuş. Efendim hulasa-i kelâm, âmiyane tabirle; 'Bana ağzımı açtırmayın, sizi rezil ederim. Unutmayın ki Halifeniz de bizim kılıcımızın gölgesinde yaşıyor' denilmiştir. Bunlar kaçınılmaz olarak Halifemiz Hazretleri'nin kulağına giderse bizi zor vaziyette bırakır diye endişeleniyorum efendim; bilginiz olsun istedim."

"Bütün mesele bu mu?"

"Evet, efendim size basit görünebilir ama ben bunu Bağdat'tan gelen dostlarımdan işittim. Oradaki hava hiç de iç açıcı değil. 'Evet, yüzyıllardır, halifeyi Türk savaşçılar koruyor ama bu hiç başımıza kakılmamıştı. Halifeyi korumak her Müslüman'ın şeref duyacağı bir vazife değil mi?' diyorlar."

"Öyle tabii ama çok güçlerine gidiyorsa korusunlar yahut koruyana saygı göstermeyi unutmasınlar. Unutulursa biri de çıkar hatırlatır işte. Hem ben onların söyledikleri gibi düşündüğünü zannetmiyorum. İçlerinden şöyle demişlerdir: 'Ne adammış yahu! Hem bizimkileri bir daha konuşamayacak şekilde susturdu. Hem de söz sanatı nasıl olurmuş gösterdi!'"

"Zat-ı âlileri de böyle mi düşünüyorlar acaba?"

"Sen ne düşünüyorsun peki Fülâneddin? Moğollar için 'Evet bunlar Allah'ın cezası, ama buradakiler de bunu hak etti' demiş diye, kendi kavmine ihanetle suçlamıştın Mevlânâ'yı. Şimdi de kavmiyetçilik yaptığını mı söylüyorsun. Yoksa herkesin farklı yorumlayabileceği bir rubai yüzünden Halife'ye başkaldırdı diye idam mı etmemiz lazım?"

"Aman efendim siz de bu idam meselesini çok ciddiye aldınız. Açıkladım ya, birkaç cahil dervişin şerrinden muhafaza için. Elbette böyle bir düşüncem yok. Şahsıma kalsa benim de gururumu okşar bu şiir; ama Sultanımız, Halife Hazretleri'ne biatli ve kendileri tarafından hilat giydirilerek tahta oturdu. Diğer Müslüman idarecilerle münasebetimiz zaviyesinden bu pek mühim. Kendilerine hakaret eden bir şairle Selçuklu idaresinin ne kadar yakın münasebetler içinde olduğunu bilseler ne düşünürler diye endişe ettim sadece."

"Endişelerin yersiz. Mevlânâ, sadece bir şair değil, hem kimseye hakaret etmiş de değil. Şairler arasında böyle nazireler, karşılıklı atışmalar, şiir yarıştırmalar her zaman olan bir şey. Halife Hazretleri de bunu böyle anlayacaktır. Bunu başlatanların bu cevabı hak ettiği açık. Bir daha diyeceği olan varsa duyacağını da hesap ederek konuşur!" diyen Karatay, arabasına bindi.

Maiyetindekilerden son kişi de oradan ayrılıncaya kadar Fülâneddin saygıyla bekledi. Sonra, "Bu adamlardan kurtulmadan bana rahat yok" diye mırıldandı öfkeyle. "Ayak takımıyla düşüp kalkıyorlar ama koskoca Emiri de tesirleri altına almışlar. 'Yolları açık tutacakmış...' Tut da gelip saltanatını yerle bir etsinler; olmadı, Nizamülmülk gibi sırtından hançerlesinler. Selçuklu'nun en büyük devlet adamıymış güya. Dünyadan haberi yok. Ağa da bu adamı gözünde çok büyütmüş. Sadeddin Köpek'i alt eden Karatay olamaz. Ben bunların hepsini parmağımda oynatırım ya, zamanı var" diye düşünerek içeri geçti. Asıl cümbüş şimdi başlıyor duygusuyla gülümsedi. Şeyh Ziya'nın ne düşündüğünü merak ediyordu.

***

Sabahın ilk ışıkları, Konya'nın yorgun sokaklarını aydınlatırken, tepedeki meydanda toplanan kalabalık gittikçe büyüyor, birbiriyle yarışırcasına kenardaki ağaçların altına tezgâh açmış şerbetçiler, simitçiler, çerezciler ara sıra tiz sesleriyle uğultuyu kesiyorlardı. Sabahın bu vaktinde bunca insanı buraya çeken, bir ödül ya da bağış değildi. Büyük bir panayır veya şenlik hiç değildi. Bu saatte bile meydanı cazibe merkezi haline getiren şey, ortaya kurulmuş idam sehpasıydı. Sabah namazını çoğu zaman olduğu gibi Alâeddin Camii'nde kılan Şems, meydana doğru yürüyüp sehpanın önündeki ilk sıraya geçti. Bir grup asker aralarında bir de cellât olmak üzere meydana doğru yürüyorlardı. Cellât, sıranın önüne geldiğinde insanlar bir adım da olsa geri çekilmeye çalışıyorlardı. Adam tam Şems'in önünden geçecekti ki Şems, kalabalığın aksine bir adım öne çıkarak cellâdın sağ koluna okşarcasına vurdu ve "Allah koluna kuvvet versin" dedi. Cellâdın siyah maskesinin aralığından gözüken gözleri hayretle açılıp şaşkınlıkla Şems'e baktığında o da aynı tempoyla kolunu sıvazlayıp meydandan ayrılmak üzere yürüdü. O sırada ikinci grup asker, mahkûmu getiriyorlardı. Oldukça zayıf gözüken orta yaşlardaki adamın masum bir çehresi vardı. Şems'le yolda karşılaşınca bir süre sessizce bakıştılar. Mahkûmun yorgun yüzünde garip bir tebessüm belirip kayboldu. Şems ise onun bu görüntüsünü bakışlarında saklamak ister gibi gözlerini kapadı bir süre, sonra hızla yürüyüp gitti.

Kalabalıkta kısa bir an hâkim olan ölüm sessizliği başladığı gibi bir anda bitti. Kimse olanlara bir anlam veremiyordu. Çoğu ülkede olduğu gibi Selçuklu'da da cellâtlar çoğunlukla Çingenelerden seçilir ve tanınmamak için maskeli çalışırlardı. Ancak birçok şehirde olduğu gibi Konya'da da cellâtlar lanetli sayılırdı. Bu yüzden herkes onlardan uzak durur, onlar da halka yaklaşmazlardı. Oysa Şems, cellâda dokunmuş; hatta neredeyse kolunu okşamış, üstelik lanetli işi için dua etmişti. Üzerindeki şaşkınlığı atan kalabalık, bir süre bunları tartıştı aralarında. Ama bu sesler idam sehpasına sadece bir homurtu, bir uğultu olarak yansıyordu. Fakat mahkûm sehpaya çıkartılıp suçu okunmaya başladığında sesler yine aniden kesildi. Suç tartışmasız, idama yeter nitelikte ağır bir cürümdü: Soygun, yağma ve cinayet.

Suçun okunmasından sonra cellât, mahkûma boy boy baltalar ve değişik kılıçlar olan masayı işaret etti. Adamcağız aletlere şöyle bir bakıp bir şeyler mırıldandığında ön sıradakiler "İşini sen daha iyi bilirsin" dediğini işitir gibi oldular. Sonunda beklenen an geldi. Mahkûmun incecik boynunun, beyazlığına tezat kapkara bir kütüğe yatırılışı yansıdı yüzlerce gözbebeğine. O gözler hiç kırpılmadan, cellâdın bir süre masanın önünde durduğunu, sonra ağır hareketlerle orta büyüklükte bir baltayı alışını izledi. Sonra o baltanın hızla kalkıp inişini... ve aşağı düşen başın yerinden akan kanı... Hatta bu kan kesilip damlalara dönüşünceye kadar orada öylece durup baktılar. Sonra bir kıpırdanma başladı. Sanki koskoca meydanı dolduran kalabalık tek bir bedendi ve bu beden az evvel ölüydü de akan kanla cana gelmişti. Tam bu esnada hiç umulmadık bir şey oldu: İdam sehpasında ebedî bir dekor gibi elindeki kanlı baltayla hiç kıpırdamadan dikilen cellâtta da garip bir hareketlenme oldu. Ama bu kalabalığın canlanmasından çok daha başka türlü bir dirilmeydi. Cellât aniden baltasını atıp maskesini çıkardı. İnsanlar korkuyla geri çekildiler. Fakat onun bunu dikkate aldığı yoktu. Bir anda sehpadan aşağı atlayıp ön sıradakilere doğru koştu ve tek tek yüzlerine bakmaya başladı. İnsanlar geri çekilmek istiyorlar ama yer bulamayıp birbirlerini çiğniyorlardı. Cellâtsa hep aynı şeyi soruyordu: "Bana dokunan adam nerede? Kimdi o, tanıyanınız var mı?"

Sonunda biri, korkunun şaşkınlığından kurtulup "Tebrizli Şems" demeyi akıl etti de cellât biraz geri çekildi. Bir anda herkes, bir şekilde yardımcı olup cellâttan kurtulmak için bildiğini söylemeye başladı. Sonunda cellât, Şems'in, Mevlânâ'nın dostu olduğunu, onun medresesinde bulunabileceğini, aşağı inip gittiğini öğrendi. Hatta bazıları medresenin yolunu bile tarif etti: "Tepeden kuzey istikametinde in, Sarayın yanından, Sultanü'd Dâr'dan geç, Karatay Medresesi'ne gelince yolun tam karşısına bak, Kemaliye'nin arka tarafına düşer."

Cellât koşarak tepeden inerken kısa bir süreliğine ferahlayan kalabalık daha sonra birbirini tetikleyerek kendi içinde bir öfke patlaması meydana getirdi. Biri, "Lanetlendik!" diye bağırınca benzer nidaların arkası hiç kesilmedi. "Şems yüzünden..." diyordu çoğunluk; "Cani, merhametsiz acımasız adam!" diyordu birileri. Sonunda, "Cellâda dokunan bir adam şehrimize de lanet getirir" diyenler çoğaldı. "Lanetli bir adamın burada yeri yok!" diye birbirinden etkilenerek artan öfke, onca kafaya rağmen yine tek bir bedenmiş gibi tepenin sokaklarından aşağı akmaya başladı.

Şems, gerçekten de aşağı inip medreseye gelmişti. Odasına girmeyip şadırvanın yanında oturdu. Biraz sonra Baha ve Mevlânâ da yanına geldi. Ama Şems'in durgun halini görüp dalgınlığını bozmamak için hiç konuşmuyorlardı. O sırada iri yarı, esmer tenine tezat oldukça açık renk gözüken elâ gözleri simsiyah kirpiklerle çerçevelenmiş, yakışıklı genç bir adam cümle kapısından koşarak içeri girdi. Onu ilk fark eden, medrese tarafından şadırvana doğru yürüyen Hüsameddin oldu. Genç adamın telaşına bir anlam veremeyen Çelebi, "Hayırdır evlâdım" diye sordu. Misafir, "Tebrizli Şems'i arıyorum; burada olduğunu söylediler" diye cevap verince şadırvanın yanı işaret edildi. Genç adam, aynı hızla o yana koşarak diz çöküp Şems'in ellerine sarıldı ve "Efendim beni bağışlayın" diye ağlamaya başladı. Bahçede bulunan herkes şaşırıp kalmıştı. Ancak Şems, az evvelki durgunluğunu kaybetmeden "Günahları bağışlamak yalnızca Allah'a aittir. Bize karşı da bir kusur işlemiş değilsin" dedi. Sonra daldığı düşüncelerden sıyrılmak ister gibi başını sallayıp sesini berraklaştırarak "Ayağa kalk, Tanrı'nın kulları önünde diz çökülmez; kim olursa olsun!" diye ikaz etti. Adam başını biraz kaldırıp "Ama efendim biliyorsunuz ki ben cellâdım, bir günahkâr, bir Çingene..." derken Şems, sözünü kesti:

"Ne olmuş, ne fark eder? Ben de Tebrizli Şems'im, nasıl bir adam olduğum konusunda da değişik rivayetler var. Nihayetinde ikimizi de eşi benzeri olmayan tek Tanrı yaratmadı mı?" Sonra sesini yumuşatıp gülümseyerek "Kalk, yanıma otur" dedi. Cellât, kalkıp havuzun kenarına oturdu. Ancak hem ağlamaktan hem koşmaktan hâlâ nefes nefeseydi ve içindeki duyguları anlatacak kelimeleri bir türlü bulamıyordu. Sadece, "Beni kurtardınız, kurtardınız. Artık bırakmayın" deyip duruyordu. Şems, "Senin kurtarıcın ben değilim" dedi. Cellât, "Hayır, sizsiniz" diye itiraz etti ve "bana dokundunuz, bir anda bütün dünyam değişti" diye açıkladı.

"Hayır, iyi düşün; ben sana dokunduğumda bir şey değişmedi. Gidip her zamanki gibi işini yaptın değil mi?"

"Evet" dedi cellât, oldukça şaşırmıştı. Şems anlatmaya başladı: "Sen o mahkûmu idam ettiğin anda değiştin. Senin kurtarıcın o maktul, ben değilim. Çünkü o adam sana dua etmişti."

Cellât, büsbütün hayret ederek "Nasıl yani cellâdına mı dua etmiş?" diye sorunca izahın devamı geldi:

"Evet, idam ettiğin adam bir veli idi. Son zamanlarda ölümü sevda haline getirmişti yüreğinde. Allah'a kavuşmak arzusuyla yanıp tutuşuyor, sadece bunun için dua ediyordu. Öyle ki aylardır yemeden içmeden kesilmişti. Ne kadar zayıf düşmüş, sen de gördün. Ama buna rağmen Allah'ın bir velisini idam etmek kolay değildir. Hiç kolay değildir. Onun için sana, 'Allah koluna kuvvet versin' diye dua ettim. İdam kolay olsun, çabuk bitsin diye. Yapabileceğim başka bir şey yoktu. Allah ona merhamet etmiş, duasını kabul etmişti. Böylece bir davada yanlışça yargılanıp idama mahkûm oldu. Ama kendisini Allah'a kavuşturacak kişiye dua ediyordu, durmadan; 'tam bir hidayet bulsun, tamamen Hak yoluna girsin' diye. Allah bu duasını da kabul etmiş."

Cellât, bütün bunları da ağlayarak dinledikten sonra; "O halde bana yol gösterin; Hak yoluna girmeme yardım edin" diye yalvardı. O sırada tepeden inip medresenin kapılarına dayanan kalabalığın sesleri içeri yansımaya başladı. Mevlânâ'ya sesleniyorlar, Şems'i kendilerine teslim etmesini istiyorlardı. Muid Necmeddin, dervişlere kapıları kapattırırken Şems, cellâda dönüp "Ben olmasam da burada sana yardım edecek çok insan var, doğru yerdesin" dedi ve Hüsameddin'e, "Çelebi, kardeşimle alakadar olun" deyince genç adam dergâha götürüldü. Kapıları kapatmakla kalmayıp hepsini sürgületen Muid, telaşla Mevlânâ'ya dönmüş, ne yapılması gerektiğini soruyordu. Bu arada kapıdaki insanların sesi gitgide yükseliyor, geniş avlu duvarlarında yankılanarak daha da büyüyordu. Mevlânâ, "Kapıları açtır Necmeddin; bu kapı kimseye kapatılmadı, kapılmayacak!" diye emredip sakin bir sesle, "Ben çıkar onları yatıştırırım, merak etmeyin" dediyse de Şems, "Hayır!" diye itiraz etti. Muid, halkın daha fazla galeyana gelip medreseyi taşlamasından, daha da vahimi, basmasından öyle korkuyordu ki hiç düşünmeden Şems'e, "Efendim arka kapıdan sessizce çıksanız da, medresede olmadığınızı söylesek ahaliye, böylece kimseye zarar verilmemiş olur" diye yalvarmaya başladı. Şems, buna öfkeli bir bakışla karşılık verip kapıya doğru yürüse de "Efendim sizi müştereken katletmelerinden korkuyorum, beni mazur görün" diye ısrar ediyordu.

Mevlânâ, kolundan yana çekerek Muid'i Şems'ten uzaklaştırıp "Şems, izin ver ben konuşayım. Cellâda dokunduğun için lanetli olduğunu düşünüyorlar. Ben onları yatıştırabilirim" dediyse de bu, Şems'in kararını değiştirmedi; "Biliyorum, sen onları yatıştırabilirsin ama beni istiyorlar" demekle yetinip kapıyı açtırdı. Sonra, "Ben çıkınca kapıyı kapatın" diye talimat verdi. Dervişler devasa kapıyı tekrar kapatırken Mevlânâ, sıkıntıyla sağa sola anlamsız adımlarla gidip geldi. Baha ve Necmeddin, korku ve merakla kapıya kulaklarını dayayıp dışarıyı dinlemeye çalışıyorlardı. Dışarıda ise Şems'in böyle pervasızca karşılarına çıkacağını beklemeyen kalabalık, merdivenin ilk birkaç basamağına kadar tırmanmıştı. Şems, aniden kapıda gözüküp girişteki sahanlığa dikilince halk biraz geri çekildi. Oysa biraz önce "Arka kapıdan kaçmasın orayı da tutalım" diyenler vardı. Şems, kapıda dimdik durup kalabalığa şöyle bir göz gezdirdikten sonra, "Ne istiyorsunuz?" diye bağırdı. Bir an hiçbir ses çıkmadı topluluktan, sonra biri, "Seni!" diye bağırınca, Şems, "İşte buradayım!" diye cevap verdi. Bunun üzerine kalabalık şuursuz bir beden gibi bir kez daha sendeledi. Buraya büyük bir öfkeyle gelmişlerdi ama ne yapacaklarını tam olarak bilmiyorlardı. Tepkileri bir yöne sevk eden biri de yoktu. Ancak öfkelerini kusmadan gitmek de istemiyorlardı. Sonunda ön sıradan biri, "Sana soracaklarımız var" diye bağırınca arkadakiler de "Evet, hesap ver! Bu şehre hesap vereceksin!" diye buna katıldı. Artık herkes aklındakileri ortaya dökmeye başlamıştı:

"Sende hiç merhamet yok mu? Nasıl bir cellâdın kolunu okşar, dua edersin?" diye çıkıştı biri. Bir başkası, "Cellâtların lanetli olduğunu bilmiyor musun? Senin yüzünden hepimiz lanetleneceğiz" dedi. "Bu şehre lanet getirdin. Merhametsiz adam, o mahkûma hiç mi acımadın" dedi birçokları.

Şems, sesler tamamen kesilinceye kadar hepsini dinledikten sonra, "Bütün dünya karşıma çıksa ve her türlü soruyu sorsalar hepsine verecek bir cevabım vardır ve bıkıp usanmadan tek tek bunu yaparım. Fakat benim size verecek bir cevabım ve yine size verilecek hiçbir hesabım yok!" diye bağırıp geri dönünce birkaç kişiden, "Böyle kurtulacağını mı sanıyorsun?", "Niye tartışmadan kaçıyorsun?" gibi sesler çıktı. Bunun üzerine Şems, ileri doğru birkaç adım daha atıp merdivenin kenarına kadar geldi:

"Siz kimsiniz ki sizden kaçayım? Ateş olsanız cirminiz kadar yer yakarsınız ki bu da az şey değildir. Ama bundan bile âcizsiniz. Sizler, o idamı gözünüz kırpmadan izlediniz. Suçsuz bir adamın gözlerinizin önünde koyun gibi kesilmesini çerez yiyerek seyrettiniz. Ne yargılamanın nasıl olduğu sizi ilgilendirdi, ne hükmü verenin vicdanının kirliliği. Ne de delillerin sıhhatini merak ettiniz. Bunun için kimsenin kapısına dayanıp hesap sorabiliyor musunuz? Buraya gelmiş bir emir kulunun ve dolayısıyla benim de lanetli olduğumu söylüyorsunuz. Peki, bizden farklı siz ne yaptınız? Öyleyse, defolup gidin buradan! Çekip gidin hemen!"

Konuşmasını tamamlayan Şems, geri dönerek medreseye girdi. Şems'in, cellâtla konuşmasına şahit olan Baha, "Efendim, merakımı mazur görün ama içeride cellâda anlattıklarınızı, dışarıda da söyleseydiniz. Acaba insanların sizi daha iyi tanımalarına vesile olmaz mıydı diye düşünüyorum" diye sordu.

"İdrak isteği, kabiliyeti ve kabı olmayana ne anlatsan fark etmiyor. Ayrıca insanlar ancak hak ettiklerini duyuyorlar. Bazan ağzımızdan istemeden kaçan bazı kötü sözlerin de bu yüzden zuhura geldiğini düşünüyorum. Neyse, insanların bizi anlaması yahut doğru tanıması hususunda üzülme; Allah bazı kullarına anlaşılamama, böylelikle halktan gizli kalma kaderi tayin etmiştir."

"Efendim, bazan biz de yaptıklarınızdaki hikmeti kavrayamıyoruz. Mesela Emir-i Dâd'ın davetinde orada konuşulanlara muhalif bir konu açmışsınız."

"Evet, orda derviş gönüllü, temiz kalpli bir adam vardı. Ama bir günah işlemişti ve işin içinden çıkamıyordu. Herkes bir kahramanlık yiğitlik destanı anlattıkça adam, kendisinin asla iflah olmayacağına inanmaya başladı, umutsuzluk kuyusuna düşmüştü. Ona bir ip atıp yardım etmek istedim. Temiz bir gönlü kurtarmak, ikiyüzlü bir topluluğun bütün iltifatlarından yeğdir. O gün oradakileri öfkelendirdiğim için baban gibi endişeleniyorsun biliyorum. Ama onların niyeti bozulmuş bir kere; bu olmasa başka bir bahane bulacaklar. Hatta günlerce konuşmasam 'Ne demek istiyor bize hakaret mi bu, yoksa devlete isyan mı' ..." derken Asesbaşı Kara Musa'nın selâmını almak için sözü yarım bıraktı Şems.

Musa, "Mevlânâ Şemseddin, Kadı Siraceddin Hazretleri sizi makamında bekliyor" diye meramını anlatmaya çalışırken Mevlânâ, "Bu ne demektir Musa, sen kendisine refakat mi edeceksin, yoksa muhafızlarını da kapıda mı bıraktın?" diye feveran ederek araya girdi. Şems, "Bırak görevini gerektiği gibi yapsın" diye onu sakinleştirmeye çalışsa da Mevlânâ, aklındaki soruları sıralamaya devam etti: "Kadı hangi sebeple çağırıyor, mesele, dava nedir, hakkında bir şikâyet mi var, ziyafette olan münakaşadan dolayı mı?"

Musa, "Efendim, bu konuda hiçbir malumatım yoktur, inanınız" cevabını verince "Öyle ise buyurun gidelim öğrenelim" deyip kapıya yürüyen Mevlânâ'yı Şems; "Senin gelmene de endişe etmene de gerek yok. Kadı Siraceddin akıllı, bilgili, dürüst ve temiz vicdan sahibi bir adamdır. Mesele her ne ise usulünce aydınlatılıp adil bir hüküm verilecektir" sözleriyle teskin ederek durdurdu.

***

Siraceddin, kâtibine yazma talimatı vermeden önce uzun süre düşündü. Sonra Şems'e dikkatle bakıp "'Dereye indiğinde eşin yerdeydi.' Söyleyeceklerin bundan ibaret öyle mi, ya bildiklerin?" diye sordu. Kendisi de farkında değildi ama bu soruyu üçüncü kez soruyordu. Belki bu yüzden Şems, Kadı'ya sözlü bir cevap verme gereği duymadı. Sessizliğin de bir konuşma erkânı olduğundan habersiz kâtip, uzayan bu sorgudan sıkılarak "Efendim artık yazmayalım mı?" diye sorunca Kadı, kafasındaki handikabın hıncını ondan çıkarırcasına "Yazılacağında söylerim. Çık bir enfiye çek, zihnin açılsın!" diye parladı. Kâtip çıkınca bakışlarını yine Şems'e çevirerek "Şemseddin, iddialar çok ciddi, deliller de öyle. Eğer bir başka bildiğin ya da şahidin varsa haberim olsun. Yoksa ben de hiçbir şey yapamam" dedi.

"Vazifenizin gereğini yapın Kadı Hazretleri."

Şems'in bu sözlerinin davadaki son sözleri de olacağını anlayan Kadı, hekimleri ve diğer tanıkları dinlemek üzere karar verip o günkü celseyi kapattı.

O sabah tepedeki idam sonrası Gevhertaş'ın önünde toplananlar ise kısa sürede dağılıp evlerine ve işlerinin başına döndüklerinden, olanlar birkaç gün konuşulup neredeyse unutulmaya yüz tuttu. Ancak bir gece şehre gelen esrarengiz bir yabancı, Meram'daki gece âleminde şarabı ve esrarlı çubukları kaçırıp yerli yersiz konuşmaya başlayıncaya konu tekrar gündeme geldi. Hatta çözülünceye kadar hiç kapanmayacak şekilde açıldı. Aslında kendini Bağdatlı bir tüccar olarak tanıtan bu adamın çılgınca para harcamaktan başka bir özelliği dikkat çekmemişti. Tüccarlıkla yakından uzaktan bir ilgisi olmadığı da her halinden anlaşılıyordu. Sanki bir vurgundan toplu bir para kazanmış da o gece hepsini bitirmek istiyor gibiydi. Ancak gece ilerleyip kafası dumanlanınca baklayı ağzından çıkarıverdi. Savurganlığına şaşıranların uyarıları üzerine, "Soyulan bir kervanın malları bunlar, acımayın" gibi bir şeyler söylemişti. Aklı başında kalanlar konuyu deşeleyince kendisinin bir günahı olmadığını, sadece bir emir kulu olduğunu anlatmıştı. Sonra reisinin kendisine, soyulan kervanın zararının devlet tarafından karşılanacağını, dolayısıyla kimsenin zarar görmeyeceğini söylediğini, açıkladı. Hatta reisi tutan adamların Selçuklu'da önemli mevkilerde olduğunu da bildiğini vurguladı. En önemlisi de; kendisi için endişe duymamaları gerektiğini söyledi âlem arkadaşlarına; "Çünkü bu dava çoktan kapandı, garip bir dervişi sorumlu bulup idam etmişler" dedi.

Ağızdan çıkan her söz gibi bu da orada kalmayıp dükkânlara, kıraathanelere, hanların avlularına, insanoğlunun bulunduğu bütün mekânlara taşındı kısa sürede. O günlerde Emir Tahir Fahreddin Ağa'nın İplikçiler Çarşısı girişine yaptırdığı görkemli dükkânına uğrayan Nureddin, kahvesinden son yudumu da alıp fincanı sehpaya bıraktıktan sonra, Ağa'nın beklediği gibi kalkıp gitmedi. Çünkü Ağa'ya son duyduklarını da nakletmek istiyordu. Geriye yaslanıp "Emir'im bilmem duydunuz mu, çarşıda yeni bir rivayet var," diye başlayıp, Meram'da konuşulanları, idam sırasında yaşananları, insanların söylenenleri Şems'in sözleriyle nasıl birleştirdiklerini anlattı. Ağa'nın kafası başka bir yerdeydi, konuyu tamamen kavrayamamıştı. Nureddin'in sözünü kesti:

"Duydum Muid'den ne olacak, 'yine medresenin başını derde soktu' diye söylenip duruyordu."

"İşin o yönünü bilmem ama birkaç gün önce şehrimize gelen bir yabancı, gece âleminde böyle konuşunca herkesin içine kurt düşmüş. Konuyu kurcalayanlar olmuş."

Büyük bir keyifle nargilesini fokurdatan Ağa sabırsızca, "Eee," diyerek Nureddin'in hızlanmasını istedi, konuyla ilgilenmediği belli oluyordu. O yüzden Nureddin hızlıca özetledi:

"Bu sabah Hücab uğradı da bana, 'Bu idam, bir emirin oğlunu kurtarmak için yapıldı' diyorlarmış."

Ağa, birden elindeki marpucu atıp "Nasıl yani?" diye sorunca Nureddin afalladı. Biraz evvelki ilgisizliğe karşılık bu heyecanı anlayamamıştı ama açıkladı: "Yani, idam mahkûmu aslında suçsuzmuş. O adamcağız, dağ başındaki kulübesinde ibadet için yaşayan bir zahidmiş, tanıyanlar varmış. Sille'deki manastırların rahipleri bile hadiseye çok şaşırmış. 'Bir tezgâha, dümene kurban gittiği belliydi' diyorlarmış. Herhalde bir kervan sahibinin öldürülerek mallarının yağmalanmasına şahit olmuş. Gerçek katilse bir emirin oğluymuş diyorlar. Emire yakın olan bir kadı da olayı kapatmak için zavallı zahidi mahkûm etmiş, elbette bunun için hatırı sayılır bir bedel tahsil etmiş."

"Hadi canım sen de!" diye neredeyse ayağa fırlayan Ağa, yüzünde seğirmeye başlayan kasların titremesine engel olmaya çalışarak şaşkınlıkla kendine bakan Nureddin'e, "Bunları nasıl söylersiniz Çulhacızade!" diye bağırdı. Nureddin, sesini çıkaramadı bir an; 'Sorumlulukları arttıkça insanlar daha asabi oluyor' diye düşünüyordu. Ağa, bütün hiddetiyle devam etti: "Cahil insanlar ne söylediklerinin farkında değil ama siz bari farkında olun, rica ederim. Bu ne aymazlık bu ne densizliktir böyle! Devlet-i Âl-i Selçuk'un kadılarını yargılamak kimin haddine düşmüş de koskoca kadıların verdiği hükümler sorgulanmaya başlamış? Siz de oturmuş bu zırvaları naklediyorsunuz." Bağırıp çağıran Tahir Ağa, öfkesi parladığı gibi aniden söner gibi olunca tekrar yerine oturup Nureddin'in bütün bildiklerini öğrenmek amacıyla yumuşak bir sesle; "Kusura bakma Nureddin'im, ben de karşımda kimse olmayınca sana patlıyorum böyle. Kızgınlığım sana değil elbette" dedi.

"Kime öyleyse?"

"Şaşkınım, bunca yıl yaşadım, böyle bir şeyi ilk defa duyuyorum. Yargılayanlar da yargılanacakmış. Bu nerede görülmüş azizim. Hem de kim yapacakmış bunu: Cahil halk. Hepimizi halkın eline bırakırlarsa halimiz nice olur bir düşünsene. Ama sen iyi ettin de bunları anlattın, eksik olmayasın sevgili dostum. Fakat merak ettiğim bir şey var; bu kadar vakayı nasıl uydurup uç uca eklemişler, pes doğrusu! Kadı Hazretleri için de bir isim uydurmuşlardır herhalde yahut o emir için. Biliyorsan çekinme, onu da söyle lütfen."

Nureddin, çekinmesi için ne sebep olabileceğini düşünerek dalgınca cevap verdi: "Yok, efendim onu duymadım. Zaten uç uca eklenmiş pek bir şey de yok. Herkes başka bir ipucu bulmuş gibi. Siz alakadar olmayınca ben öylesine anlatmıştım. Aslında farklı iddialar konuşuluyor. Mesela bazıları katilin ünlü bir tüccarın oğlu olduğunu da söylüyor. Bazıları, kadı'nın baştan beri işin içinde olduğunu, malları paylaştıklarını; bazıları davayı kapatmak için rüşvet aldığını söylüyor. Aslında başka yoldan gidecek kervanın, bir dalavere ile pusuya daha yatkın dağlık Sille Yolu'na çekildiği de iddialar arasında. Ayrıca neredeyse şehirden çıkar çıkmaz bir kervanın soyulması da manidar bulunuyor. Yani 'içeriden bir destek olmadan kimse buna cesaret edemez' diyorlar. Hem koskoca bir kervanı cılız bir adamcağız soyamaz ya, güya diğer haramiler vaka mahallinde öldürülmüş. Öyleyse mallar nerede?"

"Ben ne bileyim Nureddin?"

"Efendim, benim aklıma Sille deyince aylar önce soyulan Hâce Taceddin'in kervanı geldi de belki bilirsiniz diye düşündüm. Hani Emir Karatay, mali sıkıntıları bahane ederek tazminatta indirime gitmek istemişti de siz bir tüccar olarak hakkını alması için aracı olmuş, pazarlığa ağırlığınızı koymuştunuz. O vaka olamaz herhalde."

Ağa, hızla, "Olamaz!" dedi. Sonra, "Bu söylenenleri ciddiye alıp kafanı yorma rica ederim. Hem bunları kimseyle de paylaşma; abartırlar, bir tahminin üstüne bina kurarlar. Hem kervan güzergâhları vazifemiz gereği tarafımızca tespit ediliyor, biliyorsun. Bizi de bulaştırmasınlar, bunların da mevzu olması hoş olmaz. O günlerde bir karar aldıysak zabıtlarda sebebi vardır muhakkak. Ama şimdi kayıtları aç, evrakı ortaya dök; ne gerek var bunlara? Seninle alakalı bazı kayıtlar bile ortaya çıkabilir bu halde. Bir dedikodu yüzünden rahatını mı bozacaksın?" diye Nureddin'i epeyce tenbihledikten sonra; "Her neyse, başka diyeceğin yoksa kusura bakma Nureddin'im, benim biraz işim var" diyerek soluğu Sarayda Fülâneddin'in odasında aldı. Ama Emir-i Dâd, Ağa'yı hiç de sıcak karşılamadı. Makamında bu şekilde görüşmelerden hoşlanmadığını açıkça belli edince Ağa, başka bir çaresi olmadığını, durumun acil olduğunu izah etmek zorunda kaldı. Sonra; "Emir-i Dâd Hazretleri, bendeniz bildiğiniz üzere zaten sarayla devamlı irtibat halinde biriyim. Bugünkü ziyaretim de bir merak uyandırmaz, endişe buyurmayın," dediyse de içinden Fülâneddin'e, bildiği bütün küfürleri sıralıyor, 'bu makamda oturmanda bile benim payım var' diye hayıflanıyordu. Ama bu düşünceleri bir kenara bırakıp bütün duyduklarını bir nefeste anlattı. Daha sonra da "Emir Hazretleri, iş bu noktaya geldikten sonra hükmün zat-ı âlinizin kadılığı zamanında verildiğini ve Emir-i Dâd olarak bunu tasdik ettiğinizi öğrenmeleri bir an meselesidir diye acele ettim" dedi.

Fülâneddin, Ağa'dan ziyade telaşlandıysa da hiç belli etmedi. Tam tersine Ağa'nın korkusunu tahrik ederek "Sizin adınızı da tabii" dedi. Tahir Ağa çaresiz boyun bükerek "Evet efendim; aynı gemideyiz, batarsak da çıkarsak da birlikte" diye karşılık verince Fülâneddin, "Ne münasebet efendi! Bir kadıyı yargılayıp sorgulamak da kimin haddine düşmüş. Ben önüme getirilen delillere göre karar vermişimdir!" diye kükredi.

"Ben de bunu söyledim ama insanların ağzı, keseniz değil ki ipini çekip büzesiniz," dedi Ağa sıkıntıyla.

Fülâneddin: "Endişe buyurmayın Emir Fahreddin, gerekli tedbirler zamanında tarafımızca alınmıştır. Mahkûmiyete kâfi, kati deliller zabıtlara usulüne uygun olarak işlenmiştir. Hukuken izah edemeyeceğim hiçbir hüküm, hiçbir karar yoktur."

"Ona ne şüphe efendim. Ama bunlar Emir Karatay'ın kulağına giderse; adalete bir takıntısı var biliyorsunuz. Mesele eder aklında şimdi. Tekrar mahkeme edilmesini ister davanın. Maazallah sarayın efsanevi tahliye tünellerinden kaçsak kurtulamayız o vakit."

Emir-i Dâd hayretle sordu: "Hangi tahliye tüneli; neden bahsediyorsun sen? Burada gizli bir çıkış mı var?"

"Bilmiyorum? Ama Sultan Alâeddin'den beri böyle bir rivayet vardır halk arasında. Ani bir baskın yahut büyük bir Haçlı kuşatması karşısında devlete zeval gelmesini önlemek için, buradan çıkıp Kayseri'de mücadeleye devam edilsin diye yapılmış. Kayseri'deki saraylar da bu sebepten derler."

"Yerini falan bilmiyorsun yani?"

"Yok efendim, zaten rivayet dedim ya! Ben sözün gelişi, en gizli deliğe girsek kurtulamayız, anlamında öyle söyledim"

Anladım ne kaçışı Allah aşkına? Yeni bir mahkemenin kime ne faydası olacak; hüküm infaz edilmiş zaten."

"Öyle demeyin efendim; Karatay, bunu hiç kabul etmez. Ayrıca zararı devlete tazmin ettirdik, biliyorsunuz. Bendeniz aracı da oldum."

"İşgüzarlık ettin işte; tüccarlar üzerindeki nüfuz ve itibarını korumak adına."

Ağa, bu sözler üzerine dişlerini gıcırdatarak öfkesine hâkim oldu. Ancak o da Fülâneddin'in yarasına parmak basmadan bırakmayacaktı: "Karatay, Şems'e ne kadar saygı duyuyor, davetinizde bizzat şahit oldunuz zannediyorum. Bu halde mevzunun kapanması için acilen tedbirlere ihtiyaç var. Bu deli dervişin başka bir bildiği varsa diye korkuyorum. Hadi burada tanınmadan evvel kafanızı yardı, unuttunuz. Makamınızı hiçe sayarak, kalburüstü bir mecliste 'Sen kim oluyorsun ki hakkımda hüküm vereceksin!' diye bağırdığını nasıl unutuyorsunuz? Koskoca Emir-i Dâd'a böyle bir meydan okuma nerede görülmüş? Bundan sonra insanlar hakkında nasıl hüküm vereceksiniz? Elinizdeki mühürlerin bi' boka yaramadığını onca kişinin önünde söylemedi mi? Tarafınıza her türlü hakareti etmiş bir adama daha ne kadar tahammül edeceksiniz?" Fülâneddin dişlerini sıktı:

"Tahammül ettiğimi kim söyledi! Şems, karısını öldürmekten mahkeme ediliyor, haberin var mı?"

Ağa, bu habere çok sevinip bütün tafsilatı öğrenmek istese de Fülâneddin lafı uzatmaktan kaçındı: "Ama o olmasa Mevlânâ var. Kadılığım müddetince hicveden şiirlerini, anlattığı hikâyeleri hatırlarsınız herhalde. İsim vermese de hepsinde bana kinayede bulunuyordu" diye devam etti sözlerine.

"Evet efendim; çarşılarda insanlar okuyup anlatıp gülüyorlardı. Cins nükteler vardı içinde. 'Bu şiir kime?' diye soranlara da 'falancaya fülâncaya, mühim mi?' diye adres gösteriyordu aslında." diye gülümseyen Ağa, Fülâneddin'in suratındaki öfkeyi görünce ciddileşerek sözü başka yöne çekmeyi tercih etti: "Efendim aslında söylediğinizin mefhum-ı muhalifinden bakarsak; Mevlânâ olmasa Şems burada durmaz."

Fülâneddin'in gözlerinde sinsi bir ışık parladı birden ve istihzayla, "Ne kadar zekisiniz Emirim. Böylece ikisinden de kurtulmuş oluruz değil mi? Ben bunu hiç akıl edememiştim, inanır mısınız? Vallahi ilme merakınız olsa allâme-i cihan olurdunuz."

Ağa, bu iltifatı gerçek zannederek gülümsedi: "Teveccühünüz Emir Hazretleri; ama ticari işlerimizden buna hiç vakit olmadı. Ama zat-ı âliniz bu derde de bir deva bulmakta gecikmeyecektir, eminim. Üstümüze bir şey düşerse her türlü yardım ve işbirliğine her zaman hazır olduğumuzu bir kez daha hatırlatmak istedim sadece. Yapabileceğim ne varsa, her ne olursa..."

Fülâneddin, gözleri bir noktaya odaklanmış vaziyette dalgın dalgın mırıldandı: "Olacak, Emirim olacak." Sonra gözünü Ağa'ya çevirip âmir bir edayla, "Benden haber bekle," diye ekledi. Daha sonra, heyecanlı bir adam olarak gördüğü Tahir Fahreddin'i, irade dışı bir hata yapmaması için sakinleştirici sözlerle gönderdi. Ağa'yı rahatlatmasına karşılık, Fülâneddin hayatının en büyük handikabını yaşıyor, yerinde duramıyor, ne yapacağını bilemiyordu. Emek emek inşa ettiği billurdan kule, küçücük bir esintiyle yerle yeksan olup, tuz buz dağılacak, bir daha birleştirilemeyecek diye ölesiye korkuyordu. Ama sükûnetle düşünüp aklı selimle davranması gerektiğini de çok iyi biliyordu. Günlerdir içini kemiren bir kurt da, her an beyninden bir parça kopararak gitgide büyüyordu. Ağa da çıkarken sanki içine doğmuş gibi, "Gazanfer'i ziyafet akşamından sonra hiç göremedim. O gün halinde bir gariplik vardı sanki. Rahatsız falan mı?" diye sormuştu. Fülâneddin bir an aseslere aratmayı düşündüyse de Asesbaşı'nın Karatay'ın sadık adamlarından olduğunu hatırlayınca hemen vazgeçti.

Sakin olmadan sıhhatli davranışlar sergileyemeyeceğini anlayıp pencerenin önündeki atlas divana oturdu. Sakinleşmek için, her zaman gurur duyduğu muhteşem makam odasına şöyle bir göz gezdirdi. Beğenmediği bazı eşyaları buraya taşınır taşınmaz değiştirmişti ve kısa sürede makamına oldukça alışmıştı. Ama bu odada en sevdiği eşya, üzerine oturduğu değerli bir atlasla kaplanmış gök mavisi, altın sırmalı bu sedirdi. Neredeyse bir padişah tahtı kıymetindeki bu sedir, onu ta çocukluğuna götürüyor, muhteşem Harezm Saraylarında Râzî'nin oturup ders anlattığı taht misali mavi divanı hatırlatıyordu. Ama o gün bütün bunlar da Fülâneddin'e bir tat vermedi. Mavi atlasın yumuşak kayganlığını okşamak da onu rahatlatmaya yetmedi. Bakışını içeriden dışarıya çevirdi bir süre.

Saraydan bakınca Kemaliye'nin biraz arkasında kalan Gevhertaş'ın ise sadece cümle kapısının yüksek taç alınlığını ve medrese binasının bir bölümünü görebiliyordu. Bakışlarını taşlardan geçirip içini de görmek ister gibi bir süre dikkatle baktı. 'İçeride olmaz, Muid'in başı yanacağından destek alamayız, dışarı çekmek lazım. İkisini birden çağırmanın bir yolu olsa Muid'i ikna edebilir miyim acaba?' diye mırıldandı. Zamanın gittikçe daraldığını düşünüyordu. Ağa, korkularında haklıydı, dedikodunun Saraya ulaşması an meselesiydi. Hatta rakibi olan bazı emirlerin kulağına gitmiş olması da ihtimal dâhilindeydi. Öyle bir iş yapmalıydı ki hem dedikodunun kaynağı kurusun hem aleyhinde bir şey yapma niyeti olanlara gözdağı olsun hem de halka yeni bir yem. Şimdikinden daha karışık bir tezgâh, daha kesif bir tuzak, daha zor bir bilmece olmalıydı ki bunu unutup günlerce onu konuşsunlar.

Ağa, asabını büsbütün bozmuştu. "Kaçacakmışız, gizli geçitten de, falan da fülân da..." diye söylendi. Bu düşüncelerle Gevhertaş'a bakarken birden bir şimşek çaktı kafasında: Emir-i Dâd olduğunda öğrenmeye hak kazandığı bir devlet sırrı, Fülâneddin'in bilmecesine müthiş bir ipucu olabilirdi. Şehrin detaylı haritası canlandı gözünde...

Fülâneddin bunları düşünürken kendine hayranlığı bir kat daha artmış, bu olayı duyduktan sonra ilk defa gerçekten gülümsemişti ki gözleri daha aşağıya, Sultanü'd Dâr'dan Saray'a doğru yürüyen Gazanfer'e takıldı. 'Belki de bu konuyu çok büyüttüm, bir aksilik yoktur' diye rahatlamaya çalıştı. Zira Ağa konuştukça bütün olanları gözden geçirmiş, Şems'in olanları kimden öğrenebileceğini düşünüp durmuştu. Aklına bir tek Gazanfer geliyordu. Onun ziyafet akşamı Şems ile Mevlânâ'nın ardından çıkıp gittiğini sonradan fark etmiş ama önemsememişti. Ara sıra arkadaşlarıyla vakit geçirmekten hoşlandığını biliyordu. Ama ondan sonraki günlerde bir daha ortaya çıkmayınca bu duruma bir anlam verememişti. Bugün Ağa'dan öğrendikleri, bir anda duruma bir açıklama gibi geldi. Çünkü Gazanfer, o davada da aptalca sorularıyla Fülâneddin'i bunaltmış işini zorlaştırmıştı. Fülâneddin bunları düşünürken Gazanfer gülümseyerek kapıdan girdi. Her zamanki gibi görünüyordu ve hemen mazeretini bildirerek "Hocam, Emir-i Dâd Hazretleri, affınıza sığınıyorum. Size haber veremediğim için mahcubum, biraz uzun zaman oldu. Yani ziyafet akşamı konuşulanlardan bunalıp dışarı çıkmıştım. Bir emirin oğlu da aynı şekilde dışarı çıkmış, arkadaş olduk. O da babasını bekliyordu, ama toplantı uzun sürünce Meram'a gitmeye karar verdik. Daha doğrusu oradaki konağına davet etti beni. Oraları da biliyorsunuz, şarap tiryak derken mesuliyetlerimi dahi unutmuşum."

Fülâneddin bu açıklamaya şüpheyle yaklaşıp "Kim bu arkadaşın; tanıyor muyuz?" diye sordu. Gazanfer, "Emir Aslantaş'ın oğlu, Kutalmış. Babasını tanıyorsunuz, kendisini de en kısa zaman zarfında tarafınıza takdim etmek isterim. Zira zat-ı âlinize bir hayranlığı var. Bazı eserlerinizi okumuş, benden rica etti, tabii kabul buyurursanız." diye cevap verdi.

Bu açıklama üzerine Fülâneddin, 'belki de Şems idam edilen dervişle arkadaştı, her şeyi ondan öğrenmiş olmalı' diye düşünüp oldukça rahatlayarak "Neden olmasın; ama bugünlerde meşgulüm. Münasip bir zamanda davet et, biz de onu kendi fakirhanemizde ağırlayalım" dedi. Bu konuşmadan sonra yine de tedbiri elden bırakmayarak Gazanfer'i dinlenmesi gerektiği bahanesiyle bir hizmetkârla kale dışındaki konağına gönderdi. Gazanfer'i de kendince gözaltına aldıktan sonra yapılması gereken çok işi olduğunu düşünerek misafir kabul edilmeyeceğini muhafızlara ihtar edip Hazine-i Evrak eminini çağırıp bir süre görüştü. Sonra adeta karanlıklara gömüldü ve neredeyse gece yarısına kadar odasında çalıştı.

Ancak Gazanfer'in etrafında bulunmasından hâlâ huzursuzdu. Şu anda ondan şüphelenmese de artık ona güvenmesi mümkün olmadığından bir şekilde onu uzaklaştırması gerekiyordu. 'Belki ondan tümden...' diye düşünen Nâsir, hemen bundan vazgeçti. Hiç sırası değildi. Gazanfer'in başına bir şey gelmesi tüm dikkatleri kendi üstüne çekerdi. 'Bu yüzden, en iyisi onu bir süreliğine şehir dışına çıkartmak' diye karar verdi. Konağına dönmek üzere yorgun adımlarını arabaya atarken "Kubadâbâd!" diye geçti aklından. Haremdeki hanımlardan birine özel ilaç göndermek bahanesiyle Gazanfer'i Beyşehir'e, Kubadâbâd'a yollamak en iyi fikir olarak gözüküyordu.

***

"Ne Kubâdabâd'ı; şimdi sırası mı?" diye bağıran Gazanfer, ne yapacağını şaşırmış bir vaziyette yerinde duramıyor, Karatay Medresesi'nin önünü arşınlıyordu adeta. Muhafızlardan palabıyıklı biri öne çıkarak "Koskoca Emir Hazretleri sana soracak değil her hal, âlim efendi!" diye gürleyince Gazanfer kendine gelip "Yani neden gitti demek istemiştim" diye düzeltiyse de palabıyığı yatıştıramadı.

"İcap etmiş, gitmiştir. Sorgulamak bize düşmez. Sen de uzatma, gelince görüşürsün!"

Gazanfer, "Ne zaman gelir" demeye cesaret edemedi. Davranışlarının acayip gözüktüğü aşikârdı ama muhafızlara günlerdir bu kapıya gelebilmek için neler yaşadığını anlatamayacağını biliyordu. Ziyafet gecesi Şems'in ellerine sarılıp ağlamak için kalkıp çıktığını, lakin üstadına ihanet gibi olur diye bunu kendine yakıştıramayıp Kutalmışlara gittiğini, orada da şehri terk etmek yahut Nâsir'i ihbar etmek arasında tercih yapabilmek için nasıl kıvrandığını anlatamazdı. Sonunda her şeyi unutuncaya kadar içmeye karar verip Meram'daki gece âlemine katıldığını ve orada o masum dervişin idamını öğrendiğini, üstadına engel olunmazsa işin sonunun nerelere varacağını idrak edince bu işi ortaya çıkarmanın kendisine farz olduğuna inandığını, buradaki muhafızlara değil, henüz hiç kimseye söyleyemezdi. En yakın arkadaşı Kutalmış'a bile. Ondan sadece, sonra açıklayacağı bir konuda yardım istemiş; o da bunu bir gönül meselesi zannederek Fülâneddin şüphelenirse, Gazanfer'in son günlerde hep kendisiyle birlikte olduğunu söylemeyi kabul etmişti. Hâlbuki Gazanfer, geçen zaman zarfında sadece sözlü bir ihbarın üstadı ile baş etmeye yetmeyeceğini düşünerek konağın mahzeninde saklanan bazı dava tutanaklarını elde ettikten sonra Emir Karatay'a gitmeye karar vermişti.

Gazanfer, Fülâneddin'in gerektiğinde Tahir Ağa'ya karşı kullanmak için asıl dava tutanaklarını özel mahzeninde sakladığını çok iyi biliyordu. Ancak o mahzene girmek hiç de kolay değildi. Fülâneddin, konağın mahzenini çok özel olarak inşa ettirmiş, burayı hem arşiv hem de araştırma laboratuvarı olarak kullanıyor, anahtarını hususi hizmetlerine bakan sadık kölesinden başka kimseye vermiyordu. Gazanfer, bu duruma alınmasın diye orada beslediği akrep, yılan gibi zehirli hayvanları bahane ediyordu. O zamanlar Gazanfer için bunun bir önemi olmasa da tutanaklar lazım olunca çok hayıflanmıştı. Neyse ki birçok tehlike atlatarak eve gizlice girip tutanakları almayı başarmış, ondan sonra Saraya uğramıştı.

Üstadının kendisinden şüphelenip şüphelenmediğini merak ediyordu. Ardına takılan bir hizmetkârla Saraydan çıkınca, artık daha dikkatli olmasının ve Karatay'a ulaşıncaya kadar sadık muid tavırlarını devam ettirmesinin zorunlu olduğunu anladı. Oyunu hiç bozmadan eve kadar gidip kapısını kilitlediği odasının penceresinden çıkarak buraya kadar gelmeyi başarmıştı ama şimdi muhafızlar ona Emir'in Kubadâbâd'a gittiğini söylüyorlardı.

Gazanfer, ümitsizlikle dönüp yine gizlice pencereden girdiğinde başta efendisi olmak üzere bütün konak çoktan uykuya dalmıştı. Sabah ise Gazanfer'i üstadının açtığı yeni bir yol bekliyordu. Elbette Gazanfer bu yola hayret ve sevincini hiç belli etmeden ama şevkle koşacaktı. Onu yalnız göndermek istemeyen Fülâneddin, "Kışın yolculuk çetin olur. İstersen yanına bir arkadaşını al. Mesela şu Emir Aslantaş'ın oğlu, adı ne demiştin?" deyince zaten hayatın keşmekeşliğinden şikâyet edip duran Kutalmış da ona yol arkadaşı oldu. Bu yüzden Kubadâbâd'a varmaları da içeri kabul edilmeleri de Gazanfer'in umduğundan kolay oldu.

Ancak oradan çıkmaları hiç de kolay olmayacaktı. Gazanfer'in, Emir Karatay ile görüşmek istemesi anlayamadığı bir şekilde saray görevlilerini rahatsız etti. Gazi Hatun'un Fülâneddin'den özel bir ilaç istemediği de anlaşılınca kendilerini bir anda zindanda bulan iki genç adam, neredeyse koşarak oraya gittiklerine bin pişman oldular. Asıl tutuklanma sebeplerini ise zindanda ısınabilmek için birkaç mangır verdikleri gardiyandan öğrendiler.

Gardiyan, "Sultan Gıyaseddin, Alâiye'de beslediği vahşi bir hayvanın ısırması sonucu ölmüş. Emir Karatay ve Çavlı bunu kimseye duyurmadan Konya'dan oraya hareket ettiler. Burası bir şaşırtmacaydı ve sizden başka da düşen olmadı" diyordu. Kutalmış, "Ne yani bizim tahtta gözümüz mü var?" diye itiraz etti.

"Benim gözüm olacak değil ya. Biriniz Emir Aslantaş'ın oğlu, diğeriniz de bir emirin adamı değil misiniz? Üstelik getirdiğiniz ilaç da sahte çıkmış."

Kutalmış bu cevaba gülerek "Şuna bakar mısın hakkımızdaki her şeyi de öğrenmiş" dedi Gazanfer'e. Sonra "Haa, ama senin Emirin adını bilmiyor. Sahi üstadının adı niye böyle tuhaf?" diye sordu. Gazanfer can sıkıntısıyla "Şimdi sırası mı bunun" dediyse de arkadaşı ısrar etti: "Ne zaman sırası gelecek ki, burada bol bol vaktimiz var baksana. Hem adama bir de 'eserlerinizi okuduk' diye yalakalık edecektik değil mi? Adını bari bilelim. Şemseddin, dinin güneşi; Muhyiddin, dinin ihya edeni demek ya. Fülâneddin de 'dinin falanı fülânı, yalanı dolanı' demek mi? Bu nasıl bir namdır ya!" diye gülen Kutalmış'a gönülsüz de olsa iştirak eden Gazanfer bir şey söylemese de aklından 'yalancısı dolandırıcısı demek daha doğru olur' diye geçiriyordu.

Oysa üstadının abartılı bir tevazu ile dikkat çekmek için 'adı mühim değil' manasında bazı memleketlerde bu ismi tercih ettiğini, büyük bir şöhrete kavuşunca daha ihtişamlı bir nam elde etmeyi umduğunu biliyordu. Fakat artık onun asıl geçmişini ve gerçek hüviyetini gizlemek için de böyle bir yola başvurduğunu düşünüyordu. Neyse ki burada artık hiç kimse onun ne gerçek adını ne kim olduğunu umursuyordu. Gençlerin bu garip sohbetinden işkillenen gardiyan ise "Sizin karışık işleriniz buradakinden ibaret değil anlaşılan, kimi kandıracaktınız eserini okuduk diye?" sorunca muzipliği üzerinde olan Kutalmış gardiyana "Buranın kadısı da sen misin yoksa" diye epeyce takıldıktan sonra "Neyse merak etme bizim siyasetle falan alakamız yok. Anlaşılan o ki her zaman olduğu gibi her emir farklı şehzadeyi destekliyor ve birinin sultanlığı ilan edilene kadar tedbirler artırılmış. Babamın kimi desteklediğini bile bilmiyorum. Hem sanki ne fark eder; hepsi çocuk daha. Hadi sen şu mangalı getir. Babam haber alır almaz buradan çıkarız. O zaman seni ihya ederim emin ol." diye umut verdi. Gardiyan:

"Beni Kevele Kalesi'ne aldırır mısın?"

"Oradaki zindanın berbat olduğunu söylüyorlar; ne yapacaksın ki?"

"Zindanın iyisi mi olur beyim? Ora dağ başı diyorlar; püfür püfürdür. Burada gölün neminden kemiklerim sızlıyor."

Gardiyan, Kutalmış'la konuşurken bir yandan da iri bakır bir mangalı ayağından sürükleyerek parmaklıklara yaklaştırıyordu. Gazanfer ise üşüyen ellerini uzatırken "Acaba kıyafetlerimizi mangala atsak, yangın çıkarıp buradan kaçabilir miyiz; yoksa bizi burada unuturlar mı" diye düşünüyordu. Artık bir gün olsun beklemeye tahammülü kalmamıştı. Bu sıkıntıyla gözlerini kor ateşin yakıcı kızıllığına dikti.

***

Alevler, ateş tuğlalarını yalayarak yukarı yükseldikçe etrafa dalga dalga bir sıcaklık yayılıyordu. Marcos, dışarıdaki kemiklere işleyen soğuktan nasibini alıp az evvel içeri girdiği için şömineden sıcak vurdukça içi ürpererek titriyordu. İzak'ın konağının dışının mütevazılığına bakınca umulmayacak zenginlik ve incelikle döşenmiş salonunda oturmuş, Nicolas'ın gönderdiği ikinci mektubu tartışıyorlardı. Marcos, titreyen parmaklarıyla tuttuğu mektuba tekrar tekrar bakarak söylenip duruyordu:

"Tillianus Kommenos ha? Ah, Maria nasıl da düşünemedim. Zindandan kaçarken hamileymiş demek ki" dedi. "Tillianus Kommenos, inanamıyorum!"

"İsme takılma" dedi İzak. "Nasıl olsa isminden çok bilinen bir unvanı olur; Roma İmparatorlarından çoğunun olduğu gibi..."

"Roma İmparatoru! Bu kadar kolay mı sence?"

"Doğrusunu istersen; Maria işin çoğunu halletmiş gözüküyor. O çocuğu, doğurup, gizleyip büyütmek bile ne kadar zor olmuştur. Üstelik çok iyi yetiştirmişler. Nicolas çok üstün niteliklerinden bahsediyor baksana."

"Evet, yaşıt olduğu için çok iyi anlaşmışlar. Mavromozes Kommenos'un torunu olarak bahsediyor Nicolas. Helen de Mavro'nun kızı veya gelini olmalı. Arada kan bağı var mı, yoksa korunması için mi öyle diyorlar, bilemiyorum."

"Şecere mesele değil. Prens Maximilianus ve Prenses Anolya'nın oğlundan daha meşru varis bulamazsın Doğu Roma'ya. Zaten imparatorların şeceresi sonradan yazılır."

"Tahta geçmeden yeni imparatoru benimsedin, bu ne hız böyle?"

"E, tarih böyle tekerrür eder. Kommenos hanedanının talihsizlikler sonucu kaybettiği tahta geri dönme zamanı gelmiş işte."

Marcos, haklısın anlamında başını sallayıp mektubu alır almaz yola çıkmasına engel olan aksiliği hatırladı: "Hiç sırası değilken atım hastalandı bugün. Baytarlar bir iki haftada iyileşeceğini söylüyorlar ama artık o kadar sabrım yok. Hemen Nikia'ya dönüp Maria ile bu konuyu açıkça konuşmalı, vasiyeti almalıyım. Bu yüzden çok iyi bir ata ihtiyacım var. At pazarında tanıdıkların vardır bana yardımcı olur musun?"

"Gerek varsa tabii, ama bence bu kadar acele etmen için bir sebep yok. Atının iyileşmesini bekle. Ne kadar iyi olsa da tanımadığın bir atla uzun bir yolculuğa çıkman sorun yaratabilir."

İzak'ın, yolda yaşanacak birkaç sorun için endişelenmesini inandırıcı bulmayan Marcos, 'bu aşamada başka birini mi görevlendirdiler' diye kuşkulandı. Karşısındaki adama, beyninden geçenleri anlamak dikkatiyle bakarak "Bilmem gereken bir şey varsa bana açıkça söylemeni tercih edeceğimi bilecek kadar uzun süredir tanıştığımızı düşünüyorum İzak. Yoksa yanılıyor muyum?" diye sordu. Sesi, kendisinin de ummadığı kadar soğuk çıkmıştı. İzak gülümseyerek "Aşk olsun azizim" dedi. "Bu iş için senden uygun biri yok bana göre; sorulsa da aynen böyle söylerim. Bu konuda bir sorun yok emin ol. Şüphelendiğin şeye gelince hakkın var, yola çıkmanı istemiyorum."

"Peki neden?"

"Bu konuyu açmak için erkendi ama madem açıldı söyleyeyim artık. Yakında büyük bir toplantı var. Yeri ve zamanı son anda belli olacak, ona katılmanı isteyecektim. Sana ısrar edecek değilim. Bunu bir dost tavsiyesi olarak kabul et. Kardeşliğin sana zararı değil, faydası olur. Bu işte tek başına olsaydın hangi aşamada olurdun bir düşün."

"..."

"Dediğim gibi ısrar edecek değilim. Bunu da son kez söylüyorum. Neyse daha vakit var, bir süre daha düşün. Nikia konusunda mühim olan, ne zaman gideceğin değil. Maria'nın kafasındaki planları hiç bilmiyoruz. Böyle bir şöhretten sonra nasıl imparatoriçe olacak? Ne düşünüyorsun Şövalye, sence Maria'nın ne gibi bir planı var kafasında?"

"Bir kısmını biliyorum onun planlarının. İmparatorun yanındakilerin bir kısmını satın alarak bir kısmını elindeki ölümcül sırları kullanarak yeni imparatoru desteklemeye ikna edebilir. Kendisiyle ilgili olanları ancak gidince öğrenebilirim."

"Anlıyorum."

"Bu konuda bana çok yardımcı oldun İzak; sebebi ne olursa olsun. Gerçekten teşekkür ederim. İsterdim ki benim de bir konuda sana yardımım olsun, ama mühür konusunda hangi aşamada olduğunu bile bilmiyorum. Risalelerde bir şey bulabildin mi?"

"Açık ve kesin bir işaret zaten mümkün değil. Ama hissettiğim bazı belirtiler var. Sanki yeni bir devletin doğum sancılarına benziyor."

"Zaten burada bir devlet var. Başka bir yerde mi yoksa?"

"Belki biraz batıda ya da kökü burada yüzü batıya dönük, bilemiyorum."

"Ya Doğu Roma?!"

"Ne bileyim azizim. Hem bugünden yarına olacak bir iş değil ki bu; dediğin gibi burada bir devlet var henüz. Bütün bunlar tahminden ibaret"

"Şems'le konuştuğunda ümitsizliğe kapılmıştın sanki?"

"Evet, Şems'e ısrar etsem bütün silsileyi bile bana açıkça anlatabilir. Çünkü o kaderin şaşmaz bir düzenle işleyeceğine inanıyor. Bildiklerini paylaşmaktan hiç korkmuyor. Ama benim arayışı, buluştan; seyahati, varıştan daha çok sevdiğimi bildiğinden üstü kapalı ifadeleri tercih ediyor. Fakat bizim gibilerin ümidi hiç bitmez. Mücadele edersen kaderi bile zorlarsın, belki o kaderde silsilenin bozulması da vardır bir noktada, nereden bilebiliriz."

"Haklısın. Şems deyince, sade hayatına göre sürekli kolunda taşıdığı künye oldukça pahalı değil mi? Dikkat etmedim deme sakın!"

"Evet, tam da Şems'e yakışan bir usul: Her şey apaçık ortada, hep gözümüzün önünde, ama biz onu bulamıyoruz. Bu kadar basit değil şövalye; mühür maddi bir sembol sadece ve ona bir şekilde ulaşılabilir. İşin içinde başka bir iş var. 'Dokunan yanar denilmiştir' diye bir kayıt var. Her neyse, benim bu şahsi merakımın bir aciliyeti yok şu anda. Sen gittiğinde Maria'yı vasiyeti vermeye ikna edebilecek misin, sana bu konuda güvenir mi?"

"O bu konuda kimseye güvenmez. Ama ikna edeceğimi zannediyorum. Olmazsa kendisini getiririm buraya."

"İyi öyleyse, sorun yok".

"Zannediyorum, deyince aklıma geldi: Mevlânâ'nın küçük oğlu Alâeddin'le karşılaştım az önce; sokakta siyasi kavgaya tutuşmuş gençler arasında..."

"Bununla ne ilgisi var, Marcos?"

"Bir ilgisi yok da, ona da bir şey için 'zannediyorum' dedim. 'Sen de her şeyi zannediyorsun, gerçeği bilmiyorsun' dedi. Kimya'nın doğal bir ölümle ölmediğini falan söyledi."

"Ne? Nasıl bir konuşma bu? Baştan anlatsana şunu."

"Aslında şunu söylemeliyim; önce bu çocuk beni Kimya'nın gerçek amcası sanıyor. Yani Kimya anlamıştı ama gerçeği açıklamamı istemedi. Konu öyle kaldı gitti."

"Evet, sonra?"

"Bu akşam kışladan çıktım buraya doğru yürüyorum. Aslında o sokaklara hiç girmek istemedim. Biliyorsun meyhanelerin çoğu orada, kavga eksik olmuyor ama atım olmayınca en kestirme yola mecbur kaldım. Yine bir kavga vardı; orta yaşlı bir adam, 'memleketi kurtarmak size kaldıysa' diye gençleri azarlayıp oradan uzaklaştırmaya çalışıyordu. Önce alakamı çekmedi hızla geçip gidecektim. Alâeddin'i görünce şaşkınlıkla durakladım. Üstü başı yırtılmış, saçı başı dağınık; belli ki az önceki kavgaya karışmış. Şaşkınlıkla, 'Senin burada ne işin var?' diye sordum. Bana oldukça sert bir cevap verdi; 'Sen kendi işine bak şövalye!' dedi. Önceden hep "Marcos Amca" diye hitap ederdi."

"Kimya öyle dediği içindir."

"Belki de, ama onunla kalmadı. Ben zaten sorduğuma pişman olup geri adım attım hemen. 'Haklısın, ben sadece seni şehir dışında zannediyordum' dedim. 'Sen zaten her şeyi zannedersin. Hiçbir şey bilmiyorsun' dedi. Neyi bilmediğimi sorunca da Kimya'nın ölümünün doğal yoldan olduğunu zannettiğimi ama öyle olmadığını söyledi. Ben de belki eve dönmesini sağlarım diye bildiklerini bana anlatmasını istedim araştıracakmışım gibi davranarak; ama nafile. Kaba bir lisanla buradan gitmemi, Selçuklu'nun bana ihtiyacı olmadığını, kendilerinin ülkeyi savunacak güçte ve yetenekte olduklarını bile söyledi. Arkadaşlarının bana pek de iyi bakmadıklarını görünce sözü uzatmadım. Bütün bunlar tuhaf değil mi? Medrese'de herkes onu şehir dışında zannediyor, belki Mevlânâ bile."

"Evet, Sefa'nın yokluğu belli olmuş. Çocuğa gelince zaten her türlü tesire açık, heyecanlı, kullanılmaya müsait bir yapısı var. Yaşı dersen tam hata çağı; aile dışındaki etkilere en açık olduğu bir dönem geçiriyor. Bazıları da bu durumu kullanıyor tabii."

"Kim kullanabilir bunu?"

"Muid Necmeddin... Mevlânâ, evlat hasretini gidersin diye o çocukla özel ilgilenmesine, hatta zaman zaman babası gibi davranmasına göz yummuştur. O da şimdi çocuğun sevgisini kullanıyor."

"Mevlânâ da Muid'i medreseden atsın öyleyse."

"Bu mümkün değil; Mevlânâ o konuda keyfî davranamaz. Neticede Muid de bulunduğu yere hak ederek gelmiş bir insan. Hem medresenin de bir düzeni, dengesi var. Ancak ya açık bir kusur işlerse ya da kendisi gitmek isterse böyle bir şey olur. Yahut da değişir, durum düzelir bilmiyorum."

"Kimya'nın ölümüyle ilgili niye yalan söylesin?"

"Muid'in derdi Şems aslında, onun varlığından rahatsız; Alâeddin de onunla uğraşsın diye Kimya'nın bir şekilde onun yüzünden öldüğünü söylemiştir muhtemelen. Alâeddin, Kimya'ya âşıkmış ya, bir ara konuşulmuştu. Sen burada mıydın hatırlamıyorum."

"Şimdi anlıyorum. Alâeddin'in bana kızgınlığı da oradan başlıyor. Bir gün Nicolas'la bizim bahçede oturuyorlardı. Bir ara ben de katıldım. Aşktan konu açılmıştı. Alâeddin bana, 'Sizin hayat tecrübeniz bizden fazla; bir genç kız kendi yaşıtı bir genç dururken geçkince bir delikanlıya âşık olur mu?' diye bir soru sordu. Ben o sıralarda Kimya'nın Şems'e olan alakasından hiç haberdar değilim. Sadece genel olarak inandığım şeyi; aşkta yaş farkının belirleyici bir etken olmadığını söyledim."

"Böyle bir tecrübeniz mi oldu şövalyem?"

Marcos, sözün burasında Nicolas'ın mektubunda kendisini oldukça rahatsız eden bir bölümü hatırladı. Genç şövalye Tillianus ve Desdemonda'yla sahilde uzun yürüyüşlere çıktıklarını anlatıyor ve "Sizi anmadığımız bir sohbet olmuyor inanın. Desdemonda Doğu'yu çok merak ediyor. Yolculuğumuz dâhil orada yaşadıklarımızı onlara hikâye ediyorum." diye yazıyordu. Marcos, Nicolas'ın dalgalı saçları altındaki muzip suratını hatırlayıp 'eminim Ertuğrul'a konuk olmak zorunda kaldığımda ne kadar gerildiğimden başlayarak topal ayağımla dik durmak için ne çabalar sarf ettiğimi abartıp nüktelerle süsleyerek onları güldürüyor hatta taklidimi bile yapıyordur' diye düşünüp gülümsemişti. Ancak daha sonra Tillianus ve Desdemonda'nın tanışmasından duyduğu huzursuzluk attıkça genç kızı ne kadar kıskandığını fark edip onu sevdiğini kendine itiraf etmek zorunda kalmıştı. Gerçekten Doğu'ya gitmek için kendisini bekler miydi genç kız yahut ondan bunu isteme hakkı var mıydı bilmiyordu. Ama İzak'ın kendisine dikilen gözlerini fark edince bunları kafasından atıp hemen cevap verdi:

"Nereden çıkarıyorsun şimdi bunu?"

"Hani çocuk, hayat tecrübenize dayanarak cevap istemiş ya"

"Hepimizin böyle tecrübeleri olmuştur hayatta. Evet, belki o yüzden Kimya'nın evliliği bana çok tabii geldi. Sözümü kesmeseydin onu anlatıyordum işte. Alâeddin, benden bu evliliğe engel olmamı istemişti. Nikâh akşamı beni çağırmaya geldi. Hem daveti iletti hem de buna karşı çıkmamı istedi. Ben de geçerli bir sebep istedim. Söyleyecek bir şey bulamadı. Ama o gün ortamı bozmamak için bunu Mevlânâ'ya anlatamadım."

"Anlıyorum. Fakat bugünkü karşılaşmayı anlat. Son zamanlarda 'bu düzen böyle gitmez' diye gençleri tahrik eden siyasi bir akım başladı. Amaçları ne, henüz belli değil. Belki dediğin gibi; Mevlânâ'nın, çocuğun bu durumundan haberi yok; babasına karşı farklı davranıyor anlaşılan."

* * *

Gece yarısından sonra Şems, teheccüd namazı için alıştığı vakitte uyanırken İbrahim, şeyhine hizmet için odaya geldi. Namazdan sonra Şems, pencerelerden birinin önüne oturarak dışarıyı seyretmeye başladı. O yatmadan İbrahim de odadan ayrılmak istemiyordu. Koyu karanlığa bürünmüş avluda, kara bir gölge olarak gözüken şadırvanın suları tamamen donmuştu. Şems, şadırvanın bu karanlık görüntüsüne gözlerini dikmiş öyle dikkatle bakıyordu, sanki onu ısıtıp sularının şırıl şırıl tekrar akmasını sağlamak istiyordu. Aslında gözünde canlandırmak istediği şey Kimya'yla şadırvanın kenarında oturdukları o yaz gecesiydi; şehre döndüğü gün...

Kimya'yı düşündükçe, onun şadırvanın kenarına oturan görüntüsü geçti hafızasından. Sonra sadece yüzüne daldı bakışları. Öyle daldı ki birden Kimya'nın yüzü belirdi karanlıkta... Solgun da olsa bu yüzü görebiliyordu. Sonra gitgide canlandı, belirginleşti bu görüntü ama gövdesi yok gibiydi. Şems, sadece kendisine gülümseyen gözlerle bakıyordu. Baktıkça saçları oluştu önce, sonra bedeni belirginleşmeye başladı. Açık mavi tüllerden oluşan bir elbise vardı üzerinde ve etek uçları rüzgârda uçuşuyordu.

Sonra uçuşan tüllerin arasından ellerini uzattı gülümseyerek, "Gel! Hadi gel!" dedi buğulu sesiyle. Şems, kalkıp yürüdü. Ama bir türlü kendine uzatılan elleri tutamıyordu. Kimya'nın görüntüsü arkaya doğru kayıyor ama ayakları hiç yere değmiyor, uçuşan tül eteği onu havada kaydırıp götürüyordu. Arka kapıyı hiç açmadan içinden kayıp geçtiler.

Dışarı çıkınca aniden Kimya'yı kaybeden Şems, telaşla etrafa bakındı. Her yer karanlıktı; sadece karşıda bulunan geniş bir meydan, gökyüzünden yansıyan hususi bir ışıkla aydınlanıyordu. Meydanın ortasında bembeyaz kefeniyle bir kurban gibi yatırılan Mevlânâ gözüküyordu. Etrafında ise siyahlar giymiş yedi gölge dönerek dans ediyordu. Şems, oraya gitmek istiyor, gidemiyor; elini uzatıyor, yetişemiyordu. Gölgeler karanlıkta, ellerinde parlayan hançerlerle çılgınca dans ediyor, Mevlânâ'nın etrafında dönüp duruyorlardı. Sanki yüzleri yoktu. Şems, dikkatle bakıyor ama hiçbirinin yüzünü göremiyordu. Sonra gölgeler için sırayla bir ses işitildi. Sanki biri onları tanıtıyordu: "Ölümcül haset, doyumsuz tamah, hadsiz öfke, kör yobazlık, çıldırtan garez, bitmeyen kin" gibi sıfatlar tekrarlandıkça Şems, bunları hafızasında tutmaya çalışıyor; arkadaşının düşmanlarını buna dayanarak tespit edebileceğini düşünüyordu. Daha sonra gölgeler Mevlânâ'nın üstüne abandı. Onu kurban edeceklerini söylüyor, kahkahalar atıyorlardı. Şems, görünmeyen engeli aşmak için bir kez daha çaba sarf etti. Sonra çaresiz dua etmeye başladı. Gözlerinden yaşlar süzülürken "Yâ Rabbi; dostum kurban ediliyor, sana geliyor onu katında makbul buyur, kabul et!" diyordu. Birden gökyüzünden bir nida işitildi:

"Onu istemiyorum; sen gel!" Şems, bir an ne diyeceğini bilemedi. Dostunun niye kabul edilmediğini anlamamıştı; "Allah'ım dostumun işini tamamına erdir" diye yalvardı. Nida tekrar yankılandı:

"Onun işinin tamama ermesi için senin gelmen gerek. Rabbine dön; kabul etmiş ve razı olmuş olarak!"

Ses, gökyüzünün sonsuz boşluğunda yankılanıp uzaklaşırken Şems, başını yukarı kaldırdı. Ama bulutların içinde, endişeyle kendisine bakan İbrahim'in gözleriyle karşılaşınca sıçrayarak kendine geldi. Bir süre hiç konuşamadı. İbrahim'in telaşla, "Efendim iyi misiniz?" diye sorduğunu da duymamış gibiydi. Neden sonra, "Elhamdülillah, iyiyim İbrahim" dedi.

"Efendim, hayırlara gelsin inşallah."

"İnşallah, hayır olacak İbrahim. Kötü rüyaların sonu ve yorumu iyi olabilir bazan. Onlarda müjdeler olabilir. Tatlı bir çağrıya kapıldım, acı bir idam sehpasıyla karşılaştım. Ama sonunda yine güzel bir davet vardı" diyen Şems, yine yoğun bir suskunluğa bürünmüştü. Uzun bir müddet sonra İbrahim'den su istedi ve birkaç yudum içti. Sonra kolundaki künyeyi yavaş hareketlerle çıkardı, gümüş kenarlıklarından tutarak arasını açtı. İbrahim o zaman bu takının iç içe yapışmış iki parçadan oluştuğunu fark ederek şaşırdı. Şimdi Şems'in elinde birbirinin aynı iki künye vardı. Birini tekrar koluna takıp, diğerini karşısındakine uzattı:

"Bunu sana emanet ediyorum İbrahim. Bir gün bana bir şey olursa Mevlânâ'ya, ona da bir şey olursa Baha'ya ver."

"Bu nedir efendim?"

"Kıymetli bir emanet"

"Ya sizdeki?"

"O sahtesi, bir nevî şaşırtmaca. Peşinde olanlar için. Baha'ya vermek zorunda kalırsan Şeyh Sadreddin Konevi'ye gideceksiniz. O gerekeni yapar. Başka bir şey sorma!"

Talimat o kadar kesindi ki İbrahim, boğazına düğümlenen soruları yutarak emaneti sessizce aldı. Şems'in kendisine bu şekilde güvenmesine delicesine sevinmişti ama bu vasiyetvari emir karşında gözlerinden dökülen yaşlara engel olamıyordu. Şems, onun bu haline dayanamayıp sevgiyle, "İbrahim, sana bir gün 'batan güneşlere gönül bağlama' demiştim; hatırlar mısın?" diye sordu.

"Hiç unutmadım efendim."

"Peki, ne demek istediğimi düşündün mü?"

İbrahim gözyaşları içinde, "Şeyhin 'Güneş' de olsa bir gün batacaktır" diye cevap verdi. Şems, elini onun omzuna koyarak "Oldun sen İbrahim..." diye onu onayladı. İbrahim, bu söz üzerine biraz daha metanet kazanarak "Ne olursa olsun, canım pahasına da olsa emrinizden çıkmayacağım. Ama şimdi neden böyle bir şey icap etti. Başınıza bir şey gelirse ben ne yaparım, ne yapmam gerekir?

"Hiçbir şey! Ne matem ne cenaze töreni" dedi Şems; sonra kendi kendine mırıldanırcasına "İzahı kolay bir ölüm olmayacak benimki; çünkü sırrımı hep gizli tuttum. Bir tebessüm olsun sunmadım alçaklara. Emir sahiplerinin önünden sesimi yükselterek geçtim" dedi; bir süre daha sustuktan sonra "Beni tehdit ediyorlar. Böyle gidersem Mevlânâ'yı hiç göremeyeceğimi söylüyorlar. Ben de onlara 'Ben pervasız bir adamım; bana, ne Mevlânâ'nın varlığından bir mutluluk gelir ne yokluğundan bir elem. İstediğinizi yapın' diye cevap verdim. Ona tuzak kurabileceklerini sanıyorlar. Bilmiyorlar ki 'onların bir tuzağı varsa Allah'ın da bir tuzağı var.' Benim Mevlânâ'yı nasıl ve neden bu kadar sevdiğimi asla anlamayacaklar. Ama kendilerini ele veriyorlar işte."

İbrahim merakla; "Muid Necmeddin mi bunları söyleyen yoksa? Gündüz odanızdan çıkarken görmüştüm?" diye sordu.

Şems, içini çekti: "Karanlığın adı yok İbrahim."

"Efendim, engel olacağımız bir şey varsa..."

"Yok İbrahim, biz kimsenin değil Tanrı'nın isteğine uyarız. Böyle yazılmış, böyle yaşanacak. Ama en mühimi neticede kimin kazanacağı... Neticeye bakarsan hiç kederlenmezsin. Evet, insan ölüm şeklini ve zamanını seçemez. Ama ölümü nasıl karşılayacağını kendisi seçer."

"Efendim, sanki tek tercih hakkınız var gibi konuşuyorsunuz; başka hiç yolu yok mudur?"

"Tanrı aşkı pazarlık konusu değildir. Bundan kaynaklanan diğer aşklar da öyle. Pazarlık rezaletiyle yaşamaktansa aşkın izzetiyle ölmek iyidir. Bu konuda en güzel örneği Hz. Hüseyin Efendimiz vermiştir: Kanım dökülmeden kaim olmayacaksa Atam Muhammed'in dini.../ Ey kılıçlar haydi! Parçalayın bedenimi!" buyurmuşlardır hal diliyle. Atasının dininde en ufak bir pazarlığa razı olmadığı gibi suskun da kalmamıştır. Çünkü o sussaydı, o zulüm saltanatı kendiliğinden meşru olacaktı. O zaman yaşayanlar, 'Peygamber'in torunu var, yanlışlık olsa o itiraz eder' diyeceklerdi. Biz de bugün öyle söyleyecektik. İşte O, Allah'ın Sevgilisi'nin can paresi, mübarek kanıyla kendi şahadetini, zalimlerin de zulmünü mühürledi, ispat etti. Bu yüzden dünya durdukça o saltanata kimse meşru diyemeyecek."

* * *

İnsanlar meşru desin diye niye böyle sembollere gerek duyuyoruz diye düşünen Marcos, artık bu vasiyet, varis mevzusundan zihnen yorulmuştu. Uyku tutmayınca genellikle yaptığı gibi medreseye bakıyordu. Bir ara arka kapının dışında bazı gölgeler görür gibi olunca daha yakın olan diğer pencereye geçti. Ancak sokaktaki kandiller yanmadığından -bu saatte yağları tükenmiş olmalı diye düşündü- gölgelerin kıpırtısı dışında bir şey görülmüyordu. Şövalye gözleri karanlığa alışınca kardan yansıyan pırıltıların da yardımıyla adamların Selçuklu muhafızı kılıklarını seçebildi ve şaşırıp kaldı.

"Bu kadar çabuk mu geldiler" diye söylenerek tekrar baktı. İzak'la Mevlânâ'yı düşünerek "Yine yapacağınızı yaptınız, ne gerek vardı, zaten hemen buradan ayrılacağım" dedi. Alâeddin'le olanları anlatırken kendisine yapılan tehdidi her ne kadar hafifleterek nakletse de her ikisi de endişelenmiş, Saraya haber verilmesi gerektiğini söylemişlerdi. Marcos ise "Hiç gerek yok, şimdi kapıya birkaç muhafız dikerler; kendimi hapiste gibi hissederim" demişti. Zaten gençlerin ciddi bir işe cesaretleri olduğunu da zannetmiyordu. Ama bu kez gerçekten Alâeddin şehirden kaçmıştı ve buna sebep olan da bir yere kadar Marcos'tu. Bunu hatırlayınca muhafızların gerekli olabileceğini düşünerek sabahki olanlar canlandı zihninde.

Bu sabah Marcos'tan duydukları üzerine Mevlânâ, Alâeddin'i çağırarak görüşmüştü. Fakat görüşme pek de iyi geçmişe benzemiyordu. Babasının odasından çıkan delikanlı, bimarhanenin kapısında gördüğü Marcos'a; "Fedakâr amca havalarından sıkılıp gammazlığa başlamışsınız Şövalye!" diye sataştı. Marcos, buna cevap vermese de içeriden Alâeddin'in sesini duyan Gülnihal çıkıp "Bunun Şövalye'yle ne ilgisi var? Şehirde herkes senin kimlerle düşüp kalktığını biliyor artık. Baban duymayacak mı zannettin?" diye sordu.

Alâeddin; "Duyarsa duysun; ben utanılacak, saklanacak bir şey yapmıyorum. Az evvel ona da söyledim; artık kendi kararlarımı verecek yaştayım. Ayrıca bu, hiçbirinizi alakadar etmez. Hiçbirinizin ne düşündüğü benim için önemli değil artık, anlıyor musun? Zaten buraya bir daha gelmeyeceğim" diye cevap verince, bu son sözler genç kızın sabrını taşırmış gibi geldi Marcos'a.

Buna rağmen Gülnihal önce derin bir nefes alıp sonra istihzayla; "Sen hiçbir zaman ne tam olarak gidebilirsin ne de tam olarak kalabilirsin Alâeddin" dedi. Alâeddin, yine sözün bitmesini beklemeden kapıya yönelmişti. Gülnihal, sesini ona ulaştırmak için gitgide yükselterek devam etti: "Sen hep Araf'ta kalacaksın, hep Araf'ta! Bu dünyada da, öbür dünyada da: Cenneti mi hak ediyorsun, cehennemi mi; kendin bile bilemeyeceksin!"

Marcos, genç kıza "fazla ağır olmadı mı" demeye hazırlanırken Gülnihal, bir an durup ona doğru dönen Alâeddin'e bu kez onu bir an da olsa yerine mıhlayacak son bir ok fırlattı: "Bir kez olsun kendine bari dürüst ol; Kimya'yı sen öldürdün!"

Bu sözler kalbine saplanmış gibi delikanlıyı sustursa da, Marcos hayret ve telaşla, "Ne demek şimdi bu?" diye sordu. Genç kızın, "Bunun sizinle bir ilgisi yok Şövalye!" açıklaması ise Marcos'u büsbütün çileden çıkardı. Sokakta Alâeddin'den duydukları yetmiyormuş gibi, bir gün evvel de Kadı Siraceddin kendisini çağırmış, Kimya ile ilgili ifadesine başvurmuştu. Belki bütün bunların da etkisiyle kendisinin bile tahmin etmediği bir kesinlikle; "Ben onun amcasıyım! Bunu öğrenmeye hakkım var!" diye bağırdı. Bu sesi duyanlar etraflarında toplanmaya, içeridekiler avluya çıkmaya başladı. Mevlânâ da odasından çıkmış geliyordu. Bunun üzerine Marcos, biraz sakinleşerek "Gülnihal Hatun, bunu açıklamak zorundasınız; bildiğiniz her ne varsa..." diye genç kızı ikna etmeye çalışırken, işin ciddileştiğini görüp kendine gelen Alâeddin, "Onun bir bildiği falan yok" diye söze karıştı.

Gülnihal, esefle ona döndü: "Öyle mi? Şahit yok mu sanıyorsun? Kimya her şeyi bana anlattı." Gülnihal, içinden 'seninle ilgili beni uyarmak istedi' diye konuyu tamamladıysa da bunu asla seslendirmedi. Onun kendi sevgisini asla hak etmediğini anlamıştı artık. Daha fazla bir şey söylemeye değmezdi. Ama "Sana ne anlatmış olabilir? Benimle gördüğü için kocasının onu öldüresiye dövdüğünü herkes biliyor!" diye atağa geçen Alâeddin'i cevapsız bırakmadı.

"Öyle mi; o halde neden bedeninde başka bir darp izi yoktu. Kocası ilk vuruşta en öldürücü noktaya mı isabet etti. Sen onu itip düşürdüğünde kafası derenin taşlarına..."

"Sen aklını kaçırmışsın!" diye bağırarak genç kızın daha fazla konuşmasına mani olan Alâeddin, gittikçe artan kalabalığın şaşkın bakışları arasında koşarak medreseden çıktı. Duydukları karşısında Mevlânâ'nın şaşkınlığı, avludakilerden daha az değildi. Şems'in aklanmasına sevinse de oğluna olan üzüntüsünden ayakta durmakta zorlandı. Hüsameddin onu bir tabureye oturtunca, gerçeklerin ortaya çıkmasına sebep olduğu için Marcos'a teşekkür etti. Gülnihal'e ise bildiklerini Kadı'ya anlatmak zorunda olduğunu söyledi. Bu konuda gönülsüz gözüken genç kızı ikna etmek Marcos'a düşünce onun "Bundan Şems sorumlu tutuluyor, Kimya böyle olsun ister miydi?" diye sorması üzerine, babasının rahatsızlığından dolayı epeydir medreseye uğramayan genç kız, işin bu noktaya geldiğinden haberi olmadığını anlattı Mevlânâ'ya.

Marcos'u asıl mutlu eden şey ise, söz arasında Gülnihal'in, "Nicolas'la yazışıyorsanız lütfen benden de bir selâm yazın" demesiydi. Marcos, "Memnuniyetle ama kendiniz yazarsanız Nicolas daha çok sevinir; benimkiyle beraber gönderebilirim" dese de olumlu bir cevap alamadı. Genç kız, "Sadece Alâeddin konusunda haklı olduğunu anladığımı bildirin lütfen; bu konuda onu kırmıştım da. Ben yazıp burayı hatırlatmak istemem; o ait olduğu yerde daha mutludur herhalde" dedi. Bunun üzerine Marcos, kelimeleri itinayla seçerek; "O Doğu Roma'da olabilir ama kalbi buraya ait" dedi. Zaten daha fazla konuşma fırsatları olmadı.

Mevlânâ, Gülnihal'i alarak Kadı Siraceddin'e çıktı ve oğlu hakkında da adaletin gereğinin yapılmasını talep etti. Ancak asesler Alâeedin'i hiçbir yerde bulamadı. Sonunda Kırşehir'e gittiği öğrenildi. Marcos, bugün olanları zihninden geçirirken Nicolas'ın gidiş sebebini de anladı. Onun adına umutlanmak bile şövalyeyi gülümsetince 'ne garip' diye düşündü. Nikia'dan yola çıktığında dünyadaki en yalnız adam sanıyordu kendini. Ama burada bir yeğeni olmuş ve bu evde ne kadar isterse kalabileceğini vasiyet edecek kadar onunla yakınlaşmıştı. Yaşlı Yorgos'u tanımış, Mihael gibi bir dostu, Mevlânâ ve İzak gibi arkadaşları olmuştu. Bir elli yıl daha yaşasa kazanamayacağı birçok şeyi, beş yıllık bu uzun seyahat ona kazandırmıştı. Şimdi küçük bir kardeşi, hatta bir de müstakbel gelini vardı. Yıllar sonra buraya gelip Nicolas'ın çocuklarıyla oyunlar oynadığını hayal etti birden. "Belki sadece onlara anlatırım" diye mırıldandı. Nicolas'ın cansızlaşan başını okşayarak dua ettiği o ânı düşünüyordu. O hissiyatla elini göğsüne götürünce Desdemonda'nın mendili yerinden düştü.

Şövalye yavaşca eğilip onu yerden aldı, bir süre kokladı. Yunus'un sözleri geldi aklına. Marcos, avludan geçerken genç yaştaki şiir kabiliyeti ile dikkatini çeken derviş, talebelerle sohbet ediyordu. "Aşk nedir?" sorusuna, "En basit tarifiyle; kendinden çok sevmek, hatta kendinden vazgeçmek" diye cevap veriyordu. Marcos, mendildeki Meryem Ana tasvirine bakarak "Desdemonda, senin için kendimden vazgeçmeye hazırım; ama bunu nasıl yapabilirim?" diye sordu kendi kendine.

Bu düşüncelerle odada birkaç küçük tur atıp tekrar pencereye geçti. Ancak kendi kapısının önünde kimse gözükmüyor; hâlâ medresenin arka kapısında bekleşiyorlardı. Medreseye geldilerse kapıyı niye çalan yok diye düşünen Marcos, aynı noktaya gözlerini o kadar uzun süre odaklamıştı ki sanki kapıdaki siyah gölgeden muhafızlar kayboldu ve birden uçuk mavi pırıltılar içinde Kimya göründü. Aniden içinde bir ürperti duyan Şövalye, hızla yatağına döndü. Yorganı başına çekerken, 'Burada biraz daha kalırsam aklımı kaçıracağım herhalde, artık yola çıkmalıyım' diye düşünüyordu.

***

Dursun bu gece ey dost, onu durdur ne olursun!

O gece, Şems'in halinde garip bir durgunluk vardı. Bahaeddin, dersin bitmesinin ardından odasından çıkıp gitmeyi hiç istemedi. Ancak bu yönde bir müsaade olmadığından emin olunca odasına geçmek zorunda kaldı. Yatsı namazından sonra, her gece olduğu gibi iki dost sohbet için baş başa kaldı. Ancak Şems'in üzerindeki yoğun dalgınlık hali ve kesif suskunluk, sanki dalga dalga yayılıyordu. Bu öyle derin, öyle yoğun bir suskunluktu ki Mevlânâ'yı da esir alıyor, kelimeler zihninde düğümleniyordu. Ne kadar çaba sarf etse de söyleyecek tek bir anlamlı kelime doğmadı içine. Geçen dakikalar, günler gibi uzasa da çaresiz, dostunun daldığı âlemden dönüşünü bekledi. Aslında bir ayrılık haberi duyma korkusuyla konuşmaktan korkuyordu. Bir süre sonra Şems, başını kaldırıp, dostuna tebessümle baktığında, yüzünde teslim olmuş bir adamdan başkasında görülmeyecek bir huzur ve dinginlik vardı. Bir süre Mevlânâ'ya baktı. Ancak onun hiçbir şey sormaya veya söylemeye niyeti olmadığı açıkça görülüyordu. Bunun üzerine Şems, söze başladı:

"Bu gece çok güzel bir gece, sana müjde var; bütün perdeleri aştın, yırtıp geçtin Celâleddin."

"…"

Bu güzel başlangıca rağmen Mevlânâ ısrarla susuyor, hakkında idam kararı verilecek bir mahkûm hissiyatıyla korkusunu suskunluğuna gömmeye çalışıyordu. Şems devam etti: "Artık Hak'la aranda tek bir perde kaldı."

"…"

"Senin için son engel... O son perde; benim. Ben oldukça asla tam olarak hür olamayacaksın."

Bu sözler üzerine, Mevlânâ'nın yüreği ağzına geldiyse de ne bunun nasıl olacağını sorabildi ne de bir şey söyleyebildi. Yüzünü öyle bir yeis ifadesi kapladı ki, sanki ay tutulmuş, yeryüzü karanlıklara gömülmüştü. Sadece 'Bunun başka yolu yok mu?' dercesine baktı dostuna. Buna karşılık Şems, güç vermek istercesine elini dostunun omzuna koydu: "Hiç düşünme; bir an bile düşünme! Yırt geç artık, aş da yürü!"

Mevlânâ açıkça soramadıysa da, Şems'in gözlerinde "nasıl" sorusunun cevabını arıyordu. Sonunda aklından geçen korkunç ihtimaller arasında en iyisini seçerek "Yine can burnumuz ayrılığın kokusunu almakta" dedi.

"Ayrılık da nedir ki?"

"Cehennem."

"Cehennem nedir ki? Ben onu eteğimin rüzgârıyla söndürürüm. Bir Hadis-i Şerif'te, "Senin nurun ateşimi söndürüyor" denmiştir. Cenab-ı Hak mümin kullarına bu kudreti vermiştir. Evet, insanlarda böyle bir kudret mevcuttur. Keşke bilselerdi..."

Bu sırada kapı çalındı. Ancak açılmadan dışarıdaki kişinin sesi duyuldu: "Efendimiz, sizi çağırıyorlar!"

Bunun üzerine Mevlânâ, yerinden kalkmaya yeltendiyse de Şems, ona engel olarak "Hayır, beni çağırıyorlar" diye ayağa kalktı.

Mevlânâ, boğazına düğümlenen kelimeleri zorla telaffuz ederek "Birini mi bekliyordun?" diye sordu.

"Verilmiş bir sözüm var."

Mevlânâ, endişe ile dostuna baktı. 'Bu saatte kime, ne için söz vermiş olabilir ki' diye düşünerek "Daha evvel hiç bahsetmedin, yeni bir şey mi?" diye sordu.

"Hayır, çok eskiden verilmiş bir söz. Tek başıma davetliyim, sakın arkamdan gelme!"

Dışarıdan, tekrar seslenildi. Bilinmeyen davetçinin sesi odada yankılandı: "Efendimiz, uzaklardan bir derviş sizi ziyarete gelmiş, halvetinizi bölmek istemiyor. Elinizi öpüp yoluna devam edecek. Lütfedip dışarı gelmenizi bekliyor."

Mevlânâ, itiraz etmek üzere, bir şey söylemeye çalıştıysa da Şems, "Davete icabet gerekir. Beni çağırıyorlar, bekletmemeliyim" dedi. Mevlânâ vurgun yemişçesine yerine oturduğunda Şems, son kez dostunun, kuytu ormanlar arasında durgun göllerin yeşile çalan engin lacivertliğindeki gözlerine baktı. Onu böyle bırakmak istemiyor, gitmekte zorlanıyordu sanki. Bundan cesaret alan Mevlânâ, "İzin ver ben de geleyim" dedi.

"Hayır, sadece beni çağırıyorlar dedim ya!"

"Beni sensiz bırakmaya ne kadar da isteklisin?"

"Bundan sonra bizim için ayrılık yok. Ben artık sende seni göremiyorum, kendimi görüyorum. Sen bensin; ben senim işte..." derken, dışarıdan gelen davet yine araya girdi:

"Efendimiz! ..."

Şems, az sonra dönecekmiş gibi bir tavırla: "Neyse, sen 'Ve'ş-Şemse ve'l Kamer'i oku. Belki üzerinde konuşuruz" dedi. Mevlânâ, 'konuştuklarımızla bunun ne alakası var' diye düşünürken Şems kapıdan çıkıyordu. Şems, gözlerini kapatıp derin bir nefes aldı. Sonra yavaşça mırıldandı:

"Geldim Yâ Rabbi, kabul ettim, razı oldum ve geldim. Dostumun işini tamamına erdir."

Sonra gecenin karanlığında iyice siyaha dönen gözlerinde, beliren garip bir parıltıyla, bakışları arka kapıda odaklandı. Ve hedefe giden bir ok gibi dimdik oraya yürüdü. Yürürken dudaklarından dökülen kelimeler, sanki avlunun taş zemininde yankılanıyordu: "Gel, Azrail hoş geldin. Emri yerine getir..." Şems'in o avluda yankılanan son sözleri de böylece havada dalgalanarak sonsuzluğa karıştı.

Mevlânâ; kandillerin titrek ışığının yansıdığı üzgün çehresinde hüznün değişik tonları yer değiştirirken Şems'in söylediği ayetleri okuyordu:

"Ve'ş şemse ve'l kamera ve'n nücume müsehharatin, bi emrihi ela lehül halkül ve'l emru tebarakellahül Rabbü'l âlemin... Güneş, ay ve yıldızlar O'nun fermanına boyun eğmişlerdir. İyi bil ki yaratmak da buyurmak da O'nundur. Âlemlerin Rabbi olan Allah'ın şanı ne yücedir."

Mevlânâ, birden yerinden kalktı ve raftan Mushaf'ı aldı. Hızla ayetin devamını okudu. Okuduklarını anlamıyormuşçasına tekrarlıyordu: *"Senden önce de hiçbir beşere ölümsüzlük vermedik. Şimdi sen ölürsen onlar ebedî mi kalacaklar? Her nefs ölümü tadacaktır. Biz sizi, şerle de hayırla da deneyip imtihan ediyoruz. Ve siz bize döndürüleceksiniz."* O sırada sayfanın arasına sıkışmış küçük bir kâğıt gözüne ilişti, Şems'in yazısını hemen tanıdı:

"Yüzümü altın gibi sararmış gör de sorma,

Bu gözyaşını nar taneleri gibi gör de sorma,

İçeride neler olduğunu benden sorma,

Dergâhın kapısında kan görsen de sebebini araştırma!"

Birden acı bir "ah!" yüreğine zehirli bir hançer gibi saplandı. Bu ses kendi içinden mi yoksa dışarıdan mı geldi; bunu hiçbir zaman bilemeyecekti. Yüreğinden kopan bir feryatla, dışarı koştu:

"Şems! Şems! Şems!"

Bu çağrı defalarca tekrarlansa da kendi yankısından başka bir cevap alamayacaktı. Avluda kimseler olmadığı gibi, bahçeyi, şadırvanı, hücreleri aydınlatan kandillerin tamamı sönmüştü. Mevlânâ, acı gerçeği anlayan, ama kabul etmek istemeyen bir insanın telaşıyla cümle kapısına koştu. Ama ne biraz önce odaya yansıyan seslerin sahipleri ne bir misafir derviş ne de Şems ortada gözüküyordu. Geri dönüp Baha'nın kapısını çalarak "Bahaeddin! Kalk da Şeyhini ara. Ne duruyorsun hadi! Onun latif kokusu yine bizden uzaklaşmakta!" diye seslendi.

Bu sese Baha ile birlikte çıkanlar oldu. Kandiller yakıldı, her yer arandı. Ne Şems bulundu ne çağıranlar, ne de kandilleri kimin söndürdüğü anlaşıldı. Yalnızca hepsinin yağı aynı anda bitmişti. Sonunda aramalar, medresenin dışına taştı. Asesbaşı da olayı duyup gelince görevlileri dört bir yana yollayıp aramayı genişletti. Ancak Mevlânâ'nın kafasında tek bir cümle yankılanıyordu:

"Dergâhın kapısında kan görsen de sebebini araştırma!"

Cümle kapısına bakmıştı ama arka kapı aklına gelmemişti. Bahaeddin'in koluna dayanarak kandillerin ışığında arka kapının merdiven taşlarına kadar dikkatle baktığında, birkaç kandamlası gören Mevlânâ'nın, artık bütün fizikî gücü bitmişti. Dizlerinin üzerinde daha fazla duramayacağını anlayınca, damlaların yanına çökercesine oturdu. Gözlerinden süzülen yaşlara rağmen, başını dik tutuyordu. Dudakları, iradesi dışında kıpırdayıp dostuna tatlı sitemlerini sunuyordu:

"Ey Sevgili! Güya benden dostluğunun bedeli olarak çok şey istiyordun. Malımı eteğine döküp cübbemi sarığımı yele vermiştim; başımı ayaklarına tertemiz sürebilmek için, şerefimi kirli dudakların insafına bırakmıştım. Ama sen bütün bunları alt alta yazıp topladın da bir kalemde, bir hamlede hepsini fazlasıyla ödedin. Beni borçlu bırakıp gittin! Ben şimdi ne yapayım? Ey en kesif sorularımın cevabı, derdimin dermanı, ben çareme nasıl bir yol bulayım? Şimdi ben ne yapayım da bu değersiz canımı aşk pazarında kaça satıp bu ağır borçtan kurtulayım?"

Medresede bulunan herkes arka kapının basamağında oturan Mevlânâ'nın etrafında toplandı. Orda öyle ne kadar kaldılar kimse farkında değildi. Bir süre sonra Asesbaşı telaşla dönüp Şems'i bulamadıklarını söyledi; ancak yolun kenarındaki Azad Çeşmesi'nin yanında kanlı cübbesini bulmuşlardı. Mevlânâ yerinden yavaşça doğruldu, cübbeyi aldı koklayıp göğsüne bastırdı. Baha, "Yaralı mı yani, hemen onu bulmalıyız" dedi. Kara Musa, Mevlânâ'nın hassasiyetini bildiğinden söylemesi gereken kelimeleri bir türlü telaffuz edemiyordu. Sonunda kendisi anlasın diye saygıyla Mevlânâ'nın koluna girip üzgün bir eda ile, "Efendim; arzu ederseniz, cübbeyi bulduğumuz yeri göstereyim" dedi. Ellerindeki kandillerle yolu aydınlatan görevlilerin arasından geçtiler. Kadınlar hariç, hemen herkes Asesbaşı'nın ardına düşmüştü. Kara Musa, yolun kenarındaki kan birikintisini, Mevlânâ'ya işaret ederek "Çok kan kaybetmiş, bu şekilde bir yere gitmesi zor ama bulamıyoruz." dedi.

Bu sözler üzerine kalabalığın arasındaki Muid Necmeddin, "O halde ölmüştür..." deyince Mevlânâ, sırtına bıçak saplanmış bir adam gibi sarsıldı, sendeledi. Sonra, aniden daha önce onda kimsenin görmediği bir öfkeyle ardına döndü. Sanki İslâm Peygamberi'nin vefatının akabinde kılıcını çekip "Muhammed öldü, diyenin kafasını uçururum!" diyen Hattaboğlu Ömer'in acılı öfkesine bürünmüştü:

"Ona öldü diyen kim! Hakikat Güneş'i söndü diyen de kim!" diye bağırdı. Muid, söylediğine çoktan pişman olup birinin ardına sinmişti ama Mevlânâ'nın öfkesi dinmedi. O ana kadar Şems'ten ümidini kesmeyen İbrahim, bu sözler üzerine hıçkırarak ağlamaya başladı. Onun elini tutarak hızla Medreseye doğru yürüyen Mevlânâ'nın sesi alacakaranlığın sessizliğinde yankılanıyordu:

"O ebedî diri, 'öldü' diyen de kim?

Umut Güneşi söndü diyen de kim?

O, bir bakışıyla aşk fırtınası koparan ruh, öldü diyen kim?

Hayır, o ölmedi!

İblis gibi hasedinden çatlayan öldü de, o ölmedi!

İblis, âdemin şekline takıldı kaldı da,
Onun için ondaki cevheri göremedi,
Kör olduğunu kabul etmektense,
Göremediğini inkâr etmeyi seçti.

O avcı doğan, padişahın "Irci'î!" [Dön! Gel!] emrini duydu da,
Avdan eteğini çekip göğe ağdı!

Kim birkaç hançer darbesiyle
Tebrizli Şems'i öldürebilir ki?
O "Irci'î!" muştusuna kapılıp, kendi ayaklarıyla,
Sultanlar Sultanı'na, yürüdü gitti!"

Arka kapıya gelip basamakları çıktığında biraz durup soluklandı. Elindeki cübbeye daldı gözleri. Cübbeyi bir eline alıp diğer elindeki kan lekelerine baktı bir süre. Bir yanında Baha sessizce ağlıyor, diğerinde İbrahim hıçkırıklara boğuluyordu. Arkalarında ise Kerra Hatun ve Fatıma Mevlânâ'nın acısını artırmamak için sessizce gözyaşı döküyorlardı. Bir ara hislerine hâkimiyetini kaybeden Fatıma, "Kim yapmış olabilir bunu kim?" diye hayıflanarak "Kime ne zararı vardı?" diye sordu. Kerra Hatun'un elini dudağına götürerek yaptığı 'sus' ihtarını da görmemişti. İçinden geçenleri seslendirmeye devam etti: "Kimya için de üzülemem artık. İyi ki bu geceyi görmedi."

Bu sözler üzerine başını arkaya çeviren Mevlânâ; "Zaten üzülmemelisin kızım: Evet bu gece ağıdan acı, buzdan soğuk ve ihanet kadar karanlık, kapkaranlık... Ama ne gariptir ki bu gecenin içinde en büyük müjde var. Haklısın, Kimya bunu bizim gibi dünya gözüyle görse üzülürdü lakin o gerçek âlemde ve Şems'in makamını görüp seviniyor. Çünkü Şehid-i Aşk'tır Tebrizli Şems. İnsanın peygamberlikten sonra yükselebileceği en yüksek makamdadır.

Zira kendi tercihiyle şehittir. Tıpkı Şehitler Serdar-ı Hz. Hüseyin gibi... O, Ehl-i Beyt-i Mustafa yolunda Hüseynî meşrepte, şehadet makamındadır." dedikten sonra yine kendi âlemine daldı. Cübbeyi yüzüne sürüp kokladı. Neden sonra İbrahim'in başını okşayarak "Âşıkların kanı hiç eskimiyor, unutulmuyor. Âşıkların kanı nasılsa, hep öyle kalıyor" diye mırıldandı. Sonra Baha'nın omzuna elini koyarak devam etti:

"Bak Asesbaşı ne diyor:

'Bu mahallede bizden bir gönül eri kayboldu' diyor;

'Derken, ansızın yolda biri izini buldu' diyor;

'Belirtilerini görün işte' diyor;

'Al kanlar içinde bir elbise' diyor.

Âşıkların kanı hiç eskimiyor, unutulmuyor,
Âşıkların kanı nasılsa, hep öyle kalıyor;
Hep öyle taze, öyle sıcak...

'Bu eski bir kan davasıdır' deme sakın!
Atma kulağının arkasına sen şu lafı:
Kan, bir kere eskidi mi kararır kurur;
Ama âşıkların kanı durmayacak,
Biteviye gönüllerden akıp duracak...

Bu bucağa sığınan senin kanlı bakışlarındır,
O büyük sağanağı sunan, senin nergis gözlerin,
Sarhoşça gelen de onlar, gönüller çalan da onlar,
Adamı can evinden vuran da onlar!

Ey can! Bir gün sen de böyle bir ölümle öldürülürsen,
Sonsuzluğa erecek, hep diri kalacaksın diri!
Böyle bir şehidin kanından selâm Tebriz'e!"

Elindeki kanlı cübbeyi gökyüzüne kaldırıp uzaklara seslenircesine tekrar etti: *"O şehidin kanından, selâm Tebriz'e!"*

***

Sırlarını, gökleri tutan bilir;
Hani o kıldan kıla, damardan damara bilen var ya, o bilir...
Tutalım ki oyunla düzenle halkı aldattın;
O'na ne yapacaksın? Bir bir her şeyi bilir!

Mevlânâ

Gevhertaş Medresesi'nde bunlar yaşanırken Emir-i Dâd Nâsir Fülâneddin, konağının salonunda dolanıp duruyor, bir türlü uyuyamıyordu. Bu gecenin büyük bir bölümünü sarayda, sonra da dışarıda geçirmişti. Tasarısı tam olarak istediği gibi gerçekleşmese de 'en azından birinden kurtuldum, hem bu herkese bir gözdağı olur, benimle uğraşanların başına neler geleceğini görürler' diye düşünüyordu. Ancak Ziya Hankâhı'ndan işin neticesiyle alakalı kati haber gelmeden uyuyamayacaktı. Sonunda beklediği haber ona ulaştı: Ziya Hankâhı'nda yedi Haşhaşi'nin cesetleri bulunmuştu. Haberi getiren Tahir Ağa soğuk havanın etkisiyle ağzından buharlar saçarak "Yalnız bir mesele var" dedi. Fülâneddin onu cübbesinin yakasından hızla içeri çekerek kapıyı kapattıktan sonra konuşmasına fırsat verdi. Ağa, "Haşhaşileri hallettik ama Şems'in cesedi ortada yok." diyordu. Fülâneddin "Nasıl olmaz, onun yüzünü gördüm ve arabaya yükleninceye dek başında bekledim. Bütün arabaları boşaltınız mı? Emin misin?" diye sordu.

"Eminim" dedi Ağa ve ekledi: "Belki de yolda bir yere atmışlardır. Gevhertaş'ın oraya bir adam gönderdim konuşulanlara kulak misafiri olsun diye. Asesbaşı kale içinde her yeri aramış ama bulamamışlar. Sadece kanlı cübbesi varmış ellerinde."

"İyi öyleyse mesele yok. Kale dışında bir yere atmışlar demek ki. Bulununcaya kadar tanınmaz hale gelir."

"Aslında ben Emir Gühertaş'ın bahçesindeki Roma Kuyusu'na atılsın, demiştim ama siz nedense böyle karışık bir yol tercih ettiniz."

"Muid'i korumak için. O dedi ya 'o kuyuya atarsanız benden şüphelenirler' diye. Şems ona bir kinayede bulunmuş, 'Roma Kuyusu'na Yusuf'u atacaklar' diye, başkaları da varmış bunu söylerken. Bence ahmakça bir şey ama Muidi bilirsin ziyadesiyle ürkek bir mizacı var. Hem bu bize bir başka fırsat vermişti: Hankâhta bulunsaydı onun sapkınlığına bir delil olacaktı. Böylece Şems'in Hasan Sabbah'a müntesip olduğunu ama bunu ustaca gizlediğini, buraya gelişindeki asıl amacının da üstadının Büyük Selçuklu'yu çökerttiği gibi buradaki düzeni yıkmak olduğunu söyleyecektik. Elbette Mevlânâ öldürülse de öyle olacaktı. İkisinin sürekli şehir dışına çıkıp Haşhaşilerle görüştüğü, Mevlânâ'nın bazı müritlerinin buna dayanamayıp onları öldürüp karanlıklara karıştıkları yolunda bir tutanak tertip edecektik. Elbette emir-i dâd olarak bu işi aydınlatmak bana düşer. Artık buna imkân kalmadı, bir şekilde kapatırız artık tahkikatı."

"Efendim hayranım dehanıza, bir aksiliği bile fırsat olarak değerlendiriyorsunuz. Neyse Muid de üstüne düşeni yaptı ya, mühim olan bu. Fakat siz Mevlânâ'yı istiyordunuz herhalde."

"Muid'e hususiyetle tenbih ettim sadece 'Mevlânâ' yani 'Efendimiz' diye seslenilsin dedim. Ama aksi tabiatlı işte! Üzerine alınıp kendi çıkmış Şems. Lakin mühim değil, ha biri ha diğeri."

"Muid Necmeddin'e, Alâeddin de işin içinde olsun, ona çağırt, demişsiniz ama herhalde çocuk Kırşehir'deymiş."

"O mesele değil; aslında gitmemiş, o da varmış falan, diye konuşun çarşıda. Adı karışsın yeter. O zaman içerideki destekçinin Muid olduğu kimsenin aklına gelmez, daha da mühimi ondan yola çıkarak bize ulaşamazlar."

"Fakat Necmeddin telaşa kapılmış, bu gece Şems aranırken 'İnşallah ölmüştür' gibi bir laf kaçırmış ağzından. Ama adamım tam olarak her şeyi öğrenememiş."

"O halde şu birkaç gün hiç görülmeyelim onunla; sonra da buradan gitmesini telkin edelim. Gideceği yerdeki âlimlere mektup yazar, kendisiyle alakadar olunmasını tavsiye ederim. Onu buna ikna edelim, bizim için emniyetli yol bu. Biz de mecbur kalmadıkça görüşmeyelim bir süre."

Tahir Ağa gittikten sonra, Fülâneddin ağarmakta olan ufka bakıp derin bir nefes aldı ve uyumak üzere odasına geçti. Fakat ikinci bir haberci kapısını çaldığından henüz yastığa başını bile koymadan kalkmak zorunda kaldı. Zira Nâib-i Saltanat Emir Karatay'ın kendisini acilen makamında beklediği bildirilmişti. O gece buruşan cübbesini yenisiyle değiştirirken "Uğursuz baykuş dönmüş demek ki, hem de bu gecede" diye söylendi. Ancak Karatay'ın sorularına karşı çok dikkatli olması gerektiğini de biliyordu.

Aynaya bakarken kendini takdirle süzüp moral tazeledi. 'Karatay kim böyle çetrefil bir bilmeceyi çözmek kim? O hayatında böyle mükemmel bir plan kurmuş mu ki bunu akledecek?' diye düşünerek gülümsedi. Sakalını gülsuyuyla ıslatarak taradı. Artık Selçuklu'da kendi dehasına yakın hiçbir adam bulunmadığını da aynadaki aksine söyledikten sonra "Bu işi de tereyağı-kıl misali hallettin işte" dedi.

Arabaya bindiğinde de gururla hadiseyi zihninden geçirmeye koyuldu. Tahir Ağa'yla görüşüp kervan soygunu dedikodusunu öğrendikten ve Gazanfer'i de başından savdıktan sonra Saraydaki makamında çalıştığı o uzun gecenin hatıralarına daldı. Sanki her şeyi yeniden yaşıyordu.

O gece emir-i dâd sıfatıyla kendisine, Hazine-i Evrak emininin hemen takdim ettiği, saraydan şehre doğru uzanan dehlizlerin haritasını incelerken zafer kazanmış gibi bir edayla, özenle seçtiği noktaya parmağını koydu Fülâneddin. Burası Gevhertaş'ın arka kapısından aşağı doğru uzanan yolun kıyısındaki Azad Çeşmesi'ydi. "Ne güzel, ne uygun bir isim bu; kurtuluş" diye mırıldandı. 'Burası bir kara delik, burası bir gayb kapısı, ne katillerin nereden geldiği belli olacak ne de nereye gittiği; elbette maktulün de' diye içi içine sığmadı bir an. Sonra bütün ciddiyetiyle kendisini planın ayrıntılarına verdi. Çeşme, belli ki dehliz çıkışını gözlerden gizlemek için yapılmıştı ve arkasında gizli bir kapı vardı. Bu aşamadan sonra Nâsir'e gereken, birkaç fedaiden başkası değildi. Ancak onlar öyle işinin ehli olmalıydılar ki bu meselede hiçbir sürprize yer olmasın. Fülâneddin, bu düşüncelerle makam odasını adımlarken kapısı çalındı. Düşüncelerinin bölünmesine sinirlenerek önce olumsuz cevap verse de az sonra aradığı fırsatın nasıl da ayağına geldiğine şaşıracak, bu işte kaderin de tamamen kendi tarafında olduğuna inanarak heyecanlanacaktı.

Zira Şeyh Ziya'nın selâmıyla gelen misafir, Sedirler Köyü'ndeki hankâhta bir süredir huzurlarının kalmadığından dem vurup şeyhlerinin yardım talebini iletiyordu. Mesele bazı Haşhaşi fedailerinin hankâha adeta postu sermiş olmalarıydı. Adamının söylediğine göre; Şeyh Ziya, "Bizi bunlardan ancak Emir Fülâneddin Hazretleri kurtarır" diyordu. Fülâneddin, kendinden emin bir tavırla, "Aziz dostumun hiç şüphesi olmasın; inşallah itimatlarına layık oluruz. Zat-ı şeriflerinin dualarıyla adaletin kılıcı daima elimizde bilenmektedir" diye birçok iltifatla Ziya'nın müridini uğurlarken diyar diyar dolaşıp öğrendiği dil ve usullerin şimdi işini ne kadar kolaylaştıracağını düşündü.

Bunlar Alamut'tan kaçanlar ise burada güvenliklerini sağlamak; yok tersiyse en büyük düşmanlarını onlara göstermek vaadi ile elbette yüklü bir bedel karşılığı bu işe Haşhaşileri ikna etmekten daha kolay ne olabilirdi. Böylece Şeyh Ziya da, farkında olmasa bile bu işte elini taşın altına koymuş olacağından, sonraki aşamalarda tamamen Nâsir'in kontrolüne geçecekti. Ancak dehlizleri rahat kullanabilmek adına sarayın o bölümüne bir şeyler yığmak, sonra saraydan çıkışı sağlamak için iyi bir bahane bulmak gerekiyordu. Bunun için Tahir Ağa'ya başvurması icap ettiğini kavramakta gecikmemişti Fülâneddin. Düşüncelerinin burasında arabacının ani duruşuyla saraya geldiklerini fark etti. Bundan sonrası Karatay'ı oyalayıp cinayeti faili meçhullere karıştırmak ve unutturmaktan ibaretti. Arabadan inerken yolun kenarında topaç oynayan çocuklara takıldı gözü ve "Çocuk oyuncağı işte" diye gülümseyerek gururla cübbesini, başlığını düzeltip emin adımlarla saraya yürüdü. Şimdi Asesbaşının bulduğu delilleri Karatay'la birlikte tetkik edecek, sonra emir-i dâd olarak cinayetin faillerini bulup tahkikatı tamamlamak için Karatay'dan uzun bir mühlet talep edecekti.

Oysa Fülaneddin'in umduğunun aksine görüşme oldukça gergin geçti. Hiçbir izah Emir Karatay'ı tatmin etmiyor, bozulan asabını teskin edecek herhangi bir teselli veya iltifat bulunamıyordu. Neticede Karatay tüm haşmet ve kararlılığıyla Fülanendin'e son uyarısını yaptı:

"Emir Hazretleri, Saray'ın burnunun dibinde Selçuklu'nun gözbebeği bir âlimin kapısının eşiğinde böyle melun bir cinayet işleniyor. Emniyet ve adaletten sorumlu emir olarak hiçbir şey olmamış gibi mi davranacaksınız? Size bu husustaki kati kararımı şimdiden ihtar ediyorum: "Ya bu cinayeti yedi gün zarfında çözer, bütün failleri ve azmettiricileri huzuruma getirirsiniz yahut istifanamenizi! Aksi halde Naib-i Saltanat olarak Selçuklu tarafından zatınıza verilmiş bütün nişan, unvanlar ve dahi emaret payesini geri alır, bütün salahiyet ve vazifelerinizden azlederim!"

***

"Ölen hayvan imiş âşıklar ölmez"

Yunus Emre

Gecenin ilerlemiş saatlerinde, Nâib-i Saltanat Emir Karatay, medresesine geçmiş olmasına rağmen hâlâ çalışıyordu. Asesbaşı'nın asayişin berkemâl olduğu yolundaki beyanlarını dinledikten sonra, "Emir Fülâneddin'den bir haber yok mu?" diye sordu. Kara Musa:

"Maalesef efendim. Hatta bugün akşam erken saatlerde dinlenmek üzere konağına çekildi. Kendisine verdiğiniz yedi günlük mühlet dolmasına rağmen, hiç olmazsa tahkikatın sonuçsuz kaldığı yolunda bir zabıt tanzim ederek ibraz edebilirdi. Herhalde sadece bu sebepten azledilemeyeceğini düşünüyor."

"Tahmin ettiğim gibi... Mühleti çok bile verdim. İstese bu cinayeti üç günde çözerdi."

"Ama efendim biz de müstakil olarak tahkikatımıza rağmen ne bir şekilde Şems Hazretleri'ne ulaşabildik ne de bir iz bulduk."

"Bizim vaziyetimiz başka; izleri silen önümüzden gidiyor. Ziya Hankâhı'nda ölü bulunan şahıslarla alakalı tahkikat tamamlandı mı?"

"Tamamlandı sayılır. Bu şahısların Alamut'tan kaçan bazı Haşhaşi fedaileri olduğunu öğrendik. Ya kendi aralarında bir hesaplaşmadan dolayı öldürülmüşler, failler geldikleri gibi kaçmış yahut Şeyh Ziya'nın müridleri bunlar mürteddir diye katli vacip sayıp öldürmüşler, hadiseye hesaplaşma süsü vermişler. Buradaki cinayetle irtibatlı olduklarına dair hiçbir delil bulamadım."

Karatay, "Bu da tahmin ettiğim gibi" dememek için kendini zor tuttu, bir süre sessiz kaldıktan sonra, "Peki Marcos'un ifadesinde yeni bir şey var mı, başka bir şey hatırladı mı?" diye sordu.

"Hayır, efendim. Onu o gece Azad Çeşmesi'nin yanında baygın bulduğumuzdan beri aynı şeyi söylüyor. Önce kapıda bekleşen muhafızlar görmüş. Bir ara Şems Hazretleri'nin çıktığını da görür gibi olmuş ama karanlıktan hayal görüyorum zannetmiş. Sonra arbedeyi görüp aşağı inmiş. O geldiğinde çeşmeye doğru uzaklaşıyorlarmış ve orada aniden kayboluyorlarmış ve tam birini palaskasından yakaladığında kafasına sert bir şeyle vurulmuş. Onu çeşmenin yanında bulmuş olmamız, sizin dehliz fikrinizi doğruluyor. Ama muhafız kılığını yanlış görmüş olmalı."

"Tam tersine; bence de muhafız kılığındaydılar. Böyle bir tasavvura göre en uygun şekil bu, hiçbir merhalede kimseyi işkillendirmeden hareket etmek için gerekliydi bu."

"Fakat hankâhtaki cesetlerde böyle bir kıyafet yoktu."

"Elbette olmayacak; bunun için orada yeterince vakitleri vardı. Kafama takılan tek bir nokta kaldı. Saraydan sabaha karşı beş büyük yük arabası çıktı. Tahir Ağa, ne tesadüftür ki kış vakti unu biten yoksullara dağıtılsın diye Nâsir'in emaretine kilelerce zahire bağışladı. Bunlar da elbette Sedirler köyüne yollanacaktı. İplikçi Caddesi'nden köyün yoluna açılan kale kapısından dört araba geçti. Nöbetçilerin hepsi aklı başında ve ayık. Ancak hânkâha beş araba da eksiksiz ulaştı."

"Evet, efendim ama bundan ne çıkar ki farklı bir yoldan gitmişler."

Karatay, o geceye dönmek; hatta katillerin zihnine girmek istercesine gözlerini kapatıp bir süre düşündü: "Evet, farklı bir yoldan gittiler. Zahire çuvalı yüklü arabalar, kale kapısına doğru yaklaşırken ilk araba kapıda uzunca durdurulunca arkadakiler telaşa kapıldı. Cesedi taşıyanlar, bilhassa yavaşça Şerafeddin Camii'nin dibinden döndüler Gühertaş'ın metruk bahçesini dolanarak Halka Begûş Kapısı'na yöneldiler. Belki o arada cesetten kurtulmaya karar verip onu bir yere bıraktılar. Eğer böyle ise bu işi tertip edenlerin bile bundan haberi yok."

"Fakat biz o gece o civarı karış karış aradık; kuyular sarnıçlar dâhil."

"Siz vakadan hemen sonra aradınız; benim söylediğim ise daha sonra. Neyse başka bir şey yoksa kâtibi çağır Musa. Şu azilnameyi artık yazdıralım."

"Müsadenizle, bir şey sual edeceğim. Merakımı mazur görün, tam olarak sizin kafanızdaki tasavvur ne? Bu hadise nasıl olmuş size göre?"

"Dediğin gibi bu bir tahayyül, tasavvur. Musa delil olmadan kimseyi suçlayamayız. Bunlar aramızda kalmalı bu yüzden. Bana göre bir kısmını bildiğimiz ama belki büyük bölümünü bilemediğimiz sebeplerden Fülâneddin'in Şems'e bir husumeti vardı. Aşikâr olarak ona zarar veremeyeceğini anlayınca çetrefil bir plan yaptı. Elbette her aşamada işbirlikçileri vardı."

"Efendim ben sadece olayın zuhura geliş şeklini merak ediyorum."

"Evet, anladım. Şöyle olmuştur. Haşhaşiler dergâha dışardan değil sarayın altındaki dehlizden geldiler. Çeşmeden çıkıp kapıya dayandılar. Sonra Şems'in cesediyle birlikte tekrar çeşmedeki girişten dehlize girip saraya geldiler. Fülâneddin daha evvelden Tahir Ağa'nın bağışladığı zahire çuvallarını, dışarıda karda ıslanmasın diye dehlizlerin saraya giriş kısmına yığdırmıştı."

"Evet efendim öyle yapmıştı gerçekten" diye heyecanla lafa karıştı Kara Musa ve devam etti: "Siz Alâiye'deyken Hazine-i Evrak emininden haritaları isteyip tetkik etmiş. Sebebi sorulunca da bağışlanan hububatın başka münasip yer olmadığı için orada istifleneceğini söylemiş, hatta bazı emirler de bunu uygun bulmuş. Peki sonra?"

"Sonrası malum; dehlizlerdeki çuvallarla birlikte arabalardan birine yüklenen Şems saraydan Sedirler'e doğru yola çıkarıldı. Haşhaşiler de muhafız kılığında arabaları sürüyorlardı elbette. Böylece hepsi saraydan çok uzağa yollanmış oldu. Lakin Şems istedikleri yere gitmemiş çok şükür ki. Onun cansız bedeni bile onlara itaat etmez. Ama dediğim gibi şu anda bunları ispatlayacak bir delil yok elimizde. Neyse hiç olmazsa şunu azledelim artık, çağır şu kâtibi. Ha, unutmadan; Şövalye yola çıkacaksa bizim nazarımızda artık bir mani kalmadığını bildirin hemen!"

***

Marcos, dış kapının şiddetle çaldığını uykusunda duyuyor ama bunun bir rüya olduğunu zannediyordu. Ancak Teodor'un sesiyle tamamen uyanarak aşağı inebildi. Gelen Çulhacızade Nureddin'in adamıydı ve elinde Marcos'a günlerdir burada beklemek zorunda kalmasına defalarca şükrettirecek bir mektup tutuyordu.

"Sevgili Marcos,

Sana bu mektubu Konya'ya birkaç konak mesafe kalınca yollayabildim. Oradaki eski bir alacağın tahsilatı için geliyorum. Mektubun vaktinde eline geçmesi ve ben gelmeden oradan ayrılmaman dileğiyle...

Not: Yalnızlıktan sıkılan oğluma bir arkadaş göndermen ne iyi bir fikir. Her zaman çok inceydin."

Maria

Ulak, "Efendimin kervanıyla seyahat eden hanımefendi acil olduğunu söyleyince bu saatte rahatsız ettim" diye açıklama yaparken Marcos, para kesesine uzanıyordu ama "Hanımefendi çok cömertti" diyen adam, bahşiş istemedi.

Marcos, bir elinde mektup, diğerinde para kesesiyle odasına çıkarken parmaklarına dokunan kabartılardan Şems'in künyesini hatırladı. Kesesinden çıkarıp bir süre inceledi. O gece arka kapıda Şems'in düşürdüğü künyeyi bulmuş sonra çeşmeye doğru uzaklaşan gölgelerin peşinden koşmuştu. Fakat hiçbir şey yapamamış, onları karanlıkta kaybetmişti. Sadece birini palaskasından yakalamış sonra da kafasına aldığı darbeyle bütün görüntü kararmıştı. Künyeyi asesbaşına vermek istemediğinden bundan hiç söz etmemişti Marcos. Onun sadece Mevlânâ'ya verilmesi gerektiğini düşünüyor ama bunun için acısının hafiflemesini bekliyordu. O henüz odasından çıkmasa bile, 'Şems'ten bir hatıra' denilince bütün kapıların açılacağını da biliyordu. Mektuptan sonra 'künyeyi yarın mutlaka vermeliyim' diye karar verdi.

Mevlânâ'nın tesadüfen eline geçen bir emaneti kullanarak, karşılığında o evrakı istediğini düşünmesini istemiyordu. Vasiyetname konusu Maria eki getirdiğinde açılmalı ve bundan ayrı tutulmalıydı. Bu düşüncelerle künyeyi tekrar keseye koymak üzereyken bir anda durdu ve koluna taktı. Bir süre bekleyip 'dokunan yanar' bir efsaneymiş ya da o bunda değil diye düşündü. Sonra 'ya taşıyıcı zincirinde ben de küçük bir halkaysam' düşüncesi geldi aklına. Hemen künyeyi çıkarıp keseye atarak ipini sıkıca bağladı. Böyle merakların sonunun gelmeyeceğini anlamıştı.

Sonra Maria'nın imalı kelimelerini zihninden geçirerek gülümsedi. Demek artık emanet sahibi geliyordu ve Konstantin'in vasiyetnamesi çok yakında ellerinde olacaktı. Her şeyin bu kadar kolay sonuçlanacağını düşünmemişti. Oysa Mevlânâ, dostunun davadan aklanmasına katkıda bulunduğu için, "Tanrı çabalarını bereketle ve kolaylıkla sonuçlandırsın" diye dua etmişti bir hafta önce. Şövalye de içinden buna katılmıştı. 'Gerçekten duamızı kabul etti' diye çocukça bir sevinç yüreğini ferahlatınca Nicolas'ın sorusu yankılandı zihninde: 'Hanginizin Tanrısı?' Biraz düşündükten sonra "Hepimizin Tanrı'sı... Sadece biz ona farklı isimler vermişiz. Zatı tek, ismi çok... Belki de o yüzden kafamız karışıyor" diye cevap verdi ve istavroz çıkardı.

***

Kâtip geldiğinde Karatay, henüz ilk kelimeleri söylüyordu ki dışarıdan "Emir Hazretleriyle hemen görüşmek zorundayım. Bu benim için hayat memat meselesi" diyen bitkin bir adamın sesi duyuldu. Karatay, bir süre kulak kabartınca kapıdaki muhafıza yalvaran adamın, "Ben Emir Fülâneddin'in muidiyim" dediğini işitti ve duraksamaksızın vakitsiz misafiri içeri aldı. Gazanfer'i dinleyip getirdiği tutanakları inceledikten sonra ise azilname artık bir tevkifnameye dönüşmüştü.

Sabah gün ağarmadan infaz edilmek üzere, Emir Nâsir Fülâneddin, Emir Tahir Fahreddin ve mahdumunun, bulunduğu yerde derdest edilip getirilmesine, bütün mallarına hazine adına el konulmasına, kaçma ihtimallerine binaen kale kapılarında tedbir alınmasına ferman çıktı. Emir Karatay, Gazanfer'in emniyeti için gerekli talimatları verdikten sonra Kara Musa'ya gizlilik ve ivedilikle emirlerinin yerine getirilmesini, herhangi bir direnme veya kaçma ihtimaline karşı hazırlıklı gidilmesini, bütün mekânlara aynı anda baskın yapılmasını, Emir Kemaleddin ve Seyfeddin'den yardım alınmasını bildirdi.

Musa çıkarken, Karatay kendi kendine mırıldanıyordu: "Bunu tahmin etmemiştim; idamlık bir cürüm!" Kalkıp odada birkaç tur attıktan sonra düşüncelerini tekrar seslendirdi: "Ne bu kadar çabuk olacağını ve ne de rezaletin bu kadar büyük olacağını tahmin etmiştim." Oysa bir hafta önce Fülâneddin'e sonunun iyi olmayacağını ima etmişti. Hatta muhatabının zekâsı dikkate alınırsa açıkça söylemişti. Şems'in karanlıklarında kaybolduğu gece, sabaha karşı Mevlânâ ile görüştükten sonra Fülâneddin'i çağırtmış ve emir-i dâd olarak cinayeti en kısa sürede aydınlatıp suçluları bulmasını emretmişti. Fülâneddin'in her zaman herkese yaptığı gibi karşısındakini adeta küçük bir çocuk yerine koyup yönlendirmeye çalışması sonunda Karatay'ın asabını bozdu. Fülâneddin'in, "Devlet-i Âl-i Selçuk'un birçok müşkili, zat-ı âliniz başta olmak üzere hepimizin birçok mesuliyeti varken" diye başlayıp, "zaten kimsesiz bir derviş, belki yine burayı terk etmiştir; Mevlânâ da sustuğuna, şikâyetçi olmadığına göre" şeklinde devam eden, hatta "belki oğlundan dolayı susuyor"a varan bahaneleri bardağı taşırınca, bir yanardağ gibi patlamış ve "Keşke şikâyetçi olsaydı Nâsir!" diye bağırmış ve devam etmişti:

"Sen bile bir gün böyle diyeceksin. Keşke şikâyetçi olsaydı diyeceksin. Çünkü Mevlânâ, sırtına saplanmış bir bıçakla, dudaklarında kandamlalarıyla susacak. Allah'ın Müntakim ism-i Celali tecelli edene kadar susacak. Allah'ın gazap denizi kabarıp coşana kadar susacak ve dahi kıyamete kadar susacak!"

Bunları zihninden geçiren Karatay'ın, yine Mevlânâ yâdına geldi. "Yine dediğin gibi oldu dostum: A bir parça somuna karşılık iman mayasını veren; bir bozuk paraya madenin gönlünü bağışlayan; Nemrud da Halil'e gönül vermedi de canını bir sivrisineğe verdi gitti" diye mırıldanırken, Nâsir ve Ağa'nın çehreleri gözünde canlanınca büsbütün hayıflanarak "Bir de zararı devlete ödetirsiniz ha, onda tüyü bitmemiş yetimin hakkı vardı!" dedi öfkeyle.

Sonra perdeyi aralayıp bir süre Gevhertaş'a baktı. Sultan İzzeddin'i Alâiye'de tahta geçirip Konya'ya döndüğü gece, sabaha doğru Kara Musa'nın gönderdiği ases tarafından uyandırılmış ve durumu öğrenmişti.

Kışlık cübbesini hizmetkârlar ancak yarı yolda sırtına geçirebilmişlerdi. Buna rağmen o gece Gevhertaş'la aradaki yüz adımlık yol sanki hiç bitmedi diye düşünen Karatay, üzüntüyle içini çekti. "Hususiyetle benim şehirde olmadığım bir zamanı seçmişler" diye mırıldandı. Sonra yine o geceye kaydı düşünceleri. Cümle kapısından medreseye girdiğinde arka kapıdaki kalabalığa doğru yürümüş, Mevlânâ'nın şiiri tamamlanınca koluna girip onu odasına götürmüştü. Bir süre acılarını yudumladıktan sonra, "Buna da sabret, beddua etme" demeye cesaret etti Karatay. Mevlânâ, "Can Yusuf'um kuyuya düştü de bu gece sabır harmanım yandı bitti" dedi. Sonra, cübbeden kanlanan elini kaldırıp, ateş denizine dönmüş gözlerini Karatay'ınkine çevirerek "Evet, beddua ettim: Allah'ım benim kanımı akıtanların kanını akıt, dedim."

Bunun üzerine Emir, daha fazla konuşmanın sırası olmadığını bilse de kendi sorumluklarını hatırlatarak, kanlı cübbeyi delil olarak bir süreliğine almaya onu ikna etti. Belki bu biraz acısını hafifletir, en azından gözünün önünde olmaz diye düşünüyordu. Ama Mevlânâ'yı ne kimseden şikâyetçi olmaya ne de bildikleri varsa ihbara ikna edebildi. Emir'in ısrarlarına karşılık Mevlânâ küçük bir kâğıt uzattı. Bu, Şems'in ona bıraktığı son şiirdi. Karatay, "Yüzümü altın gibi sararmış gör de sorma!" mısrasıyla başlayan şiir zihninde anlamlanırken 'Güneş batacağına yakın sararır derler...' diye düşündü. Nihayetindeki dizeyi ise seslendirerek "'Kapıda kan görsen de sebebini araştırma.' Neden ama?" diye sordu. Mevlânâ:

"Artık anladım ki o benim için gitti. Maddi veya manevi beni kurtarmak için. Bunun için Allah'a söz vermiş olmalı. Ben artık ona rağmen hiçbir şey yapamam. O sözünden dönmezdi. Gayrisi bahane..."

"Öyle de olsa işlenen cürmün bu dünyada da bir cezası var, kısas hakkın var; sen onun sadece dostu değil kayınpederisin."

"Evet, ama o bana demez mi: 'Sen bunlara mı takılıp kaldın? Bunların mı peşine düştün? Benim pak göğsüme ancak bu kadar kirli bir el hançer saplayabilir. Bunda ne gariplik var. Ben sözümü yerine getirmek için sebebimi de bahanemi de kendim seçtim. Sen o elleri yıkama peşinde misin?' İşte bu yüzden bana bu mevzuda yine susmak düştü. Kıyamete kadar susmak... Sadece susmak. O elleri cehennem ateşi yıkasın!"

Mevlânâ'nın bu sözleri kulaklarında çınlayan Emir, perdeyi kapattı. "Evet, burada da cezalarını bulacaklar, belki başka cürümleri de ortaya çıkacak, ama Şems'in kanı yine ellerinde kalacak; ne yaparsak yapalım, bundan kimse yargılanmayacak: Kimse bunun bedelini bu dünyada ödeyemeyecek" diye düşünüyordu.

Aynı dakikalarda yolun karşısındaki Gevhertaş'da yargılanma korkusu hiç olmadığı halde Mevlânâ ile bir daha yüz yüze gelemeyeceğini bilen Muid Necmeddin, şehirden ayrılmak üzere birkaç mühim eseri taşıdığı heybesini omzuna atıp medrese avlusuna çıktı. Bu vakitte kimsenin kendisini görmeyeceğini ümit ediyordu. Ama ön avlu her biri başka bir dertten uyuyamamış yahut uyanmış insanlarla doluydu. Âteşbâz Yusuf, dervişlere günlük talimatları veriyor; Baha, Hüsameddin'e babasına henüz bir şey yediremediklerinden dert yanıyor; Derviş Yunus, başını iki eline almış mutfağın önünde oturuyordu.

Önlerinden perişan bir vaziyette geçen Muid'e kimse dönüp bakmadı. Ancak o bir an göz göze geldiği Âteşbâz'a, "Ben medreseden de, şehirden de ayrılıyorum" dedi ve atını almak üzere arka kapıya yürüdü. Yunus, Muid'in ardından sessizce bakan Âteşbâz'a dönüp "Bari adamcağızın karnını doyursaydınız" deyince henüz kapıdan çıkmakta olan Muid, dönüp ardına dikkatle baktı ve Yunus'u medrese avlusunda ilk gördüğü günü hatırladı. Acıyla dişlerini sıkarak, hızla kapıdan çıkıp gitti. Âteşbâz'ın, "Henüz çorba bile çıkmadı, nasibi yokmuş" yolundaki cevabını bile duymadı. Onun çıktığı kapıdan biraz sonra Marcos girdi. Künyeyi bir fırsat bulup Mevlânâ'ya vermek için bugün medresede beklemeye karar vermişti.

Baha, "Günlerdir ne bir lokmacık yedi ne bir yudum su içti; artık öleceğinden korkuyorum" diye ağlamaya başladı. Hüsameddin, onu teselli etmeye çalışırken, Yunus, artık Mevlânâ kimseyle görüşmez diye düşünüp kendisinin kabul edileceğinden iyice ümidini keserek içini çekti. Bir süre sonra da içindeki ateşin dudaklarını yakmasına engel olmak istercesine sesini yükseltti:

"Kamunun derdine çare bulunur; benim şu derdime
derman bulunmaz.

Aşkın pazarında canlar satılır; satarım canımı alan bulunmaz."

Bu ses duvarlarda yankılandıkça avluya çıkanlar gittikçe arttı. Bazıları nağmeye katılıp ritim tutarken bazıları da semaya başladı. Artık hep bir ağızdan aynı avaz yükseliyordu:

"Yûnus öldü deyu salâ verilir;

Ölen hayvan imiş âşıklar ölmez!"

O anda Mevlânâ'nın kapısı gıcırdadı. Mevlânâ'nın kapısı aralanırken şehrin diğer mekânlarında Fülâneddin ve Tahir Ağa'ya ait bütün kapılar muhafızlarca şiddetle çalınıp sonuna kadar açtırılmıştı.

Mevlânâ'yı önce Yunus fark etti. Yaşlı gözlerini umutla ona çevirdi. Mevlânâ'nın sararmış çehresinde solgun da olsa bir tebessüm görünce büsbütün coşarak "Ölen hayvan imiş âşıklar ölmez!" diye seslendi. Mevlânâ, "Can Yunus'um hoş dersin, doğru söylersin. O halde bizim ne ölümüz var ne cenazemiz! Matem nemize gerek?" dedi ve sema edenlere katıldı.

Yunus onlara iştirak arzusuyla yanıyor ama yerinden doğrulamıyordu. Sadece zihninde dönen düşüncelerin ağırlığıyla sallanan başı bu raksa eşlik ediyordu. Dağ bayır, dere çamur demeden çıktığı seyrüseferin bu nadide durağında, talibi olduğu aşk kadehinin acı tadına, çekilen çilelere şahit olmuştu günlerdir. Sabırla, hasretle beklediği huzura kabulün yaklaştığını hissettiği şu anda ise 'layık olamama' endişesi sarmalamıştı yüreğini.

Mürşidi olsunlar sevdasıyla kapılarında konakladığı zatların hallerini düşündükçe kaygısı çoğalıyor, gözünü Mevlânâ'dan alamıyordu. Yine gönlüne damlayan mısraların akışına bıraktı kendini: *"Şehid esvabını/ Yumazlar kanını/ Bu yolda canını/ Vermeye kim gelir? Yâ Huû!"* O sırada cümle kapısından Şeyh Sadreddin ile Emir Karatay, arka kapıdan Gülnihal ve Kadı İzzeddin giriyordu. Bu icabetler Yunus'u şevke getirdi: *"Âh ile gözyaşı/ Yunus'un haldaşı/ Zehrile pişrilen şol aşı/ Yemeye kim gelir? Yâ Huû!"* feryadıyla Mevlânâ'nın huzur dağıtan simasından süzülen bakışları izleyerek cümle kapısına döndü. Kimya ve Şems geliyorlardı. Mevlânâ'nın eli Şems'inkiyle buluştuğunda zaman ve mekân kaybolmuş, ezel ile ebed birbirine karışmış, kaynaşmıştı Yunus'ta.

Onlar semaya devam ederken avlu genişliyor, kapılar büyüyor, gelenler artıyordu. O gönül ikliminin geçmiş ve gelecek diyarlardan, devirlerden misafirleri pervaneler gibi ışığa doğru kanat çırptıkça, Yunus'un "Zehrile pişrilen şol aşı yemeye kim gelir? Yâ Huu!" daveti yankılandıkça bu akış durmuyor, duvarlar ve kapılar artık ufukta bile gözükmüyordu. Sonunda Mevlânâ'nın kendisine uzattığı eli görerek kalktı. Vecd ve sürur içinde semaya yürüdü. Şems, Kimya, Yunus ve Mevlânâ'nın sesi birbirine karışmış, arayıştaki bütün gönüllere erişiyordu:

"Gel! Sen de gel! Bu dünya hayatı düz, dosdoğru bir yol değil. Sayısız kavşak, sonsuz tercihlerle süslü bir dolambaç... Hangi yolu seçsen türlü zorluk, binbir çeşit ıstırap var! O halde bu korku, bu tereddüt niye? Sevgili'den yana dön! Dön gel ki sonu olmayan saadet, neşe sadece orada. 'Henüz erken' deme, hiçbir vakit geç değil. Sahip olduğun tek şey şu an; dem bu demdir. Hadi şimdi! İşte her köşe başında, tüm dönemeçlerde Sevgili'ye giden, çıkan, varan bir yol var!"